Mars 2020
Pendant le
confinement
lié au
coronavirus

Saul Bellow

Saul Bellow (1915-2005) fut membre à part entière, aux côtés notamment de Philip Roth, Bernard Malamud et Herbert Gold, de ce que l'on a appelé l'« école juive new-yorkaise » du roman américain. La puissance de ses livres (*Les Aventures d'Augie March*, *Le Faiseur de pluie*, *Herzog*, *L'Hiver du doyen* ou *Le Cœur à bout de souffle*), l'a même très tôt fait considérer comme le pape de ce courant à l'intitulé trop réducteur. Au-delà du recours fréquent à des descriptions de milieux et de personnages caractéristiques d'une certaine conscience juive contemporaine et de son mal-être, Bellow a fait appel à toutes les ressources de l'esprit humaniste. Libéral irréductible, il a souvent choqué par son franc-parler et ses prises de positions anti-conformistes. Cela ne l'a pas empêché de se voir attribuer le prix Nobel de littérature en 1976.

Le cœur à bout de souffle

Saul Bellow

Le cœur à bout de souffle

Traduit de l'anglais (États-Unis)
par Henri Robillot

PAVILLONS POCHE
Robert Laffont

Le traducteur tient à remercier Rudolph Chelminsky du précieux concours qu'il lui a apporté lors de cette traduction.

Titre original : MORE DIE OF HEARTBREAK

ISBN 978-2-221-21964-5

Dépôt légal : septembre 2018

Bien que certaines parties de ce roman soient inspirées d'événements réels, chaque personnage relève en soi de la fiction et représente un amalgame composé à partir de divers individus et de l'imaginaire. L'auteur ne fait ni référence ni allusion à quelque personne vivante que ce soit.

L'année dernière, alors qu'il traversait une crise dans sa vie, mon oncle Benn (B. Crader, le botaniste bien connu) me montra un dessin de Charles Addams. C'était un dessin quelconque, assez amusant, mais mon oncle en faisait grand cas et tenait à en discuter à loisir. Je n'avais aucune envie d'analyser un dessin humoristique. Il insista. Il lui attribuait tant de résonances que, gagné par l'irritation, je songeai à faire encadrer ce fichu dessin pour son anniversaire. Qu'on l'accroche au mur et qu'on n'en parle plus, me dis-je. De temps à autre, Benn me portait sur les nerfs comme seule peut le faire une personne qui occupe une place particulière dans votre existence. Et c'était son cas, sans le moindre doute. J'adorais mon oncle.

Le plus curieux et qui vaut d'être noté, c'est qu'il n'appréciait guère le reste de l'œuvre d'Addams. Feuilleter son grand album, *Monster Rally*, finissait par le déprimer. Le rabâchage, l'humour noir pour sa seule noirceur étaient fastidieux. C'était vraiment l'unique dessin qui l'avait frappé. Un couple d'amoureux en formait le sujet – le couple habituel dépravé –

désolé dans un décor caractéristique de tombes et de cyprès. L'homme a l'air brutal et la femme aux longs cheveux (je crois que ses fans l'appellent Morticia) porte une robe de sorcière. Assis sur un banc du cimetière, ils se tiennent les mains. La légende est simple :

> « Es-tu malheureuse, chérie ?
> Oh oui, *oui !* Totalement. »

— Pourquoi est-ce que ça me touche comme ça ? questionnait mon oncle.

— Oui, je me le demande aussi.

Il s'excusait :

— Tu en as assez de me voir remettre ça sur le tapis cinq fois par jour. Pardonne-moi, Kenneth.

— Compte tenu de votre situation, je compatis. Les obsessions des autres me laissent froid. Je peux admettre celle-ci un moment. Mais si c'est la satire ou la caricature que vous recherchez, pourquoi pas Daumier ou Goya, un des grands maîtres ?

— On n'a pas toujours le choix. Et je n'ai pas ta culture. Dans le Midwest, les esprits sont plus lents. Je me rends bien compte qu'Addams ne fait pas partie des sommités mais c'est un témoin de son époque et j'aime bien sa conception *meshugah* de l'amour. Il ne manipule personne, contrairement à Hitchcock. L'oncle avait une forte aversion pour Hitchcock. (Hitchcock vous fournit un produit. Addams puise dans sa propre nature perturbée.)

— Depuis des siècles, l'amour a fait de nous des pigeons, alors ce n'est pas *seulement* sa nature perturbée.

L'oncle, silencieux, courba ses épaules massives. Il n'acceptait pas ma remarque et telle était sa façon de manifester sa fin de non-recevoir.

— Je n'aurais même pas voulu parler deux minutes avec Hitchcock, dit-il, tandis qu'avec Addams je crois que je pourrais avoir une conversation très valable.

— J'en doute. Il ne vous donnerait pas la réplique.

— Tu as beau avoir plusieurs dizaines d'années de moins que moi, tu en sais plus long sur la vie, dit mon oncle. Ça, je te l'accorde.

Il faisait par là allusion au fait que j'étais né et avais été élevé en France. Il me présentait comme « mon neveu parisien ». Lui-même dénigrait volontiers le cosmopolitisme. Certes, il avait beaucoup vu au cours de son existence mais peut-être son regard avait-il manqué d'acuité. Ou d'orientation pratique.

— Vous devriez bien reconnaître devant Addams que c'est le seul de ses dessins que vous admirez.

— Le seul, oui, mais il va au fond des choses.

Et alors, Benn se mit à parler, comme le ferait une personne en état de crise, de sa conception du fond des choses. Désorienté par ses problèmes (sa tentative malheureuse de mariage), il n'était pas toujours très clair.

— Toute vie présente ses difficultés de base caractéristiques, dit-il. Un thème qui se développe en mille variations. Variations, variations jusqu'à ce qu'on aspire à la mort. Je ne crois pas que le mot obsession soit juste. Je n'aime pas la compulsion de répétition, avec tout le respect que je dois à Freud. Même l'*idée fixe* ne correspond pas. Une idée fixe peut être aussi un camouflage ou un faux-semblant pour une notion trop inavouable pour être révélée. Parfois, je me demande si mon thème a le moindre lien avec la morphologie des plantes. Mais cette activité n'a sans doute rien à y voir. Si j'avais été fleuriste ou, comme l'espérait ma mère, pharmacien, j'entendrais toujours le même funeste *Bong, bong, bong !*... Vers la fin de la vie, on a une sorte de planning de souffrance à accomplir – un long planning comme un document fédéral, seulement c'est celui de votre souffrance. Des catégories sans fin. D'abord des causes physiques comme l'arthrite, les calculs, les crampes menstruelles. Dans la catégorie suivante, on trouve l'orgueil blessé, la trahison, l'escroquerie, l'injustice. Mais le plus dur à avaler concerne l'amour. La question qui se pose est la suivante : pourquoi tout le monde persiste-t-il ? Si l'amour vous démolit tellement, et l'on en voit partout les ravages, pourquoi ne pas montrer un peu de bon sens et faire une croix dessus plus tôt ?

— À cause de la pérennité du désir, dis-je, ou simplement dans l'espoir d'un coup de chance.

L'oncle aspirait en permanence à des conversations profondes et il fallait être sur ses gardes avec lui. Il ne faisait qu'accroître son malheur par des spéculations imprécises. Je devais me montrer vigilant vis-à-vis de moi-même car j'ai un faible de même nature pour les mises au point des idées et je sais combien il est futile de s'atteler à cette tâche sans discontinuer. Mais durant sa dernière crise, les tentatives d'auto-analyse de mon oncle devaient être tolérées. Mon travail – mon devoir pur et simple – consistait à le maintenir dans la bonne voie. Je voyais si clairement où il avait déraillé que je pouvais le lui expliquer, ce qui enflait ma vanité. En soulignant ses erreurs palpables, je voyais à quel point je ressemblais à mon père. Les gestes, les intonations, la supériorité courtoise, l'assurance capable de combler toutes les lacunes, de remplir la totalité de l'espace planétaire. La découverte de cette ressemblance me désarçonnait ; mon père est un excellent homme à sa façon mais j'étais résolu à le dépasser. Fait d'une argile plus fine, comme on disait ; l'esprit plus délié ; d'une autre classe. Là où il me surclassait, il me surclassait sans conteste : tennis, états de service (je n'en avais pas trace), sexe, conversation, prestance. Mais il y avait des sphères (et j'entends par là des sphères plus hautes) où il n'occupait aucune place et où je le devançais de beaucoup. Et puis dans mes rapports avec mon oncle, entendre les accents de mon père et jusqu'aux mots français qu'il utilisait pour mettre les points sur les « i » (quand l'anglais n'était pas assez subtil) était une terrible entrave au plan de ma vie. J'avais intérêt à m'y reprendre à deux fois pour examiner ces sphères et m'assurer que c'étaient bien des sphères et pas des bulles. Quoi qu'il en soit, lorsque l'oncle tomba, je tombai avec lui. Il était inévitable que je dégringole, moi aussi. Je pensais que je devais rester constamment disponible. Et c'était le cas, avec des perspectives imprévisibles.

Benn était un spécialiste de l'anatomie et de la morphologie des plantes. Selon les normes classiques, le spécialiste sait tout ce qu'il a à savoir dans son domaine sans se soucier de rien d'autre. Par exemple : « Je répare les jauges à huile, ne venez pas me parler de tachymètres. » Ou, selon les termes de cette vieille plaisanterie : « Je ne fais pas la barbe, j'étale seulement la mousse. Allez vous faire raser en face. » Certaines spécialités, cela se conçoit, exigent plus de vous et vous retranchent du reste du monde ; elles s'accompagnent du droit de garder vos distances. Par l'intermédiaire de Benn, j'avais fait la connaissance de certaines vedettes des sciences exactes dont les bizarreries offraient les apparences de prérogatives. Benn ne revendiquait jamais ce privilège lié à la suprématie. S'il avait annulé ses liens avec le monde, il n'aurait pas connu autant de déboires avec les dames.

Je peux donner un exemple de ce phénomène d'annulation : nous déjeunons au club de la faculté avec un scientifique de haut niveau. Le garçon, un étudiant, vient prendre nos commandes. Le collègue de Benn dit au jeune homme : « Apportez-moi un poulet à la king. » Le garçon lui répond : « Tu as mangé du poulet à la king pendant trois jours d'affilée, papa. Pourquoi ne pas essayer le chili con carne ? »

Après une vie de ce régime, le fils ne s'étonnait plus. Les autres personnes attablées dans la salle sourirent. Je ne pus moi-même m'empêcher de rire. C'était l'un de ces moments de gloire soudaine. Et tout en riant, je me vis de profil sous la forme d'une clef anglaise grandeur humaine, avec la mâchoire inférieure tombante. Je suis sujet à ce genre d'images involontaires. Celle-ci, peu flatteuse, m'avait sans doute été inspirée par le climat de froideur métallique où je baignais. Sa considérable distraction ne causait aucun tort à ce savant ami vis-à-vis de ses confrères. Elle signifiait simplement qu'il se tenait bien loin, accomplissant sa tâche sur les frontières de sa discipline, autrement dit adieu parents et amis. Les scientifiques du plus haut niveau forment une caste princière. Après tout, ce sont les intelligences les plus profondes et les plus brillantes des deux superpuissances. Les Russes ont les leurs comme nous avons les nôtres. C'est à coup sûr un rare privilège.

Enfin, cette distraction n'a pas tant d'importance. Tout le monde comprend que, vous rendant maître de la nature, vous avez le droit absolu de négliger le vain tohu-bohu d'une humanité qui ne va nulle part. Nous sommes en présence d'une élite post-historique, et ainsi de suite. Mais à cet égard comme à certains autres, l'oncle était différent. Il ne demandait pas à ce que lui soient épargnées les épreuves de l'existence. *Ouvertement*, il n'exigeait rien. Sur ce point peut-être aurait-il été considéré comme retardé par certains de ses confrères. Même moi, je le jugeais parfois retardé, plus désorienté sur le plan humain que bien des personnes normalement douées. Personne ne l'avait jamais accusé d'être bête. Dans sa spécialité, sa compétence faisait autorité. À côté de cela, il était très observateur, lisait beaucoup et, comme le disait César de Cassius, « perçait à jour les actions des hommes ». Dans le rôle de César, j'aurais dit cette réplique sur un ton chargé de sarcasme. Pour César dans sa grandeur, les exploits dont se vantent les gens ordinaires sont au-dessous du mépris. César était, de loin, l'homme le plus intelligent mais une chose est certaine : l'oncle ne perçait pas à jour les actions des femmes. Par ailleurs, s'il l'appliquait à lui-même, son jugement n'était pas mauvais.

Aussi, quand mon oncle commençait à parler des complexités de l'existence, il valait mieux (dans son propre intérêt) ne pas l'encourager. Aussi génial fût-il dans le domaine végétal, son esprit de sérieux inentamable pouvait être très éprouvant. Il me faisait parfois l'effet d'un mauvais conducteur incapable de reculer dans une place de parking – dix tentatives infructueuses –, on avait envie de lui arracher le volant des mains. Cependant, quand il cessait d'être « analytique » et que les calembredaines s'interrompaient, il était capable de vous surprendre. Il avait un don exceptionnel d'autodescription directe. Au niveau le plus simple, il pouvait vous expliquer en détail ce qu'il ressentait, quels effets faisait sur lui un comprimé d'aspirine, les sensations qu'il déclenchait dans sa nuque ou à l'intérieur de sa bouche. Cette faculté excitait ma curiosité car, leur vie en dépendrait-elle, la plupart des gens sont incapables de décrire ce qui se passe en eux. Les alcooliques ou les drogués sont trop déboussolés, les hypocondriaques sont leurs propres terroristes et nous sommes une grande majorité à n'avoir conscience que d'un tumulte métabolique interne. Enfin, la matière est désintégrée à l'intérieur, dans le cyclotron de l'organisme. Mais si l'oncle prenait des bêtabloquants pour sa tension, il pouvait expliquer en détail ses réactions aussi bien physiques qu'émotionnelles – sa chute dans la dépression. Et si vous attendiez avec discrétion, il finissait par vous confier ses impressions les plus secrètes. Il est vrai que, souvent, je dus l'aider à les localiser, mais dès qu'il en avait cerné les contours, il n'était que trop heureux d'en parler.

Physiquement, il était de vastes proportions ; la façon dont l'avait modelé la nature pouvait prêter à rire. Mon père, dépourvu du don de l'humour qu'il croyait posséder, disait volontiers que son beau-frère était bâti comme une église russe – avec des dômes en bulbe. L'oncle était un de ces juifs russes (d'origine) avec un visage slave classique, le nez court, les yeux bleus et des cheveux clairsemés. Si ses mains avaient été plus grandes, il aurait pu passer pour un sosie de Sviatoslav Richter, le pianiste. Le *poids* de ces mains, quand Richter avance son tabouret vers le piano et laisse tomber les bras hors des manches de son habit bien au-dessous du niveau des genoux. Dans le cas de l'oncle, ce n'étaient pas les mains mais les yeux qui étaient remarquables. Leur couleur était difficile à définir ; ils étaient bleus – bleu marine, outremer (le pigment est fabriqué à partir de lapis-lazuli réduit en poudre). Plus frappant que la couleur était son regard, lorsqu'il vous dévisageait intensément. Parfois, l'on ressentait la puissance de ces yeux fixés sur vous. Ses orbites évoquaient un 8 couché de côté, et il arrivait que cette impression vous tournât la tête et fît naître d'étranges pensées dans votre esprit, entre autres : telle est la faculté de voir ; de voir dans l'absolu, la finalité réelle des yeux. Ou bien : la lumière nous extirpe, à nous autres créatures, ces organes à des fins qui lui sont propres. L'on ne s'attend certes pas à ce qu'un pouvoir comme celui de la lumière nous ignore. Si bien que lorsque Benn s'étendait sur les complexités de l'existence et parlait de « composantes sociales », on ne le prenait pas au sérieux car lorsqu'il voulait vous écraser de sa supériorité, son regard n'était nullement celui d'un homme modelé par des « composantes sociales ». Cependant, il ne cherchait pas souvent à vous rabaisser. Il préférait montrer une mine innocente et perplexe, confinant parfois même à la niaiserie. Cela valait mieux pour tout le monde. Cette question de l'« innocence » délibérée ou choisie est bigrement curieuse mais je n'ai pas l'intention d'en débattre ici.

Il est clair que je l'observais avec attention. Je le gardais, le guidais, veillais à ses besoins, j'écartais les menaces. En tant que prodige, il requérait des soins particuliers. Les êtres singuliers sont soumis à des nécessités singulières et mon rôle était de le protéger dans sa rare singularité. J'avais fait la traversée depuis l'Europe dans ce but, pour être près de lui. Nous étions doublement, plus que doublement liés. Ni lui ni moi n'avions alors d'autres amis véritables, et je ne pouvais me permettre de le perdre. Il ne jouait pas les prodiges, n'aimait pas l'esbroufe et s'efforçait de l'éviter, étant particulièrement indépendant. Les « lois » de la physique et de la biologie même ne suffisaient pas à l'inhiber. Jamais il ne parlait de « vision du monde scientifique ». Jamais je ne l'ai entendu faire allusion à cette notion. Il évitait toute démonstration de la « rare singularité » que je lui attribuais et il se gardait de prendre des attitudes de mentor ou de conseilleur. Il disait : « Je ne suis pas un échappé de la galerie des monstres. » Une telle remarque le situait dans le temps. Les expositions de phénomènes dans les foires avec leurs sauvages, leurs femmes à barbe, leurs négresses à plateau avaient disparu depuis longtemps. Je les soupçonne parfois d'être entrés dans la clandestinité et de réapparaître dans la vie privée sous forme de « types psychologiques ».

Selon l'un de ses confrères, et, en général, les confrères sont les derniers à tenir de tels propos, Benn était un botaniste « du plus grand mérite ». Je crains que ceci ne touche guère les gens. Pourquoi se soucieraient-ils de l'histogenèse de la feuille, ou des racines adventives ? Je ne m'y intéresserais pas moi-même s'il ne s'agissait de mon oncle. Les savants ? À moins de faire des recherches sur le cancer ou de vous guider à travers l'univers sur l'écran de télévision comme Carl Sagan, qu'ont-ils de particulier ? Le public réclame des transplantations du cœur, un remède au sida, la guérison de la sénilité. Il se fout éperdument des structures végétales, et pourquoi en serait-il autrement ? Certes, il peut tolérer ceux qui les étudient. Une société puissante peut toujours s'offrir quelques phénomènes de ce genre. Sans compter qu'ils sont relativement peu onéreux. Cela coûte plus cher d'entretenir deux détenus à Stateville qu'un botaniste dans sa chaire. Mais en matière d'émotion, les détenus ont beaucoup plus à offrir : émeute et incendie dans la prison, ligotage d'un garde, massacre du directeur.

Être un universitaire américain, c'est tout un programme. Vous pouvez m'en croire car j'en suis un moi-même. Je ne veux pas dire que j'en fais tout un plat mais j'en suis un, oui – pour le moment à titre marginal –, professeur-assistant de littérature russe. C'est excitant pour moi, mais combien sont-ils à se passionner pour ce genre d'études, en comparaison de ceux qui ne jurent que par le chanteur Bruce Springsteen, le colonel Kadhafi ou le chef de la majorité au Sénat des États-Unis ? J'enseigne à la même université que l'oncle Benn. Oui, il a usé de son influence pour me faire nommer, mais je ne suis pas un authentique prototype universitaire. Au sens conventionnel, traditionnel, le phénomène de la « tour d'ivoire » n'existe plus. Oui, il y a de grands érudits mais ils ne sont pas voyants. Une partie de l'université est vouée à « l'éveil des consciences ». L'éveil des consciences implique des forces d'inertie qu'il est nécessaire de disperser. Dès lors que ces vieilles forces d'inertie se dissipent, les gens sont en mesure d'accéder à une conscience plus épanouie. Par exemple, la longue inertie des Noirs a débouché sur le mouvement des droits civiques et ils ont été admis dans la communauté de la pleine conscience où il était impératif de développer un « langage des idées ». Sans concepts, il est impossible de faire progresser ou de proclamer vos aspirations et les universités sont devenues la source majeure des jargons indispensables qui se répandent dans la vie publique par des relais tels que les tribunaux, les chaires de prédicateurs, les conseillers familiaux, la criminologie, les réseaux de télévision, etc. Ce n'est là qu'une partie du tableau. Des pouvoirs étendus émanant des universités pénètrent le gouvernement – le Département de la Défense, l'Intérieur, le Trésor, la Réserve Fédérale, les Services des Renseignements, la Maison-Blanche. Votre université moderne est aussi puissamment implantée dans la biotechnologie, la production d'énergie, l'électronique. Les chercheurs polarisent la lumière pour créer des photocopieuses, ils obtiennent des subventions de recherches de Honeywell, General Mills, G T & E, ils sont associés à de vastes entreprises – conseillers, grands mandarins, consultants techniques pour des commissions d'enquête du Congrès sur le contrôle des armements ou la politique étrangère. Même moi, spécialiste de la Russie, il m'arrive d'entrer dans le jeu.

Cela dit, mon oncle était bien éloigné de cet univers, savant d'envergure, ignorant presque tout de ces activités, des hommes de pouvoir et des grands manipulateurs, des ingénieurs et des affairistes. Il représentait (*semblait* représenter) *l'ancienne* innocence d'une époque où tant de ces inerties n'avaient pas été surmontées. Qu'il me suffise de dire ici qu'il se vouait à l'étude des végétaux. À cette passion botanique, il voulait ajouter certaines satisfactions humaines – des satisfactions normales, classiques, ce qu'il fit. Alors le planning de souffrance fit son apparition. Quelques faits simples suffisent à le mettre en évidence. Veuf-célibataire depuis quinze ans, il se remaria. Sa seconde femme était très différente ; beaucoup plus belle que la première, plus difficile, source de tourments. Naturellement, elle ne se voyait jamais sous un tel jour mais cela n'y changeait rien. C'était une beauté, un spectaculaire mélange de charme et de beauté. Personne n'avait été invité à contempler l'arrière du décor pour en découvrir l'autre perspective. L'oncle ne demandait qu'à la voir comme elle préférait être vue. Tout ce qu'il voulait, c'était vivre en paix. Deux êtres humains liés par l'amour et la générosité du cœur, un objectif humain universel qui ne devait pas être inaccessible. En Occident du moins, les gens s'efforcent encore de l'atteindre, exploitant la multitude des avantages qui leur sont offerts. Je ne peux parler ici du reste de l'humanité, enlisée dans ses luttes convulsives à un stade moins évolué de développement.

Emporté par une « passion ou une attirance irraisonnée », la seconde définition du dictionnaire de l'aveuglement – la première étant « obscurcissement de la raison » – Benn parlait de son épouse comme de la « bien-aimée » d'un poème d'Edgar Poe : « Ta chevelure d'hyacinthe, ton visage de madone ». La première fois que je l'entendis tenir ce genre de propos, je perdis les pédales. Ma réaction se borna à un silence total. J'étais allé rendre visite à mes parents à l'étranger et il avait profité de mon absence pour épouser cette dame sans consultation préalable. Il savait très bien qu'il aurait dû commencer par en discuter avec moi. Telles étaient nos relations. Jamais je n'aurais songé qu'il pût être à ce point irresponsable, vulnérable. M'ayant annoncé la nouvelle, ce qui me fit l'effet d'une gifle, il s'empressa aussitôt de me désarmer en proclamant son amour en termes grandiloquents, « chevelure d'hyacinthe » et « visage de madone » ! Bon Dieu, qu'étais-je censé lui dire ? Je ne supporte pas qu'on m'impose ce genre de laïus et j'étais vraiment furieux. Jamais je n'empêche les gens d'exprimer leurs émotions. Allez-y donc ! Il comprenait que c'était un principe chez moi de me rallier à leurs sentiments et de faire la part des bévues ou de la vulgarité dans lesquelles même les gens les plus évolués peuvent tomber quand ils sont la proie d'impulsions irrésistibles. Même un général à quatre étoiles, un homme hautement respecté par ses collègues de l'OTAN, se mettra à chanter un refrain de Bing Crosby « Booboobooboo » dans un moment de ramollissement amoureux. Le meilleur terme pour désigner ce hiatus entre la prééminence professionnelle et l'incapacité personnelle est « barbarisme » ! Mon oncle me déclama l'Helen de Poe : « Ta beauté est pour moi, telle ces trirèmes de Nicé... » pour essayer de m'amadouer. Il aurait aussi bien pu me chanter Bing Crosby. Je n'aurais pas été plus déprimé et furieux. Il se trouvait que je connaissais l'heureuse élue. C'était Matilda Layamon. Je suppose qu'on aurait pu admettre le visage de madone et, pour un spécialiste des plantes, il était normal d'évoquer une chevelure d'hyacinthe. C'est alors que je me souvins du savant au cœur de pierre de Wordsworth qui herborisait sur la tombe de sa mère, et je me dis : est-ce là ce qui se passe quand ces bonshommes cessent d'herboriser sur les dalles funéraires et que leurs cœurs reviennent à la *normale* ?

Il n'était pas tout à fait juste de ranger l'oncle dans cette catégorie. C'était un homme de sentiment. Garder, à notre époque, une claire conscience des sentiments originels, les sentiments baptisés par je ne sais quel sage chinois « le premier cœur », n'est pas une entreprise aisée, comme vous le dira n'importe quel adulte d'expérience. Si le « premier cœur » n'a pas subi de distorsion qui le rende méconnaissable, il a été jeté dans la fournaise de l'ego pour tenir au chaud vos nécessités pragmatiques. Mais l'oncle était un homme de sentiment, de sentiments familiaux et en particulier d'une grande dévotion envers ses parents. Un jour, sous je ne sais quel prétexte, il m'avait emmené au cimetière et il avait un peu pleuré devant la tombe. Il avait choisi lui-même la variété de plantes alignées le long de la pierre : une cactée aux tiges vert sombre en forme de pouce – sans intérêt scientifique particulier, précisa-t-il. C'était un aparté mais aussi une précision nécessaire. Tout végétal lui inspirait un commentaire.

Je pensais même que ces cactus faisaient office d'intermédiaires, lui transmettaient quelque message de la part de ses morts.

Je fus contraint de me demander si je verserais jamais moi-même une larme sur les tombes de mes parents, en admettant que je leur survive. Je n'ai pas une robuste constitution alors que mon père incarne une réussite biologique, un homme de bronze superbe qui, à près de soixante-dix ans, exerce encore un attrait sur les femmes. Se plaisantant lui-même à ce sujet, il avait remarqué, deux ans plus tôt, que la vieille ballade sentimentale : « M'aimerez-vous en décembre comme vous m'aimiez en mai ? », se chanterait dans son cas : « M'aimerez-vous en décembre comme vous m'aimiez en novembre ? » Son ironie envers lui-même est limitée mais il fait de temps en temps des remarques assez drôles. Quant à ma mère, elle paraît son âge et même plus. Physiquement, elle a perdu du terrain. Elle manque de force. De dix ans plus âgée que son frère, elle ne lui ressemble pas du tout.

Maintenant, je dois vous dire franchement que j'aborde mon oncle avec l'idée que tout le monde, aujourd'hui, a besoin d'un nouveau mode d'expérience. Ceci est exigé comme un droit qui rentre dans la catégorie des droits de l'homme. « Fournissez-moi un nouveau mode d'expérience ou allez vous faire voir. » Ce n'est pas là un échantillon mineur de psychologie individuelle… Et, s'il vous plaît, ne vous y trompez pas. J'ai très peu de goût pour les théories et je ne vais pas vous inonder d'idées. Je leur étais très attaché mais j'ai découvert qu'elles n'étaient que source d'ennuis si vous les entretenez sans discrimination. Nous nous penchons sur des problèmes auxquels la théorisation n'apporte aucun remède. Cependant, vous ne voudriez pas négliger ce qui se passe sous vos yeux mêmes et faillir à reconnaître à quel point sont devenues décevantes les formes familières de l'expérience.

Tout ceci, pour éviter de tourner autour du pot, se réfère à l'état de déchéance dans lequel notre espèce se retrouve. Une profusion d'événements fabriqués est censée nous en détourner ou jouer un rôle compensateur. Cette profusion, passant souvent pour de l'« information », masque en réalité un divertissement des plus kitsch. La mort, tant que l'immunité vous en protège, est aussi divertissante, comme elle l'était dans la Rome impériale ou en 1793. Aujourd'hui, Sadate est abattu, Indira Gandhi assassinée, le pape lui-même revolverisé sur la place Saint-Pierre alors que, personnellement indemne, vous continuez à vivre et ne cessez d'en voir de plus en plus jusqu'à ce qu'après de nombreux ajournements la mort règle ses comptes avec vous. Le contrôleur de vol déclare : « À votre tour de sauter. »

Curieux, je demandai à l'oncle :

— Comment voyez-vous la mort, mon oncle, quel est votre pire scénario à cet égard ?

— Eh bien, depuis le début même, j'ai toujours vu des images internes et externes, dit-il. Et pour moi, le pire qui puisse arriver, c'est la disparition de ces images.

L'oncle ne se souciait guère d'un nouveau mode d'expérience parce qu'il avait toujours interprété l'expérience à son usage. Il avait créé ses *propres* images.

Pour poursuivre avec cet aparté : les événements pullulent mais (et c'est là ce que signifie un « état de déchéance ») l'espace personnel pour les accueillir est très limité. Un observateur avisé qui connaissait bien le général Eisenhower suggère que le débarquement en Europe organisé et supervisé par Ike était pour lui, à titre personnel, un événement extérieur. Il n'avait pas de théâtre intérieur correspondant au théâtre occidental des opérations. Peut-être la lutte pour l'Europe ne comptait-elle guère personnellement pour Churchill et il se peut que de Gaulle se soit estimé personnellement capable de l'assumer – il pouvait contenir l'histoire entière de la civilisation dont il était peut-être le vecteur préféré. Staline ne s'intéressait même pas à de tels exercices. Il lui suffisait de pouvoir donner l'ordre de tuer n'importe qui.

Maintenant, cessons de théoriser (ce qui équivaut à un cas mineur de lèpre – on perd un orteil de temps en temps ; aucun des membres essentiels n'est menacé). Je recommande à tout le monde les Mémoires de l'amiral Byrd comme une introduction à ce thème moderne fondamental. *Seul* est le livre auquel je fais allusion, une œuvre prodigieuse. Je l'ai lu parce que l'oncle Benn, qui était allé dans l'Antarctique, me l'avait recommandé avec insistance. Parlant des hommes isolés en petits groupes durant la longue nuit polaire, Byrd dit que dans de telles conditions il ne leur avait pas fallu longtemps pour se découvrir les uns les autres. Et qu'avaient-ils découvert si vite ? « Vient un moment où l'on n'a plus rien à révéler à son semblable, où même les pensées informulées peuvent être devinées, les idées les plus chères deviennent d'absurdes élucubrations. » Rappelez-vous Charlie Chaplin dans *La Ruée vers l'or.* Lorsque son copain barbu et lui sont prisonniers des neiges et mourants de faim, Charlie se transforme en poulet sous les yeux hallucinés de son associé. Ici intervient le fantasme comique. Cependant, la vérité stricte est impitoyable et Byrd l'exprime sans détour : « Il n'y a ici aucune échappatoire. Vous êtes cerné de toutes parts par vos inaptitudes et la pression constante qu'exercent sur vous vos compagnons. » Ainsi, dans le froid le plus froid à la surface de la terre, les rayons X révèlent en gris et blanc les déformations et les maladies des êtres civilisés et les vôtres occupent le centre du tableau. Si vous deviez passer six mois de solitude à ruminer, du côté obscur de la lune, quelles riches découvertes feriez-vous à votre avis ?

Légèrement différente dans son expression est la version russe de cette condition que j'ai découverte, en fanatique de la littérature russe, dans des livres comme *Kolyma* de Chalamov. Kolyma est l'un des camps de travail forcé situés le plus au nord de la Russie. Là, les autorités jouent un jeu particulier avec les prisonniers et les maintiennent en permanence au seuil de la mort. Deux d'entre eux se faufilent jusqu'à la sépulture gelée d'un fonctionnaire récemment enterré et volent les chaussettes et les dessous du cadavre. Au-delà de la *rigor mortis*, le mort n'est plus qu'un bloc de glace. Ces pièces de vêtements échangées contre du pain permettront peut-être aux voleurs de tenir quelques jours de plus. La politique des responsables du camp consiste à vous maintenir juste au-dessus du niveau de la survie. Ainsi êtes-vous mis au défi de trouver une justification métaphysique au simple désir de subsister. Dans quel but ? Et parfois, vous n'aviez pas même une conscience claire d'exister. Si l'on avait exigé de vous un serment, vous n'auriez pas pu affirmer en toute certitude que vous étiez réellement vivant. Mais le système soviétique avait mis cette théorie au point et comme seules les autorités étaient responsables du mal accompli, l'esclave travailleur forcé ne pouvait s'accuser de rien. C'était seulement son corps qui, dans l'histoire extrinsèque, était en exil et asservi. À l'Ouest où l'on dort dans des draps de percale et sur un oreiller de plume, une épreuve toute différente était à affronter.

Je ne peux affirmer qu'il soit vraiment utile de lire tous les textes russes que j'étudie à titre professionnel, ce n'est pas à moi de juger. Ce que je peux vous dire, c'est que cela m'ouvre parfois de singulières perspectives. Je songe en cet instant aux déclarations officieuses d'un des compères de Staline, Panteleimon Ponomarenko – un autre de ses thuriféraires. Il vous déclare que les tâches du gouvernement s'accumulent sur les héritiers de la Révolution comme une montagne d'immondices, que les cruautés nécessaires sont si innombrables, si viles, les crimes si écrasants que l'innocence des masses doit être protégée par ses chefs. Voilà pourquoi tant d'opérations doivent être « secrètes ». Les faits « dévoilés » dont on abreuve la populace la maintiennent dans un monde de douce illusion, comme Rebecca de Sunnybrook Farm dans le roman du même nom. Le sacrifice de la bureaucratie consiste à assumer le pesant fardeau sacré du secret. Ainsi se trouve sauvegardée l'innocence des masses qui peuvent continuer à vivre naïvement heureuses. Et tous les gouvernements sont plus ou moins ainsi – grands inquisiteurs qui protègent les fragiles multitudes. (Tous les gouvernements, bien entendu, ne massacrent pas *leurs* innocents.) Il s'agit donc de « les garder dans la nuit pour leur propre bien », et ceci explique pourquoi les Russes sont si hermétiquement isolés du reste du monde. Un tel sentimentalisme brutal touchant l'innocence des peuples est un dada très répandu chez les politiciens de tout poil. Nul n'est innocent, c'est bien probable, et les masses partagent en fait le cynisme de leurs dirigeants. De prudentes habitudes d'esprit sont largement répandues. Des forces extérieures nous investissent, pénétrant au cœur même de notre système nerveux. Lorsque l'individu les découvre dans son propre entendement, leur apparence lui semble tout à fait naturelle et il comprend pleinement leur signification, tout comme Hitler et la population allemande parlaient un langage commun. Des voix, vivantes ou enregistrées, viennent à vous sur les ondes et vous parlent, ou parlent pour vous. Entendues dans un isolement extrême, elles peuvent avoir une signification particulière. Déprimé, vous obtenez au téléphone une voix qui va vous dissuader du suicide, récitera pour vous une prière, ou vous conduira à l'orgasme. Quantité de journaux vous donnent les numéros. Selon vos besoins sexuels, une voix vous stimulera en termes suaves ou orduriers et vous échauffera jusqu'à ce que vous preniez votre pied. Donnez votre numéro de carte Visa ou American Express et vous recevrez votre facture mensuelle comme pour n'importe quel autre service. Vous êtes au lit, couché avec votre instrument, votre téléphone sans fil, et c'est comme une résurgence de l'état de Nature, un second retour aux origines. Cela vous rappelle un peu Hobbes et Locke, à part que Hobbes n'a jamais songé aux numéros que vous pourriez appeler dans votre solitude nouvelle.

Presque avec soulagement, je prends un livre dans la bibliothèque de mon oncle, l'ouvre et me mets à lire un texte sur les similitudes et les différences entre *Selaginella* et *Lycopodium*, les feuilles ligulées et les tiges polystéliques, ou comment le gamétophyte femelle se nourrit d'éléments amassés dans le mégaspore. Maintenant, je me trouve dans un monde totalement différent. Pur, pur, pur ! Mais je n'en dis pas plus ici. J'ai un projet urgent à poursuivre.

Mon oncle avait passé une saison dans l'Antarctique et professait un grand respect pour l'amiral Byrd. Le livre de Byrd avait transformé l'opinion de l'oncle sur la marine, qu'il avait jusque-là considérée comme une simple démonstration de pure technologie flottante. En tout cas, l'Antarctique avait eu un effet calmant et bénéfique sur l'oncle parce que le décor n'était nullement dénué de plantes. Une végétation abondante pouvait exciter si fort son imagination que son jugement en était affecté. Mais dans l'Antarctique il valait mieux garder la tête froide. Si vous n'étiez pas sur vos gardes, vous risquiez de perdre vos doigts ou le bout de votre nez, donc si la grandeur des paysages pouvait inciter au rêve, le froid meurtrier condamnait toute espèce de fantasme. Là-bas, on distinguait comme nulle part ailleurs les traits de la planète en formes et couleurs pures. Benn avait fait une expédition en hélicoptère pour récolter des lichens – qui formaient, disait-il, de brillantes taches sur la neige – aux flancs du mont Érèbe. J'ai une photo de l'atterrissage. On y voit l'oncle emmitouflé de vêtements isolants comme un personnage de science-fiction ou comme l'un des astronautes lunaires. Dommage que les teintes des lichens n'y apparaissent pas.

L'oncle était pour moi un personnage magique quand j'étais petit et, dans une certaine mesure, il l'est resté. Aux yeux de mon père, c'était un savant burlesque. Quand il lui arrivait de dîner à la maison, papa nous faisait tordre avec des imitations hilarantes des gesticulations de l'oncle, montrant comment Benn écartait une objection du pouce ou vérifiait sous son veston si sa chemise était bien rentrée dans son pantalon. Papa était un imitateur médiocre ; son numéro n'était drôle que dans le cercle familial. Je riais, bien entendu, puis j'allais dans ma chambre où je traçais une barre à l'encre de Chine, signe de trahison, dans le journal intime que je tenais du temps que j'étais au lycée. Parfois, ma mère objectait : « Ce n'est pas juste. Tu le caricatures trop. Ce n'est pas comme ça qu'il avance les pieds. » Pourtant, elle s'amusait elle aussi et ses protestations manquaient de conviction. Les parodies de papa ne faisaient que renforcer ma loyauté envers l'oncle. L'oncle avait pour moi – comment dit-on, déjà ? – un charisme. Je ne me fie guère à ce mot. Il fait un peu l'effet d'une maladie : « De quoi ce type est-il mort ? Je crois que c'est le charisme qui l'a tué. » Aussi sinistre que le sida et, soit dit en passant, l'oncle estimait de son devoir, avec son systématisme scientifique, de se renseigner sur l'herpès, le sida et autres maladies vénériennes. Affectant un ton purement clinique, il tenait d'horribles conversations sur la gonorrhée rectale et pharyngée, le cytomégalovirus, les infections protozoaires transmises par voie intestinale, l'insertion du poing dans l'anus du partenaire, pratique fréquente dans l'acte homosexuel. Il ajoutait parfois que l'on pouvait estimer l'âge d'un individu d'après la nature de ses maladies – qu'une mort due au sida était analogue au jugement de l'inadéquation humaine signalée par Byrd, un symbole organique complexe et terrifiant de celle-ci. Je mentionne cet intérêt clinique parce qu'il laisse prévoir les derniers démêlés de l'oncle avec le démon de la sexualité. Il essayait de s'en protéger par le mariage.

Jaugeant les personnes de mon entourage pour voir lequel d'entre eux pourrait être capable d'un amour de type classique, je conclus que l'oncle Benn avait plusieurs longueurs d'avance. Il était né avec cette aptitude en voie de disparition. Il pouvait réellement tomber amoureux, pensai-je. Pour moi, il avait un « don magique ». C'est le terme que j'ai substitué à « charisme ». Henry James avait un faible pour le « magique ». Et pour le mot « numérosité » qu'à ma connaissance aucun autre écrivain n'a utilisé. Pour moi, l'oncle avait un don magique et quand papa le démolissait, son ascendant n'en était qu'accru à mes yeux. Papa était, est toujours, un dandy. Et je lui ressemble inévitablement. Les fils sont voués à hériter des manières et des gestes de leurs paternels. Je ne savais pas encore ce que je faisais que j'employais déjà ses maniérismes et ses tics de langage. Dans ce qui suit, il se peut que je donne l'impression d'ironiser sur son compte. Le nier serait inutile. On trouvera toujours des poches de venin à côté des sentiments les mieux intentionnés, alors il ne faut pas demander la lune ; mon père était un Américain francophile, originaire de Valparaiso, Indiana, et résolu à devenir parisien. La Seconde Guerre mondiale retarda son arrivée, mais il débarqua dès que cela fut possible. Quand la marine l'eut démobilisé et que les Allemands furent refoulés chez eux, il le devint – un Parisien. Ma mère aussi fut heureuse à Paris, tant qu'on pouvait encore engager des domestiques. Pour ma part, je ne vois rien à redire à cela. Les Parisiens sont tout aussi libres de devenir new-yorkais ou bostoniens, tout comme les Coréens ou les Cambodgiens ; opter pour la France semble donc une option raisonnable pour un Américain. Il semblerait que 80 000 citoyens américains se sont installés à Rome seule. Quelques Parisiens vous diront que quitter Paris, c'est l'exil sinon la mort, cependant beaucoup d'entre eux s'adaptent très bien à New York. Les motifs de mon père étaient romantiques ou impulsifs. En tant qu'étudiant en littérature et en politique françaises, il aurait pu prendre à cœur l'antisémitisme psychotique des Français ou se souvenir des émeutes montées à l'époque de l'affaire Dreyfus par Drumont, l'homme de *La Libre Parole*, contre les « Youpins qui empoisonnent la France ». Pour être juste, ce n'était pas Drumont qui l'avait attiré mais Stendhal et Proust. Sans parler de la Seine, des restaurants et des femmes.

Alors que mon oncle possédait un charme magique qui reste à décrire, mon père bénéficiait du sien propre et si j'avais choisi de suivre la voie de Benn, ce n'était pas une question de force physique. Morphologiquement, je ressemble à mon père. Je suis un de ces Trachtenberg élancés ; dolichocéphale, j'ai le visage étroit, les cheveux noirs. Benn a le visage rond, une silhouette plus ample. Papa, à sa grande époque, plastronnait un peu. Il affectait le style du séducteur courant dans les films d'animaux, l'attitude avantageuse du dindon ou de tout autre gallinacé faisant sa cour. (Les cigognes claquent du bec pour attirer les femelles.) Papa était un tombeur de dames. Moi qui ne l'étais pas n'en observais pas moins le même comportement. Je partageais son goût raffiné pour les chemises de luxe et les cravates somptueuses, spécialement celles en soie sauvage. Je peux porter une belle cravate en raison de ma taille. Chez un homme plus petit, ou le nœud est trop gros, ou la moitié de la cravate pend au-dessous de la ceinture. Mais je suis relativement trop grand pour mon caractère. Je n'ai pas le genre de personnalité qui réclame une telle hauteur et ce décalage a fait de moi un être irrésolu. Je me suis comparé plus haut à une clef anglaise au format humain – je n'offre guère de résistance aux fantasmes. Mais, très souvent, l'on m'a dit que je ressemblais un peu à John Carradine. Dans les westerns, il jouait en général des personnages racés et rongés de consomption. On croyait, au bon vieux temps, que l'air du Wyoming ou de l'Arizona, si vous étiez de l'Est, guérirait votre asthme ou votre tuberculose et ferait de vous un candidat convenable à la présidence. Mais l'étique Carradine n'était pas destiné à vivre ; il était, de toute façon, un demi-squelette et mourait toujours sous les balles. C'était un asthénique au dernier degré. Une comparaison serrée limiterait le nombre de similitudes. J'ai comme lui de longs cheveux tombant de part et d'autre d'une raie au milieu et la même démarche dégingandée. Une différence supplémentaire : le français, ma première langue, développe les muscles buccaux en raison des exigences sonores des labiales. Imaginez-vous donc John Carradine en version française. Et j'aurais pu présenter un aspect plus adéquat pour un homme avec mes inclinations qui sont assez proches de celles de l'oncle Benn. Par ailleurs je ne suis pas un acteur. Benn a une carrure plus conforme à son tempérament.

J'ai déjà dit qu'il émanait de l'oncle un parfum de Russie comme il en émane de bien des juifs russes. Quelqu'un devrait s'atteler à une monographie sur les réactions des juifs à leurs diverses terres d'exil, celles où leurs cœurs se sont épanchés et celles qui furent les plus négatives. Plus l'Allemagne les ostracisait, plus ils s'acharnaient à se germaniser. La Russie se montra spécialement féroce, mais les juifs n'en furent pas moins attirés par les Russes. L'oncle appréciait la pensée slave. Il avait même ce large dos voûté que l'on observe si souvent chez les Russes, et ce n'étaient pas ses habitudes de savant qui lui avaient donné cette intéressante courbure. Je l'ai observée chez les Slaves qui n'avaient jamais ouvert un livre. Ils donnent l'impression de porter des élytres sous leurs vêtements. Et puis, il y a cet air incertain, masque derrière lequel s'abritent les êtres qui, doués d'une forte personnalité, préfèrent vous la cacher. Jeune garçon à Paris, j'étais attiré par les Russes et je les recherchais. Profitant des relations de mon père, j'allais rendre visite à Boris Souvarine, le grand biographe de Staline. La façon la plus rapide de s'initier à un sujet quel qu'il soit est d'établir des rapports personnels avec ceux qui le connaissent le mieux et de les faire parler. Alexandre Kojève, le spécialiste russe de Hegel, venait aussi à la maison. La conversation des grands hommes m'a donné la culture que je possède sans que je me rende compte que j'étais en train de l'acquérir ; je poursuivais simplement ma quête de la Russie. J'appris la langue très tôt et en devins un spécialiste. Mes parents furent ulcérés quand j'acceptai un poste à l'université de l'oncle et partis pour le Middle West qu'ils avaient été si impatients de quitter. Ce geste leur semblait pervers de ma part ; c'était comme si leur fils unique répudiait leur culte de l'Europe. Ma mère et mon oncle étaient originaires de cette ville, mes grands-parents immigrants y sont enterrés, mon grand-oncle Vilitzer était un rouage essentiel de la machine démocratique. Une ville tellement américaine. À mon arrivée, je me sentis terriblement étranger. Mais, en fait, les Iraniens conduisent des taxis, les Coréens et les Syriens coiffent les marchés aux fruits et légumes, les Mexicains sont serveurs de restaurants, un Égyptien entretient ma télévision, les étudiants japonais suivent mes cours de russe. Les Italiens ? Eh bien, ils sont ici depuis cinq générations. Henry James, transporté d'extase en voyant les Italiens en Italie, fut très déprimé de les rencontrer au Connecticut. L'Amérique a brassé tout ce mélange et donné une nouvelle signification à la condition d'étranger. Dont la forme ultime est peut-être la mort.

Quoi qu'il en soit, l'oncle Benn était devenu mon ami le plus proche, virtuellement le seul. Dans ma génération, des relations aussi intimes au sein de la famille sont inhabituelles. Oncles, tantes, – parents même – récoltent la poussière sur le manteau de la cheminée comme de vieilles cartes de Noël. Les remarquant en juillet, vous vous dites qu'il est grand temps de les jeter mais vous ne pouvez vous y résoudre. Peu à peu, elles se gondolent, jaunissent et finissent dans l'incinérateur. Entre l'oncle et moi, pour des raisons encore à vérifier, le cas était différent. Notre amitié était authentique, dévorante.

« Professeur Chlorophylle », ainsi l'appelais-je quand j'étais petit, et sa profession m'en imposait. Aujourd'hui, je m'en émerveille, comprenant que c'était un botaniste véritable, comprenant aussi que les plantes sont des créatures très étranges (c'est à lui que je dois cette découverte). Plus d'un million d'enfants d'immigrants naquirent dans cette ville à peu près à la même époque que lui, et il fut le seul d'entre tous à devenir professeur de morphologie végétale. D'autres sont entrés dans le commerce des alcools, des voitures d'occasion, ou des accessoires de décoration intérieure, ou encore au Service de la Voirie. Au meilleur sens du terme, c'était un mutant et sa mutation exerçait son effet sur moi. Tous les atouts dont il disposait, il les avait consacrés aux plantes. Cessons maintenant de parler d'oncles – et disons que mon plus intime compagnon, celui qui occupait une place spéciale dans mon cœur, mon ami, était un botaniste juif. La « science appliquée » n'était pas son domaine, ni l'agronomie ni la génétique. Là-bas, dans le Neguev, des expérimentateurs travaillent sur des algues riches en protéines. Cette substance gluante poussant dans l'eau bourbeuse serait susceptible de sauver les populations affamées du Tchad ou de l'Inde. L'oncle n'avait pas suivi d'orientation utilitaire de ce genre. Le choix qu'il avait fait dans le domaine des végétaux ne peut être apprécié à sa juste valeur si l'on néglige les activités de son imagination. Ce qu'il faut se représenter, c'est un juif qui pénètre dans le royaume des végétaux, étudiant les feuilles, l'écorce, les racines, l'aubier, le cœur, les fleurs pour eux-mêmes. Il y avait un aspect druidique à cette quête. Bien sûr, il n'avait pas le culte des plantes, il se contentait de les contempler. La contemplation aussi doit être qualifiée ; il regardait à l'intérieur ou à travers les plantes. Il les considérait comme ses arcanes. Un arcane est plus qu'un simple secret ; c'est ce que vous devez connaître si vous voulez que vos recherches portent des fruits, si vous voulez faire des découvertes, vous préparer à la communication d'un mystère spirituel. (Excusez mon langage : je suis pressé et je n'ai pas le temps de m'arrêter pour choisir les termes adéquats.) Si j'étais peintre – j'aurais dû être un primitif dans la lignée du Douanier Rousseau –, je peindrais l'oncle à côté d'un arbre comme s'il s'agissait d'un couple d'associés inséparables. Un silencieux cercle viride, une clairière dans une forêt et contre un fond de hautes fougères, un homme robuste (l'image de la stabilité, bien qu'il soit en fait hypernerveux) en communion avec un arbre énorme, un érable, disons, vieux, arthritique, corpulent, s'enflant vers sa cime comme un tuba géant, un être antique et noble, prêt à se rompre sous son propre poids mais encore capable d'engendrer des millions de feuilles. Cet Eden modernisé de mon tableau combinerait la paix, la permanence ou la transcendance avec l'instabilité du XXe siècle – impulsions de ce monde déchu entourant ce verdoyant monde reclus.

Dans une perspective séculière, cette « déchéance » est le blabla, les balivernes religieuses envers lesquelles les personnalités fortes pourraient de temps en temps se montrer tolérantes. Un homme à part entière s'engagerait dans le gouvernement, les marchés mondiaux, les ordinateurs, la justice, la guerre, l'action virile, par-dessus tout dans la vie publique et la politique ; l'armement des super-puissances, les ambitions des héritiers de Staline, le Moyen-Orient, la CIA, la Cour suprême, ou les équivalents financiers de ces entités. Ou encore les équivalents sexuels, un érotisme de taille à rivaliser avec la politique des super-puissances. Un esprit mûr noterait aussi que la peinture édénique que je viens d'évoquer ne comporte pas de femme, seulement mon oncle contemplatif, alors que dans la célèbre clairière au milieu d'une forêt de Rousseau on voit un nu au centre, étendu sur une ottomane sous les yeux flamboyants des tigres du désir. Voilà une vision arcadienne mais plus proche de la réalité.

Et c'est exactement cela. Voilà mon sujet.

Maintenant, revenons à l'oncle ; j'ai parlé tout à l'heure d'irrégularité marquante ; je m'en explique maintenant. Commençons avec l'enfance. Vous êtes un gosse des quartiers pauvres, vos parents sont immigrants ; vous êtes réduit à jouer avec des bouteilles de lait sur le perron de l'arrière-cour, vous étudiez l'esthétique des minons de poussière, vous vous asseyez au bord du trottoir. Et, peu à peu, vous prenez la résolution de devenir ceci ou cela quand vous serez grand. Je ne parle pas d'être médecin, ingénieur électricien ou même cadre à la voirie, mais de choix plus singuliers. Vous optez pour une activité originale et vous vous identifiez à elle. Comme ça, simplement ? Vous l'ignorez. Mais voilà ce que le professeur Popper appelle une société ouverte et dans une société ouverte, qu'est-ce donc qui va vous arrêter ? Rien, sinon certaines idées de régularité qui s'imposent à vous à mesure que vous vieillissez et devenez plus prudent. Comment peut-on faire confiance à un enfant aux penchants insolites ? Même le petit Samuel, dans le temple, n'a pas compris que Dieu l'appelait ; il pensait que c'était le grand prêtre qui avait soif la nuit. Enfin, les prophètes sont attachés à Dieu. Notre époque présente plus de dangers. L'enfant aventureux est comme le marcheur de l'espace dont les tuyaux de raccordement au vaisseau spatial risquent de se rompre. Que cet accident se produise et il s'en ira à la dérive dans le vide sidéral. Mais trois décennies ont passé. Le chercheur sérieux est plongé dans l'étude des Psilophytes, des Asthrophytes, des Ptérophytes et, au lieu d'être expédié au-delà de la Lune, il occupe une chaire d'université. Peut-être ne méritait-il pas de survivre et doit-il son salut à une chance aveugle.

Il y a des idéalistes dérangés qui prétendront que c'était l'œuvre du capitalisme. Mais autant dire qu'Athènes a fait Alcibiade. Alcibiade attachait, certes, de l'importance à Athènes ; mais pour obtenir ce qu'il voulait, il l'aurait échangée sans hésiter contre Sparte ou la Perse.

Mais ne nous égarons pas une fois de plus. Mon départ pour ce Midwest avait été interprété par mon père comme un rejet (excusez un jargon si déconcertant). Ce rejet devint double dès lors que ma mère qui menaçait de partir depuis des années mit, elle aussi, son projet à exécution. « Elle m'a plaqué », disait mon père. Et ce n'était pas son genre de se plaindre. Il habitait donc seul rue Bonaparte, ce quartier si plaisant. Ma mère s'en était allée pour protester contre la vie qu'il lui avait fait mener. Mais dire qu'il était seul fausse le tableau. Il avait une confortable pension de l'UNESCO, plus des actions dans la firme Pittsburgh qui l'avait jadis engagé pour la représenter dans les régions francophones du tiers-monde, où les fonctionnaires élevés en France aspiraient à converser intelligemment de la dernière pièce de Camus ou du *Zazie* de Queneau. Seigneur, ils mouraient d'envie de participer à des bavardages civilisés et mon père y excellait, étant un homme averti et courtois, jamais cynique. Princes et dictateurs militaires étaient ses copains dans toute l'Afrique et l'Asie du Sud-Est. Ces relations exotiques l'enchantaient. Et, ravi, il ravissait la plupart de ceux qu'il rencontrait. Je ne peux pas affirmer qu'il n'avait pas de détracteurs et l'on médisait souvent du coureur de jupons et du personnage frivole qu'il était. Toutefois ce n'était pas un homme superficiel. Des étiquettes périmées comme celle de « libertin » ne s'appliquent pas du tout à lui. Bien des hommes remarquables ont fréquenté un nombre impressionnant de femmes. Quoi qu'il en soit, il touche sa pension et vit bien. Vous ne pouvez pas faire bouger Rudi Trachtenberg de Paris et de ses rues si animées. Il a un cercle d'amis et puis, il y a les femmes, quatre décennies de femmes – une société de bienfaisance, un club de fans, une organisation d'anciens combattants.

Ma mère avait rallié un groupe de volontaires médicaux installés près de Djibouti, où les victimes de la famine mouraient par milliers chaque jour. Elle portait des jupes de coton bon marché, choisissant un tissu aussi proche que possible de la toile à sac. Plus de cachemires ou de soies élégantes, plus de couturiers, finis les rendez-vous pour le thé, selon l'usage parisien, avec les petites amies de papa. Dans ses lettres de Somalie, elle priait qu'on donnât de ses nouvelles à son frère mais évitait de demander des détails sur sa vie – enlisé dans la botanique, ou entraîné dans de farineuses relations par des dames qui pouvaient le mettre à frire comme un poisson si l'envie les en prenait. Papa aussi écrivait, essayant continuellement de me faire revenir en France en m'allèchant avec des nouvelles des dissidents russes à Paris, et rassemblant des noms des vieux résidents qui offraient sans doute des mines de matériaux de recherche si je songeais encore à étudier Blok, Biély et Tsvetaeva. Il pouvait m'envoyer à l'agent qui avait contraint le mari de Tsvetaeva à travailler pour la Guépéou. L'homme mourait de vieillesse dans une rue derrière le boulevard de Sébastopol. Dépêche-toi si tu veux l'interviewer (je me voyais, cuisinant ce vieil espion moribond, ma tête posée contre sa poitrine pour recueillir ses paroles d'agonisant). Mon père ne se souciait guère lui-même de ces Russkis mais il prendrait le rendez-vous pour moi. Peut-être une bourse pourrait-elle être extorquée à qui de droit afin que je puisse passer un an à l'étranger. Et au fait, pourquoi avais-je tellement envie de vivre dans le Midwest ? Un tel recul culturel, inconscient de son propre obscurantisme. « Là-bas, ils ne sont pas même capables d'orthographier le nom de Mammon et c'est exactement ce qui plaît à Mammon. » Je lui répondis que je pourrais repartir pour Paris du jour au lendemain quand l'obscurantisme deviendrait trop accablant. Voyager n'était pas un problème si l'usure des moteurs Pratt Whitney ne vous était pas fatale, si des terroristes arabes ne vous abattaient pas sur le tarmac ou si une bombe sikh ne vous précipitait pas dans la mer d'Irlande.

Être débordé, sans un instant de libre, vivre avec un standard mental surchargé nuit et jour semble nécessaire pour garder le respect de soi-même dans certains cercles. J'ai tellement de fers au feu que si j'avais cent doigts je me les brûlerais tous. Comme mon père avant moi, je voyage beaucoup, moins que l'oncle Benn possédé du démon des voyages, mais encore trop. La connaissance du russe vous entraîne dans la politique (son côté sinistre) si vous vous plaisez à penser que vous jouez un rôle en coulisse. Tant d'instituts, de services de renseignements, de bureaux de conseillers techniques. Je pourrais faire une conférence par semaine si j'en avais envie. Cela ne me nuit pas d'avoir connu le grand Souvarine dans mon enfance et d'autres comme Manès Sperber. Sans être kremlinologue ou rien d'approchant, j'ai naturellement suivi l'évolution de la politique après Staline et ainsi de suite. Familier des groupes dissidents, on me demande de temps à autre des articles de fond sur la question. Je suis en contact avec *Kontinent* et *Syntaxis*, suis les activités de Soljenitsyne, Maximov, Siniavsky et Lev Navrozov – personnages clefs, hommes de génie pour certains. Je suis également attentif aux mouvements de la droite russe – fanatiques, fascistes, l'éventuel agent double (fidèle à qui ? infidèle à qui ?). Aucun des personnages cités ci-dessus ne constituant pour moi un souci majeur, et ne relevant que d'une « activité professionnelle » secondaire, de ma part. Cependant, l'oncle Benn fait des voyages lui aussi, des voyages beaucoup plus longs. Il circule en avion mais son jet lag intellectuel est tel – je fais allusion à la marge entre ses intérêts personnels et les passions de la vie contemporaine – qu'il pourrait aussi bien faire le tour de la mer Morte, juché sur un âne. S'il n'avait pas tant voyagé, j'aurais passé plus de temps à la maison (tant de problèmes sérieux à débattre avec lui !). Mes déplacements se limitaient, en général, à des trajets d'une journée vers Washington ou New York alors qu'il se lançait dans des expéditions de longue durée. Et c'était pour être près de lui que j'avais émigré, que j'avais quitté l'Europe, choisi le cœur des États-Unis (le vaste continent entre la Pennsylvanie et la Pacifique). De temps à autre, j'en souffrais. Mon sacrifice était minimisé, le temps s'échappait par des centaines de fissures. Pourquoi ne pouvait-il rester un peu tranquille ?

Ma foi, il avait ses raisons. Quand Lena, sa première femme, était morte quinze ans plus tôt, il avait commencé à sillonner le monde (comme s'il s'agissait d'un champ électrostatique, un cyclotron pour recharger en énergie les particules).

C'est pourquoi, au déjeuner, comme il tendait la main au-dessus de la table pour prendre un petit pain, on pouvait voir un billet d'Air India sortir à demi de sa poche.

— Encore une vadrouille, mon oncle ? Où diable allez-vous cette fois-ci ?

Au-dessus de ses yeux ultrableus, des rides explicatives commençaient à se creuser. Il se préparait à m'endormir avec une réponse pleine de dignité : « Oh… Sans y penser, l'automne dernier, machinalement, j'ai accepté une invitation et je l'ai oubliée jusqu'à ce que je reçoive le billet aller et retour déjà payé. »

On le réclamait, il était flatté. Il n'y avait guère de justification scientifique à ces allées et venues. D'autres spécialistes convenaient beaucoup mieux à ces fins spécifiques et il le reconnaissait. Ses confrères du tiers-monde avaient dû l'inviter comme un phénomène doué d'une mémoire anormale. À la demande, en fermant les yeux, il pouvait vous citer toutes les parties des organes reproducteurs d'une plante donnée jusqu'aux fibrilles. Il exécutait ce numéro tout autour du globe, aux Célèbes ou à Bogota tandis qu'un manuel circulait de main en main. Il en savait plus long que le texte imprimé. La direction de son département voyait d'un mauvais œil ces tournées spectaculaires. C'était fâcheux. Il aurait mieux fait de s'en tenir à ses cours et à son labo. Mais il avait écrit des flopées de livres et d'articles, certains assez fouillés, d'autres plutôt mystérieux, et il jouissait d'une grande réputation. Il correspondait avec des originaux du monde entier qui le croyaient acquis à leurs théories. Tous ces vols en Australie ou dans l'Antarctique (bien qu'il en sût très long sur les lichens – c'était incontestable : lichens, algues, fongosités) s'inscrivaient dans le plan de son existence.

Mon seul but était de la protéger, cette fichue existence. Il suivait une trajectoire dangereuse. Chaque fois qu'un 747 s'écrasait, je vérifiais la liste des passagers. Mes attentes, mes espoirs d'atteindre mon objectif étaient menacés. Nous avions, lui et moi, un projet crucial en train. Ses absences constituaient pour moi une double privation : primo pour abandon de l'entreprise, secundo, à titre personnel. Je lui manquais aussi. Il me téléphonait des Célèbes, de Patagonie même. Oui, il m'avait joint une fois depuis la Patagonie et je lui disais : « Quand revenez-vous ? On a besoin de vous ici. Je vous *attends* ! »

Déplorable qu'un homme dans la trentaine trahît une telle dépendance. Peut-être l'oncle sillonnait-il les espaces intercontinentaux et arpentait-il les grands aéroports mondiaux pour penser, ce qu'il était incapable de faire immobile. Peut-être cherchait-il à m'échapper. Cela aussi j'aurais pu l'admettre. Il fallait que je me concentre sur la nécessité de mon autonomie. Je me disais : « Mais pourquoi diable l'albatros de Coleridge suivait-il ce foutu rafiot ? Il aurait dû se contenter de sa tempétueuse solitude. Pourquoi ne se contentait-il pas de se nourrir de poissons ? Ces marins avec leurs mauvais biscuits anglais devaient le mener à la mort. Et puis la recherche de la compagnie des hommes peut être une erreur fatale. » Donc, non seulement je m'inquiétais des risques présentés par les voyages mais aussi du jugement de base de l'oncle. Je craignais qu'il ne fasse une fausse manœuvre, que, malavisé, il ne commette une bourde. Et, pour être plus précis, qu'il ne se fiche en l'air quand je n'étais pas là pour l'arrêter.

Il me hurlait de Patagonie – on entendait, semblait-il, la voix des océans en furie – : « Tiens bon, Kenneth. Je prends l'avion samedi. »

Les retrouvailles étaient toujours grandioses. Nous allions dans ses restaurants italiens favoris, nous attardions à boire et reprenions notre conversation au téléphone dès le matin, après quoi nous avions un long déjeuner ensemble. Tant de questions à débattre ! Ces entretiens étaient des jours de fête pour moi et nourrissaient le cœur de ma vie mentale.

Benn, sans enfant, était libre le week-end. J'ai une petite fille avec laquelle je passais en général le samedi après-midi jusqu'à ce que sa mère se mette dans la tête d'aller s'installer à Seattle. À la suite de quoi, je dus assumer les frais d'entretien de la fillette sans en assumer les devoirs ni en goûter les plaisirs qui, je dois l'admettre, étaient des plaisirs mitigés. Pas de petite fille à emmener au zoo pour voir les ours et les tigres. Les animaux en cage n'ont aucun moyen de le savoir, mais ils font partie intégrante de l'univers du divorce.

Non qu'un divorce soit intervenu. Treckie et moi ne nous étions jamais mariés. Elle parlait toujours d'aller chercher en ville une licence de mariage mais n'avait jamais pu s'y résoudre. Et, peu à peu, elle se mit à se plaindre de la ville, préparant son départ en la mettant en accusation. L'ambiance s'y détériorait rapidement, la violence y gagnait sans cesse du terrain. On ne pouvait ouvrir un journal sans lire qu'une jeune femme avait été enlevée, assommée à coups de crosse de pistolet, arrosée d'essence et calcinée. La vie à Seattle ne pouvait être que plus plaisante.

Donc, dans le Midwest, à part l'oncle Vilitzer et sa famille qui gardaient leurs distances, Benn et moi étions les plus proches parents.

Nous étions même plus que cela. Le « projet crucial » dont Benn faisait partie était si singulier, si bizarrement spécial qu'aucune simple déclaration ne peut le définir. Je me demandais : serait-il possible de faire pour le monde des humains ce que l'oncle a fait pour la vie des plantes ? Lui-même l'avait suggéré. Il disait parfois : « Et si j'avais, vis-à-vis des gens, les mêmes capacités que dans le monde de la botanique ? »

Mais il ne les avait pas. « Je serais un homme tout à fait désorienté », ajoutait-il. Une certaine confusion, déjà, était évidente chez lui, si bien que s'il donnait l'impression d'avoir échappé de justesse à un danger, son soulagement était compréhensible. Alors, quelle situation occupait-il ? Eh bien, il avait un don dans un domaine donné, un autre pouvait donc en posséder un dans un domaine différent. Abolir la claustrophobie de la conscience (ce dont souffraient les compagnons de l'amiral Byrd) : tel était le défi moderne classique. Si vous pouviez le concevoir, vous étiez déjà dans la course. De l'imaginer simplement faisait de vous un candidat possible à la réalisation de cette entreprise. Seule, la volonté pouvait la permettre. Calculs et mesures délibérées resteraient inopérants. Cette volonté je la retrouvais chez l'oncle tous les jours et j'espérais y accéder moi aussi sous son influence. C'était la raison de ma présence.

En un sens, il était devenu mon père. Ma mère avait pour ainsi dire fait vœu de pauvreté. Papa l'habillait somptueusement pour compenser son désintérêt. Elle n'avait pas du tout de poitrine mais portait la toilette avec style, ravie de posséder des soieries et des lainages luxueux. Devenue trop vieille pour ces plaisirs-là, elle s'était transformée en Mère Teresa. Je n'ai pas le cœur de la critiquer. Je me souviens, petit garçon, d'avoir été emmené chez la couturière de la rue Marbeuf. Ce jour-là, mon père avait appris la mort de son propre père. L'enterrement du grand-père Trachtenberg était prévu pour onze heures et ma mère avait dit : « Il faut que nous consolions Rudi. On va l'emmener dans un bon restaurant. » Elle lui avait offert un déjeuner somptueux – avec ses huîtres favorites, des *belons*[1], et du vin fin. Ensuite, nous étions allés chez la couturière pour un essayage. Ce fut là que, se posant en spécialiste de l'élégance féminine, à la Proust, il prit la direction des opérations. Il fit allusion au problème de la *poitrine** de maman, comme un véritable Français, et fit du gringue aux filles. C'était un *homme à femmes**, un coureur. Doué d'un charme étonnant, il était capable de tenir ses promesses à la « ci darem ». La dame qui lui tendait la main ne serait pas déçue. Elle ne regretterait même pas de revenir à son mari puisque toute personne sensée devait comprendre que mon père ne pouvait être qu'un événement sans pareil comme la Chute ou l'Arche de Noé. Comme causeur, il avait ses limites mais disposait d'un répertoire fantastique pour arriver à ses fins. Il avait servi comme officier de réserve sur un destroyer et avait vu de près F. D. R., Harry Hopkins, Churchill et Montgomery. Dans la mer Rouge, Ibn Séoud et sa cour étaient montés à bord et avaient campé sur la plage arrière sous un

1. Tous les termes suivis d'un astérisque sont en français dans le texte. *(N.d.T.)*

taud, y faisant rôtir leur propre mouton et retournant leurs tasses en renversant le marc de café sur leurs superbes tapis. Papa avait parlé un jour avec le grand Mufti qui avait même fait allusion à une visite sous le manteau à Auschwitz où il avait inspecté les chambres à gaz. À Paris, papa avait rencontré Malraux à de nombreuses occasions. Sartre avait accusé mon père d'être un espion américain parce qu'il parlait *trop bien* français. Je ne veux pas commencer à m'étendre sur mon père, mais il est indispensable à la compréhension de mon attachement pour le frère de ma mère. Parfois même, Benn parlait de papa sur un ton d'envie à cause de son succès auprès des femmes. Benn aimait décrire ou imiter la façon dont mon père entrait dans un restaurant (ils se livraient à des imitations l'un de l'autre aussi mauvaises), ses entretiens avec les *sommeliers**, les messages qu'il envoyait aux chefs. S'il avait invité Proust à dîner, mon père lui aurait offert un divertissement mémorable.

Mon père, l'animal, était un danseur accompli, maîtrisant tous les pas jusqu'aux lointains fox-trot ou charleston, valse, rumba, conga, tango. Quand il ouvrait les bras à une femme, elle se sentait arrivée à bon port. Lui se présentait avec un aplomb qui incitait un être, relégué depuis des années en plein désert érotique dans l'attente d'un signe, à exhaler des soupirs. Pour les hommes, la conduite de papa, le style de ses avances étaient de parfait mauvais goût. Mais les femmes se souciaient moins de l'aspect artistique de la question. Apparemment, il constituait une espèce à lui seul. Je ne pouvais même pas m'en approcher, modeler mes attitudes sur les siennes. Je n'étais pas taillé pour séduire les dames. Bien avant d'avoir trente ans, j'avais fait de louables essais sans réussir à persuader les filles d'adopter mon échelle sexuelle de douze tons (c'était l'expression de mon père). Et, d'ailleurs, sa conversation était chaste, correcte, sans un mot choquant, sans aucune description détaillée de l'acte. Oui, une fois de loin en loin, des platitudes de baiseur lui échappaient : « *Elle s'exclamait à mon sujet** » ; « c'était comme une expérience religieuse ». Des âneries de ce genre. Son génie n'était pas celui du verbe. Pourtant, les dames n'étaient plus jamais les mêmes après leur rencontre avec Rudi Trachtenberg, alors que lorsqu'elles me quittaient, moi, elles restaient intégralement elles-mêmes comme avant... Pourquoi la mère de ma fille ne m'avait-elle pas épousé ? Aurait-elle refusé mon père ?

J'ai dit que j'avais hérité de beaucoup de ses gestes qui étaient très élaborés. J'étais capable de les ébaucher, mais sans les mener à leur terme. Avec moi, ils prenaient un sens différent, comme si je n'invitais pas les femmes à me suivre mais leur demandais de m'emmener.

Papa ne finit pas en *débauché** minable – ainsi qu'est décrit Casanova, bouffi et décrépit, à l'haleine empestée et le corps rongé de maux vénériens. Mon père est en pleine forme, tout bonnement. C'est moi qui ne suis pas frais.

Jamais l'idée n'a effleuré mon vieux père qu'il avait vécu d'abord pour les femmes. Il se considérait comme un individu normalement porté sur la bagatelle. Il ne parlait pas d'elles. C'était un grand liseur, apte à discuter de tous les problèmes modernes importants. Des gens très remarquables le prenaient au sérieux. Il y a des années de cela, Queneau venait à la maison. Nous buvions du bourbon venant du PX[1] à une époque où il était presque introuvable. Queneau aimait le bourbon mais jamais il ne serait venu simplement pour se griser. Il y avait aussi un de nos hôtes assidus, Alexandre Kojève, qui n'aurait pas accepté de dîner avec des potiches. Je mentionne Kojève à cause de son évocation de Hegel achevant sa *Phénoménologie* au moment historique adéquat, à portée des grondements de canon de la bataille d'Iéna – une époque culminant avec la victoire de Napoléon et terminant un monument d'histoire universelle à partir duquel la connaissance absolue, *possible seulement maintenant*, pouvait englober tout l'Être.

C'est là un exemple des questions dont nous discutions dans notre salle à manger : savoir si l'homme,

1. Post Exchange : magasins des bases aériennes américaines *(N.d.T.)*.

à la fin de l'histoire, reste vivant comme un simple animal ; s'il est temps pour lui de devenir « purement naturel ». Ce débat serpentait le long d'autres méandres dans le labyrinthe des événements. J'ai grandi en entendant parler du partage de l'Europe entre Hitler et Staline, puis entre Staline et les puissances occidentales ; du ghetto de Varsovie et de l'*Umschlagplatz* ; et aussi des génocides, « les tziganes de l'Europe grillés comme des grains de café par les nazis » ; de Treblinka et du goulag, entre autres noms de lieux terrifiants. Que la fin des temps de l'homme ou la création de l'individu historique libre fût en vue, tels étaient nos thèmes de discussion. Rien que des sujets ultra-sérieux. Pas de turpitudes porno, sadomaso ou pédérastiques dans nos propos de table. Et, à moins que votre pensée n'émane d'une conception correcte de l'Histoire, à moins que vous ne viviez dans votre temps, la réflexion ne pourra que vous dérouter complètement, vous rendre fou. Le terrible résultat d'une conscience hyperactive mais confuse est une des causes de notre déclin.

Il faut envisager le problème ainsi : l'homme illuminé est un microcosme incorporant l'Être universel en lui-même, à la condition qu'il occupe le sommet de l'édifice de la connaissance universelle. Il va sans dire que je ne peux pas atteindre cet objectif moi-même. Cependant, vous ne serez jamais capable, le moins du monde, de juger ces temps aberrants si vous ignorez l'existence de la grande vision hégélienne.

Supposons maintenant qu'au lieu des armées napoléoniennes vous ayez des femmes, qu'au lieu d'Iéna, vous ayez des chambres à coucher, au lieu des canons vous savez quoi, alors vous commencez à voir l'existence de papa sous un jour plus vrai. L'exploit historique que des millions d'hommes intoxiqués par le sexe tentaient d'accomplir sans y arriver, il le réalisait avec l'aisance du vainqueur-né. Sans une lecture précise de la boussole de l'Histoire, vous êtes perdu. Et Éros est le pôle immuable. Le don de papa, c'était de représenter Éros. Ma mère en était chavirée, mais elle comprenait que le mariage et la vie de famille ne pouvaient être simples et sans accrocs avec un mari comme mon père. Jamais il ne se montrait brutal ou abusif, il était personnellement généreux et attentif, c'était un homme chaleureux, un père affectionné. Mais je crois que vous comprenez pourquoi je devais quitter Paris. Parce qu'il sortait de l'ordinaire, présentait un cas très spécial. Il n'avait pas à « créer son âme » comme les autres. La sienne lui était créée par des forces à part. Moi, avec mon âme « en voie de création », il fallait que j'aille dans ce but en Amérique. Ceci n'est pas encore très clair, mais ça le deviendra, je le promets.

Entre-temps, M. Kojève, dans notre salle à manger, exposait sa théorie selon laquelle l'Union soviétique, la Chine et les nations communistes associées étaient d'anémiques copies carbones des États-Unis où les aspirations matérialistes de l'homme moderne étaient comblées au-delà des rêves les plus insensés de Marx ou des philosophes de l'*Aufklärung*. Les vainqueurs d'Octobre avaient tout gâché. Je crois que Kojève se rendait compte que les intérêts réels de mon père, si intelligent et informé des choses qu'il fût, s'orientaient dans une direction différente. Et puis ma mère était un cordon-bleu. Il se célébrait à la maison une sorte de grand-messe culinaire avec du *rognon de veau** sur l'autel. Je ne supportais pas les relents d'urine et je n'ai qu'un goût modéré pour le vin. Le palais de M. Kojève était aussi raffiné que tout ce qui le concernait par ailleurs. Il mangeait bien chez les Trachtenberg. Naturellement, il aurait été accueilli à bras ouverts en tout lieu. Nous parlons de Paris, après tout, où un homme de génie compte encore pour quelque chose. Paris, bien que n'étant plus au cœur de l'action, reste à même d'évaluer ce qui se passe partout ailleurs. Paris dispose d'un langage pour cela. Avec Londres et Rome, il est dans la phase de Tintagel, guettant le retour du roi Arthur. Attendant que l'Âge d'or trouve son troisième souffle.

J'étais en France pour Noël l'an dernier – de nouveau rue Bonaparte, identique à elle-même depuis quelques siècles – et papa faisait les cent pas, discourant, agitant les deux bras pour souligner ses dires. Il n'est pas solide, il est grand et pour parler, il ne craint personne. On hésite à l'interrompre : « Je ne conteste pas ton affection pour ton oncle, disait-il, je suppose que c'est un homme distingué dans son domaine, mais à d'autres égards, quel provincial ! Enfin, j'ai essayé de ne jamais intervenir dans ta vie. »

C'était vrai, en un sens. Excepté qu'en tant que force de la nature, ou ce que l'on voudra, papa ne pouvait s'empêcher de brouiller les émissions provenant d'autres sources.

Sur quoi, il s'interrompit et me dévisagea longuement. Je lui semblais sans doute inexplicablement falot pour être son fils. Comme la photo d'un indigène à cheveux longs du centre de la Chine prise par un touriste. À quel titre un tel individu était-il son « fils » ? Et voyez simplement comment je procède – d'abord je suis une clef anglaise de format humain, ensuite me voilà un Chinois pris sur une population de plus d'un milliard d'individus. Papa avait toutes les caractéristiques, le fini d'un personnage hors du commun. J'étais encore en pleine métamorphose.

— Je ne vois vraiment pas pourquoi tu veux aller t'enterrer dans le Midwest. Même par calme plat, Paris est encore Paris. De temps en temps, nous avons une explosion et il y a des problèmes avec les Arabes. Mais où tu es, c'est la barbarie, l'anarchie. Une de mes cousines – de nos cousines – s'est fait tirer dessus à bout portant par un voyou. Une fille ravissante, avec ça. Heureusement, elle n'a eu qu'une blessure à la joue, tout en étant brûlée par la poudre. Le petit salaud qui l'a agressée se fichait pas mal de la défigurer. Ils agressent comme ça les filles seules dans la rue. Ça arrive tous les jours.

— Oui, papa, c'est vrai.

Peu importe l'image flottante et anguleuse qu'il a de son fils, cette médiocre réplique de lui-même ; il souhaite malgré tout me garder auprès de lui. Abandonné par ma mère à qui il était dévoué à sa façon. Ce n'est pas non plus une totale illusion. Il a toujours eu le souci de son bien-être. Ce n'est pas par crainte de n'avoir personne dans sa vieillesse pour veiller sur lui en cas d'attaque. Il n'est pas homme à être victime d'une attaque. Et il conserve sa troupe de femmes. Elles lui prodigueraient leurs soins s'il avait besoin d'être soigné. Jamais elles ne le laisseraient enfermer dans une maison de santé, même avec la maladie d'Alzheimer. Néanmoins, elles ne font pas partie de sa famille. Je vois bien quelle était l'opinion de Papa à ce sujet. Je conçois, en images pleines de tendresse, de quoi il pouvait avoir l'air en ruminant la situation. Dans ses années de déclin (non qu'il en donnât les moindres signes) sa femme et son fils devraient former le cœur même de sa vie, alors qu'ils n'en occupaient que la frange fantasmatique. Mais ainsi sont les humains, cher père. Plus remarquables seront vos réussites, moins satisfaisante sera votre vie personnelle et domestique. Les épouses, enfants, frères et autres parents et proches de nos présidents sont alcooliques, drogués, invertis, menteurs et psychopathes. Je ne m'étends pas sur les relations secrètes parfois tragiquement mises en lumière, ni sur ce qui se passe dans les terrains vagues derrière les palissades… Sénateurs et autres hauts fonctionnaires incapables de faire oublier leurs Chappaquiddicks. Les faits personnels sont souvent peu reluisants. Le savant qui ne reconnaissait pas son propre fils, l'étudiant qui le sert à table, s'est mis en ménage avec un de ses étudiants de dernière année. Peu importent ses préférences sexuelles (l'un des bienfaits de la nouvelle indifférence) mais la vie privée se résume presque toujours à un bouquet de maux divers agrémenté de trivialités ou de purs et simples immondices. Donc, papa, avec ses vieilles amies, son fils dans le Midwest et sa femme vouée aux œuvres humanitaires en Afrique orientale, ne se débrouille pas si mal. La Somalie, pour papa, comptait plus que le Midwest parce qu'elle au moins était liée à la politique mondiale – autrement dit à ces centaines de milliers d'Éthiopiens marchant à la mort ou véhiculés vers des camps de regroupement dans des camions fournis par l'Occident pour les distributions de vivres. Cette situation était préférable à tous les projets quels qu'ils fussent, que nous pouvions envisager, l'oncle et moi, sur le sol natal.

Pour Papa, Benn était un *schlump*, un incompétent. La liste de ses échecs, ses relations boiteuses avec les femmes en faisaient, pour être charitable, un personnage risible. Que visait-il au juste ? Sous des prétextes botaniques, il faisait le tour du globe, disait

Papa, et dans l'avion il rencontrait des dames incapables d'expliquer ce qu'*elles* faisaient réellement à 12 000 mètres d'altitude et à mille kilomètres à l'heure. Telle que la décrivait Papa, cette existence avait un côté comique ; et Benn était comique, certainement. C'était aussi un homme remarquable, ce qui échappait à mon père, qui ne concevait pas l'ampleur de son esprit. L'ampleur de l'esprit et la force du corps étaient les grandes vertus de la Grèce ancienne. En fait de mesures de l'esprit aujourd'hui, nous avons le QI et les tests d'aptitudes académiques. Le corps admirable prend plus d'importance que jamais dans les clubs d'athlétisme, les exercices aérobiques, le jogging, le régime Pritikin. Le catalogue de Sharper Image, qui vous parvient par le courrier, est truffé d'engins sophistiqués coûtant des milliers de dollars pour vous muscler les cuisses, le ventre, les biceps, les pectoraux, vous forger un physique renversant. En tournée, le grand Schwarzenegger est accompagné d'une tonne et demie d'appareils en acier avec lesquels il s'escrime dans ses suites de palaces. Bref, la beauté des êtres surnaturels, mais aujourd'hui sans ailes, dans une interprétation matérialiste.

L'idée que mon impeccable français est inutile aux USA exaspère mon père. À qui parler là-bas, quelle que soit la langue ? Et qui voir ? La famille ? L'oncle Vilitzer ? Je n'ai de nouvelles du grand-oncle Harold que par les journaux et je les vois très rarement, lui et les siens. Ce vieil édile local, conseiller véreux, était pourri jusqu'à la moelle. Les grands jurys ne parvenaient pas à l'épingler et ce n'était pas faute d'essayer. On pouvait dire sans exagérer qu'il aurait aisément rempli les gradins d'un stade olympique, avec les personnages officiels qu'il manipulait et, pensant que cela pourrait distraire papa, j'avais essayé de lui expliquer certaines opérations de Vilitzer. Il avait froidement accueilli ma proposition. Comparé à un Jacques Chirac, qu'était Vilitzer ? Un vulgaire *youpin** américain.

Et pourtant, la famille s'était battue contre Vilitzer. Ma mère lui avait intenté un procès et, bien que l'oncle Benn fût aussi partie civile, il se trouvait au diable en Assam, n'avait jamais assisté aux débats et ne s'était nullement intéressé à l'affaire. Vilitzer, ce taureau sauvage, était le plus jeune frère de la grand-mère Crader. Dans ses dernières volontés, elle l'avait désigné comme exécuteur testamentaire et il avait filé avec une partie des biens qui s'étaient révélés de valeur non négligeable. Demander si je voyais Vilitzer procédait donc d'une pesante ironie. Une fois revenu dans le décor de la ceinture sidérurgique, me suggérait papa, je pourrais choisir entre les rêvasseries intellectuelles avec l'oncle Benn et l'analphabétisme de cet animal qui avait infligé à sa propre chair et à son propre sang une telle avanie.

Nous avons beaucoup d'affection l'un pour l'autre, mon père et moi, même s'il m'arrive de le peiner.

Il est naturel pour un fils d'éprouver le désir de prendre le relais de celui qui l'a précédé et d'avancer sur la même ligne. Il ne l'aurait pas exprimé en ces termes mais je crois que, sur le plan sexuel, il me considérait comme une sorte d'ectoplasme. À supposer que nous devions ôter nos vêtements (j'avais essayé mentalement), la comparaison eût été humiliante. Pour rectifier la balance, je m'efforce de me donner plus de poids mental, de développer des sentiments qui lui font défaut. Ceci montre à quel point nous sommes tombés en dessous des canons de la Grèce classique. Nous avons scindé le problème en deux, séparant le physique du mental. À Paris, un père avec une bite de réputation mondiale, en Amérique un oncle avec de remarquables dons intellectuels. Papa me demande toujours des nouvelles de la petite fille que j'ai eue avec Treckie. À propos de son unique petit-enfant, il devient sentimental. Peut-être aimerait-il comprendre comment je peux en être l'auteur. Il voudrait savoir pourquoi Treckie et moi ne nous marions pas. Elle ne veut pas, je lui réponds. Il secoue la tête, se refusant à me questionner ouvertement sur mes performances au lit. Pour une personne évoluée, un bâtard ne pose pas de problèmes majeurs. Je serais bien étonné qu'il n'en eût pas lui-même un ou deux étant donné le sens qu'a pour lui la France aristocratique *(l'ancien régime*)*. Il demande à voir les lettres de Treckie. À cet égard, elle ne me néglige pas et m'écrit souvent. « Si je lis ses lettres, je pourrai peut-être t'en dire long sur elle », dit-il. L'objectif de papa, je l'ai compris, était de m'éloigner de l'oncle. Devenu mari et père, mon besoin d'oncle se serait beaucoup atténué.

Ma mère n'aimait pas discuter de mon attachement pour Benn alors que mon père s'obstinait à vouloir me tirer les vers du nez. Il disait : « Kenneth, tu es un de ces éternels étudiants et tu te figures que Benn a encore quelque chose à t'apprendre. En échange, tu dois t'occuper de lui parce que, comme le disait Aristophane, "il s'est fourré la tête dans le cul". (Papa détestait les expressions vulgaires et leur trouvait toujours un parrainage respectable.) « Ce que tu fais pour lui, tu devrais le faire pour une femme et pour ta petite fille. »

Cause toujours. Si mon père avait eu un sens de la famille aussi poussé, il ne se serait pas tapé autant de femmes mariées. Et ces femmes n'adoptaient-elles pas la même attitude ? La crise mondiale était l'excuse de tous à la lascivité et au libertinage (deux petits mots rarement rencontrés).

Le sens de la famille s'amenuise beaucoup lorsqu'on en vient aux collatéraux. Il ne pesait pas lourd non plus pour Vilitzer. On le voyait souvent sur notre campus où il était invité à faire des exposés sur la corruption devant la municipalité. Il disait aux étudiants que la corruption appartenait au passé. Tant de contribuables filant vers la banlieue. Tant d'argent du gouvernement fédéral surveillé de si près que le vol devenait de plus en plus difficile et dangereux. La machine avait perdu ses magouilleurs de choc. Je me rendis à l'une de ses conférences et me cachai dans un coin. Moi le petit-fils de sa propre sœur, et il n'aurait jamais su que j'étais là, n'en aurait eu nul souci. J'étais tenté de demander comment le FBI pouvait monter autant de piégeages et filmer les édiles ou autres fonctionnaires recevant des pots-de-vin. De nos jours, la Justice poursuit les Vilitzer avec des harpons, ce qui ne manque pas d'un certain charme. Dans une administration républicaine, les mammifères démocratiques (de toutes tailles) offrent un gibier de choix. Quant aux étudiants, ils aimaient le baratin de Vilitzer : c'était un dur à cuire si charmant. Toujours bronzé, son visage respirait l'intelligence et ses cheveux blancs rabattus en avant lui auréolaient le front et les tempes dans le style de la Rome impériale. Bâti comme un bûcheron dans sa jeunesse, il était resté massif et solide. Ce qu'il avait perdu en taille, il l'avait gagné en envergure et, bien qu'il fût affaibli, disait-on, par des ennuis cardiaques, son regard bleu avait encore assez de force pour vous fixer avec une expression menaçante. Avant d'être mobilisé à la Seconde Guerre mondiale, il avait entretenu de vagues relations avec la pègre et joué les rôles de gros-bras. Son surnom, dans la famille, était « le Caïd ». Selon la légende, il aurait un jour traîné un type au fond d'une cave, lui aurait coincé la tête dans un étau et, quand le type aurait entendu craquer les os de son crâne, il aurait décidé de donner au Caïd les renseignements qu'il réclamait.

Quand il venait au campus, il ne cherchait à voir ni son neveu ni son petit-neveu. Le procès intenté par maman l'avait gravement offensé. Benn lui était tombé dessus un jour, alors que Vilitzer allait monter dans sa vaste limousine aux vitres teintées de violet. Benn l'avait salué avec chaleur et le Caïd avait dit : « Ce qui peut t'arriver, je m'en lave les mains. » Vilitzer avait la lèvre supérieure retroussée en dedans comme ses boucles blanches.

— Et qu'est-ce que vous avez répondu ?

— Rien. C'est toi qui as l'esprit de repartie. Qu'est-ce que tu aurais dit, toi ?

— Je lui aurais envoyé une boîte de savons de toilette Lady Macbeth.

L'oncle avait répété ma plaisanterie à ses amis et connaissances. Il admirait trop mes bons mots. De toute façon, Vilitzer n'avait certainement jamais entendu parler de Lady Macbeth.

— Il voulait vous dire que vous n'hériteriez pas un centime de lui ?

— Écoute. Comment veux-tu ? Il a une famille.

— Le fils aîné est exclu.

— C'est vrai. Fishl a été déshérité. Fishl est trop malin et son père l'associe mentalement à moi. Mais il y a d'autres enfants. Ils sont dans les appareils à sous, le trafic d'influence, les bonnes vieilles combines juteuses. Les enfants fournissent des excuses au brigandage. Les hommes politiques sauraient expliquer – en cas de nécessité. « Pourquoi je vole ? Question absurde. C'est pour mes enfants. »

— Il vous a possédés, maman et vous.

— Avec une nièce ou un neveu, c'est différent. Si un neveu réclame un poste de fonctionnaire municipal ou une sinécure dans un parc public, c'est légitime. Mais l'argent liquide est réservé à la chair de votre chair. Il nous en a voulu parce que nous contestions la vente de la propriété que nous avions héritée de ta grand-mère. Hilda et moi en avons tiré un joli bénéfice et aurions dû être reconnaissants. Le procès que nous avons intenté les a mis en rage. Il m'a appelé et m'a dit : « Je te ferai pisser le sang ! »

J'ai répondu :

— Avec des expériences familiales de ce genre, je ne vous blâme pas de préférer les plantes.

— Une seconde. Je n'ai jamais dit que j'en étais là. Je peux encore reconnaître la sève du sang, dit l'oncle.

Le pauvre, il avait un sens très poussé de la consanguinité. Parfois, ce sentiment apparaissait chez lui comme une absurde faiblesse. Je suis certain qu'il avait épousé Matilda Layamon en partie pour fonder une famille. Et il comptait bien m'y incorporer moi aussi, ce qui était impensable. D'ailleurs, les Layamon n'auraient voulu de moi à aucun prix. Matilda avait dit à l'oncle que j'étais un sournois. Fondamentalement, c'est une contre-vérité. Je me considère comme un individu d'une parfaite franchise. Pour être tout à fait juste, cependant, la minceur de mon visage et mon regard sont susceptibles d'évoquer la sournoiserie. Certaines personnes sont mal à l'aise avec moi et ont l'impression que je les surveille. On me soupçonne d'être soupçonneux. Pour aplanir les problèmes dans l'intérêt de Benn, je déclarai : « Elle n'est pas la première à m'accuser, et je me suis souvent posé la question moi-même. Je suis un "franc-sournois" ou disons que je porte une forme d'oxymoron sur le visage. »

Benn était, *au fond**, un homme nourri de sentiments profonds. Bien des gens ne l'admettront pas, y voyant le symptôme d'un développement personnel déficient « Il a bien choisi son moment, celui-là, pour être tellement nourri de sentiments », et j'ai moi-même quelques réticences mais, en fin de compte, je reconnais qu'une telle profondeur me touche. Grâce aux hautes relations de mes parents, j'aurais pu choisir ce que je voulais à Paris et c'est un fait que Paris s'améliore de nos jours – il y a un retour à l'équilibre ; on a bazardé tout le marxisme d'après-guerre et on a levé le ban qui pesait sur la barbarie des États-Unis. Mais j'ai renoncé à tous ces avantages pour aller vivre près de l'oncle Benn. À mes yeux il représentait la famille. Les mêmes raisons font que je prends encore l'avion une fois par mois pour aller voir ma petite fille, Nancy.

Mais j'admets qu'il est difficile de monter en épingle le fait d'endurer les liens affectifs. Chacun craint d'être la dupe de ses sentiments, encore que les cyniques feignent de les honorer du bout des lèvres, tout comme le servile Ponomarenko de Staline s'inclinant devant les « masses innocentes ». À cet égard, la littérature s'efforce de tenir ses vieilles positions. Philip Larkin, poète très admiré, écrit : « En chacun sommeille un sentiment de la vie régi par l'amour ». Mais ce sentiment sommeille. Il dit aussi que les hommes rêvent « de tout ce qu'ils auraient pu faire s'ils avaient été aimés. C'est un mal incurable ». Et ceci *semble* vrai aussi, encore qu'il existe peut-être une analogie avec Ike – ils n'ont pas de théâtre intérieur correspondant au théâtre européen des opérations. Dans quel espace l'amour peut-il se jouer ? Et ce n'est guère encourageant d'opposer ces réflexions de Larkin aux propositions adverses, soutenues par une foule énorme de gens qui renoncent à l'amour et vivent solitaires – solides, sains, rationnels, logiquement endurcis ou, du moins, « non sentimentaux », généralement mieux réveillés que les autres. Sauf dans un contexte mélancolique, on n'entend plus guère parler d'amour. Dans un récent hommage à la chanteuse de blues Billie Holiday, l'orateur déclarait : « Elle est née de l'amour et elle a souffert de manque d'amour. Toute sa musique ne parlait que d'amour. » Agonisant pour avoir abusé de la drogue et de l'alcool, Billie sur son lit de mort était en état d'arrestation. Il y avait des policiers dans sa chambre d'hôpital.

Vilitzer, pour en revenir à lui, était l'exécuteur testamentaire de la grand-mère Crader. Par le truchement d'une firme fictive, il avait acheté sa propriété à Benn et ma mère et l'avait vendue plus tard à Ecliptic Circle Electronics, qui avait bâti sur le site le plus grand gratte-ciel de la ville, presque aussi haut que la tour Sears, à Chicago. De cette transaction, il avait tiré une fortune. Ma mère et l'oncle Benn avaient touché ensemble trois cent mille dollars. « Harold nous a plumés », dit ma mère. Elle avait espéré acheter une maison dans l'île Saint-Louis avec sa part. Quand l'oncle Vilitzer était venu à Paris, des années plus tôt, avant les troubles, elle l'avait emmené voir cette maison. « Pourquoi veux-tu prendre une vieille baraque comme ça ? lui avait-il dit. Pour la moitié du prix, tu peux avoir un appartement propre et moderne. Jamais je ne vivrais dans un taudis pareil. Achète au moins un endroit où les étrons ne remontent pas quand tu as tiré la chasse et où il y a une fenêtre dans la cuisine. »

Faire un procès à Harold était donc une folie. Le nombre de juges qu'il avait dans sa manche était incalculable. Et il jouait au golf avec les collecteurs de fonds de ceux qui n'étaient pas à sa botte.

— S'en prendre à lui était démentiel, dis-je à l'oncle.

— Tu as un sens aigu de ce genre de choses, dit l'oncle. Je suppose, en effet, que c'était une bêtise de faire ça.

— Je vais vous dire ce qu'il y a de curieux. Sous prétexte qu'il est de la famille, vous faites encore du sentiment à propos de lui.

— Je l'aimais beaucoup *autrefois*.

Comme je l'entendais prononcer cette phrase, une ombre me survola. L'une de ces fichues ombres versatiles qui vous frôlent et s'enfuient. S'il pouvait encore aimer Harold Vilitzer, son affection pour moi (ou pour quiconque) se dépréciait en un sens.

— En 1946, poursuivit Benn, Harold est revenu de la guerre. Ayant dépassé l'âge, il était volontaire et s'était engagé par haine d'Hitler. Quand Hitler s'est flingué dans son bunker, Harold était en Italie où il s'était d'ailleurs fait pas mal d'argent à Naples avant d'être démobilisé. Naples, où les gens ont vraiment un talent unique pour les combines. Il vendait des surplus de l'armée. Dès qu'il avait mis la main dessus, le matériel devenait surplus. Enfin, il est revenu et s'est assis dans la cuisine, en uniforme. Il était tordant. De temps à autre, il allait dans la rue, en pleine ville, prenait des paris, graissait la patte des policiers. Comme bookmaker de plein air, il réussissait tellement bien que le jour où il a subi une grosse perte, les flics ont organisé une collecte entre eux et lui ont remis cinquante mille dollars pour qu'il puisse continuer son petit trafic. Pour eux, le jeu valait la chandelle. Prochaine étape, à notre connaissance, il s'était lancé dans la politique.

— Toute cette affection dont vous me parlez semble être restée à sens unique, venant de vous seul. Et les autres ?

— Je ne dirais pas qu'Harold était un oncle indifférent à l'époque. Il m'a appris que les mûres étaient comestibles. Nous avions alors deux mûriers dans l'arrière-cour. Je crois que je t'ai dit…

— Plus d'une fois.

— Là où se trouve maintenant la tour de l'Ecliptic Circle Electronics.

— Oui, je sais, dis-je.

Le philosophe, en moi, ne faisait pas grand cas des détails fournis par l'oncle. Sa façon d'insister sur le petit côté des choses mettait parfois ma patience à l'épreuve. Pourtant, je me disais souvent que mes abstractions étaient plus illusoires que ses précisions concrètes.

— Ces mûres étaient délicieuses. L'oncle et moi passions des après-midi à les cueillir. Nous chassions les merles des arbres. Il m'invitait aussi en ville. Nous avions encore le music-hall – Jimmy Savo, Sophie Tucker, des jongleurs, des magiciens, des chiens dressés. De temps en temps, le burlesque. Et puis, le billard et la boxe. Il aimait beaucoup les deux. Je crois qu'il voulait faire de moi un individu normal, me couler dans le moule. Nous allions aussi dans des officines de books. Des tripots. Au cinéma. Bien sûr, je n'avais pas un sou. C'était l'oncle qui payait tout. Un jour, nous avons vu un film d'essai merveilleux – une parodie surréaliste sur une espèce de fou de Burbank qui cueillait de vrais petits pains dans un arbre à pain. Pendant la guerre, la femme d'Harold était partie s'installer en Californie avec les enfants pour être près de ses parents. En attendant qu'ils rentrent chez eux, il s'est montré comme un père, avec moi.

— Alors, en quelques semaines, s'est développé en toi un attachement tel…

— Bien sûr. Et même avant – j'aimais mes parents, j'aimais ma sœur ; j'essayais toujours de leur parler. À huit ans, je suis monté dans le lit de Hilda, un matin, parce que je l'aimais. C'était l'époque où ta mère était en train de devenir une jeune femme. Elle m'a collé au moins dix paires de gifles pour m'apprendre ce qu'était l'inceste, et pourtant c'était la première fois que j'en entendais parler.

Il sourit à ce souvenir.

— C'était si merveilleux, dis-je, même quand maman vous persécutait. Vous m'avez dit, mon oncle, qu'étant petit vous lisiez des contes de fées – toutes les collections Andrew Lang : la verte, la jaune, la bleue. Et je vais vous dire ce que vous avez fait, à mon avis : ces contes de fées de votre enfance, vous les avez remplacés aujourd'hui par le souvenir de votre famille au bon vieux temps. Tous les princes, les Cendrillons, les Belles au bois dormant et les méchantes belles-mères. Ne devriez-vous pas repenser tout ça avant d'entrer dans le troisième âge ?

Je ne me moquais pas de lui ; je n'éprouvais que sympathie à son égard et j'élevais à peine la voix ; je songeais qu'il avait, en quelque sorte, échappé à l'emprise du monde dont nous faisons pour la plupart l'expérience. L'oncle omettait (ou dédaignait) de se protéger, d'une façon fort peu compatible avec les conditions actuelles (ou les agressions) de la vie contemporaine. Quand sa sœur l'avait giflé, il n'avait pas cherché à se défendre. Je souligne ce détail parce qu'il devait plus tard tant accaparer l'attention des femmes et dès l'instant où leur intérêt prenait une forme littérale, physique, il ne savait pas toujours comment s'en tirer. Parfois, je crois qu'elles piquaient sa curiosité sur un plan dangereusement naïf. Ses réactions à leur égard me faisaient penser à ce vieux dicton :

« Quand un homme prend femme, il découvre d'emblée si ses bras et ses jambes sont simplement collés. »

Mais bien entendu, il n'était pas innocent dans le sens du terme si haïssable pour les gens d'expérience. Comme si cette expérience n'était pas une suite d'illusions, endossées comme des costumes au long du processus de la « croissance ».

Mais je ne me trompais pas totalement sur le conte de fées des sentiments familiaux. Il revenait souvent – trop souvent à mon avis – sur ses jeunes années. « Quand j'avais sept ou huit ans, je rentrais de la rue mourant d'envie de parler à mes parents des merveilles que j'avais vues. J'avais des choses si horribles à raconter et j'étais surexcité. Mais, à la maison, tout le monde était très occupé. Il fallait apporter sur la table la viande et les pommes de terre, alors on me faisait taire. En général, ils étaient très gentils avec moi. Simplement, ils n'avaient pas le temps. Pour finir, je me suis dit que ce que je voyais au-dehors, pour eux c'était du réchauffé, alors j'ai renoncé à parler. Ma mère, quand j'étais petit, me prenait pour un affreux menteur. Elle me l'a dit plus tard.

— Et c'est pour ça que vous avez choisi les plantes ?

— Je ne dirais pas exactement ça. Nous ne parlions pas le même langage dans la famille. Nous échangions des tendresses, des baisers, des regards affectueux. Même ma sœur, toujours si nerveuse, était en général gentille. Ce qui nous manquait, c'étaient les mots.

Benn me considérait comme le seul membre de la famille avec qui il pouvait communiquer à un niveau élevé. Peut-être cette impression tenait-elle à ma surdité partielle. Je porte mes cheveux longs pour cacher mon aide-ouïe. Les durs d'oreille doivent être doublement attentifs ; beaucoup lisent sur les lèvres en écoutant et une concentration aussi inhabituelle peut passer pour un assentiment. Dans l'ensemble, je saisissais ce qu'il voulait dire. Nous avions lu les mêmes ouvrages de base. Jusqu'à la disparition des lignes maritimes, l'oncle Benn et la tante Lena traversaient chaque année l'Atlantique et ramenaient toujours pour moi des livres dans une petite cantine – d'abord des contes de fées, *Le Dernier des Mohicans*, Mark Twain et Dickens. Puis, dès que je fus assez grand, ils m'initièrent à Balzac. Tante Lena, si ronde et si candide d'apparence, une chevelure brune discrètement parfumée sur un épiderme très pâle, était une fanatique de Balzac. Elle le préférait quand il était le plus sombre, quand il martelait les barreaux de la vertu-et-du-vice sur un fond de tambourins et de tam-tams universel : l'enterrement du père Goriot, la concierge tigresse volant le musicien mourant, Pons, tandis que son mari, dans la loge au rez-de-chaussée, est empoisonné par le terrible Auvergnat Remonencq qui la convoite. Qui aurait pu penser qu'une bonne pâte comme Lena serait assoiffée de mixtures aussi fortes ? Mais elle déclarait : « On ne peut connaître la vie ou les relations humaines, on ne peut comprendre la société si on n'a pas lu Balzac. » Vers la fin, elle ajoutait : « Pour comprendre Balzac, il faut faire un retour en arrière à Swedenborg. Commencer en lisant *Seraphita*, de Balzac. Ensuite, lire *L'Amour conjugal.* »

Benn, de toute évidence, n'avait pas lu les commentaires de Swedenborg sur l'amour. Il m'avait donné ce livre à titre de souvenir (je l'avais lu). Il était du même avis que Lena à propos de Balzac ; cependant, il disait : « Si elle ne m'avait pas fait connaître tous ces livres, je n'aurais jamais su ce que je cherchais. Quant aux gens qui n'ont pas lu *Le Cousin Pons* et *La Cousine Bette*, je ne vois pas de quel système ils disposent pour se guider. S'ils se font posséder ou brimer, ils sont incapables de savoir dans quelles conditions. Sans *La Cousine Bette*, j'aurais été perdu. »

De toute façon, il l'était souvent, perdu. S'il avait lu *Pons* plus attentivement, il n'aurait pas épousé Matilda Layamon. Elle était fille unique de riches parents et Balzac vous explique clairement que les filles uniques nées dans la soie font des épouses dangereuses. Les textes vous jouent des tours sur ce point. Parce que vous avez *lu* des pages sur les philistins, il vous est loisible d'en conclure que vous ne pouvez être un philistin vous-même. Ça ne tient pas debout. Vous pouvez être aussi, à votre insu, pris d'une fièvre secrète en lisant un livre, empoisonné par des émanations toxiques, ou encore être inconscient des tempêtes affectives qui se déclenchent en vous et dont le livre vous protège. Que l'oncle fût un lecteur impressionnable et parfois halluciné, son enthousiasme pour les livres qu'il me pressait de lire le prouve. Dans le cas de *Seul* de l'amiral Byrd, il avait totalement raison ; mais il m'avait aussi poussé à lire l'*Autobiographie d'un yogi*. Ce livre ne manquait pas d'un certain charme, mais il fallait surmonter votre incrédulité vis-à-vis de la lévitation et des expériences télépathiques ; comme lorsque la femme du yogi, entrant dans sa chambre, le trouve étendu, non sur le matelas où elle l'avait laissé, mais flottant juste sous le plafond. À cette forme de littérature, l'oncle opposait une attitude d'agnostique, c'est-à-dire de dilettante qui ne me plaisait guère.

Mais, ayant perçu les goûts de l'oncle, je réussis à l'intéresser à des écrivains mystiques, gnostiques, hermétiques, à des hommes comme Soloviev et Fiodorov sur lesquels j'avais fait des recherches pour mes études sur le symbolisme russe. L'oncle était si solide d'aspect que je lui faisais confiance pour passer au crible mes plus fragiles opinions. Quand j'étais très jeune, je le comparais au redan d'une antique forteresse. Tout comme mon père, qui affirmait qu'il était bâti comme une église russe, je faisais appel à des métaphores architecturales. Les vieilles maçonneries de ce genre sont inutiles contre les explosifs modernes ou les missiles. (Ce n'était guère un défi pour la famille Layamon à laquelle il s'était allié par le mariage.) Quoi qu'il en fût, l'oncle en tenait pour Fiodorov selon qui la mort est présente derrière tous les problèmes humains – la terre est un cimetière et le seul et unique objectif de l'humanité est de le revendiquer pour le rendre à la vie.

Que ceux qui nous sont chers soient condamnés à disparaître dans l'éternité est intolérable et nous ne pouvons l'accepter sans lâcheté. Il faut commencer par la famille proche. Fils et filles doivent rendre la vie à ceux qui la leur ont donnée. Même s'il faut pour cela aller sur la Lune, nous devons récupérer les moindres particules de nos morts. Morts et vivants forment une seule communauté. Je n'aimais pas cette lutte littérale pour la restauration physique des morts. Pourtant, j'essayais d'influencer l'oncle pour voir comment il s'en arrangerait. Il lisait avec jubilation, il dévorait cette littérature. Il lui arrivait parfois, métaphoriquement parlant, de s'élever vers le plafond. Je n'aurais pas dû la lui faire connaître. Je l'avais fait parce que, sur tous les sujets qui m'intéressaient, je pouvais compter sur lui pour improviser de curieux commentaires.

Un oncle charmeur est un atout majeur. Notez que je n'ai pas dit un *vieil* oncle charmeur. Par malheur, il n'était pas trop vieux pour s'embringuer dans des intrigues féminines. Avec tante Lena, il avait été parfaitement honnête – pas l'ombre d'une tromperie. Tant qu'elle avait vécu, il n'avait même pas regardé les filles – enfin, il les *regardait* mais il évitait de se lancer dans la prospection. Après des années de fidélité, certains doutes s'élevaient sur sa puissance sexuelle. Il me renvoyait à l'autobiographie de Darwin (jamais il n'hésitait à fréquenter mentalement les plus grands), à ces passages dans lesquels Darwin avoue que, dans sa jeunesse, il avait été touché par la poésie et la musique alors que plus tard l'une et l'autre l'avaient écœuré, ce qu'il expliquait par le délaissement de ses facultés analytiques, inutilisées et rouillées. Le travail scientifique, l'immersion dans les détails insignifiants, la consignation d'infimes différences dans les organismes l'avaient rendu inapte à des émotions plus fortes. (À mon avis, l'inaptitude de Darwin était antérieure et il s'était tourné vers la recherche dès qu'il en avait senti les premières atteintes.) La tante Lena était douce, avec des hanches et des cuisses légèrement alourdies, très brune, auréolée d'un parfum fugace, avec des yeux noirs qui semblaient comme accrochés sur son visage, et j'étais terriblement curieux (trait masculin largement répandu) de savoir comment Benn s'était comporté avec elle. Il se montrait très protecteur à son égard, sincèrement. Et puis il y avait les influences swedenborgiennes : elle n'avait pu convaincre Benn de lire ce grand visionnaire ; néanmoins, ses vues sur l'amour entre les sexes étaient familières à l'oncle. La femme est dotée de plus grands pouvoirs de volition, par quoi Swedenborg entend l'affection. Les tendances de l'homme sont plus abstraites. Un échange intervient entre l'homme et la femme. L'amour et la pensée se complètent dans le couple humain et une sorte d'échange d'âmes s'opère, selon le plan divin. Cependant, Benn s'inquiétait de la mise au rancart de

Darwin et de son effet sur sa capacité de s'enflammer érotiquement. Le problème le tracassait assez pour l'amener à des discussions obliques avec Lena. Elle ne refusait pas d'en parler.

Benn le veuf-célibataire, avec sa lourde charpente, ne pouvait guère apparaître comme un héros romantique aux yeux des femmes. Pourtant, au cours des années précédant son second mariage, il avait été sans répit occupé par les femmes : flirts, déclarations, désirs, obsessions, désertions, insultes, déchirements, asservissements sexuels – toute la lyre, du septième ciel à la rupture. Le mariage était censé mettre fin à ces tourments.

— Au moins, je peux m'arrêter de vagabonder sur toute la surface du globe, disait-il, justifiant à mes yeux sa trahison.

Je n'avais pas bien pris son mariage ; il aurait dû me prévenir à l'avance.

Mais pourquoi vadrouillait-il tellement ? Les forêts indiennes, les montagnes chinoises, les jungles brésiliennes, l'Antarctique. Il admettait que sa bougeotte avait une cause érotique mais ne savait jamais trop comment l'interpréter. Des désirs contradictoires étaient en jeu. À une époque où s'opposent Éros d'un côté et Thanatos de l'autre, en un conflit juridictionnel, autant faire ses valises et filer à l'aéroport plutôt que d'en attendre l'issue sur place. Valait-il mieux bouger ? Cavaler pour maintenir en activité la libido ?

Jamais ceci ne serait arrivé à un authentique matou. Pensez au baron Hulot, de Balzac, âgé de quatre-vingts ans et qui fait des propositions à une servante, alors que sa sainte femme, sur son lit de mort, peut encore l'entendre. Tout aussi curieux est le cas du grand-père de Stravinsky. À cent dix ans, il s'était rompu le cou en escaladant une palissade pour un rendez-vous nocturne. L'oncle n'était pas à égalité sur ce point avec les hommes de cette trempe – les vieux Yeats en fureur, ces types qui allaient en Suisse se faire greffer des glandes de singe dans les années 1920. Non, quinze ans de fidélité conjugale, tel était son genre. Et il ne pouvait trouver de terrain d'entente avec des femmes extravagantes et excessives dans leurs exigences.

Oui, il avait de réels problèmes sexuels, non pas du type incapacitant – les reliquats d'une libido cachée qui aurait fait la fortune, sexuellement parlant, d'une femme douée de l'instinct et de la compréhension nécessaires pour faire surgir l'ordre (et aussi le plaisir) de ces idiosyncrasies mêlées. Et je ne peux pas vous dire comment il avait été amené à prendre le risque de se marier avec Matilda Layamon. J'en suis encore baba. Si l'empire britannique, selon Macaulay et Winston Churchill, fut acquis à la faveur d'un moment de distraction, le même raisonnement peut s'appliquer à la seconde femme de Benn. Dans le premier cas seulement, une volonté impériale prenait peu à peu forme, tandis que dans le second s'exprimait l'opinion d'un homme sur lui-même, une forme d'autocritique. Mais je n'envisage pas d'approfondir ses motifs. Je me fie de moins en moins à la psychologie. Je la considère comme l'un des plus médiocres sous-produits de l'inquiétude ou de l'instabilité de la conscience moderne, une agitation terrible que nous prisons comme une forme de clairvoyance. Disons simplement que l'oncle lui-même comprenait le côté irrationnel de la bague au doigt de Matilda et du « oui ». N'y avait-il pas assez de mariages délabrés autour de lui, les épaves d'amours tels des Boeing incapables de franchir une crête de montagnes ? Quand le temps vint pour nous de nous expliquer, il se montra assez direct avec moi à propos de la « scène sexuelle ». Tous ces fous et ces folles partageant leurs lits. Deux psychopathes sous un édredon. Savez-vous jamais qui est allongé près de vous ; quelles pensées s'agitent derrière l'écran de la « considération » ? Un sursaut du thermostat et la chaleur de l'amour explose, une éruption de flammes qui vous calcine. Tandis que vous flottez à la dérive en vous éloignant de vos cendres dans un monde éthéré, ne soyez pas surpris d'entendre sangloter celui ou celle qui vous a détruit.

Mais je ferais mieux de baisser le ton, de ne pas céder à mes grandes faiblesses.

Pour poursuivre plus sobrement, je vois bien en quoi le mariage devait être pour Benn une perspective tentante. Il était presque en totalité accaparé par le monde végétal – l'histogenèse des feuilles ou Dieu sait quoi ; en vérité, je voyais en lui une sorte de mystique des plantes – mais le reste débordait d'affection. Ses confrères, comme je l'ai déjà observé, étaient bien souvent affectivement desséchés et personne ne songeait à leur en tenir rigueur. Il n'était pas prêt à suivre l'exemple darwinien, à accepter une atrophie totale. Il déclarait : « Je deviens trop autonome. » J'aurais pu me laisser convaincre qu'il était fatigué de se prendre en charge, encore qu'il s'accommodât des soins du ménage. Il y avait même du goût. Il versait du bleu Vanish dans la cuvette des waters ; préférait le 409 à tous les autres détergents de cuisine ; il lavait ses chaussettes au Woolite. Des tâches qui auraient mis hors d'eux d'autres hommes, comme éplucher les patates, nettoyer la râpe à fromage, récurer les fonds de casseroles brûlés, frotter le plancher à genoux, ne le gênaient nullement. Jamais l'idée ne l'effleurait que c'était en dessous de sa dignité, inconvenable pour un homme qui avait rectifié certains des concepts de base de la morphologie des plantes. Pour mon père, cette acceptation du rôle de bonne à tout faire était un signe de bêtise naturelle sous-jacente. Papa était plutôt gâté dans la mesure où il s'était royalement payé du bon temps comme Américain à Paris. Aucun Européen n'aurait pu tirer meilleur parti de la vie occidentale. L'Europe post-hitlérienne était en disgrâce vis-à-vis d'elle-même. Ce qui restait des privilèges traditionnels s'évaporait. Au temps des gens de maison, les cuisines étaient sans attrait. Lorsque la maîtresse de maison dut se charger elle-même des tâches domestiques, des équipements dans le style américain ou allemand de l'Ouest furent installés. Les Trachtenberg, cependant, avaient toujours eu une bonne – les intellectuels ne frottaient pas les planchers – mais l'oncle ne voyait pas d'objection à laver, repasser, recoudre des boutons, astiquer. Il faisait aussi le ménage de son labo. « Sous tous les airs qu'il se donne, disait Papa, c'est une vieille dame. » Erreur. C'était la façon qu'avait l'oncle de dire : « Je ne suis pas l'un de vos supérieurs. » Il s'écartait de sa route pour proclamer l'égalité. À mon avis, il en rajoutait. Cette attitude traduit quelque peu, selon la suggestion d'un ami parisien, un excès de politesse. Il me disait que Marcel Proust, qu'il étudiait, pouvait se battre les flancs pour répondre à la question parfaitement oiseuse d'une dame à dîner. Il se lançait dans des développements paralysants qui n'étaient ni sollicités, ni attendus. Les gens étaient submergés de renseignements superflus par ce beau et fastidieux convive au visage de yaourt. On aurait pu en mourir ! À la base de cette attitude, il y avait la galanterie de l'égalité ou de l'égalité présumée. Autant accorder aux autres, à partir de soucis égalitaires, un crédit immérité (c'est-à-dire à des gens dont le processus mental est totalement différent du vôtre), honorer l'esprit de l'autre pour une force qu'il possède ou ne possède pas – tel l'apaisement du dieu d'un volcan éteint depuis des siècles. Il n'est même pas là. Il dirige une chaîne de volcans (comme une chaîne de motels) et a fort à faire avec ceux qui sont en activité.

Il faut également songer que l'oncle était dans un état de tension maximal et jouait sur lui-même en raison de cette tension. Sur des cordes aussi tendues, un numéro de bravoure était inévitable. L'excès de courtoisie atténuait sa supériorité sur les autres, ses auditeurs. Une sincérité et une énergie comme les siennes étaient instinctives. Par exemple, il ouvre un paquet de comprimés vitaminés et une de ses voisines de table lui demande ce que c'est. Il entreprend de décrire le centre de recherches avancées sur le cancer à Valhalla, New York, et évoque la théorie des « radicaux libres » – neutrons dangereux détachés dans le processus métabolique, susceptibles d'entraîner des tumeurs malignes. Ces vitamines miraculeuses dilatent les capillaires de la prostate et l'empêchent de grossir. Elles ont guéri un de ses ongles fendus depuis des années. (Il essaie de le lui montrer ; la lumière des bougies est trop faible.) Étrange effet secondaire, poursuit-il, les vitamines stimulent la prolifération des bactéries intestinales, causant certains ballonnements. Sur ce point, le remède consiste à suivre l'exemple des primates les plus évolués, dont les fonctions digestives sont étrangement semblables aux nôtres et dont un régime fibreux entretient la propreté des entrailles... Regrettant sa question, la dame attend que ce raseur exalté ait achevé son exposé. Encore une offrande non sollicitée.

Ainsi, l'oncle, pour revenir à la question, se débrouillait fort bien seul. Pour changer, toutefois, il serait plaisant que quelqu'un d'autre, par bonté, fît la vaisselle de son dîner. Pourquoi, alors, avait-il épousé Matilda Layamon ? Le visage classique, la chevelure d'hyacinthe – elle n'allait pas faire la vaisselle. En filigrane, s'inscrivent les relations maître-esclave. Le maître *est* le maître parce qu'il est prêt à affronter la mort pour maintenir les privilèges du maître. L'esclave n'a pas envie de risquer sa vie... Nul besoin de développer ici ce thème en expliquant pourquoi Benn n'avait pas honte de faire la vaisselle. Mais je ne peux m'empêcher de me souvenir qu'à Moscou, au début des années 1920, le poète symboliste Andréi Biely s'était mis en fureur, lors d'une réunion publique, parce qu'il avait dû faire la queue pour obtenir un morceau de poisson. On aurait dû lui servir un hareng de poète sur une assiette propre ! Il avait aussi affirmé vers la fin de sa vie, parlant des femmes qu'il avait connues : « Pas une seule d'entre elles ne m'a mérité. » Je ne peux imaginer Benn faisant une telle déclaration. Ces paroles, dans sa bouche, seraient inconcevables. Et pourtant, il aurait pu être fondé à les prononcer. Tant de penseurs modernes s'accordent pour dire que la « surévaluation » est le secret de l'amour. Pour Rousseau également c'était une illusion dont les sociétés libres ne pouvaient se passer. Sous-jacente à tout ceci, de nouveau, on retrouve la découverte faite au pôle Sud par l'amiral Byrd. Là-bas, les gens s'étaient découverts jusqu'au tréfonds. Inutile de s'étendre sur ce point, il suffit de le mentionner.

S'il y avait une illusion à la clef, l'oncle en aurait eu clairement conscience. Ce n'était pas une mauviette. Il était largement admiré pour son savoir, l'exactitude, la fidélité et l'étendue de sa mémoire. À mon avis, un pouvoir de cet ordre vous est concédé de très haut. Sur ce point, le « monde scientifique » fera la fine bouche. C'est inévitable. Et ceci n'est pas l'amorce d'une controverse mais la confession d'un cœur mis à nu. Des explications ordinaires issues du bon sens à ras de terre ne me paraîtront jamais satisfaisantes. Pour moi, cet homme était un prodige, il avait un pouvoir « magique ». De tels dons spontanés visent à l'accomplissement de l'homme. Mais quel degré d'accomplissement réclament-ils ? Doit-il être longuement élaboré – une simple esquisse ne suffirait-elle pas ? Oui, pour ceux qui sont affligés de sécheresse affective. Les êtres émotifs, les cœurs aimants comme mon oncle, les caractères exubérants, débordants d'énergie, aisément bouleversés, frustrés, avides, ne voient pas pourquoi un don précieux ne serait pas suivi d'un autre, d'une succession de dons. L'exigence s'imposait donc d'un être pour les partager, d'une femme charmante, une femme telle que la décrit Swedenborg, façonnée par Dieu pour initier un homme, l'amener à l'échange des âmes. Peut-être aussi pour l'instruire, ainsi que Diotime avait instruit Socrate de l'amour.

En somme, en récapitulant tous les faits, l'oncle avait subi une dure défaite. À cette époque-là, il avait le sentiment, pour en revenir à ce sacré poème de Poe, d'être un errant, harassé et désabusé. À mon avis, c'était un homme victime d'abus sexuels. Dans les journaux, ce terme s'applique aux petits enfants, et il peut sembler incongru de placer un quinquagénaire dans une telle catégorie. Un célèbre botaniste d'âge respectable au jardin d'enfants – qu'est-ce que vous nous chantez ? Pourtant, il y a bien des hommes vaincus. Eux aussi sont brisés. Et pour moi l'oncle Benn était un homme vaincu par les femmes. « Un personnage de son envergure ? » me direz-vous. Je suis bien d'accord. C'est cela même. Il était en quête de protection et dans n'importe quel test d'association de mots, le terme « protection » appelle celui de « chantage » : « un racket ».

Un point reste confus : pourquoi l'oncle Benn, si c'était vraiment un homme averti, se laissait-il malmener aussi passivement ? Tout le mystère est là. Et quand je l'étudie comme on étudierait un tableau abstrait à la recherche d'indices du monde réel (Est-ce un vase ? Est-ce une antique pièce d'artillerie ? Un tube de mayonnaise ?), je vois Benn en personne à l'arrière-plan, l'homme tel qu'il est, un grand gaillard un peu massif, pâle avec un dos voûté de Slave. Il marche à pas pesants. Au-dessus de la ceinture, il semble placide. Puis vient la tête ronde, la face pleine, deux yeux évoquant le tracé d'un huit couché. L'un de mes philosophes russes affirme que les yeux des hommes se rangent dans deux catégories, les réceptifs et les volontaristes. Certains, grands ouverts, reflètent la lumière ; d'autres scrutent tout ce qui les entoure, guettant leur proie ; des yeux pour lesquels la terre est un paradis, un éternel *aujourd'hui*, ou bien des yeux d'où jaillit un flux électrisant de volonté. L'oncle entrait dans la première catégorie, bien sûr. L'homme est ce qu'il voit. (Non ce qu'il mange, comme cet Allemand maniaque et littéraliste qu'est Feuerbach le soutient.) Non ; ainsi voyez-vous, ainsi êtes-vous. Que pourraient bien signifier d'autre ses yeux ? Sa tête, façonnée pour la tâche à accomplir, était un observatoire de plantes. Il aurait donc pu être humainement pris pour une dupe, une cible, par les êtres de volonté, escrocs, prédateurs que les réflecteurs de lumière sont prédestinés à servir (leurs serviteurs, leurs proies, leur pâture).

Mais quelque part dans les circonvolutions de son caractère, l'oncle était aussi un homme rusé. C'est après coup qu'il devenait rusé, capable de voir où il avait déraillé, comment il s'était fait avoir, comment il avait collaboré avec les arnaqueurs et les spoliateurs. Mais seulement après coup. Il semblait stable, mais ce n'était qu'une apparence. C'était cependant un personnage à part, une authentique exception. Par crainte de l'élitisme – quelle absurde superstition ! – nous nous imposons de faire fi des exceptions.

Vous vous rendez compte ! Notre seul espoir de libération et nous sommes censés ne pas lui accorder fût-ce un regard.

Je devrais demander à l'oncle comment un gosse de Jefferson Street était devenu fou de botanique. Si vous laissiez de côté la bardane, l'ambroisie, l'ailanthus nain et les autres herbes poussant dans les cours d'entrepôts, il n'y avait aucune plante dans son quartier misérable. Grand-père Crader n'aurait jamais mangé de laitue. Il s'offensait quand grand-mère lui en servait, levant vers elle son visage intelligent, déformé par les préjugés et les sarcasmes, et disait : « Donne ça aux *behemah.* » Bien que le vieil homme enseignât l'hébreu, ce n'était pas un juif pratiquant. Il s'intéressait, néanmoins, à la tradition mystique et aimait disserter de l'arbre de Vie et de l'arbre de Connaissance. Curieusement, c'étaient les gentils qui possédaient l'arbre de la Connaissance (sous la forme de la science) tandis que l'arbre de Vie était à cent pour cent la propriété des juifs. En fin de compte, Science et Vie s'unissaient. Je me demandais si ces arbres avaient influencé mon oncle dans le choix d'une profession : « Pas à ma connaissance », me répondit-il.

Cela dit, l'oncle n'aimait pas paraître mystérieux. Il ne voulait pas discuter de ses dons ou y réfléchir. Il les acceptait avec reconnaissance et, pour le reste, il préférait se taire. Pour ma part, il me fallait réfléchir à ces mystères car j'en étais profondément marqué. Quand je le questionnais sur l'arbre de Vie, tout ce qu'il pouvait me répondre, c'était que son père avait possédé un livre cabalistique sur la question dont l'auteur était le mystique du XVIe siècle Haym Vital. Je n'avais pas eu le temps, alors, de m'y attacher – trop de fers au feu – mais j'avais dû en tenir compte car, en dernière analyse, ce livre avait influé sur ma décision de partir pour le Midwest. Je ne voulais pas gaspiller ma vie ; j'acceptais de la *donner*, mais je refusais de la gâcher purement et simplement. Ainsi me suis-je souvent demandé pourquoi je n'ai pas marché dans les traces de M. Kojève. En écoutant sa conversation dans la salle à manger de Paris, je m'imaginais parfois voir des faisceaux de lumière auréolant la tête de Kojève. Devant lui, je me sentais devenir une sorte de *bobby soxer*[1] mental. Il discutait de l'esprit et de la nature, il battait l'Histoire comme un paquet de cartes.

1. Dans les années 1940, jeune fan de swing music. *(N.d.T.)*

J'étais en extase. Quel prodige ! Cependant, je constatais aussi qu'il me venait des soupçons croissants. Très jeune, alors que je préparais mon *bachot**, l'admiration que je portais à la puissance de sa pensée avait été progressivement assombrie par le doute ; je le comparais mentalement à mon professeur de conversation russe de la rue du Dragon – sa chambre glaciale avec les icônes et les bouts de tapis de Boukhara, la nudité agressive de son crâne, la gracilité de sa voix. Il me mettait en garde dans un russe désarçonnant contre les séductions de la pensée, les calculs de l'intellect et ses échafaudages, ses fabrications étrangères au pouvoir de la vie. Il y avait deux espèces de vérité, l'une symbolisée par l'arbre de la Connaissance, l'autre par l'arbre de Vie, l'une étant la vérité de la recherche, l'autre la vérité de la réceptivité. La connaissance coupée de la vie équivaut à une maladie. L'oncle avait sur les plantes un savoir sans bornes mais sa connaissance était quelque peu involontaire.

— Alors, mon oncle, où est ce livre ?

— Sur l'arbre de Vie ? Aucune idée. Il a dû être enterré quand ils ont rasé la maison. Le vieux me le lisait, sans faire de commentaires. Je ne l'ai jamais étudié moi-même.

— Qu'est-ce que vous avez lu personnellement ?

— J'ai acheté un bouquin chez le brocanteur pour trois sous. C'était *Great Mother Forest* de Attilio

Gatti. On avait dû le sortir d'une baignoire et le faire sécher au soleil parce qu'il était tout gondolé et couvert de taches. Ce livre m'a fait un sacré choc. Et puis j'ai aimé le livre de Bartram – ses voyages dans la Géorgie et la Floride encore intactes, il y a deux siècles, seul, passés à récolter des plantes rares en dormant à la belle étoile.

À Paris, j'ai entendu proférer cette brillante idée selon laquelle le ghetto serait une réplique du désert de Judée et les juifs auraient échappé à la décadence par manque d'éléments végétaux. Ne dépendant pas de la sève, ils ne pouvaient pas se flétrir. Le ghetto n'est pas aussi stérile que les esprits des intellectuels français dont émanent des formules de ce genre, ostensiblement favorables. C'est l'une des raisons qui m'ont fait quitter Paris. Durant des siècles, dans les synagogues misérables à moitié effondrées, les juifs ont récité des prières pour demander au Ciel de répandre la rosée (*tal*). Mais ceci ne présente d'intérêt qu'en relation avec la vocation de l'oncle.

— Alors, ces livres exotiques ont fait de vous un globetrotter ?

— Je ne dirais pas ça. Il y a tous ces jets 747 attendant d'emmener des foules un peu partout. On peut toujours prendre un congé. Et obtenir des subsides à des fins spéciales, plus des taux de change favorables. Le temps se dégrade – dix jours de pluie glacée ininterrompue –, vous êtes morose, démoralisé ; c'est absurde de rester planté là, et même néfaste pour votre structure mentale. Alors vous vous mettez à fouiller dans votre bureau et vous y trouvez une masse d'invitations restées sans réponse. Ensuite, vous vous dites : pourquoi pas l'Inde ? Ce serait la meilleure saison pour y aller. Il y a cette grande femme basanée si accueillante à Madras qui est toujours tellement heureuse de vous voir. Elle est d'une compagnie très agréable.

Il parlait de Rajashwari. Elle était bibliothécaire et virtuose de cette guitare indienne ventrue aux sons graves. Non loin se trouvait l'université d'Annamalaï avec son fameux département de botanique où le docteur Singh donnait, expérimentalement parlant, la sérénade aux mimosas et augmentait le nombre de leurs stomates – l'oncle était loin d'être convaincu par les théories de Singh.

— Mais pour en revenir au gamin de Jefferson Street, dit-il, ce n'était pas *Great Mother Forest* ni le charme de Bartram pendant ces nuits subtropicales parfumées. Il s'était, semble-t-il, introduit en moi un double qui agissait à ma place. Et ce double me dicta de donner au brocanteur une pièce. Sans doute attendait-il son tour et lorsque apparut la botanique, il se précipita pour l'avaler d'un coup. Mon moi normal aurait lanterné et pesé le pour et le contre, comme l'âne de Buridan. Certaines décisions me mettent vraiment sur le flanc…

— La question est donc de savoir qui, de ces deux-là ou plus, prend ces décisions pour vous. À moins qu'il ne soit plus juste de parler d'un démon, ou un *daimonion* – un esprit intérieur ?

Je n'attendais pas de réponse de sa part à cette question.

L'oncle et moi fîmes un long voyage ensemble. Le printemps dernier, il m'emmena avec lui au Japon.

Il se trouva que j'étais allé une fois de plus à Seattle pour voir ma petite fille et essayer de persuader sa mère de m'épouser. L'oncle était particulièrement tracassé par ce projet. Il me téléphona à l'hôtel, l'un de ces immeubles ultramodernes. Les chambres y étaient tout en verre. J'y passais des heures à lire le *Times* pendant que les pluies de Seattle zébraient sans trêve les panneaux vitrés. Jamais elles ne s'arrêtaient.

Ce n'était pas seulement pour s'enquérir de moi qu'il appelait.

— Je prends l'avion pour Tokyo demain, me dit-il. Si ça te chante de venir avec moi, je te paie le voyage.

— Qu'est-ce qui se passe... ? C'est le temps ? Il pleut aussi chez vous ?

— Tu parles ! Et ce n'est pas près de s'arrêter.

— C'est la première fois que j'entends parler du Japon.

— Eh bien, je suis attendu à Kyoto dans deux jours.

— Nous avons dîné ensemble avant mon départ et vous n'en avez pas dit un mot.

— Il y a eu du nouveau. Si tu me dis où est ton passeport, Kenneth, je peux le prendre avec moi.

— Il est ici, dans ma serviette, ici même. Je peux partir avec vous.

— Comment ça se passe, à Seattle ? Je me suis fait du souci.

— Ça n'a rien donné. Comme prévu.

— Je m'en doutais. Cette délicate créature t'a aplati une fois de plus. Elle te fait un enfant et, ensuite, elle te garde une dent. Tu n'as pas besoin d'être un père aussi consciencieux. Tu n'as jamais refusé d'entretenir cette petite...

Au pire moment, vos amis, lorsque leurs braguettes sont ouvertes, vous disent de fermer la vôtre. Ils s'arrangent pour se dérober et, ensuite, prennent des airs supérieurs.

— C'est entendu, oncle Benn, lui dis-je. Nous avons tous les deux des problèmes avec les femmes – nous ne sommes guère malins l'un et l'autre. Je serai très heureux de vous accompagner et nous ne parlerons pas d'échappatoire. D'accord ? Ce sera des vacances.

Il répondit avec réticence. Avec moi, il ne s'embarrassait pas de fausses dignités. Jamais. Mais il y avait quelque chose de sordide dans cette attitude, la fuite devant une femme et *quelle* femme. D'accord c'était elle qui l'avait choisi. Mais n'avait-il pas accepté de l'être ?

— Je vais te donner le numéro du vol de la JAL. J'ai réservé une place pour toi et tu trouveras ton billet au bureau de la compagnie. Seattle-Tokyo-Seattle.

— Alors Caroline a passé la surmultipliée et elle est sur le point de vous rattraper ?

— Elle doit arriver ici demain.

— Et vous ne lui avez pas dit non. Elle prend l'initiative depuis le début.

— Nous discuterons de ça dans l'avion. Tu aimeras beaucoup le vieux Kyoto et leur botanique est de premier ordre. J'ai parlé au téléphone avec le vieux professeur Komatsu. Il est à la retraite maintenant mais ils s'en rapportent tous à lui dans le département.

Il se mit à décrire le département en question et à me parler des conférences qu'il allait donner, mais je lui expliquai que je devais partir illico pour emmener Nancy au cinéma (en fait elle était encore beaucoup trop jeune pour y aller).

Caroline Bunge était l'héritière d'un grand magasin de Cleveland et l'oncle l'avait rencontrée au bord de la mer, à Porto Rico – un décor favorable aux rapprochements. Plus proche de son âge que la plupart des femmes avec lesquelles il se liait, c'était une femme grande et belle, de caractère affable, habillée avec goût encore qu'un peu trop parfumée. Un pli vertical entre les yeux lui donnait un air pensif mais, en réalité, son esprit tournoyait trop haut pour lui permettre de réfléchir et, quand elle ouvrait la bouche, on se rendait compte qu'elle poursuivait, avec une fièvre inlassable, certaines aspirations que nul n'aurait dû exprimer. Toutefois, elle conservait une apparence de dignité, le maintien et l'accent d'une femme élevée à l'étranger dans les bonnes écoles françaises et anglaises. Elle parlait chevaux irlandais, concours hippique, chasse au renard, whisky. Apprenant que j'avais grandi à Paris, elle fit état de ses relations amicales avec Jean Genet et Marguerite Duras. Elle ne pouvait rien dire de pire sur eux que ce qu'eux-mêmes avaient écrit. Et y avait-il dans les cercles où elle évoluait quoi que ce fût qui ne pût être dit ? Quant à son maintien, je crois bien qu'il était entretenu par le lithium ou le valium qu'elle absorbait. Par ailleurs, elle buvait plutôt sec. Elle était très loquace, rarement silencieuse. Mais elle n'était pas imbibée au point de ne pas reconnaître en l'oncle un homme remarquable et, comme elle était depuis longtemps prête à se lier de manière permanente, elle lui avait déclaré d'emblée qu'il ferait un mari parfait. « Les femmes de ma classe ont une peur mortelle d'une union à la von Bülow. »

L'oncle était non seulement un homme sûr mais aussi, dans d'autres domaines, un parti désirable.

Dans les conditions actuelles, les décisions de ce genre sont de plus en plus problématiques. La liberté individuelle est entamée par les tourments du choix. Au niveau le plus bas, cela se voit sans peine. Tout catalogue d'accessoires de décoration peut, pour certains tempéraments, devenir une épreuve du feu. Fers à repasser à vapeur, draps housses, four à micro-ondes, luminaires, placards de cuisine, tissus d'ameublement. Une femme nerveuse mettra peut-être une année entière à choisir le papier peint destinée à la salle de bains. Dans une bonne boutique, elle trouvera une étagère de trois mètres couvertes d'albums d'échantillons. Quant à se décider pour un homme, songez à l'effort à fournir pour filtrer les candidats éligibles et choisir un mari. Quel supplice ! Ensuite, il faut convaincre celui qu'on a choisi ! L'argent *devrait* faciliter les choses. Mais il n'en est rien, car argent dit affaires et affaires signifie accords contractuels. À peine avez-vous commencé à lire un contrat que vous songez aux moyens d'en tourner les termes. Même avant d'avoir signé, vous avez étudié vos issues de secours. Il n'y a que calculs privés, chacun selon sa méthode individuelle. En France, cela s'appelle *le petit système à part**. Et tout ceci milite contre la permanence dans les relations humaines. C'est un véritable labeur d'introduire le sentiment de nécessité ou de contrainte dans n'importe lequel de vos choix. L'amour (l'amour « fort comme la mort ») ne peut être envisagé sur une base contractuelle puisque le défi qu'il implique a comme fin l'éclatement du contrat. *Le système à part** appelle cet éclatement. Les termes des contrats sont simplement humains, tandis que l'amour de soi-même est d'essence divine.

L'oncle n'avait pas à tenir compte de ces considérations. Il avait sa science. Par malheur, il était ambitieux. En demandait trop. Le bonheur du reclus ne lui suffisait pas, ni ses pouvoirs télépathiques avec les plantes. Peut-être étais-je aussi à blâmer, moi qui perturbais sans cesse ses sentiments.

Quoi qu'il en soit, surgie de ce paysage confus, apparaît, se dessine, se matérialise la forme somnambulique de Caroline Bunge. Ayant rencontré l'oncle, elle commence à échafauder des plans pour l'épouser. Quoi de plus naturel ? Elle est belle et riche ; c'est un veuf, un savant et un gentleman, même s'il est juif. Elle parle des juifs en tant que maris. Elle me déclare, *à moi* (dans un bar où nous attendons l'arrivée de Benn), qu'une union valable avec un juif est très concevable. Elle dit que Mary Logan Smith s'est très bien entendue avec Bernard Berenson, même si Berenson était un peu escroc sur les bords et trafiquant d'art. Bien entendu, cette histoire remonte à l'époque edwardienne marquée d'une excentricité débridée. Dans ce milieu évoluait une lady anglaise qui transportait un énorme sac contenant des grenouilles et ces grenouilles avaient été dressées à sauter dans sa bouche ouverte, puis à regagner d'un autre saut leur sac. Peut-être les amorçait-elle avec des mouches mortes. Les Anglais et les juifs avaient toujours entretenu de bons rapports – n'étais-je pas de cet avis ? – car, selon Caroline, les uns et les autres pratiquaient l'usure. Quant à la situation ici, nous sommes dans un pays d'accueil auquel les juifs n'ont pas nui, et ceci parce que la main invisible du capitalisme chérit l'Amérique. L'Amérique est le chouchou de la main invisible. Je me rends compte que Caroline se contente de répéter des conversations surprises à des cocktails ou dans des salons d'essayage de Bergdorf Goodman.

En tout cas, elle en avait assez des durs à cuire. Elle souhaitait se ranger et assura à Benn qu'elle était parfaite pour lui. Par politesse, il avait acquiescé. Il aurait été incapable d'exprimer son désaccord. Elle lui annonça son arrivée et lui demanda de venir la chercher à l'aéroport. Elle apportait un contrat de mariage établi par son avocat. Il était prévu qu'une limousine la conduirait à l'hôtel de ville. Un aumônier de la marine présiderait à la cérémonie.

Dès qu'elle eut raccroché, l'oncle téléphona à Kyoto.

En une demi-heure, il ferma boutique, laissant un mot au directeur de son département, fit sa valise, réserva les billets. Puis il boucla l'appartement et passa la nuit chez moi, au campus, si bien qu'à l'instant où Caroline atterrissait du côté arrivée des voyageurs, l'oncle entrait dans le terminal international et gagnait en hâte le bureau des Japan Airlines.

Je vous prie maintenant de vous pencher un instant sur mes propres problèmes avec Treckie à Seattle.

Un homme sérieux, lorsqu'il rencontre une femme attirante, se demandera : « Que pouvons-nous construire de permanent ensemble ? »

N'importe qui vous dira qu'il mérite les meilleures notes en matière de morale pour s'être posé cette question. Neuf cent quatre-vingt-dix-neuf fois sur mille, c'est un préambule à l'autodestruction.

J'ai parfois défini le cas de Treckie en termes subatomiques. La particule A transporte la charge spécifiquement briguée par la particule B. Une authentique affinité. En outre, ceci élimine le risque contractuel. Bien qu'un mariage *commence* par un contrat, il doit s'élever vers une sphère supérieure. De toute façon, à ce jour, je reste convaincu qu'il y avait entre Treckie et moi des affinités. Des particules idéalement combinées pour une vie d'harmonieuse intimité.

Cette Treckie, une jeune femme plutôt ronde, est si réceptive, si plaisante. Ses cheveux sombres et bouclés encadrent en général son visage mais, parfois, retombent d'un seul côté. J'étais particulièrement séduit par son corps un peu courtaud et ferme. Il m'arrive d'admirer les filles aux jambes longues, mais ce ne sont pas elles que je préfère. Le terme « *petite* », utilisé dans la mode et qui désigne uniquement la taille, est inadéquat car il ne précise pas si la silhouette est plate ou potelée. Treckie possède exactement le type de poitrine – sans rivale dans sa catégorie – que je préfère. Dès le début, j'ai été particulièrement sensible au galbe de ses formes en raison de leurs rapports avec les forces physiques… et par physiques, j'entends planétaires ou, plus largement, gravitationnelles – énergie pour énergie. Me sentant moi-même maigre et inconsistant, je réagis aux forces compactes. Treckie n'est pas grande, elle est même minuscule et j'apprécie cette compacité alliée à la maturité féminine. Je m'étais senti mordu pour cette enfant sexuelle, pour son visage menu, la finesse de son sourire combinés à sa silhouette épanouie, sa poitrine rebondie. Elle était comme une aborigène blanche. J'ai peut-être une fixation sur les femmes-enfants – comme Edgar Allan Poe et la demeurée qu'il avait épousée. Après un arrangement avec sa mère, Mme Clemm, qui lui destinait cette fille qui avait huit ans d'âge mental. Dans mon cas, aucune chance de ce genre. Treckie est une femme brillante, diplômée de biologie. Quand je l'ai rencontrée, elle travaillait à l'administration du Veterans Hospital et habitait notre quartier.

La femme de Poe semblait être une vraie simple d'esprit, alors que Treckie était intelligente – ou très intelligente, ou bien s'inspirant de règles intelligentes, ces règles différentes fondées, pour moi, sur les revendications étrangères d'une nouvelle génération de jeunes femmes. Je serai plus précis. Le premier déshabillage de deux amants est un événement bien particulier. La *prise de possession**. Ici, je conserve encore certaines opinions significatives sur la nature de l'homme et de la femme. Enfin, Treckie ne m'avait pas déçu (quoi qu'elle pût penser de moi – étique, osseux, le Chinois aux cheveux longs que photographie le touriste autorisé à circuler dans l'intérieur du pays). Elle correspondait à tout ce que j'attendais, si ce n'est que ses jambes étaient meurtries de contusions. Elle avait les tibias noir et bleu. Non, pour être plus précis, constellés de cercles bleu et vert comme les ocelles d'une plume de paon. Je ne pouvais lui poser la question qui s'imposait : « Mon Dieu, comment vous sont arrivés ces… ? Qui vous a fait ça ? » Étant donné les circonstances, impossible de dire : « Qui a fait ça ? » Il y a des règles de conduite, même aujourd'hui, entre individus consentants, etc. Quand elle me vit la regarder fixement, elle haussa ses épaules nues, inclina la tête de côté et, tendue vers moi, sa lèvre inférieure se gonfla. Il y avait comme un défi dans cette mimique, un « qu'est-ce que tu comptes faire maintenant ? » Elle paraissait fière de ces meurtrissures. En fait, elles ne l'enlaidissaient pas vraiment, pas plus que des morsures d'amour, mais les morsures d'un autre. Et qui avait pu être à ce point brutal avec une femme aussi petite – un employé du téléphone ou un quelconque ouvrier ? Un enthousiaste ou un exalté qui avait piétiné, ses souliers aux pieds, Treckie sur tout le corps ? Toujours est-il qu'elle paraissait me demander comment j'allais m'y prendre. Allais-je rester bouche cousue ? Accepter par mon silence ses « façons d'agir » ? Si je la traitais avec douceur, peut-être n'apprécierait-elle pas ? La seule solution pour moi, dans cette situation, c'était de m'en tenir à ce que je savais faire, sans pouvoir dire si c'était satisfaisant ou non. Il y a des femmes qui aiment vous maintenir dans l'ignorance.

À mon dernier séjour à Paris, je relatai cette scène à mon père et il s'était montré très compréhensif, heureux d'être consulté comme expert. S'inspirant d'une vie entière d'expérience, et plein de sollicitude paternelle, il avait épluché le sujet avec minutie. De quoi s'agit-il : de femmes adultes dans la classe des petits ? Il comprit immédiatement. Les filles de ce genre, les formats de poche, prennent un plaisir particulier à montrer qu'elles sont, sur le plan sexuel, des femmes à part entière. Elles seraient capables de faire obéir des brutes épaisses et des géants. N'ayant peur d'aucun homme, aussi expertes et le sang aussi chaud que n'importe quelle géante africaine ou suédoise. Des « miniatures dominatrices », comme les appelait papa. « Voyons qui commande ici. » Il me demanda si je l'avais malmenée. Puis il donna lui-même aussitôt la réponse : « Ce n'est pas ton genre... Et il y a des gens qui n'aiment faire l'amour que s'ils en gardent des traces. J'ai connu une petite, autrefois, une fille d'un trou perdu de l'Ohio, une curieuse petite bonne femme. L'un de ses amis lui avait mis un œil au beurre noir. Elle m'avait annoncé ça avec un orgueil tout particulier. Quelle délicieuse créature c'était ! Eh bien, avec son cocard, elle est entrée dans un routier, un matin, pour prendre son café et, à l'en croire, tous les camionneurs se sont arrêtés de manger pour la regarder. D'après elle, elle était entrée portant un simple tailleur de lin beige, les cheveux noués en chignon sur le sommet de la tête comme une institutrice. Mais cet œil poché sensationnel ! Les chauffeurs en crevaient d'envie et d'admiration. Elle avait mis sens dessus dessous toute une troupe de malabars ! Alors, Ken, comment interprètes-tu ça ? Une séance de jambes en l'air convertie en proclamation. Des flopées d'autres hommes reçoivent le message, sont touchés par son pouvoir érotique... Nous ne connaissons pas les femmes, mon fils. Pas même après une vie entière d'observations, et disons-le, de recherches. La science même patauge dans ce domaine de la connaissance. »

Il jouait maintenant les mentors avec moi, à la manière des Français. Être un baiseur de première ne suffisait pas ; il lui fallait se hisser au niveau théorique. Ce – comment l'appellerai-je ? – Maître Spirituel Hégélien – passé des troupes d'assaut napoléoniennes aux régiments de femmes sexuelles – *était* néanmoins très instructif à cet égard. Je dirai aussi qu'il a été pour moi un bon père au cœur généreux. Aucun parent monogame n'aurait pu se montrer plus attentif. J'aime mon père. Il était là sans l'être, semblable aux autres parents tout compte fait. Je ne lui avais pas dit que j'adorais Treckie ; il aurait cherché à m'y faire renoncer. Il m'aurait traité de masochiste et m'aurait abreuvé de théories – de l'*amour-propre** à l'*amour passion**. L'*amour* ceci, l'*amour* cela. Il était aussi loin de l'amour, sauf erreur de ma part, que je l'étais, moi, de l'apiculture. Et, à la vérité, je suis un type beaucoup plus coriace que mon père, et je joue beaucoup plus gros. J'ai émigré aux États-Unis parce que c'est là que se passe l'action aujourd'hui – la véritable action moderne. Ce que j'avais besoin de comprendre, mon père ne pouvait me l'apprendre sur son terrain de jeu parisien.

Il est vrai que, dans le domaine du sexe, j'avais un sérieux retard à combler et que, sur ce point, l'oncle n'aurait pas été d'un grand secours sur l'une ou l'autre rive de l'Atlantique. Il n'offrait pas précisément un cas exemplaire avec Matilda Layamon ou celles qui l'avaient précédée.

Un de ces jours, Treckie serait prête à écouter et elle finirait par savoir qui était le véritable Kenneth Trachtenberg.

D'ici là, je ne pouvais que continuer sur ma lancée. Elle n'avait rien contre moi, m'aimait bien, avait un enfant de moi. Elle n'avait pas accepté mon offre de mariage et cela valait peut-être mieux, après tout, car elle ne comprenait pas de quoi il retournait. L'amour sorcier, *el amor brujo*, lui viendrait peut-être quand elle comprendrait à quel point il est sot et vain de vouloir être un « nouveau type », donc d'ici là je me contenterais d'attendre. Tout au long de sa grossesse, elle avait gardé son emploi au VA Hospital. Au septième mois, j'étais venu la rejoindre. Elle était heureuse de m'avoir auprès d'elle, se rendant bien compte que c'était provisoire (non pas un mari mais un compagnon). Cette situation la rendait joyeuse et, étant joyeuse, elle me divertissait chaque jour avec des anecdotes sur l'hôpital, qu'elle considérait comme un lieu distrayant. Les malheureux anciens combattants étaient, pour la plupart, bornés et ridicules. Richement subventionné, l'hôpital avait un parc magnifique et possédait son propre terrain de golf. Les patients plus ou moins dérangés pouvaient regarder depuis leurs fenêtres les médecins circulant sur leurs chariots électriques de golf, nantis de leurs confortables salaires fédéraux. Sur un fond cauchemardesque de pitoyables fantoches, la faculté menait une existence de rêve, faite à quatre-vingt-dix pour cent de loisirs.

La naissance du bébé, une petite fille, accrut encore l'allégresse de Treckie mais n'engendra que peu de changements importants. Elle continua à vivre dans le même appartement, un taudis d'étudiant en demi-sous-sol, derrière un écran feuillu de buissons. Le logement était équipé d'un freezer, d'un four à micro-ondes, d'un water avec un réservoir dépourvu de couvercle, si bien qu'on pouvait plonger la main dans l'eau pour actionner la chasse – la cuisine n'était qu'un placard. Cependant, elle recevait par le courrier des chèques de dividendes ; elle possédait des AT et T et autres actions rémunératrices. Il lui arrivait aussi des rapports financiers de Merrill Lynch. Discret et retors, avec mon genre mi-franc, mi-fourbe, j'apprenais qu'elle avait une mère fort riche avec laquelle elle était en mauvais termes, et qui n'avait pas été informée de la naissance de Nancy. Les titres et le portefeuille d'actions étaient un cadeau de feu son grand-père. « Juste de quoi mettre un peu de beurre dans mes épinards. » Enfantine, avec un visage tendant à faire croire que sa deuxième dentition venait de percer, elle était néanmoins la propriétaire et l'unique opératrice d'un prodigieux générateur de volonté. Pour s'asseoir à table, elle devait se jucher sur des annuaires téléphoniques, mais elle ramenait de l'hôpital des histoires scabreuses. Un technicien du labo d'hématologie travaillait tard la nuit et, pendant que ses cultures mijotaient ou tournoyaient, il se déshabillait et chaussait des patins à roulettes. Les couloirs déserts étaient idéaux pour patiner. Un autre amenait des tapis de chez lui et les nettoyait dans l'autoclave. Pour un salaire de 80 000 dollars par an, le gynécologue recevait trois patientes, de vieilles WACS malades, et une poignée de soldats, anciens de la guerre de Corée, qui se ficelaient des oreillers sur le ventre et venaient le trouver en glapissant qu'ils étaient enceints. Tout le monde se livrait à des excentricités, montait des farces ou des gags si chers aux gens de la province – astuces vaseuses, coups foireux. « Et sais-tu ce qui est arrivé avant-hier ! » Les employés font ça partout. La porte de l'ascenseur s'est ouverte, il faisait noir comme dans un four et Treckie avait tendu la main vers l'interrupteur. Les deux types vautrés par terre s'étaient mis à hurler des injures : « Salope de Blanche ! Touche pas cette loupiote ! » Mais elle avait passé outre et constaté qu'il y avait plusieurs vieux soldats affolés, tassés dans un coin de la cabine.

— Ne t'imagine pas que ces types-là ne se sont pas plaints à mon patron.

— L'Iranien ?

— Il m'a beuglé : « Pourquoi faut-il que vous les embêtiez, nom de Dieu ? Comment voulez-vous que je vous protège si vous faites des conneries pareilles ? »

— Ils ont le bras aussi long ?

— Que tu es bête, Kenneth. Ils appartiennent tous au service civil et ils ont un syndicat très puissant. C'est une bureaucratie énorme.

— Et un vrai bazar, dis-je.

— D'abord, dit Treckie, tout en haut de la pyramide du pouvoir, à Washington DC, les gens peuvent tuer impunément, se faire des cadeaux avec l'argent de l'État représentant des millions, alors pourquoi les autres ne s'amuseraient-ils pas un peu aussi ? Des adultes en cour de récréation.

Treckie tenait des propos très sensés. Elle avait les instincts d'un champion et menait la course en tête. Elle aurait pu la gagner sans avoir à couper le fil d'arrivée, car elle était assez minuscule pour passer dessous, mais elle n'était pas prête pour le mariage, pas encore, bien qu'elle eût accueilli l'enfant sans réticence. Comme les adolescentes qui, dans cette ville, ont un taux d'illégitimité de quatre-vingt-dix pour cent, elle ne voyait pas la nécessité d'une licence de mariage.

Lorsqu'elle racontait ses histoires d'hôpital, Treckie poussait des cris de joie avec toute la force de son corps menu, enflant la gorge, dilatant les fermes rondeurs de ses seins, étalant librement sa sexualité, assise sur ses annuaires. Elle ne me refusait pas grand-chose. Cependant, elle ne voulait pas franchir certaines limites. « Je ne suis pas prête pour un engagement total », me dit-elle. Et elle se fit nommer à Seattle.

Je lui fis remarquer qu'elle pénétrait dans le territoire choisi par les néo-nazis pour y installer leur république séparée cent pour cent blanche. Tout ce qu'elle trouva à répondre en arrangeant ses boucles de ses doigts provocants, ce fut :

— Ah toi, tu as *toujours* des tuyaux de ce genre-là.

— Je disais seulement...

— Je comprends : tu veux dire que notre enfant est à demi juif. Enfin, tu seras toujours le bienvenu à Seattle, ne serait-ce que pour Nancy. Cette petite a besoin qu'un homme s'occupe d'elle et, toi, tu t'y entends très bien pour ça. Tu es si proche de l'oncle Benn, que nous ne te manquerons pas tellement.

— Mais si, au contraire.

— Tu te suffis sans peine à toi-même, et tu sais très bien ce que tu veux dans la vie.

Sur ce point, elle avait mis dans le mille. À notre époque en particulier, on n'a pas de raison de vivre à moins de se croire capable de faire de sa vie un « tournant ». Un tournant pour tout le monde – pour l'humanité. Ceci réclame une certaine dose d'estomac. Tel parlerait d'ambition, un autre d'impudence. Si j'expliquais ça dans une salle aux employés du VA, ils seraient tous d'accord pour me passer une camisole de force. Toutefois, si vous pensez que des forces historiques vouent tout le monde au désastre, vous pouvez soit vous résigner à suivre le troupeau, soit résister non par orgueil ou pour d'autres motifs personnels, mais par admiration et amour pour les facultés et les pouvoirs humains auxquels, sans exagération, peuvent être appliqués les termes « miracle » et « sublimité ».

À mon insu, mes intérêts s'étaient orientés vers certains thèmes qui, avec la maturité, formaient un tout dont les éléments peuvent être énumérés dans la liste suivante : a) que sont les Américains ? b) que sont les Russes ? c) que sont (puisque je suis l'un d'entre eux) les juifs ? d) quel sens donner à la déclaration : je suis (ou ne suis pas !) un citoyen de l'Éternité ? Nommer au hasard quelques-uns des citoyens en question mettra en lumière le sens du mot « Éternité ». Moïse, Achille, Ulysse, les Prophètes, Socrate, Edgar du *Roi Lear*, Prospero, Pascal, Mozart, Pouchkine, William Blake. Ceux-là occupent nos pensées et, s'il se peut, nous modelons nos âmes selon eux. Avec cet objectif, j'avais étudié le russe en France, émigré aux États-Unis et tissé des liens avec l'oncle Benn. Si Benn n'était pas encore un citoyen, si l'Éternité n'était pas prête à lui donner son second passeport, il s'en trouvait aussi proche que j'avais pu jamais l'être. Quant à mon père, en dépit de ses aptitudes sexuelles exceptionnelles, il n'était pas vraiment dans la course. Mais il bénéficiait d'un privilège spécial. En cette ère de désir, il avait droit à la gratification érotique à laquelle tout le monde – mais vraiment tout le monde – aspirait. C'était enviable, réconfortant ; tout le monde (ou presque) l'aimait pour cette raison. J'aurais pu me réjouir d'hériter de lui ce bonheur. Mais il n'en était rien. J'avais ma propre voie à tracer qui me conduirait bien au-delà de mon père. Le point de départ de son érotisme était la mortalité. De l'étreinte sexuelle émanait un parfum de mort. Il traduisait l'Éternité par le Néant. J'interrogeais sans cesse mon âme qui répondait toujours : « Ton père n'est pas un modèle, et si tu lui ressemblais exactement, tu n'irais pas plus loin que lui. »

Maintenant, pour être plus précis, papa déclinait. Il me raconta que, deux mois plus tôt, après s'être rendu au Meurice avec une Danoise, il s'était aperçu en se mettant au volant de sa voiture qu'il ne reconnaissait plus les lieux environnants. La place de la Concorde était très belle ; elle offrait un spectacle de rêve, mais il n'avait plus aucune idée de la façon d'en sortir, ne savait plus *pourquoi* il fallait tourner à gauche ou à droite. Il était perdu au cœur même de Paris, avait oublié où il habitait.

— Tant que je suis resté avec cette fille ravissante, j'ai su exactement ce que je faisais mais, dès que je l'ai quittée, j'ai perdu toute notion des choses. Je ne pouvais même pas retourner au Meurice. J'avais oublié le nom de cette femme et le numéro de la chambre.

— Tu as dû avoir très peur, pauvre papa.

— Je suis sûrement devenu très pâle. Mais, vers le soir, je me suis rappelé où j'habitais. Je n'étais pas tellement inquiet. J'ai simplement pensé qu'il était temps pour moi de changer d'habitudes. Mais Paris est un noble spectacle, même si l'on est privé d'une partie de sa conscience.

Pour moi, ce fut une révélation. Mon père ne m'avait jamais parlé jusque-là des après-midi qu'il passait avec des dames. Il voulait maintenant me signaler qu'il commençait à régresser. Il est également significatif que, pour changer de sujet, il m'ait questionné sur sa petite-fille.

— J'ai souvent cette enfant présente à la mémoire. C'est une Trachtenberg dolichocéphale, avec le visage étroit de son père et une expression christique. J'ai une vague idée de son avenir, mais elle n'a pas tout à fait trois ans et il est encore trop tôt pour prophétiser.

Avec cette mise au point, les motifs de mon départ pour Seattle se sont consolidés. J'étais venu pour savoir si j'avais manqué à Treckie. Peut-être la séparation avait-elle accru mes chances ? Non, pas du tout. Une fois de plus, elle avait les tibias meurtris et ce n'était pas facile à digérer. Complaisamment, elle restait assise avec ses jolies jambes tendues en avant, afin que je puisse clairement constater (moi, l'homme qui l'aimait) ce qu'un autre lui avait fait. Elle voulait être sûre que ces ocellures iridescentes ne m'échapperaient pas. Je reçus un coup au cœur. Pour le cacher, j'arborai une mine inspirée des attitudes de mon père. Peut-être celle qu'il avait lorsqu'il était perdu place de la Concorde. Peut-être se disait-elle qu'elle agissait ainsi pour mon bien – la vérité est un si merveilleux tonique. Elle n'était pas prête à m'accueillir. Je n'éveillais chez elle qu'un intérêt mineur. Je ne m'étais pas montré méchant avec elle et n'étais pas près de le faire. Il n'y a pas assez de sadiques bon teint en circulation. Peut-être essayait-elle de me respecter, de m'admirer sans y parvenir. Apparemment, j'avais rempli en secret un formulaire où je demandais à être considéré, fondé sur l'ambition tacite que je nourrissais de faire de ma vie un « tournant ». Ce projet, je crois, l'avait rebutée. Je comprenais pourquoi. Et elle répliquait tacitement en se lançant dans des jeux érotiques brutaux avec des êtres frustes (au physique après tout quelconque). Agents du téléphone, bûcherons peut-être. J'imaginais même le grimpeur qui, chez moi, avait escaladé la tour de l'Ecliptic Circle Electronics, un intrépide qui utilisait des ventouses ou des adhésifs en plastique aux mains et aux pieds. Les policiers et les équipes de télé l'attendaient au sommet du gratte-ciel. Peut-être me préférait-elle un homme de ce type. J'étais un individu grevé de désirs sexuels et d'aspirations (comme mon « tournant ») trop difficiles à interpréter. Comment se serait-elle souciée – et *pourquoi* – des fantasmes, des images érotiques de sa riche féminité que j'entretenais dans mon esprit, des trompes de Fallope que je voyais comme les serpents jumeaux du caducée ; ou comme ces supports ouvragés de partitions ornant les trombones et les trompettes des fanfares ? Je crains que de telles préoccupations ne désignent un être authentiquement moderne (peut-on dire pire de quiconque ?). Et plus dénué d'artifice est l'être en question, plus perverses seront les femmes qui l'attireront. Il court après des filles salaces qui le guériront peut-être de sa naïveté ambiguë. Elle savait, je suppose, que plus elle se rendrait inaccessible, plus elle m'inspirerait de désirs. Et je devais lui apparaître, à elle, ainsi qu'à mon père, comme un ectoplasme sexuel.

Parlant de Treckie avec mon père à Paris, dans le vieil appartement de la rue Bonaparte, je lui déclarai :

— Une femme est censée désirer avoir un enfant de l'homme qu'elle aime. Donc, puisqu'elle a cet enfant, je suppose que, d'une façon ou d'une autre, elle m'aime.

— Comment peux-tu te faire des idées pareilles ?

— Je suis prêt à parier, ou même à jurer, qu'on trouve encore des femmes capables de telles émotions.

Papa répondit d'un ton impatient :

— Eh bien, va donc t'en chercher une. (Puis il me prit par surprise. Le service qu'il avait accompli comme officier de réserve – enseigne de vaisseau – dans la marine avait fait de lui un gentleman mais il s'exprimait maintenant comme un GI :) Je te l'ai déjà dit, tu te fourres la tête dans le cul, comme disait Aristophane.

Cette réplique provoqua mon rire et le sien aussi, mais nous riions pour des raisons différentes. Ce n'était pas le moment d'expliquer les motifs de mon hilarité, mais je peux le mentionner en passant : au foyer de la faculté, un an plus tôt, j'avais déjeuné avec le chef du service d'urologie de l'université et il m'avait demandé si je voulais participer à une expérience qu'il menait, et pour laquelle il utilisait une technologie de pointe. Dans le groupe de contrôle, il avait besoin d'un homme de mon âge et voulait savoir si j'étais volontaire ; j'avais donc accepté. Ensuite, j'avais subi l'expérience dans son labo, assis sur je ne sais quel engin endoscopique (à résonance électromagnétique ou un truc de ce genre). On avait introduit dans mes intérieurs un ballon rempli d'eau ; un écran de télé était tourné vers moi et j'y vis ma prostate, mes propres vésicules séminales, ma propre vessie gonflée du liquide et ressemblant à un étang d'eau dormante. La prostate figurait dans le tableau comme la moitié d'un œuf. Le tout dans des tonalités grisâtres et blanchâtres. Vous pouvez faire une expédition au fond du désert du Kalahari ou dans la vallée de la Mort, mais aucun voyageur ne voit jamais les paysages de son propre intérieur.

Donc, lorsque mon père me déclara que je me fourrais la tête dans le cul, l'image me fit rire. Que pourrait-on voir, dans ces conditions ? L'Atlantide ressemblait-elle à ce paysage – paisible, immobile (grâce à la résonance électromagnétique) ? Voilà où menait la magie technologique. En s'aventurant sur les frontières de la littéralité, on pénétrait dans des zones chimériques avec lesquelles la science ne voulait rien avoir à faire. J'aurais aimé en discuter avec M. Yermelov. Autrefois, je serais allé rue du Dragon frapper à sa porte, mais il était mort depuis dix ans. Ce Yermelov avait été le premier de mes professeurs de russe. Exilé de longue date (depuis les années 1920), il connaissait bien la tradition mystique. Mon grand-père maternel Crader l'avait effleurée (les arbres de Vie et de la Connaissance). Mais Yermelov avait étudié Hermès Trismégiste, le Zohar, Eliphas Levi, Giordano Bruno, Paracelse. Sur le boulevard Saint-Germain, il y avait des librairies spécialisées dans ce genre de littérature. Yermelov avait tenté de m'inculquer quelques notions. J'étais plein de bonne volonté, disponible mais beaucoup trop jeune. Cependant, le vieil homme m'avait fait une profonde impression car je me souviens encore de ses paroles. Il m'avait déclaré que chacun de nous avait son ange, un être chargé de nous préparer à une évolution supérieure de l'esprit. Pour l'instant, nous étions essentiellement seuls primo dans le sens où la reconnaissance des anges nous était interdite par notre vision du monde et, ensuite, dans notre appréhension confuse de l'existence des autres, et par conséquent de la nôtre. Dans la solitude qui nous était ainsi imposée, chacun de nous avait conscience de la présence d'une sorte de petit glacier dans sa poitrine. (Tel Matthew Arnold, écrivant qu'il avait trente ans et que son cœur était glacé aux trois quarts.) Il fallait faire fondre le glacier et c'était la volonté qui devait engendrer la chaleur nécessaire au dégel. La pensée commence avec le vouloir et elle doit être réchauffée et colorée par le sentiment. La tâche des anges est d'installer la chaleur dans nos âmes. Eh bien, la pièce de la rue du Dragon était glaciale ; le vieil homme portait des couches superposées de chandails pendant les leçons et s'emmitouflait dans des couvertures. On concevait aisément que la chaleur fût pour lui un problème. Nous devons aider les anges en nous livrant aux préparatifs nécessaires. Ici, la difficulté tient de nos jours à l'insuffisance de l'éveil des consciences. Le fracas du monde est si terrible que nous ne pouvons l'endurer qu'en nous caparaçonnant de sommeil. Nous ne pouvons apporter aux anges qu'une faible assistance du dedans lorsqu'ils tentent de nous instiller leur chaleur – la chaleur de l'amour. Et les anges aussi sont faillibles. Ils ont été eux-mêmes un jour des humains, voilà pourquoi ils sont sujets à l'erreur. Et, dit Yermelov, ils font des gaffes. Nos consciences en éveil déjouent leurs efforts et, comme ils ont l'ordre de transmettre leurs impulsions à tout prix, ils les envoient pendant que nous dormons. Ce qui se passe alors est terrible. (Yermelov, horrifié, levait ses mains gantées vers le plafond.) L'accès à l'âme leur étant refusé, les anges s'en prennent directement au corps endormi. Dans l'enveloppe physique, cet amour angélique se corrompt en désir charnel. Telle est la source de toute la sexualité désaxée de l'époque actuelle.

« Animalisés ! » s'exclamait Yermelov. La *prise de courant** était directement branchée dans la chair et les instincts tandis que le flux électrique aurait dû pénétrer l'âme consciente. Au lieu de cela, les démons planétaires de l'électricité nous ont investis par en dessous, venant de l'intérieur de la terre. Ils ont empli le liquide céphalorachidien de leurs ondes de luxure. Tandis que le millénaire approche de son terme la véritable image de la sexualité humaine se dessine. Éros lui-même est assailli à la fois par l'électricité et par la sclérose ; l'amour pur est terrassé par la perversité. Nous sommes asservis aux membres sexuels. Après l'échec des anges, les médecins prennent la relève comme l'avait prédit Platon dans *Le Banquet*. L'amour est remplacé par la santé, et la santé est obtenue par des moyens anatomiques. Freud lui-même rédige l'ordonnance, *penis normalis, dosim.* Ensuite, lorsque la pharmacopée prend le relais de la médecine, nous nous truffons le corps de drogues, d'hormones, de narcotiques. Nos âmes sont violentées ; les êtres humains se ferment à toutes les aspirations les plus hautes. Obsessions érotiques, concupiscence, luxure – toutes les furies sexuelles nous poursuivent. Il faut aussi plaindre les anges. Dans leur impuissance à pénétrer notre pesant sommeil, ils dégénèrent, eux aussi. M. Yermelov insistait beaucoup là-dessus.

Et c'était ainsi que se déroulaient mes leçons de russe. Il y avait, bien sûr, d'autres sujets que le sexe.

Le vieux Yermelov était le grand-oncle d'Ilya, mon camarade de lycée. J'allais souvent chez Ilya pour parler russe avec ceux de sa famille ; tel était l'avantage dont je bénéficiais.

Tout ceci semble s'appliquer à moi. En vérité, il n'en est rien. C'est de l'oncle Benn qu'il s'agit, des circonstances de son mariage avec Matilda Layamon, du conflit avec Harold Vilitzer qui en résulta. Je ne m'étends sur ces détails que dans la mesure où ils le concernent. Mais, bien entendu, j'étais sensible à ces réflexions sur le problème de la sexualité et j'y participais pleinement. Benn se confiait à moi, et mon mode de pensée lui était familier.

L'oncle s'arrêta pour me prendre à Seattle et nous voilà partis pour Tokyo et Kyoto.

Plutôt près de ses sous, il me payait mon voyage. J'étais fauché car j'avais naturellement reconnu l'enfant et casquais pour l'entretien de la petite. Je ne pouvais donc pas m'offrir pareille fantaisie. L'oncle m'emmenait parce qu'il vivait des heures particulièrement pénibles. Il était humilié par son indigne dérobade devant Caroline (à son âge, un homme aussi distingué). Il ne pouvait se confier qu'à moi. Je m'en tirais si mal avec Treckie qu'il n'avait pas honte de parler. Nous étions tous deux des lourdauds. De plus, j'étais un auditeur plus que complaisant et un fervent conseilleur. Je crois que j'aurais fait un bon prêtre. Vous pouviez venir me trouver avec vos ennuis. Beaucoup le faisaient. Je refusais rarement d'écouter et ne refusais jamais de donner un conseil. Ou bien j'étais rongé de curiosité, ou bien j'étais voué à guérir les âmes.

J'avais mis en garde l'oncle contre Caroline Bunge. Qui ne l'aurait fait ? Elle était très belle mais source évidente de problèmes. Grande, épanouie, gracieuse (dans un style désuet), un peu vamp, riche, voyante, elle possédait une forte personnalité. Entre deux âges, elle avait encore l'allure d'une déesse issue d'une Ziegfeld Folly, le type Vénus de Oro, une de ces créatures qui, surgies d'une trappe, s'élevaient au milieu de la scène, pendant que les musiciens faisaient voltiger leurs archets. Elle aurait porté des aigrettes de plumes, des rangs de perles au cou, des diamants sur les seins, et serait apparue debout dans une coquille Saint-Jacques. Cette note de désuétude (évocatrice des années 1920 ou 1930) était l'un des charmes étranges de Caroline. Elle parlait du nez, sur ce mode autrefois si prisé – dans le style Jean Arthur. Mais j'appréciais la compagnie de Caroline, je dois le reconnaître. À la réflexion, cette impression qu'elle donnait d'appartenir au passé venait essentiellement de la manière dont elle semblait détachée du présent. Peut-être cette distance était-elle due au lithium. Fonctionner aux tranquillisants était cent pour cent dans le vent. Si l'on n'est pas à la page, on perd sa réalité. Mais les dingues sont toujours dans le vent comme les chevaliers courent toujours devant la ligne du ressac sur les plages.

Maintenant, pourquoi Benn ne s'était-il pas aperçu que la pauvre femme était *détraquée** ?

Il l'avait rencontrée à Porto Rico dans un casino palace du front de mer. Des collègues de Rio Pedras, où il avait été invité à donner des conférences, l'avaient amené là pour le faire profiter du spectacle. Comme il ne s'intéressait pas aux tables de passe anglaise ou de blackjack, ils l'avaient laissé près de la piscine pendant qu'ils allaient tenter leur chance au casino.

L'oncle disait que la piscine de l'hôtel était un parfait décor pour un film érotico-policier de 007… Il s'était promené à la recherche d'un coin d'ombre où il pourrait respirer l'air marin. L'une de ses impressions les plus fortes tenait à l'odeur de chlore de la piscine qui, mêlée à celle des journaux détrempés séchant sur les sièges, engendrait une sorte de vapeur telle qu'on pouvait en respirer près d'une distillerie. Au-delà du vacarme démentiel, du matraquage de musique rock, des glapissements des enfants, des rugissements des avions traînant des banderoles publicitaires, loin des flambeurs et des adorateurs du soleil, s'étendaient de calmes palmeraies. La beauté des Caraïbes s'était retirée à quelques centaines de mètres de la plage.

Il se trouva que Caroline Bunge était allongée au soleil près du coin d'ombre qu'il avait trouvé. Était-ce la fraîcheur du lieu, le fauteuil disponible qui avaient déterminé son choix ? Ou la silhouette style Ziegfeld ? Elle était superbement roulée, détail qui n'avait pu échapper à l'oncle. Parmi les enfants qui barbotaient dans la piscine, plusieurs étaient à elle. Jamais il ne put les identifier. À aucun moment, ils ne s'approchèrent de leur mère.

Benn s'assit dans le fauteuil de plastique tressé blanc et le dialogue s'amorça. Il se souvenait que l'herbe sous ses pieds semblait en papier, parfaitement artificielle. Il en arracha un brin et l'examina : les nervures striées ne sortaient pas d'une usine. « Ils amènent des rouleaux de gazon et les posent comme des moquettes. J'ai horreur de ce malaise que donne l'ambiguïté des choses qui sont entre le naturel et le fabriqué », me dit-il. Il fit ensuite allusion au maquillage excessif de Caroline. Pour le fond de teint, l'ombre à paupière et le rouge à lèvres, je préfère le mot français *fard*, avec ses connotations – un embellissement, mais aussi un fardeau.

Elle commença la conversation en demandant à l'oncle ce qu'il faisait en épais complet de ville sur une plage tropicale. Il répondit qu'il était un visiteur de passage. « La botanique l'intéressait, dit-il. Elle avait même de vagues notions sur le sujet. Elle était distante, mais pas sotte. » Elle parlait avec une certaine recherche. Ses phrases étaient composées d'avance. On se rendait compte qu'elle les préparait avant de les prononcer. Tandis qu'elle ordonnait ses pensées, elle avait un regard de côté qui ne manquait pas de charme. Elle déclara que le tweed hivernal de Benn était « révélateur » sous ce climat. Quelqu'un lui avait dit que le peintre expressionniste Beckmann allait à la plage en tenue de soirée. Des personnalités puissantes pouvaient s'affirmer de cette façon. Benn expliqua simplement qu'il n'avait pas songé à emporter d'autres vêtements. Elle était curieuse de connaître les motivations des grands esprits. Elle avait toujours été attirée par la philosophie, disait-elle, et elle supposait qu'étant professeur d'université il s'intéressait de près à la métaphysique. Pendant quelque temps, elle s'était interrogée sur une importante remarque formulée par l'architecte Buckminster Fuller. Elle se trouvait dans le public et l'avait entendu de ses propres oreilles. Fuller avait dit : « Dieu est un verbe. » Elle avait pris cette formule comme un mantra favorisant la méditation. Le mot était avec Dieu. Le mot était Dieu. Fuller avait insisté sur le fait que le *logos* ne pouvait être un nom. Il avait mentionné une citation de Faust qui disait : « Au commencement était l'acte. »

— Parfait, dit l'oncle, à condition que vous sachiez ce que vous faites.

Comme il les évoquait, ces propos prenaient peut-être plus de sens que dans sa bouche à elle. Cet entretien, en apparence stimulant, avait dû en fait lui engourdir l'esprit. À nouveau, se manifestait son don exceptionnel d'autoanalyse dérivant sans doute de sa sincérité coutumière. « Je commençais à être sexuellement motivé, dit-il. Et, en même temps, une sorte de léthargie me gagnait tandis qu'elle parlait. Ce n'était pas désagréable. On eût dit un népenthès grec. Elle ne tarissait pas. » Pour une raison ou une autre, il découvrait chez les gens plus de richesses que n'en voyaient les autres. Je faisais partie de ces autres et j'étais donc intrigué par ce talent spécial.

Caroline confia à Benn qu'elle était divorcée depuis plusieurs années. Elle dit aussi qu'elle avait été propriétaire d'un appartement à Londres et d'une maison à East Hampton. Elle parla des castes sociales des résidents de Long Island – les peintres qui étaient également multimillionnaires, les multimillionnaires qui préféraient fréquenter le milieu des peintres. Le dimanche, peintres et millionnaires jouaient ensemble au base-ball. Des foules de curieux venaient de Manhattan pour regarder ces personnages célèbres se livrer à leurs ébats sportifs. Les visiteurs de la ville déjeunaient rapidement d'une part de pizza ou de quiche, puis rentraient chez eux en voiture. Cinq heures de route pour un simple coup d'œil. Elle poursuivit en parlant des intrigues entre marchands d'art, critiques, conseillers fiscaux, s'étendit sur le scandale de la fortune de Rothko, dont l'oncle n'avait jamais entendu parler. Les marchands avaient toujours été des personnages louches. Nul ne savait combien de faux avaient été mis en circulation par les Duveen, les Berenson et autres truqueurs. Les Mellon, les Morgan, les Altman, les Frick, les Gardner et bien d'autres avaient été roulés ainsi qu'un bon nombre d'experts de musées. Yerkes, le magnat des chemins de fer, et Thompson, le restaurateur de Chicago, avaient acheté des contrefaçons. Jusqu'à un certain point, elle avait été mêlée à des histoires d'OPA, l'argent étant raflé par ses amis grâce à des transactions boursières.

Elle lui avait donné la liste des grands pontes des Nations unies, des gourous, des jésuites, des stars de cinéma, des musiciens rock qui venaient chez elle à Hampton, parlant de leurs soirées, de leurs toxicomanies, de leurs pratiques sexuelles, de leurs maladies (sida, herpès et autres). Certains agents de change de ses amis étaient des activistes qui soutenaient les révolutionnaires en Amérique centrale. Ils « faisaient de la politique », disait-elle.

Caroline avait été une amie intime de feu Libby Holman Reynolds, la chanteuse populaire, jadis acquittée après avoir été accusée de meurtre de son mari, l'héritier richissime des cigarettes Camel. Cette beauté avait été une trépidante héroïne de l'ère du jazz. Caroline avait été sa confidente et également une grande amie de Shanker, son mari. Il était célèbre pour ses gravures sur bois monumentales. On le voyait presque toujours un couteau à la main. Par ailleurs, il était très compréhensif et tolérait le penchant de Libby pour les beaux jeunes gens. Ils lui avaient été nécessaires pour sauvegarder, l'âge venant, sa spectaculaire beauté. Caroline admirait Libby, sans la prendre pour modèle, disait-elle, mais à propos de sa courageuse attitude devant l'existence et de son royal train de vie – vastes demeures, Rolls-Royce, avions réservés, armée de serviteurs ; et sans se lasser (ce qui soulignait la profondeur de ses sentiments) Caroline faisait allusion à ses extravagances érotiques, à ses tragédies, à la mort d'un enfant, au lâchage d'un amant qui lui était très cher.

Je remarquai que Caroline s'était mise en quatre pour l'oncle et s'était partiellement dépeinte en décrivant Libby. « Elle chantait comme une sirène. Ça marchait. Vous étiez envoûté », dis-je. Je n'ajoutai pas qu'il était étrange, pour une sirène, de prendre du lithium ou de l'Élavil.

L'oncle déclara qu'elle avait dû s'inspirer du comportement de Libby, le comportement d'une vedette de night-club qui faisait une meurtrière très crédible. Tragiquement réhabilitée mais marquée à vie par le scandale. Seule Caroline, telle que l'oncle la décrivait, occupait son fauteuil de plage avec une sorte de mol abandon, parlant une langue obscure et souvent incompréhensible. Que voyait l'oncle en elle ? Eh bien, toutes sortes de problèmes humains, comme disait Joyce, ne supportent pas d'être évoqués noir sur blanc et elle le séduisait par le défi qu'impliquaient ses manières distantes.

Lui-même était revenu vers le présent de lieux fort distants – de ses ruminations botaniques. Le sexe l'avait rappelé. Comme il ne pouvait pas vraiment discuter de science avec moi, il se plaisait souvent à me parler des femmes.

— Elle m'a dit d'acheter un pantalon tropical. Je ruisselais de sueur. Elle m'assurait que je trouverais délicieux de me tremper dans l'océan ; je pouvais louer un maillot de bain à l'employé. Et étais-je si pressé de retourner vers l'hiver ?

À bord de l'avion, en route pour le Japon, je m'arrangeai pour lui permettre de détailler les sentiments qu'elle lui inspirait.

— Elle vous a dragué ! dis-je. Et sans perdre de temps.

— Ce n'est pas vrai… Qu'est-ce que j'avais au juste à errer dans les jardins de l'hôtel ? Je cherchais une Caroline comme celle-là, une femme adéquate – belle, complice, à l'esprit mûr.

— Parlez-moi un peu de sa maturité.

— Elle était assez âgée pour apprécier un homme comme moi. Elle pouvait me pardonner mes déficiences, m'accepter tel que j'étais.

— L'amour est un sujet plus ardu que les lichens. Mais qu'est-ce que l'âge vient faire là-dedans ?

— Le jugement s'acquiert à force de malheur, ce qui prend du temps, et le temps vous défigure. Elle avait eu de très belles jambes, autrefois. Caroline n'est plus une gamine. Quand un homme regarde une femme, il tend à oublier qu'il n'est plus lui-même un gamin. Je ne peux pas m'empêcher d'adopter le point de vue d'un godelureau de dix-huit ans.

Il avait un faible particulier pour les jolies femmes et il trouvait en Caroline une femme qui *avait été* jolie. Ce qui, estimait-il, valait qu'on s'y attardât.

Quoi qu'il en soit, c'était elle essentiellement qui alimentait la conversation et elle disait bien des choses curieuses. De temps en temps, m'expliquait l'oncle, sa conversation faisait penser à ces albums de petits dessins que l'on feuillette rapidement et qui s'animent en défilant sous le pouce des enfants, faisant apparaître des scènes drolatiques. Il n'en était pas moins attiré vers Caroline, sans être capable de dire au juste pourquoi. Il est d'ailleurs rare qu'on le sache. Dans ce cas précis, l'oncle admettait qu'une femme qui ne savait pas très bien ce qu'elle faisait se montrerait moins critique vis-à-vis d'un homme peu sûr de lui. Une femme mentalement absente était peut-être l'oiseau rare. Pour ma part, j'estimais qu'il se diminuait et se vendait au rabais. Puis une autre réflexion vint reviser ce jugement. Certains hommes sont fascinés par les femmes stupides. On trouve des exemples de ce cas dans la littérature russe : l'aspirant à la sainteté de Tolstoï, le père Sergius, qui pouvait résister aux séductions d'une femme du monde, succombait plus tard aux charmes d'une simple d'esprit. Le vieux Karamazov abusait d'une demeurée et l'engrossait. Était-ce parce qu'il était saoul ou parce qu'une débile avait le don particulier de l'exciter ?

J'allais trop loin dans mes spéculations, comme d'habitude. Caroline n'était pas une idiote. Souvent, elle donnait l'impression d'être groggy. Elle me raconta que, durant les années 1960, elle s'était droguée au LSD. Peut-être avait-elle fait des expériences scabreuses – c'est ce qu'elle voulait vous faire croire quand elle parlait du culte de Manson, des meurtres et des suicides de Jonestown. Mais jusqu'à un certain point, elle était d'agréable compagnie. À n'importe quelle heure du jour, elle était tirée à quatre épingles et elle offrait l'apparence d'un concentré visuel et olfactif de tous les raffinements choisis dans les boutiques les plus luxueuses : Bonwit, Gucci, Tiffany (les gens sophistiqués connaîtront bien d'autres noms dans le vent et souriront de mon ignorance).

— Mon oncle, dis-je, maintenant vous avez vu sa maison à Hampton et vous avez assisté à ses dîners dans le rectangle d'or de Manhattan. Avez-vous vraiment envie de faire partie du cirque de Caroline ?

— Elle voulait seulement me montrer à quoi elle souhaitait être arrachée, le manque de sérieux de l'existence qu'elle menait. Elle en avait assez de tout ça. Elle projette de vendre la propriété de East Hampton et de traverser le Sound pour trouver un nouveau décor : Mystic, Connecticut, peut-être. Elle compte acheter deux Mercedes Benz.

— Une pour chacun de vous ? Et votre poste à l'université ?

— Je pourrais limiter mes cours à mi-temps.

— Vous n'êtes pas prêt à abandonner la botanique pour vivre à Mystic ou Old Lyme !

— Ses avocats pourraient créer une petite fondation privée de recherches pour me permettre de poursuivre mes recherches sur les lichens de l'Arctique. Je suis sur la piste de certains détails cytologiques… Mais je ne vais pas te bassiner avec ça. (Il n'aimait pas entrer avec moi dans les explications techniques.) Et puis le département ne pourrait pas me reprocher d'être si souvent absent. Ils feraient des économies.

À ce stade, Caroline et lui étaient devenus très intimes. Elle était venue à l'hôtel Westbury où il descendait quand il séjournait à New York. Il me dit que, tandis qu'il s'approchait du lit où elle était étendue, elle avait allumé la lampe pour l'inspecter et avait déclaré : « J'achète », ce qui l'avait amusé. En fait, il était content comme un enfant et ne pouvait pas le cacher. Ayant connu tant d'hommes différents, elle le trouvait acceptable.

— Donc, je ne suis pas si mal.

— La dame Bengali vous l'avait dit, fis-je observer.

— Rajashwari, oui. Mais les femmes orientales ne jugent pas d'après les critères occidentaux.

— Qui dit que vous devez satisfaire aux critères occidentaux ? Je ferais plus volontiers affaire avec cette dame indienne qu'avec Caroline.

— Non. Le sens de l'humour occidental est important pour moi.

— Il faut réfléchir à ce que vous prenez pour de l'amour – savoir si c'est le Xanax, l'Élavil, le lithium, plus l'alcool et peut-être la cocaïne. À doses assez fortes pour calmer l'océan Indien.

Foin du sens de l'humour. Quand elle avait allumé la lampe de chevet, elle avait peut-être vu, non pas un mais trois hommes à poil. Et ravie de les acheter tous les trois.

— Tu t'inquiètes à l'idée qu'elle se mette en travers de nous deux, qu'elle m'enterre à Old Lyme et que je devienne invisible. Voilà quelque chose qui n'arrivera jamais, Kenneth.

— On dirait que vous envisagez un mariage. Je ne peux pas vous le reprocher. Ni m'attendre à ce que vous ne bougiez pas d'ici à cause de moi. Il manque un élément central, je m'en rends compte. Même Adam, qui avait Dieu lui-même comme interlocuteur, avait demandé une compagne humaine. J'épouserais Treckie si je pouvais. Et, à votre âge, vous apprécieriez une existence rangée. Nous avons bien des fois envisagé cette situation ; soupesé le pour et le contre ; Tchekhov disant : « Si vous craignez la solitude, ne vous mariez pas » et Akim Tamiroff dans *The Great McGinty* déclarant : « Un homme sans femme est comme une veste sans le pantalon, comme un cochon sans sa queue. » Et puis vous dites : « Je deviens trop autonome. Je n'ai plus besoin de personne. Ça me glace le sang de constater que telle ou telle personne compte si peu pour moi. » Alors, pourquoi faire de Caroline la personne qui comptera ? Il faudra que vous soyez doublement autonome si vous l'épousez. Alors, qu'est-ce que vous préférez ? Deux êtres humains liés dans l'amour et la tendresse ou une double autonomie avec une camée ?

Il écoutait, oui, et il comprenait assez bien ce que je disais. Cependant, il laissait Caroline élaborer ses plans. Elle lui traçait par tranches un tableau complet de la vie qu'ils mèneraient ensemble. Il aurait son labo personnel. Elle l'accompagnerait dans ses expéditions – dans mon irresponsabilité picturale, je voyais Caroline dans une litière à quatre porteurs, franchissant de vastes champs neigeux. Benn m'avait raconté une fois que lorsqu'il s'était posé en hélicoptère au flanc du mont Érèbe pour y recueillir des spécimens, il avait eu l'impression de se trouver aux confins de la terre, d'être à la limite des limites. « Bien sûr, la chose n'existe pas, disait-il, mais le sentiment, oui. » Eh bien, de Caroline elle-même émanait comme une image de cette limite des limites.

Du point de vue de la pitié divine, ce sentiment n'en manquait pas, croyez-moi. Et combien de temps nous autres, fluctuantes créatures, pouvons-nous nous en tenir à ce point de vue ? L'imagination nous aide – en réalité, nous avons recours à elle parce que ce que nous appelons le sens commun, le fastidieux quotidien, avec ses absurdes remous, nous entraîne dans cette direction. Les contacts sexuels libres et sans entraves sont maintenant devenus conventionnels et, donc, tombant amoureux d'une fille comme Treckie, je me trouve impliqué dans le problème sadomasochiste. Des comportements qui, jadis, eussent passé pour excentriques ne sont pas plus exceptionnels aujourd'hui que le fait de mettre le couvert pour un dîner familial. L'oncle me disait, par exemple (et il ne faisait pas souvent allusion à ses rapports intimes, se souvenant de moi comme d'un petit garçon et veillant à se censurer), l'oncle me disait que Caroline ne prenait pas la pilule. En revanche, elle se bourrait de tampons de papier – mouchoirs à démaquiller ou lambeaux déchirés de serviettes de table. Ce manège commençait vers la fin du repas. Assise à l'autre bout de la table, elle se mettait à déchiqueter les serviettes en papier sans presque s'en rendre compte.

L'oncle ne m'avait pas fait sans peine cette confidence.

— Et pas le moindre signe de sa part que sa conduite est insolite ?

— Aucun, dit Benn.

— Même pas ce que les experts de la sexualité appellent les préliminaires ?

— Elle pourrait aussi bien se laver les dents, dit-il.

Je fis une allusion à un certain humour occidental. L'oncle se contenta de hausser les épaules.

Je ne feindrai pas de croire que l'oncle était un innocent. Je n'essaierai même pas. Cependant, je suis persuadé qu'il conservait, comme dans un sanctuaire intérieur, la vision d'une permanente intimité. Ces promesses d'amour et de tendresse. Seulement, il les cherchait dans les endroits les plus inattendus. Ce n'était pas simplement qu'il imaginait d'opulentes et superbes créatures (contrastant avec les formes petites et compactes que je préférais) ; à la beauté, au sens formel, devait s'ajouter quelques difficultés. C'est là l'une des questions les plus épineuses à dénouer, qui défie les efforts les plus persistants des doigts les plus habiles.

Quoi qu'il en soit, avec tous ses airs d'être ailleurs (*dans la lune**) Caroline resserrait son étreinte sur l'homme de son choix. Elle s'était acheté un ensemble pour la cérémonie. Sa « famille » avait fait les démarches pour la licence de mariage. Elle lui avait demandé ce qu'il avait fait de l'alliance de Lena. Elle était dans le coffre à la banque, avec ses boutons de manchettes en or, le médaillon de sa mère, le stylographe de son père. « Réflexion faite, dit-elle, une nouvelle alliance vaudrait peut-être mieux ». Elle lui avait donné le numéro du vol et son heure d'arrivée. Elle avait établi le programme de A à Z – c'était une fanatique des programmes –, une suite était réservée au Hilton. Tout sous-entendu amoureux était absent de ses propos, et même le plus discret indice d'affection. Dès qu'il avait raccroché, il avait eu l'impression qu'une éternité s'était écoulée avant qu'il obtienne la tonalité et le code pour un appel direct à Tokyo.

À l'aéroport de Seattle, il demanda :

— Crois-tu que j'ai bien fait ?

— À mon avis, vous n'aviez pas d'autre alternative.

Il me dévisagea. Dans le huit couché de ses yeux se lisait une pensée que je croyais pouvoir interpréter : maintenant qu'il avait renoncé à Caroline Bunge, moi, Kenneth Trachtenberg, représentais une fois de plus son unique ressource humaine. Ce n'était pas le rêve ; aussi je m'empressai de venir à la rescousse.

— Peut-être était-ce ce second vous-même, dis-je, celui qui a décidé que vous deviez devenir botaniste.

— C'est possible. Je ne suis pas trop sûr que ce double soit charitable. J'aurais pu lui dire au téléphone de ne pas venir.

— Une fuite burlesque devant une Diane chasseresse, ce n'est pas si rare, après tout.

— Ce second moi-même agit parfois comme un démon.

— Il y a une courte pièce de Gogol, *Le Mariage*, dans laquelle le fiancé s'enfuit par la fenêtre juste après avoir décidé de se marier. Il étudie rationnellement le problème et il se sauve. Bon, admettons qu'il y ait un démon en vous. Préféreriez-vous une baby-sitter ? Une baby-sitter est tout ce que vous mériteriez si vous étiez l'innocent botaniste pour lequel vous prennent ces dames. Elles voient d'un bon œil le professeur Chlorophylle. Il est inoffensif. On pourrait lui confier un bébé. Il n'est pas comme tous ces hommes néfastes qui leur valent tant d'ennuis.

— Je suis comme eux. Rappelle-toi le cas de Della Bedell.

— Vous n'allez pas remettre ça sur le tapis, mon oncle ! C'était une histoire fâcheuse, mais vous n'y étiez pour rien. Elle aussi avait pris l'initiative.

— Mais j'ai suivi le mouvement. Je n'avais pas d'excuses.

Mme Bedell, la dame du dessus, qui occupait l'appartement juste à l'aplomb de celui de Benn, était descendue et avait sonné à la porte de sa cuisine. Elle avait évité la porte d'entrée ; elle ne voulait pas risquer d'être vue par les voisins de palier. Elle avait donc pris l'escalier de service. On pouvait déplorer le sort de Della Bedell. Épouse divorcée d'un alcoolique, elle sirotait un peu trop elle-même. Femme respectable et malheureuse, elle ne manquait cependant pas de capacités et occupait en ville un poste important – chef du personnel d'une grande firme. Très collet monté au bureau, elle se permettait un net laisser-aller pendant le week-end et parfois le soir. Attirante à certains égards, elle avait, à son détriment, négligé de surveiller sa ligne et portait ses cheveux très court – coiffés à la mode mais dans un style pseudo-punk peu seyant.

Son coup de sonnette avait arraché l'oncle à son fauteuil. Il était dix heures du soir. Elle avait dû peser quelque temps le pour et le contre. Mais à en croire les magazines féminins et la télé, ce n'était plus une incongruité de prendre l'initiative.

Et quel était le prétexte de Mme Bedell ? La lumière s'était éteinte dans sa cuisine et elle était incapable d'ôter l'ampoule du plafonnier. Elle avait besoin d'un homme pour la changer. Ne pouvait-elle appeler le gardien ? avait demandé l'oncle. Sa chemise pend sur son pantalon ; il est en train de mettre à jour sa documentation. Elle ne voudrait pas déranger le gardien à une heure pareille. Il lui dirait, de toute façon, d'attendre le lendemain matin. Et puis il y a un homme qui vit au-dessous. Seul, comme elle-même. Pas de risque de troubler un cercle familial. L'oncle ne lui suggère pas d'aller chercher une lampe dans la pièce voisine si elle veut chauffer de l'eau pour son thé. Ce n'est pas du thé qu'elle boit. Donc, dans sa simplicité (peut-être) il met ses souliers et la suit jusque chez elle. Elle n'a pas d'escabeau. Il doit grimper sur une chaise de salle à manger capitonnée. Elle l'invite à enlever ses souliers. Pour finir, il enlève tout.

Elle se révèle être une petite personne grassouillette. Physiquement peu propre à inspirer le désir. Il éprouve de l'embarras à lui faire l'amour. Parlons d'esclavage et de liberté – il y est contraint. Il n'a prévu aucune position de repli l'autorisant à alléguer ses principes pour se retirer courtoisement. Il est peut-être bien un citoyen de l'Éternité. Et quelque chose me dit qu'il va se révéler tel. Il a un pouvoir d'imagination qui lui permet de voir des choses invisibles pour les autres, et la trempe d'un homme se mesure à sa faculté de vision. S'il est capable de rassembler ses forces, la Terre peut devenir le paradis. Mais même cela ne l'empêche pas d'être un sot. La ferme surface qu'offre Benn au monde est minée de tous côtés par ses désirs. Ses aspirations, ses envies irrésistibles, ses appétits. À cet égard, il ne diffère guère de Della Bedell. Elle aussi a été dangereusement minée. Toujours est-il qu'il est incapable de lui dire : « Vous êtes une personne très séduisante mais je ne me sens pas à l'aise dans le lit d'une femme qui m'est relativement inconnue. » Ou bien : « Simplement parce que je suis un homme de mon temps et vous une femme du vôtre… » Ou encore : « Que le hasard nous ait faits voisins ne justifie pas cette situation. À moins que nous n'ayons plus en partage que ce contact charnel, cette histoire mène à l'impasse. » Mais il est comme l'une de ces banques du Kansas du bon vieux temps que jadis n'importe quel petit braqueur pouvait dévaliser. Les femelles affamées lancent contre lui des attaques à main armée. Celle-ci l'empoigne comme une gamine de seize ans, se faisant plus ivre qu'elle ne l'est et revendiquant avec agressivité ses droits biologiques. Surgissent alors des difficultés techniques. Trouver l'endroit adéquat est un problème. Finalement, l'acte est perpétré. L'oncle peut se retirer – regagner son lit et oublier toute l'histoire, s'il le peut. Mais, bien entendu, il ne peut pas. Dormir, cette nuit-là, est hors de question.

Elle attend maintenant que ce soit lui qui vienne sonner à sa porte. Il s'en abstient. Il n'envoie pas de gracieux billet, ce qui est maladroit de sa part, et aussi insultant. Quelques soirs plus tard, elle redescend sonner à la porte de sa cuisine, exigeante, irritée. Elle glisse des messages dans sa boîte aux lettres : « Vous faites semblant d'être sorti. Quand aurai-je, moi, une chance de vivre ? » Et encore : « Et ma sexualité, qu'est-ce que j'en fais ? »

À présent, voilà Benn profondément déprimé. « Pourquoi ai-je fait ça ! » dit-il.

Della Bedell avait l'excuse de l'alcoolisme et du désespoir. Lui n'en avait aucune. Il dit et répète : « Ce n'était viable ni pour l'un ni pour l'autre. »

J'essaie de lui faire entrevoir les motifs qui ont joué en dernier ressort et le console avec des considérations plus évidentes pour les représentants de ma génération.

— Quels que soient les embêtements que s'attirent les gens, lui dis-je, ils recherchent le remède sexuel. Qu'il s'agisse d'affaires, d'un problème de carrière, de crises morales, de doutes d'ordre physique et même métaphysique, ils ont recours au sexe comme à un analgésique.

— Non, non, Kenneth, ce n'est pas une aspirine, non. Cela rend la chose trop triviale.

— Très bien, alors ils accomplissent l'acte qui permettrait la transmission de l'amour en admettant qu'il en existe une trace.

— Je préfère ça.

— De plus, les femmes ont le droit de se montrer plus agressives aujourd'hui. Mais quand on les rembarre, c'est terrible pour elles. Avant, c'était le contraire, les femmes disaient non aux hommes qui s'étaient habitués à ces refus.

— J'aurais dû la rembarrer tout de suite, sans échantillon. Ce qui l'a blessée, c'est que je lui en aie donné un.

— Elle est vouée à être traitée à la légère – sa façon de s'habiller, de se coiffer, de parler. Ce n'est pas une femme qui se prend au sérieux. Comment pourriez-vous, de votre côté, la prendre au sérieux ?

Les considérations théoriques n'ont guère de valeur aux yeux de l'oncle dans ce cas précis. Je lui dis :

— Nous nous mettons dans le pétrin si nous accordons la moindre importance à ces absurdités mineures.

— J'ai été absurde, reconnaît l'oncle.

Il broie du noir, s'en veut, s'apitoie sur Della Bedell. Elle vient maintenant cogner à sa porte d'entrée. L'immeuble de l'oncle est du genre convenable, ce n'est pas une de ces résidences dans le vent, où les femmes vivent avec deux maris, où les locataires font du trafic de drogue et se canardent les uns les autres – le climat des bas quartiers. L'oncle fait donc ce qu'il a l'habitude de faire. Il file au Brésil où il fait des conférences sur la morphologie.

Sur quoi advient le pire. Pendant son absence, Mme Bedell meurt d'une crise cardiaque. Il ne s'en remet pas.

— Elle donnait déjà des signes de défaillance, dit-il, quand je lui ai ouvert et que je l'ai vue, tenant une ampoule. Après ça, l'entendre dire : « Et moi, qu'est-ce que je fais de ma sexualité ? » était d'une absurdité flagrante. Mais n'était-ce pas la voix d'une âme solitaire proférant des choses terribles ? Une créature esseulée parlant de son destin ?

— Attention, mon oncle. N'exagérez pas.

— J'ai couché avec elle. Je sais ce que je sais.

— C'était plus de l'hystérie qu'un accouplement. Et quand vous m'en avez parlé pour la première fois, c'est *vous*-même qui avez souligné l'absurdité de la situation.

— Oui, d'accord. C'est possible. Si je n'avais pas tourné la chose en dérision, ç'aurait été intolérable à supporter… Mais maintenant, la voilà morte. Ça me ravage, Kenneth. Je la vois, suffoquant de désirs redoublés. Pauvre créature. Son cœur a cédé.

— Ce n'est pas votre faute.

— J'aurais pu l'empêcher mais ça ne sert sans doute à rien d'enfoncer ce clou. Un journaliste m'a téléphoné, il y a quelques jours. Vulliam, mon président, me l'avait refilé pour se débarrasser de lui ; il voulait une déclaration sur la vie des plantes et le niveau croissant des radiations. Ainsi que sur la dioxine et d'autres déchets dangereux. Il était très remonté. Bon, j'ai reconnu que c'était déplorable. Pour finir, je lui ai dit : « C'est extrêmement sérieux, bien sûr, mais je crois que les cœurs brisés font plus de victimes que les radiations. »

— Il a dû vous prendre pour un farfelu. Je suppose que vous pensiez à Della Bedell ?

— Pas seulement… Non, non.

Je m'obstinais à l'aider. C'est terrible de voir comme nous nous tarabustons sous ce prétexte, en nous assenant des vérités. Je lui dis :

— Il faut poser certains principes de relativité. Vous ne pouvez pas vous mettre en fureur contre tous ceux qui croisent votre route. Cette femme n'était qu'un petit pot à tabac qui picolait. Pourquoi ne pas la voir sous cet angle ? Pourquoi en faire un sombre drame ? Pourquoi ne pas y voir une sorte de vaudeville ? Vous avez été l'homme de peine chargé de changer l'ampoule. Dans sa chambre, elle a éteint la lumière. Elle ne voulait pas être vue.

Il n'en continuait pas moins à se ronger à cause d'elle.

Nous cessâmes de parler de Della Bedell après le décollage de l'avion. Nous nous élevâmes au-dessus d'un vaste nuage de pluie étalé sur Seattle et débouchâmes dans la pure lumière du soleil. Tandis que nous prenions de l'altitude, je recevais ses rayons en pleine figure, ce qui m'incita à m'imaginer tel que l'oncle pouvait me voir avec ses yeux bleu sombre. En raison de leur longueur, mes cheveux tendaient à pendre en deux espèces de bandeaux sur les tempes. Mes yeux sont placés très haut dans mon visage.

— Je me demande d'où viennent tous ces problèmes, dis-je. D'une autre conception du temps, des perspectives d'une époque différente ? Comme si vous labouriez encore avec un bœuf. Plaçons la scène dans un État comme le Nebraska, vous, guidant votre charrue, pendant que les voisins trônent sur leurs machines à disques multiples, pliés en deux de rire devant vos efforts antédiluviens.

— Pour mes besoins, leur technologie avancée ne vaut pas mieux que mon bœuf.

Si l'oncle avait été un personnage insignifiant, de tels problèmes ne se seraient pas posés. Si Della Bedell avait été une beauté, si Caroline n'avait pas truqué les cartes, l'oncle ne se serait pas sauvé par la fenêtre comme le Podkolyossine de Gogol. Certaines femmes conçoivent des inventions audacieuses, prennent d'éblouissantes initiatives. D'autres, craignant d'être larguées, lâchées, tentent des manœuvres désespérées mais absurdes. Parfois, ceux qui mènent mal leur barque jettent un coup d'œil par leur fenêtre sur la nature. Ils en découvrent l'épanouissement, l'équilibre, la beauté, cet aboutissement de milliards d'années d'un développement progressif, et ce spectacle les accable de honte, leur fait sentir leur médiocrité. Ils restent là, à regarder comme des pantins vides et maladroits. Puis une pensée leur vient. « C'est mon esprit qui perçoit cet ordre, cette beauté, et ainsi de suite. C'est même peut-être *mon* esprit qui les a créés. Il est possible que la nature n'existe pas. Que je l'aie inventée simplement pour remplir l'espace. Alors, si je suis doué d'un tel esprit, pourquoi suis-je là, figé, avec un cœur qui bat la breloque comme un bébé porc-épic harcelé par les chiens ? »

Le pilote annonça que nous avions atteint notre altitude de croisière. Nous nous trouvions, je crois, à trente-huit mille pieds. Nous aurions pu imaginer que nous avions laissé la terre derrière nous. Cependant, nous étions encore à l'intérieur de cet œuf élémentaire où toutes les créatures, tous les êtres, vivaient de la mort, infestés par la mort dans leur désir même d'amour, la seule force qui nourrissait l'espoir des hommes de ne pas s'entre-dévorer. La simple nature est l'enfer, comme l'écrivait Swedenborg. (Rappelez-vous que la tante Lena m'avait laissé sa collection de livres de Swedenborg.) Tant que le sexe est assimilé à la nature, la logique euclidienne est simple. Dans le plaisir sexuel (ou ce que les gens sont prêts à admettre comme tel), entre beaucoup de souffrance. Et plus grande est la part assignée à la « simple nature », plus l'enfer se concentre en elle. En bref, comme on peut le déduire de ces considérations, j'éprouvais une grande pitié pour l'oncle et dans la mesure où je l'avais pris comme éclaireur, où j'avais fait de lui mon *avant-garde** personnelle, je ressentais aussi certains regrets pour moi-même. Je sais que l'intérêt personnel est le fondement même de l'éthique capitaliste, mais la simple expérience montre que les gens sont souvent plus durs envers eux-mêmes qu'envers qui que ce soit d'autre.

Dans mes efforts pour atténuer l'humiliation qui tenaillait mon oncle du fait de sa fuite en Orient, je lui parlai de Treckie et, utilisant des petits gestes étriqués à la française pour élargir l'horizon (dans le style de mon père), je lui fis remarquer combien la situation était ambiguë et demandai si Éros pouvait s'affronter avec les forces de l'ombre, soulignant que les gens équilibrés à l'esprit pratique avaient renoncé à cette lutte depuis longtemps. Il était inutile de combattre les impossibilités à l'échelle mondiale. Pourquoi Swedenborg disait-il que la simple nature était l'enfer ? Il entendait la nature dans un sens littéral, selon une interprétation mécaniste. Je ne voulais pas heurter sa sensibilité mais, lorsque Della avait éteint la lumière, c'était parce qu'elle craignait d'être perçue à la lettre. Être vu sous cet angle-là tarit votre humanité. Pourtant, quand une femme éteint la lumière, faut-il s'assigner la tâche d'interpréter le monde comme un tout ? Ce qui vous condamne à être un microcosme à jamais responsable d'un macrocosme. Vous l'avez, dans ce cas, vraiment cherché. Le macrocosme vous réduira en chair à pâté. Il est beaucoup plus raisonnable de chercher dans quelle réserve mutuelle vous pouvez investir vos économies. N'essayez pas de jouer au plus malin. Les investisseurs géants ont des armées d'ordinateurs. Les sibylles électroniques sont infaillibles. Là, plus bas sur l'échelle, se trouve un autre macrocosme (la Bourse de New York). Tenez-vous à l'écart de tous ces monstres... Je me sentais légèrement désorienté moi-même. Ce que je voulais dire, essentiellement, c'était que le prosaïsme épuisait vite l'intérêt des êtres humains. Ce qu'il y avait d'impitoyable, dans l'observation par l'amiral Byrd de ses compagnons dans l'Antarctique, c'était son point de vue si prosaïque. Ce prosaïsme sur le plan sexuel est mortel. Quand il se réduit à une question de membres et d'organes, Éros sombre dans le néant.

— Écoute, Kenneth, faisons une trêve sur la gravité. Nous allons à Kyoto et ce sont des vacances.

— Excusez-moi. Revenons à Treckie.

— Elle t'aimait assez pour avoir un enfant de toi.

— Ça ne prouve rien. Elle en voulait un. Et ce pot à tabac a engendré cette asperge. Vous me direz qu'elle m'a choisi. Disons que j'ai été – fugitivement –

le bienvenu. C'est un peu comme d'être clochard de Thanksgiving. Les bienfaiteurs de l'humanité vous recueillent et vous offrent un festin à base de dinde. Mais ça ne dure qu'un mercredi. Ne revenez pas le vendredi.

D'autres auraient pu sourire. L'oncle hocha la tête d'un air sérieux :

— Elle attend peut-être que tu lui fasses une proposition.

— Quel genre de proposition ?

— Oh… Quelque chose qu'elle considère comme important.

— Je n'ai aucune idée de ce que peut attendre Treckie. Nous ne parlons pas de moi. Ces derniers jours, nous avons surtout parlé d'elle. Elle voulait m'expliquer combien sa personnalité s'était affirmée, comment elle avait corrigé certaines fautes, enrichi les données de sa conscience et pris, du coup, certaines décisions. Me dire comme elle se sent beaucoup mieux maintenant…

— Difficile d'écouter ce genre d'élucubrations.

— Pour s'améliorer rien de tel que d'en parler à tout le monde. On fait des déclarations, on ressasse ses intentions jusqu'à ce que les autres commencent à vous les répercuter. Quand vous les entendez dans leur bouche, vous pouvez dire : « Oui, c'est aussi ce que je pense. » Plus votre intention est répétée, plus elle gagne en véracité. Le mot-clé est l'éloquence.

C'est l'éloquence du discours qui compte le plus. De toute façon, elle est si charmeuse, si délicieuse.

— Mais ses ecchymoses ?

— Ce n'est peut-être qu'une phase. Les gens ont leurs phases. Ils en reviennent souvent.

— Elle peut encore entrer dans une phase de maternité.

— Peut-être, dis-je sans conviction. Puis j'ajoutai : Je m'inquiète pour la petite. Que va-t-elle devenir plus tard ? Ce qui me tracasse le plus, c'est qu'elle a le même tempérament que moi. Je crois qu'elle a hérité de moi certains principes de base.

— Et c'est pour cela que tu la plains ?

— J'en ai peur. Et, à mon avis, je dois avoir l'instinct paternel.

— Tu pourrais convaincre Treckie si tu te donnais un peu de mal. Si elle pouvait te voir tel que tu es, ses sentiments changeraient.

— C'est sa psychologie branchée qui fait obstacle. Si nous parlions le même langage, ce serait différent.

— Les gens n'ont pas envie de vous laisser aboutir, atteindre vos objectifs. On dirait qu'il y a une loi qui les contraint à vous refuser ce que vous voulez. En fin de compte, ce refus sert peut-être vos intérêts, parce que nous ne voulons pas ce que nous devrions vouloir. Physiquement, en tout cas, tu l'as toujours dans la peau. Comme c'est charmant ! Et si Caroline éprouvait les mêmes sentiments pour moi…

— Vous devriez être fixé là-dessus. Il y a seulement six semaines, rappelez-vous, vous êtes allé la chercher à l'aéroport ; vous l'attendiez au portillon et elle est passée sans vous voir.

— On peut être absorbé par ses pensées. C'est fréquent.

— Absorbé, oui. Elle était camée à mort. Voilà une fille dont le coffret de mariage, si elle en avait un, serait rempli de cocaïne. À propos, mon oncle, vous souvenez-vous de la fille de Rappaccini dans Hawthorne ? Cette beauté immunisée contre les plantes mortelles parce qu'elle avait grandi à leur contact ? Mais elle était fatale pour ses amants. Il leur suffisait de respirer son haleine pour en mourir. Je n'arrive pas à me rappeler… est-ce qu'elle l'embrassait ? En tout cas, il y a laissé sa peau.

— Des plantes mortelles, hein ? Un cas particulièrement extrême.

Peu importait le sujet de notre conversation. Il se sentait morveux d'avoir frustré Caroline de ce qui aurait dû être le jour de son mariage, et il ne réagissait qu'avec lenteur à mes tentatives pour lui remonter le moral. J'étais venu en Amérique pour compléter mon éducation, m'imprégner de certains pouvoirs essentiels de l'oncle, et je découvrais maintenant qu'il m'implorait, *moi*, de l'aider. Dans ces domaines où il était passé maître, il n'avait, bien sûr, besoin de personne. C'était un de ces types spéciaux qui s'en tirent très bien jusqu'à ce qu'ils entrent dans le circuit de la vie normale. Et une fois emportés au fil du courant, sans protection, ils sont perdus.

Enfin, j'aimais mon oncle et je n'attendais pas de lui la perfection. Il possédait un don magique mais, entraîné dans le courant du quotidien, il était perdu. Peut-être était-ce là une position politique de sa part, un sacrifice délibéré de l'esprit de calcul. Je le soupçonnais, en son for intérieur, d'être aussi calculateur qu'un autre. Jamais vous ne feriez admettre cette idée à des gens profondément calculateurs. Ils n'y croiraient pas. Ils diraient qu'ils avaient affaire à un simulateur, et lui attribueraient des motifs diaboliques. Ils l'accuseraient d'agir derrière un écran de fausse candeur et d'être un hypocrite de première. Comment les gens de cette espèce pourraient-ils accepter la magie et la prendre en compte dans leurs réflexions ? D'autre part, l'oncle n'aurait pas dû se désarmer unilatéralement et laisser les calculateurs garder l'initiative. Sa politique était erronée. Cette fibre-là était défaillante dans sa constitution.

Ceci deviendra clair en temps voulu. En attendant, je me retrouvais dans une position de conseilleur et je découvrais que, par tempérament, j'étais un donneur de conseils fanatique, ancré dans cette conviction jusqu'à la manie. Il n'y avait qu'une façon de mettre le couvert, d'ouvrir un paquet, de réchauffer le café. Peut-être cette passion de me mêler des affaires d'autrui me venait-elle de mes ancêtres qui, durant des millénaires, avaient établi des décrets pour tout – les bénédictions pour le pain rompu, pour la satisfaction des besoins naturels, pour les retours de funérailles. Un vice mineur peut-être, mais qui m'avait coulé aux yeux de Treckie. Elle arrachait le papier dont j'avais recouvert les rayons des buffets de la cuisine : « Tu sais toujours comment on doit faire les choses. » Elle rejetait mon esthétique. En Somalie, ma mère disait que si Treckie ne s'était pas arrangée pour tomber enceinte notre histoire aurait tourné court. « Tout se fait invariablement comme elle le veut. »

« L'élucidation utile » était une autre de mes faiblesses. Souvent, j'aurais aussi bien pu me faire la leçon à moi-même. Dans l'avion, par exemple, je me mis à parler à Benn des caractéristiques des femmes qui nous valaient tous ces ennuis.

— Une femme va regarder un homme comme vous, dis-je, et elle sentira que vous représentez une certaine valeur. Elle se dira : « Voilà un homme qui sort de l'ordinaire » – ce qui correspond à cette volonté de vous « forger une âme », une orientation que peu de gens prennent dans la vie. Celle-ci s'accompagne d'émanations, et les femmes cultivées seront particulièrement sensibles à ces émanations. C'est la raison pour laquelle tant de romantiques préféraient les paysannes ou les prostituées aux femmes du monde. Enfin, la paysannerie disparaît et bien rares sont les putains qui n'ont pas fait quelques études. Une inertie de plus mise en pièces, et ces pièces jetées dans le chaudron de la conscience moderne. On se trouve ainsi confronté à ces femmes d'aujourd'hui, fières de leur éducation et de leurs esprits cultivés mais qui craignent en secret de manquer de ce qui suscite l'intérêt des hommes profondément motivés par des tâches importantes… Elles n'ont pas à tant s'inquiéter – rares sont les hommes qui se vouent à des tâches importantes, et aspirent à une vie supérieure. Mais, pourtant, elles s'inquiètent. Et ce qu'elles redoutent, c'est d'accabler ces hommes d'ennui ; c'est d'être découvertes telles qu'elles sont. Alors, elles s'habillent, elles parlent, elles leur jouent le grand jeu. Elles feignent la légèreté mais ont le cœur lourd ; elles sont sombres et déprimées à en mourir. Leurs parents les avaient bien mises en garde, en particulier leurs mères : ces filles étaient si séduisantes, si gracieuses, si douées, vouées aux plus grands succès. Mais où se retrouvent-elles ? Dans les ténèbres extérieures où leurs pauvres cœurs se brisent. Et cette déception féminine, ce chagrin sont pénibles pour les hommes. Ils se croient souvent obligés de leur rendre l'estime de soi qu'elles ont perdue.

L'oncle ne devait écouter que d'une oreille car il répliqua par un *non sequitur*.

— Tu as parlé à Treckie de ces bleus sur ses jambes ?

— Je lui ai dit que cela me faisait penser aux sévices subis par les enfants et j'ai pensé qu'elle avait un talent spécial pour choisir ses bourreaux.

— Tu ne lui as rien dit de pareil. Je ne crois pas qu'elle apprécierait ce genre de plaisanterie.

Benn me décevait un peu. J'avais essayé de lui exposer une idée fondamentale et il ne m'avait pas suivi. Mais les gens doivent être prêts à écouter et il faut savoir choisir son moment. Quoi qu'il en soit, le seul son de ma voix l'avait rasséréné, même s'il avait fait fi de mes remarques.

Comme nous approchions du Japon, je n'appréciai pas, *moi*, sa plaisanterie sur le risque, pour l'appareil, d'aller se perdre au-dessus des eaux coréennes et de se faire abattre. « Par tes amis les Russes », précisa-t-il.

À l'atterrissage, à Tokyo, il échangea des courbettes avec les gens de la délégation venus l'accueillir. Nous partîmes aussitôt pour Kyoto par le train à grande vitesse et descendîmes à la Tawaraya Inn – un endroit étonnant. On y circulait en kimono et on dormait par terre ; on prenait des bains bouillants dans un baquet de bois – le cadre était séduisant par sa nudité : ni sièges, ni tables, ni journaux, ni livres ; ce seul dépaysement créait un climat de vacances.

Le petit déjeuner nous fut apporté par une dame d'âge respectable. Dans le courant de la matinée, il y eut comme un frémissement à la porte en papier. Agenouillée, une servante penchée sur notre plateau attendait la permission d'entrer. Ses cheveux tirés en arrière suggéraient la rigueur d'une pénitence ou d'une punition. Elle marchait à petits pas rapides. Ma chambre donnait sur un minuscule jardin. En tout autre pays, ce réduit eût été un espace perdu, un puits d'aération dans lequel les hôtes auraient jeté leurs bouteilles de whisky ou leurs cartons de lait. Le jardin s'ornait d'une urne moussue et d'un arbre nain. Le sol était couvert de cailloux blancs. Ce décor créait un curieux effet de continuité – le jardin n'était pas réellement *au-dehors*, ni ma chambre tout à fait *au-dedans*. Il n'y avait rien d'autre que le sol pour s'asseoir. Si on voulait lire le *Times*, il fallait l'emporter dans la salle de bains.

Pour l'oncle, tout cela respirait une culture traditionnelle, ce qui le mettait d'excellente humeur. Sa qualité de morphologiste lui faisait préférer les structures durables qui, ici, étaient innombrables. De plus, sa conscience avait cessé de l'assaillir de reproches. J'avais réussi à le soulager d'une partie de sa culpabilité envers Caroline. Il l'avait fuie, elle et ses mantras à la Bucky Fuller comme David avait fui Saül. Dans mon esprit, elle évoquait une forme au-dessus d'une maison dévorée par le feu – les flammes du sexe jaillissant par le toit coiffées d'un nuage de fumée ressemblaient à une femme mollement étendue. J'étais prêt à lui dire qu'il aurait été obligé, en fin de compte, de la placer dans une maison de santé et, ensuite, peut-être de se battre contre sa famille car il était impossible de dire l'étendue de sa fortune, ni quelle querelle juridique risquait de le guetter – si on l'accusait d'essayer de la tuer, comme dans l'affaire von Bülow. Cependant, je n'eus pas l'occasion de formuler ma pensée car, dès notre arrivée au Japon, l'oncle cessa pratiquement de parler de Caroline.

Il affirmait avec insistance qu'il était bénéfique de dormir sur une paillasse. Le changement de perspective vous transportait dans un univers mental différent et, couché par terre, on faisait des rêves plus intéressants.

Le journal intime que tint Swedenborg durant ses années de crise parle de rêves qui vont de la sexualité angélique au matérialisme érotique. Je me demandai si c'était à cela que l'oncle faisait allusion quand il parlait de rêves intéressants. Je le soupçonnais d'être, ou d'avoir été, un sensualiste. « Avoir été » était une absurdité. Qui était sensualiste le restait pour la vie à quelque degré – non, de façon excessive comme le baron Hulot de Balzac ou le grand-père centenaire de Stravinsky. Benn n'aurait pas été sexuellement persécuté par les femmes s'il n'avait eu le pouvoir charnel d'attirer les persécutrices ou d'endurer (peut-être d'encourager) les persécutions…

Plus tard dans l'année, quand j'étais allé voir ma mère en Afrique orientale, j'avais essayé de lui faire dire ce qu'elle savait de son frère. Elle niait l'avoir giflé dans un lointain passé, admettant toutefois que c'était un « sale petit obsédé » et que les mères, dans

Jefferson Street, interdisaient à leurs fillettes de jouer avec lui. Mais il avait changé, disait-elle, pendant son adolescence. Elle ne voulait pas discuter de ce sujet avec moi. Elle trouvait étrange, dans ce contexte de famine et de mort, de débattre de la vie sexuelle de l'oncle. L'endroit était-il vraiment bien choisi ? Étant donné ses propres rapports avec mon père, qui l'avaient conduite dans ce camp de réfugiés, je ne pouvais vraiment pas lui en vouloir. Je spécifiai, en m'efforçant de rester objectif et circonspect, que ces multitudes d'êtres déshérités, même dans leurs conditions de vie présentes, concevaient des enfants et leur donnaient naissance : « Mais ce n'est pas le désir, dit-elle, c'est la procréation ou l'instinct de la survie de l'espèce, contrairement à l'Occident où ils font cela parce qu'ils sont gâtés, et même pourris. »

Elle était âgée et fragile, risquant sa vie dans ce centre de secours, et elle jugeait « frivole » de ma part de parler de l'oncle ici dans sa petite chambre. Cependant, lorsque j'eus déballé la caisse de produits de luxe que j'avais apportée de chez Fauchon et qu'elle eut bu un ou deux verres d'eau-de-vie ou de calvados, elle me raconta qu'à dix-sept ans l'oncle avait déraillé ; peut-être même s'agissait-il d'un accès de schizophrénie. Il avait été impossible de le garder au lit. Il en ressortait toujours et se couchait à même le sol. Le médecin de la famille n'y comprenait rien. « Peut-être était-ce de la schizophrénie, dit ma mère.

Le docteur Clurman y avait fait allusion mais, à l'époque, dans Jefferson Street, qu'y connaissait-on ? Il aurait aussi bien pu parler de la grande muraille de Chine. » L'amour était apparemment la cause de cet état. Benn était tombé amoureux de la fille de Cohen, le tailleur. Elle était frêle, pâle, jolie. Seule la malnutrition peut vous donner cette apparence exquise, disait ma mère. Après avoir passé quelques mois ici, je peux l'affirmer. La fille de Cohen était hyperthyroïdienne et manquait de fer. Il faut vivre dans l'arrière-boutique d'un tailleur et dormir dans une chambre sans fenêtre pour acquérir ce genre de charme.

— Bon ! dis-je. Alors, il l'aimait. Et elle, elle ne l'aimait pas ?

— Il ne fallait pas lui en promettre, dit ma mère. Et je crois qu'il hésitait à faire ce qu'elle attendait de lui. Un garçon moins idéaliste et plus obligeant se présenta. Elle a commencé à le voir régulièrement. Ton oncle était malade de chagrin – de frustration sexuelle. Benn était gauche avec les filles. Il ne savait pas comment s'y prendre.

— Il y avait plus d'impatience que de sympathie dans la voix de ma mère. C'est une de ces femmes filiformes, nerveuses, décidées, à l'esprit vif. Donnez-lui ce qu'elle veut et elle saura vous apprécier. Toutefois, elle vous impose des tests difficiles. Vous devez surmonter quelques rudes épreuves comme elle l'a fait elle-même et le fait encore. Pour avoir reçu les représentants de deux ou trois générations de brillants intellectuels français, observé comment ils mangeaient et buvaient, et découvert leurs goûts en matière de vins et de sexe, leurs conceptions hardies, leurs lâches tactiques avec les objets de leurs désirs, mâles ou femelles, elle a perdu sa timidité féminine du Midwest vis-à-vis des « idées ». Elle avait l'habitude d'entendre débattre des nations et des époques – l'Histoire mondiale, les catégories existentielles, aucun de ces sujets ne lui était étranger. Elle ne se laissait plus impressionner par les pensées exprimées devant elle.

Je crains d'avoir précisément souvent tenté de le faire. Comme si elle allait laisser son propre fils prendre le pas sur tant de mandarins, d'académiciens, d'auteurs d'ouvrages sur l'*Existenz* ou sur la géopolitique. Votre mère est le seul gardien de but contre lequel vous n'arriverez jamais à marquer.

Ma mère et moi étions assis dans la petite pièce en éléments préfabriqués. Au-dehors, les gens mouraient à chaque minute. La nourriture qui aurait pu les sauver était volée par les responsables, planquée dans des endroits lointains (Aspremont, Montalban, Bizerte, Cathay, et Dieu sait où). Presque tout était dévoré par les rats et les oiseaux, emporté par les insectes, ou pourrissait simplement sur place.

Beaucoup d'Éthiopiens me parurent d'une beauté singulière. Je ne me lassais pas d'admirer la forme élégante de leur tête, leurs éloquents yeux sombres. Les notions swedenborgiennes de correspondances me revenaient à l'esprit, l'idée que la Création est un des langages grâce auxquels Dieu peut communiquer avec l'homme. Certains de mes symbolistes russes avaient hérité ces théories de leurs précurseurs français, Baudelaire et Rimbaud par exemple, ou les tenaient directement d'Aksakov, le traducteur russe de Swedenborg. Ainsi le camp avait-il, en partie, quelque chose de féerique, tout comme la présence de ma mère qui ressemblait à Mère Thérésa, faisant de son mieux pour assister les malades et les affamés.

Mais, tout cela étant, je continuais à parler de l'oncle Benn et à soutirer des renseignements à ma mère. Sur quoi (et à juste titre !) elle se fâcha contre moi : « Mon chéri, dit-elle, tu perds la tête, ma parole. Mon frère et ses bonnes femmes ! Ton père – d'accord, mais il avait du goût. Ton oncle déraille. Il a eu pas mal de chance, enfin celle qu'il méritait, avec Lena. C'était une honnête femme mais un parfait éteignoir. À sa mort, il en a fait tout un plat ; à croire qu'elle était une espèce de sainte. Il devrait se cantonner à ses feuilles ou à sa sève, bref, à ses études. »

Naturellement, je n'étais pas d'accord ; quand elle est en colère, ma mère met tout le monde à la trappe. On ne peut pas reprocher à un homme de solliciter de sa mère des révélations instructives sur le sexe féminin. Quelque joyau scintillant de sagesse. Le seul héritage susceptible de m'intéresser. Mais elle ne voulait rien m'apprendre du tout. Je la décevais, plus même, je l'irritais. Elle aurait voulu que je devienne un grand personnage. J'aurais dû être le numéro un du *Times* à Paris, ou *chef du bureau* pour *Le Monde* à Washington, ou responsable de la NBC en Europe de l'Ouest, avec trente personnes sous mes ordres, ou *porte-parole* à l'ambassade de Moscou. Aurais-je été plus touché par les réfugiés si j'avais été une vedette de la presse ? Je n'aurais pensé qu'en termes de photos, de télex, de moyens de triompher dans la compétition journalistique.

Elle ignorait tout de la pensée réelle de son frère ; ignorait qu'il était citoyen de l'Éternité, inférieur dans la hiérarchie aux grands figurant sur ma liste, mais en demeurant un personnage d'une importance exceptionnelle.

Elle reprochait à l'oncle de m'avoir fourvoyé. Pourquoi ne pouvait-il me laisser en paix ? Elle ne voulait pas non plus que je sois comme mon père – encore qu'elle comprît mieux sa démarche : séduction, parade nuptiale relevant de l'histoire naturelle, deux protagonistes nus exécutant leur danse rituelle autour d'un lit à Paris. Du moins, Rudi Trachtenberg exploitait-il son talent et un talent causera votre mort si vous vous efforcez de le cacher. En conséquence, ma mère se résignait, se soumettait, encourageait même son mari et, peut-être avec une certaine fierté inspirée par ses talents, collaborait avec lui. Avec une force de la nature, que pouvait-elle faire d'autre ? Mais son frère, tel qu'elle le voyait, n'appartenait pas à la même classe. Son savoir botanique restait pour elle lettre morte. Elle lui en voulait de m'entraîner à la dérive. À quoi rimaient ces prétentions académiques ? Pourquoi deviendrais-je un professeur minable ? Je partageais la douche d'un dortoir avec de jeunes étudiants dont la musique rock me rendait fou. Ma mansuétude envers Treckie l'écœurait. Un homme comme mon père n'aurait jamais supporté une femme pareille. Elle ne voulait pas que je sois un *homme à femmes** comme papa, mais fallait-il pour cela que je prenne la direction opposée ? Mon obsession vis-à-vis de l'oncle allait me faire rétrograder de dix ou vingt ans. Rude déception pour une mère dynamique qui s'était donné tant de mal pour moi. Je n'avais jusque-là rien réalisé.

J'avais commis, en Somalie, l'erreur de tenter de discuter de mes idées personnelles avec elle. J'avais cédé à ce désir harcelant de lui faire connaître ce que pensait son rejeton. Je ne prétendais pas être un Kojève ou même un Georges Bataille, mais mon but était de l'attirer derrière la façade grotesque d'un étourdi victime d'une femme stupide pour lui donner un rapide aperçu, une perspective globale de mes projets. Il n'y avait aucune raison d'exister, à moins que votre vie ne fût un « tournant ». Inutile de se rallier à la marche générale de l'humanité vers le déclin. Je lui avais envoyé un tiré à part de mon article (extrait de la *Russian Review*) « Le matin de l'acméisme, de

Gumilyov et Gorodetzky à Mandelstam, en soulignant la citation : « Être – telle est la grande ambition de l'artiste. Il ne désire pas d'autre paradis que l'existence… » et ainsi de suite. J'étudie, dans mon essai, les similitudes entre cette déclaration et les points de vue presque identiques de Paracelse, Swedenborg et Blake. Comme c'est une femme intelligente, je lui ai donné l'occasion d'approfondir l'idée que j'étais attaché à mon oncle parce que (et vous pourriez vous en rendre compte par vous-même si jamais vous l'aviez vu parmi ses plantes), il ne désirait manifestement pas d'autre paradis. Et il devait être possible d'accomplir, dans un autre domaine, ce qu'il a réalisé avec la carpelle stigmatique condupliquée – je fais allusion à un travail de recherche qui lui a valu une réputation considérable, il y a plusieurs dizaines d'années. Il m'avait insufflé l'espérance, raisonnable pour mon compte, d'une vie à haut rayonnement d'énergie. Bien entendu, je ne voulais ressembler à nul autre qu'à moi-même. Mais il était absurde de ma part de songer qu'elle pourrait élargir son champ de vision à partir de notions contenues dans un article universitaire. Autant voir cette fragile sexagénaire faisant du stop à une halte le long de la voie ferrée pour arrêter un express roulant à cent soixante à l'heure.

Cependant, si vous avez une mère intelligente, vous ne renoncez pas aisément à l'espoir d'une communication essentielle avec elle.

Il faisait nuit, les réfugiés campaient sous leurs buissons d'épineux, on ne voyait pas leur souffrance. Les conditions étaient favorables à une conversation sur les plus vastes sujets. Nous n'étions pas obligés de manger au mess du camp ce soir-là. J'ouvris quelques boîtes de *charcuterie** de Fauchon et nous finîmes notre repas avec un calvados de première qualité. Je me laissai aller, je suppose, et tentai de lui exposer quelques-unes de mes idées sur les rapports Est-Ouest. La combinaison de la famine et du pâté m'avait décidé. Mais, après tout, dans Boccace, de jeunes dames et de jeunes seigneurs s'égayaient à échanger des contes et des plaisanteries amoureuses pendant la peste, si bien qu'après avoir liquidé les « delicatessen », à demi enivré par l'excellent *calva**, j'entrepris de parler à ma mère de la littérature des camps de concentration russes – de l'œuvre de Soljenitsyne, Chalamov et plusieurs autres. Je lui dis qu'à l'Est, l'humanité subissait l'épreuve de la privation. Bien des fonctions supérieures de l'homme étaient éliminées. Aux États-Unis, au contraire, toute une population se trouvait asservie aux plus bas des intérêts humains, l'accent étant mis, en Russie, sur l'abolition des plus élevés et en Amérique sur le culte des plus vils. Tel se présente, peut-être, le tableau vu d'un œil superficiel. Les milieux éclairés aux États-Unis envient à l'Est ses chances d'étendre sa culture et son développement parce que *là-bas* la souffrance est plus grande. Ici, la souffrance est mineure. Personne ne se fait mettre en pièces pour ses idées. En d'autres termes, autant jouer au tric-trac. C'est possible. Mais l'*homo sovieticus* est une fastidieuse entité. Ce n'est nullement sa faute, je vous l'accorde. La question essentielle est de savoir comment l'esprit de l'homme a été broyé par la prétendue Révolution. Les Russes possèdent toutefois un atout : leur foi en l'idée que la Russie est la patrie des émotions les plus profondes et les plus sincères. Dostoïevski, entre autres, a contribué à asseoir cette réputation d'une passion sans bornes. L'Ouest n'était qu'un hôpital pour les amputés victimes du gel affectif et autres infirmes. Eh bien, il y a des Russes pour nous dire que nous nous sommes fait posséder. Lev Navrozov, qui a oublié d'être bête, affirme que du point de vue du comportement irrationnel et purement affectif, l'Amérique est au XXe siècle ce que la Russie était au XIXe. On constate ici un sentimentalisme beaucoup plus grand qu'en Union soviétique. Ce sentimentalisme, s'il est contestable, est largement répandu. Navrozov accuse même Dostoïevski d'être un idéologue doublé d'un rationaliste froid et calculateur. Mais nous laissons tomber tout ça si tu veux, maman.

Elle était en désaccord avec moi sur toute la ligne. Pour elle, je déraillais complètement.

En conséquence, au lieu de battre en retraite, je relançai le débat. L'Est subit l'épreuve de la privation, l'Ouest celui du désir.

Cette réflexion la choqua également. Songeant sans doute à la carrière amoureuse de papa, elle me déclara que j'étais fou. Une épreuve, vraiment ! Ce n'était pas son épreuve à lui, c'était la sienne, *à elle* ! Durant des années, elle avait supporté ses débordements, et maintenant je venais lui dire que c'était lui la victime. C'était déjà malheureux que je sois né avec une mauvaise oreille ; je n'avais pas à jouer les idiots par-dessus le marché. « Tu veux comparer Londres, Paris et New York avec Magadan et Kolyma ? Ou ce camp même où nous nous trouvons ? Je n'aurais pas dû manger ces produits de luxe que tu m'as apportés. » Soudain, voilà papa qui paradait devant nous avec toutes ses nanas à divers stades de déshabillage. *Ça*, c'était une épreuve.

Il y a souffrance et souffrance. Elle n'avait pas lu ce poème de D.H. Lawrence sur la tortue hurlante « crucifiée par le sexe ». Elle n'avait pas non plus lu son Proust, encore que les rayons de sa bibliothèque fussent couverts de ses livres. Elle pensait, dans un environnement pareil, que j'étais un être sans cœur pour élaborer des théories et me complaire à des paradoxes.

J'aurais pu lui dire (dans un esprit de mise au point conciliatrice) que la souffrance russe, dans une large perspective historique, était de nature classique, la souffrance que l'humanité a toujours connue le mieux avec la guerre, la peste, la famine et l'esclavage.

Ces fléaux, représentant ses formes monumentales universellement familières, doivent à coup sûr magnifier l'humanité des survivants. J'avais envie d'essayer de faire comprendre à maman qu'il fallait aussi envisager les souffrances de la liberté. Sinon, nous ferions le jeu du totalitarisme en disant que seule l'oppression peut garantir notre intégrité. Des personnalités libres ne recevant aucune aide d'un ciel sourd ou d'une terre inerte étaient confrontées à des choix mortellement dangereux susceptibles de déterminer l'avenir de la civilisation. Et là-dessus, par parenthèse, je mentionnai le programme de souffrance de l'oncle.

Ma mère m'examinait d'un air profondément soucieux, comme si j'avais perdu les pédales. Elle n'était pas aussi âgée qu'elle le paraissait. Le vieillissement s'était déclaré chez elle quand elle avait renoncé à jouer le rôle d'une femme dans le vent. Ce dont elle voulait parler, c'était l'entassement de quarante mille réfugiés dans un camp prévu pour deux mille ; de l'eau qu'on faisait venir par camion d'une distance de près de cinquante kilomètres ; des tentes en nombre insuffisant ; des familles qui essayaient de s'abriter sous des toits de branchages ; de la milice éthiopienne qui, de l'autre côté de la frontière, enlevait les enfants des Oromos, violait les filles ; des fonctionnaires somalis qui tentaient de contraindre les réfugiés à repartir pour que les forces Mengistu, organisées pour perpétrer des atrocités encore pires, puissent achever leur tâche. Et là-dessus, son fils unique avait débarqué pour la sermonner. À cet égard, il était bien comme son père qui plaçait les sermons juste après le sexe sur la liste des plaisirs. Son fils s'était lancé dans un grand discours sur l'année 1905, sur la peur qu'avaient les Russes des Mongols au cours des dernières années de l'ancien régime ; sur la Russie médiévale qui avait repoussé la horde asiatique à la bataille de Koulikovo. Blok avait écrit un grand poème sur ce thème. Bely était captivé par sa signification prophétique, le danger de sombrer dans les profondeurs du chaos initial à moins que ne se mît à briller un soleil spirituel, à moins que le cavalier de bronze n'eût réussi à enjamber le cours de l'Histoire. Le sens de la Révolution, c'était que la Russie avait tenté de se soustraire à l'épreuve de la conscience moderne. C'était une claustration totale. À l'intérieur du pays coupé du monde, Staline avait répandu la mort *ancienne*. À l'Ouest, l'épreuve à subir est celle de la mort *nouvelle*. Il n'y a pas de mots pour décrire ce qui advient à l'âme dans le monde libre. Au diable l'« extension des droits », au diable le « style de vie luxueux ». Notre jugement profond ne s'y trompe pas. Tout ceci est perçu par certains noyaux enfouis de la conscience qui lutte contre le plein éveil. Le plein éveil nous contraindrait à affronter la mort *nouvelle*, l'épreuve particulière de notre partie du monde, la prise de conscience de ce qui se passe en réalité serait un purgatoire.

— Je n'aurais jamais dû te laisser prendre des leçons de russe avec ce vieux bonhomme de la rue du Dragon, dit ma mère. Il t'a marqué pour la vie.

Sans doute n'aurais-je pas dû apporter mes préoccupations dans ce pays de famine et de génocide. Ma mère était scandalisée par ma dialectique. Quand je parlais, elle entendait encore l'enfant à moitié sourd. Je comprenais son point de vue. Elle aurait, de loin, préféré que je déclare, prouvant ainsi que j'étais enfin un adulte : « J'ai un plan pour virer Flora Lewis de la une et prendre sa place. » J'étais trop étourdi et irresponsable pour ce genre de démarche. Peut-être le vieux Yermelov (et mon oncle) m'avaient-ils rendu impropre à toute espèce de vie productive.

Mais je ne vais pas m'attarder en Somalie.

L'oncle et moi étions à Kyoto (je quitte une partie du monde pour une autre) et l'hôte de l'oncle, le professeur Komatsu, un autre géant de la botanique, était venu nous chercher à la Tawaraya Inn pour nous emmener visiter les jardins avec leurs autels et leurs temples célèbres.

Octogénaire anguleux et basané, il portait un kimono d'un autre âge et des sandales. Son crâne était constellé de taches de mélanine. Ses lunettes à monture de fer étaient encore plus anciennes. Il avait fait ses études à Oxford en 1925. La limousine de location dans laquelle il était arrivé datait aussi de cette époque. Je crois que c'était une Vauxhall et, à part dans les films muets, je n'avais jamais rien vu de pareil. L'humeur de l'oncle Benn avait changé. Il faisait des remarques primesautières et ne savait qu'inventer pour manifester son bonheur. Il semblait vouloir flatter les objets de la main, effleurait ce qui lui plaisait le plus du bout des doigts. C'était le printemps au Japon, un printemps humide mais doux, sans rien de comparable aux pluies torrentielles de Seattle. Une petite bruine intermittente tombait d'un ciel lumineux et nullement morose. Sous les arbres, on entendait les gouttes tomber sur les jeunes feuilles transparentes. Le professeur Komatsu avait apporté un vaste parapluie pourpre.

Il n'y avait pas de larges horizons, seulement des collines boisées, des champs de petite taille. Le Japon industriel était totalement invisible. Il connaissait la place qui lui revenait – vaste, bien entendu – mais on ne voyait pas briller la moindre fenêtre d'usine. Le professeur nous avait réservé une faveur spéciale. Il avait traduit quelques-uns de ses poèmes et, une fois que nous fûmes enfermés dans la vieille Vauxhall, il nous demanda la permission de nous les lire. Ses vers tournaient autour d'un thème unique : la nurse du vieil homme – sa nounou qu'il avait, soixante-quinze ans plus tôt, tendrement aimée et qui était morte en 1912, quand il avait six ou sept ans.

— L'amour de votre vie ? demanda l'oncle.

Le vieux Komatsu ne pouvait accepter cette formulation occidentale.

Le chauffeur avait ralenti pendant la récitation. Je m'étais déplacé sur le strapontin pour ne pas faire écran au poète. Le visage de l'oncle se crispait d'attention polie. Nous regardions tous les deux jouer la mâchoire inférieure du vieillard, des chicots comme des grains de grenade, desséchés et brunis. Quand j'avais été présenté au professeur, l'oncle m'avait assuré, de cette voix feutrée qu'il réservait aux déclarations *authentiques*, que Komatsu était un biophysicien qui avait donné au monde des articles d'une haute valeur scientifique. Qu'un tel personnage pût décrire des paroles consacrées à une femme morte depuis si longtemps prouvait que l'amour jouait un rôle essentiel chez certains savants – des hommes entraînés à déchiffrer les mystères infinis du livre de la nature. De même qu'Einstein avait relancé Dieu en en parlant, de même le professeur, en invoquant l'amour, avait rehaussé son crédit jusque-là au plus bas de sa cote.

L'antique véhicule construit de lignes perpendiculaires (bien avant que l'aérodynamisme devînt un argument de vente) pénétra dans une clairière où un groupe de femmes, toutes vêtues de marron, s'absorbaient à des tâches manuelles. Ceux qui connaissent les chaînes de montage américaines où les ouvriers travaillent parfois dans un nuage de marijuana se feront une idée toute différente du travail au Japon où les gens s'attellent à corps perdu à l'ouvrage sans le moindre égard pour eux-mêmes, semble-t-il. Ces petites femmes, penchées sur des tréteaux où étaient couchés des troncs d'arbres, les avaient dépouillés de leur écorce et râclaient, lavaient, frottaient, polissaient le bois. Le vieux Komatsu expliqua :

— Ce sont des piliers de maisons, d'une signification particulière dans la construction des demeures traditionnelles.

— Ah, je vois. Spécialement cultivés, je suppose, dit l'oncle.

— Et surveillés, traités, séchés. Ensuite, préparés par ces femmes avec les matériaux prescrits, sans doute de la pierre ponce et des huiles. Le tout à la main. C'est une sorte de culte.

Le commentaire de l'oncle fut spontané :

— Les femmes qui se livrent à ce travail doivent faire des épouses merveilleuses.

On pouvait observer le changement d'expression qui s'opéra peu à peu sur le visage de Komatsu, à mesure que s'y creusaient des rides d'allégresse. Il leva la tête vers le plafond de la voiture et se mit à rire. Je crus qu'il allait prendre le tube acoustique et traduire la plaisanterie pour le chauffeur, mais il se contenta de croiser les bras (il avait les genoux encombrés de poèmes) en déclarant :

— Voilà une de ces réflexions si drôles qui font votre réputation, docteur Crader. Transférer aux maris le traitement appliqué aux poteaux. À condition que le mari accepte de changer de place avec un tronc d'arbre.

— Oh, professeur, je serais quelquefois tout prêt à le faire. Aujourd'hui, ce serait le paradis.

Autant de prévenances que Caroline n'aurait certainement pas eues pour lui. Ni la pauvre Della Bedell.

— Ces femmes auraient les mains calleuses, dit Komatsu. Il faudrait bien du temps pour les attendrir. Je crois que vous vous racontez un conte de fées, comme dans *La Flûte enchantée*, où une horrible sorcière est transformée en jeune beauté.

— N'empêche, les choix rationnels et planifiés semblent voués à l'échec, dit l'oncle.

Je connaissais bien son humeur. L'*oncle* parlant de choix rationnels ? Il devait être aux anges, nageait dans le bonheur.

Le vieux professeur Komatsu prit un ton badin avec lui :

— Notre féodalisme vous paraît séduisant, dit le vieil homme, mais les Américains qui viennent ici se fournir en épouses dociles sont souvent déçus. Au bout d'un an environ aux États-Unis, les femmes s'américanisent. Les rôles sont inversés. Sous peu, professeur Crader, c'est *vous* qui risquez de devenir le valet, frictionnant où elle vous l'a commandé une femme allongée.

Oui, peut-être, mais ce sort-là même aurait mieux valu que celui qui devait, plus tard, échoir à Benn.

Si j'avais demandé à Komatsu de nous recommander un conseiller matrimonial japonais de confiance, alors il n'y aurait pas eu de Matilda – ni de famille Layamon.

Curieuse population – la nôtre, j'entends ; pas celle du Japon. Oh, la leur est assez drôle aussi. Tokyo et Osaka sont des *villes fourmillantes**, elles grouillent d'habitants. Toute porte ouverte en libère des centaines. On ne peut y ouvrir un placard sans y trouver quelqu'un d'assis. Soulevez une plaque d'égout et ils jailliront à flots. Mais nous sommes plus étrangers chez nous, nous qui cherchons à satisfaire une telle quantité de désirs lâchés sur le monde pour jouir de ses ressources ou pour obtenir l'argent permettant d'en jouir, ou pour prouver que l'on peut en jouir grâce à l'argent des autres. Mettant le doigt sur une de mes ecchymoses personnelles, Treckie m'avait dit à Seattle : « J'ai pris l'habitude de choix multiples. » Que voulait-elle dire par là ? Elle me faisait penser à cet ami de Stendhal, mentionné dans ses Mémoires, pour qui l'acte sexuel n'était délectable qu'une fois quelle que fût la femme. Deux à la rigueur.

Mais nous sommes à Kyoto, en visite guidée.

La limousine était garée en dessous d'un temple ancien et nous montions vers les jardins, faisant de fréquentes pauses pour nous reposer. J'étais très diminué par le jet lag. L'oncle, globe-trotter plus expérimenté, n'éprouvait aucune fatigue.

Rien par la suite, au Japon, ne fut et de loin, aussi agréable. Mes aînés, les deux botanistes, échangeaient des informations sur les feuilles et les fleurs, tandis que de grosses gouttes de pluie tombaient sur le parapluie du professeur, aussi rapide que des signaux en morse. Puis le soleil parut. Quand les nuages se déchirèrent me revint un instant à la mémoire la façon dont Treckie, parfois, brossait de côté ses cheveux rabattus sur son front. Lorsque vous viennent ainsi des images féminines, c'est un signe reçu des cieux pour vous annoncer que vous êtes voué aux problèmes. À moins que vous ne vous y soyez voué vous-même, comme si les autres ne vous donnaient pas déjà assez de fil à retordre.

Le vieux professeur japonais me déclara, pendant que Benn marchait devant nous, que l'oncle avait un don d'observation particulier. Peut-être n'était-ce pas un don « scientifique », dans l'acception courante du terme. La clarté avec laquelle les plantes « se présentaient à lui » avait quelque chose de *visionnaire*. Une pensée limpide pouvait vous venir à l'esprit mais dans un stade ultérieur elle n'était pas seulement limpide mais devenait visible comme si elle était dessinée ou peinte devant votre œil intérieur.

Je n'étais pas certain de comprendre cette faculté. Le professeur lui-même ne l'était pas tout à fait non plus. Une pensée pouvait-elle être aussi un objet ? Voyons, Euclide avait bien établi des diagrammes de la pensée. Les Français ont des fleurs qu'ils appellent *pensées*, me dit-il. Cela ne comptait pas ; c'était un usage sentimental. Le langage de l'amour par les fleurs ? Dans la scène de la folie d'Ophélie, c'était une image touchante mais le désespoir amoureux et la détresse filiale mis à part, on n'y trouvait que folklore de jeune fille. Je veillais à ne pas offenser Komatsu qui avait peut-être utilisé le langage des fleurs dans ses poèmes. Le vieil homme confirma mon pressentiment selon lequel l'oncle avait des choses une vision différente de la nôtre. Pas étonnant qu'il m'eût souvent laissé entendre qu'à ses yeux les plantes étaient des créatures étranges appartenant à une branche de la vie qui exigeait des pouvoirs particuliers, presque divinatoires. Dotées de structures élaborées, elles ne donnaient aucune manifestation de conscience telle que nous la concevions. Dominant un monde minéral, elles débordaient de sève, respiraient, s'ouvraient vers le dehors au monde. Par contraste, nous étions repliés vers le dedans – pensez aux intestins et aux circonvolutions du cerveau.

L'oncle était à son affaire près de ce temple et exultait. Je le regardais se courber pour inspecter les feuilles et les fleurs. On avait de plus en plus l'impression à voir son échine russe que son veston cachait des élytres repliés et que, s'il en avait envie, il pourrait ôter quelques vêtements et se mettre à voler autour du jardin de ce sanctuaire. Mais il n'était pas homme à laisser derrière lui ses amis humains. C'était une personne très polie.

À nouveau, la question se posa : et s'il existait un pouvoir identique de percer à jour des êtres humains ? Et s'il en possédait lui-même une parcelle ? Peut-être intervenait-il une influence réciproque, une intuition végétale lorsque des visages humains apparaissaient dans son champ de vision. Cependant, il ne pouvait opérer le transfert psychique aux relations humaines. Son second mariage avait très vite démontré cette incapacité.

J'en viendrai bientôt à ce sujet – en présentant Matilda Layamon.

Tout d'abord, je dois décrire un tout autre genre de sortie à Kyoto.

Certains des jeunes collaborateurs du vieux professeur avaient décidé de nous faire faire une tournée nocturne de la ville. Ils déclarèrent en riant qu'ils se chargeaient de compenser les poèmes à la gloire de la nourrice avec lesquels Komatsu bassinait tout le monde, et demandèrent si le docteur Crader verrait une objection à une exhibition de filles. Imaginez donc ceci : un voyant dans le royaume végétal invité à un strip-tease. « Un truc super-sexy », dit l'un d'eux. L'oncle fit observer : « Je croyais que nous étions dans l'une des villes saintes de l'Asie. » Cette réflexion parut beaucoup les amuser. Je me rendais compte que la réputation d'humoriste de l'oncle se fondait sans doute sur un malentendu culturel. Les jeunes confrères s'esclaffèrent de bon cœur ; peut-être par politesse ?

(Une fois de plus, la politesse ; plus les règles de l'ordre social se désintègrent, plus la politesse est drôle.)

L'expérience qu'avait l'oncle des spectacles salaces était très limitée. De telles distractions ne l'inspiraient guère. En fait, ces jeunes chercheurs le mettaient à l'épreuve. Ils voulaient savoir comment le célèbre botaniste américain allait réagir devant les filles. J'étais moi-même curieux du résultat. Encore aujourd'hui, je suis incapable de me prononcer sur le degré de sensualité de l'oncle au départ. Je savais que les femmes lui hantaient toujours l'esprit mais j'ignorais à quelles fins. Il n'avait pas les mêmes appétits que mon père, je l'aurais juré devant notaire. Avait-il des goûts païens ? Était-il érotiquement motivé, au sens de la Grèce antique, était-il dionysiaque ? Enfin, pour commencer, il était juif, un juif au type russe. Je suppose qu'il a toujours existé des juifs comme lui. Et comme papa. Comme moi aussi, maigres et basanés, soucieux d'aller au fond des choses, mêlant la candeur et la ruse. Mais sexuellement parlant, nous n'avons jamais connu une époque semblable à la nôtre, différente de Babylone ou de Rome, différente de l'Inde ancienne. Ce serait là un passionnant sujet de recherches. Si peu de gens ont l'intelligence d'en dénicher un.

Dans le théâtre où nous emmenèrent les jeunes chercheurs après le dîner, il n'y avait pas de sièges. Rien que des places debout. Au centre de la salle se trouvait une scène environnée d'une foule de spectateurs mâles. La pluralité japonaise, la densité galopante. Les spectateurs étaient, pour la plupart, de jeunes cadres vêtus, comme leurs homologues américains, de complets d'un style considéré par les Britanniques comme décontracté comme si quiconque pût songer à la décontraction chez IBM, Mitsubishi ou Sony. Une multitude de Japonais, visiblement nantis, élégants, le cheveu noir, aussi captivés que maîtres d'eux-mêmes, gardaient les yeux rivés sur la scène. Les artistes annoncées sur les affiches s'appelaient Miss Osaka, Miss Tokyo, Miss Nara, Miss Yokohama, Miss Nagasaki. Elles portaient des kimonos brodés et des obis de cérémonie, étaient chaussées de socques et tenaient à la main des ombrelles de papier ; sous l'échafaudage de leur chevelure, elles étaient fardées de craie et de rouge. Chaque petite écolière chantait avec un doux nasillement. Après cette entrée en matière, elles passèrent aux choses sérieuses comme toutes les effeuilleuses du monde. Elles étaient particulièrement jolies et délicates. Deux par deux, ces jeunes beautés entrèrent dans une cage de plexiglas. La cage fut hissée jusqu'au plafond où elle s'enclenchait sur un monorail. Tandis qu'elle décrivait des cercles autour de la salle, des projecteurs suivaient les artistes qui se démenaient, s'empoignaient, s'étreignaient, s'embrassaient, dardaient leurs langues, mouraient d'extase. Pour elles, c'était un jeu. Les hommes, ces innombrables têtes en brosse dressées vers le haut, restaient figés sur place. L'atmosphère s'alourdissait en bas, surtout lorsque la cellule d'amour en plexiglas redescendit sur la scène. Ensuite, une à une, les filles écartaient les genoux et se dilataient avec les doigts. Silence de mort. Une sorte de démence statique s'emparait de la salle. On aurait pu tracer les lignes de force qui reliaient les yeux des hommes au centre de leurs désirs, ce chaste trésor largement ouvert. Chacun tenait à voir, à voir le saint des saints, le petit organe rose comme un coussinet de satin. Les hommes, serrés les uns contre les autres, étaient bien trop disciplinés pour se bousculer. Tous ces sorciers du négoce ou des laboratoires, rivaux des Allemands, des Anglais et des Américains, ces techniciens, ces gestionnaires de haut niveau, dont aucun n'était ivre, dont aucun n'ouvrait la bouche, étaient venus contempler ce que leur exhibaient les filles. Miss Osaka et Miss Nara nous le montraient avec le plus de réalisme possible, et plus ce réalisme s'affirmait, plus il se chargeait de mystère. Les jeunes chercheurs qui avaient amené l'oncle en ce lieu pour étudier ses réactions ne le regardaient pas du tout. Tous ces botanistes, ingénieurs, inventeurs de miraculeux instruments de vision, depuis les microscopes électroniques jusqu'aux appareils qui renvoyaient des images des lunes de Saturne, ne s'intéressaient qu'à ces lents entrebâillements. Leurs yeux ne se rassasiaient pas ;

les filles sentaient le poids de la fascination qu'elles exerçaient et semblaient ne rien ignorer des souffrances qu'elles provoquaient et de la commotion qu'elles infligeaient au public. J'étais moi-même sous le choc et je n'y pouvais rien. Quant à l'oncle, très droit, massif dans son élégant costume gris clair, il était dans tous ses états.

C'était plus qu'il n'en pouvait supporter. Il perdait pied à Kyoto et ne s'en cachait pas. Le lendemain matin, il se déclara prêt à partir.

— Vous n'avez pas bien dormi ?

— J'ai pris un comprimé de Dalmane. Je ne demande qu'à m'en aller. Mais regarde-nous, en train de prendre le petit déjeuner par terre ! Une semaine de ce régime me suffit amplement.

— Vous avez déjà vu des numéros de ce genre. À plus de cinquante ans, vous n'en êtes pas à vos premières stripteaseuses.

— Non, bien sûr, mais ce que j'ai ressenti hier ne me plaît pas du tout.

— Combien de fois avez-vous fait le tour du monde ?

— Plus souvent que Jules Verne.

— Qu'est-ce que vous avez ressenti hier, au juste ?

— Excité, dégoûté ; excité, dégoûté, à la limite de la désintégration.

— C'est compliqué, cette conception japonaise du sexe. Leurs données de base sont différentes.

— Ça, j'en suis sûr. Mais au fond, ça ne me regarde pas.

— Les hommes d'affaires japonais s'organisent des sextours, les femmes restent à la maison. Les maris s'envolent pour l'Amérique latine et ses plaisirs.

— Ce serait très intéressant pour un anthropologue, mais ce n'est pas ma spécialité. Qu'ils fassent ce qui leur plaît. Pour moi, c'est trop dur à supporter.

— Nos amis d'hier soir veulent nous emmener à un club. Il s'y produit un artiste qui fait un nœud avec sa queue.

— Ma foi, je n'ai aucune envie de le voir, dit l'oncle. Quand les gens décident d'exploiter leurs aptitudes dans un domaine particulier, ils vont toujours trop loin. Cela peut devenir une sorte d'enfer.

Il était sérieusement secoué, sinon il ne se serait pas exprimé avec autant de vigueur. J'aurais dû me rendre compte qu'il était en quête de protection. Peut-être se rappelait-il (comme moi-même) ces jeunes Japonaises aux toisons pubiennes si drues, d'une riche noirceur soyeuse autour de leurs petites fentes de satin. L'oncle ignorait l'ironie de la distanciation ; la relativité des esprits blasés lui faisait défaut. Chacun voit, aujourd'hui, le monde entier étalé devant lui, offert à son jugement avec l'implication « tant pis pour toi si tu te trompes ». Et, au fond, c'est tant pis pour tous puisque personne ne gagne au jeu. Quant au sexe, l'oncle ne faisait pas partie des amateurs qualifiés. Jamais il ne s'était mis sur les rangs. Il n'était pas, pour autant, aussi innocent. Un tel état relève du mythe. Songez simplement à tous les mioches des garderies qui déposent devant les tribunaux contre de vénérables matrones pour abus sexuels, et expédient peut-être des personnes respectables en prison. Quelle est l'origine de ces perfidies enfantines ? Et les pratiques décadentes des Rémy de Gourmont, les vices « anglais » de la tribu Swinburne, le *Jardin des supplices* du siècle dernier. Tout cela est aussi banal et réjouissant que des flocons d'avoine secs au petit déjeuner. Quant à l'« innocence », je ne m'en attribue aucune trace depuis que j'ai découvert les déclarations de Ponomarenko, envoyé de Staline et grand maître en Biélorussie, sur la nécessité de préserver l'innocence des masses. La « pureté » est le camouflage favori des formes les plus sombres de la criminalité. (Et de certaines formes de folie également.) Donc, pour en revenir à l'oncle, il n'était pas innocent. Étrangement raffiné, exigeant, hermétique, il échappait à toutes les catégories qui m'étaient accessibles. Bien entendu, il avait lu les classiques comme Forel, Havelock-Ellis, Kinsey et les autres Ellis sur le sexe – Albert, le Thomas Paine de la révolution sexuelle –, plus Masters et Johnson, sans compter le reste. Je suis certain d'avoir fait allusion à ses efforts pour se maintenir au courant des problèmes de l'herpès, du sida et des autres infections vénériennes. Et puis-je affirmer sans tricher qu'il n'avait aucun goût pour les Della, Caroline et autres ? Il avait dit une fois que dans l'étreinte sexuelle Caroline avait crié : « Oh, tu es un ange ! Toi, oui, un ange ! » Pourquoi m'aurait-il fait cette confidence s'il n'avait en vue une forme d'auto-destruction ? Elle était le phénomène. Il était le savant et l'homme enfant (l'innocent, l'ange) qui se pliait à ses besoins. Je ne pouvais vraiment pas accepter cette idée.

Il avait été sincèrement attaché à tante Lena et s'était montré un mari fidèle. Mais je me permets de rapporter ici l'une de ses confidences – elle ne risque plus de nuire. À une certaine époque, il avait la trentaine, il avait tenté une petite expérience, non avec une autre femme mais avec de la drogue – l'un de ses collègues de l'école de médecine lui avait fait plusieurs piqûres de testérone – à titre expérimental. Durant quelque temps, aucun effet n'avait été enregistré. Mais un jour – Lena était sortie faire le marché – il avait été la proie de furieuses sensations d'ordre sexuel. « J'étais là, couché, ne sachant quoi faire. D'un seul coup, j'étais devenu infantile. Deux poings minuscules, deux pieds de nouveau-né et tout le reste n'était qu'une immense enflure, une pure intumescence. Assez pour vous transformer en bébé pleurnichard – pleurnichard parce qu'il n'y avait pas de remède à cet état.

— Et qu'est-ce que vous avez fait ?

— J'ai attendu que ça passe. Que pouvais-je faire d'autre ? Jamais je n'ai repris de ce truc.

À mon avis, il n'en avait pas besoin. Et maintenant, dans la cinquantaine, toujours tourmenté, il offrait un parfait exemple de l'épreuve par le désir. Je n'avais cessé d'y penser tandis que je parlais avec ma mère. Aux confins de l'âge mûr et de la vieillesse, les gens étaient encore envoûtés par les flamboyants feux d'artifice sexuels dont, en d'autres civilisations, ils se détournaient le temps venu. Ils prenaient la vie période par période, avec dignité – me dit-on – sans sangloter de chagrin comme certains de nos poètes, même les plus grands, le font en ces temps d'anarchie sexuelle. Mais il est vrai que toute époque a ses calamités – il y a gros à parier que lorsqu'elles s'abattent, vous n'y survivez pas. Songez à la peste noire, aux guerres mondiales, ou au travail forcé. Lorsque ces fléaux se déchaînent, rares sont ceux qui peuvent espérer y échapper. Il peut sembler bizarre d'établir la liste de nos calamités, les érotiques, par exemple, avec la guerre ou le travail imposé, mais tout ce qui peut détruire les âmes par centaines de millions doit être pris en compte. Il est nécessaire de signaler ceci lorsque des « observateurs intelligents » avertissent l'Amérique que si elle veut cesser d'être un monde superficiel, elle doit se préparer à des temps difficiles.

L'Amérique, par conséquent, requiert une épreuve de vaste portée – une épreuve dans le vieux style. Si les anges de M. Yermelov venus nous insuffler un amour plus noble et, nous prenant au dépourvu, l'injectent directement dans le corps physique en sorte que nous sombrions aussitôt dans les formes les plus brillantes mais les plus terribles de corruption (que dans notre aveuglement nous prenons pour le *plaisir !*), notre seul motif de refuser de le considérer comme une épreuve c'est que nous n'en sommes pas conscients. À partir de là, vous comprendrez pourquoi les « observateurs intelligents », les intellectuels, m'inspirent si peu de confiance. Une misérable engeance. Des grosses têtes mais ignorant tout des notions fondamentales.

Mais je ne vais pas poursuivre ici ce débat. Je me contente de constater le simple fait que l'oncle était profondément perturbé par une succession de disgrâces sexuelles. Il n'y avait aucune raison valable pour que Miss Yokohama ou Miss Nagasaki l'aient à ce point désorienté, aient suscité chez lui une souffrance assez cuisante pour le décider à se ranger dans la vie une fois pour toutes. Sur ce point, il n'avait pas joué cartes sur table avec moi. Je suppose qu'il ne voulait pas se remettre entre mes mains. Ce sont là des choix qu'un homme doit faire pour lui seul. Je m'en rends compte. Et je comprends pourquoi l'idée d'une discussion matrimoniale avec Kenneth Trachtenberg le rendait fou. Ce que je ne comprends pas, c'est pourquoi il était allé choisir une femme comme

Matilda Layamon s'il était à la recherche de *calme**, d'*ordre** et, surtout, de *volupté**.

Toujours est-il qu'à Noël, en mon absence, il avait épousé cette dame au cours d'une cérémonie intime dans la maison de ses parents, le docteur et Mme William Layamon.

J'étais allé voir ma mère en Afrique orientale et mon père rue Bonaparte. Quand je rentrai chez moi après le premier de l'an, je trouvai le faire-part de mariage. L'enveloppe disait : « Ne pas faire suivre. » Or, des imprimés de cette qualité doivent être commandés des mois à l'avance. De telles invitations gravées de style Tiffany ne s'improvisent pas. Il était clair qu'elles avaient été commandées bien avant mon départ. Quand l'oncle m'avait conduit à l'aérodrome, les plans avaient déjà été tirés. Pourtant, pas la moindre allusion n'avait été faite à Matilda Layamon. Je ne savais même pas qu'il était sorti avec elle. Et dire que c'était par *mon* intermédiaire qu'il avait rencontré cette femme. J'avais été présenté à Matilda par ma mère. Maman aimait conseiller les jeunes Américaines à Paris et Matilda était une de ses protégées. Les nombreuses années que ma mère avait passées en France faisaient d'elle une source précieuse de directives et de renseignements – aussi bien que d'utiles relations. Si vous saviez la prendre, elle vous présentait aux gens et donnait même des petites réceptions pour ses favorites. En ouvrant ses portes à de jolies femmes, maman montrait aussi peut-être à mon père à quel point elle était sans peur, qui sait ? Je ne crois pas qu'elle avait en tête d'être sa complice. À coup sûr, elle se savait mariée à un génie (un génie amoureux, qu'il est encore aujourd'hui). Combien de personnes véritablement remarquables rencontre-t-on au cours d'une vie ? Le cas de l'oncle Benn offre un parallèle. Lui aussi était un être exceptionnel, encore qu'au point où j'en suis de l'examen que je lui consacre, je n'aie guère envie de l'admettre. Quelque part au fond de moi, je lui en veux encore de m'avoir trompé, d'avoir enfreint les règles de nos relations.

Matilda, à ce propos, n'eut jamais la moindre aventure avec papa. Non que ma mère le sollicitât, mais elle avait pris son parti. Les relations de ma mère et de papa relevaient du secret officiel. Matilda avait écrit à ma mère en Afrique orientale, mais l'oncle Benn n'était mentionné dans aucune de ses lettres et l'invitation de ma mère au mariage n'était arrivée qu'en février ; autrement dit, Matilda s'était arrangée pour être sûre qu'elle ne rencontrerait aucun obstacle de ce côté-là. Maman avait souvent ironisé sur les problèmes de Benn avec les femmes. Étant une Crader, elle avait hérité sa part de l'esprit familial et elle avait déclaré un jour : « En amour, mon frère est une sorte d'hémophile qui se raserait dans le noir avec un rasoir-sabre. » Quand enfin Matilda avait annoncé à sa mère qu'elle et Benn étaient tombés amoureux l'un de l'autre et que leur mariage à Noël avait été merveilleux, elle avait ajouté que devenir la belle-sœur d'une aussi bonne amie était une bénédiction particulière. Même ma mère, si sensible à la flatterie, avait trouvé qu'elle en rajoutait et, quand elle m'avait écrit à ce sujet, c'était en déclinant toute responsabilité dans l'affaire, et elle concluait : « Jamais l'idée ne m'a effleurée qu'une fille comme Matilda pourrait entrevoir des perspectives matrimoniales avec un individu comme Benn. »

Dans un long post-scriptum, ma mère commentait ce mariage, critiquant mes relations avec mon oncle et ma tendance à l'imiter. Elle croyait que l'oncle dépendait de moi. « Il t'a attaché à lui par les sentiments (et les illusions) et t'a empêché de concrétiser tes ambitions. Maintenant, vous n'allez plus vous voir beaucoup tous les deux et toi aussi tu seras tenté de te marier. Treckie ne serait pas du tout une épouse souhaitée pour toi. Elle relève de la culture au LSD de Ken Kesey et de toute cette folie qui appartient maintenant au passé et ne s'en rend pas compte. Elle n'a créé aucune *avant-garde*, ce qui aurait été sa seule excuse ; quand tu étais ici, tu parlais d'une jeune femme nommée Dita Schwartz. Tu n'as sans doute pas conscience du nombre de fois où tu as parlé d'elle. Évidemment, elle est heureuse de t'écouter dans l'intérêt de son éducation. Tu bénéficiais de tous les avantages culturels à Paris alors qu'elle n'est qu'une simple Américaine, et du Middle West par-dessus le marché ; elle a donc tout à y gagner. Ce qui peut signifier, en corollaire, que tu as tout à y perdre. Conseiller à son unique enfant la circonspection entraîne d'habitude plus de témérité. Mais maintenant, ton oncle aura beaucoup moins besoin de toi que par le passé… »

Revenons brièvement en arrière pour situer les événements. Matilda était venue à Paris recueillir des renseignements sur les activités culturelles durant l'occupation nazie. Elle s'intéressait spécialement aux personnalités marquantes, comme Ernst Jünger du côté allemand et Céline du côté français ainsi qu'à Drieu La Rochelle, Brasillach et Ramon Fernandez (dommage que Fernandez, un homme plein de dons, se soit rallié aux lettres fascistes). Ma mère avait pu présenter Matilda à Marguerite Duras (bien avant que Duras deviennent une célébrité) et Matilda avait passé des semaines à prendre des notes pour une thèse de doctorat. Elle parlait étonnamment bien le français pour une étudiante, elle avait des références de premier ordre pour une Américaine, elle était belle et une auditrice passionnée, parfaite pour un informateur loquace. Pour récolter des renseignements, elle était infatigable et, motivée comme elle l'était, elle gagnait la confiance des hystériques qu'elle interviewait, escrocs pour la plupart, dont l'étrange objectif était de réconcilier les atrocités de la période de guerre avec les plus grandes aspirations que nourrissait la France sous l'angle de la civilisation. Par exemple, pour obtenir des informations utiles à la résistance, vous couchiez avec un collaborateur, ou après l'exécution d'un traître, vous pouviez découvrir qu'après tout vous l'aviez sincèrement aimé – ainsi vous aviez tout : pornographie, *douleur** du cœur, amour perverti, patriotisme et un élégant style littéraire, si bien que la pureté de la culture française se trouvait préservée. Pourriture de A à Z. Pas un être raisonnable ne s'attarderait à un tel sujet.

Quand Matilda rentra dans ses pénates (son père était un ponte de la médecine, et fort riche), elle vint me voir et ce fut par mon intermédiaire que Benn fit sa connaissance – lui et moi nous l'emmenâmes dîner. Il fit remarquer qu'elle était belle – déclaration objective dénuée d'émotion particulière. Il était inconcevable qu'il ait voulu m'égarer. À l'époque, l'idée du mariage ne l'avait pas encore effleuré. C'était le début de l'été et il travaillait sur ses lichens de l'Arctique, très soulagé de prendre ses distances avec les rudes expériences sexuelles de l'année précédente. De temps en temps, évitant les complexités techniques, il m'expliquait comment les lichens pouvaient tirer leur nourriture de l'atmosphère, tandis que les masses d'air se déplaçaient de zone en zone, transportant un mélange d'éléments nutritifs et de substances toxiques. J'étais content de le voir se remettre au travail et ne soupçonnais rien. Dans la verdure, tout allait bien pour lui. Benn le botaniste ne pouvait pas être atteint par grand-chose. Matilda m'avait dit au dîner, quand nous l'avions invitée, qu'elle correspondait encore avec la Duras, sans toutefois poursuivre ses recherches. Elle était arrivée à la conclusion que ce travail était au-delà de ses forces, à moins qu'elle n'acceptât de s'y consacrer pendant cinq ou six ans. Elle avait, semble-t-il, abandonné un certain nombre de projets du même genre dans le passé. À mon avis, elle ne souhaitait pas les voir aboutir. Son véritable objectif était l'exploration sociale. Elle avait maintenant plus de trente ans, n'avait jamais été mariée, n'était pas trop vieille pour avoir des enfants et ce qu'elle recherchait, en vérité, c'était un mari. Jamais l'idée ne m'avait effleuré que l'oncle Benn pût être considéré comme un candidat au mariage par cette femme du Midwest d'origine française, scintillante et nerveuse. Je me rends compte aujourd'hui que son envergure académique et sa renommée scientifique offraient à Matilda une base d'opérations stable. Elle avait longtemps roulé sa bosse, trop longtemps pour se marier sur une impulsion comme une jeune femme amoureuse. Dans tous les cas, elle avait demandé à l'oncle de ne pas me mettre au courant de leur idylle. Les discussions entre nous l'auraient embarrassée. La pensée que l'homme qu'elle aimait pût parler d'elle lui était odieuse. J'étais peut-être un charmant garçon et, de toute évidence, l'oncle m'avait à la bonne, mais personne ne pouvait nier que j'étais un peu bizarre et bien connu pour l'extravagance de mes théories. Ma mère elle-même avait laissé entendre (et plus que laissé entendre) que j'étais quelque peu instable. « Et dans le mariage, un homme ne doit pas se laisser influencer dans son choix », avait dit Matilda à l'oncle ; « il doit suivre ses instincts les plus profonds. »

— Alors, vous m'avez maintenu dans l'ignorance, dis-je comme si j'admirais sa sincérité. Je n'allais pas lui dire qu'il m'avait trahi au mépris d'un accord qui était la base même de nos relations, que j'étais ulcéré.

Au fait, que penser de ces « relations » et de leur base ?

Pour les définir comme je les conçois et aussi brièvement que possible, c'est à peu près l'aridité de ce que Swedenborg appelait la « simple nature », l'ennui de l'éternelle réclusion dans un cercle fixe, cosmique ou personnel qui fait de nous des prisonniers – un monde figé de matière et d'énergie, voyez-vous, la sagesse salomonesque du « rien de nouveau sous le soleil » ou de « l'éternel recommencement », un cercle fermé, et un cercle fermé est une prison.

Mes parents (avec le respect filial que je leur dois) étaient du genre cercle fermé. D'où la séduction de mon oncle. Apparemment, Benn n'évoluait pas à l'intérieur de la circonférence habituelle, mais faisait des incursions dans le royaume végétal et parfois au-delà. Enfin, nous avions atteint un *modus vivendi*. Sur un plan élémentaire, aucun de nous n'aurait laissé l'autre s'aventurer dans le rayon d'une hélice d'avion en train de tourner. Et selon une habitude remontant à plusieurs années, nous étions convenus de nous dire l'un à l'autre (avec une simplicité libératrice) ce qui nous arrivait en toutes circonstances. Pour prendre un exemple déterminant, l'oncle déclarait : « Je ne peux pas me débarrasser de ce *pruritis ani.* » « Essayez les bains de siège. » Maintenant, prenez un Othello évoquant ses démangeaisons. Mais nous n'en sommes plus au stade glorieux des grandes guerres. Nous commençons par l'autre bout. Pourtant, c'est toujours le même pouvoir humain de pénétration, que l'on parte du sommet ou de la base. L'intervention d'un Iago vous rabaissera au niveau du singe au cul enflammé, vous pouvez en être certain. Toujours est-il que l'oncle et moi essayions d'aborder entre nous toute la gamme des problèmes humains. Nous autres créatures terrestres devrions jouer devant le Seigneur – plus les enjeux sont élevés, plus Dieu s'en réjouit. Je doute qu'il trouve quelque intérêt à regarder jouer des êtres nuls. Je ne fais pas ici allusion au genre Iago mais aux individus doués d'un pouvoir imaginaire chétif. Le travail de la psychologie consiste à expliquer et à excuser ces nullités mais l'Esprit Divin sait que les conditions essentielles sont épistémologiques et métaphysiques et concernent l'emprisonnement, l'enfer du cercle fermé. « Avant que la Terre fût créée, dit le livre des Proverbes, j'étais avec le Seigneur formant toutes choses et dans l'allégresse de chaque jour, m'ébattant devant lui sans cesse. Et je savourais avec délices la compagnie des enfants des hommes. »

— J'ai dû supprimer certaines heures de bureau, dit l'oncle, récapitulant ses rationalisations bien étudiées. J'allais la chercher à son cours de danse ou après sa séance d'analyse, puis nous passions une heure dans la serre du parc ou au laboratoire de génétique de Frankenthaler.

— Des endroits où vous ne courez aucun risque de me rencontrer.

— À vrai dire, je ne pensais pas à ça.

— Mais quelqu'un d'autre, oui.

— Ne me parle pas comme si j'avais commis une trahison, Kenneth, ou comme si j'avais trois ans et que tu me surprenais jouant avec des allumettes.

Bien vu. Je changeai de ton. La violence de ma réaction, mon irritation, mon dépit me surprirent moi-même. Je me faisais l'effet d'un père qui a lâché la main de son enfant, lequel en profite pour se jeter au milieu de la circulation et se faire écraser par un camion. La mortification, une rage sans commune mesure avec l'événement convenaient mal à un conflit avec l'oncle. Mais quand je rentrai chez moi, l'annonce du mariage m'avait durement secoué. Je m'étais senti offensé dans ma dignité comme en des temps révolus. Je me mis en quête de Benn.

Par la secrétaire de son département, j'obtins son nouveau numéro et laissai un message arrogant sur le répondeur. Il résidait avec ses beaux-parents dans leur duplex en terrasse au sommet d'un immeuble de construction récente, au cœur de ce qui passe, dans cette ville, pour un « vieux quartier chic » – un ensemble de résidences de luxe, la plupart peintes d'un blond rosé, si bien que, face au plein soleil, elles vous font penser aux Fils du matin qui clamaient leur joie (joie devant tout l'argent qu'ils avaient amassé). Du côté de papa, j'ai d'autres oncles auxquels cette ambiance aurait convenu. Toutefois, cet oncle-là, lui, jurait dans un tel cadre. Très vite, il me rappela. Naturellement, il avait beaucoup réfléchi à mes réactions ; et passé bien des heures sans sommeil à se demander comment mettre fin à notre différend.

Je n'allais pas le rencontrer dans son vieil appartement (juste au-dessous de celui où Della Bedell était morte). Il vint donc me retrouver dans mon réduit dépourvu de confort au campus. Tandis que je l'attendais dans ma chaise longue défoncée, je ne me sentais pas seulement froissé mais agressif, préparant et fignolant mes accusations et le forçant dans tous les recoins de la culpabilité. Mais qu'est-ce que vous vous imaginiez, bon Dieu ? Vous ne m'auriez pas fait des cachotteries si vous aviez vraiment su ce que vous fabriquiez !... Mais subitement je me morigénai, moi qui allais profiter au maximum de l'occasion pour m'acharner sur l'oncle déjà assez submergé d'ennuis.

Fatigué par le voyage, dans une pièce sans rideaux ni tapis, j'étais peut-être tenté, à cause des publications russes qui jonchaient le sol, de me laisser aller au mode très slave du vivre et laisser vivre. En Union soviétique, ce logement eût passé pour luxueux... m'attardant à évoquer ces vicissitudes (diversion classique) simplement parce que mon moral était bas. Je me voyais comme le personnage d'un dessin, à mi-chemin entre Cruikshank et Rembrandt – efflanqué, le visage allongé, blafard, verdâtre (reflets d'un canal de Hollande). La vie moderne, si vous la prenez à cœur, vous use, et je me contentais de traduire une pauvreté intérieure en pauvreté extérieure en raison de certaines espérances contrariées. Si j'avais été une jeune femme, j'aurais versé des larmes rafraîchissantes sur cette adversité. En plus, ce matin-là, rien ne semblait marcher. Mon aide-ouïe même était en panne et, quand je le tripotais du bout des doigts sous mes longs cheveux et lui donnais de petites tapes, une sorte de puissant écho sonore me vibrait dans le crâne. Puis – je ne sais pourquoi – une vieille plaisanterie à propos d'un spectacle d'Ed Sullivan me revint à l'esprit. Ce n'est sans doute que du folklore. Il s'agissait de cette pauvre fille spastique que Sullivan généreux avait voulu faire soigner à grand renfort de subventions des Américains. La fille était en traitement et la télé était censée nous la montrer en voie de guérison. Pour démontrer les progrès qu'elle avait accomplis et comme elle avait retrouvé la coordination de ses gestes, Sullivan lui avait tendu un cône de glace. Elle avait dit « Merci, Ed » et pris la glace. Mais, au lieu de la porter à sa bouche, elle se l'était enfoncée dans l'œil. Une ironie cruelle dirigée non contre les pitoyables spastiques mais contre moi-même, mon appareil défaillant – le sursaut d'un esprit en fureur.

En arrivant, l'oncle me confirma que j'étais verdâtre, effet du décalage horaire (ou du fiel). Il n'allait rester que quelques minutes et me laisserait rattraper le sommeil perdu. En fait, il resta un très long moment.

— Tu n'as pas été malade en Éthiopie ?

— Ce camp de réfugiés n'est pas en Éthiopie ; il est en Somalie, à Tug Wajale. Je vois que vous n'avez pas reçu ma carte postale.

— Mais si, je l'ai reçue.

La politique mondiale était, en général, étrangère à l'oncle et il ne savait certainement pas ce que faisait Mengistu en Éthiopie. Au départ, Mengistu était un terroriste. Il avait fait assassiner les enfants adolescents d'opposants et déposé les cadavres à la porte de leurs parents. Par la suite, il s'était livré à diverses autres formes de violence. Entre-temps, de retour au Moyen-Orient, Benn Crader, docteur en philosophie, avait épousé Matilda Layamon, fille d'un médecin réputé. (Il y a épreuves et épreuves.) Il se trouve que j'ai pour objectif de me montrer totalement sincère vis-à-vis de l'oncle. Je lui avais souvent envié sa totale dévotion à la science. Il était enveloppé dans la nature. Tout le royaume végétal était son vêtement – son peignoir, son manteau – et pour moi ce privilège équivalait à une libération fondamentale à l'égard de la médiocrité humaine la plus vile, équivalait à l'universalité. Cependant, le vêtement de l'oncle était incomplet. Il ne boutonnait pas tout à fait. À Paris, assistant à un concert de musique russe moderne, j'avais entendu un quatuor de Chostakovitch, le 14e, qui m'avait permis d'appréhender l'inachèvement du vêtement artistique. Cet inachèvement vous révèle de façon tragique. L'être humain, aujourd'hui, ne peut pas refermer sur lui-même le vêtement de son choix. Les obligations qu'ils s'imposent envers leurs congénères empêchent peut-être les artistes de le boutonner complètement. C'est ainsi que j'interprète les plaintes des cordes du 14e, les ruptures, l'impossibilité de conclure ou de clore un mouvement. Combien de créateurs peuvent-ils aller aussi loin dans leur travail ou dans leur propos ?

Pour mettre de côté des réflexions plus éloignées : aujourd'hui, l'oncle n'était pas enveloppé de nature, il portait un complet sur mesure – à huit cents dollars minimum. Et lorsqu'il se mit à parler de Matilda, il n'était plus le personnage apte à réclamer pour lui-même une place convenable dans une hiérarchie plus vaste ; c'était une simple cloche ; le démon qui l'avait incité à donner au boueux son aumône et à acheter *Great Mother Forest* était en vacances ou ailleurs. Ce que Benn avait dit de Matilda, on aurait pu le lire dans la chronique d'Ann Landers. Je voyais à quel point il se débattait mais, dans les premiers temps, je m'étais senti sans pitié.

— Alors, vous aimez cette femme ?

— Oh, j'aime vraiment Matilda. Elle est incomparable.

Non que je sois cynique à propos de l'amour, bien au contraire. Je tenais à approfondir la question au nom de l'amour même, pour m'assurer de l'authenticité du sien. Voilà un homme presque fiancé à une femme (Caroline) qui se rendrait en ville avec un sac rempli de vidéocassettes X qu'il regarderait passivement, s'abstenant de tout commentaire. Il est vrai qu'il avait été assez avisé pour s'enfuir quand elle était sur le point de le piéger – il n'était pas tellement passif, après tout, mais il aurait fallu que je sois idiot pour avaler ce qu'il disait de Matilda. Non qu'il fût incapable d'aimer une femme ou que cette époque égoïste et méprisable ait fait de lui un infirme mais il était si dénué d'expérience. Ces gens, les Layamon, ne figuraient pas précisément parmi les acteurs d'un vieux film de Bing Crosby – *Les Cloches de Sainte-Marie*, ou toute autre tartine sentimentale.

— Voilà bien longtemps que nous avons un projet tous les deux, mon oncle.

— Crois-tu que je l'aie jamais oublié ? C'était mon souci majeur. Mais il y a des questions sur lesquelles on ne peut consulter personne. Des impératifs différents – tu t'en rends bien compte. Suppose que j'aie laissé filer cette occasion simplement parce que tu étais en Éthiopie ?

Il valait mieux, pour le moment, admettre qu'il était régulier avec moi ; sinon, j'aurais été obligé de soupçonner Matilda de lui avoir fourni ses excuses. Ou bien il était vraiment sérieux, ou il s'évertuait de tout son cœur à croire ce qu'il disait. Il faut insister sur ce point, car l'oncle avait le don, profondément ancré en lui, de savoir avec précision ce qu'il éprouvait. Par conséquent, je devais éviter de le pousser à d'insupportables hypocrisies.

— Bon. Si c'était un tel impératif, d'accord, un impératif est un impératif. Maintenant, dites-moi, avez-vous abandonné votre ancien appartement ?

— Pas encore.

— Donc, dans le duplex des Layamon, vous n'êtes que de passage ?

— Je fais connaissance. C'est leur enfant unique, etc.

— Ils veulent vous inspecter de près.

— Pour essayer de voir ce que Matilda voit en moi ? Peut-être. Mais moi aussi, je les observe.

— Vous êtes censé être un morphologiste de génie, mais dans le domaine des plantes.

— Je m'intéresse aussi aux humains. Toi, par exemple.

Une affirmation pareille ne se conteste pas ; ce serait trop méchant.

Mais s'il avait trouvé le bonheur avec Matilda et les Layamon, j'en cherchais en vain chez lui certains signes. Il ne paraissait pas à l'aise dans son complet sur mesure. Il était pâle. Il avait les joues comme alourdies par l'inquiétude et le doute. Interrogé, il tombait dans les clichés. Et dans un intervalle de silence, voici ce que je lus sur son visage baigné d'ombre et de lumière (traduction approximative) : On ne peut pas rester immobile. Il faut agir. Nous devons mourir, certains plus tôt que les autres et, en tant qu'hommes condamnés, il est bien naturel de chercher la paix – deux êtres humains liés par l'amour et la tendresse, et ainsi de suite. Il n'aimait pas m'entendre dire qu'il avait été victime d'abus sexuels, la proie d'innombrables Della et Caroline – sans parler des Rajashwari et autres créatures du tiers-monde. Jamais je ne le lui aurais dit. Bien des raisons l'avaient incité à chercher refuge auprès d'une femme. Comme au cœur d'un été sicilien brûlant, vous vous hâtez d'aller vous abriter dans la fraîche église du mariage.

— Et tu ne crois pas que Matilda soit un bon choix pour moi ? demanda-t-il.

— Moi ? Je n'ai rien dit contre elle.

— Tu ne peux pas nier qu'elle soit belle. Les femmes minces ne sont pas ton type. Treckie est bâtie tout à l'opposé. Et ton amie Dita Schwartz.

— Qui a dit que la vie était un concours de beauté ?

Mais je lui concédai que Matilda était belle. Ce n'était d'ailleurs pas sa beauté à quoi j'objectais, c'étaient les boniments à la Edgar Allan Poe qu'il me servait à propos d'elle – la nef nicéenne de jadis voguant sur des mers parfumées – abus de statues de marbre au creux de niches garnies de vitraux. Une ou deux fois, je le laissai s'épancher, puis je déclarai :

— C'est stérilisant, oncle Benn. Poe dans sa prose était un maniaque à propos des femmes. D'ailleurs, cette fille Clemm qu'il avait épousée n'a jamais atteint la puberté. Vous ne citez pas le bon auteur.

— Qui recommanderais-tu à sa place ?

— Oh, William Blake, par exemple. « Accablé de fléaux, le corbillard du mariage… »

— Tu trouves cet exemple plus approprié ?

— Non. Je le retire. *Je rétracte**. Mais vous ne m'avez rien dit de la vie avec la belle-famille dans ce duplex de luxe. Combien ont-ils de domestiques ?

— Pas plus que ta mère n'en avait à Paris.

— Ceux-ci doivent coûter fichtrement plus cher que les nôtres, je suis tranquille.

— Ils ont une cuisinière et une bonne à tout faire, l'une polonaise, l'autre mexicaine. Je trouve très embarrassant d'être servi. Enfin, nous partons dans quelques semaines.

— Et où allez-vous ?

— Au Brésil, pour un bref séjour.

— Encore en cavale. Je croyais que le mariage était synonyme de sédentarité. Et vous n'avez pas du tout aimé le Brésil la première fois.

— Pas aimé *un pays entier* ? Il faudrait être très atteint pour rejeter un aussi vaste morceau de notre continent. En tout cas, j'ai dû me conduire suffisamment bien puisque je suis en permanence invité à y revenir.

— Matilda veut partir, dis-je.

— Pour échapper à l'hiver. Passer une lune de miel sous un climat chaud.

— Et aussi pour vous avoir à elle toute seule pendant deux ou trois mois.

Je n'ajoutai pas : « Pour m'éliminer. »

— En outre, le nouvel appartement doit être refait, dit-il, nous y serions dans un total foutoir.

— Il faut donc qu'au bout de vingt ans, vous abandonniez votre ancien appartement ?

— Le moment est venu.

— Quel changement dans votre statut social. Et aussi un moyen d'échapper aux fantômes des femmes que vous y avez reçues.

— Ce sont des sujets que je n'ai jamais abordés avec personne à part toi.

— Ne vous inquiétez pas. Vos confidences sont respectées avec moi. Où allez-vous habiter ?

— Dans cet énorme immeuble en copropriété, le Roanoke. La vieille tante de Matilda le lui a légué dans son testament.

— Le Roanoke ! Seize palais vénitiens empilés les uns sur les autres. C'est insensé. Le style baroque haute finance 1910. Un vrai paradis bourgeois. Avec au moins vingt pièces par appartement ?

— Je n'ai pas compté. Je n'y suis même pas encore allé. De toute façon, nous partons pour le Brésil. Tu pourrais t'installer chez moi et quitter quelque temps les murs nus de ta chambre.

— Je pourrais aussi arroser vos plantes.

— Tu es injuste, Kenneth, mon assistant s'en charge.

— Bien sûr. Je me suis habitué à ce lieu sinistre. Malgré la musique rock au-dessous, dans ce trou je suis chez moi.

— Comme ce serait gentil si tu pouvais reprendre mon appartement. Histoire de le conserver dans la famille. Tu me diras que tu ne peux pas payer le loyer. Mais il va beaucoup me manquer.

J'observais de près l'oncle Benn. Je connaissais le double aspect de son visage : quand l'oncle allait bien, son visage évoquait la lune avant que nous nous posions dessus ; dans le cas contraire, son regard était altéré par une sorte de pétillement, d'effervescence et par l'hyperactivité de ses yeux en huit couché ou en diabolo, qui ne cessaient de palpiter et de cligner. Ces manifestations constituaient, je suppose, une tentative de sa part pour présenter son délire comme une forme de stabilité. Tel était le sens des réponses qu'il fournissait à mes questions. Il me fallait donc déterminer si ce délire – appelons-le plutôt réalité fantasmatique – était agréable, désagréable ou un mélange qui défiait l'analyse. Par exemple, il aurait aimé que je reprenne son appartement – comme issue de secours ?

— Je ne peux pas déménager maintenant, dis-je. Surtout pour aller m'installer dans votre ancien décor.

— À cause de toutes les erreurs que j'y ai commises ? Mais toi aussi tu pourrais réussir un mariage heureux.

— Nous ne nous ressemblons pas tout à fait. Vous aviez une façon d'accorder un délai égal à toutes celles qui posaient leur candidature. Ce n'est pas mon cas.

Après un instant de réflexion, il déclara :

— Toutes n'étaient pas des erreurs. Beaucoup m'ont valu d'importants contacts humains. J'aimais vraiment Caroline.

— Une femme qui se truffait de papier et se maquillait consciencieusement avant de se mettre au lit avec vous.

— Tu exagères.

— Tout cela vient de vous, mot pour mot. Plus encore : pendant l'acte même, elle se comportait comme si elle occupait une première loge à l'opéra et que vous étiez le ténor vedette.

— Et quand elle me disait « Tu es un ange » ? se risqua à demander l'oncle.

— Ça, c'est à vous d'expliquer pourquoi. Bien des hommes ne s'intéressent pas au comportement de la femme – s'en fichent éperdument. Mais vous n'êtes pas du nombre. D'ailleurs, Caroline ne représente plus un choix possible. Vous êtes marié, maintenant, vous avez même fait un mariage heureux. Un vrai miracle, maniaque comme vous êtes.

Quand je dis « un mariage heureux », il m'écouta avec attention pour s'assurer du sens que je donnais à l'expression ou pour savoir si j'acceptais sa propagande. Comme je manque de continuité dans mon discours, j'aurais pu, avec l'aide de l'oncle, finir par me convaincre moi-même. Il essayait de faire jouer mes préoccupations en sa faveur.

Je n'en étais pas encore là, tant s'en fallait.

— Donc, lui dis-je, vous habitez maintenant Parrish Place. C'est un quartier hyperchic. Qu'est-ce que vous en pensez ?

— Où un grand voyageur se sent-il le plus dépaysé ?

— Dans son propre pays ?

— Dans sa ville natale, dit l'oncle. Pour les gosses de Jefferson Street, Parrish Place était au diable. Nous devions changer trois fois de tramway pour y aller, pour voir comment vivaient les riches.

— Ça, c'était avant qu'on construise les tours aux vitres teintées.

— Les vieux immeubles sont encore intacts avec leurs marquises, leurs portiers. Ils y ont ajouté des écrans vidéo de sécurité. Autrefois, quand nous sautions des trams en marche, les flics nous surveillaient pour s'assurer que nous ne vandalisions pas et ne commettions pas d'autres méfaits dans l'impasse. J'ai dit à Matilda, le lendemain du mariage en me réveillant dans sa chambre : Quelle expérience pour quelqu'un qui vient du mauvais côté de la barrière !

— Et qu'est-ce qu'elle a dit ?

— Eh bien, elle m'a regardé avec ses grands yeux.

Matilda, dont le visage était fin et mince, avait des yeux immenses, aussi remarquables que les yeux bleus de l'oncle – des yeux démesurés ou, comme on dit, « hénaurmes ». Benn n'avait pas tort à propos des traits classiques de Matilda. On pouvait ou non y être sensible mais sa beauté était incontestable.

— De quelle couleur sont ses yeux ? demandai-je. Ce fou de Poe parle de « cheveux d'hyacinthe ». L'hyacinthe est une variété d'améthyste ou de saphir.

L'oncle fut touché par cette marque d'intérêt, prémisse d'acceptation ou de sympathie peut-être.

— Ils sont lilas.

— Lilas gelé. Un lilas très pâle. C'est une vraie beauté, dis-je.

— Quant à la barrière… J'ai répété ça sans doute plus souvent que je n'aurais dû et elle n'aime pas m'entendre dire des choses étranges. Ou plutôt, elle n'aime pas l'idée que certaines choses me paraissent étranges.

— Elle n'apprécie pas votre musique de fond imaginative.

— Il n'y a rien de tellement imaginatif dans le concept du gosse pauvre. Elle m'a fait remarquer : « La barrière est tombée ; il n'y a plus de *mauvais* côté de la barrière. »

— Le couplet c'est-bien-loin-tout-ça ne lui plaît pas ?

— Non, en effet, dit l'oncle.

La ville est l'expression de l'expérience humaine qu'elle incarne, et ceci inclut la totalité de l'histoire personnelle. Mais Matilda n'aimait pas que l'oncle regardât en arrière, s'accrochât au passé. On ne pouvait la traiter de futuriste (l'ère de la machine, la vitesse, les débuts de Mussolini) mais elle paraissait tournée vers le progrès.

L'oncle était assis dans mon inconfortable fauteuil à sangles, ses genoux massifs largement écartés.

— Elle m'a dit qu'elle avait appris la rengaine du tramway disparu de son père. Le docteur a passé son enfance près du vieux marché aux légumes. « Crois-moi, mon cher, m'a-t-elle dit, ce n'est pas dans cette ville que tu as grandi. » « Bien sûr, le Midwest urbain d'autrefois est révolu », je lui ai répondu. La ville modèle à notre époque est sans doute Beyrouth si l'on recherche une architecture authentiquement contemporaine.

J'ai pris soin d'enregistrer les conversations de Benn concernant son autre existence (l'épisode Layamon) telles qu'elles se sont déroulées, et j'ai conservé les notes. Au début, il s'était montré réservé, soucieux d'impressionner son auditeur. Avec le temps, toutefois, il avait commencé à entrer dans les détails, fidèle à ses habitudes de pensée.

Matilda, très vite, entreprit de lui dire son fait : « Tu aimes à te poser en marginal, lui dit-elle, en blanc-bec, somme toute. Non que tu aies débarqué ici en immigrant. Ce sont tes parents qui sont passés par là. Mais tu as cette mentalité de fond de cale – toute cette routine russo-hébraïco-araméenne, y compris l'Égypte et la captivité de Babylone. Essayons d'être un peu plus réalistes. Bien sûr, mes parents vivent dans le luxe ici. Le duplex leur appartient et ils le font réaménager par un décorateur tous les trois ou quatre ans moyennant un gros paquet. Et après ? Quand tu donnais tes conférences à Zurich, à la *Hochschule*, et que nous étions descendus au grand hôtel Dolder, je t'ai observé. Tous ces édredons en soie, les beaux tissus, les dorures, le clinquant ? Avec un funiculaire privé pour les résidents ? Ça ne t'a pas du tout impressionné. Tu es aussi éloigné des taudis que tous les gens de ma connaissance. Et tu te crois obligé de te rappeler que tu es encore un petit pauvre... »

Matilda n'avait pas tout à fait tort. Elle n'acceptait pas sa façon de se tenir à l'écart, de jouer les godiches (« Ah, mince, dis donc, je pige pas comment ils vivent, ces richards »). Elle lui disait : « Ne me joue pas toujours le même numéro, Benno. » Et il était parfaitement exact que l'appartement des Layamon n'intimidait pas Benn. Il errait à travers un vaste océan mobilier, dans un décor étrange, certes, mais il n'était sans doute pas aussi impressionné que Mme Layamon souhaitait qu'il le fût. Ce n'était pas la différence de statut social qui le troublait, ni l'idée de classe. « Ils sont bourgeois » ; son esprit ne fonctionnait pas dans ce sens. Ce n'étaient pas les objets qui le désorientaient mais le sentiment persistant d'être en position fausse. Voilà ce que symbolisait pour lui ce foisonnement de meubles. Il avait tout observé avec l'intention de m'en faire part ; il n'en pipait pas mot, mais la nouveauté du décor environnant le stimulait. Il admettait qu'il devait être « à la hauteur », c'est-à-dire qu'il ne sortait pas de sa chambre en peignoir ou mal rasé. Ce jour-là, il portait l'un des complets que lui avait confectionnés le tailleur du docteur – un tweed irlandais d'une chaude couleur fauve, rehaussé de mouchetures algue verte. Le tissu, pour une fois, suivait la courbure de ses épaules, si bien que la bosse formée par ses élytres ne saillait pas sous le veston boutonné. « Les beaux-parents m'examinent à la loupe », reconnut-il.

Je ne peux pas moi-même porter de tweeds trop pelucheux qui m'irritent la peau. Dans des appartements surchauffés, ils peuvent devenir intolérables.

— Tout ce que j'essayais d'expliquer à Matilda c'est qu'étant gosse j'avais toujours eu le nez collé à la vitrine. Tout à coup, je vois la ville du sommet, depuis le quinzième étage à Parrish Place. Et la ville, il vaut mieux la regarder d'en haut que d'y être enfermé. Les rues y sentent si mauvais partout. L'eau est si basse dans les égouts qu'ils empestent. J'ai renoncé à localiser Jefferson Street. Tout ce que je vois, c'est la tour électronique du cercle écliptique qui domine ces hectares de détritus. Et tout le monde en est si fier...

— Bâtie sur la terre que nous possédions. Dont Vilitzer a tiré une fortune.

— Les Layamon ne se lassent pas d'en parler. C'est un de leurs thèmes de conversation à table. J'ai évoqué une fois ces endroits, comment nous avions déménagé de Jefferson Street et à quoi ressemblait la vie quand papa est mort et que maman a transformé notre logement en foyer pour vieillards invalides. C'est ce qui m'a permis de poursuivre mes études. Et maintenant, sur cet emplacement, se drcsse ce gratte-ciel qui appartient aux Japonais. Avec le double mât de télévision qui relaie les émissions sur toute la région. Des colonnes de feu la nuit, comme en voyaient les enfants d'Israël…

— Ce n'est pas le genre de discours que tiennent les Layamon à dîner.

— Non, mais je ne peux pas être là, assis à leur table, et tout garder pour moi. Je ne pourrais pas faire la conversation du tout. Je leur paraîtrais fastidieux.

— Comment pouvez-vous espérer les intéresser, mon oncle, étant donné leur conception de l'existence ?

— Ne me dis pas qu'il n'y a pas de terrain d'entente. Pas le moindre ? Ça ne peut pas être vrai.

— Un terrain d'entente ? Vous et Matilda avez fait un mariage d'amour. C'est un début !

L'oncle ne tenait pas à m'entreprendre sur ce sujet. Il semblait très nerveux. Il n'avait pas encore commencé à comprendre qu'en entrant, par le mariage, dans la famille Layamon il m'emmenait avec lui. Par le biais de mon attachement à Benn, j'avais espéré un enrichissement de ma personnalité. Tout au contraire, nous allions dans des directions opposées. Je n'étais pas prêt à entrer dans ce genre de considérations avec lui. Il ne fallait pas que j'ajoute encore à ses difficultés. Telle était ma politique en ces premiers jours, et même par la suite.

— À moins de tirer les rideaux, dit-il, la tour électronique nous toise pendant tout le dîner. C'est donc un sujet de discussion. J'ai moi-même mon mot à dire sur ce point. Je leur explique que j'étais l'homme à tout faire de ma mère durant les années 1950. Dans ce confortable trou à rats, j'entretenais la chaudière. Quelquefois, je dormais dans la cave.

— Et maintenant, il y a cette puissante construction à la place et vous parlez de la singularité de l'expérience humaine.

— Oui, c'est ce que j'ai dit. J'avais des plantes dans une bonne partie des pièces. Certains de nos invalides les détestaient, d'autres étaient contents d'avoir un gloxinia ou des lys en pot.

Jamais le tweed irlandais n'épouserait d'aussi près les contours de l'oncle que le faisait la « singularité de la vie ». Matilda protestait, les mains et les yeux levés au ciel. « Ah non ! ne remets pas l'étrangeté sur le tapis ! » Ces yeux immenses lui en donnaient souvent l'envoûtante impression, née de « sources inconnaissables ». Et cette fréquente réaction était absolument liée à la botanique. D'une plante qui absorbait son attention, il disait volontiers : « Tiens, voilà une existence curieuse. Essaie donc de l'envisager, non comme un résultat de l'évolution mais comme une création originale. » Quel genre d'esprit aurait inventé ça ?

Quand il me décrivit la cérémonie du mariage, il précisa qu'elle avait eu lieu près de l'arbre de Noël des Layamon. Bien qu'il fût couvert de neige artificielle, l'arbre lui-même était réel. On ne pouvait pas tromper l'oncle dans ce domaine. C'était un sapin du Canada et, d'une façon ou d'une autre, il se sentait proche de ce petit végétal hirsute. L'arbre était comme une sœur pour le marié, le substitut le plus proche d'un parent qui aurait assisté à son mariage. Réflexion faite, c'était un transfert significatif, le sang coulant dans ses veines rejoignant le fluide qui irriguait un conifère. Si, tandis que Matilda et lui étaient unis par le juge, Benn avait fermé les yeux en se balançant légèrement, c'était parce qu'il grossissait en imagination l'épiderme chargé de cutine des aiguilles du sapin – les stomates sous la surface, le mésophylle, les projections trabéculaires, les canaux de résine, le procambium. Si vous ne le connaissiez pas mieux, vous pourriez vous demander pourquoi un homme animé de tant de ferveur pour un royaume naturel différent sacrifierait au mariage, accepterait le rôle d'époux. Bonne question à laquelle je dois répondre. Les attachements humains venaient pour lui en priorité. Un arbre de Noël, si vous le mettiez dans votre lit, ne vous rendait pas votre étreinte quand vous le serriez dans vos bras. Peu importait que les relations personnelles, autrement connues sous le nom d'engagements, fussent changeantes, inconstantes, capricieuses, inspirées, calculatrices, intéressées – tous ces traits rendaient les affinités dénuées de passion (envers les plantes) plus attirantes qu'elles n'auraient dû l'être. L'oncle était certain, il le croyait dur comme fer, que la nature avait un *intérieur* et qu'une vigne-vierge en possédait un au même titre qu'un chien.

Songez à la nausée que causait à Darwin la musique, ou aux trois parties glacées de Matthew Arnold, ou à M. Yermelov m'affirmant avec insistance qu'en chacun de nous existait un glacier qui exigeait qu'on le fît fondre. Celui qui portait en son sein un tel glacier pouvait bien être séduit par les sèves florales. L'oncle le disait souvent. La sève offre une tentation parce qu'elle est dénuée de passion – que peut-elle exiger de vous ? Peu de chose. Le sang se charge de désirs. Le sang rouge, égotiste, avec de terribles pouvoirs, avec des convoitises, des impulsions perverses, charrie d'étranges rebuts qui appellent une purification. Le sang est la substance dans laquelle vit le Moi. Le souci de maintenir l'équilibre entre les divers règnes contribuait à fonder l'étrangeté de l'oncle. Admettre que les éléments vitaux affluent dans la personnalité et doivent être assimilés. Il doit exister quelque chose au-dedans pour accomplir la tâche. C'est pourquoi l'oncle mettait avec tant d'insistance l'accent sur l'« étrangeté ». Il cessait maintenant de se répéter en voyant à quel point il indisposait Matilda.

— Alors, ce petit arbre vous a donné la force de subir l'épreuve.

— Il y avait foule à la réception – docteurs, avocats, avoués, promoteurs, journalistes, politiciens.

— Aviez-vous invité l'oncle Vilitzer ?

— Naturellement, il était sur la liste et c'était un peu la vedette absente. Pour la plupart des gens, on célébrait le mariage de Matilda L. au neveu du grand ponte Vilitzer. Ce foutu grattte-ciel Electronic, de l'autre côté du quartier sud, se rapprochait de nous jusqu'à ce qu'il donnât l'impression de se dresser sur le trottoir d'en face. Une fois la nuit tombée, quand ils l'illuminent, il rompt ses amarres et dérive droit vers Parrish Place.

— Le père de Matilda, le médecin, dis-je, a l'air de s'occuper aussi de politique.

— C'est un personnage influent.

L'oncle considérait sa belle-famille avec déférence. Il était impressionné, excité. Les Layamon le *sortaient* dans le monde, comme une débutante. Le docteur Layamon appartenait au petit cercle influent de la ville. Au nombre de ses amis figuraient les tenants du pouvoir. Certains étaient ses intimes.

— Le docteur a les plus hautes relations, n'aie pas l'air sceptique, Kenneth.

— Qui, moi ? Je ne suis pas du tout sceptique. Je lis les journaux. Je suis sans doute plus dans le coup que vous, mon oncle. Si je ne me tenais pas au courant de ce qui se passe à Wall Street, dans le sport, à la télé, à Washington et sur la scène politique, je n'arriverais même pas à comprendre mon sujet.

— J'entendais par là le Saint-Pétersbourg de Blok et de Bely en 1913 – et leurs préoccupations : la nuit satanique, l'abîme de l'Antéchrist, les horribles îlots de désespoir, de granit, de glace, l'approche du Terrible Jugement, les crimes d'Emmanuel Kant contre la conscience humaine et tout le reste. J'attache beaucoup d'importance à ne pas me laisser distancer par l'Amérique triomphante. L'amalgame complexe argent-pouvoir du docteur ne me surprenait pas du tout.

— Très bien, mon oncle, dis-je. Vous voulez me faire voir votre nouvelle image. J'ai compris. Vous avez épousé une très belle femme, avec des parents riches et haut placés. Ils ont donné pour vous une réception du tonnerre. Mais vous ne vous sentiez pas tellement à l'aise avec leur tralala, alors vous vous êtes raccroché à l'arbre de Noël.

— Quand je te fais une confidence, il est entendu que tu ne vas pas la retourner contre moi. Quant à la fortune, ne t'y trompe pas, les Layamon les lâchent avec un élastique. Leur budget de mariage était établi au centime près.

— Il vous suffit de vivre un peu plus longtemps que les parents. Vous portez déjà les meilleurs tweeds de la ville et une vraie cravate, pas un de ces bouts de chiffon bons à nettoyer les moteurs.

Il y eut un moment de silence, les deux protagonistes songeant au moyen d'aplanir le différend. Quelques instants, nous nous attardâmes à regarder tomber la neige apportée par l'hiver – parcelle par parcelle –, les atomes blancs exécutant toutes les acrobaties possibles et les plus gros flocons évoquant la tourmente astrale de l'un des ciels nocturnes de Van Gogh.

— Vous vous attendiez vraiment à ce que Vilitzer vienne ?

— Pour une fois, j'étais prêt à lui faire confiance. Non qu'il m'ait manqué.

— Il vous a rayé de la carte, catalogué comme débile savant. Tout ce qui vous intéresse, c'est de savoir ce qui fait verdir l'herbe. Je suppose que c'est le genre d'argument qu'il emploierait contre vous.

— Je ne crois pas qu'il m'ait rayé. Il ne nous a pas pardonné de lui avoir intenté un procès. Maintenant j'ai encore une chose à te dire.

— Oui ?

— Le juge qui nous a mariés, eh bien, c'est celui qui instruit l'affaire – le même juge.

À ces mots, je basculai mes jambes à bas de ma chaise longue, me redressai et tournai la tête pour mieux entendre :

— Ce n'est pas possible, oncle Benn ; vous n'avez pas dû comprendre ce qu'ils vous ont dit.

— Non, crois-moi. Le même bonhomme. Le juge Chetnik.

— Vous êtes sûr, vraiment ? L'un des magistrats de l'écurie Vilitzer ? Vous l'avez reconnu ?

— Tu oublies que j'étais en Assam et que je n'ai jamais assisté au procès. Mais son nom était Amador Chetnik. Je n'aurais pas pu oublier ça.

— Était-ce avant ou après qu'il vous a passé la corde au cou que vous vous en êtes aperçu ? Était-il aimable ?

— Ces gens-là débordent toujours d'amabilité, peu importe ce qu'ils ont fait ou se préparent à faire, dit Benn. Il était pompeux. Un visage vulgaire, le nez surtout, une horreur, mais si communs qu'ils paraissent, ils ont toujours ces manières mielleuses.

— Et vos beaux-parents étaient au courant ?

— Ça, je n'en suis pas sûr. Tout ce que je suppose – pour rester objectif – c'est qu'ils n'ont pas fait le rapprochement. Je voudrais bien être en mesure de proposer une hypothèse valable.

— Eh bien, si vous m'en permettez une gratuite, mon oncle, je crois que votre beau-père, lui au moins, savait.

— Est-ce une façon de donner le coup d'envoi d'une période de bonne entente ?

— Il agissait peut-être au mieux de vos intérêts, dans une perspective à longue échéance. Nous ne pouvons pas connaître tous les dessous de l'affaire. Pourtant, je ne vois pas comment assembler les pièces autrement. Ce type a statué contre vous, et vous et maman avez été dépouillés d'une très grosse somme. C'était un coup monté, maman le tient de source sûre. Le terme légal est « spoliation ». Si c'est bien ce qui s'est passé, comment expliquez-vous qu'il ait accepté de présider la cérémonie ? Sans rancune ? Rien de personnel ? C'est toujours ainsi que les choses se passent dans cette ville ?

— Je ne suis pas exactement en position d'interpréter la situation. Il faudra que j'en discute avec Matilda, je m'en rends bien compte.

— Si son père était au courant, vous ne croyez pas qu'elle l'était aussi ?

Alors que la question devait être posée et qu'il pouvait s'y attendre, l'oncle se montra nerveux, agité ; il tira le bracelet extensible de sa montre à son poignet, puis rabattit sa manche par-dessus. À mi-voix, il déclara : « Bureaucratique. » Vérifier l'heure était bureaucratique ? Mais c'était spécifique de l'oncle Benn de se stigmatiser d'un mot. Ce qui prouvait qu'il était, au fond, conscient de la réalité.

— Avant que je puisse aborder des sujets déplaisants, dit-il, elle et moi devons profiter des agréments du mariage. Il faut d'abord établir une bonne volonté réciproque.

— Je suppose que vous saurez prendre soin de vous-même, dis-je sans y croire. Enfin, espérons que la participation de ce Chetnik n'était pas une bonne plaisanterie du docteur.

— Le docteur est un humoriste. Il n'a rien d'un être rassurant. Mais peut-être a-t-il utilisé une tactique qui nous échappe, en vue d'une sorte de réparation de clôture.

— J'espère que cette clôture ne ressemble pas à celle que le grand-père de Stravinsky escaladait quand il s'est rompu le cou.

L'oncle n'était pas dans son assiette. Des influences extérieures le perturbaient. Le blanc de ses yeux était d'une couleur maladive. En épousant une femme d'une telle classe, si extraordinairement désirable (comme un mannequin de *Vogue*), Benn se sentait stimulé, surexcité. Ambitieux, il revendiquait des pouvoirs auxquels il n'avait encore jamais fait appel et il voulait me faire comprendre qu'il était capable de résister à ces influences. Je l'aidai en lui demandant de me décrire la cérémonie du mariage.

— Je suppose qu'il y avait bien une centaine de personnes. Un traiteur de première catégorie avait aménagé un buffet somptueux...

— La grande foule. On devait se demander depuis longtemps, en ville, qui Matilda finirait par épouser et les gens sont venus pour voir l'heureux élu. Une nana tellement exigeante...

— Et avec une solide expérience, tu pourrais ajouter. Une femme moderne de trente ans passés, qu'est-ce que tu crois ?

— Eh bien, vous les avez tous coiffés au poteau, ce qui prouve que vous avez quelque chose de particulier.

L'oncle baissa la tête pour cacher un sourire (avec une nuance de nostalgie).

— Il devait y avoir pas mal de ses anciens à la réception. Je m'en suis rendu compte.

— Et la mariée elle-même ?

— Elle portait une espèce de longue tunique vert doré. Son visage avait, lui aussi, des reflets blanc doré. Elle était survoltée. Luttant contre…

— Contre quoi ?

— Contre certaines arrière-pensées, sans doute. Ce qui est normal de la part d'une femme confrontée à un cas comme le mien.

— Je ne vois pas pourquoi. C'est une femme intelligente. Les femmes intelligentes ont les nerfs solides ; c'est le propre des femmes de qualité. Elles tremblent peut-être mais elles sont résolues. Je suppose que les parents sont heureux ?

— Je ne pense pas qu'ils aient de vrais griefs contre moi, dit l'oncle. Son père parle des unions qu'elle aurait pu contracter et je ne peux pas me dorer la pilule et me prendre pour le mari rêvé.

— Allons, mon oncle, vous me faites penser à Jane Austen avec vos unions. Vous vous êtes trompé de période historique, il n'y a pas d'abonné à ce numéro. Si vous raccrochiez pour refaire un essai ?

— C'est l'attitude des parents. Tu m'as demandé une description.

Enfin, le mariage était derrière lui, maintenant, mais la magnificence se prolongeait et l'oncle était toujours là, dans cette fantasia d'opulence, déambulant chaque matin à travers les longues pièces ornées de tapis persans, de tentures, de vitrines éclairées pleines de Baccarat et de Wedgwood, de croûtes du

XVIIIe représentant des personnages autrichiens ou italiens (et, dirais-je, non circoncis) non identifiés. Qu'ils étaient peu à leur place ! Et l'oncle était peut-être encore plus insolite là-dedans que les sujets des tableaux achetés à titre décoratif. Selon leur goût, en tout cas, à en juger par ses commentaires sur le « style de vie » des Layamon.

— Tu n'imagines pas l'épaisseur des serviettes-éponges, dit-il sur un ton de confidence pénétré. Ou la puissance de la pression dans les robinets. Tous les sièges des cabinets sont capitonnés, avec des rembourrages en plastique, les placards de la cuisine sont couleur cannelle avec un filet rouge et il y a un spot au-dessus de la planche à découper…

— La cuisinière est polonaise, m'avez-vous dit ?

— Une personne très bien, avec les pieds sur terre. Elle baragouine. Et la Mexicaine a un mari qui a tenu le bar pendant la réception.

Benn n'était pas à l'aise avec les domestiques. Rester sans rien faire, ou même en train de lire pendant qu'ils travaillaient lui pesait. Toute personne bien informée vous dira, si vous la pressez de définir les termes « bourgeois » et « post-bourgeois », que « bourgeois » implique une classe de serviteurs. Mais les Layamon ne se souciaient guère de la catégorie à laquelle ils appartenaient. Ils avaient de l'argent et ils ne lésinaient pas, ils se montraient prodigues – du moins avec le baccarat et la décoration intérieure. Ils étaient vraiment à la recherche d'un parti pour leur enfant unique – peu importaient ma plaisanterie sur Jane Austen ou les remarques de l'oncle à propos des gens qui ne connaissaient pas Balzac et ne parlaient pas, par conséquent, le même langage que les lecteurs cultivés. Fondamentalement, il ne voulait même pas de ce qui les motivait, eux – l'argent. Un amoncellement de billets capable de remplir le Grand canyon ne leur aurait pas suffi. La morphologie des plantes le comblait. Alors comment allaient-ils pouvoir se comprendre ? Comme j'interprétais les choses, il représentait simplement le dernier problème que leur fille avait ramené à la maison.

Ils tâcheraient d'amalgamer Benn à leurs existences pourvu qu'il n'ouvrît pas la bouche.

— Comment se comportent-ils envers vous ? demandai-je.

— Oh, tout à fait amicalement. Mme Layamon est réservée mais correcte. Je veux dire, prévenante. Mais n'oublie pas, elle n'est que de huit ans mon aînée, à peu près du même âge que ta mère. Au lieu d'un gendre, je pourrais être son frère. Je ne m'attends pas à la voir manifester de l'affection jusqu'à ce qu'elle soit certaine que tout se passe bien.

— Et le docteur Layamon ?

— Le docteur se montre chaleureux mais chez lui c'est plutôt une façade.

— Ils veulent savoir ce que vous avez dans le ventre, c'est naturel. Et, en même temps, ce n'est guère agréable.

— Je ne dirais pas que c'est désagréable – leur conversation est un peu inhabituelle pour moi. Je dois m'y préparer et si je ne potassais pas le *Times* et le *Wall Street Journal*, je n'aurais qu'à rester devant mon assiette et à manger sans souffler mot. Heureusement, je n'ai pas grand-chose à dire car le docteur est un causeur impénitent. Il parle ! C'est fou ce qu'il peut parler, Dieu merci ! De la clinique privée dont il est le numéro un, de l'hôpital, de ses patients qui sont de gros bonnets : promoteurs, banquiers, experts boursiers, chasseurs d'OPA – au fait, qui sont ces gens-là ? Matilda veille au grain et m'épaule. Elle observe ce qu'on appelle une « distance ironique » à l'égard de ses parents et elle m'apprend comment m'amuser de la situation au lieu de m'en inquiéter. Mais je m'instruis. Quel pays ! Je devrais savoir tout ça depuis longtemps.

— Si j'étais vous, mon oncle, j'essaierais d'abord de savoir comment ce juge corrompu a été amené à vous marier. J'aimerais bien discuter de ça avec Fishl Vilitzer.

— Je doute que son père lui dise quoi que ce soit sur les juges. Il ne veut même pas le voir.

— Mais Fishl sait à peu près tout ce qu'il y a à savoir sur le vieux. Vous n'avez pas invité votre cousin au mariage alors que vous aviez invité Vilitzer ? Ça se comprend.

S'initier à une nouvelle catégorie de connaissances était la justification tous azimuts de l'oncle et ce « savoir » pouvait lui faire avaler n'importe quelle couleuvre. Je crois que le docteur Layamon en avait intuitivement profité pour faire autant étalage de ses tendances et de ses pouvoirs, confondant plus ou moins l'attention polie de Benn, son désir d'apprendre, avec de l'inertie ou de la docilité. Layamon était, à sa façon, un homme avisé et agressif. Il avait beaucoup d'atouts dans son jeu. Voyez le tableau : un duplex en terrasse de douze pièces, une résidence d'hiver à Palm Springs. Parmi ses relations et partenaires de golf, Bob Hope et le président Ford. Norman Lear invitait les Layamon à dîner. Matilda, légèrement sardonique à cet égard, disait que le docteur s'était cru obligé d'apporter sa contribution à l'Union des libertés civiques, « à titre de pot-de-vin ». Néanmoins, c'était une relation de classe. Tilda aurait donc pu choisir un mari dans l'une de ces hautes sphères. Selon le docteur, elle avait rejeté un directeur d'antenne d'une chaîne nationale, puis un garçon qui était maintenant à la cour d'appel fédérale, plus un génie de la fiscalité, conseiller de Richard Nixon. La liste était assez longue.

Mme Layamon, acceptant Benn sous condition, lui témoignait une parfaite courtoisie de façade. Le docteur était plus ouvert avec son gendre et, pour moi, il posait un sérieux problème. Au physique, le docteur était mince, élancé, d'une motilité plus mécanique qu'organique, plat de silhouette, presque à deux dimensions, large d'épaules, le teint légèrement enflammé, au bord de l'hypertension, avec un visage intelligent aux traits mobiles, et une tendance à vous harceler dans la conversation, presque comme s'il vous soumettait à un interrogatoire judiciaire. Il avait une bouche mince toujours en mouvement et, quand il ne parlait pas, il prenait parfois un air de violence contenue, comme un acteur dans une pièce de Shaw, momentanément contraint d'écouter son partenaire mais ne songeant qu'à la façon dont il va le mettre à mal d'un instant à l'autre. « Son truc, c'est de vous rentrer dans le lard, dit Benn. Il s'enorgueillit d'être direct, même à propos de sa fille. Il dit qu'il veut me mettre dans le coup. C'est une question d'éthique. Sa responsabilité vis-à-vis de sa fille s'achève, la mienne commence ; par conséquent, il n'est que juste qu'il soit régulier avec moi. Matilda est au courant et tolère cette attitude parce qu'elle comprend les principes de papa, sa conception de l'honneur. Cartes sur table. Il ne devrait pas y avoir de surprises désagréables plus tard, ou d'occasions de reproches. »

Que Benn dût partager avec moi ces soucis était parfaitement normal. L'oncle disait qu'il ne comprendrait même pas ces particularités (la logique du docteur et sa sincérité) à moins de les avoir décrites. Voilà pourquoi il les soumettait à mon jugement. Benn donnait l'impression d'être très satisfait de sa nouvelle famille, d'en être fier. Des gens aussi intéressants et haut placés le prenaient au sérieux, l'accueillaient dans leur cercle, l'invitaient à prendre part à leurs fascinantes existences.

Le docteur et lui avaient eu plusieurs conversations privées, d'homme à homme. Il y avait, ou il y avait eu, un promoteur texan qui était venu de Houston avec son jet privé, simplement pour inviter Matilda à dîner. Mais qu'est-ce que vous croyez ? À cette époque-là, elle fricotait avec un vague petzouille croatien qui avait besoin d'une carte de séjour, et c'était cet immigrant clandestin tordu qu'elle préférait. Vous vous rendez compte ! Il devait avoir des vertus cachées dont était dépourvu le nabab au Stetson. Mais il fallait dire que Matilda attirait naturellement les hommes. Considérez ses atouts, pas seulement sa ligne mais son élégance. Remplacez Edward Teller par la nature – vous tenez une bombe H de beauté inventée par la nature, et vous n'êtes pas pour autant une superpuissance bornée, mais une femme brillante et indépendante. Tout d'abord, elle ne s'était pas rendu compte. Elle n'avait pas besoin de glandouiller avec tous ces traîne-savates de l'après-guerre. Cette fille avait assez de cervelle pour être à la tête d'une affaire de tout premier plan. Avec sa mentalité, on pouvait diriger la Nasa. Quand Mondale avait annoncé sa candidature à la présidence, elle lui avait envoyé un plan de campagne et s'il avait été assez astucieux pour lui confier ses intérêts, il serait peut-être maintenant à la Maison-Blanche. Sa cervelle est comme une banque de données et elle ne s'en est jamais servie que pour s'attirer des ennuis personnels et causer une migraine permanente à ses parents depuis plus de trois décennies. Dans l'espoir qu'elle aurait moins de problèmes en bénéficiant d'une formation supérieure, ils l'avaient envoyée dans les meilleurs établissements possibles. Résultat, elle avait collectionné plus de titres qu'un bibliophile, tous inutiles, valeur zéro. Yale et Harvard l'avaient acceptée à leurs facultés de droit mais elle préférait les romances croates, parlait français à une vitesse supersonique, et plongée dans la rédaction de ce livre qu'elle n'avait jamais fini, passait la nuit à pianoter sur sa minuscule machine à écrire jusqu'au petit jour en saturant les rideaux de tabac et de marijuana. Et, à propos, que pensait le neveu de Benn, Kenneth, de son français ?

À tout cet étalage présidait la vantardise. Pour commencer, le docteur s'était vanté de sa fortune, de ses relations, pour, ensuite, chanter les mérites de sa fille. Il n'y allait pas de main morte. Et, emporté par son élan, il perdit un instant le contrôle de son discours. Il se retourna alors contre sa fille pour se plaindre d'elle. Depuis l'enfance – depuis sa naissance, bon Dieu ! – elle avait été exigeante, capricieuse, imprévisible, fantasque, rouspéteuse, comploteuse. Elle avait obtenu au lycée des notes médiocres mais, une fois entrée à Vassar, elle s'était acoquinée avec des loubards de Poughkeepsie et avait commis tous les méfaits dont la liste figure dans les journaux (par journaux, il entendait le *National Enquirer* et quelques autres canards à sensation). « En Italie, j'en suis sûr, elle aurait rejoint les Brigades rouges. Les gens normaux comme vous et moi ne se font aucune idée des débauches sexuelles auxquelles elle s'est livrée. Nous n'avons jamais combiné sexe et LSD. C'est comme ça que la troupe de tueurs de Manson s'est déchaînée au plumard avec leurs égorgements, leurs sacrifices humains. Les gouvernements aussi semblent être dans le coup et c'est comme ça qu'un Turc, émule de Manson, a tiré sur le pape. Bon. Pour en revenir à Tilda, Dieu merci, tout ça, c'est derrière elle. Quand je dis "derrière", ce n'est pas une plaisanterie sexuelle. Je suis franc, simplement. En vous choisissant, elle a prouvé qu'elle voulait enfin se stabiliser. Enfin ! Alors, soyez bénis tous les deux et bonne chance ! »

Ce n'étaient pas là les propos que Benn et moi aurions dû échanger dans ma chambre en une telle occasion. La conversation du docteur, si elle était « amusante », était aussi insidieuse. Elle vous remplissait de crainte. Benn aurait dû décrire sa joie, évoquer son bonheur ou, si le mot « bonheur » était trop romantique en ces temps troublés, du moins rayonner de satisfaction. Benn et moi aurions pu largement nous divertir de ses manœuvres pour maintenir son sceptique neveu dans l'ignorance, puis boire quelques verres et échanger des félicitations. Seulement, j'en ai plus qu'assez de voir des êtres d'élite tomber sur des becs dans la vie pratique, au bénéfice des médiocres. Mais non, les gens de valeur pataugent toujours jusqu'aux genoux dans la mélasse de la « vie personnelle ». Eh quoi, l'oncle aussi ? Mais peut-être mon amertume était-elle prématurée et tirais-je des conclusions hâtives.

Mes pensées intimes : Swedenborg séparait radicalement le bien du mal, le Ciel de l'Enfer. Pour William Blake, Bien et Mal étaient inséparables. Sur ce point, on trouvera une déclaration formelle dans *Le Mariage du Ciel et de l'Enfer*. Nous autres créatures humaines sommes en général étrangers à un tel angélisme sexuel nuptial. En tout cas, je n'allais pas abandonner l'oncle, en vertu de cette preuve initiale. Lui non plus n'abandonnait pas, loin de là. Après tout, il avait bien fait de se marier, de rompre avec la tyrannie du sexe. Il était trop tôt pour juger Matilda (en dépit du docteur) et peut-être ce temps ne viendrait-il jamais. Comme l'avait dit je ne sais quel sage romain (Caton peut-être), « seul le mari, l'homme qui porte le soulier, peut vous dire où il blesse ».

Entre-temps, au cours de quelques entretiens, l'oncle m'avait exposé plus en détail les jugements ambivalents du docteur Layamon sur sa fille. Layamon était incapable de résister à la tentation duelle de chanter les louanges de sa fille et de la démolir. Il faisait l'éloge de sa mère, faisait son propre éloge, avait mille choses aimables à dire sur Benn. Puis il se mettait à dérailler. Sa faconde donnait le vertige et il se lançait dans une avalanche de flatteries qui n'avaient aucune référence précise, tel un virtuose jouant toutes les variations possibles, croisant les mains sur le clavier, la tête en bas, les épaules adossées à son siège, comme Mozart ivre et distrayant les filles faciles de ses tours dans ce film que l'on a tourné sur lui. Gloriole, éreintage, doléances suivaient les méandres du caractère et de la pensée du docteur et l'on voyait une réalité (d'un certain type) se dessiner devant soi. Ainsi les grains de sable dociles au mouvement des vents forment des dunes ou des ondulations. Ce personnage d'âge mûr fort élégant, le docteur, avant que vous en ayez pris conscience, avant qu'il en ait pris conscience lui-même, se lançait dans les confidences, professait admiration et amour, ne connaissait pas de bornes à l'intimité, retenant Benn contre lui tout en parlant. Il avait un rapport très physique avec les gens. Il vous posait une main sur le genou, vous pinçait la joue, vous triturait l'épaule, jouait de tous les instruments émotifs de l'orchestre. Vous ne pouviez pas, cependant, compter sur la musique. Soudain, un braiement sauvage déchirait la ligne mélodique. Il complimentait Benn sur sa réussite dans le domaine de la botanique. Puis il lui disait : « Dommage qu'on n'ait pas rectifié vos dents de devant qui se chevauchent. » Ou encore : « Ou bien vous portez une chemise trop étroite, ou votre *pectoralis major* est hypertrophié – autrement dit, vous avez de gros nichons. » Au dîner, quand le docteur passait derrière la chaise de Benn et marquait une pause, l'oncle ne doutait pas que son début de calvitie subît un examen attentif. Et quand ils utilisaient les vieux urinoirs au club, le docteur haussait le menton par-dessus la séparation et, à travers ses lunettes de guingois, inspectait les parties de l'oncle. « Ma foi, la lance à incendie paraît adéquate », observait-il.

Benn avait été suffisamment ébranlé pour rapporter cette observation à Matilda qui s'en était beaucoup amusée.

— J'ai remarqué qu'il te suivait de très près aux toilettes, lui dit-elle, puis elle avait ajouté d'un ton plus sérieux : Les docteurs font souvent une fixation sur les organes génitaux. Il y en a tant qui sont obsédés par les outils des hommes et le sexe des femmes.

— Vraiment ? s'étonna Benn.

C'était une des fascinations que Matilda exerçait sur lui : elle lui faisait découvrir des points de vue nouveaux, lui ouvrait des horizons inattendus. Par ailleurs, Matilda en retirait la satisfaction de lancer des réflexions et des plaisanteries mémorables, ainsi qu'il convenait à une créature subtile et raffinée.

— Que pensent les botanistes à ce sujet ?

— C'est vrai que les organes reproducteurs des plantes portent des noms gynécologiques, mais un certain nombre d'entre nous se demandent si ce n'est pas le résultat d'une projection erronée.

— Papa est très curieux à mon sujet du point de vue sexuel. Il ne t'a pas demandé comment j'étais au lit ?

— Pas encore… Pas vraiment.

— J'ai toujours canalisé ses fantasmes malpropres.

Les intuitions éclair faisaient partie de Matilda. Elles surgissaient à l'improviste. Benn était enchanté par sa vivacité d'esprit dont l'intriguaient surtout les à-côtés sexuels. Peut-être pensait-il s'être marié pour échapper à d'autres distractions préjudiciables – risques pour sa santé, excès variés. J'étais d'un autre avis. L'oncle était entré dans le mouvement du « nouveau mode d'expérience » mentionné plus haut. Il était amené à explorer certains problèmes d'ordre charnel. Ces recherches prenaient pour lui un caractère pathétique car c'était un homme qui avait une tâche réelle à accomplir et ne se contentait pas de perturber les autres, activité à laquelle se bornent tant d'entre nous. C'était un être de passion au cœur noble et intègre. La question était de savoir s'il estimait à leur valeur ses dons personnels et s'il était capable de se défendre pour les sauvegarder. L'autodéfense pour un homme de cette qualité n'était qu'une considération secondaire. Je considère l'autoprotection de Darwin comme une idéologie vulgaire. Ses partisans les plus marquants sont des sadiques qui ne cessent de vous répéter que, pour le salut de l'espèce et conformément aux lois de la nature, ils doivent éliminer les âmes tendres qu'ils rencontrent sur le chemin de la vie.

Le commentaire du docteur aux urinoirs avait piqué Benn au vif et Matilda, au lieu de disserter sur les idiosyncrasies des médecins, aurait dû trouver pour lui des paroles apaisantes, rassurantes. L'Helen d'Edgar Allan Poe, debout dans sa niche, n'avait rien à dire. La représentante de la beauté était muette, fantastique avantage pour un amateur passionné et sensible de personnages classiques. En particulier si l'amateur envisage de participer au grand marathon sexuel de l'époque contemporaine.

Je me tourne vers l'oncle, attendant de lui les lumières d'un guide, et que me donne-t-il ? Il me donne la vulnérabilité dans un domaine où mon père a obtenu ses plus grands triomphes. Tout ce que je peux faire maintenant, c'est de considérer le phénomène Layamon comme une erreur prévisible, vénielle et requérant une certaine patience (et la patience n'est pas mon fort). Si c'était de cours de perfectionnement érotique dont j'avais besoin, je n'aurais pas dû venir aux États-Unis. J'aurais pu les obtenir de mon père. Sur ce chapitre, un Américain bénéficie des meilleurs avantages en Europe. De toute façon, je ne voulais pas heurter Benn avec mes opinions. Pour finir, il me dirait tout de son plein gré. Après avoir commencé à parler, il ne supporterait pas de me cacher quelque chose. J'avais même prédit qu'il me téléphonerait au milieu de la nuit, pour ajouter quelques détails à son exposé. Je ne pourrais donc pas être mieux informé.

Benn répétait avec insistance :

— Je suis heureux avec cette femme.

— Parfait. J'en suis ravi pour vous.

Ce que j'avais dit à Benn de Treckie s'appliquait maintenant à lui – le pouvoir d'une déclaration répétée. Vous annoncez ce que vous allez faire, puis vous le faites. Ensuite, vous rendez public ce que vous avez fait. Enfin, votre action devient réalité. Dans le langage des juristes, on appelle cela la *res judicata*.

Entre-temps, le docteur s'acharnait sur l'oncle et il n'y avait personne pour protéger le malheureux.

— Vous êtes un savant éminent et je suis un médecin chevronné. Non seulement nous pouvons, mais nous devons nous parler librement. Les femmes ne le feront jamais. C'est important que *nous*, nous le fassions. Vous aimez Matilda ?

— Oh, oui !

— Bien sûr. Pour moi, vous êtes un baiseur qui a eu enfin le bon sens de décréter la fermeture de la chasse. Peut-être un jour me parlerez-vous des femmes que vous avez mises à votre tableau.

Feu Della Bedell avec son ampoule électrique grillée.

— Ma fille va vous organiser une existence idéale pour vos dernières années. Elle peut être une vraie garce, mais cet aspect-là de son caractère travaillera pour vous. Que pouvez-vous demander de plus ? Pour l'instant, c'est la lune de miel. Vous devriez passer un séjour merveilleux au Brésil. Je vais vous poser une question : avez-vous une raison particulière de ne pas retourner là-bas ? Y a-t-il une femme à Rio qui risquerait de provoquer un scandale ?

— Non. Mais il n'y a personne au Brésil à qui je puisse parler des sujets qui m'intéressent particulièrement.

— Cela peut être bénéfique pour nous d'échanger nos points de vue, dit le docteur. Vous pouvez me parler librement. Nous avons des intérêts en commun. Partageons nos problèmes, c'est le bon sens même.

— Je suis sensible à votre proposition, répondit l'oncle d'un ton contraint.

L'allusion du docteur à ses « dernières années » le mettait aux cent coups. À peine marié, il commençait une nouvelle vie et, déjà, le docteur Layamon évoquait son déclin. En donnait-il des signes ? Parlait-il sur un plan général ou d'après un diagnostic précis ? Songeait-il à une attaque ? À la maladie d'Alzheimer ? À une imminente impuissance ?

— Matilda dit que vivre dans le luxe vous rappelle que vous venez du mauvais côté de la barrière. Et de quel côté croyez-vous que je vienne moi-même ?

Le problème ne tenait pas à l'opulence ou au luxe, aux baignoires jacuzzi, aux porcelaines de Rosenthal, aux articles de toilette en écaille. La Matilda du duplex en terrasse était très différente de la femme à laquelle il avait fait la cour. Durant ces préliminaires, il l'avait crue, comme lui-même, une lève-tôt mais, maintenant qu'elle occupait sa chambre, elle faisait la grasse matinée. Jamais elle n'était sortie du lit avant onze heures. En attendant qu'elle se levât, il tuait le temps. Il allait ouvrir au petit marchand de journaux et lisait le *Wall Street Journal* dans la cuisine jusqu'à l'arrivée de la cuisinière polonaise. Ensuite, il déambulait au milieu de ce vaste musée du meuble et s'installait avec ses journaux près de l'arbre de Noël, tant qu'il tenait encore. Puis, il allait admirer les bouquets de fleurs dans les vases. Mme Layamon avait des plantes en pot dans son bureau. Cette petite pièce lui était interdite.

— Je jette un coup d'œil à son azalée de temps en temps.

— Qu'est-ce qu'elle fabrique dans ce bureau ?

— Elle prend des notes, des rendez-vous, passe les commandes de provisions et enregistre des poèmes pour les pensionnaires des asiles de vieillards.

— Ça peut servir, dis-je.

— C'est agréable, pour eux, de mettre un walkman et d'écouter Robert Frost.

— Ou William Blake.

J'imaginais les moribonds comme des prisonniers de la télé. Il aurait mieux valu pour eux entendre les paroles des Psaumes. Des citations du livre des Proverbes, de l'Ecclésiaste, des extraits de Shakespeare, les *Chants de l'Expérience* alors qu'ils étaient au seuil de l'éternité.

— Qu'est-ce qu'elle leur lit ? demandai-je.

— Je le saurai par Matilda. Mme Layamon a une azalée somptueuse dans son espèce de serre. Cette plante me transporte. Je veux dire, quand il y a du tirage, je me tiens sur le seuil de la pièce et je la regarde. C'est l'une des règles bizarres de la maison : personne n'a le droit d'entrer dans le saint des saints de Mme Layamon.

Quand il évoquait cette contemplation de l'azalée, son regard extasié transformait tout son visage – une fois de plus, particularisme physiognomonique de l'une de ces natures passionnées qui aspirent à découvrir et à voir ce qui n'existe peut-être pas sur terre. Ainsi, Blok, le poète russe, avait évoqué un cas semblable. Il avait également observé que ces privilégiés avaient un œil (en général le gauche) plus petit que l'autre. (Les boucles du huit couché ne sont pas de taille identique.) Un tel appétit de voir dure toute la vie jusqu'à la tombe, peut-être même au-delà. À de tels signes, je concevais que le citoyen de l'éternité n'était pas coupé de ses sources intérieures. Je ne comprenais toujours pas pourquoi il lui fallait se trouver dans cet endroit, le duplex des Layamon, pas plus que je ne comprenais les montagnes de Chine, les jungles de l'Inde, les forêts amazoniennes qui l'engloutissaient lorsqu'il était perdu pour moi pendant plusieurs mois d'affilée.

Cependant, il était bien là. Attendant, en lisant les journaux, que Matilda se lève. Que diable pouvait-il faire de ces Kadhafi, Imelda, Waldheim ou des milliards budgétaires de Washington ? Sa seule, son incontestable affinité allait à l'azalée à trente mètres de lui, au tournant du couloir. Une autre affinité avec Matilda (nous l'espérons) en était encore au stade embryonnaire. Pour l'instant, elle avait besoin de dormir et, devant ce besoin, il fallait s'incliner. Il veillait à ne pas la déranger et, donc, accrochait son pantalon au dos de la porte de la salle de bains, de sorte qu'elle n'entendît pas le cliquetis des clés et des pièces de monnaie. Toute la matinée, la cuisinière cuisinait, la femme de chambre faisait le ménage, Mme Layamon enregistrait Marianne Moore ou Wallace Stevens sur bande magnétique et Matilda, dans sa chambre de jeune fille, dormait sous son édredon de soie. Seul son profil était visible dans son sommeil ; l'enfant de la richesse enfin plongée dans un repos total. Après beaucoup d'agitation, de résistances, d'errances désordonnées ou névrotiques, elle était réconciliée avec le foyer parental. C'était là que l'oncle Benn était entré en scène. Le mariage avec B. Crader avait rendu son équilibre à Matilda. Elle avait trouvé la paix, retrouvé ses habitudes et ses privilèges anciens. Elle dormait. C'était une dormeuse extravagante, insatiable, pleinement livrée au sommeil. Elle faisait songer à Psyché étreignant Éros dans la nuit noire. Ainsi l'avait décrite l'oncle, à ma surprise. « Psyché » apparaissait aussi dans ce poème de Poe dont l'oncle était alors obsédé, comme il allait l'être plus tard par le dessin de Chas Adams. Tout d'abord, par erreur, je pensai : « Voilà encore de fou d'Edgar Allan Poe avec sa Psyché de marbre. Seulement, ce pauvre serin, qui se trouve être un serin que j'aime, pourrait en devenir cinglé. » Toute cette imagerie de second ordre n'était que de la complaisance. Et si éloignée, si éloignée de sa boutique à laquelle il aurait dû consacrer le meilleur de lui-même.

Je me trompais du tout au tout à ce sujet. C'est lui qui entrevoyait une parcelle de vérité. Si elle était une Psyché, l'Éros qu'elle étreignait dans son sommeil n'était pas son mari. Indirectement, voilà ce qu'il me disait. Il était la cause du repos de Matilda, mais la substance de ce repos pouvait avoir une autre origine. Un autre homme ? Non, bien sûr, quelque chose, pas quelqu'un. Il n'y avait pas d'autre homme. Seulement cette chose, son Éros, n'était pas Benn Crader. Certes, la Psyché de Poe était de marbre pur et représentait la beauté idéale. La dame de Poe devait être contemplée, non pas étreinte – la Beauté en contemplation (qu'ont donc les juifs à s'inspirer de tout ce fatras grec, à propos ?).

— Eh bien, qu'elle rattrape son sommeil en retard. Je vois qu'elle en a besoin. Je ne veux pas lui demander : « Pourquoi donc dormez-vous autant ? »

— Cela *vous* donne une chance de combler votre retard vis-à-vis du monde contemporain, dis-je.

— Qu'elle dorme tout son soûl, dit-il. Personne, au sens absolu, la mort mise à part, ne jouit de tout le repos dont il a besoin. Donc, quand elle récupère le sommeil qui lui manque j'espère en retirer quelque avantage.

Cependant (pour le temps présent peut-être) ses réveils n'étaient pas heureux. Quand elle buvait son café, elle était grinchue, morose. Ses grands yeux s'attardaient encore dans le monde du sommeil. Un minimum de mots était prononcé. Avant qu'elle parlât, et comme elle ouvrait la bouche, Benn avait remarqué combien ses dents étaient aiguës. Mais on ne peut pas faire reproche aux gens de leurs dents. Si l'ouverture de la bouche d'une jolie femme est un événement notoire, cet événement porte témoignage contre celui qui la regarde plutôt que contre elle. Cependant, le pouvoir d'observation original de l'oncle m'apparaissait toujours comme l'un de ses atouts majeurs. Toutes ses observations démontraient sa clairvoyance. Depuis que je lui avais demandé de m'aider dans mes recherches sur les symbolistes russes, il s'était plongé dans l'étude d'auteurs qui mettaient ma patience à rude épreuve. Je comptais sur lui pour expliciter leurs arguments et il était devenu un grand lecteur de Soloviev (sur Platon), de Fiodorov, Berdiaeff, de Viachesov, d'Ivanov (*Dostoïevski et la vie tragique*). À partir de ses lectures, il dissertait sur l'action magnétique qu'exerçaient les forces telluriques profondes sur le liquide cérébro-spinal. La terre était pour lui (selon ses références russes) chargée d'une électricité luciférienne. Et, après tout, il était évident que sa première femme l'avait imprégné de notions swedenborgiennes. La théorie de la correspondance, par exemple : un arbre n'est pas seulement un objet naturel, c'est un signe. Il y a des correspondances. Beaux ou laids, les objets sont des communications. Un visage humain fournit des informations comme les couleurs, les formes, les parfums. Donc, Matilda ouvre la bouche, d'accord ? Et l'oncle Benn remarque qu'une femme d'une grande beauté peut avoir quatre renflements sur les gencives, à la base des canines. Ce défaut si c'en est un – et non plutôt une forme de perversité chez l'observateur, une envie de s'en prendre à la perfection ou une bizarrerie trahissant une résistance au pouvoir de la beauté – peut être un signe de faiblesse. La beauté suprême peut être un tourment. Elle nous déchire le cœur (à quelques-uns) et nous la combattons avec frénésie. Nous superposons une méduse au visage innocent d'une jeune fille.

À quoi bon parler ?

Homme du matin par nature, c'est au réveil que Benn était le plus vif. Alors il s'efforçait d'aider Matilda à surmonter les tourments de son réveil. Il lisait le *Times* et le *Wall Street Journal*, choisissant pour elle certains articles, certains thèmes de conversation à débattre au petit déjeuner. « Ce terroriste libéré par Craxi, il est allé en Yougoslavie et on l'a mis dans un avion à destination du Moyen-Orient. » Ou bien : « Reagan est d'accord pour que les chercheurs de la guerre des étoiles bénéficient, à titre privé, des découvertes réalisées grâce aux subventions fédérales. » Bien sûr, avec son culte de la libre entreprise...

Et, à ce propos, il y a un article amusant sur Milton Friedman. Quelqu'un lui a demandé : « Êtes-vous certain que l'Homme économique est complètement rationnel – pouvons-nous tabler là-dessus ? Bien des penseurs réputés ont affirmé que le comportement de l'*homo sapiens* était nettement paranoïaque et certains parlent même d'un état physiologique largement répandu, décrit comme *"schizophysiologique"* et produisant des effets de *schizopsychologie*. Koestler a soutenu ce point de vue. Maintenant, comment cette démence indiscutable s'intègre-t-elle à votre théorie de l'Homme économique ? » Friedman répond : « Peu importe la folie des hommes, ils restent sains d'esprit à l'égard de l'argent. Qu'en pensez-vous, est-ce un fait ou une profession de foi ? Eh bien, il ne parle pas du Bien et du Mal. Il ne discute même pas de psychologie, ce qui est à porter à son crédit. Tout ce qu'il dit, semble-t-il, c'est qu'entre l'humanité et le chaos il n'y a que la liberté du marché. La croyance dans l'invisible est réduite par lui à la main invisible. »

Ici, Friedman me faisait penser à Caroline Bunge !

— Ho, ho, dit Matilda d'un ton amer. Elle ne prenait pas au sérieux les réflexions de Benn. Et il était vrai qu'il s'efforçait d'enrayer sa mauvaise humeur, et ne fournissait ces efforts que dans un but d'apaisement. Mais elle avait horreur, une sainte horreur, de se réveiller.

— C'est comme si un brillant nuage d'orage, un cumulus surchargé d'électricité l'enveloppait, disait Benn, subjugué. Une femme passionnée, admirable !

Les brioches du petit déjeuner étaient glacées en leur centre et elle explosa :

— C'est ce foutu micro-ondes. Pourquoi Irina ne se sert-elle pas de la cuisinière à gaz, bon Dieu ?

Colère, beauté, réprobation. Benn recevait le choc en plein visage, pour ainsi dire.

— Je vais reporter les brioches à la cuisine, dit-il.

— Pas question !... Irina ! cria-t-elle.

Elle n'aimait pas que Benn soit en bons termes avec la domesticité. Sur les serviteurs, il ne savait rien de rien et il fallait tout lui apprendre.

Ces petits déjeuners étaient plus éprouvants qu'ils n'auraient dû l'être. Matilda était-elle déjà mécontente de lui ? Revenait-elle sur ses décisions ? À la place de l'oncle, je ne me serais pas donné tout ce mal. J'aurais aussi évité le petit déjeuner et serais allé au laboratoire ou bien j'aurais passé la matinée dans une serre. Il n'aurait pas dû traîner sur les lieux.

Vers cette époque, Benn me déclara (il l'avait dit souvent) : « Je me demande ce qu'aurait été ma vie si j'avais eu le même don vis-à-vis des êtres humains que vis-à-vis des plantes. » Prenons, par exemple, la question du sommeil de Matilda qui, à certains égards, lui rappelait le monde des plantes. Un profond sommeil est dénué de toute forme de conscience : on peut, à l'évidence, en dire autant de la croissance des plantes. Dans les cristaux et dans les plantes, le processus de l'évolution se déroule sans la moindre trace d'intelligence consciente. Et pourtant, leurs complexes métamorphoses suggèrent l'intervention d'une pensée logique. On peut être tenté de mettre en suspens la conscience dans un effort divinatoire pour pénétrer ces étranges (silencieux ? mais ils sont incapables d'émettre un son) organismes végétaux. Avec l'oncle, je supposais que cette pénétration avait précédé toute tentation. De plus, la puissance du sommeil de

Matilda avait peut-être orienté l'imagination de l'oncle vers une analogie botanique. Sauf erreur, il la considérait comme une gerbe de fougères enveloppée sous la bordure de satin de son édredon et s'épanouissant vers le haut, de longues mèches de cheveux tombant sur ses yeux clos.

Mais, après tout, il n'avait pas épousé une plante. Matilda lui rappelait peut-être une fougère ou un lys des champs et peut-être l'élément végétal était-il prédominant en elle – la difficulté qu'elle éprouvait à passer du sommeil à l'état de veille suggérait une lutte entre deux natures –, mais elle se réveillait, encore qu'à regret, et finissait par apparaître dans sa somptueuse robe d'intérieur ornée de motifs en brocart extrême-orientaux. Parfois, elle clouait le bec à Benn. « Oh, je t'en prie, disait-elle, Benno ne me bassine pas avec des conversations sérieuses avant que je sois réveillée. Ça me donne la migraine. »

Alors il était triste déjà – hors de son milieu, hors de ses profondeurs, ayant reçu l'ordre de se taire. Assis à la table du petit déjeuner, il devait se contenter de regarder la ville qui couvre tant de kilomètres carrés. Toutes ces industries abandonnées attendant la résurrection électronique, le bloc colossal de la zone métallurgique, les fûts des hautes cheminées que ne coiffait plus le moindre panache de fumée. L'un de vos privilèges, si vous étiez riche, était de jouir d'une vue panoramique de cette dévastation. Du sommet de la tour électronique, la vision était encore plus saisissante. Selon Mme Layamon, qui avait donné son impression au cours du dîner, la tour était « un spécimen significatif de la beauté moderne ». Cette beauté échappait à Benn mais il n'allait pas la contredire. À table, durant ces discussions, il n'ouvrait pas la bouche. De temps en temps, il répétait au cours du repas certains propos auxquels ils n'avaient pas prêté attention la première fois : « Nous habitions dans cet endroit-là. Nous nous sommes installés là-bas après avoir quitté Jefferson Street, quand j'avais environ douze ans. En guise d'impôts, la ville avait repris l'immeuble à son propriétaire et mon père l'avait acheté sur le conseil d'oncle Harold. Je crois qu'il l'avait payé sept cents dollars. Il y avait un joli petit jardin avec deux grands mûriers qui attiraient des masses d'étourneaux au mois de juin. » Cette histoire naturelle n'avait guère attiré l'attention. « Des arbres superbes, donnant des mûres blanches. Les mûres noires sont plus savoureuses. » Les Layamon échangeaient des regards expressifs. L'oncle les remarquait mais les interprétait comme des signes d'ennui. En quoi il se trompait du tout au tout, comme nous le verrons.

De la table du petit déjeuner, Benn avait une vue exceptionnelle de la ville avec ses rues encaissées et ses blocs d'immeubles délabrés. Au centre, s'élevaient des bâtiments en construction – conformément aux programmes de rénovation. « Je me demande où ma belle-mère a entendu ça, “un aspect significatif de la beauté moderne”. Une fois ou deux, j’ai eu envie de lui dire : “C’est à votre fille que j’applique cette définition”, mais je ne voulais pas gaffer en parlant de sa fille comme d’un “spécimen”. »

Benn n’aurait d’ailleurs peut-être pas été tout à fait sincère en exprimant cette idée. Et puis il était encore à l’heure du dîner sous le coup de l’ordre de se taire que lui avait intimé Matilda pendant qu’elle buvait son café du matin – tasse après tasse du plus fort *caffè espresso*. À cet instant-là, il n’aurait pu la considérer sous un angle esthétique et se serait plutôt demandé : « Ai-je commis une erreur quelconque ? » ou peut-être même : « Attend-elle de moi que je fasse quelque chose que je ne fais justement pas ? »

— Notre première lune de miel, c’était quatre jours à Aruba, dit Benn. L’hôtel où nous étions descendus appartient à un groupe. Le docteur touche des dividendes.

Les malades et amis du docteur étaient de gros promoteurs et, de temps en temps, l’un de ces personnages avec lesquels il jouait au rummy ou au golf le faisait bénéficier de ses opérations – un nouvel immeuble de bureaux à Dallas, un complexe de boutiques, un appartement de luxe, des résidences en copropriété dans une station balnéaire de Floride, un centre sportif couvert en Oklahoma, un contrat municipal pour la récupération des véhicules abandonnés. Un pourcentage par-ci, un pourcentage par-là, disait Matilda. La fortune de Papa s'édifiait sur les rapports disparates de ces entreprises variées. Tilda avait reconstitué un tableau récapitulatif des biens du docteur, bien que celui-ci refusât de lui donner la moindre information. Le docteur disait à Benn : « Elle me pose un sacré problème de ce côté-là. On ne peut rien lui cacher. Elle va fureter partout, se renseigne auprès des gens, boit des verres avec eux et, avant même que vous vous en soyez rendu compte, elle a découvert le pot aux roses. Elle surveille tout en permanence de son satellite. Jamais elle n'est trop absorbée par ses histoires de français pour perdre de vue les questions d'économie. Enfin, remarquez que c'est tout de même rassurant. Quand Jo et moi serons partis, pas un fondé de pouvoirs ne sera capable de rouler Matilda. Je plains d'avance le type qui essaiera.

— Il veut que vous sachiez bien que Matilda est une riche héritière, dis-je.

— C'est tout Matilda. Je figure à peine dans le tableau. Mais ce n'est pas nécessaire.

Juste à ce moment-là, avant qu'elle partît pour le Brésil, Matilda s'affairait avec sa mère chaque après-midi, consultant des listes de mariage, choisissant entre Lalique et Baccarat, sans parler du linge de maison et de l'équipement de la cuisine. Plus expert sur la question que les deux femmes, Benn avait des idées précises sur les casseroles, les poêles, les lave-vaisselles. Curieusement, il avait des opinions arrêtées sur bien des problèmes tout à fait étrangers à la science. « Fouineur », disait-il de lui-même. Cependant, il n'était pas consulté et se gardait de mettre son grain de sel. « Nous allons admettre, dans ce cas, que Matilda s'y connait mieux, disait-il. Je ne l'imagine pas en parfaite femme d'intérieur. Mais elle achète comme si elle se préparait à ouvrir un petit hôtel. »

Rasé de frais chaque matin, Benn apparaissait au dîner dans le rôle du savant botaniste ayant endossé l'habit de gendre et de jeune marié – le docteur Chlorophylle. Un soir que j'étais présent, je pus observer la scène. Le vieux Layamon et Matilda faisaient tous les frais de la conversation. Ensuite, on passa au vidéoscope un film de gangsters : *Le Parrain II*. Et je pus vérifier personnellement ce que Benn m'avait dit de la tour électrique. Dans la nuit, elle se rapprochait, masse énorme aux fenêtres illuminées, plus grande que le *Titanic*, avec ses mâts flamboyants comme un signe adressé aux enfants d'Israël. Ce soir-là, Matilda était très animée ; il n'y avait en elle pas la moindre trace de cette irritation de la beauté arrachée au sommeil, qui lutte en silence contre l'éclat du jour et la pleine conscience. Je dois reconnaître qu'elle était (objectivement parlant) séduisante, spirituelle, et d'une insolence mordante. Elle vous enseignait une leçon : il était rare qu'un être doué de beauté ne fût pas en contrepartie affligé de quelque disgrâce. Le genre de femme que je préfère – je n'en fais pas un secret – est bâti plus près du sol. À mon goût, Matilda s'étirait trop en hauteur. Pour ne rien cacher, je ne cessais de me demander : jusqu'où vont donc ces jambes et comment sont-elles reliées au tronc ? Que se passe-t-il au point de raccordement ? La vérité vous échappe si vous omettez ce genre de conjectures masculines et vous vous rendez compte que l'oncle lui-même, avec toutes ses rêveries végétales, s'attardait à de telles évocations. Quoi qu'il en soit, je me demandais où Benn trouvait son bonheur, d'après ce que j'imaginais. Mais, sur ce point, tentant de percer le mystère, même le tiers le plus attentif ne pouvait que se casser les dents. Le seul signe reçu de Benn durant cette période se borna à cette déclaration : « Il *devrait* être possible de combler les vœux d'une femme. Nous ferons *ce qu'elle veut*. Et je ne peux le savoir qu'en m'inclinant devant ses volontés. Ensuite, j'obtiendrai peut-être un résultat. » Il allait faire des courses avec elle et n'avait pas pipé quand elle avait acheté un lave-vaisselle GE. « Pour seulement cent dollars de plus, le Kitchenaid est mille fois supérieur, me dit-il. Je ne vais pas aller lui dire : “Je t'avais bien prévenue !” »

Matilda avait besoin de prendre des mesures dans l'appartement du Roanoke, la maison qu'elle avait héritée de sa tante, et elle avait amené Benn pour l'aider à tenir le mètre souple. C'était la première fois que l'oncle voyait l'endroit. Il déclara que ma comparaison avec un palais vénitien était exacte. On pouvait imaginer un immeuble comme le Roanoke – baroque bourgeois – à Vienne ou à Rio. Même la clef du bâtiment avait un style vénitien. La porte d'entrée de l'appartement, épaisse de plus de vingt-cinq centimètres, se rehaussait de palmes et de lances. Les gonds étaient démesurés. « Il y flottait une atmosphère de chambre de malade », déclara l'oncle. La vieille tante était morte depuis plus d'un an et l'endroit avait été bouclé. Ou Matilda n'avait pas remarqué l'odeur de renfermé, ou la joie de la propriété l'avait muée, pour elle, en un parfum délicieux. Elle avait posé des jalons pour cet héritage depuis la mort de son oncle, une quinzaine d'années plus tôt, éliminant deux autres nièces qui intriguaient de leur côté. C'était donc une victoire substantielle.

— Matilda m'a fait faire le tour du propriétaire. « C'est là que nous allons vivre. Qu'est-ce que tu dis de ce décor ? » Je ne voulais pas demander, la vieille dame était-elle incontinente ? Avait-elle des chats ou des chiens ? Je pouvais seulement dire que c'était somptueux.

— Essaie de t'imaginer ici – c'est bien loin de Jefferson Street, non ? demanda Matilda.

Et elle se mit à lui décliner les avantages du Roanoke : à deux pas de l'université ; Benn pourrait y avoir un laboratoire ici même, chez lui, s'il le voulait.

Toute la plomberie était en place. Il leur suffisait d'arracher quelques vieux éviers crasseux. Le local qu'elle lui proposait, me dit-il, aurait été idéal pour installer une chambre noire de photographe. Il lui répondit que son idée était excellente mais qu'il avait l'habitude de travailler hors de chez lui. De plus, il avait besoin de cette marche à pied jusqu'au campus pour l'aider à réfléchir.

Elle lui demanda s'il regrettait d'abandonner son vieil appartement, « la scène de ton premier et heureux mariage ».

Un second mariage heureux avait commencé, répondit-il avec tact.

— Alors, d'abandonner un endroit où tu as reçu tant de jolies filles. Moi y compris.

Il n'y avait aucune raison de mentionner une femme comme Della Bedell, ni d'expliquer comment elle avait cogné à la porte en criant : « Et moi, qu'est-ce que je fais de ma sexualité ? » Les voisins auraient pu lui être reconnaissants : eux n'avaient pas à en répondre. Pauvre créature. Maintenant qu'elle était morte, c'était le moindre des égards, une élémentaire charité d'oublier comment elle s'était comportée.

Cependant, nous voici donc, les vivants, passant l'inspection de notre grandiose héritage résidentiel. Benn évaluait les dimensions des pièces, les proportions des lustres. Il examina les papiers aux murs et les tissus, certains pendant en lambeaux, la porcelaine massive et ventrue des baignoires où couraient des poissons d'argent ; les tuyaux d'écoulement plaqués d'argent allemand, jadis de qualité supérieure. C'était un luxe différent de celui qu'avait admiré Scott Fitzgerald – fortune assise dans les propriétés campagnardes, poneys de polo aux écuries, joueurs blonds et musclés, meilleures universités, escadrille Lafayette. Non, la richesse du Roanoke était du modèle purement intérieur et confidentiel, la richesse des juifs allemands que les nababs de Long Island auraient traités de *Shonickers*. Ces deux formes d'opulence étaient aussi étrangères l'une que l'autre à l'oncle Benn. Tandis que Matilda lui faisait les honneurs de la maison, il était à court de commentaires. « Voilà le salon », lui dit-elle. Et il déclara : « Il est de la taille d'un pâturage. Somptueux. Ce tapis est blanc ou coquille d'œuf ? On dirait une toison de mouton mais virant légèrement au jaune. »

Elle lui expliqua que les services de nettoyage viendraient remédier à cette décoloration. « L'immeuble est très sûr, ajouta-t-elle, il y a des gardiens et des portiers en permanence. Le président du département de physique habite au-dessus et, au-dessous, c'est la fille du type qui a inventé les édulcorants artificiels. Maintenant, que je te fasse remarquer un détail qui va sûrement te plaire. Nous sommes assez bas ici pour entendre les bruits de la circulation sur le boulevard, mais les fenêtres donnent directement sur le sommet des arbres. »

Et elle avait raison. Benn inspecta les sycomores le long du bâtiment. Il aurait, en effet, la compagnie des feuilles durant la moitié de l'année. Matilda, qui s'amusait à le persifler, ne l'avait néanmoins pas trompé. Les énormes sycomores au-dessous de lui étaient pâles et marron. Le réseau de leurs racines, tels des mammouths chevelus, courait sous les dalles du trottoir, contournait les égouts et les autres installations, cheminant sous la terre et s'enfonçant dans les entrailles du sol. Il me parla de ces arbres à moi – son neveu émacié à l'oreille attentive, qui s'efforçait de saisir sa pensée. De temps en temps, il me faisait des aveux – presque des confidences – sur les plantes. Un véritable amateur de botanique infusait son essence personnelle aux feuilles, aux tissus internes et se propulsait du sol bosselé de racines jusqu'aux extrémités les plus hautes. Comme s'il s'adressait à lui-même, il parlait des forces émanant du centre de la planète, d'essence nostalgique, projetant des élans virides vers la surface et jusque dans le soleil aux applaudissements des feuilles. Je ne suis pas sûr qu'il savait réellement ce qu'il disait. Il me faisait assez confiance pour vaticiner, traduire en mots les pensées inexprimables des notions inacceptables. Bien que l'anatomie de ces organismes lui fût familière, il en avait une conception toute particulière. Et j'ai dit plus haut, en parlant des longues jambes de Matilda et de leur raccordement au buste (la charnière du mari), j'ai dit que la vérité vous échappait si vous négligiez ce genre de conjectures. Dans cet esprit, je ne peux omettre la dernière remarque faite par Benn à propos des sycomores. Tandis qu'il les contemplait, il crut entendre un gémissement derrière lui – un gémissement venant du pâturage qui s'étendait dans son dos. Que voulait exprimer ce gémissement (il n'était pas d'origine humaine) ? Il n'y avait qu'une explication plausible : c'était une projection pure et simple, inspirée par les sycomores dénudés. Ceci jette un doute sur toute « explication plausible » en soi. Il aurait pu lui-même émettre cette plainte s'il n'avait pas résolu d'adopter une conduite exemplaire. Mais au cours de cette visite de sa future résidence, il se comportait en mari idéal. Ce vaste immeuble édifié en 1910 par de gros négociants en textile – ses appartements, disait-il, le faisaient penser à des citernes d'égoïsme qui, depuis que les occupants d'origine avaient déménagé au cimetière, s'étaient asséchées. Mais il était dangereux de se laisser aller à de tels fantasmes ; il entreprit donc d'examiner le mobilier – les innombrables canapés et autres diverses pièces encombrantes.

— Les tapisseries ont fait leur temps, dit-il à Matilda. Elles sont saturées d'odeurs.

— Je ne sens rien du tout.

— Oh, mais si. Des odeurs déplaisantes…

— La tante Ettie m'a laissé quelques très beaux meubles. Mais, dans son testament, elle a exigé qu'après l'enterrement ses parents et amis se réunissent directement ici. Il y avait des étiquettes sur tous les objets et les héritiers étaient censés emporter ce qui leur revenait tout de suite.

— Séance tenante ?

— Tu y es. Et certains de mes cousins ont embarqué des choses anciennes superbes.

En évoquant ce souvenir, il ajouta que ses « filaments brillaient encore » d'indignation.

— Tu t'es fait pigeonner.

— Ah, ils avaient embobiné la vieille.

— Il y a eu des accrochages ?

— Non, pas immédiatement après les obsèques, mais pendant l'enlèvement du butin, les frictions n'ont pas manqué. Donc ce que tu vois, c'est ce qui n'était pas étiqueté et me revenait. Des tas de choses de valeur ont été perdues. Du point de vue de la vieille tante, ces canapés avaient été fabriqués pour défier les siècles. Tout doit être remplacé. Le service des œuvres de l'hôpital de papa viendra chercher ces canapés et ces chaises longues.

— Remeubler l'appartement va coûter les yeux de la tête, remarqua Benn. On pourrait déménager toutes les choses passables dans les pièces de réception. Et peut-être faire faire des housses.

— Non, mon cher, non, dit-elle.

Ce « mon cher », le « mon cher » de la contradiction, s'était abattu comme une chape de ciment, dit

Benn. L'imposant personnage aux yeux bleus ne trahit aucun sentiment bien qu'il constituât un appareil enregistreur sophistiqué, équipé d'innombrables fibrilles.

— Où pourrait-on trouver des meubles adéquats ? Le style scandinave n'irait pas du tout ici.

— Peut-être à Rio. Ils doivent avoir des trucs merveilleux, dit-elle.

— Et le coût du transport par mer ? Huit mille kilomètres et des poussières en bateau.

— Par avion ce serait peut-être moins cher. Et il y a toujours des arrangements possibles. Par exemple, tu fais une série de conférences officielles pour les services culturels américains. Comme ça, nous verrions aussi le pays.

— Je vois que tu as potassé la question. Comment va-t-on dégoter un passeport diplomatique ?

— Tu te moques de moi. Tu es une célébrité internationale dans ton domaine – une espèce de monument. Un gros ponte. Ils feraient n'importe quoi pour toi. Tu ne te rends pas compte...

C'était une journée d'hiver désolée, avec un ciel gris qui faisait ressortir l'ossature blanche de la nature. Mais l'immeuble avait une structure mafflue, qui masquait son squelette et dans laquelle on pouvait faire fi de l'environnement extérieur. Les radiateurs émettaient une puissante chaleur, excessive en vérité et qui s'accompagnait de bruits et d'émanations désuets, d'exhalaisons de cette matière qu'engendre notre mortalité, évocateurs des gaz intimes que nous diffusons tous. Le message que communiquait cet endroit était : « Ne vous souciez de rien. Ici, on prend soin de vous. » Mais le Roanoke n'était pas simplement un appartement. On ne pouvait se contenter d'y vivre. Si l'on tentait l'expérience, on se désagrégeait. C'était véritablement, je l'ai déjà dit, un palazzo. Il fallait y donner des fêtes, des soirées, des dîners, des concerts privés, sinon le cadre aurait bientôt sur vous un effet désincarnant et vous vous retrouveriez fantôme, hantant les couloirs et l'office. À entendre Tilda tandis qu'elle guidait Benn à travers les chambres à coucher et les appartements des domestiques, il était clair qu'ils allaient beaucoup recevoir. Qui ? Tous les gens intéressants de la ville. (Dans quel but ? Benn ne posa pas la question, mais elle lui vint à l'esprit.) Des visiteurs de passage, des gens comme Dobrynine, Kissinger, Marilyn Horne, des danseurs et des danseuses étoiles, Günter Grass – autant de voyageurs qui, le soir venu, ne sauraient où aller pour tuer le temps et découvriraient un havre de culture.

« Est-ce que ce ne sera pas ruineux ? » demanda l'oncle comme s'il ne le savait pas. Il n'était qu'un professeur avec un salaire de soixante mille dollars correspondant, je l'ai dit précédemment, à l'entretien annuel de deux condamnés à Stateville. Sur ce traitement, il avait mis de côté environ dix mille dollars par an, si bien qu'il se trouvait à la tête d'un capital de deux cent mille dollars, plus les intérêts qu'il ne pouvait pas toucher (heureusement) avant sa retraite et l'assurance de Lena, qu'il serait absurde de gaspiller au bénéfice du Roanoke (pour recevoir Henry Kissinger ou Pavarotti, les amis de celle qui lui avait succédé). Matilda se contenta de sourire de ses inquiétudes. De toute évidence, elle avait un plan magistral.

Soutenu par mes encouragements, Benn reconstituait la conversation qu'il avait eue avec Matilda dans ces pièces vides.

— Il faut que tu considères cet endroit avec un peu plus d'imagination, dit-elle. Il a l'air grandiose et *schmutzig*. Mais j'ai le souvenir de jours meilleurs et, je vais te dire, s'il se trouvait sur la Cinquième avenue, il vaudrait plusieurs millions de dollars et il faudrait être un Lehmann ou un Warburg pour se l'offrir. C'est sans doute la résidence la plus somptueuse entre Pittsburg et Denver. Et je suis en dessous de la vérité. Même ici, c'est un site classé, qui ne peut pas être démoli.

L'entretien n'est pas exorbitant et les charges sont relativement négligeables.

— Si tu en as envie, je n'ai rien contre, dit Benn. Pourquoi pas ? N'empêche que j'ai besoin de savoir où nous allons, chérie. L'endroit où je vis n'a jamais eu beaucoup d'importance pour moi (ce n'était qu'en partie vrai ; durant trente ans il s'était senti parfaitement chez lui dans son vieil appartement d'un autre âge). Est-ce que j'ai les moyens d'y vivre ? Tout est là.

Ce léviathan de quinze pièces va absorber la totalité de mon salaire, et le pouce.

— Allons, calme-toi et ne t'inquiète pas comme ça, dit-elle.

— Oh, je n'en fais pas une maladie, je pose la question c'est tout.

— Naturellement, j'ai étudié le problème sous tous les angles, reprit-elle en souriant. Je pensais qu'il séduirait plus le don Quichotte en toi.

— Don Quichotte était célibataire, remarqua Benn.

— Je voulais dire que son irrationalité risquait de te plaire.

— Ce qu'on pourrait faire pour commencer, ce serait arranger la façade, la partie réception et, toi et moi, on vivrait dans les pièces du fond.

— En mangeant à même les boîtes de conserve ? (Son humour se teintait de sarcasme.) Ou peut-être en vivant des allocations.

— Si tu voulais le vendre, dit-il, combien en tirerais-tu, à ton avis ?

— Cela aussi, c'est irréaliste. Avant de le mettre sur le marché, il faudrait le retaper. Tel qu'il est on n'en tirerait pas le quart de sa valeur.

Elle ne s'offensait pas qu'il eût posé la question. Baissant la tête, elle lui décocha un de ses demi-sourires ambigus, tout en faisant jouer l'élastique de sa culotte sous le tissu de sa robe. Durant une conversation, il lui arrivait de faire ce geste, soit devant lui, soit dans son dos. Elle se montrait conciliante c'était évident, mais sans la moindre intention de renoncer à ce splendide appartement.

— Sans rire, me dit l'oncle. Dans le salon, on aurait pu garer deux ou trois avions de tourisme. Cela fait partie de son projet de bonheur conjugal – de vivre dans ces salles de musée. C'est un match à trois : Matilda, moi et le Roanoke. Je ne m'en étais pas rendu compte. D'ailleurs, qui aurait pu s'en douter à l'avance ? Pourtant, en me rappelant comment le docteur avait vanté son intelligence et déclaré qu'elle aurait pu faire élire Mondale à la présidence, j'ai commencé à m'enquérir des ressources disponibles. Par exemple : « Penses-tu que tes parents vont casquer ? Ta tante Ettie a-t-elle laissé de l'argent dans ce but ? » Mais ça ne m'a mené nulle part. Je ne pouvais pas croire que ces gens à la coule de Parrish Place n'avaient pas fait de calculs. Mais impossible d'obtenir une réponse directe de Matilda. Enfin, tout ce que je peux faire c'est fixer mon propre plafond de dépenses. Et je pense que ça prendra un bon bout de temps pour se faire une idée du travail d'ensemble, pour comprendre l'image dans le tapis.

— Bien sûr qu'ils ont fait des calculs, dis-je. Que vous puissiez assumer les frais d'un endroit pareil avec votre traitement n'a aucun sens, et ces roublards le savent. Ils ne s'attendent pas à vous voir vous tuer pour la femme que vous aimez. Et, comme de son côté elle vous aime certainement, elle ne tient pas du tout à vous voir passer l'arme à gauche. Donc, à mon avis, la meilleure attitude à adopter pour l'instant, c'est de considérer la situation comme un charmant mystère. C'est mon conseil.

— Ma foi, oui, d'accord ; comme conclusion à notre discussion financière, il a été convenu que j'aborderais le problème avec le docteur Layamon. Elle a organisé un déjeuner pour nous en ville.

— Pour parler finances ?

— Je crois, oui.

Je doutais que l'oncle fût capable de défendre judicieusement ses intérêts à table. Il était regrettable qu'il se fût embringué dans cette histoire. J'ai cité plus haut Churchill, à propos de l'Empire britannique, disant qu'il avait été acquis dans un moment de distraction, et j'ai établi un parallèle avec le mariage de l'oncle Benn mais je ne crois pas beaucoup à cette théorie de la distraction. Le motif secret du distrait est d'être innocent alors qu'il est coupable. La distraction est la contrefaçon de l'innocence. Dans le cas d'un homme comme mon oncle à qui rien vraiment n'échappait, ce n'était pas une idée acceptable. Quant à l'image dans le tapis, l'oncle ne la distinguerait jamais tant qu'il serait couché dessus. À partir de ce moment, selon mon jugement sans indulgence, il n'avait pas les pieds sur terre. Je récapitulai les faits tels que je les connaissais : une femme d'une grande beauté s'unit à un botaniste célèbre. Il pense peut-être que cette association pourra servir ses intérêts. Non, c'est elle qui n'a jamais cessé de songer à ce qu'elle pourrait faire de lui. Et je me revois rue Bonaparte, débattant de la situation avec Kojève – en tête à tête. Je l'avais choisi comme interlocuteur parce que c'est un raisonneur indomptable, impitoyable. Benn était un botaniste qui cherchait une épouse et il avait trouvé une épouse qui voulait précisément un botaniste dans son genre pour recevoir des célébrités – l'époux qui complétait la maison. Il était mû par le désir. Et quel désir ! Un désir aussi profond ne pouvait s'inspirer d'objectifs définis. Matilda, pour sa part, visait des objectifs parfaitement clairs. Elle savait ce qu'elle voulait et l'avait obtenu. Lui ne savait pas ce qu'il voulait et il allait l'obtenir.

Ma tâche était toute désignée : je devais aider mon cher oncle à se défendre. Je ne pensais pas que les Layamon lui voulussent du mal ; seulement il ne fallait pas compter sur eux pour respecter son côté magique ni songer à le préserver eu égard à ses dons. Les enjeux étaient importants, je ne peux pas continuellement le répéter. Par exemple : la disgrâce de l'affaiblissement de l'homme révélée à l'amiral Byrd dans l'Antarctique ; le sommeil de l'amour chez les êtres humains évoqué par Larkin ; la recherche d'ivresses sexuelles comme panacée ; l'essor de l'âme considéré comme le seul objectif authentiquement valable et mon rejet personnel de l'existentialisme qui m'avait conduit à émigrer et qui me rend si sévère dans mon analyse des motifs. Ceci a déjà été souligné.

— Pour me rendre service, dis-je à l'oncle – parce que je suis curieux –, questionnez cette fois le docteur Layamon sur le juge qui a présidé à la cérémonie. Vous avez dit que vous le feriez.

— C'est juste. Et j'en prends bonne note.

Il sortit son portefeuille à la recherche d'un bout de papier. Il ne trouva qu'un reçu de l'American Express. Il décapuchonna son stylo et inscrivit en capitales AMADOR C. au dos. Son comptable lui demanderait, en avril prochain, s'il avait invité cette personne à dîner et si c'était déductible. Il rangea le papier parmi divers autres plus ou moins écornés et je songeai que jamais plus il n'y jetterait un coup d'œil. Sceptique, je me dis à part moi (j'apprenais à ne pas le tarabuster) : « Et voilà, c'est fini, on n'en parle plus. » Mais, en vérité, il n'oublia pas de mettre le sujet sur le tapis pendant le déjeuner, ce qui me fit grand plaisir ; c'était un signe qu'il prenait mes conseils au sérieux et qu'il était capable d'initiative.

Le docteur emmena son gendre à l'Avignon où l'on servait de la *nouvelle cuisine**. Encore un toit de gratte-ciel, remarqua Benn. Apparemment, Layamon aimait occuper les sommets. Ils pénétrèrent dans la cage de verre de la salle à manger au soixante-quinzième étage de l'une des toutes dernières tours que l'on avait construites, l'agrémentant de vitres teintées destinées à atténuer l'éclat de la lumière. Le docteur, qui sortait de chez le coiffeur, avait des cheveux clairsemés qu'une raie séparait et ses mains étaient passées par la manucure. Il entra dans la vaste pièce tel le commandant en chef d'une division blindée, les épaules droites et raides. « Des épaules à deux dimensions ou peu s'en faut », répétait volontiers Benn. De tels attributs avaient pour lui de l'importance (tout comme un arbre n'était pas simplement un arbre mais aussi un *signe*). Et il me fit une description détaillée du personnage. Le docteur avait un cou mince et mobile qu'il faisait pivoter « braquant son visage vers vous chaque fois qu'il voulait appuyer une affirmation ». Il ajouta, toujours à propos du visage de Layamon, qu'il était plutôt petit par rapport à la longueur de son corps et qu'en son milieu apparaissait quelque chose de comparable à un verre de montre scintillant aux rayons du soleil, une sorte de projecteur. Mais quand vous cherchiez la source de ce reflet, elle était introuvable.

Le déjeuner ne prit pas un bon départ. Le docteur voulait que Benn appréciât ce festin trois étoiles et s'y montrât sensible. *« Nouvelle cuisine »*, répéta-t-il plus d'une fois (la nouvelle cuisine est déjà périmée !). Et Benn était incapable de mettre, dans ses réponses, l'enthousiasme d'un amateur interviewé à la télé. Il commença par gaffer lourdement. À l'entrée de la salle à manger, on vous montrait les échantillons des plats du jour présentés tels qu'ils vous seraient servis – poisson ou côtelette, purée de carottes ou concombres – les noms des aliments en français et leur traduction anglaise. Le présentoir était recouvert d'une feuille de plastique luisant. « Ça m'a tout l'air d'être du Saran Wrap », dit Benn. Le docteur trouvait cet étalage très ingénieux, mais Benn dit que cela lui rappelait les modèles que l'on proposait aux parents éplorés lorsqu'ils devaient choisir un cercueil pour un des leurs décédé. Cette comparaison mortifia le docteur. (« Il est devenu aussi raide qu'une tringle à béton armé », dit Benn.) S'il y avait un trait que le docteur ne pouvait pas supporter chez son gendre, c'était cette forme d'anarchie associative. Les paupières du docteur se nuancèrent d'une couleur paprika ; il accéléra le pas et Benn suivit derrière le maître d'hôtel. L'oncle déclara qu'il ne pouvait pas s'en empêcher. Le veau et la sole meunière restèrent figés sous leur enveloppe transparente. Mais le docteur avait dû annuler des rendez-vous et si l'on ajoutait les heures de consultation sacrifiées plus la note salée du repas, on arrivait à une somme respectable. En outre, comme Matilda l'expliqua plus tard, le docteur avait horreur des allusions à la mort dans la conversation, surtout à table.

— Pendant une minute, dit Benn, j'ai cru qu'il allait m'assassiner, Kenneth. Ça lui est venu d'un seul coup. Il se mettait en quatre pour moi et bien inutilement car j'ai l'art de tout faire foirer. Mais il s'est ressaisi. Son sens paternel a repris le dessus. Et aussi les forces de la pensée positive.

— Il croit à ça ?

— Il le dit souvent.

Ils s'étaient installés dans un box capitonné de cuir comme l'intérieur d'une Porsche ou d'une Lancia, et le docteur prit la carte des vins : « Blanc ou rouge… France ou Californie ? Nous avons un événement à fêter. » Une bouteille de vouvray mousseux fut commandée et le docteur leva son verre en disant :

— Bienvenue dans notre famille ! Jo et moi sommes fiers du choix de Matilda. Nous croyons que vous aimez notre fille !

— Je l'aime, oui, affirma Benn.

— Mais bien sûr. Et vous avez l'intention de lui être fidèle.

— Je l'ai été avec ma première femme.

— Je sais. Ce que vous avez fait entre la première et la seconde ne regarde personne.

Après un verre de vin, le docteur redevint lui-même ; il digéra l'avanie de l'allusion au cercueil. Il avait une préférence pour la proximité physique et, dans le box de l'Avignon, il était presque couché sur Benn. Pas seulement penché vers lui, on n'aurait pu distinguer leurs respirations : « Si j'avais été une femme, il m'aurait attrapé par le cou et aurait inspecté mon décolleté », dit Benn. Les lunettes du docteur étaient de guingois et son regard aussi avait quelque chose d'oblique ; les deux moitiés de son visage coupé à la verticale n'étaient pas tout à fait symétriques. Sa peau était aride, sa bouche longue et mobile, ses yeux étaient asynchrones. À l'hôpital, on lui donnait le surnom de la Pie. Il tenait Benn à la saignée du bras comme un jovial rancher, tâtant et serrant la chair. « Peut-être cherchait-il à faire un diagnostic, ajouta Benn. Il m'a même étreint sous la cuisse au niveau du genou, là où ils mettent la main dans l'Ancien Testament quand ils prêtent serment. » Physiquement, Benn reconnaissait qu'il était mal assorti à Matilda. L'oncle appartenait à un type somatique antérieur, celui des immigrants et de leur première génération d'enfants. Dans un pays qui sélectionne et vitaminise (la volaille et le bétail) et éblouit le monde avec les dents de ses enfants, la santé de leur épiderme, leurs bras et jambes aérobiquement développés, Benn, avec son crâne en dôme et la convexité slave de son dos, apparaissait comme une illustration tirée d'un livre sur l'évolution de la forme humaine – environ à trois ou quatre images au-dessous de la perfection. Matilda, elle, était la perfection, la précieuse enfant du docteur. (Nous verrons que Benn, dans quelque atrium inaccessible de son esprit labyrinthique, n'était pas d'accord.) Alors, pourquoi Matilda avait-elle choisi ce *zhlobb* ? C'était ce que le docteur désirait tant savoir. Ils finirent leur premier verre et commandèrent le déjeuner. Le garçon leur resservit du vouvray et le docteur se mit à clabauder comme la volière du zoo, tant d'espèces ailées représentées n'ayant rien en commun que les sons qu'elles émettent.

— Pour revenir à notre sujet de l'autre jour, dit le docteur qui ne s'en était jamais écarté, je viens juste de renoncer à emboîter le pas à la révolution sexuelle.

— Mais pourquoi diable lui emboîteriez-vous le pas ? dit l'oncle.

— Mettez-vous à la place d'un père de famille fondamentalement démodé, qui a une fille, une fille unique de surcroît. Il est en outre médecin, et traite des malades aux syndromes compliqués. Vous êtes bien obligé d'essayer de comprendre le contexte. Comment croyez-vous qu'un docteur réagisse aux réalités de l'existence ? Dans son cabinet, puis chez lui.

J'imaginais Benn, très distant (mais non détaché), observant le docteur de loin, d'une certaine hauteur.

— Des enfants sans aucune surveillance parentale, regardant des cochonneries à la télé... ou écoutant de la musique porno rock, continua-t-il. « À genoux ! On va te clouer le cul au plancher ! » Des disques qui se vendent par millions. Un chiffre d'affaires comparable au budget de l'État.

— Je n'avais pas vraiment réfléchi à ça.

— Vous autres, purs savants, vous n'en avez pas besoin.

— Cela fait partie des choses contre lesquelles les individus n'ont guère de prise, dit l'oncle. La bombe, par exemple. Après l'atomique, on nous lâche dessus l'orgasmique.

Le docteur le cuisinait, le sondait comme d'habitude, essayant de lui soutirer des renseignements sur sa fille – une protestation, une confession, un scandale.

— Vous n'avez pas plongé au fond d'un abri, *vous*, dit le docteur. Vous avez eu votre part… (Comme il voyait que Benn se préparait à protester, il se hâta d'ajouter :) Je ne vous le reproche pas. Vous y avez gagné certains avantages et il n'y a aucune raison pour que vous ayez été privé de votre lot de plaisirs et de sensations. Je conseille toujours aux malades de ne jamais dételer, même ceux qui sont trop vieux pour ça. Vous seriez étonné du nombre de gens qui viennent me dire qu'ils ne sont plus à la hauteur, et me demandent mon avis sur les injections d'hormones pour pouvoir encore satisfaire leur épouse. Je leur dis : « Écoutez, tant que vous avez un genou, un coude, votre nez, votre gros orteil, une femme affectueuse, du moment que vous avez accompli votre devoir envers elle quand vous pouviez encore bander, acceptera tout ce que vous lui proposerez aujourd'hui et vous ne lui devez rien de plus. » Bien entendu, ces vieux idiots ont peur de voir leur sauterelle sur le retour enlevée par un quelconque moniteur de karaté, et ils commencent à réclamer des prothèses. Ou alors, une petite gaine étanche qui permet de gonfler le membre. Comme un bracelet de tensiomètre, vous voyez le genre.

Benn (de cela nous pouvons en être sûr) eut l'air de réfléchir à la question, mais il ne voyait pas très bien où le docteur voulait en venir avec tout ce blablabla sur le sexe. Il soupçonnait le docteur de s'intéresser de si près à sa fille qu'il ne pouvait pas laisser de côté la sexualité. Benn lui-même n'était pas en mesure d'affirmer qu'il n'avait jamais eu d'ennuis en ce domaine. C'eût été une protestation, une défense, et non une déclaration empreinte de neutralité.

— Maintenant, écoutez, docteur Layamon.

— William.

— D'accord, William, pourquoi me parlez-vous, à moi, d'hormones ou de gonfleur de sexe ? Croyez-vous que je vais vous faire une confession médicale ?

Le docteur rougit – non pas d'un rouge ordinaire, mais d'un rouge orangé, de la couleur de ces tritons qu'on voit dans les fossés le long des routes.

— Pourquoi est-ce que je…

— Je ne sais pas pourquoi vous le feriez, ou si ces allusions sont censées m'offrir une entrée en matière. Ou si Matilda a abordé le sujet avec vous.

— Mais pas du tout ! s'exclama le docteur. Il ne faut pas vous énerver comme ça.

— À notre époque, les femmes, soyez-en certain, ne se marient pas sans une période d'essai. Matilda est venue me rejoindre en Suisse l'été dernier pendant un mois.

— Ce n'était pas un secret. Elle nous a envoyé des photos.

— De quoi ?

— Des cartes postales de Zurich et de Genève, disant qu'elle était très amoureuse. Vous ne me comprenez pas du tout, Benno. Jo et moi avons de vous une idée assez nette là-dessus. Ne vous formalisez pas, mais nous avons fait une petite enquête sur vous, purement privée et d'une discrétion absolue. Vous ne pouvez pas nous le reprocher. Nous vivons une drôle d'époque ; Matilda est notre seul enfant et elle entrera en possession d'un assez bel héritage. Matilda n'a pas apprécié et a déclaré que ce n'était pas nécessaire, qu'elle avait inspecté votre passé elle-même à sa façon. Elle semblait en savoir assez long sur les femmes auxquelles vous vous êtes intéressé dans le passé.

— Alors, vous avez engagé un détective pour savoir s'il ne traînait pas, ici ou là, des femmes abandonnées ou des enfants illégitimes ?

— Bon Dieu, mon garçon, vous vous déplacez tellement qu'il aurait fallu s'adresser à la CIA ou à Interpol. S'il y avait quoi que ce soit de grave, nous ne serions pas ici assis ensemble à l'Avignon. Par ailleurs, si l'enquêteur avait signalé des détails louches dans son rapport, il aurait commencé par venir vous trouver pour essayer de vous le vendre. C'est le chantage habituel. Il faut s'y attendre. Vous engagez un détective et le salopard soutire le prix maximal du quidam sur lequel il enquête.

— J'espère qu'il a salé la note. Matilda a lu le rapport ?

— Je ne le lui aurais pas montré. D'ailleurs, elle ne voulait pas le voir. Elle a dit que vous vous étiez mis d'accord pour ne pas farfouiller dans le passé.

— Je suppose que le type s'est contenté de pomper ce qu'il a pu comme ragots dans les parages de l'université.

L'enquêteur était-il allé trouver Caroline ? Même aujourd'hui, l'oncle restait mystérieusement attaché à Caroline. Elle offrait certaines particularités féminines auxquelles il attachait du prix – une sorte de frémissement à fleur de peau du bas de la gorge et des seins. Caroline ne lui manquait pas : il reconnaissait à présent qu'elle était dingue. Mais, pour cette raison précisément, elle se démontait facilement. Elle était peut-être siphonnée, mais il l'avait mise dans l'embarras et il était désolé pour elle – pauvre créature –, ses propres mots, tels que je les retrouve dans les notes que j'ai prises à la suite de nos conversations. Il disait : « La majorité d'entre nous, la majorité des gens que nous rencontrons sont des clochards mentaux. Une épave après l'autre. » Prenons le docteur Layamon lui-même, ce dandy virtuose de la médecine, la plupart du temps il perdait le contrôle de ce qu'il disait. Sur dix phrases qu'il prononçait, trois seulement semblaient issues de son esprit conscient, le reste provenant d'une autre source. « Comme ce double de vous qui vous a dicté de donner la pièce aux boueux ? » (Je vérifie dans mon carnet.) « Quelque chose dans ce genre, dit l'oncle. Ce qu'il vous plaît d'appeler un démon. J'ai lu ça dans Platon, là où il explique qu'Éros était un courtier entre les dieux et les êtres humains. Mais je ne vois pas pourquoi nous entraînerions ce pauvre Éros dans cette histoire sordide. »

Le docteur n'était donc pas responsable de ce qu'il disait. C'était un Charlie McCarthy, une marionnette de ses forces subconscientes. Sauf qu'il parlait d'argent. Ce qui confirmait le point de vue de Milton Friedman selon qui les dollars et les cents garantissent notre rationalité. Mais alors, pensez aux montagnes d'argent dépensées à des fins sexuelles. Peut-on, dans ce cas, déclarer que ces dépenses sont rationnelles ? Aussi rationnelles que le fait de se remplir les poches ?

L'oncle essayait toujours de se rappeler le nom de l'un de mes Russes, celui d'après qui le sexe pouvait être un moyen diabolique de retrouver le paradis, un « ersatz empoisonné », une parodie du beau et du sublime, une lumière factice diffusée pour notre destruction par le sexuel Lucifer – si, du moins, de grands esprits comme Éros ou Lucifer s'intéressaient encore aux humains détraqués que nous sommes.

La vérité, c'est que les hommes et les femmes sont résolus à échanger (ou à s'arracher) ce qui ne peut être obtenu par aucun moyen.

Quant à Caroline, l'oncle n'avait pas besoin de tant se mettre martel en tête à cause d'elle. De toute évidence, sa fuite, à lui, lors de son mariage, à elle, ne comptait pas parmi les événements les plus marquants ou pittoresques de la vie de la jeune femme.

— Voyons, ne vous fâchez pas, Benn, dit le docteur, les gens fortunés sont obligés de faire établir des fiches de renseignements. Engager un enquêteur n'est que pure routine.

— Cela dépend des questions posées par le bonhomme, objecta Benn froidement.

— Me croyez-vous assez con pour charger quelqu'un de se renseigner sur ce qu'une *femme* pense de vous ? Je n'ai pas pratiqué la médecine pendant quarante ans sans découvrir que les femmes ont des réactions imprévisibles, inaccessibles à un privé quelconque passé par le FBI. Je ne suis pas un demeuré, même si je m'exprime parfois de façon bizarre.

— Je n'aime pas être à la merci de tierces personnes, dit Benn. (Que voulait-il dire par là au juste ? Qu'il n'admettait d'être vilipendé qu'en tête à tête ?)

— Écoutez, mon garçon, dit le docteur, je vous fournis plus de renseignements – et garantis exacts – que je n'en ai obtenus du détective que j'ai payé. Je vous ai dit moi-même à quel point Matilda pouvait être garce… ou du moins pouvait l'être jusqu'à maintenant. Épouser l'homme qui lui convient va la changer – l'a déjà changée. Vous êtes une personnalité particulière et dites-vous bien que je m'en rends compte. Ces présentateurs bien coiffés de la télé qui ont appris tout ce qu'ils savent en suivant des cours par correspondance, c'est vrai qu'ils sont surpayés mais je préférerais marier ma fille à un bec de gaz. Au bout d'un mois, elle vomirait rien qu'à leur vue. Avec un homme comme vous, c'est tout différent. Elle pourra toujours vous admirer, enrichir ses connaissances grâce à vous, attirer des gens chez elle à cause de vous.

— Pourquoi attirer des gens ?

— Parce que vous connaissez les plantes de A à Z. C'est un atout maître… Enfin, voici notre déjeuner. Ils ont une façon de glander dans ces restaurants chic… Le veau est pour moi, la sole pour mon invité… Je vous garantis que votre vie sera très agréable si vous pouvez apprendre à apprécier la compagnie des gens. Vous êtes du genre solitaire, mais Tilda est très sociable. Sur ce chapitre, elle est comme sa mère, et une femme, surtout la femme d'un médecin, peut apporter à un homme la réussite ou l'échec. Que votre diagnostic soit génial ou non, je m'en moque ; si votre femme est une de ces égoïstes névrotiques, incapable de s'ouvrir aux autres avec chaleur et de les recevoir, jamais vous n'aurez une clientèle de premier ordre. Et vous vous retrouverez à prendre la tension des employés d'une compagnie d'assurances ou à palper les prostates des mineurs d'un bassin houiller. Une femme doit être capable de réunir autour d'elle l'élite de la société, de soutenir la conversation. Si vous ne vous en êtes pas encore aperçu, vous le constaterez quand vous commencerez à recevoir. Matilda est parfaite avec les gens brillants et elle peut les inviter grâce à vous qui êtes une sommité dans votre domaine. La première fois, ils viendront pour vous et, ensuite, pour elle. Ce n'est pas que vous soyez vraiment asocial mais un homme qui aime ses semblables ne va pas s'enterrer dans l'Antarctique.

— Ce n'est pas pour ça que je…

Le docteur, coupant son *paillard de veau**, l'interrompit :

— Qu'est-ce que vous fabriquiez là-bas, si ce n'est pas un secret ?

— Non, je faisais des recherches spéciales sur les lichens. Ils tirent leur nourriture de l'atmosphère, et je travaillais avec des météorologistes qui étudient les courants aériens.

— Vous avez toujours un ton différent quand vous parlez de l'Antarctique.

— Vraiment ? J'avais toujours voulu aller là-bas. Aux confins de la terre. Pourquoi… ?

Et l'oncle, silencieusement, dressa la liste de ses raisons : parce que c'est une terre d'épopée, explorée par des héros comme Shackleton, Scott et Amundsen. Parce que, là-bas, des hommes se sont sacrifiés les uns pour les autres. Parce que le pôle Sud donne un avant-goût de l'éternité, quand l'âme devra quitter son corps encore chaud, où il est possible, là-bas, de pratiquer l'indifférence à la température dont on aura besoin quand viendra le dernier moment. L'oncle n'aurait jamais songé à exprimer une telle réponse. Elle n'aurait pu, ne pouvait que tomber dans l'oreille d'un sourd. Quelque explication qu'on donnât au docteur, il la rejetait avec impatience si elle n'apaisait les soucis qui le rongeaient. Vous parliez de l'envol de l'âme quittant le corps et il vous regardait comme si vous étiez dérangé. Mais en évitant le sujet et en vous taisant, vous passiez pour asocial.

Leur déjeuner était à demi terminé. Ils mangeaient. Leur restaurant en plein ciel se trouvait en un lieu impensable – aussi haut au-dessus des rues qu'on pouvait assembler des poutrelles d'acier. L'engineering rendait ces exploits « aisés » ; la conversation, en revanche, était difficile. Des notions intransmissibles, d'étranges expressions spontanées comme « bombe orgasmique », la comparaison entre les plats *nouvelle cuisine* sous plastique Saran Wrap et une exposition de cercueils désarçonnaient le docteur. Il avait le visage crispé. Mais, fondamentalement mécontent, il continuait à parler.

Le docteur fit allusion à un article amusant dans le journal à propos d'un couple qui avait demandé l'autorisation de se marier dans l'Antarctique pour avoir un mariage totalement blanc. « Qu'est-ce que le pôle Nord ? N'importe qui peut aller au pôle Nord. Il y a régulièrement des expéditions en hélicoptère, on peut aller y déjeuner et retrouver la civilisation pour les cocktails du soir, mais le pôle Sud, c'est une tout autre affaire. Il est encore chargé de mystère et d'aventure. » À propos d'aventure, il n'était pas seulement merveilleux que Benn et Matilda fussent tombés amoureux, c'était aussi un moment providentiel. Le temps était venu pour eux de se marier. De cesser la chasse à l'âme sœur. Les contacts sexuels fortuits étaient plus dangereux que jamais, alors que la médecine était provisoirement mise en échec par des virus comme le sida (qui tournait à l'épidémie, une véritable peste) et d'autres infections vénériennes dont on parlait moins. La monogamie revenait. Il espérait que Matilda avait projeté de devenir enceinte au Brésil.

— Mon garçon, voilà la dernière occasion pour vous de fonder une famille. Matilda est même un peu âgée pour une primipare. Je me suis toujours posé des questions sur la biologie de Matilda. Dans la salle d'accouchement où elle est née – je m'en souviens très bien – nous autres médecins nous sommes interrogés à propos du bébé. Était-ce un garçon ou une fille ?

— Vous devez plaisanter, s'étonna Benn.

— Je veux simplement dire qu'au début personne n'était tout à fait certain. Certains enfants sont lisses et très beaux à la naissance, d'autres donnent l'impression qu'on vient de les sauver d'une avalanche.

Affublé d'étranges vêtements, déjeunant à d'étranges hauteurs, son aspect normal altéré par le coiffeur chez qui Matilda l'avait envoyé, l'oncle se sentait désorienté. Cependant, il eut assez de présence d'esprit pour déclarer : « Eh bien, ayez l'esprit en repos, Doc, elle est femme jusqu'au bout des ongles. »

Ici, à l'Avignon, la tour électronique paraissait une fois de plus très proche avec son immense structure dominant tout le reste de la ville, et tandis que l'Avignon semblait arrêté dans son ascension, sa compagne ou sa grande sœur continuait de s'élever.

— Vous revoilà chez vous, fit observer le docteur en pointant son verre en direction de l'immeuble. Vous n'avez jamais pensé autrefois, quand votre mère dirigeait ce foyer pour incurables, qu'un jour il deviendrait ce superbe monument ?

Excédé par cette remarque, Benn répliqua :

— Votre description est inexacte. C'était une sorte de pension de famille et la plupart des pensionnaires étaient de vieux amis de Jefferson Street.

— Inutile de me le dire. J'ai travaillé dans le quartier à l'époque de mon internat. Ces vieilles immigrantes d'un autre temps relevaient leurs jupes devant leur figure quand on les examinait pour qu'on ne puisse pas les voir rougir. Quelle différence, maintenant, avec les étriers…

Mais l'oncle n'allait pas laisser le docteur faire à nouveau dévier la conversation. Reprenant l'initiative, son regard bleu cobalt rivé sur son beau-père, fourchette et couteau aux poings, il déclara :

— Je veux savoir pourquoi vous avez fait venir ce Chetnik pour présider la cérémonie.

— Mais Chetnik est un vieil ami de la famille, nous étions ensemble au collège. Il a été secrétaire de Bonaccio, le porte-parole du syndicat, à la grande époque de la prohibition.

— Peu importe la partie historique. Dans notre procès contre Vilitzer, c'était lui le juge.

— Je le sais.

— Alors pourquoi l'avez-vous choisi, lui ? Il y a du pot-de-vin là-dessous.

— Soyez prudent, vous pourriez vous attirer de sérieux ennuis à dire des choses pareilles.

— Je les dis devant un membre de la famille, pas au cours d'une conférence de presse. J'ai découvert que c'était lui pendant la cérémonie.

— Et vous avez été choqué, dit le docteur avec un soupçon d'ironie.

— J'étais furieux, oui. Il a dû bien rigoler. D'abord, il me descend devant le tribunal…

— Et puis quoi – il vous a tiré dessus une deuxième fois ?

— Vous rendez-vous compte du nombre d'années qu'il nous a fallu pour payer les frais légaux dans cette affaire ?

— Remerciez votre sœur à ce sujet et les avocats fantoches qu'elle a engagés... À quel cabinet appartenaient-ils, à propos ?

— Nous ne parlons pas de ça.

— Eh bien, l'avocat était un con, sinon il n'aurait pas eu la bêtise de s'attaquer à Vilitzer devant un tribunal présidé par Chetnik. Il devrait aller exercer son métier en Tasmanie ; ici, il n'a rien à faire. Mais pour la note d'honoraires, il ne craint personne, hein ? Enfin, c'est pour ça que Moshe Dayan a pris des avocats dans la première vague d'assaut parce que quand il a crié : « Chargez ! », mon vieux, pour charger la note, ils se sont montrés imbattables.

« Je ne me laissai nullement arrêter par cette médiocre plaisanterie », me dit Benn.

Le docteur dit alors : « Je m'attendais bien à ce que vous m'entrepreniez là-dessus et je ne suis pas fâché que vous vous intéressiez à ma réaction. Heureux de voir que vous vous défendez tout seul. »

Adieu contrées sublimes où l'on ne pouvait l'atteindre. À présent l'oncle, soucieux de ses intérêts personnels, n'était plus hors de portée. Les Layamon avaient décidé de ramener Benn sur terre, autrement dit de lui faire reprendre contact avec cette seule merveille que possède l'Amérique, c'est-à-dire l'*Américain*. On ne peut pas accepter dans son foyer américain un gendre qui possède un autre habitat, qu'il soit extraterrestre ou autre. De plus, Benn avait lui-même *voulu* redescendre, il souhaitait se couler dans le moule mental prédominant et même peut-être adopter le mode de sexualité propre à ce moule.

— Matilda savait-elle qu'Amador Chetnik était *notre* Chetnik ? demanda Benn.

— Elle en avait peut-être une vague idée, encore que c'est un ami de la famille depuis si longtemps qu'elle a dû trouver ça naturel.

— William, ne me sortez pas des bobards pareils.

— Bon, enfin, oui. Il a fallu user d'un peu de persuasion, mais quand vous faites une proposition avantageuse devant cette fille, elle peut sauter dessus sans hésiter. Absolument personne n'était lésé. Le passé est le passé. Personne n'a ironisé sur vous. En pleine lune de miel, personne ne voulait que vous vous mettiez martel en tête avec ça. Chetnik lui-même est en train de virer de bord, de changer son fusil d'épaule. Il affirme toujours, pourtant, que votre bourrique d'oncle avait une position solide.

— Quoi, en tant qu'exécuteur testamentaire de maman, en nous achetant les biens par l'intermédiaire d'une société bidon dont il était propriétaire ?

— Je regrette que le savant éminent que vous êtes ait des liens familiaux avec un indésirable comme Vilitzer. Il faisait partie de la commission d'urbanisme et détenait des renseignements sur le site, dit le docteur. C'est vrai que votre oncle a fait d'Amador un juge et, pendant des années, il aurait pu le dégommer en lui retirant son poste.

— J'attends toujours de savoir quel avantage il y avait à l'embringuer dans la célébration du mariage, dit Benn.

— Quel entêtement, dit le docteur avec satisfaction. Vous vous cramponnez, ça me plaît bien. Pas étonnant que vous ne vous soyez pas entendu avec l'oncle Vilitzer ; il est habitué aux lèche-cul qui lui tournent autour comme des mouches. Enfin, vous vous en doutez bien, avec une cervelle du calibre de la vôtre, l'objectif est de faire cracher l'argent à l'oncle Harold. Voilà en gros le plan de bataille.

— Tout ça pour remettre en état le palazzo du Roanoke ?

— Tout juste ! Et le reste. Ettie a laissé un peu d'argent pour l'entretien et ainsi de suite. Mais ses notions financières remontent à l'époque des fortunes anciennes, où les prix étaient bas et les services bon marché. La vieille était capable d'exploiter les gens à mort. La modernisation de cet appartement coûtera au bas mot trois cent mille dollars. Dites-vous bien que Matilda ne pouvait pas partir au Brésil en laissant en suspens la responsabilité de cette entreprise. Elle devait se montrer résolue. C'était dans sa manière. Vous rendez-vous compte de ce qu'Harold a tiré de cette multinationale – en grande partie japonaise –, l'Ecliptic Circle, qui a acheté votre terrain ?

— Comment me rendrais-je compte d'une chose pareille ? Chetnik, lui, doit s'en rendre compte. Il n'a pas fait ça *uniquement* pour rester en place.

— Vous ne pensez tout de même pas qu'Amador va avouer qu'il a été payé pour débouter le plaignant. Pas plus qu'il ne va venir vers moi au golf et me dire « Je suis à la solde d'Harold Vilitzer ».

— Ma foi, je n'ai aucune expérience de ce genre de situation, mais maintenant que je suis obligé d'y réfléchir, je trouve que je ne manque pas de flair. Donc, les vieux de la vieille, dans la communauté, savent que Vilitzer tient Chetnik. Naturellement, Chetnik ne peut pas le dire.

— Il n'a pas besoin de le faire. D'ailleurs, je mettrais cette phrase à l'imparfait. Vilitzer *tenait* Chetnik. Quant à votre flair, il vous vient naturellement. C'est peut-être même un talent... héréditaire. Cela dit, je ne vous donnerai pas mes sources, mais le prix payé pour cette vieille baraque délabrée de vos parents a été d'au moins quinze millions de dollars.

Benn eut un geste d'indifférence. Peu importait la somme ; ce n'était qu'un de ces chiffres que l'on cite invariablement comme le nombre des cocaïnomanes des États-Unis ou des victimes de la grande guerre ou la quantité de neurones qu'un individu perd quotidiennement.

Le docteur répéta :

— Quinze bâtons, vous avez entendu, mon garçon ? (Il tenait à bien se faire comprendre.)

— Mais oui, j'ai entendu. Vous dites que Vilitzer *tenait* Chetnik. Ça appartient donc au passé. Quand a-t-il cessé de le tenir ?

— Quand l'attorney du district a décidé d'avoir la peau de Chetnik. Les gens au courant vous diront qu'une inculpation fédérale sera prononcée d'ici quelques mois. Amador doit essayer de se couvrir. Le ministère de la Justice… et c'est la vieille histoire, une administration républicaine qui se démène pour épingler les démocrates locaux. Vous auriez donc tout avantage à discuter de la question maintenant avec votre oncle.

— Non, non, je ne peux pas faire ça. Il a plus de quatre-vingts ans.

Le docteur Layamon, ses rides se recomposant selon un dessin différent, paraissait l'avoir à peine entendu : « Quand un procureur tient la forme, il fait ce qu'il veut du grand jury et de la presse. Il tient l'adversaire à la gorge et peut casser le pauvre type en deux. Après quoi, il n'a plus qu'à accepter le poste de gouverneur d'État, tandis que le délinquant finit au trou. Vous expédiez donc Vilitzer en taule et le chemin du Sénat vous est ouvert. Ou vous devenez gouverneur et on parle même peut-être de vous pour la présidence. Voilà comment notre gouverneur actuel a opéré. »

Le docteur aurait pu donner un cours magistral sur l'éloquence des regards. Le veau et le vouvray avaient été repoussés, et il quêtait des yeux l'approbation de Benn. Il montrait ainsi où se situaient ses vraies passions. Ses succès d'ordre médical lui importaient moins que son entregent politique.

— Voyons, de quoi suis-je censé discuter avec mon oncle ? demanda Benn.

— Vous pourriez lui faire remarquer que le moment serait mal choisi pour relancer le procès contre lui.

— Je vois. Et avec Amador Chetnik qui maintenant fait marche arrière, nous conseillant du point de vue légal. Oui, je saisis le topo. Et c'est pour ça que vous avez demandé au juge de nous marier, Matilda et moi.

— Compliments. Vous comprenez vite, dit le docteur en frappant dans ses mains.

— Mais je ne veux pas nuire à Vilitzer – c'est mon oncle. Bien sûr, il ne nous a pas ménagés. Mais c'est tout de même mon oncle – le frère de maman.

— Le sens de la famille vous vient à un drôle de moment.

— Vous l'éprouvez bien à l'égard de Matilda, remarqua l'oncle.

— Ma propre fille, ça n'a rien à voir, et même si elle m'avait joué un sale tour comme Vilitzer vous en a joué un, elle passerait un mauvais quart d'heure et elle le sait. Et, elle, croyez-moi, elle peut être coriace. Pas avec vous, bien sûr ; l'amour est l'exception. Vous êtes son grand enfant. N'empêche, je tiens à vous le dire : une cervelle comme la sienne pourrait être précieuse à l'École de guerre. Avec elle, il n'y aurait pas de fiasco comme à la Grenade, avec tous ces mollusques des services rivaux qui se sont tiré dans les pattes. C'est une grosse tête. Vous avez épousé une sacrée bonne femme, hein ?

— C'est elle qui a eu cette idée, à propos de Vilitzer et Chetnik ?

— Non, bien entendu, qu'est-ce que vous me chantez ? L'objectif numéro un, c'est la justice. Vous avez été escroqué de millions de dollars. Et il se trouve que votre nouvelle famille défend vos droits et, entre autres droits, vous revient celui de loger dans un endroit comme le Roanoke. Il est normal que vous viviez dans un certain faste. Vous êtes un riche savant et pas un vulgaire rat de bibliothèque.

— Et elle veut que je fasse des crasses à Vilitzer. Il faut que je discute de tout ça avec elle.

— Harold serait le premier à comprendre vos motifs, un vieux renard rusé comme lui.

— Docteur Layamon, ce ne serait pas bien de ma part de le menacer. D'autant que je ne vois pas vraiment toutes les facettes de la question, celles qui sont cachées. Il faut que j'y réfléchisse un peu plus.

— Je commencerais par réclamer à Vilitzer cinq millions, en étant prêt à redescendre à trois. J'estime la totalité de sa fortune à cent millions.

— Ça ne me regarde pas, dit l'oncle. Ce que vous attendez de moi équivaut à une menace. Je ne pense pas que ce serait tellement fâcheux pour lui qu'on reprenne le procès. Il n'en tirerait aucun avantage mais pourquoi y perdrait-il cinq millions de dollars ? Et s'il me riait au nez ? Croyez-vous de plus que je mènerais tranquillement la grande vie avec de l'argent extorqué ?

— Comment ça, extorqué ? Mettez-vous bien dans la tête qu'il a roulé les enfants de sa sœur. Et le procureur fédéral est prêt à l'en faire baver si certaines personnes lui donnent le feu vert. Et avec ça, supposons que vous soyez cité à comparaître pour témoigner ? Votre déposition sous serment l'enverrait derrière les barreaux et vous n'en tireriez pas un centime.

— Je devrais aussi déclarer que Chetnik a commis une infraction.

— Oh, sur ce point, le grief essentiel serait que l'oncle Harold lui a graissé la patte. Et nous brodons un peu trop sur cette affaire. Vous ne pourriez pas apporter la preuve de la corruption à la barre. Revenons aux données de base. Matilda veut pour elle-même une position brillante, celle à laquelle une femme de sa qualité a droit, rien de plus. Vous gagnez quoi… soixante mille par an ?

— Vous tombez pile, dit Benn.

— Voyons, c'est ridicule. L'autre jour encore, Margaret Thatcher a déclaré que si les États-Unis baissaient le montant des impôts à vingt-sept pour cent alors que l'Angleterre saignait tout le monde à blanc, tous les savants de valeur britanniques fileraient en Amérique. Ils abandonneraient *leur pays*. Et vous, vous ne voulez même pas épingler votre oncle, lui faire restituer ce qui vous appartient ?

— Dans la morphologie des plantes, soixante mille est un beau traitement. Ceci dit, j'aime Matilda. Je ferais n'importe quoi pour elle dans les limites du raisonnable. Mais je ne veux pas que l'oncle meure en prison pendant que je me prélasserai dans ce palais du Roanoke. Je veux débattre du problème avec Harold pacifiquement.

— Pacifiquement ! Vous vous amenez avec un rameau d'olivier et Vilitzer va vous l'arracher des mains pour vous le planter dans le cul, dit le docteur.

Son visage se plissa d'hilarité, plus que jamais recuit de l'intérieur par son tempérament hyperactif ou par la chaleur de la complicité. Au-dedans, il était comme en surchauffe, ayant besoin d'un supraconducteur bien au-dessous du zéro absolu.

— Non ! dit-il, reprenant un ton sévère. Il faudra l'aborder avec des arguments imparables si vous voulez récolter de l'argent, beaucoup d'argent, un vrai magot. La branche d'olivier vous rapportera peau de balle. Peut-être devrait-on lui envoyer un avocat à la coule.

— Non, merci ! (Benn, avec fermeté, imposait une limite bien précise.) Quoi qu'il arrive, je me charge de l'affaire tout seul. Pas de tierce personne. Je ne veux pas en entendre parler.

— Enfin, c'est votre oncle, je vois que vous n'en démordrez pas. Dans ce cas, il va falloir vous donner pas mal d'explications.

Si nombreuses fussent-elles, les explications n'y auraient rien changé. D'ailleurs, rien ne pouvait empêcher le docteur d'envoyer ses émissaires à Vilitzer. Il avait une flopée d'acolytes disponibles sous la main, qui se chargeraient de maintenir les pieds d'Harold au-dessus des braises. Ils pourraient dire, et ne s'en priveraient pas, qu'ils opéraient pour Benn, avec son consentement.

Brièvement, je me permets de mettre ici mon grain de sel. Dans la mesure où je me trouvais participer aux événements, rencontrant Fishl, le fils de Vilitzer, faisant mon rapport à l'oncle et ainsi de suite, je ne les observais pas depuis un satellite théorique. Ce qu'il faut préciser, c'est que, du point de vue du docteur Layamon, l'oncle était totalement incompétent pour entreprendre des négociations de ce genre. Autant donner à un aborigène de Mélanésie une Yamaha neuve avec un manuel d'utilisation en le lâchant sur l'autoroute. Il serait incapable de démarrer et, plus encore, de s'arrêter. Ainsi, l'oncle était vaguement, aux yeux du docteur, semblable aux masses russes telles que Ponomarenko, le délégué de Staline pour la Biélorussie, les avait vues – un innocent au nom des intérêts duquel des crimes historiquement incontournables, indispensables devaient être commis. L'oncle était une lavette. Je ne prétends pas traduire la pensée littérale du docteur. Je pense à sa place. Et c'est une évidence, l'oncle était un professeur semblable aux autres professeurs, mû en conséquence par une morale bénigne (la morale du troupeau, en termes nietzschéens, douce mais absurde, misérable – non que le docteur pût jamais songer à parler de la dégradation de l'homme et de la morale de la pusillanimité – je ne vais *pas* me laisser entraîner sur cette voie de garage, rassurez-vous). Le docteur se voyait lui-même comme un être supérieur à qui personne ne damait le pion. Il y avait aussi l'aspect sexuel du problème et je crois qu'il en était bien conscient. Il oscillait entre l'ironie et la fureur quand il avait affaire au mari que Matilda avait choisi pour se coucher sur son corps. Benn avait sollicité cet exorbitant privilège et le docteur allait veiller à ce qu'il paie le prix fort. « Si vous devez partager le lit de cette fille délicieuse, de brillante extraction, et vous vautrer dedans, vous vous débrouillerez pour en assumer les frais. Or, il se trouve que l'unique parcelle inestimable de cette ville était votre propriété, il y a encore cinq ans, quand vous vous en faisiez déposséder, mon petit vieux. Nous pensons pouvoir arranger votre affaire. Alors, allons-y. »

Tout le reste en découle.

Ici, je pourrais me décerner des compliments (comme ne cessent de le faire les gens) et dire que je ne voulais pas me mêler des affaires de l'oncle. Mais ce serait tout simplement faux. Les complications en perspective étaient inquiétantes et je n'aurais pas pu agir de manière efficace. Donc, pour moi-même plus que pour lui, je pris rendez-vous avec Fishl, le fils de Vilitzer.

Fishl partageait un bureau en ville avec un autre personnage marginal et figurait dans l'annuaire du téléphone sous la dénomination Vilitzer and Co. Aide financière à la promotion d'entreprises. D'après l'oncle Ben, dont l'opinion me paraissait fondée, Fishl aurait mieux fait de quitter la ville après que son père eut coupé les ponts avec lui. Il n'était pas question d'avoir accès à Vilitzer par l'intermédiaire de son fils. Il ne voulait pas entendre parler de lui et ne s'en cachait pas. Durant une quinzaine d'années, Fishl avait fait cavalier seul et il avait monté un nombre respectable d'affaires foireuses, dont certaines frisaient l'escroquerie. Récemment encore, il avait concocté une entreprise commerciale à couverture pseudo-yoga. Se faisant passer pour le représentant local d'un gourou de la côte ouest, il avait pondu une sorte de manuel d'investissement qu'il avait adressé à un nombre important de souscripteurs. Le but général était de spéculer à partir d'une base spiritualiste. La méditation, en réduisant les oscillations de la conscience, faisait de vous un spéculateur plus clairvoyant. Fishl avait enregistré certains succès jusqu'à ce que l'idée lui vînt de suggérer à ses clients de se procurer un nombre important de cartes de crédit, disons cinq cents au minimum. En empruntant mille dollars sur chaque carte (à court terme), vous obteniez un demi-million de dollars, ne payant que peu ou pas d'intérêts. Avec ce capital, vous vous lanciez dans le marché des options négociables et, votre nervosité ayant été neutralisée par la méditation, vous pouviez ramasser un magot non négligeable, au moins mille dollars pour la même somme investie. Vous opériez au jour le jour, par sécurité, évitant les risques des remboursements à terme et, au bout d'un mois, vous vous retrouviez à la tête d'un demi-million de dollars. Les banques touchées par cette opération prirent des mesures immédiates pour bloquer ces retraits de liquide et leurs avocats tirèrent à boulets rouges sur l'officine de Fishl lors d'un procès largement évoqué dans les journaux. Je ne sais quel service gouvernemental était également entré dans la danse – peut-être la SEC[1] – et avant que tout fût terminé, le vieux Vilitzer, lui-même submergé de problèmes, avait déclaré aux journalistes : « Ce n'est pas mon fils. » Pour une fois démoralisé par cet échec, Fishl s'était plongé dans l'étude de l'acupuncture chinoise et avait ouvert un cabinet d'acupuncteur avorteur. Une fois de plus, il avait été attaqué en justice, cette fois par une femme qui avait accouché après avoir suivi le traitement indiqué. On peut toujours prévoir une action légale. Un jury de Philadelphie venait d'accorder de substantielles indemnités à une femme qui avait perdu ses pouvoirs psychiques à la suite d'un examen au scanner. Après avoir exercé de longues années le métier de médium, elle avait été forcée de fermer boutique. On peut dire ce qu'on veut de l'Amérique, mais rares sont les pays qui accueillent l'originalité avec autant d'enthousiasme et, jamais jusque-là, ce particularisme ne s'était mué en phénomène de masse.

Mon but précis était de découvrir ce que je pouvais sur les relations du vieux Vilitzer avec Amador Chetnik. J'obtins Fishl au bout du fil et il me déclara qu'il serait content de me voir. Mon amie Dita Schwartz, qui avait rendez-vous chez le docteur, me conduisit en ville dans sa camionnette Dodge verte. Elle avait été mon étudiante en russe. Longtemps employée de bureau, autodidacte en russe, elle avait

1. Securities Exchange Commission. *(N.d.T.)*

beaucoup appris avant d'entrer à l'université. Les gens indépendants, complexes, déterminés, imaginatifs me procurent toujours un grand plaisir. Dita avait bientôt obtenu son diplôme de maîtrise en études slaves. Ce qui lui avait valu un poste à l'université d'État.

Avec quelques années de plus que moi, Dita est sensiblement plus juvénile d'allure – dans sa pleine maturité, pâle, les yeux noirs et des cheveux aussi drus que ceux d'une Indienne. Ses parents étaient l'un et l'autre ouvriers d'usine et elle avait connu une éducation prolétarienne – encore une espèce en voie de disparition, le prolétariat ; adieu les salopettes. Dita avait des visées sur moi, c'était indéniable, encore que j'aurais gagné à le nier car cette préférence m'embarrassait plutôt qu'autre chose. En même temps, je ne pouvais m'empêcher de lui faire bon accueil. Elle flattait mon ego. Dans ce domaine, Treckie ne m'avait pas ménagé. Mais le souci que nous avons de notre ego est une occupation fastidieuse. Nous devons faire en sorte de limiter le nombre des gens dont l'opinion peut nous affecter. À moins qu'ils ne s'intéressent à nous, n'agissent en notre faveur ou ne nous fassent quelque promesse, pourquoi leur point de vue compterait-il le moins du monde ?

Je m'accordai une heure pleine avec Fishl, supposant qu'il pouvait bien, lui, me la consentir.

Il avait tout son temps. L'aspect du hall du vieil immeuble où se trouvait son bureau donnait à penser qu'il ne devait guère être occupé. Les installations dataient du début du siècle. L'ascenseur, avec sa décoration tarabiscotée, était d'une extrême lenteur et j'eus tout le loisir d'observer les lieux – au rez-de-chaussée, un empailleur spécialisé dans les oiseaux, au premier, un chemisier remontant à Édouard VII et une officine de pharmacie homéopathique avec des flacons de liquide rose et vert et aussi des bocaux remplis d'herbes médicinales ; au-dessus, le dépôt de récupération d'un sanatorium avec des vieux fers à repasser, des percolateurs électriques, des shakers de cocktails, d'antiques clubs de golf – mashies, niblicks et cleeks. Le bureau de Fishl était situé dans un angle du couloir où se trouvaient aussi des toilettes pour hommes.

Parmi toutes ces vieilleries, Fishl lui-même apparaissait comme un personnage moderne. Rond et suave, il portait un complet trois pièces et des mocassins. Son crâne s'ornait d'une duveteuse calvitie blonde, avec un peu trop de cheveux sur la nuque pour mon goût. Il avait le visage gras, un double menton et un profil impérial vaguement romain. Sa face évoquait celle d'un bébé mais ses yeux bleus, qui me rappelaient ceux de Benn, vous prévenaient de ne pas trop vous y fier, de ne pas le juger sur les apparences. Complémentaires du double menton, ces yeux étaient soulignés de poches mais il avait le regard vif. Il vous mettait en garde. Le personnage n'était pas un mollasson. Il devait se révéler très futé.

Tandis que je le détaillais (pour employer son expression), il me jaugeait de son côté. Voici ce qu'il observait : un membre de la famille ; âge trente-cinq ans ; études à l'étranger ; pouvoir de communication de médiocre à nul ; acuité auditive déficiente ; pas idiot mais handicapé par des préoccupations baroques. En gros, nous n'étions pas fâchés de nous trouver ensemble. Pour une fois, je n'éprouvais pas ce besoin viscéral de me dérober le plus vite possible. S'il avait véritablement été le percutant cadre supérieur qu'il voulait faire accroire, j'aurais levé le camp dans le quart d'heure pour reprendre l'ascenseur antédiluvien.

Il tenta, dès le début, de prendre le contrôle de notre conversation en étant celui qui posait les questions. Les experts en communication comprennent l'importance de ce processus et Fishl, je m'en aperçus très vite, était de première force à cet exercice. C'était un de ces individus – d'un modèle de plus en plus répandu – qui expliquent ce qu'ils font au fur et à mesure de leur action, comme Dale Carnegie ou Norman Vincent Peale ; une partie de leur idéologie se fonde sur la technique. Pour eux, la méthode est tout aussi intoxicante que le message. Je me rendis bientôt compte qu'il m'incitait à lui fournir des réponses et je tentai de reprendre l'initiative et de le tenir en respect avec mes propres questions. Comment allait la famille ? La grand-tante Vilitzer s'était éteinte quelques années plus tôt mais Fishl était en assez bons termes avec ses frères. Ils avaient bénéficié de ses démêlés avec leur père et réalisé de grosses opérations avec la ville. Ils possédaient une agence d'assurances et signaient d'importants contrats avec les services municipaux.

— Pas un n'est entré dans la politique ? demandai-je.

— Personne n'est doué pour ça. D'ailleurs, pour les Blancs, les perspectives d'avenir sont maigres. Dans vingt ans les politiciens noirs dirigeront tout, alors finis les juteux contrats d'assurance avec la ville. La diversification, voilà ce qu'il faut à la famille. J'ai essayé de leur expliquer, de leur dire d'investir dans les faubourgs, de se débarrasser des biens qu'ils possédaient dans toute la ville.

Fishl était formel dans ses déclarations. Aucune contestation n'était possible. Je crus cependant comprendre que ses frères ne sollicitaient pas ses conseils. Le fiasco des cartes de crédit, le yoga, l'acupuncture avaient entamé sa crédibilité.

— Comment va mon cousin Benn ? Maintenant qu'il est marié, êtes-vous toujours aussi proches l'un de l'autre ?

— C'est trop tôt pour le dire. Bien entendu, pour l'instant, il est surtout proche de sa femme. Et comment va ton père ?

— Comme tu l'as peut-être entendu dire, je ne le vois pas aussi souvent que je le souhaiterais. Dommage. Il n'a pas le cœur tellement solide. Et sur le plan politique, il est dans une mauvaise passe ; le moment est peut-être venu pour moi de lui être utile. Tu suis les affaires locales ?

— Pas autant que toi. Je ne pourrais pas.

— C'est vrai. Tu es venu ici pour réfléchir à la Russie tsariste. Saint-Pétersbourg 1913. C'est ce que tu m'as dit. Tu peux l'étudier aussi bien ici qu'ailleurs.

Fishl me sourit et, pour la première fois, je remarquai le trésor que représentait sa denture – un émail superbe sans un défaut ; pas la moindre tache, le moindre accroc, le moindre plombage.

— Dans quel genre de mauvaise passe est ton père ?

— Il a des ennemis puissants. L'un d'eux au moins est un vrai bulldozer.

— Où prends-tu tous ces renseignements ? demandai-je. À moins que ce ne soit des bruits qui courent.

— Je les tiens de certains de ses amis politiques qui m'ont connu gamin. Il y en a d'intéressants. Tous sont des barbares, naturellement, ce qui ne les empêche pas d'être drôlement futés. Et puis ils ont de moins en moins à perdre parce qu'ils vont bientôt vider les lieux. Quand vous avez une administration hostile à Washington, le ministère de la Justice enquête toujours sur les édiles locaux et les poursuit. La municipalité est truffée de futurs inculpés. Tout le monde y a volé depuis des années. Les grands jurys peuvent choisir tranquillement leurs cibles.

— Je ne veux pas changer de sujet, dis-je, mais as-tu assisté au mariage de Benn ?

Fishl ne m'aurait pas répondu qu'il n'avait pas été invité ; c'eût été un signe de faiblesse sociale.

— Malheureusement, je n'ai pas pu y aller, me dit-il.

— Je te posais la question parce que je me demandais si tu connaissais le juge qui a marié Matilda et Benn.

— Un juge ? Ah, oui ?

— Le juge Amador Chetnik.

Il prit un air si compassé avec son double menton, observa un tel silence que je vis bien que je le prenais au dépourvu.

— Pas de commentaire ? m'enquis-je.

— Curieux choix de la part des Layamon, dit Fishl. Chetnik a bien jugé l'affaire de Benn, non ?

— Oui. Il était à la botte de ton père, hein ?

— Benn s'en est rendu compte ?

— Il n'a pas mis longtemps, en effet. Qu'est-ce que tu en penses ?

— Que c'est une drôle de façon d'opérer. Le mariage de sa seule fille…

— De son unique enfant.

— Ils auraient peut-être pu arrêter de tirer des plans pendant cinq minutes, ces zèbres-là. Le vieux Layamon – on m'a beaucoup parlé de lui. Il paraît qu'il a plus de tours dans son sac qu'un prestidigitateur.

— Il vaudrait peut-être mieux que j'interroge quelqu'un qui est plus au courant de la gestion des affaires locales, dis-je.

— Les secrets de Chetnik n'en sont plus véritablement. Il y a cinquante personnes en ville capables de parler de la mélasse dans laquelle il barbote. Son inculpation n'a pas été encore annoncée par le procureur, mais ça ne saurait tarder, et Chetnik sera bientôt bouclé avec les prisonniers de luxe au pénitencier de Sandstone. Les prisons fédérales pullulent de juges.

— Ton père ne pouvait pas le protéger ?

— Il n'aurait même pas essayé. Tu comprends, c'est à papa qu'ils en veulent vraiment. Il a dû apprendre que les parents de la mariée avaient choisi Chetnik pour unir son neveu à cette femme. Son père à elle s'est servi du juge pour prendre position. Ce qui fait que Chetnik tient doublement ton oncle Benn.

Mes informations avaient eu, sur Fishl, un puissant effet, et qu'il ne trouvât pas d'échappatoires ou de position de repli m'étonna. Il suffisait de l'exciter comme je l'avais fait, et l'on découvrait un Fishl très inattendu.

— Tu devrais m'en dire un peu plus, Kenneth. Ça risque d'être important, dit-il.

— Je ne *peux* pas t'en dire beaucoup plus. Et je ne crois pas que le juge ait tenu l'oncle Benn à sa merci. Il est difficile d'imaginer sous quelle forme peut s'exercer le pouvoir sur un homme comme Benn. On peut le manipuler, d'accord. Mais peut-on vraiment le *posséder* ? Le posséder comme l'entendent ces gens.

Fishl, de toute évidence, appréciait cet élargissement de la perspective et il opta pour une tactique différente avec moi, parlant sur un ton plus naturel et amical, si bien que je commençai à le comprendre un peu mieux. Pour le moment, il filait un mauvais coton, louant un local pratiquement abandonné au troisième étage, près des waters vieux d'un siècle. Les propriétaires de ce terrain sans prix étaient sans doute en plein marchandage avec des promoteurs. La position de Fishl semblait précaire. Il avait l'air d'un pitre affectant des manières de tisseur d'empire, parlant d'investissements, de capitaux de lancement, alors qu'il évoquait ses activités, « ce que je suis en train de concevoir actuellement... » D'après sa description, je conclus qu'il admirait, vénérait l'esprit d'entreprise et pensait constamment à ceux qui fuyaient les sentiers battus, ces personnalités énergiques, opiniâtres, imaginatives, hardies qui osaient, échafaudaient des plans, pour se lancer dans les industries bio-médicales, aérospatiales ou médiatiques. J'étais fasciné par le jargon de brasseur d'affaires qu'il utilisait. C'était son gymnase, son trampoline, son trapèze, son église. Et il ne paraissait faible que si on le jaugeait d'après les échecs de ses combinaisons. Ils étaient accidentels, passagers : « Je ne reconnais pas l'échec, me déclara-t-il, les superdynamiques ne l'admettent jamais ; ils ne veulent pas en entendre parler. » Il se voyait comme un personnage habile, résolu, solide, persévérant, destiné à devenir un P-DG de grande envergure.

— Mais penchons-nous un peu sur Chetnik, dit-il. Avec un salaire de soixante-dix mille par an, comment peut-il posséder un appartement de sept pièces ici avec une Mercedes pour lui et une BMW pour sa femme ? Comment se débrouille-t-il pour être, en plus, propriétaire d'une maison en Floride ? Qui lui offre des vacances gratuites à Hawaii et autres juteux avantages ?

— Pas ton père ?

— Non. Papa a acheté Chetnik quand Amador était un jeune avocat qui tirait les cordons de sonnettes pour racoler des électeurs avant même d'être commissaire de police. Il l'a acheté, et il l'a parachuté au tribunal. Ce qu'il faut que tu saches en plus, c'est qu'il y a des types qui viennent au palais de justice où ils passent leur temps à circuler dans les ascenseurs. Ils connaissent les horaires des juges du comté et attendent l'occasion de leur glisser quelques mots en catimini. Les chambres peuvent être placées sur table d'écoute, c'est pourquoi ils opèrent dans les cabines d'ascenseurs. Bon, ces types ont donc des offres spéciales à faire, comme, par exemple, de gros prêts sans intérêts et à fonds perdus. Ils ont un flair exceptionnel en matière de corruption.

— Tu parles d'aigrefins à la petite semaine ?

— Pas du tout. Ce sont des gens solides, influents, responsables. Ils appartiennent souvent à de gros cabinets juridiques. Ils veulent simplement que leurs juges favoris statuent sur leurs litiges importants, c'est tout. Un bref tête-à-tête dans l'ascenseur et le tour est joué.

— Et c'est *comme ça* que ça fonctionne ? Trop aimable à toi de me mettre au courant.

— Tout ça, je l'ai compris avant d'avoir douze ans, dit Fishl. Ta mère aurait dû me consulter avant de faire un procès à papa à propos de la tour électronique. Je n'étais qu'étudiant de première année quand c'est arrivé, mais j'aurais déjà pu lui recommander un meilleur avocat. Car c'est votre avocat qui est le plus à blâmer dans l'affaire. Ou c'était un minable, ou il voulait estamper son client sans aucun espoir de gagner. Je ne peux pas faire de reproches à Benn. Avec son penchant pour la créativité, son esprit direct, il lui était impossible d'interpréter une situation qui vous laisse dans le brouillard, même après une vie passée au contact des combinards. Benn m'a l'air de devenir de plus en plus à la coule. J'aime beaucoup mon cousin Benn. Je l'aimais même encore plus. Papa se méfiait de lui et ses soupçons m'ont un peu entamé.

Benn et moi étions trop semblables pour le poursuivre. Et puis nous avions un point commun, Benn et moi, nous nous posions la même question : « Que vais-je faire de ma créativité ? » Il ne t'a jamais dit qu'au collège lui et moi avions essayé de faire breveter une invention ?

— Jamais entendu parler de ça.

— Eh oui. Il s'agissait d'un cadre de bicyclette en bambou, très léger et pliable. Une fois replié, on pouvait le mettre dans le coffre de la voiture. Drôlement ingénieux, mais nous n'avons pas été fichus d'obtenir le brevet. Bien entendu, ça n'a été qu'un essai provisoire. Son truc c'était la botanique. Il était trop introverti pour être un vrai homme de son temps. Inventer une bicyclette en bambou n'était qu'un passe-temps. Moi, *mon* objectif, c'était de faire fortune. Non que j'étais cent pour cent extraverti. En secret, j'étais aussi l'inverse. Voilà bien le cœur de mon problème. Je sentais que Benn m'était supérieur.

— Comment expliques-tu ça ? demandai-je.

— Il n'a pas consacré toute sa vie à lutter contre ses parents. Je rencontre des gens qui ont plus de quatre-vingts ans et qui sont encore furieux du dressage qu'ils ont subi dans leur enfance pour être propres, ou du refus de leur père de les emmener voir un match de base-ball ! Imagine une enfance pareille ! Un tel esclavage vis-à-vis de papa-maman. Une vie entière de pipi-caca ! Aucun être avec un minimum de dignité ne pourrait l'accepter. Il faut rompre paisiblement avec ses parents si l'on peut et, si l'on ne peut pas, les envoyer sur les roses. À vingt ans au plus tard il faut suivre sa voie. Moi qui poursuis encore mon père à cinquante ans, qui l'aime, le hais, le supplie d'accueillir le fils prodigue, je suis un cas typique. Aujourd'hui, j'ai déjà tâté une douzaine de carrières du style prodigue, plus sensationnelles les unes que les autres. Benn s'en est mieux tiré. Sans y réfléchir à deux fois, il a tout de suite sauté sur un échelon supérieur. C'est un contemplatif de nature.

— Tu crois ça !

— Bien sûr. Je l'ai toujours cru. Il aimait peut-être ses parents mais jamais l'idée ne l'a effleuré de faire de sa vie une offrande acceptable à papa et à maman. Tout en les maudissant en même temps, comme des millions d'Américains. Ils appliqueraient le même raisonnement à des chiens méchants – sous prétexte que, chiots, ils ont connu une jeunesse malheureuse. Non, Benn a sauté sur un échelon supérieur sans regarder à droite ou à gauche comme s'il passait par la fenêtre d'un quinzième étage sans se faire mal. Parler de l'esthétique de la botanique l'a sauvé… les beautés de la vie des plantes.

— Il en parle toujours. Il projette même un livre sur ce sujet.

— Lorsqu'il a épousé Matilda Layamon, il a appliqué cette recherche esthétique au plan humain, déclara cet étonnant Fishl. C'est une beauté. Je la voyais de temps en temps. Jamais je ne suis sorti avec elle. Je n'étais pas assez bien. Rien de plus qu'une relation agréable.

— C'est vrai qu'il est difficile en matière de femmes, dis-je. Il en a fréquenté de toutes sortes sans pouvoir en épouser une seule parce qu'elles ne répondaient pas à certains critères.

— Fondés sur quoi ?

— Ça, je n'en sais rien, Fishl. Sûrement pas sur la botanique, parce qu'il y a plein de plantes hideuses – certaines même répugnantes. Et il n'y a pas de règles même parmi les oiseaux et les insectes ; par exemple, les colibris semblent aimer les fleurs rouges, comme les papillons. Les guêpes auraient un faible pour le marron foncé alors que les mouches préfèrent les couleurs chair ou les ocres. Chaque espèce a donc son idée du beau et du repoussant. Je ne parle pas des préférences concernant les parfums.

— Bon, prenons donc ce type d'homme complexe hautement évolué et faisons célébrer son mariage par un juge qui l'a un jour dépouillé de plusieurs millions de dollars. Voilà la substance du drame. Tu es venu me voir parce que tu t'inquiètes à son sujet. Et moi, je m'inquiète au sujet de mon père.

— Il faudra que tu me dises pourquoi.

— Bien sûr. Tu comprendras dans une minute. As-tu entendu parler de propositions d'immunité ? Je vois que non. Eh bien, quand un procureur veut avoir la peau de quelqu'un, il peut offrir le privilège de l'immunité à certains témoins clefs. D'après la loi, un témoin qui refuse de déposer peut être accusé de mépris envers la justice et envoyé en taule. Ça a été la position adoptée par le gouvernement vis-à-vis de la Cosa Nostra mais cette pratique s'est largement étendue. Maintenant, regarde ce type, Amador Chetnik – le procureur des États-Unis ne s'intéresse pas vraiment à Chetnik. Il cherche un plus gros gibier.

— Comme Harold Vilitzer.

— Tu y es. Chetnik témoigne contre papa et il écope d'une remise de peine. Maintenant, suppose que Chetnik dise la vérité à propos de l'affaire de la tour électronique... Tu peux finir ma phrase pour moi.

— Le vieux Layamon peut faire reprendre le procès et récupérer des millions pour l'oncle Benn.

— Nous sommes une famille intelligente. Tu es tout à fait étranger à ce genre de problème mais si on t'en expose les données, tu vas tout de suite au cœur.

— Des millions pour Benn signifient des millions pour Matilda. Voilà pourquoi Chetnik a été invité à les légitimer.

— Écoute, mon vieux. Je suis l'infortuné Edgar, maudit par le vieux Gloucester, son père. Voilà pourquoi je marine dans ce bureau de merde alors que mes frères se prélassent au paradis. Entravez-lui ses bras agiles. Arrachez-lui les yeux et piétinez-les ! Mon père n'a jamais été précisément un homme vertueux, mais je suis son fils et j'aspire à le sauver. Réconciliez-vous. Derrière toute cette affaire se dresse Donovan Stewart.

— D'où sors-tu ce Stewart ?

— Foutus savants. Ils n'ont jamais la moindre idée de ce qui se passe autour d'eux. Le gouverneur Stewart, qui dirige notre propre État. En son temps, il a été procureur ici et ceux qui lui ont succédé ont tous fait partie de son équipe de départ. Demande-toi donc si Stewart a de l'influence ou non sur l'homme en place actuellement.

— Fishl, qu'est-ce que Stewart peut avoir contre l'oncle Harold qui lui permette de le mettre à l'ombre à quatre-vingts ans ?

— Oh, s'il tient à le boucler, ça n'a rien de personnel. C'est une simple occasion d'étendre son pouvoir. Tu débarques en réformateur-conquérant, tu chasses les politiciens corrompus de leur forteresse, après quoi tu empoches des milliards de droits. Deux cents boutiques en franchise à l'aéroport, par exemple, tu draines les millions des électeurs... Bref, tu te bâtis un véritable empire. Mon père et ses acolytes sont en déroute ; ils ont perdu tout leur pouvoir, n'ont plus aucune chance de tenir la ville, alors ils l'ont mise en coupe réglée, et sans faire le détail.

— Pour en revenir à Chetnik, qu'est-ce qui l'attend, lui ? demandai-je.

— Une remise de peine, sans compter qu'il gardera son fric et peut-être une mise en liberté sous caution. Il se peut aussi qu'il touche sa part de ce que Benn recevra de papa.

— Et tu crois que Layamon et Chetnik ont déjà tout combiné ?

— Je n'ai pas le don de double vue, Ken ; je suis seulement au parfum. De plus, je voudrais bien faire tout ce qu'il est humainement possible de faire pour ce pauvre fou, mon vieux paternel. Je veux prouver qu'il n'y a que moi, le fils rejeté, pour défendre cet ogre mal léché, que je lui suis seul dévoué, et pas mes ramollis de frères.

— Et moi, je suis dévoué à l'oncle Benn. Ce que je ne pige pas, c'est pourquoi ton père a traité de cette façon ma mère et Benn.

— D'accord. Mais une fois qu'un homme a commencé à gratter la vieille morale bourgeoise, il ne lui reste plus qu'à la piétiner et à essayer de l'achever une bonne fois pour toutes. Harold Vilitzer est un escroc. N'espère pas qu'un homme corrompu ait des faiblesses de boy-scout vis-à-vis de ses parents. La règle est : « N'épargne personne. » Ceci dit, Benn veut-il que mon père lui donne des millions de dollars ?

— Ce n'est pas le genre de l'oncle Benn. Ça m'étonnerait beaucoup de sa part.

— Il pourrait peut-être t'étonner à cause de sa femme.

— Non, il ne l'a pas épousée pour son argent. Seulement pour sa beauté.

Fishl, maintenant, ne jouait plus avec moi les brasseurs d'affaires ou les investisseurs. Les renseignements que je lui avais fournis l'avaient transformé. Il ne ressemblait même plus au suave personnage à double menton qui m'avait reçu dans son officine naphtalisée. Ses yeux, son nez, pas un de ses traits qui ne fût modifié. Et je songeai que l'on ne commençait à découvrir un être que lorsqu'on l'avait vu se métamorphoser sous un mascaret de sentiments. Un Fishl totalement différent apparut à mes yeux dès qu'il eut compris qu'il se trouvait en position de défendre son père, de le sauver de ses ennemis. Et, tout en prenant conscience de ce changement, je ne pus m'empêcher de penser que je devais le développement de mon pouvoir de réceptivité à l'influence de l'oncle. Il m'avait déclaré : « Un double de moi intérieur... m'a dit de donner la pièce au boueux. » Peut-être Fishl avait-il, lui aussi, un double. Il n'était plus question de « classification des paramètres » ou de toute autre opération à base de jargon transactionnel ésotérique. Maintenant, il parlait un langage direct – chose étrange de la part d'un homme qui avait élaboré autant de combines tordues.

— Il faut que je réfléchisse à ce que je peux faire, dit-il. Je suppose que Layamon veut que Benn aille trouver mon père.

— À moins qu'il ne charge quelqu'un d'autre de cette démarche, en expliquant que Benn est décidé à reprendre le procès. C'est la règle de ton père de n'épargner personne. Suppose que Benn s'inspire des mêmes principes !

— Benn ne se prêterait pas à une manœuvre pareille, n'admettrait pas un tel revirement de conduite à son âge.

— Songe à sa position, objectai-je.

— D'accord, à condition que tu m'en dises plus long.

— Dans cette histoire, j'agis pour mon compte personnel, précisai-je à Fishl. Ce qu'il me confie ne peut pas être répété. J'ai déjà dit tout ce que je pouvais dire.

— Ce qu'il faut découvrir, c'est ce que le docteur Layamon offre à Chetnik. Chetnik est bon pour la prison. Il peut obtenir une remise de peine en chargeant papa. Ou il peut la boucler et accepter en échange un paquet de fric. Il en aura besoin à sa sortie de taule. Alors pour maintenir papa hors du coup il y aura tant à verser à Amador et tant à Benn – deux, trois, quatre millions. Matilda pourrait s'offrir une place à la Bourse.

— À la Bourse ? Et en quel honneur ?

— Il n'y a pas huit jours, je l'ai entendue parler d'entrer dans un cabinet d'agents de change : Fingal Brothers et Hockney.

— D'y entrer ?

— Après négociations sans doute. C'est un groupe d'investissements. Elle aurait besoin d'une mise en train. On s'arrache les femmes vraiment douées. Ces compagnies ne sont pas directement soumises aux règles sur le recrutement parmi les minorités raciales, mais une surdouée à un poste de commande fait monter en flèche leur standing… C'est la première fois que tu en entends parler ? Benn ne t'a rien dit ?

— Non, rien. Ce que tu me racontes ressemble pour une bonne part à ces images qui vous dansent devant les yeux quand on a la fièvre. Des fantasmes délirants. Pourquoi Matilda aurait-elle besoin d'autant d'argent pour s'initier aux activités d'un agent de change ?

— Histoire d'acheter pour un million de dollars de leurs parts. Ensuite, ils seraient obligés de la faire rapidement monter en grade. Tu dois imaginer comme ce projet risque d'affecter Benn.

— Tu sais, c'est avec les plantes qu'il entretient des rapports essentiels. Il n'y a pas de raison pour que notre monde l'affecte exagérément. Bien entendu, ce n'est pas pour ça que Benn s'est marié.

— On dirait un peu que cette dame en a fait l'acquisition, remarqua Fishl.

— Les intentions conscientes prédominent toujours, répondis-je. Et en quoi n'était-il pas achetable ? C'est une autre sphère de spéculation. N'empêche qu'on ne sait jamais ce qui se passe entre deux êtres.

Ils ont peut-être chacun découvert chez l'autre beaucoup plus que ne pouvait en voir n'importe quel observateur extérieur. Tu as déjà été marié ?

— Oh, oui, plusieurs fois, dit Fishl, mais pour l'instant, je préférerais parler d'autre chose. Crois-tu le docteur Layamon capable d'avoir mijoté son coup de longue date ? Après tout, la tour électronique est une énorme affaire, qui vaut bien qu'on tente de mettre la main sur un magot pareil.

— Une minute, Fishl, dis-je. Matilda est très désirable, elle aurait pu facilement faire un riche mariage…

— Bien sûr ; seulement, elle n'aurait pas exercé le même contrôle. Je ne veux pas discuter de ça, Kenneth, mais un professeur célèbre est toujours une bonne prise pour une femme qui n'aime pas la trivialité. Le meilleur mari, pour une femme, est un amalgame. Aborde donc le sujet dans une conversation. Je l'ai fait et les résultats sont drôlement curieux. Les femmes sincères te le diront. J'aimerais un peu de ceci et un peu de cela – une dose de Mohammed Ali pour le sexe brut, une dose de Kissinger pour le savoir, Cary Grant pour le physique, Jack Nicholson pour la distraction, plus André Malraux ou tel ou tel juif pour l'intelligence. Rien de plus répandu comme fantasme. Malheureusement, il faut limiter son choix à une prise et un professeur distrait, ce n'est pas si mal s'il a le prestige et ne pousse pas la distraction jusqu'à oublier de fermer sa braguette le matin avant de sortir de chez lui. Maintenant, elle est Mme Benno Crader et elle peut attirer des gens intéressants dans son cercle de relations. Il y a sans doute plus d'une femme de la haute ici qui l'a snobée quand elle était célibataire et elle ne sera pas fâchée de leur rendre la monnaie de leur pièce. Mais quel genre de salaire gagne Benn et quelle marge de manœuvre peut-il permettre à sa femme ? Layamon ne donne rien à sa fille – il est réputé pour sa ladrerie et songe comme ce serait palpitant de transformer le gendre en millionnaire, ce qu'il aurait pu faire lui-même s'il n'avait pas été un tel emplâtre. Tout individu normal protège ses intérêts ; en quoi est-ce si remarquable de se laisser gruger par les autres ?

J'avais beaucoup apprécié la tirade de Fishl sur le mari composite de rêve, chaque homme étant comme un plat sur une table couverte de mets exquis, un *smorgasbord*[1]. Les idées et les intuitions de Fishl étaient très supérieures au comportement pour lequel il avait opté. Elles rendaient sa conversation singulièrement attachante. Mais quand il suggéra d'assumer la direction des opérations, je devins plus réservé.

— Pourquoi ne me laisses-tu pas prendre les choses en main ? dit-il. Donne-moi une semaine ou deux pour voir ce qu'en pense mon père.

1. Buffet scandinave composé de nombreuses sortes de poisson. *(N.d.T.)*

— Pourquoi me demander ? dis-je. Je suis en dehors de ses histoires.

— Tu pourrais en parler à ton oncle Benn, lui dire : « Ne prenez aucune initiative. Fishl s'est proposé pour faire son enquête. » Ou bien : « Fishl est de votre côté. Il sait comment s'y prendre avec ces types. Laissons-le établir un plan de campagne qui respectera vos aspirations insolites. »

— J'ai l'impression que l'oncle en a plein le dos de s'entendre dire par tout le monde qu'il est incompétent, marqué, programmé par le destin pour perdre systématiquement le nord. Voilà pourquoi il a décidé tout seul de se marier. Personne n'a été consulté.

— D'accord, mais il n'est pas le seul personnage touché, dit le cousin Fishl. Il y a mon père aussi. Je t'accorde que Papa a été pingre avec les Crader. Il aurait dû leur refiler un demi-million à chacun. Leur abandonner des miettes était scandaleux. Ta mère s'est sentie insultée.

— Quelques centaines de milliers de dollars à tout casser et presque tout est passé en honoraires d'avocats.

— Fais remarquer à Benn comme je pourrais lui être utile, dit Fishl. Sinon, il est pieds et poings liés entre les mains de son beau-père.

— Et celles de Matilda. Seulement, ça, je ne peux pas le lui dire.

— Tu dois avoir sur lui une grosse influence.

— Je peux lui *expliquer*. Il a besoin d'être bien conseillé, je le reconnais. Mais s'il s'imagine que tu veux orchestrer je ne sais quelle machination compliquée, il prendra ses jambes à son cou.

— Comment ça, « compliquée » ?

— Il me semble que c'est dans ta nature.

— Si tu parles de mes entreprises commerciales, je dois te dire que tu n'as entendu que des ragots et des fables à propos de mes ratages. C'est la pire forme de journalisme. Ce ne sont pas les racontars qui m'offensent mais la déformation stupide des faits. Pour l'instant, ce qui me tracasse, c'est mon père. Il a des salauds aux trousses. Et tu ne voudrais pas que les Layamon mettent la main totalement.

— Ça lui apprendra, dis-je. Qu'il découvre un peu ce qui l'attend, lui qui s'est rué dans le mariage sans me demander mon avis.

— Tu prends la mouche, dit Fishl plein de bon sens. En fait, tu n'en penses rien. Ce n'est pas le vrai Kenneth qui parle.

Venant de lui, avec son blême et adipeux visage impérial, ces réflexions avaient une étrange résonance. Le vrai Kenneth ? Y avait-il un vrai Fishl ? Comme je l'observais avec attention, la singularité de ce poussah d'aspect comique parut se détacher de lui et, avec une sorte de vibration, s'éloigner. Je donne mon impression là-dessus telle que je la ressentis. Un autre Fishl était assis en face de moi, avec son gilet boutonné, les pieds croisés dans ses mocassins cousus à la main – symptômes, peut-être, d'un second Fishl.

— Je crois que je t'ai fourni une belle occasion aujourd'hui, dis-je. Tu vois peut-être maintenant un moyen de te rapprocher de ton paternel et de lui prouver comme tu es à la hauteur quand il s'agit des problèmes fondamentaux, que tu n'as rien d'un écervelé, que tu es soucieux de son sort. Et aussi que personne ne l'aime comme toi.

— Ne t'arrête pas là. Finis ce que tu as commencé à me dire.

— D'accord. Tu dois penser qu'il décline. Le taureau sauvage qu'il était vieillit, il est donc prêt à ouvrir son cœur aux sentiments. Mais tu as dit toi-même qu'il avait pour devise : « N'épargne personne. » Ce que je traduis par : « C'est un esprit moderne. » Plus moderne, peut-être, que son fils aîné. La conciliation et l'union des cœurs ne sont peut-être pas ses valeurs préférées.

— Quand j'irai le trouver – si j'y arrive – il me foutra peut-être dehors. N'empêche, qu'il le veuille ou non, je tiens à lui parler.

— Bonne chance à toi sur ce point, dis-je, et je me levai. Mon taxi m'attend. Je te ferai signe.

— Surtout, dis à ton oncle de ne pas aller voir mon père de son propre chef. Mets-le bien en garde.

Comme je descendais dans le vaste ascenseur paresseux, et passais devant l'empailleur avec ses hiboux et ses chats, devant l'herboriste et ses bocaux, je me sentis bizarrement fourmiller d'idées. Cet étrange Fishl avec ses combines de prêts à l'investissement avait fait naître diverses perspectives dans ma cervelle. Bien qu'il ironisât sur mon exil dans le Middle West pour y étudier la Russie tsariste dans sa phase finale, n'était-il pas lui-même, sacrédié, dans son misérable trou à rats, semblable à un Russe de cette époque-là ? Dans son évolution affective, du moins, il émanait de lui comme des effluves de la période des Rozanov, Meyerhold, feu Tchekhov, Mandelstam et Bely. De plus, cette métropole américaine au milieu des prairies présentait quantité de ressemblances avec le Saint-Pétersbourg de 1913. Ici aussi il y avait un mélange de barbarisme et de culture humaniste fanée (en reconnaissant que celle-ci n'avait guère eu d'occasions de fleurir dans ces contrées). Il y avait même une population de paysans immigrants d'Europe orientale qui n'avaient pas évolué depuis 1913, et qui parlaient des dialectes polonais et ukrainiens oubliés dans la mère patrie, même s'ils conduisaient des Hondas et portaient des caleçons J.C. Penney. Ces réflexions avaient quelque chose de réjouissant. Sur le plan sexuel, également, il existait des parallèles. Par exemple, une forme d'animalisme ou de primitivisme cérébral : des sectes délirantes de drogués en quête d'extases visionnaires, jadis réservées aux mystiques ; le sadomasochisme (violents sévices infligés ou subis et assimilés à l'amour et au plaisir). Une autre similitude était constituée par la prolifération d'une multitude de mondes factices aux critères desquels les gens se soumettaient avec dévotion. Ils pouvaient vous contaminer parce qu'ils paraissaient savoir ce qu'ils faisaient. Constamment plongés dans les transes, ils parlaient avec autorité de leur adhésion au « réel ». Un homme tel que l'Ablenkov de Bely, par exemple, sous l'influence d'un groupe de conspirateurs, avait accepté de poser une bombe dans la chambre de son père. Il ne voulait pas devenir un parricide. Une éthique d'une apparente logique le guidait. Mais, peu à peu, il devenait évident que la métaphysique, qui avait longtemps sous-tendu l'ordre moral, s'était effondrée. Pour moi, ce parallélisme avec Saint-Pétersbourg agissait comme un stimulant. Il y avait des analogies grisantes. Notamment les analogies œdipiennes.

J'attendis dans la rue que Dita vînt se garer dans sa fourgonnette Dodge verte – une femme superbe et bien faite manœuvrant un engin qui était presque de la taille d'un camion. Dita, dont les formes étaient généreuses, avait un peu honte d'une telle abondance et tentait de l'atténuer par des manières raffinées. À notre point de rendez-vous, au coin de la rue, il y avait une boutique de pop-corn au caramel et un parfum chaud et poisseux montait des chaudrons de cuivre. Ils étaient aussi grands que des timbales d'orchestre et donnaient à la rue une tiédeur agréable et un éclat rutilant. Se retrouver dans un lieu surpeuplé avait aussi quelque chose d'agréable. La communion interne avec la vaste réalité humaine était, après tout, ma véritable occupation. C'était un domaine dénué de compétition qui n'intéressait qu'une infime minorité. Je l'avais choisi, animé de la conviction que c'était la seule entreprise valable à ma portée. Comme je l'ai dit plus haut, à moins de faire de sa vie un « tournant », il n'y avait pas de raison d'exister. Seulement on ne *faisait* pas, on *découvrait* ce tournant qui coïncidait avec le besoin vital (inconscient, bien sûr, comme tous les besoins vitaux) de l'humanité. Je commençais tout juste à reconnaître que j'avais voulu faire (ou tenté de faire), pour les humains, ce que l'oncle Benn faisait pour les phycobiontes algoïdes des lichens. Ma rencontre avec Fishl Vilitzer m'avait fait prendre conscience de cela au moment où j'avais vu (ou cru voir) le Fishl « officiellement présenté » se détacher avec un frémissement du visage et s'éloigner, laissant à sa place un tout autre individu, une créature sans rapport avec Fishl le loufoque, promoteur d'affaires biscornues. Je dois reconnaître que j'éprouvais un vif plaisir à vivre cette expérience (ou pour déférer au principe d'objectivité, à imaginer que je la vivais).

Pour en revenir à l'immédiat (et à moi-même, que l'on reconnaîtra aisément comme un échalas chevelu d'environ trente-cinq ans, plutôt taciturne mais, en réalité, naïvement motivé), j'avais à cœur les intérêts de mon oncle, tout comme Fishl – pour emprunter les paroles de l'hymne canadien – « se tenait sur ses gardes » dans l'intérêt de son oncle. Fishl se disposait à affronter et à enfoncer le docteur Layamon, le juge Amador Chetnik et même – dans une perspective plus lointaine – le gouverneur Stewart qui manipulait, disait-on, tous les grands jurys du district fédéral. Fishl avait le culot de se croire capable de tenir tête à ces vedettes, à cette brochette de truands. Je m'étais intitulé ange gardien de l'oncle, aussi devais-je essayer d'interpréter leurs motifs et d'anticiper leurs plans. Il fallait que je tienne conseil avec Fishl, bien entendu. Je ne pouvais pas essayer de lutter seul contre ces fricoteurs de grand style et ces politicards coriaces, ou espérer déjouer leurs magouilles tordues. Il eût été vain de seulement y songer. Quel but poursuivais-je ? Comment pouvais-je remporter la partie ? Qu'y avait-il à gagner ? Cependant, si l'on se fondait sur sa propre bassesse, il devait être possible de pénétrer – et en profondeur – dans les plus bas calculs des autres. J'imaginais ces calculs (qui perdaient de leur bassesse dès lors qu'ils se multipliaient et mobilisaient des trésors d'ingéniosité et d'énergie) traînés en chapelets comme des petits crabes empêtrés dans les algues. Tout le monde – tout le monde sans exception – remorquait quantité d'algues de ce genre.

Enfin, voilà que Dita Schwartz s'approchait avec sa fourgonnette le long de la voie de droite. La circulation était dense et elle me faisait de grands signes derrière le pare-brise. Au lieu de ruminer obscurément, j'aurais mieux fait de lui acheter un sac de pop-corn. Elle parlait toujours avec gourmandise des Cracker Jacks[1]. Cependant, comme bien des gens embarrassés de leur physique, elle s'efforçait de surveiller sa ligne mais, de toute façon, il était trop tard. Enfin, elle était là dans sa plénitude féminine. Lorsque vous montiez dans la Dodge, vous sentiez la chaleur de son buste avant de sentir celle du chauffage.

— Salut, mon cher, dit-elle. Tu t'es gelé à m'attendre. Tu aurais dû venir au parking ou même dans la salle d'attente du docteur.

Elle pouvait dire « Salut » sur un ton d'amitié virile, mais son haleine parfumée et l'expression de ses yeux sombres étaient d'une absolue féminité. Ces détails se remarquaient car la peau, elle, n'avait pas un grain féminin. Ce n'était pas un épiderme de bonne qualité mais d'une trame composite, évoquant le tissu cicatriciel, engendrée par les désordres d'une adolescence fiévreuse. Même dans le froid vif, son visage restait pâle. Elle préférait feindre l'indifférence à cet égard. Mais, parfois, elle s'attristait ou s'indignait de son teint – un grave défaut, à ses yeux –, dont elle ne se consolait pas. Cependant, il valait mieux, après tout, être affligé de tares évidentes et non cachées, ce

1. Pop-corn caramélisé. *(N.d.T.)*

qui permettait de les encaisser. Ce sont les anomalies secrètes qui vous causent les pires soucis. (Je songe à mon infériorité sexuelle par rapport à mon père, à cette croix phallique que je suis contraint de porter.) Dita était pâle parce qu'elle avait une peau trop dense pour se colorer. Elle avait une fois demandé à voir des photos de Treckie. Je n'avais qu'un cliché d'Instamatic sur lequel Treckie, les épaules nues, riait – dents éclatantes, yeux bleus, visage rose. C'était ce visage rose sur lequel Dita avait concentré son attention. « Treckie, quel drôle de nom ! » fut son seul commentaire. Je la questionnai sur le sien. Non, ce n'était pas un diminutif de Perdita ni même d'Edita ; simplement Dita, tiré d'une histoire d'amour véridique que sa mère, ouvrière, avait lue à la maternité. Dita et moi étions professeur et élève à l'époque de cette conversation et entretenions des rapports amicaux. Elle était disposée à se pencher sur mes problèmes et se résignait à mes divagations, mes absurdités, et mes aberrations qui, en fait, lui plaisaient. Aux yeux de gens normaux, j'aurais eu l'air d'un fou, mais Dita et moi connaissions si bien Gogol, les fantasmes de Dostoïevski, Sologoub et Andréi Bely que les rêves délirants, les idées extravagantes, ne la troublaient nullement. Elle était habituée à mes élucubrations. Comme disait E.M. Forster : « Comment saurais-je ce que je pense avant de voir ce que je dis ? » Voilà, sauf erreur, une grande vérité. Les Anglais, cependant, s'enchantent si souvent d'un début fracassant qu'ils ne vont pas plus loin. Il faut ensuite, pour pousser sa réflexion plus avant, dépasser la catégorie des formules brillantes. Dita discernait souvent longtemps à l'avance les orientations que j'avais prises et venait me rejoindre à mi-chemin. Elle me demanda comment je m'en étais tiré avec Fishl. Je ne l'avais pas mise dans la confidence, mais pendant tout le trajet avec elle, je m'étais senti dans mes petits souliers.

— Comment ça s'est passé avec ton cousin Vilitzer ? demanda-t-elle.

— Comme ça se passe en général avec nous autres, êtres barbares et hybrides, dis-je.

Il était inutile de s'étendre là-dessus. Elle connaissait mon opinion – que nous vivions en un siècle d'hybrides et que, si l'on n'en était pas un, si l'on prétendait vivre selon des normes classiques, traditionnelles, comme certains se vantaient de le faire, on n'était pas dans le coup. (Je vois qu'après tout je m'étends justement sur le sujet.) Vous pouviez être une personne estimable mais vous viviez « ailleurs » – avant 1914, et même avant le XVIIIe siècle. C'était agréable, à coup sûr, mais cela signifiait que vous vous dérobiez devant le présent, vous aviez choisi de vous en exclure. (Ceci peut apparaître comme une divagation mais attendez un instant.) Les juifs, dans la mesure où ils avaient vécu isolés selon leur code antique, s'étaient ainsi comportés durant des millénaires, depuis les ères fossilifères. Puis ils avaient volontairement choisi de se rallier au temps présent et, plus tard, ils avaient été malgré eux projetés dans l'Histoire moderne, y avaient pénétré par millions dans leurs chars à bœufs, prenant alors conscience (ceux qui en avaient le temps) de l'impossibilité pour eux de se déclarer, avec courtoisie, en marge de la civilisation contemporaine. Je ne peux pas poursuivre sur ce terrain, d'urgentes priorités m'attendent. Mais c'est une toile de fond qui éclaire le compte rendu de ma conversation avec Fishl Vilitzer. Lui et moi étions des barbares ou des hybrides d'un type américain particulier. Si vous vous risquez à penser en Amérique, vous ressentez conjointement l'obligation d'accompagner votre réflexion d'un schéma historique destiné à l'authentifier ou à la légitimer. Ainsi, un instant d'intuition fulgurante est suivi d'un quart d'heure de pédanterie et de fastidieuse élaboration – le blablabla académique. De Locke à Freud, avec des arrêts à quelques stations locales comme Bentham et Kierkegaard. On ne peut que plaindre les gens qui s'empêtrent dans ces commentaires explicatifs. À moins (autre possibilité, préférable) d'en découvrir l'aspect comique.

Je ne voulais pas débattre des problèmes de l'oncle Benn avec Dita. Nous étions amis ; il n'y avait pas entre nous de complications amoureuses ; nous pouvions donc parler en paix de toutes sortes de sujets. Cependant, les difficultés maritales et les tourments sexuels de l'oncle étaient de nature confidentielle. Je désirais vivement en discuter avec quelqu'un et Dita aurait été l'interlocutrice idéale ; elle avait la tête solidement plantée sur les épaules. Mais je ne pouvais même pas aborder le problème par la bande car elle aurait tout de suite flairé mes intentions.

— Quel genre de docteur es-tu allée voir ? lui demandai-je.

— Un dermatologue, dit-elle.

Elle avait pris un ton léger, si bien que je ne me doutai pas qu'elle avait en tête un souci sérieux (par exemple, le projet de changer son apparence de façon à pouvoir rivaliser avec Treckie). J'étais si accaparé par l'histoire de l'oncle Benn, l'énigme du Roanoke, les grands jurys et le reste que je ne compris qu'à retardement les signaux de Dita. Quand elle parla de dermatologue, je n'eus qu'une pensée : « Elle ne peut pas songer à se faire lifter, elle est beaucoup trop jeune. Elle doit avoir une éruption dans un endroit indicible. » Et je n'allai pas plus loin.

En arrivant à mon petit bureau des études slaves, j'y trouvai, glissé sous la porte, un message de mon oncle : « Chez moi cet après-midi. » Je n'ôtai même pas mon manteau. Je savais ce que signifiait « chez moi » et je me rendis directement à son appartement près du campus. Ces derniers temps, il n'était pas souvent là, passant le plus clair de son temps à Parrish

Place dans le but irréaliste d'établir des relations avec la famille de Matilda. Le docteur Layamon rentrait rarement droit chez lui après ses heures de bureau. Il jouait aux cartes à son club – des sommes non négligeables. Matilda voulait surtout que Benn cultivât sa mère et nouât avec elle des liens personnels. Ce n'était pas aussi simple qu'on eût pu le croire car Jo Layamon s'installait souvent dans le bureau interdit et quand Benn se montrait dans le vaste champ de meubles au-delà, elle tenait sa présence pour négligeable. Quant à frapper à sa porte fermière, il était trop timide pour s'y risquer. S'il jetait parfois un coup d'œil à l'intérieur, c'était plus pour voir l'azalée rouge dans le coin le plus éloigné que pour contempler sa belle-mère assise à sa table.

Toujours est-il que je le trouvai dans son réduit beaucoup plus obscur, au milieu de ses livres de botanique et de ses gravures de plantes aux noms latins, ou au milieu de coupes morphologiques qui, pour moi, ne ressemblaient à rien de précis. L'oncle lui-même ne paraissait pas en forme. Il avait l'air patraque, c'était évident. Il me servit un verre de Wild Turkey. Comme il ne faisait plus son ménage, le verre avait un aspect brumeux. Un an avant, il l'aurait mis à tremper dans l'évier avec du Calgon et en aurait sorti un propre. Le cardiologue l'avait remis à la Quinidine pour son arythmie, me dit-il. Son souffle aussi avait quelque chose de déjeté et en « observateur infaillible » (ce genre d'individu existe), il s'en rendait parfaitement compte.

— J'ai la respiration un peu coincée aujourd'hui, dit-il.

— Vous n'êtes pas malheureux, mon oncle ?

— Non. Pas vraiment.

— Complications post-lune de miel ?

— Ne va pas à la pêche avec moi, dit l'oncle. Est-ce que je regrette de m'être marié ? La réponse est non sans équivoque. J'ai eu tout à fait raison.

— Je n'ai pas dit le contraire. Personnellement, je ne me suis jamais marié, mais il paraît que dans les premiers temps, quand les gens cherchent encore leur voie, on remarque des changements. Ne pensez surtout pas que je cherche à vous embêter ou à vous faire marcher. Je me fais seulement du souci pour vous.

— C'est bien, Kenneth. Ta conception de l'amour m'est assez familière – que chacun s'inspire d'un système séparé.

— Le *petit système à part**.

— Et dans chaque cœur il y a un glacier qu'il faut faire fondre, sinon l'amour ne peut circuler.

— Je ne nie pas que nous avons discuté de ça dans ces termes. Qui sont des termes très sombres, je l'admets. Je n'avais pas l'intention de vous déprimer, oncle Benn.

— Je ne demande qu'à le croire.

— Et quand je vous ai parlé de complications post-lune de miel, je me souvenais seulement de ce qu'avait dit un jour Benjamin Franklin. Il donnait ce conseil : Avant le mariage, ouvrez grand les yeux ; après, fermez-les à demi.

— Veux-tu dire que les garder grands ouverts après est une grave erreur ?

— Franklin est célèbre pour cette recette sensée, banale et accommodante d'existence sans heurts. Pourquoi croyez-vous qu'on a mis son portrait sur les billets de cent dollars ? Je voulais simplement dire, mon oncle, que vous paraissiez un peu éteint.

— Quelques nuits d'insomnie, voilà tout.

— De nouvelles inquiétudes ? La perspective d'avoir à remplir tout cet espace vide au Roanoke ? Ou est-ce l'affaire de l'oncle Vilitzer qui vous tracasse ?

Dans cette accumulation de questions posées à l'oncle, je reconnaissais un prolongement de ma conversation avec Fishl Vilitzer, cette tactique de harcèlement visant à conserver l'initiative. Ce n'était pas loyal de l'utiliser contre mon oncle et j'y renonçai *tout de suite**. L'oncle, à moitié sincère, déclara qu'il ne s'inquiétait pas trop à propos de Vilitzer. Néanmoins, il était très désireux de savoir comment s'était déroulée ma conversation avec Fishl.

— Tu ne lui as donné aucun renseignement sur moi, j'espère ?

— Rien de plus qu'une allusion au fait qu'Amador Chetnik avait présidé la cérémonie. Ce qui l'a incité à parler de Chetnik. Chetnik est sous le coup d'une enquête parce qu'il est trop riche pour un juge.

— Nous étions au courant de cette enquête, remarqua l'oncle d'un ton impatient.

— Pour alléger sa sentence, étant donné qu'il est bon pour la prison, il pourrait être prêt à révéler aux autorités ce qu'il sait de l'oncle Harold. C'est la peau d'Harold qu'ils veulent.

— Oui, mais il a survécu jusqu'ici. Comme dit mon beau-père, savoir comment voler fait toute la différence entre les durs et les mous en politique.

— Tant que leur machine est restée intacte, les Vilitzer ont pu se tirer de n'importe quelle situation. Mais elle est en piteux état. La seule base sûre maintenant pour un démocrate, c'est la chambre des représentants qui est toujours démocratique. Et même là, les jours de gloire sont révolus sauf pour les présidents des grandes commissions, les tenants du pouvoir, les gros bras, que même l'Ethics Committee[1] ne peut pas toucher. C'est ce que m'ont dit des gens qui devraient être bien informés. Ici, localement, l'oncle Harold a été dépossédé de son pouvoir par des trafics de listes électorales et il ne peut plus se protéger luimême. C'est un de ces vieux bonshommes qui

1. Commission de moralité. *(N.d.T.)*

tenaient les commandes depuis le temps de FDR, et maintenant ils ne peuvent même plus vivre sur l'argent qu'ils ont volé.

— Voilà qui ressemble plus à Fishl qu'à toi, si tu veux bien me pardonner cette remarque. Quelle est ton impression ? Est-ce que Fishl est un monstre ?

— Pas plus que la plupart d'entre nous. L'important, c'est qu'il est décidé à protéger son père.

— Pour toi, c'est ce qui compte, bien sûr. C'est comme ça qu'il t'a conquis. J'espérais avoir une vision plus nette de la situation. J'ai honte de le dire, mais ces histoires de listes électorales m'échappent. Contre ces gens-là et tous ces brassages d'argent, je me sens faible et ridicule.

Comme je comprenais bien ce qu'il voulait dire ! Les gens comme nous ne faisaient pas partie de la grande entreprise en marche. La grande entreprise, c'était l'Amérique elle-même et l'accroissement de ses pouvoirs. La soumission aux pouvoirs en question faisait de vous quelqu'un. Même en s'y opposant on y participait encore (par exemple, si l'on était cocaïnomane, on se retranchait des forces vives du travail mais on relançait le marché en achetant de la drogue et, ainsi, la résistance à la société était en quelque sorte achetée et compensée). Mais où l'oncle, avec la courbure slave de son dos, sa grosse tête, le symbole de l'infini dessiné par ses yeux (le lemniscate bleu de son regard), figurait-il dans le tableau ? Comprenait-il ce que Paul Volcker disait des taux d'intérêt ? Ou les moindres rudiments de la propulsion à réaction ? Ou l'électrotechnique ? Mais les simples espions qui vendaient des secrets techniques aux Russes avaient une longueur d'avance sur l'oncle car ils savaient lire les plans. Si l'oncle avait joué un rôle quelconque à la télévision, dans une banque d'investissements, dans la publicité, la musique commerciale, l'hydraulique, la chimie des protéines, comme l'attitude des Layamon aurait été différente ! Mais il n'était penché sur aucun plan, sur aucune balance des comptes, alors qu'allaient-ils donc faire de lui ? Il venait rôder aux frontières de l'univers des Layamon, entraîné par ses désirs. Des désirs qui pouvaient être annihilés, comme l'admiration de la beauté ; le désir d'être lié à une femme dans l'amour et la tendresse, et pour finir, les besoins sexuels qui, parlons franchement, sont rarement – sinon jamais – dénués de certaines dépravations, pour ne pas dire de perversité pure et simple.

— Pourquoi ne pas dire non ? suggérai-je à l'oncle. Non à tout. Pourquoi ne dites-vous pas que vous refusez d'aller vous installer au Roanoke ? Et que vous ne voulez pas faire une crasse à l'oncle Harold. Refusez, voilà tout.

— Comment veux-tu ? J'ai des obligations envers Matilda. Elle est si belle, si vivante et ainsi de suite. Je ne peux pas lui demander de mener la morne existence d'une femme de professeur. Au bout du compte, cela me nuirait aussi.

Je ne pouvais pas raisonner de manière rigide avec lui ou adopter une position intransigeante car j'étais compromis par mon propre attachement à Treckie et prêtais le flanc à des contre-attaques.

— Qu'est-ce que Matilda veut que vous fassiez à propos de Vilitzer ?

— Elle ne s'attend pas à me voir négocier avec lui. Quelqu'un d'autre devra s'en charger.

— Vous êtes seulement censé dire que ce quelqu'un vous représente ?

— Écoute, Kenneth, le vieux a vraiment été injuste envers Hilda et moi.

— Vous n'auriez pas pu obtenir quinze millions pour cette propriété.

— Il m'a traité avec mépris, dit l'oncle.

— Et alors ? Quelle importance ? C'est un croulant maintenant. Vous n'avez pas vraiment l'intention de le menacer ?

— Matilda dit qu'il ne lui arrivera rien de mal. Elle ne le permettrait pas.

— Mon oncle... Fishl aimerait que vous le laissiez traiter avec son père.

— Non, non, Kenneth. Si quelque chose doit être fait, je préfère m'en charger moi-même.

— Je crois que Fishl s'inquiète pour la santé de son père.

— C'est possible. Il veut aussi apparaître à papa comme un sauveur. Et, à ma connaissance, Fishl n'est jamais arrivé à rien dans la vie. D'après Matilda, il s'est mis dans un pétrin terrible avec une affaire qu'elle appelait des transactions à terme sur la viande. Il avait acheté à crédit, en différé ou Dieu sait quoi, il y a eu une tempête et on n'a pas pu livrer le foin pour les bêtes. Elles sont toutes mortes et Vilitzer a dû sortir un demi-million de dollars pour éviter la prison à Fishl. Harold a trouvé que ça suffisait comme ça.

— Pourquoi Amador Chetnik vous a-t-il mariés ? Matilda vous en parle-t-elle ?

— Il n'y a pas de quoi fouetter un chat. Un ami de la famille. C'est un personnage grossier avec un nez tout aussi grossier, mais il n'est pas différent d'une douzaine d'autres. De toute façon, un mariage, c'est une formalité qu'on subit pour faire plaisir aux parents.

— Elle ne s'est pas rendu compte que Chetnik était le juge qui avait statué contre vous ?

— Une jeune mariée, Kenneth. Moins d'un mois et déjà en train de bluffer ? Je dois la croire sur parole.

J'étais sur le point de dire que dans certains cas le bluff ne s'arrête jamais et que si le mariage était une convention, il en était de même de mots comme « vrai » et « faux », mais le moment était mal choisi pour asticoter l'oncle avec des sophismes. De lourds fardeaux jusqu'alors inconnus pesaient sur lui et il n'était pas lui-même. L'évolution interne que j'observais en lui me causait beaucoup de souci.

— Matilda et le docteur pensent qu'il faudrait compléter mon actif. Jamais je n'avais entendu cette expression, elle doit sortir du quartier des affaires. Tout semble différent de Parish Place. Jamais je n'ai vécu si près du cœur des choses. Et chaque fois que je m'approche d'une fenêtre, je vois ce foutu gratte-ciel. Ma vie ancienne gît dans ses fondations – la cuisine de ma mère, les étagères de livres de mon père, les mûriers. C'est comme un de ces villages noyés par la TVA[1] où il faudrait être plongeur sous-marin pour aller revisiter son enfance.

— Jamais je ne suis entré dans la tour électronique. On ferait peut-être bien d'aller y jeter un coup d'œil, ne serait-ce que pour démystifier l'endroit. Je crois qu'au premier jour ensoleillé, on devrait monter à l'observatoire.

— Je te conseille de dire à Fishl de ne rien faire en mon nom. Ce n'est qu'un vieil hippie qui essaie encore de s'immiscer dans le monde des affaires. Il aurait dû y arriver il y a vingt ans.

— Ce n'est pas la composante essentielle de Fishl, dis-je. Chez lui, ce n'est qu'un continent englouti, si on veut. À la base, Fishl est un homme sensé.

1. Tennessee Valley Authority. *(N.d.T.)*

À cette déclaration, j'ajoutai in petto quelques réflexions personnelles : tout d'abord, Benn et moi n'avions que Fishl à qui nous adresser. Il avait le regard pénétrant mais le cadre où s'inscrivaient ses yeux (visage adipeux, double menton impérial, calvitie duveteuse) n'était pas à cent pour cent rassurant. Je l'admets sans barguigner ou, comme on dit parfois dans mon pays natal, *tout de go**. Cependant, on ne peut pas juger d'après des particularités. Ces particularités découlaient d'une source unique. Si l'on ne pouvait trouver cette source, on ne disposait que d'un assortiment de lèvres, de nez, d'oreilles, de chevelures, de crânes, etc. – *disjecta membra*. Enfin, je croyais avoir une vague idée de la source en question, dans le cas de Fishl, qui était fondamentalement prévisible et fiable. Beaucoup plus fiable que les Layamon. Je supposais que le docteur, à peine avait-il découvert le rôle de Vilitzer, s'était senti l'âme d'un conspirateur. Il pouvait enrichir Matilda sans que cela lui coûte un sou et ce vieux jeton de botaniste, Crader, au lieu d'une mésalliance, serait le *grand prix** sur lequel les Layamon ne comptaient virtuellement plus. Le plus grand ordinateur matrimonial dans le monde n'aurait pu dénicher un conjoint aussi idéal. Il présentait d'incalculables avantages dont celui de ne rien connaître à l'argent. De plus, il devrait ses millions à ses artificieux beaux-parents. Et on pouvait se fier pour le reste à Matilda. Elle trouverait toutes les solutions possibles et ne laisserait rien au hasard. Tel était sans doute le point de vue des Layamon sur Benn qui, pour moi, était un oiseau rare, un cas réellement unique. Ils ne semblaient pas se rendre compte exactement de ce caractère original. En avait-il lui-même conscience ? En partie. Et il me répugnait de penser qu'un tel homme, qui possédait un pouvoir magique ou des dons prophétiques, devait consentir à déraisonner dans la vie réelle. Cette concession le soumettait très nettement aux postulats des « pragmatistes », ces insolents qui se considèrent comme les seuls vrais interprètes de la réalité et qui peuvent impunément accumuler les bourdes sans que s'en formalisent les oiseaux rares inattentifs. Et, à mon avis, ces derniers sont pervers eux-mêmes, trop inertes devant la dégradation. À cet égard, je me souviens souvent d'une réflexion isolée de W.H. Auden : « Les tourments sont séduisants pour qui n'est pas lié. » Qu'entendait-il par « pas lié » ? Dégagé des contraintes de la réalité ? Dépourvu de vocation ? Résigné devant l'abjection tant l'abjection vous saute aux yeux ? Oh, tant de fil humain enroulé sur les plus vulgaires bobines. Si vous laissez de côté les détails secondaires assez longtemps pour y réfléchir, vous commencez à éprouver une profonde détresse, et c'est exactement ce que disait l'oncle au journaliste qui l'interviewait sur les dangers de la radioactivité à Three Mile Island et à Tchernobyl, quelque chose comme « Les peines de cœur sont si meurtrières ». Et l'on peut sans trop de risques avancer que les peines de cœur en effet font plus de victimes que les radiations atomiques. Et pourtant il n'y a pas de levées de boucliers contre les peines de cœur, elles n'entraînent aucune manifestation dans les rues.

Cependant, ce que je trouvais le plus détestable, c'était que l'oncle se laissât utiliser contre Harold Vilitzer. Vilitzer, sans le moindre doute, était un faisan d'envergure. Il avait pour objectif essentiel d'amasser une fortune énorme, et au diable tout le reste. Personnellement, je n'avais rien contre lui mais si la logique de l'enrichissement voulait qu'il soit abattu, lui aussi, alors tant pis pour lui. Il est tout à fait normal que ceux qui règnent par l'épée périssent par l'épée. Idem pour ceux qui règnent par le pénis ou n'importe quoi d'autre. Quand on choisit un certain mode de vie, il faut être prêt à se faire aplatir selon une loi que tous les êtres raisonnables reconnaissent comme irréfragable et juste. Cette loi devrait s'appliquer à Vilitzer, c'est clair. Ce que je déplorais, c'était que l'oncle en devînt l'instrument. J'y voyais l'une des conséquences de sa position, les complications dans lesquelles l'avaient plongé l'amour et le mariage. Oui, si l'on préfère, la sensualité, le désir charnel, le Karma de l'érotisme. Je n'avais jamais eu la certitude que l'oncle avait été emporté par un désir irrésistible, et je n'avais jamais su s'il réclamait son dû ou le payait. La pauvre vieille Della Bedell avait fait partie des protestataires. (« Et moi, qu'est-ce que je dois faire de ma sexualité ? ») L'oncle, d'autre part, avait peut-être été soumis à des exactions. (Tu dois y passer comme les autres hommes.) Et je n'aurais jamais de réelle certitude, bien que l'oncle ait fini par me confier à quoi ressemblaient ses relations avec Matilda. Comme je l'ai dit plus tôt, le vieux me contait tout ce qui lui passait par la tête.

J'estimais indigne de l'oncle d'accepter de démolir Vilitzer. Au cours du premier procès, il n'avait été partie civile que nominalement. Pour des raisons professionnelles, il se trouvait en Assam et ne s'était guère soucié de l'issue des débats. C'étaient les Layamon qui lui avaient mis dans la tête qu'il était honteux de se laisser escroquer : « Vous ne pouvez pas laisser ce bonhomme faire de vous un guignol, même si c'est un parent », disait le docteur. Toujours est-il que, tout bien considéré, je ne pouvais m'empêcher de penser que j'avais eu raison d'émigrer en Amérique. Ce que j'avais dit à mes parents : « C'est là-bas qu'il se passe quelque chose », se révélait vrai. Je ne pouvais pas dire que je n'en avais pas pour mon argent. Même à une époque comme la nôtre, avec l'oncle plongé au cœur d'une crise croissante, mis dans une situation fausse, assis devant moi vêtu d'un de ces nouveaux complets commandés par les Layamon, annihilé par *leur* volonté pour ainsi dire, c'était encore un homme d'une stature inhabituelle, un personnage à part, peut-être l'un de ces citoyens de l'Éternité, un être mystérieux – mystère qu'il projetait peut-être sur les plantes. Oui, la botanique. La botanique était la grande affaire. Cependant, elle avait une rivale, la sexualité féminine. Il ne pouvait pas laisser les femmes en paix. Quand il voyageait autour du monde, il avait pour couverture professionnelle les racines, les feuilles, les tiges et les fleurs, mais, en fait, il fallait compter avec une force rivale d'une grande efficacité. Une partie de son Éros, détachée des plantes, se tournait vers les femmes. Et quelles femmes ! Un phénix à la poursuite d'incendiaires ! Tel était mon opinion spontanée et déconcertante. Consumé jusqu'à l'anéantissement, ressurgi des cendres. Et, après tout, le moindre retour du désir est une forme de réincarnation. Car, une fois le désir parti, nul homme ne peut être certain qu'il reviendra jamais. Comme dans le poème de Yeats : « Bien des fois je suis mort, bien des fois je me suis relevé. »

Ayant choisi une belle journée, j'emmenai l'oncle en ville et, par une série d'ascenseurs, nous montâmes jusqu'à l'observatoire du cent deuxième étage, au sommet de la tour électronique, qui jadis avait abrité le foyer d'éclopés des Crader. Au rez-de-chaussée était installée la Burke and Hare National Bank avec ses chambres des coffres hyperblindées. Cette institution, m'avait expliqué Benn – lecteur assidu, depuis quelque temps, du *Wall Street Journal* –, avait été renflouée par le gouvernement fédéral. Trop de prêts désastreux aux pays du tiers-monde dirigés par ce que le même journal appelait des kleptocrates, c'est-à-dire des fonctionnaires civils ou militaires qui transféraient ces millions empruntés sur des comptes privés en Suisse. Quoi qu'il en soit, devant nous se dressait l'immense monument immaculé, ancré à Dieu sait combien de dizaines de mètres dans les strates du permien et du triasique. À coup sûr, impressionnante métamorphose d'un logis familial quel qu'il fût. Le droit d'entrée était de un dollar cinquante, l'une des attractions touristiques les plus abordables de la ville. Pour moi, la visite était sincèrement dépaysante. À une telle altitude, quels désordres ne seraient pas provisoirement oubliés – un crime commis dans un lointain passé, une erreur fatale de jugement. Et même la naissance secrète de cellules cancéreuses dans vos organes internes lorsque vous êtes arraché à vous-même par la vue d'un cent deuxième étage. Ce que je veux dire, c'est que toute anomalie dans l'ordre humain peut être mise en échec lorsque l'on contemple une pyramide d'Égypte ou un plafond de la Sixtine. Je suivis l'oncle en silence, tandis qu'il promenait sur sa ville natale son regard cobalt – usines vides, entrepôts désertés, rues éventrées, bras de rivière aux eaux d'aquarium immobiles ; et puis la campagne, les prairies dégagées de l'obscurité de la ville, les terres cultivées glacées de blanc et les ciels éveillant des idées de liberté, d'envol ou d'évasion. Je me demande si l'oncle n'était pas en train de penser : quelle journée parfaite pour s'enfuir, comme il le faisait parfois ; mais, maintenant, il n'y avait plus de vol en vue ; et une femme n'est pas une valise. Aucun indice n'était visible. Peut-être des réflexions d'ordre scientifique ou bien sentimental lui traversaient-elles l'esprit. Peut-être se souvenait-il du livre de Haym Vital sur l'arbre de Vie, perdu au moment où l'on avait démoli la maison. Enseveli dans les fondations, qui sait ? Benn n'émit qu'une seule remarque sur la mort de son père, quelque part au-dessous de nous, vingt ans plus tôt.

Dans le hall, avant de quitter l'immeuble, nous jetâmes un coup d'œil au répertoire des locataires : compagnies d'assurances, firmes d'engineering et de comptabilité, consulats étrangers, chaînes nationales de magasins ; pas de pharaons ensevelis en ces lieux. L'oncle voulait m'inviter à déjeuner dans un restaurant coté – chez Skelly, près du marché, mais aucun signe de marché n'était visible et aucun Skelly ne figurait aux pages jaunes – Skelly était parti à la droite du père, reposant dans un cimetière catholique ; nous nous séparâmes donc sans déjeuner, sans parler, chacun plongé dans ses pensées et nous restâmes plusieurs jours sans nous revoir.

Je me trouvais moi-même débordé d'occupations inattendues et pas toujours agréables. L'oncle et moi échangions au téléphone des conversations de routine. Pour l'instant, il avait assez de problèmes personnels sur les bras et je ne voulais pas le bassiner avec les miens. Une Mme Tanya Sterling avait pris contact avec moi. C'était la mère de Treckie. Quelques jours plus tôt, j'avais reçu un mot d'elle. Elle venait en ville pour l'exposition d'appareils ménagers et devait descendre au Marriott. Pourrions-nous nous rencontrer ? Il était naturel que je consulte Treckie à ce sujet et je n'avais pas le numéro du VA Hospital où elle travaillait. Le décalage horaire avec Seattle étant de deux heures, il m'était difficile d'appeler à l'heure du dîner car je voyais alors beaucoup Dita Schwartz qui n'allait pas très bien et avait besoin de mon aide. L'unique circonstance favorable au cours de cette semaine troublée était l'excellence du temps d'hiver. Je suis très sensible à la météo et, selon le climat, varient mes états d'âme et mon humeur, insouciante ou morose. Mais nous bénéficions alors d'une série de journées clémentes, d'après-midi de janvier secs et ensoleillés qui me déclenchaient dans la tête des vibrations musicales. Ces moments-là étaient particulièrement propices à la contemplation. Par malheur, j'étais trop occupé pour m'y livrer, et les soucis gâtaient les occasions offertes. Lorsque je finis par obtenir le numéro demandé à Seattle, une voix d'homme, au bout du fil, me demanda qui j'étais et ce que je voulais. Avec une perspicacité accrue par les soupçons et la jalousie, je supputai que le quidam était en train de dîner et qu'il appelait Treckie, affairée devant le réchaud : « Treckie, y a un type qui veut te parler. » Ce n'était pas un visiteur du soir. L'homme était bien établi dans la place. Le bébé, dans sa chaise haute, le prenait peut-être pour son papa. Elle était en train de préparer des petits plats à ce personnage. La suspension en verre coloré – vive Tiffany ! – baignait de son éclat le milieu de la table. Je voyais d'ici le tableau. Jamais Treckie ne m'avait invité à dîner à Seattle. Parmi les aliments qu'elle servait en général il n'y avait rien qui pût m'inspirer des regrets : au menu figuraient des plats surgelés réchauffés au four à micro-ondes, ou des boulettes de bœuf frites avec des pois mange-tout congelés. Si elle cuisinait, la pièce se remplissait de fumée et je m'imaginais son butor d'ami en maillot de corps, tel Kowalski dans *Un Tramway nommé Désir*. J'avais apporté ma contribution à ce décor sordide sous forme d'une petite fille. Bien fait pour moi : cela m'apprendrait à ne pas afficher une telle « dignité », à me montrer si poli et plein de principes avec des interlocuteurs imperméables à mes efforts. J'avais le droit de parler sans ménagement à Treckie. « Qui est ce type ? » et ainsi de suite. Mais je me heurtais aux circonstances présentes et contre celles-ci je n'ai jamais eu la moindre chance. J'adoptai donc la position que l'on définit, en termes légaux, comme celle du *nolo contendere*. Je la traduis librement par : « espérance d'une condamnation légère ».

— Tu es en train de dîner, dis-je à Treckie. Excuse-moi de te déranger. J'ai moi-même un rendez-vous dans une demi-heure et donc je serai bref.

— Ce n'est pas grave, Ken. Qu'est-ce que tu veux au juste ?

— C'est ta mère. Elle vient en ville et m'a demandé si on pouvait boire un verre ensemble.

— Oh, elle t'a…

— Donc, il faut que je te pose la question : qu'est-ce qu'elle sait au juste ?

— Oh, elle est déjà venue ici et elle a vu Nancy. Après cinq ans passés à Costa Rica, elle s'est soudain intéressée de nouveau à sa fille. Il n'y a plus de secret entre nous s'il y en a jamais eu.

— Oh, Costa Rica ? Tu m'avais parlé de ça, il y a quelque temps.

— Elle s'était lancée dans une idylle avec un type du genre Robert Vesco, que le gouvernement n'avait pas réussi à extrader. Je crois qu'il a fini par l'envoyer balader ; il est donc maintenant débarrassé du fisc et de ma mère en même temps. Ken, qu'est-ce que je peux te dire d'autre ?

— Le bébé va bien ?

— Elle est très contente de la garderie.

Le père biologique maigre et méfiant du Middle West n'ayant pas préparé de conversation, il ne voyait pas comment garder plus longtemps sa correspondante au bout de la ligne. Créature mystérieuse lui-même (ce qui n'est d'ailleurs pas l'exception ; la plupart des êtres humains sont très éloignés des schémas simplistes de la psychologie), il était mystifié par la mère, plus insondable encore, de son enfant. « Vois-tu une objection à ce que je rencontre Tanya ? De quoi crois-tu qu'elle veuille parler avec moi ? »

Au ton de sa voix, je reconnus exactement le mouvement d'épaules de Treckie. Comme à l'occasion de notre première étreinte, lorsqu'elles étaient nues et qu'elle les avait haussées, me mettant au défi de la questionner sur ses jambes meurtries, j'aurais parié que, précisément, ses épaules se soulevaient. Je perçois les moindres nuances de la voix au téléphone, en dépit de mon ouïe défectueuse. Je peux dire ce que font les gens à trois mille kilomètres de distance. Elle répondait :

— Tanya est venue ici pour se chamailler avec moi. C'est le but essentiel de ses visites. Ce que tu peux lui dire ou pas, je m'en fous.

— Était-elle contente que tu aies la petite ?

— Les femmes de son espèce mettent toujours le grappin sur leurs petits-enfants. La formule en usage est la suivante : « Ma petite-fille sera tout ce qu'aurait dû être ma propre fille et qu'elle n'est pas, tant s'en faut. »

Envers moi, Treckie n'était ni amicale ni hostile. Notre intimité avait diminué de dix ou de vingt crans maintenant qu'elle avait un pensionnaire de poids à la maison. Elle avait pour règle de ne se laisser troubler par rien de ce qui, selon les codes anciens, aurait pu la mettre dans l'embarras. À l'égard de ce que je pouvais ressentir, elle déclinait toute responsabilité. Les pincements du cœur ne regardaient que moi. S'ils me dérangeaient tellement, je pouvais aller trouver un docteur et lui demander de me prescrire des pilules. Si j'estimais qu'elle allait trop loin, c'était à moi de concevoir une riposte appropriée. Je pensais même (curieuse pensée en un moment pareil) que quelqu'un devrait faire une étude sur l'humilité, l'une des politiques religieuses les plus négatives. Si j'estimais ma conduite louable, qui allait en faire l'éloge ? Ce qui me tentait vraiment, c'était de sauter dans le prochain avion pour Seattle et d'aller remettre un peu de bon sens dans la tête de Treckie. Foutre à la porte le type qui se l'envoyait, lui casser la gueule, l'assommer à coups de marteau et le virer en bas des escaliers. Certains de ces fantasmes de violence, je m'en rends compte aujourd'hui, procédaient de l'indignation devant la façon dont l'oncle recevait les affronts comme un poinçonneur de métro reçoit les billets, mais il n'y a aucune relation possible avec les autres – aucune –, si l'on n'est pas prêt à se résigner aux affronts.

— Je tiens le récepteur entre l'épaule et l'oreille, me dit Treckie. Ces steaks vont brûler si je ne me sers pas des deux mains. Alors rappelle-moi plus tard si ça te chante.

Je ne pourrais dire lequel de nous deux raccrocha le premier. Je crois qu'elle me battit d'une courte tête, sentant peut-être que ma courtoisie s'effritait et que j'étais prêt à demander : « Quel est ce peigne-cul qui m'a répondu ? »

Enfin, j'avais envie de voir sa mère. Si elle était en conflit avec Tanya, je pourrais extorquer des tuyaux à la vieille entre deux cocktails, apprendre des choses dont j'avais jusqu'ici refusé d'admettre l'évidence. J'appelai donc le Marriott et laissai, ou tentai de laisser, un message. Il est possible d'atteindre n'importe quelle partie du monde en pressant sur douze à quinze touches, mais laisser un message relève de l'exploit. Il y a quelques mois, par exemple, le président du conseil municipal fut entrepris au cours d'une collecte de fonds par une hystérique qui craignait pour sa vie. Sur ce, au lieu de l'écouter sur place, il lui dit : « Appelez-moi à mon bureau. » Sans doute l'appela-t-elle. Il est bien probable que jamais le message ne lui parvint. Elle aurait dû lui déclarer séance tenante : « Mille dollars de contribution pour votre campagne si vous m'accordez dix minutes d'entretien. » Mais elle ne comprenait rien à la politique et y laissa sa vie. Quatre mois plus tard, on la découvrit assassinée au volant de sa voiture, sous cinq mètres d'eau dans un canal (cette voiture figurait parmi vingt-sept autres coulées par leurs propriétaires, qui avaient déposé des plaintes pour vol auprès de leurs compagnies d'assurances).

Le jour suivant, Tanya Sterling me rappela mais j'étais alors occupé avec Dita Schwartz.

Persuadée qu'elle devait rivaliser avec Treckie au visage si lisse, Dita était allée trouver un dermatologue qui l'avait assurée qu'une intervention était possible. Ayant souffert d'acné dans son adolescence, elle avait le visage couvert de cicatrices grumeleuses et d'une blancheur mate. Ses yeux et ses cheveux n'en étaient que plus noirs. Je me rends compte maintenant que j'avais accru la frustration que lui avaient toujours value ces tares physiques, en lui parlant avec une ferveur minutieuse de mes sentiments pour Treckie. Bref, Dita avait résolu de passer à l'action. C'était sa peau, elle en était persuadée, qui m'avait rebuté. J'étais hypersensible et pointilleux, sujet à des remous complexes d'attirance et de répulsion. Elle n'était pas moins offensée qu'au regret de participer à un concours de beauté (moi qui avais affirmé à l'oncle Benn que la vie n'était pas un concours de beauté !) avec une fille comme Treckie, qu'elle considérait comme une débile, totalement dépourvue de classe – la classe, dans divers sens du terme, posait dans cette affaire un problème. Je crois avoir dit plus haut que Dita était la fille d'un ouvrier de fonderie juif. En fait, c'était une femme supérieure et sur les critères de l'intelligence, de la dignité, de la chaleur féminine, de la délicatesse, de la distinction princière, de la faculté d'attachement, j'aurais, de manière tout à fait désintéressée, voté pour Dita. Seulement, le désintéressement n'a rien à voir dans l'affaire. Si son épiderme abîmé était dissuasif (ce que j'avais dit à l'oncle un jour où nous discutions légèrement des femmes), il était possible, comme disaient les gamins, de lui embobiner la tête dans le drapeau et de la baiser pour le salut de la patrie. Je doute que Dita, avec son style composite patricien-prolétarien, eût été offensée par une telle plaisanterie (si la plaisanterie ne l'avait pas visée). Elle-même usait d'un langage aussi cru que les présidents dans le salon ovale, et elle avait un jour levé le nez d'un magazine de mode pour déclarer : « Je ne comprends pas cette passion pour les nanas sans nichons. » L'autre côté de sa nature, toutefois, concevait un goût réel pour la poésie et le langage de la philosophie et c'était une femme qui s'intéressait aux choses les plus sérieuses. Je l'avais moi-même initiée à la littérature russe et elle écrivait un essai sur Scriabine, Kandinsky et autres mystiques de l'art. Elle satisfaisait les plus hautes exigences.

L'automne dernier, nous avions ensemble regardé une émission de télévision sur une clinique suisse spécialisée dans la dermatologie. Des femmes riches venaient s'y faire enlever chirurgicalement de vieilles couches d'épiderme sur le visage et y restaient couchées dans leurs lits somptueux jusqu'à ce que les nouveaux tissus aient eu le temps de se reformer. Le processus était long, douloureux et coûteux. Pour Dita du moins, le film était passionnant, tourné avec goût et en couleurs délicates, comme *Mort à Venise* (un spécimen de pseudo-platonisme de pacotille). Les femmes étaient montrées dans leurs luxueuses chambres de sanatorium. Elles regardaient le sommet des Alpes couronné de nuages – celles du moins auxquelles leurs pansements permettaient de voir. Dans les premiers temps qui suivaient l'opération, elles ressemblaient à des nids de guêpes. Plus tard, elles étaient encore voilées, comme les passagères des premières automobiles (« phaétons de tourisme »), protégées dans leur fragilité de la poussière de la route.

Ce film avait touché Dita au vif. Je veux dire qu'il l'atteignit au plus profond de sa vulnérabilité et elle y refit allusion aussi souvent que plus tard l'oncle Benn devait revenir sur le dessin de Charles Adams :

— Tu ne penses pas aller là-bas toi-même ? lui demandai-je.

— Avec mon salaire ? En enseignant les rudiments du russe aux élèves du secondaire ? Je ne pourrais même pas payer le billet d'avion pour Zurich, dit-elle.

Et elle avait raison. Il aurait fallu être la femme d'un kleptocrate du tiers-monde essayant de recouvrer sa jeunesse perdue. Ces chambres avec des glaïeuls dans des vases chinois et des gens en train de siroter leur thé dans des tasses en Wedgwood ornées de fraises des bois. Avec sa nouvelle peau, la patiente maintenant rayonnante allait rentrer chez elle (où le peuple mourait de dysenterie), peut-être pour se découvrir remplacée à moins qu'elle n'ait, dès le départ, choisi de suivre le traitement pour vaincre ses rivales. (Il faut garder présentes à l'esprit toutes ces combinaisons variées, sinon il ne restera personne pour observer la tragique carrière de l'humanité.) Ici, dans le Middle West, Dita se mit en quête d'une solution abordable et la femme laborieuse qu'elle était dénicha en ville un type qui lui fit un prix pour lui râper, sur place, ses couches de peau morte dans son cabinet, sous anesthésie locale. Il lui polit les joues, le nez et le menton avec une ponceuse à disque rotatif. Comme elle avait les yeux bandés, elle ne put me dire si l'appareil ressemblait à une perceuse électrique (question spontanée de ma part). Ça faisait autant de bruit qu'une sableuse, me dit-elle. Elle savait qu'elle souffrirait une fois l'effet de la novocaïne dissipé mais le décapage de la peau défectueuse était une libération purificatrice, et il fallait payer le prix (un modeste exemple des épreuves de l'Occident dont j'avais essayé de discuter avec ma mère en Somalie). Quand je verrais mon élève et amie avec son importune écorce ôtée, comme un kiwi, un avocat oú un citron vert, je pourrais tomber amoureux du visage angélique de la véritable Dita.

Je l'avais emmenée en ville, ce matin-là, sans bien comprendre ce qui se passait et j'attendais au-dehors dans la fourgonnette Dodge, un modèle léger vert mousse vieux de dix ans, à la carrosserie relativement cabossée, au compteur bloqué sur cent quatre-vingt mille kilomètres et fixe comme le mauvais œil. Impossible de me garer pour attendre. L'agent de la circulation me faisait tourner en rond parce que, près des bâtiments médicaux, il y avait toujours des taxis en attente, et dans notre ville, les chauffeurs viennent maintenant des pays en voie de développement et, fringués comme des terroristes du djihad, se comportent de même, braillant entre eux et prêts à la bagarre. Je comprenais pourquoi Dita ne voulait pas rentrer chez elle en taxi. Ensuite, après avoir manœuvré pendant une éternité (je n'ai aucun don pour la conduite), je la vis arriver et la reconnus à son manteau d'hiver. Je n'imaginais pas qu'elle allait apparaître au milieu de la foule affublée d'une telle ruche de bandages et de ce fait paraissant plus grande. Dans le pansement, deux trous étaient ménagés pour les yeux et une ouverture pour la bouche, mais tout l'ensemble avait glissé et l'effet de l'anesthésique allait en diminuant. Le temps que je l'aide à monter dans la voiture, elle était sur le point de s'évanouir de douleur. Comme je lui ajustais sa ceinture de sécurité, les chauffeurs de taxi en maraude derrière nous se mirent à piquer une crise, écrasant de leurs poings leurs klaxons. Je ne me souciais guère d'eux pour le moment, d'autant que le pansement de Dita était déjà imprégné de sérum et, craignant que la gaze ne se collât à son visage, je songeai à la conduire directement à l'hôpital le plus proche. Le docteur lui avait donné des échantillons d'analgésiques. Son infirmier l'avait accompagnée jusqu'au hall et au-delà des portes à tambour. Je voulais m'arrêter à un drugstore pour acheter d'autres bandes, mais elle réussit à me dire qu'elle en avait mis de côté à l'avance et m'implora de la ramener directement chez elle. Son immeuble possédait un garage en sous-sol et les employés qui avaient l'habitude de lui faire des propositions (plaisantant à moitié), ce jour-là, gardèrent leurs distances. La voyant affublée de ce cône blanc et voyant près d'elle cet échalas aux cheveux longs, pour une fois, ils lui fichèrent la paix. Je l'aidai à monter, pris ses clefs dans son sac, la soutins jusqu'au canapé-lit et lui ôtai son manteau et ses chaussures. Elle parut un moment prête à tourner de l'œil – difficile d'être fixé là-dessus quand on ne voit pas le visage. J'étais sur le point d'appeler une ambulance et demandais déjà au standard le numéro de service d'urgence quand Dita déclara : « Ne fais pas ça. Reste avec moi, c'est tout. Je passai donc la fin de la journée auprès d'elle. Comme infirmier, je ne valais pas grand-chose, inutile de le dire mais, même si la réussite du traitement était douteuse, vous n'ôtiez pas manteau et souliers, vous ne tendiez pas la main que cherchait celle de la patiente sans accéder à un autre niveau de familiarité, qu'accompagnait très vite un afflux de chaleur humaine. Vous voyez d'emblée comme s'efface la relation « professeur-élève », quand s'affirme la composante « homme-femme ». Quelque part dans mon paysage psychique subsistait un certain regret de Treckie. Je ne peux pas le nier. Mais il fallait que je prenne soin de Dita. J'en devenais responsable.

Passant outre à ses protestations, je lui ôtai ses bandages quand ils furent détrempés. Difficile de comprendre comment ce sauvage avait pu se résoudre à lui brutaliser le visage avec ces disques abrasifs. Sans doute, me dis-je, était-ce un de ces vieux charlatans spécialisés dans la vérole ou la mastoïdite, mis sur le sable par les antibiotiques et se faisant passer pour dermatologues. Quand je lui ôtai l'espèce de tchador chirurgical dont il l'avait embobinée, elle ressemblait à quelqu'un qu'on aurait traîné face contre terre sur l'autoroute. En Suisse, les patientes n'avaient certainement jamais cet aspect-là. On n'en a jamais que pour son argent, comme le laisse entendre la vieille sagesse populaire. C'était bien là sa malchance prolétarienne. Je ressentais d'autant plus cette inégalité qu'en lui refaisant son pansement je me savais la cause de son état. Elle voulait s'aligner avec Treckie. Ou Matilda. Elle connaissait aussi Matilda et l'appelait « l'impératrice indolente ». N'empêche que ces femmes avaient de la chance avec leurs visages exquis et que nous étions prêts, l'oncle et moi, à faire pour elles des sacrifices. Dita, elle, s'offrait son propre sacrifice. Ces tourments et ces martyres auxquels les femmes soumettent leurs corps, les attaques féroces qu'elles livrent à leurs imperfections détestées ou à leurs prétendues difformités ! S'agressant elles-mêmes à plaisir. Le remède du désespoir. Les pauvres broyant leurs propres visages.

Quelle que soit la façon dont on l'évoque, je ne valais pas cette souffrance. Treckie, en tant que rivale, ne la valait pas non plus. À bien des égards, Dita nous dépassait sans effort de cent coudées. Elle avait infiniment plus de cœur, ce qui chez elle engendrait une beauté inattendue. Je pensais m'expliquer longuement avec l'oncle Benn sur le sujet de la beauté. Quelque chose clochait chez elle, qui ne cadrait pas avec le visage classique : la grandeur de Rome, la gloire de la Grèce. Poe, ce pauvre idiot de génie marié à une fille démente et éternellement pré-nubile… Voilà un poète qui s'était rué droit dans un monde aplati comme une pizza par l'intellect rationnel (et à un stade primitif, brut, du développement capitaliste – n'oublions pas le capitalisme) et il se défendait avec le whisky et la poésie, les rêves, les énigmes, les perversions. Il y avait aussi Baudelaire, le successeur de Poe, avec ses madonnas vicieuses, qui prenait le relais – la maladie et la sensibilité contre la mécanisation et la vulgarité. Comme vous voyez, les habituels suspects de la pensée étaient rassemblés.

Il n'en reste pas moins que, pour plusieurs semaines, une activité valable m'attendait. J'allais au supermarché. J'appréciais assez ces tâches domestiques et le fait de m'occuper d'une malade. Les soins du ménage avec Dita n'étaient guère absorbants – ils ne jouaient manifestement qu'un rôle secondaire dans sa vie. Au dos de la porte de la salle de bains étaient accrochées un tas d'affaires personnelles qui attendaient d'être lavées. Je m'affairais dans la cuisine à faire du café ou à chauffer des soupes en sachet Knorr. J'achetai une bouteille de Wild Turkey qui constitua le remède de base de la victime jusqu'à ce que le pire de la douleur fût passé. Durant plusieurs jours, je la nourris de bouillon à travers ses pansements, à l'aide de pailles, et quand elle fut en état de sortir, elle était encore trop affreuse pour se montrer. Des lambeaux de peau desséchée lui pendaient du visage. L'un d'eux atteignait la taille d'une tuile et elle avait la figure couverte d'ecchymoses, de balafres et de croûtes. Y toucher était formellement interdit ; il fallait attendre les matins bénis où l'on trouvait les croûtes dans les draps – les enfants connaissent bien cet exaltant plaisir. Quoi qu'il en soit, je continuais à faire les courses pour elle, à tenir en ordre la cuisine et la salle de bains, ce qui me permit de découvrir que la petite Dita réprouvait les baignoires cernées de crasse, les moisissures, les fenêtres douteuses et les miroirs graisseux, ou s'inquiétait du nombre de boîtes de saindoux qu'elle avait en réserve derrière la cuisinière à gaz. Plus pour m'occuper que par souci de propreté, j'empruntai à l'oncle l'aspirateur Dustbuster de son appartement, son lave-vitres Windex et son 409. Puis je passai des potages Knorr aux pizzas que je pouvais commander par téléphone ou aux plats chinois, lui préparant de temps en temps une omelette. Contrairement à l'oncle, je ne valais pas grand-chose en matière de cuisine, étant plutôt une sorte d'alchimiste maladroit qui calculait les doses avec des verres gradués. Lorsqu'il était étudiant de première année, l'oncle avait été gâte-sauce dans une gargote grecque. Si les Layamon l'avaient laissé faire des crêpes, il aurait été beaucoup plus heureux dans leur nid d'aigle. Leur cuisinière polonaise était une créature sinistre. Ses patrons, qui la craignaient, la traitaient comme Rostropovitch, comme une artiste en spectacle, avec la plus grande déférence.

En fin de compte, Dita ne se découvrit pas un nouveau visage. Son extrême pâleur disparut ; le grain rugueux de son épiderme, quant à lui, subsista. C'était moins important maintenant car si l'expérience n'avait pas réussi, des relations plus étroites s'étaient instaurées entre nous ; nous étions sur un nouveau pied d'intimité. Si elle ne guérit pas elle-même, du moins me guérit-elle, moi. Étant souffrante, Dita n'était guère vêtue. Elle ne se montrait pas délibérément, ne faisait pas d'exhibitionnisme. Cependant, son peignoir s'ouvrait alors que je tenais la soupière. Il ne fallait pas attendre d'une femme dont la tête était embobinée de gaze qu'elle se sanglât jusqu'au cou. À me révéler son corps, elle semblait goûter une satisfaction profonde. Je pouvais la voir telle qu'elle était, au-delà de son visage et, après tout, une femme ne se résume pas à ses seuls traits. À son chevet, je mangeais de l'egg fao yong réchauffé et buvais du Wild Turkey allongé d'eau, tandis que nous parlions de Scriabine et de Mme Blavatsky. Voilà une femme qui, en mon honneur, avait soumis son visage à un sablage brutal et, tandis que je me languissais pour Treckie, Dita m'avait fait des propositions amoureuses, si bien que je n'étais pas complètement démuni.

M'étant remis à réfléchir, je me dis qu'un homme pouvait soit consacrer aux femmes et à l'amour le temps libre que lui laissaient ses activités de base (par exemple la lutte pour l'existence ou les exigences de sa profession ; également l'ambition, le fanatisme, le pouvoir – chacun pouvait établir sa liste personnelle), soit, affranchi du travail, entrer dans une sphère féminine avec ses priorités particulières et orientée vers des objectifs très différents. Voici un exemple que tout le monde comprendra. Si vous n'étiez pas en guerre comme Marc-Antoine, vous étiez amoureux comme Marc-Antoine auquel cas vous abandonniez le combat et couriez après Cléopâtre quand sa galère s'enfuyait d'Actium. Au plus profond de mon cœur, je ne me soucie guère de toute cette romanité – c'est-à-dire la loi romaine, l'organisation politique romaine, la citoyenneté romaine. Souvenons-nous que, pour des motifs obstinés qui leur sont propres, les juifs sont les seuls, dans le monde antique, à avoir rejeté l'offre impériale de citoyenneté... Et je me souviendrai que je suis ici non pour discourir sur l'histoire mais pour relater les étranges tournants que mon oncle Benn a rencontrés dans sa vie.

En tout cas, l'heure était venue du verre que je devais boire avec Tanya Sterling. Je pensais que la mère de Treckie aurait beaucoup à me dire sur sa fille, sur mon successeur et sur les perspectives d'avenir de ma petite Nancy, parmi tous ces changements que Treckie avait jugé bon d'opérer. J'allai pêcher mes cartes de crédit au fond du tiroir à chaussettes et pris l'autobus pour descendre vers le quartier des affaires – c'était la fin de l'après-midi ; à l'ouest s'irradiait un vaste halo de lumière, des bancs de neige bordaient les rues et tout le long du trajet scintillaient toutes sortes de cristaux de glace. Le bar du Marriott où je trouvai la mère de Treckie présentait un tout autre décor : un jardin intérieur suspendu avec des fontaines, des fougères, des mousses, des gardénias destinés à flatter l'œil des cadres supérieurs (aux moments de détente, quand ils aspirent à des jets d'eau et à de suaves odeurs). Mme Sterling était une femme d'allure relativement juvénile. Elle me dit aussitôt : « Je me suis mariée très jeune », déclaration qui sous-entendait d'éventuels prolongements. Elle avait encore une présence sexuelle et ne demandait pas, comme la pauvre Della Bedell (puisque Della remâchait sa rancœur) : qu'est-ce que je vais en faire ? Rares sont les gens prêts à déclarer qu'ils ne sont plus dans la course. Cessez d'y être et vous rejoignez la cohorte des morts. D'où les extravagances sexuelles dans les faits et gestes des hommes et des femmes. S'ils n'ont pas d'intentions sexuelles spécifiques dans chaque cas précis, alors ils répètent, ils essaient quelque chose de nouveau, ils se préparent, s'essaient à exercer leur emprise : tout comme les chats quand ils se livrent, par jeu, à des simulacres de lutte.

Tanya Sterling offrait plusieurs traits remarquables. Le plus frappant était son maquillage – un masque bleu-violet qui la faisait ressembler à un raton laveur, qui aurait de larges cercles bleuâtres autour d'yeux gris et légèrement injectés. Elle semblait ne pas avoir de sourcils à elle mais deux barres tracées au Magic Marker. Elle n'en était pas moins une assez jolie femme, attirante même, et il émanait d'elle quelque chose de très personnel. Je ne parle pas ici du parfum entêtant qu'elle utilisait – musc arabe, patchouli ou Dieu sait quoi (je ne suis pas expert en la matière et ne peux parler *en connaissance de cause**, comme pourrait le faire mon père). Je parle de rayons, d'ondes, de fréquences, cette irrationnelle musique féminine, toute en vibrations, en soupirs, en modulations. Sans être grande, Tanya ne manquait pas d'ampleur, sa mise était élégante et elle avait de belles mains ; moins petite que Treckie, elle n'avait jamais eu ce corps miniaturisé, compact et grisant, me dis-je. Un sourire cordial aux lèvres, détendue, sûre d'elle, *sans façons*. Au temps où les impératifs de la retraite étaient plus stricts, elle eût été trop vieille pour les signes de séduction qu'elle émettait encore. Mais ce n'est plus que dans les musées qu'on peut voir des veuves voilées. Certaines octogénaires affligées d'ostéoporose s'appellent encore entre elles « les filles ». Mais ici, je vieillis trop Tanya. Elle devait approcher de la soixantaine, pas plus. Pour m'en tenir à un jugement moins tranché, je dirai qu'elle avait des manières gracieuses. Comme elle me le fit remarquer, il existait un lien entre nous. J'étais le père de sa seule et unique petite-fille. « Jusqu'à il y a encore quelques mois, je ne me savais même pas grand-mère, dit-elle. Cinq ans à Costa Rica et, peu à peu, j'ai perdu le contact. Même à New York, je l'aurais perdu. Les jeunes gens branchés parlent un tel jargon et il n'y a pas de dictionnaires pour les parents. Nous n'arrivons pas à les comprendre et ils ne se comprennent même pas eux-mêmes. » Tanya poursuivit dans ce style, disant combien Nancy était adorable et comme elle me ressemblait. Elle n'hésita pas à déclarer que, sur le plan des apparences et des manières, je ne la décevais pas. Mes pommettes, en particulier, et la forme étrange de mes yeux lui plaisaient. Elle n'aurait pas conseillé à un homme de trente-cinq ans de porter ses cheveux si longs mais ils prenaient un pli inhabituel au-dessus des tempes et la combinaison de couleurs olive et cuivre était également inhabituelle, le panachage courant étant olive jaunâtre. Sur ce point, je n'avais rien à dire. D'ailleurs, aucun commentaire n'était attendu.

Là-dessus, elle aussi marqua un temps d'arrêt, émettant toujours un fort ronronnement, non pour créer un effet musical mais parce que son générateur continuait à tourner. Tout cela se passait dans sa gorge. Elle fit pivoter son verre de daiquiri par le pied.

Comme le général Patton, ne pus-je m'empêcher de penser, elle étudiait le terrain pour savoir où elle allait porter la prochaine attaque. Là-dessus, elle me demanda :

— À quand remonte votre dernière conversation avec Treckie ?

— À la semaine dernière, répondis-je. Elle a fait allusion à votre visite.

— Et c'est tout ?

Je compris alors que Tanya avait eu l'intention de me parler de mon successeur. Pourquoi pas, après tout ?

— Je lui ai dit que nous allions nous rencontrer.

— Elle n'a pas parlé de Ronald ? Elle aurait pu, d'autant qu'il est allé s'installer chez elle.

— Ce n'était pas nécessaire, dis-je. C'est lui qui m'a répondu.

— Vous devez être un peu démonté, dit la mère de Treckie.

Je lui répondis que je l'étais, naturellement. Mais que je préférais ne pas parler de mes sentiments.

— Bien sûr, d'autant que vous ne me connaissez pas du tout. Enfin, c'est normal que vous le soyez.

— Je n'aime guère amorcer une conversation d'ordre général à partir d'émotions personnelles.

— Autrement dit, vous étiez amoureux d'elle. Avec une personne comme cette pauvre petite, c'est une expérience désagréable. Pour elle, des relations exclusives sont trop limitatives.

— Qui est ce Ronald ?

— Oh, une espèce de brute. Je l'ai trouvé très déplaisant. Il a été champion de slalom, puis moniteur de ski. Évoluer sur les pentes impressionne les femmes, je crois, et les moniteurs ont toujours des flopées de nanas qui leur tombent dans les bras. Enfin, cette idole des sports d'hiver s'occupe maintenant de snowmobiles. Il affirme que c'est une industrie d'avenir. Je lui ai répondu qu'à soixante-quinze à l'heure, si on avait bu, on pouvait se faire décapiter par une clôture en fil de fer. Il s'est contenté de rigoler.

— Alors, c'est bien une brute, dis-je.

— Vous étiez peut-être trop délicat pour le goût de Treckie.

Peut-être aurais-je conquis Treckie en lui donnant des coups de pied dans les tibias. Je n'en avais pas le cœur. Sans doute n'avais-je pas cette humanité. Peut-être n'était-ce pas mon style de cruauté. Cependant, j'allais souffrir au cours des minutes suivantes.

Je ne sais pas à quel point elle compatissait sincèrement, mais Tanya m'adressait un message d'apitoiement féminin. Avec ses jolies dents qui donnaient à son sourire un charme adolescent, on oubliait presque la largeur de son visage ainsi que l'ampleur de sa silhouette, et ses rides ne me dérangeaient pas vraiment, dans la mesure où, tout en les plâtrant de cercles de raton laveur, elle ne tentait pas de se faire passer pour une jeunesse. Elle tenait son agitateur à cocktail avec une nonchalance qui évoquait FDR tenant son fume-cigarette. Si elle s'était mariée très jeune, cela devait remonter au temps du New Deal.

— À vous rencontrer en personne, Kenneth, je me rends compte que ma fille n'a aucune idée du bonheur. C'est une sotte. Tout de même, je suppose que vous avez assez de dignité pour ne pas vous ronger de chagrin. Vous avez peut-être l'air doux mais vous êtes un lutteur. Et, à voir votre façon de tenir votre sherry, vous n'êtes guère buveur. Vous êtes plutôt mon genre – assez spécial, mais discret.

— Merci, dis-je. C'est toujours bon pour l'ego de voir ses qualités reconnues.

— En fait, Treckie était une enfant très facile jusqu'à ce qu'elle commence à se développer. Alors, là, *Bam ! Bam !* Elle avait beau être minuscule, elle ne rêvait que d'action. On ne peut jamais dire quels éléments vont dominer chez une femme adulte.

Tanya ouvrit alors son grand sac qui reposait entre ses pieds. Elle le souleva jusqu'à la table avec un mouvement familier de tout son corps – un long balancement plutôt qu'un simple geste utilitaire, comme si elle hissait un seau hors d'un puits de sensualité. Sans doute voyais-je dans son geste trop d'intentions.

Comme elle ouvrait et inspectait son sac, elle parut déçue.

— J'ai apporté des photos de famille à vous montrer, dit-elle, en particulier de Treckie petite fille. J'ai dû les laisser dans ma chambre. Je vais aller vous les chercher.

— Ne prenez pas cette peine.

— Ce n'est pas une peine du tout. Je sais que vous avez envie de voir comme elle était mignonne, un peu comme notre petite Nancy. Pour la forme de sa tête, c'est vous tout craché mais autour des yeux, c'est le portrait de sa mère.

— Je suis sûr que l'occasion se représentera.

— Treckie dit que vous avez passé votre jeunesse à Paris. J'aurais dû m'en douter. Ça se voit à vos manières. Vous avez de la classe. Son type actuel est un vrai plouc. Les filles que ça excite d'être maltraitées sont une énigme pour moi. Quand j'essaie d'imaginer ce qu'elles en retirent, ça me dépasse. C'est comme un retour au fin fond de la cambrousse.

Elle faisait clairement allusion aux jambes de sa fille couvertes d'ecchymoses.

— Une de mes amies de classe, poursuivit-elle, a eu le bras cassé deux fois par l'homme avec qui elle vit. Deux voyages en ambulance, à Bellevue, et elle en redemande. Et pourtant les gens vous disent qu'il n'y a pas eu grand changement, que ça a toujours été comme ça.

— D'après vous, sexuellement parlant, ce sont des cas exceptionnels ?

— Il vaut mieux s'en persuader.

Je prenais son jugement au sérieux. Elle parlait avec autorité et me rappelait un peu Caroline Bunge, l'amie de mon oncle. Si Caroline avait eu du chou, la ressemblance aurait été plus frappante. Là où Caroline avait la tête ailleurs, Tanya gardait une conscience aiguë des choses. L'une et l'autre avaient une grande expérience des hommes. Ensemble, elles avaient sans doute vu plus d'hommes nus que le chirurgien-chef de l'armée américaine. Je ne veux pas me montrer malveillant, seulement jeter le plus de clarté possible sur un problème essentiel qui exige des réponses. Le vieux M. Yermelov de la rue du Dragon avait essayé de m'inciter à y réfléchir quand j'étais lycéen à Henri IV. J'aurais pu apprendre certaines choses de Gide, de Proust et d'autres que, passant mon adolescence à Paris, j'avais nécessairement lus. Mais Proust lui-même n'avait pas traité de tous les aspects de la question telle qu'elle se présentait maintenant : les goûts sexuels de l'aristocratie, l'inconduite et les dérèglements de la haute bourgeoisie, les étreintes bestiales des prolétaires et de la paysannerie (voir *Germinal*, de Zola, et la suite) n'appartenaient pas à la même catégorie que le salmigondis érotique contemporain à la sauce démocrate et tiers-mondiste. Des millions d'individus avaient été libérés du travail, de la routine, des vœux, du tabou de l'inceste (inventez le reste librement), et toute la spontanéité de l'espèce humaine ou, comme le disait M. Yermelov, l'intellect sans l'âme, se trouvait débridée – la volonté des fous de souffrir envahissant les voies de l'érotisme. On aurait aisément pu croire qu'un magistral plan divin pour l'évolution de l'amour avait avorté, que les anges dans leur innocence avaient interprété les signaux de travers et inculqué aux hommes toutes les pulsions les plus aberrantes. « Des forces éruptives de nature subsensorielle », comme le disait encore M. Yermelov. Si l'on se trouvait sur un terrain volcanique en Italie et qu'on allumait un morceau de papier, on voyait aussitôt de la fumée monter du sol, me disait-il. Je n'ai jamais vu de volcan.

La voie était toute tracée pour l'oncle Benn et moi, je ne vous le cache pas. Se pouvait-il qu'une catégorie particulière de femmes nous eût choisis comme objets de leur attention particulière ?

Car maintenant, la mère de Treckie adoptait une ligne de conduite totalement imprévisible avec moi : « Il n'y a aucune raison pour que cette fille ne fasse que ce qui lui chante et s'en tire sans accroc.

— La traîner en justice ? dis-je. Eh bien, ça ferait plaisir de voir enfin un exemple de justice dans une affaire comme celle-ci. Ou n'importe quelle autre. Encore que quantité de gens seraient bien incapables de le reconnaître.

— Il faudrait prendre une position très ferme.

— Par exemple ?

— On pourrait se retourner contre elle. Nancy est aussi votre enfant et, sincèrement, on ne peut pas faire confiance à Treckie, comme mère de famille. Vous devriez lui intenter un procès pour obtenir la garde de la petite.

— Je ne suis pas en position de faire une chose pareille, madame Sterling.

— Tanya… Ensemble, nous pourrions l'avoir, cette position si – dans ce but et uniquement dans ce but – nous étions mariés… Je vois que vous avez l'air surpris.

— En effet.

— Ce serait une formalité tout comme W.H. Auden a épousé Erika Mann pour la sauver des nazis.

— Ce n'est pas du tout pareil, dis-je. Les tribunaux sont dingues, eux aussi. Vous devriez entendre mon cousin Fishl – pas un cousin germain mais un parent éloigné – parler des juges. Je ne compterais pas sur les effets de la raison dans une salle d'audience. Nous sommes environnés de forces qui anéantissent la raison. Elle ne possède plus la base sociale sur laquelle elle reposait autrefois. En plus, Tanya, je crois que vous apprécieriez ce que m'a dit récemment Fishl à propos des femmes qui se construisent un homme idéal – un peu de celui-ci, un peu de celui-là –, le physique de Sugar Ray, le charme de Mastroianni, le courage romantique de Malraux, la sorcellerie scientifique de Crick et Watson avec leur ADN, les millions de Paul Getty, plus le cerveau de Spinoza. Vous demandez où est le rapport ? Eh bien, je possédais une partie de ce que recherchait Treckie dans son amalgame, mais il lui en fallait plus.

— Kenneth, vous vous dérobez. J'ignore pourquoi j'en suis persuadée, mais si vous voyiez ces photos, vous pourriez avoir envie de vous remuer un peu pour obtenir la garde de notre Nancy. Je ne me pardonne pas de les avoir laissées dans ma chambre. Serait-ce trop vous demander que de vous prier de monter les voir avec moi ?

Je pris ma montre et affectai de la consulter.

— Vous allez me dire que vous avez un rendez-vous.

— Je m'occupe d'une amie qui n'est pas en état de se nourrir toute seule.

— Vous pourriez y aller et revenir ensuite en taxi.

— Ou encore voir ces photos une autre fois.

— Vous pensez que c'est un prétexte pour vous faire monter chez moi. Ce serait un peu trop direct. Nous sommes tous les deux capables de délicatesse. Il est temps de se montrer sincères et civilisés. Vous auriez été mon gendre si ma fille n'avait pas été une petite garce et une idiote incapable de jauger un homme doué d'une vertu précieuse : la gentillesse envers les femmes. Seule une personne qui a connu la vie peut témoigner de sa rareté. Vingt pour cent au moins des femmes que vous rencontrez, si elles sentent cette qualité, seraient heureuses de vous avoir pour mari. Mais il y a aussi les créatures perverses qui vous méprisent et vous maltraitent en raison même de ce trait de caractère. Jamais vous ne pourriez leur plaire. Prenez une fille comme Treckie. Il faut faire ses quatre volontés. Elle ne tient pas à ce que vous lui plaisiez. Même si vous consacriez votre vie à essayer de lui être agréable – si vous y passiez cinquante ans d'efforts, vous ne l'intéresseriez pas. Pour un genre de femme différent, ce serait une bénédiction si vous vous contentiez de lui tenir la main. Le mariage selon les modalités auxquelles je pense serait une protection pour vous. Oui, je suis votre aînée d'une dizaine d'années. Mais c'est pour cela que nous pourrions entretenir des relations dénuées de toute tension. Et si une femme agressive essayait de vous mettre le grappin dessus, vous pourriez lui dire : « Je suis déjà marié. »

— Et qu'attendriez-vous de moi ?

— Seulement ce qui vous ferait envie. Si vous me teniez dans vos bras la nuit, je serais heureuse.

De dix ans mon aînée ? Le chiffre exact devait être plus près de vingt.

— Pensez à Nancy aussi. Enfin, je ne devrais pas vous inciter à penser. Si je puis me permettre, vous êtes le genre de personne qui rumine les problèmes jusqu'à ce qu'ils disparaissent complètement. Revenons-en à vous et moi. Les nuits plaisantes que nous passerions ensemble nous donneraient des forces pour toutes sortes d'entreprises. Aimeriez-vous faire un essai pour voir ce que ça donnerait ?

Je lui répondis que j'étais certain que ce serait une expérience merveilleuse mais que je n'étais pas tout à fait prêt à la tenter.

— Seulement étendus dans le lit. En parlant ou non, comme vous voudriez.

Elle découvrit dans un sourire ses dents particulièrement appétissantes. Sans le moindre doute, c'était une femme séduisante, en dépit de son barbouillage de raton laveur et de ses sourcils dessinés au pinceau. En outre, il eût été contraire à mon principe de sincérité de cacher le fait que j'avais un faible pour les gens extravagants.

Et quelles propositions stupéfiantes vous pouvez recevoir des détraqués ! C'était la pensée qui me traversa la tête tandis que je levais mon long bras pour faire signe au taxi suivant dans la file d'attente, sous les rampes chauffantes du dais du Marriott. Au loin vers l'ouest, au-dessus de la brume glacée qui flottait sur la rue rectiligne, le soleil déclinant était comme posé dans un écrin de cristal de couleur bleu hiver ; en son centre apparaissait un noyau rouge.

M'accompagnant à travers le hall et tenant encore des propos excentriques, Tanya Sterling m'avait, entre autres considérations, déclaré : « Un seul coup d'œil à ce Ronald et j'ai compris comme il avait roulé sa bosse. Si vous avez eu trois cents femmes, quelle est la différence entre deux cent quatre-vingt-dix-neuf et trois cent une ? »

À cette heure-là, l'autobus express ne circulait plus et je claquai douze dollars de taxi pour éviter l'omnibus qui faisait trente arrêts successifs, ses gaz d'échappement me donnant une migraine au diesel.

Dans son vieil appartement, l'après-midi suivant, l'oncle et moi échangeâmes les impressions que nous avaient laissées nos expériences de la veille. Il se trouva que, lui aussi, en avait vu de raides.

— Écoutez, lui dis-je, quel dommage que toutes nos belles idées sur l'amour aient été jetées bas, répudiées, discréditées. Pendant longtemps, le monde a fait des promesses d'amour aux jeunes femmes, du genre « tout ira pour le mieux ». C'était un bobard, une trahison ! Et maintenant, bien entendu, les femmes sont en colère et se retournent contre ce leurre. Quant aux hommes sérieux, ils doivent se demander aussi : « Qu'est-ce que nous foutons ici, bon Dieu ? » Je peux comprendre qu'on entre dans le monde de l'amour – comprendre, je veux dire que pour les esprits endurcis la justification est dans le mercantilisme : souliers, robes, sacs, bijoux, fourrures, cosmétiques. Et puis, il y a aussi la psychiatrie ; cela représente de telles fortunes. Tout sauf l'amour même, car les natures qui seraient capables d'aimer sont devenues trop instables pour y parvenir. Les gens qui jouent un rôle, qui se sont créé une image d'eux-mêmes ne peuvent avoir accès à l'amour parce qu'ils sont fabriqués de toutes pièces, ou parce qu'ils ont une image constituée.

— Oui, oui, oui, oui, dit l'oncle, essentiellement pour me faire taire. Maintenant, laisse-moi te parler de la journée d'hier.

J'avais réfléchi à voix haute selon mon habitude et, jusqu'à ce qu'il m'interrompe, je ne m'étais pas rendu compte à quel point il était perturbé.

Les extrémités mêmes de ses cheveux en témoignaient aussi bien que le reflet d'inquiétude qui se lisait dans son regard bleu, dans le huit couché de ses yeux anormalement dilatés. Le sursaut de son torse lorsqu'il me dit : « Il faut que je te parle d'hier » me fit dire en moi-même : « Oh, oh ! » Et la rondeur de sa tête parut prendre un aspect différent. Jamais je n'y avais pensé jusque-là, mais une tête aussi ronde était faite pour rouler.

C'était le début de sa crise.

Il commença par me dire qu'il avait eu rendez-vous avec le docteur ; c'était à l'hôpital où exerçait le vieux Layamon. L'objectif de la rencontre était la mise au point d'une stratégie. Ils devaient manger un sandwich ensemble et, ensuite, regagner Parrish Place dans la Bentley du docteur.

— C'est quel hôpital, au juste ?

— Le vieux Moses Maïmonides. Quand j'étais petit, c'était un nom *schrecklich*. Mes parents y ont joué leurs demi-finales chirurgicales, si bien qu'un tas de mauvais souvenirs lui sont associés. Depuis, ils ont construit quantité de nouveaux bâtiments. Il y avait, dans le temps, un très joli jardin mais ils avaient besoin du terrain pour y installer une clinique réservée aux drogués. À la place des braves vieux tailleurs, des boutiques, des fripiers, on voit maintenant des espèces de zombies prêts à faire tout ce qui pourrait leur passer par la tête. Pourquoi pas ?

— Triste spectacle, non ?

— Un de ces endroits où tout vous remonte comme des bulles à la mémoire. Les installations récentes vous font penser : « Soyez tranquilles, la médecine moderne est là, tout ira pour le mieux. » Alors je prie, j'espère qu'ils ont raison et je leur fais confiance. Au milieu du nouvel ensemble, le bâtiment d'origine du Maïmonides est plutôt mal en point. J'étais censé aller au centre des messages. Plus de la moitié des portes étaient bouclées pour des raisons de sécurité et il fallait faire tellement de détours par les sous-sols que je suis arrivé épuisé. J'ai fait appeler le docteur, comme convenu, et me suis assis avec un magazine. Finalement, il est apparu. Tu sais comme il se balance en marchant.

L'observation était judicieuse. Le docteur oscillait bizarrement des épaules au rythme de son pas, la nuque rigide, la tête rejetée en arrière. Il avait servi dans le Pacifique où il avait peut-être emprunté quelques attitudes à Douglas Mac Arthur ; à Guadalcanal, il était le major Layamon. Il entra donc en tanguant dans sa blouse blanche. Puis il dit à Benn qu'il n'avait pas tout à fait fini ses visites et qu'il était en retard sur son horaire.

— Il s'est excusé, dit Benn. Je lui ai répondu : « Aucune importance, je peux attendre. Ça ne me gêne pas. Il y a plein de revues, ici. » « Non, non, a-t-il dit. J'aime votre compagnie. Cela vous intéressera. » J'étais censé endosser une blouse blanche et passer pour un docteur.

— Ce que vous n'avez pas refusé.

— Je ne voyais pas comment j'aurais pu le faire. J'étais traité comme quelqu'un du lieu, ce qui était une sorte d'honneur. Bien sûr, j'étais réticent mais il a balayé mes scrupules en riant. Il avait déjà tenté cette expérience et les gens s'étaient beaucoup amusés, pour la plupart, à se déguiser en docteurs. Le style d'humour pesant propre aux carabins me semblait remonter au moins à quarante ans en arrière.

— Ah, de temps en temps un soupçon de malignité vous revigore l'âme…

— Ne recommence pas à échafauder des théories à mes dépens, bon Dieu ! dit l'oncle sur un ton d'agressivité rare chez lui. Il m'a aidé à mettre ma blouse blanche, m'a glissé un stéthoscope dans la poche et m'a dit : « Vous *êtes* un docteur des plantes.

Je me voyais en train de chercher le pouls d'un arbre. »

L'oncle ne rit pas de sa propre plaisanterie ; il avait les yeux trop écarquillés.

— Quelle absurdité ! dit-il. Jouer les docteurs ? Il m'a embringué dans cette comédie par pur machiavélisme et ses visites avaient lieu dans la partie la plus ancienne du Maïmonides d'origine, qui évoque pour moi d'horribles associations et, en particulier, d'affreux souvenirs de ta grand-mère, parce que tous les malades, dans le temps, étaient des vieilles femmes.

— Uniquement des femmes ?

— Rien que des vieilles dames. Il les avait mises en réserve pour moi. Toutes des opérées des hanches, autrement dit prothèses et clous, il les examinait à peine, alors ça s'est passé très vite, au pas de gymnastique, le temps d'entrer et de sortir, de rabattre le drap et de jeter un coup d'œil. Le plus curieux, c'est que ces dames n'avaient pas l'air d'objecter à la façon dont elles étaient traitées. Ça ne semblait pas du tout les déranger d'être découvertes. Pas un visage ne changeait d'expression. Les médecins font vraiment ce qu'ils veulent. De temps à autre, Layamon disait : « Je vous présente le docteur Crader, mon associé. » Personne ne s'inquiétait. Une fois dans le couloir, il redevenait plus bavard que jamais – Layamon le moulin à paroles –, je crois qu'il a une vision normale, mais ses yeux ne semblaient pas coordonnés. Il faisait irruption dans les chambres et en ressortait en coup de vent, claquant les portes, arrachant les couvertures. Ces dames avaient les cheveux teints et bien peignés ; elles avaient les lèvres peintes et portaient des sauts de lit en dentelle ; et puis il y avait les points de suture des cicatrices, les cuisses courtaudes et chaudes, les tibias luisants, les monts de Vénus et les toisons clairsemées – tous ces sexes à moitié chauves. Mais ces vieilles auraient pu être en train de tricoter ou de recoudre des boutons tant elles paraissaient placides. À quoi donc rimaient tous les grands cris poussés et tous ces hommes qui les ont aimées, qui se sont consumés pour les avoir, fous de jalousie, le désir planté au cœur comme des clous de girofle, suppliant, pleurant, et les femmes aussi, plongées dans l'angoisse en se demandant lequel de tous ces hommes il fallait choisir. Après en avoir vu défiler six ou sept, j'ai commencé à éprouver des drôles de sensations.

— De quel genre ?

— De quel genre ! J'avais l'impression de survoler le désert de la soif en hélicoptère. J'ai commencé à faire de l'arythmie, mon cœur avait des ratés, j'ai conclu à des ennuis de moteur et me suis dit que l'hélico allait s'écraser. Il serait peut-être temps que je me fasse poser un pacemaker.

— Qu'est-ce que vous me racontez ? Vous venez d'épouser une jeune femme, vous n'avez pas besoin de pacemaker. Simplement, vous n'êtes pas assez endurci pour affronter ce qui, pour les médecins, n'est que routine d'une année sur l'autre et c'est sans doute ce qu'il voulait vous faire comprendre – le prix qu'il payait pour le luxe et les services que cette gent féminine prend pour argent comptant. N'empêche que c'est un drôle de tour à jouer à un jeune marié.

— Peut-être pense-t-il que je ne suis pas un marié garanti bon teint et que je suis plus proche en âge de ces créatures déclinantes aux hanches brisées que de mon épouse. Il n'arrêtait pas de me jeter des regards en coin par-dessus les lits…

— Avec ses yeux mal coordonnés.

— Dans le couloir, j'ai pensé qu'il perdait les pédales.

— Qu'est-ce qu'il disait ?

— Il disait : « De temps en temps, j'ai une jolie fille. Comme patiente, n'allez pas croire des choses. Je ne vois pas que de vieilles chattes. »

— Cela soulage les gens soumis à une forte discipline de dérailler quelquefois. Avec vous, il se permet de se laisser aller à ses impulsions.

— J'étais très affecté par le spectacle de ces vieilles dames ; ç'aurait été affreux pour elles si elles avaient su que j'étais là uniquement pour m'amuser, qu'il s'agissait d'une plaisanterie du docteur.

— Vous leur étiez totalement indifférent. Je crois que ces femmes ont comme un accord tacite avec les docteurs – quelque chose de parasexuel. Quant à lui, je ne crois pas qu'il sache ce qui le motive, ce qui le ronge, une sorte d'érotomanie. Vous devriez lui conseiller de consulter un psychiatre.

— Moi ? Jamais !

— Vous êtes trop respectueux, mon oncle. Vous ne devriez pas être aussi timide. Sincèrement. Jamais vous n'admettrez que vous êtes *sui generis*, un homme unique parmi des millions et que vous devez à votre personnalité d'exception de rejeter ce que les Layamon essaient de vous imposer.

— Non, parce que alors il faudrait que je pense comme eux et je ne veux pas adopter leur point de vue.

— Parce que vous leur avez pris leur ravissante fille ?

L'oncle était très mal à l'aise.

— Vous n'avez pas à entrer en conflit avec eux, dis-je, seulement à protéger vos dons particuliers. Ils ne les comprennent pas, n'en sont même pas conscients.

— Ces dons-là, ils ne peuvent rien contre. Je n'aime pas les gens qui font des histoires à propos d'eux-mêmes.

— D'accord, mon oncle. Passons là-dessus pour le moment. Donc, vous l'avez suivi dans ses visites.

— Suivi est le mot juste. Il marchait devant et je fermais la marche. Jamais je n'avais remarqué jusque-là la largeur de ses épaules. Ses épaules suffisent à rappeler qu'il est le père de Matilda. Non pas massives, mais en deux dimensions pourrait-on dire, et très hautes. As-tu jamais, étant gosse, essayé de voir par-dessus une palissade plus haute que toi de plusieurs centimètres ?

Je ne pouvais répondre à cette question. Il était alors dans un tel état, si singulier, qu'aucun commentaire n'était nécessaire.

— À propos, ce n'est pas banal, comme tu dis quelquefois, d'attacher une telle importance au dos et aux épaules. Cela aussi est *suis generis* et ce n'est pas un genre tellement extraordinaire.

Sur ce plan, il avait raison. Sur le moment, je ne me rendis pas compte à quel point, ni ce que « raison » pouvait signifier. Je devais le découvrir un peu plus tard. Debout sur la pointe des pieds, tentant de voir au-dessus d'une palissade, mais qu'y avait-il à voir – un terrain de base-ball, une carrière de sable, un paysage à la Steinberg, une collection rare de lichens d'Arctique ?

— Oui, vus de dos, ils sont bâtis de la même façon ! Relevant les manches de sa veste et faisant tourner son bracelet montre vers l'intérieur, l'oncle se prit le pouls du bout des doigts. Toujours l'arythmie ? Un battement sur trois était en retard et il devrait retourner voir le docteur Gettman pour se faire faire un électrocardiogramme. Se sentir mal en point le rendait impatient et jamais il ne tentait de se réfugier derrière l'écran de la maladie. Les médicaments – tranquillisants, bêtabloquants – contrariaient son travail scientifique.

Il était sans patience devant l'hypocondrie et détestait entendre les gens parler de névroses.

— Tout de même, dit-il, ça m'a fait un choc de voir la similitude entre le père et la fille. Matilda si belle et son père, tout l'opposé. Une personne avec des épaules pareilles est unique en son genre.

— Qu'est-ce que vous entendez par là ?

— Je ne sais pas trop. Unique, voilà tout. Doué d'un caractère éternel, peut-être.

— Une forme de somatologie ?

— Non, répondit-il d'un ton coupant. Non. Pas du tout. Ne soyons pas si cuistres. Je ne parle ni d'anatomie, ni de tempérament.

Je tentai d'élucider le sens qu'il donnait à « caractère éternel », et je compris combien il était pénible, pour un homme de science, d'être soumis à de telles déclarations ou de telles suggestions magiques. Il était incapable de les repousser et de les chasser de son esprit.

— Très bien, mon oncle, maintenant les visites sont terminées, vous mangez ensemble un sandwich et il vous parle de l'affaire Vilitzer.

— Il pense que je devrais affronter l'oncle Harold.

— D'abord, il vous désoriente en vous exhibant ces pauvres vieilles dames…

— Désorienté, je le suis encore.

— Je vois. Mais ça ne devait pas être délibéré. Il n'est pas consciemment diabolique à ce point. C'est un homme dévoré d'ambition et rustre à la base. Il sent vos faiblesses sans pour autant vous les mettre sous le nez. Maintenant, avec Vilitzer, comment êtes-vous censé l'attaquer ? Qu'est-ce que vous êtes censé dire ?

— Je suis censé dire que mon beau-père croit que j'ai été pigeonné et qu'à son avis l'affaire devrait être révisée. (Sur quoi, Benn, s'écartant brièvement du sujet, ajouta :) Physiquement, le docteur est un étrange personnage. Les éléments ne collent pas entre eux. Peut-être est-ce pour cela qu'il se montre si familier. Cette façon qu'il a de diriger les opérations, de vous sonder, de vous faire subir un examen, de vous coincer quand on déjeune avec lui dans un box au restaurant. Il veut savoir pourquoi vous êtes agencé différemment. Et tu ne trouves pas qu'il a une drôle de couleur ? Quelquefois, il est d'une nuance orangée un peu comme les tritons – de la famille des salamandres. Ou bien est-ce que j'essaie de le prendre en défaut et de riposter parce qu'il a critiqué mes dents en avant ?

— Il ne pense pas une minute que vous êtes capable de tenir devant Vilitzer.

— Il a essayé de me mettre au courant de la politique dans cette ville. En gros, tout ce qu'il m'a dit était pour moi du chinois.

— Et vous avez perdu le fil ?

— En deux minutes, dit l'oncle. Il voudrait que je déclare personnellement à l'oncle Harold que la façon dont ce terrain a été vendu est inacceptable pour moi.

— Et qu'à votre avis vous devriez être dédommagé en totalité.

— Exactement. Cette bande de salopards, ils n'arrêteront donc jamais de se bagarrer pour le fric ! Tout ce que je voulais, c'était une vie rangée, avec une femme aimante, sur un mode civilisé. Faire mon travail, avoir à moi Matilda…

— Que vous aimez.

— Que je respecte et que j'aime. Par l'amour, vous pénétrez l'essence d'un être, dit l'oncle.

J'étais habitué à ses sursauts imprévisibles, mais le bond qui accompagna cette dernière déclaration me prit totalement au dépourvu. Il donnait l'impression de bluffer. À coup sûr, il n'était pas lui-même et me faisait penser au jeu de jonchets où on laisse s'éparpiller pêle-mêle une gerbe de fins bâtonnets avant de commencer la partie. Et voilà ce qui va arriver, pensai-je.

— Pouvez-vous reconstituer la conversation avec le docteur ?

— Tu dois penser que tu as affaire à un débile, Kenneth. Ça s'est passé à peu près comme ça. J'ai dit : « Peut-être devrais-je écrire une lettre à l'oncle Harold. » Le docteur dit que ce n'est pas une façon de procéder. Ne jamais rien mettre par écrit ; dans son entourage, on traite les affaires tout autrement. Là-dessus, je lui dis : « Mais il n'acceptera jamais de me voir. » « Oh, nous trouverons un moyen. » « J'aimerais attendre que son fils l'ait consulté. » « Ce n'est pas bien malin, mon garçon. Vous partez pour le Brésil dans moins d'une semaine et, d'ailleurs, Fishl est une lavette et il est désavoué par son père. En disgrâce, en somme. » « J'essaie de comprendre comment on peut mettre en disgrâce une famille comme celle des Vilitzer, célèbre pour ses opérations frauduleuses. » « Même pour ces gens-là, vous en seriez étonné, il y a un code. Je vous accorde qu'il est difficile d'acquérir une mauvaise réputation dans cette ville – prenez notre shérif qui a entretenu des tueurs patentés et autres malfrats aux frais de l'État ; il est candidat à la réélection et plafonne dans les sondages – mais l'avortement par l'acupuncture, ce n'est pas assez chic. Le vieux Vilitzer est pétri de fierté. » Je dis alors : « Sur ce point, je vous crois sur parole, docteur. Vous les comprenez, moi pas. Je n'en serais pas moins prêt à jouer mon rôle si j'avais une idée du plan d'ensemble. Vous ne pourriez pas éclairer un peu ma lanterne pour que je sache dans quoi je m'embarque ? » « Voyons, les données essentielles doivent être claires pour vous ; votre mère vous a laissé des biens représentant une fortune et Vilitzer ne vous a donné que des clopinettes. » « Quel genre de pression pensez-vous exercer sur lui ? » « Celle dont il sera obligé de tenir compte. Son sang politique a tenu cette ville pendant cinquante ans. Maintenant c'est la débandade. À quatre-vingts ans passés, pourquoi a-t-il besoin des cent millions, ou à peu près, qu'il a planqués ? »

Sur ce, je lui ai répondu : « Moi non plus, je n'en ai pas besoin. Je ne vois même pas ce qu'on peut faire avec une fortune pareille. J'ai déjà tout ce qu'il me faut. Quand je parcours les magazines que vous recevez – auxquels Jo est abonnée – toutes ces incitations à claquer l'argent me dépassent. Du genre : "On ne vit qu'une fois. Alors, vivez en zibeline russe Revillon." Ou bien : "Dans votre boudoir et votre salle à manger, choisissez le cristal taillé à la main Waterford et l'argent massif." Ces formes de luxe n'ont jamais trouvé leur place parmi mes objectifs personnels. » Le docteur me dit : « Écoutez, mon garçon, les femmes ont besoin de certaines activités appropriées. Si elles ne sont pas *engagées** (c'est un mot dont se servait ma fille jusqu'à ce que je le lui emprunte), elles sont capables de machinations redoutables, vraiment redoutables, contre leurs conjoints. Mieux vaut leur laisser ces petites satisfactions pour leur ego. » Je lui dis : « Oui, surtout si elles ont été élevées dans cet esprit-là. » « Matilda n'a pas été élevée, elle s'est élevée toute seule. Si la femme qu'il aime ressent certains désirs particuliers, l'homme, dans son propre intérêt, doit les satisfaire. C'est élémentaire. D'ailleurs, donnez-lui le bon départ et elle se chargera du reste, fera de vous un homme plus heureux que vous ne l'auriez imaginé. Vous serez parfaitement libre de travailler et de vous amuser autant que vous voudrez avec vos lichens. Elle passera toute sa journée dans le secteur financier de la

Ville. Elle revient, la beauté et l'amour rentrent avec elle à la maison. Qu'est-ce que vous pouvez demander de plus, foutre Dieu ? Elle quittera sa tenue de femme d'affaires, passera sa *schmatte* et se parfumera pour vous. » Alors, Kenneth, quand il en est arrivé là, à l'existence de rêve, il s'est mis à tambouriner des jointures sur la table. Il aurait donné n'importe quoi pour être le mari d'une femme pareille, et il a pris un air si frénétique, ça crevait tellement les yeux, qu'on aurait pu le traiter de démoniaque. De l'action ! C'est ça son côté diabolique. Secouez-vous les puces ! Foncez, prenez la vie à bras-le-corps !

— Eh bien, mon oncle, dans quel sens comptez-vous foncer ?

— Dans les limites du raisonnable, je dois suivre le mouvement en partant de l'idée que je suis nouveau marié et que l'impératif numéro un, c'est de satisfaire les vœux de mon épouse.

— Jusqu'à quel point ?

— Tu vois par toi-même que l'éventail de mes choix n'est pas large, Kenneth. Par-dessus tout, je dois faire preuve de bonne volonté.

— Ce que je n'entrevois pas du tout, c'est la bonne volonté des Layamon. Alors, quels sont les plans du docteur ?

— Vilitzer ne me rencontrera pas. Mais une audience publique est prévue devant la commission des mises en liberté sous caution et l'oncle Harold en fait partie, donc il y assistera sans doute. J'ai demandé au docteur : « Pourquoi Vilitzer ferait-il partie de la commission des grâces ? Je croyais que c'étaient tous de vieux directeurs de prison, des criminologues, des shérifs ou des policiers à la retraite, des assistants sociaux et ainsi de suite. Il semble que Vilitzer avait posé sa candidature à ce poste il y a des années en vue d'aider ses petits copains de la politique à sortir de taule plus tôt et de temps en temps il y avait des gros bonnets en prison, comme dans le scandale des courses, il n'y a pas si longtemps, ou dans l'affaire du bâtiment, si bien qu'il était important, et même lucratif, d'appartenir à la commission... Qu'est-ce que je pourrais bien connaître, *moi*, à ce genre de combines ? Le rythme de croissance des lichens de l'Arctique, une heure ou deux de soleil par jour durant des siècles, plus de vingt ans pour croître de trois centimètres en diamètre – cinquante ans d'arnaque pour Vilitzer quand les organismes que j'étudie ont une durée de vie de cinq mille ans. Toujours est-il que le gouverneur a laissé Vilitzer garder sa place à la commission. La séance d'ouverture est pour vendredi prochain au siège du comité, et j'aimerais que tu viennes avec moi.

— Vous aimeriez que je vienne, *moi* ?

— Quoi d'étonnant ? Ta mère voudrait que tu sois là et elle est partie prenante dans l'affaire.

— Vous avez une peur bleue de l'affronter tout seul. Pourquoi faudrait-il que nous nous mettions à deux ?

— Prends ça comme tu voudras. C'est vrai que je ne suis pas moi-même ; pas complètement.

— Vous devriez amener Matilda. Puisque c'est elle qui vous a mis dans le bain, ce ne serait que justice qu'elle participe à la bagarre.

— Je ne veux pas qu'elle se mette en avant. Elle se chamaillerait avec Harold.

— Elle le menacerait. Probablement, dis-je. Eh bien, je viendrai. Promettez-moi de ne pas tomber dans le sentimentalisme familial avec lui. Muselez les appels du sang.

— D'abord, j'ai l'intention de me placer uniquement sur le plan matériel et, ensuite, je veux lui demander son point de vue.

— Fishl considère que c'est une grave erreur que vous preniez contact avec l'oncle. Il est très inquiet. Ce vieux bonhomme est sujet à de dangereuses complications cardiaques.

— Kenneth, toi et moi ferions du mal à Vilitzer ? Autant dire que deux écureuils vont endommager la plate-forme de lancement d'un missile.

— Nous ne serions que les éclaireurs, mon oncle. Fishl pense que cette histoire est sérieuse. À mon avis, il veut que Vilitzer dure assez longtemps pour modifier son testament – des changements dans ce sens pourraient constituer une alternative. Mais je vois que vous êtes décidé à essayer de le coincer à l'audience et je ne vous laisserai pas y aller seul.

Je me sentais impliqué dans l'affaire. Je m'inquiétais autant pour Benn que Fishl s'inquiétait pour son père. Et l'oncle ne pouvait résister à la pression exercée par les Layamon. Sa vitalité semblait en perte de vitesse et je craignais qu'il ne s'effondrât. Il y avait des signes avant-coureurs. Par exemple, il me remercia avec effusion de lui avoir promis d'assister à l'audience en hochant la tête comme un magot chinois (totalement anormal !).

— Sans toi, ce ne serait pas facile.

— Pure curiosité de ma part, mon oncle, faites-moi un tableau complet de ce qui se passe, dites-moi comment s'est passé le reste de la journée d'hier. Vous avez pris un casse-croûte à la cafétéria de l'hôpital…

— Il est rare que le docteur rentre directement du Maïmonides. D'habitude, il va jouer à son club.

— Même lui n'aime pas tellement cette somptueuse demeure – qui sait ? Il part avant l'aube pour aller opérer et ne réapparaît pas avant le dîner. Où vous a-t-il emmené ?

— Il y a une vente d'un legs de bijoux en ville. Il s'agit de pierres appartenant au Nizam d'Haïderabad ou au sultan de Swat. Le docteur voulait un collier pour l'anniversaire de Jo. Nous sommes allés droit au sanctuaire de Klipstein, un de ses camarades de beuverie du temps de l'armée. Un système de sécurité incroyable, avec des écrans de télé, des miroirs, des boutons-poussoirs, Dieu sait combien d'appareils d'alarme pour les rubis, les diamants, les parures. Un alignement d'une vingtaine de bouddhas et une pagaille d'éléphants peints et autres jouets exotiques. Le docteur a passé plus de deux heures à plaisanter, bavarder, palabrer, marchander, puis il a acheté des pendentifs d'opale de cinq mille dollars, avec option de restitution. Sur le trajet de retour, il a dit que Jo pourrait les faire expertiser le lendemain chez Cartier. Klipstein ne s'en étonnerait pas. La circulation était si dense que nous avons mis une heure de plus pour arriver à Parrish Place. Nous avons fait notre entrée quelques minutes avant le dîner ; les femmes étaient déjà sur leur trente et un mais Jo a déclaré au docteur qu'elle ne regarderait son cadeau que lorsqu'il aurait changé de chemise. Finalement, nous nous sommes retrouvés tous les quatre dans les fauteuils pivotants capitonnés, en train de siroter qui des gin-tonic, qui un sherry, qui un bloody Mary. (La minute de détente pour les Layamon mais pas nécessairement pour l'oncle.)

— Et Mme Layamon était contente de ses pendentifs d'opale ?

— Modérément. Elle n'est pas du genre démonstratif.

— Et le dîner ?

— Salade aux cœurs de palmier, un des plats favoris du docteur, avec des piments. Veau au citron. Comme vin, du sauvignon sec ; dessert : clafoutis polonais aux coings. Conversation dominée par le docteur – comment le Congrès s'approprie des milliards et a également capté le pouvoir de contraindre le président à les dépenser. Chaque année, ils ont cette montagne de dollars fiscaux à claquer ; ils en refilent une partie à leurs industries préférées en échange de fonds d'investissement pour les campagnes électorales. Tous les deux ans, il faut doubler la mise pour un siège à la chambre. Jo Layamon mange, boit et parle avec distinction. Matilda me lance des clins d'œil pour me remonter le moral.

— Pourquoi, elle sait que vous en avez gros sur le cœur ?

— Nous n'en avons jamais discuté.

— Et après ?

— Après viennent la télévision et les vidéocassettes. Hier soir, nous avons eu d'abord le docteur Teller et le docteur Bethe, adversaires sur la question de la guerre des étoiles ; ils s'apostrophaient comme des sorciers maléfiques, deux visages d'ancêtres débattant de l'ultime problème de la survie de l'homme et du destin de la terre, avec une discussion laborieuse sur les particules des rayons laser ou les rayons X produits par les explosions atomiques. Ensuite, nous avons regardé *La Cage aux folles*, une farce homosexuelle avec des travestis glapissants. Je continuais à voir la face grimaçante de Bethe, comme des traits humains peints sur une plante de pied, et Teller en Moïse atomique descendu du Sinaï avec les Commandements gravés sur des tablettes à hydrogène. Après ça, Matilda, essayant de me faire plaisir, a zappé sur un Clint Eastwood aux prises avec un tueur détraqué qui faisait permuter les têtes des femmes qu'il assassinait. Je me suis éclipsé à la salle de bains et je me suis promené dans l'appartement en faisant la tournée des vitrines de cristal illuminées avec tous les Wedgwood, les Quimper et les verreries suédoises. Je suis aussi allé jeter un coup d'œil à l'azalée, dans le boudoir de Jo. Sans franchir le seuil, tu comprends.

— Drôle de règle, cette petite pièce qu'elle considère comme sacrée.

— N'empêche que c'est une plante superbe et elle me fait du bien. Azalée, à l'origine, signifie « sec », peut-être parce que le feuillage est plutôt raide ou alors parce qu'elle pousse mieux dans un sol aride.

— Et vous communiez avec elle, alors que… C'est quelque chose, quand même, de rêvasser sur des fleurs d'azalée quand on vient d'épouser une jeune femme somptueuse.

Ses yeux, et il ne répondit qu'avec eux, s'étaient emplis – débordaient – de commentaires silencieux. Dans l'art de la dissimulation, jamais il n'avait dépassé le stade élémentaire et, en me parlant, il n'allait pas feindre des talents dont il était dépourvu. Et puis, comme on pouvait s'y attendre, étant donné notre attachement, nos habitudes de franchise (sans parler de la garde vigilante dont je m'acquittais et des encouragements silencieux que je lui donnais), il commença enfin à vider son sac. Tout en lui reflétait l'anxiété. Les symptômes mêmes de la tension se lisaient sur ses traits.

— Je vois bien qu'il faut que je te parle de ce problème. Moi qui espérais bien le régler seul.

— Pourquoi serait-ce une nécessité ?

— Parce que c'est ce que font les gens ; ce qu'ils doivent faire. En plus, c'est indigne, c'est humiliant d'aborder ce genre de sujet. D'un autre côté, je ne veux pas en porter le poids jusqu'à Rio. Seul là-bas, ça tournerait mal. Ce serait trop pour moi.

— Seul ?

Il haussa le ton :

— Ne m'asticote pas avec Matilda. Ce n'est pas le moment de prendre ta revanche parce que je ne t'ai pas prévenu du mariage.

— Je n'avais pas du tout l'intention de vous narguer, mon oncle. Par quoi vous sentez-vous débordé ? Nous avons eu des centaines de conversations ici même et nous n'avons jamais, l'un ou l'autre, trahi notre confiance réciproque.

Je faisais allusion aux livres austères, à la lumière voilée de tentures et aux fauteuils de cuir qui dataient du temps de tante Lena – le véritable habitat de l'oncle, celui que j'avais choisi de préférence à une foule d'autres cadres plus attrayants de Paris, parce que j'avais prévu qu'ici la vie humaine marquait des progrès essentiels. Ici, je pouvais compter atteindre une clarté véritable.

Benn commença par m'assurer que Matilda était exactement la femme qu'il lui fallait. D'abord, il parla avec lenteur, choisissant ses mots comme s'il s'était donné pour tâche d'expliquer les arcanes des modalités de la constitution à un ami de Prague. En octobre, quand j'étais déjà parti pour Paris et l'Afrique orientale où je devais voir mes parents, Matilda et lui avaient décidé de se marier durant la semaine de Noël. Pour s'accorder un peu plus de liberté, Benn avait combiné un programme de cours allégé. Il n'en donnait qu'un en morphologie. Son assistant pouvait le remplacer chaque fois qu'il devait s'absenter. Matilda, qui, disait-elle, aimait le pays, lui avait proposé de passer une semaine dans les Berkshires où ils admireraient la splendeur de l'automne. Elle avait des amis quelque part entre Barrington et Canaan qui étaient partis pour Haïti et s'étaient déclarés trop heureux de prêter leur résidence d'été pour une « prélune de miel ». Il y avait des tas de villages charmants dans cette région prospère du Massachusetts. Benn, bien entendu, connaissait toutes les feuilles de A à Z. Ils s'étaient donc promenés tous les deux sur les routes de campagne. Matinées bleues splendides, fraîches, lumineuses, revigorantes, parfumées au feu de bois ; petits déjeuners à base de crêpes au sirop d'érable ; partout des pommes succulentes sur des arbres abandonnés, quelques fleurs tardives que Benn identifia savamment, veillant à éviter le pédantisme. C'était la première occasion qui se présentait à eux d'être seuls ; quelques détonations dans le lointain émanant de chasseurs de chevreuils. Par précaution, ils arboraient tous les deux des casquettes rouges. Pas de problèmes de ce côté. Les chemins de terre étaient durs et secs. « Ce profil classique sous la visière d'une casquette de base-ball. » Mais, au bout de quelques jours, parmi les érables et les hêtres, « à m'écouter vaticiner sur eux », d'autres distractions devinrent nécessaires. Il y avait au garage une vieille voiture pour les courses et les balades locales. Pas de télévision, des ressources très limitées après le dîner, et Matilda n'avait pas l'habitude de se coucher à neuf heures. Le journal local, coincé dans la boîte aux lettres, donnait la liste des films qui passaient à la ville. Une série de vieux succès excita la curiosité de Matilda :

— Si on allait voir *Psychose* ? proposa-t-elle. La version originale de Hitchcock. Je ne connais que les remakes.

— Je l'ai vue dans les années 1960, dit Benn. J'en garde une impression plutôt négative. Il paraît que c'est devenu un monument – un mythe. Il n'en faut pas beaucoup pour ça.

Matilda lui fit cette réponse enjôleuse :

— Assis à côté de moi, tu en penseras peut-être plus de bien qu'il y a vingt ans.

Ils partirent donc en voiture pour la séance de six heures. Il faisait déjà nuit, dit Benn. Chaque journée était comme une œuvre d'art, une exposition de champs, de haies, de chemins, de bois, mais fermant de plus en plus tôt. En écoutant l'oncle, je devais me sentir plus que jamais français – avec mon long visage, et égrenant des vers appris au *lycée** : « *Nous marchions comme des fiancés... La lune amicale aux insensés**. » L'un de ces fiancés, au moins, avait les nerfs en pelote, c'est certain. J'y arrive. Et non, Benn n'avait pas meilleure opinion de *Psychose*. La seconde vision lui parut pire que la première. « C'est une histoire bidon. J'ai détesté ça. Toute cette frénésie sans objet m'exaspère. Rien que des réflexes conditionnés auxquels on a été entraînés. C'est ce qui ressort de tous ces films vidéo que j'ai vus chez les Layamon. On ne trouve là-dedans aucun lien logique et on comble les lacunes avec du bruit – des effets sonores. Il faut renoncer à toute cohérence. On vous maintient dans un état de malaise en faisant se succéder les meurtres sous vos yeux. Finalement, on cesse de se demander pourquoi est-ce qu'ils assassinent ce type ? »

Sa mémoire du film n'en était pas moins précise. Il se souvenait de la vieille auberge qui ressemblait à un salon funéraire, des antiquités minables, du cadre sinistre. « Toutes les idées néfastes qui nous traversent l'esprit, tous les fantasmes pervers que nous entretenons et qui engendrent une végétation arachnéenne.

Émergeant du sol, mi-plante, mi-araignée. C'est ce qui recouvrait le sol sous ce soleil hostile autour de cette maison hostile. »

Ensuite apparaissait la jolie fille, l'image d'une jeune créature suave mais criminelle elle-même, et en cavale. Elle loue une chambre où elle se déshabille et se met sous la douche. Là, elle est poignardée à travers le rideau de plastique, lardée de coups et la caméra s'arrête sur le sang qui s'écoule par la bonde. Se sentant saisi par le froid (quel besoin avaient-ils de mettre en marche le climatiseur d'été passé le milieu de l'automne ?) il glissa les mains sous ses cuisses pour les réchauffer. Matilda lui offrit la boîte de pop-corn. Non, merci, il n'aimait pas ça, ça lui restait entre les dents. Il déclara que s'il avait eu l'esprit plus vigilant, il aurait pris conscience d'une sorte de brume d'angoisse qui se formait dans sa tête, comme un avertissement. Mais on n'en sait jamais assez long sur soi-même. Il détestait le film. Matilda était captivée. Il y avait juste assez de lumière dans la salle pour souligner son élégant profil. Sans détourner les yeux, elle prit le mouchoir de Benn dans sa poche de poitrine et essuya le sel et le beurre sur ses doigts.

La mort de la jolie jeune femme était suivie du meurtre du détective qui la suivait à la trace. Tandis que l'homme condamné gravissait l'escalier, la caméra se concentrait sur le dos d'une silhouette immobile, attendant sur le palier. Cette créature aussi insolite que la maison même portait une longue robe victorienne et un corsage de calicot sombre tendu sur ses épaules. Des épaules hautes et raides, d'une largeur anormale pour une femme.

« Matilda ! » L'identification fut instantanée. Cette personne vue de dos était Matilda. L'évidence était aussi concluante que rapide. Pour Benn, la première impression ne s'effaçait jamais.

Choqué par sa propre réaction, atterré par l'atrocité qu'avait commise son esprit (peut-être un « second lui-même »), il suivit des yeux la scène dont il connaissait l'issue. Dans un instant le tueur, d'un bond, entrerait en action. Ils verraient le visage féroce d'un homme, d'un fou sadique, un visage surmonté d'une perruque. Assassiné, mort avant d'avoir eu le temps de s'en étonner, le détective tomberait en arrière. Anticipant la scène, dit Benn, il avait déjà tenté de trouver une échappatoire pour éviter non pas tant le crime (qui, après tout, était prémédité) que le parallèle avec Matilda. C'était odieux ! La voir sous les traits de ce travesti. Qu'essayait-il de manigancer ? Qui, de tous ces personnages, était le plus fou ? Benn déclara que, s'il s'agissait d'un de ces crimes imaginaires qui vous traversent l'esprit, il suffisait de la vue d'un couteau sur un évier pour le déclencher. Tout comme le sommet d'une falaise suggère l'idée du suicide. Nous maîtrisons sans peine ce genre de fantasmes éclairs. Personne n'en est vraiment victime.

Mais associer Matilda avec Tony Perkins, un psychopathe, c'était là une vue de l'esprit atroce. Elle surgissait des profondeurs et parut paralyser Benn. « Je ne pouvais plus m'en détacher », dit-il. Ce n'était pas une de ces fugitives aberrations mentales ou une sorte de flirt avec l'horreur, c'était sérieux. Cette femme était sa fiancée. Le mariage était prévu, les invitations gravées. Et cette vision, dans la salle de cinéma, le sommait de ne pas se marier.

Le pire, c'était que cette corrélation ne le lâchait pas, qu'elle était trop réelle pour être chassée. « Ce que je ressentais ? dit-il. Sans compter que j'en étais malade. Je me suis souvenu d'une expérience au laboratoire de zoologie, il y a très, très longtemps. Elle était réalisée avec une hydre, un simple polype d'eau douce. On trempait un bout de papier dans une solution acide diluée et on en badigeonnait la créature. Alors les tentacules entourant la bouche faisaient tout pour se débarrasser de cet irritant. Ainsi voyait-on le fonctionnement du système nerveux à un niveau élémentaire. »

Ce qui, entre autres, l'affectait, c'était qu'un film médiocre, un cynique bâclage de Hitchcock assaisonné d'inversion sexuelle, pût lui faire tant d'effet que le message émanant de son cœur fût relayé par ce sous-produit du box-office. Qu'apprenait ce film sur son âme à un spectateur ? Qu'un déchet pouvait le bouleverser ? Parfois, il était pris de fureur, le matin, en pensant aux rêves stupides qu'il avait faits. Ceux-ci vous démasquaient quand ils étaient particulièrement extravagants. Du moins les rêves étaient-ils involontaires, alors que ce qui venait de se passer était survenu en pleine conscience dans une salle de cinéma, non loin de Tanglewood, où les passionnés de musique venaient de Boston ou de New York pour assister à des concerts merveilleux, et il s'était laissé empoisonner par cette ptomaïne hollywoodienne. Peut-être ne devait-il pas mettre sa déchéance sur le compte du film ; peut-être en était-il, lui-même, responsable. En tout cas, il ne parvenait pas à se défaire de l'idée qu'il avait commis un crime.

— Il fallait donc que je te raconte ça, dit-il.

— Je comprends pourquoi.

De temps en temps, je m'étais laissé aller à imaginer que ses yeux, si remarquables par leur forme et leur couleur, étaient les prototypes de la faculté originelle de vision, de la capacité de voir, née de la lumière elle-même, comme si elle exigeait que les créatures voient la lumière. Pour l'instant, ses yeux étaient trop sombres pour qu'on les qualifie de bleus et il n'en émanait que de la tristesse. Oui, c'était bien de la tristesse et il ne tentait pas de l'ennoblir. Jamais il n'avait eu l'intention de faire un tel affront à Matilda. On ne peut définir le sens d'un regard. Pas avec précision. Benn se jugeait coupable d'un crime ; un peu comme Ajax lorsque, ayant recouvré ses esprits, il se rendit compte qu'il était devenu fou et avait massacré un troupeau de moutons. Reconnaissances et tourments post-hypnotiques ! Quand un extra-lucide de la botanique – à quoi j'avais toujours assimilé l'oncle – dirige son attention sur les êtres humains... eh bien, que peut-on dire ? Il y a quelque temps, je jugeais sévèrement la maxime vulgaire de Feuerbach : « Vous êtes ce que vous mangez » et suggérais que Blake était plus proche de la vérité quand il disait : « L'homme est ce qu'il voit. » La manière dont vous voyez le monde classe votre esprit dans une catégorie particulière. Si l'on admet que l'imagination possède un pouvoir plastique indépendant, quasiment divin dans son étendue. Mais voici ce qui peut se produire quand un certain monde vous est imposé par une vision corrompue. Et savoir si Benn pouvait se mettre à l'abri en soulignant la vision corrompue de Hitchcock, telle est la question. Mais il avait évité ce recours. Hitchcock n'était pas responsable des épaules de Matilda et Benn avait insisté : « C'étaient les épaules, surtout. Ces épaules ont tout déclenché. »

Le reste du film était sans importance, sinon qu'il prenait son temps pour s'achever. L'intolérable, c'était qu'il prenait son temps et qu'il fallait attendre tous les trucs et les détours que vous imposait l'artificieux Hitchcock. « Le côté boumboum », comme disait Benn. Finalement, on voyait la mère du tueur fou dans un fauteuil à bascule, comme la célèbre Mme Whistler, excepté qu'elle était momifiée, qu'elle avait les orbites vides et le crâne couvert de cheveux en fibre de coco. Sous cette forme, la mort ne pouvait guère vous toucher. La mort n'était pas morte, comme le disait John Donne. Elle ne pouvait pas mourir puisqu'elle n'était même pas réelle. Et puis les lumières se rallumèrent.

Comme l'oncle Benn aidait Matilda à enfiler son manteau, il contempla à nouveau ses épaules – innocentes en elles-mêmes. (L'étaient-elles *vraiment* ?) Elle se pencha légèrement en avant, tandis qu'il tenait le vêtement écarté et, sans glisser les bras dans les manches, elle le drapa sur son dos en ajustant le col sous son menton, inconsciente du sort jeté sur elle. Quand Benn me fit ce récit, il ajouta qu'il avait évité de regarder son beau visage songeur avec ses grands yeux et son front bas. Elle concentrait ses réflexions sur le film ou, plus probablement, sur le meilleur moyen d'entamer la discussion à son sujet. Jamais elle n'aurait deviné combien Benn était déprimé. (L'une de ces grâces qui permettent au flux vital de continuer à couler. Si jamais il devait s'arrêter, que deviendrions-nous ?)

— Tu n'as pas trouvé le film meilleur que dans ton souvenir ? demanda-t-elle.

— Non. Pas du tout. (Il lui emboîta le pas. La foule, dans l'allée, lui servait d'excuse.) J'étais trop ankylosé pour remuer les jambes. J'avais l'impression qu'elles s'étaient endormies sur le fauteuil. Je me sentais infirme, paralysé. Je me pinçais les cuisses et tapais des pieds pour ramener la circulation dans mes mollets.

Une fois dans la rue, il avoua à Matilda :

— Je ne sais pas trop pourquoi, ce Hitchcock me met le moral à zéro.

Une de ces soirées d'automne en Nouvelle-Angleterre, bleuâtre, aux reflets d'ardoise, et un dimanche par-dessus le marché. Les dimanches étaient toujours difficiles à passer. Il prit le volant et suivit l'artère principale bien éclairée. Ce fut seulement en tournant le coin de la rue qu'ils s'aperçurent que les phares ne fonctionnaient pas.

— Pas de lumière, dit-il. On ferait mieux de rebrousser chemin.

— Pourquoi donc ? Il n'y a pas de garage ouvert. Écoute, tu peux utiliser les feux de détresse. Une fois sur la petite route, il n'y en a plus que pour cinq cents mètres.

Il était trop abattu pour discuter et ils continuèrent donc à rouler avec les feux de détresse à vingt-cinq kilomètres à l'heure. Mais, avant qu'ils aient atteint la bifurcation, une puissante conduite intérieure surgie de derrière les doubla et se rabattit pour leur bloquer le passage. Ils furent contraints de se garer sur le bas-côté. Un civil, et non un policier de la route, se précipita vers eux en jurant :

— Espèces de fumiers ! Enculés ! Pédés !

— Et vous êtes qui, vous, bon Dieu ? demanda Benn.

— Un citoyen qui vous arrête pour vous empêcher de tuer quelqu'un.

— Ce type est saoul, dit Matilda. Elle se pencha à la portière et enchaîna : Vous êtes un danger public vous-même, imbibé de whisky et bon pour un alcootest.

— Faites taire cette nana, dit l'homme à Benn. Vous avez le choix. Ou vous me suivez pour rentrer en ville, ou je vous fusille vos pneus.

Matilda, à nouveau, le provoqua :

— Où est votre pétard ?

— Vous avez intérêt à ce que je ne sois pas obligé de vous le montrer.

Comme ils revenaient vers la rue principale, Tilda, la voix haute et frémissante de colère, déclara :

— Tu ne devrais pas laisser un salaud pareil nous parler sur ce ton.

— Qu'est-ce que tu voulais que je fasse ?

— Tu n'as à accepter ce genre d'avanie de personne.

— Il est armé.

— Tu aurais dû descendre de la voiture et lui coller un coup de pied dans les roubignolles.

— Matilda, tu es encore sous l'influence d'Hitchcock. Tu as dit toi-même qu'il était saoul et il a l'air d'un ancien du Vietnam. D'ailleurs, *nous sommes*, nous, un danger public, sur la route, dans cette vieille bagnole.

— Reculer sous la menace, c'est la mentalité de l'Holocauste.

— Je ne vais pas me battre contre ce joueur de football. J'interviendrais s'il t'attaquait, soit. Sur des routes mal connues, sans lumières, nous pourrions nous retrouver dans le fossé. Il a une étoile d'assermenté sur le radiateur.

— Les assermentés sont des tueurs ; à Chicago, c'est bien connu.

Les policiers de la ville laissèrent Benn utiliser sa carte de l'AAA[1] et sa comparution devant le juge de paix fut fixée au lendemain matin. Matilda essaya de demander un taxi pour regagner la maison. Trouver qui que ce soit qui accepte de se déranger un dimanche était hors de question. Benn fit remarquer qu'il serait plus simple de rester à l'auberge, surtout si l'on servait encore des repas. Ce qui éviterait un double trajet en taxi et l'inconvénient du dîner à préparer. Bien qu'elle fût mécontente de lui, Matilda se rangea à son avis. (Elle détestait faire la cuisine, je dois le noter ici.) On les installa donc à l'auberge qui était agréable. Il y avait un feu de bois dans la salle à manger. « Le dîner était honnête, dit Benn, mais ils avaient un pudding indien chaud, servi avec de la glace – cette

1. American Automobil Association. *(N.d.T.)*

combinaison de maïs, de mélasse et d'épices que j'aime tant. Je me souvenais de ce pudding indien qu'ils servaient au restaurant de poisson de Durgin Park à Boston. Je ne parlais que du pudding indien. J'en radotais. Et, peu à peu, Matilda m'a pardonné ma lâcheté devant l'ivrogne qui nous avait arrêtés. Tout ce que je peux te dire c'est que j'ai remercié le ciel de nous éviter de traverser la forêt cette nuit-là.

— Qu'est-ce que vous reprochez à la forêt ?

— J'étais complètement déboussolé, Kenneth. Et, pour te dire la vérité, j'avais peur.

— De quoi ? Je croyais que vous aimiez les forêts.

— Je ne supportais pas l'idée de tout ce qui peut arriver la nuit. Quelquefois, les gens sont violents dans leur sommeil et commettent des actions horribles. Suppose qu'un geste horrible m'ait échappé, sans que je m'en rende compte.

— Vis-à-vis d'elle !

— Ne me force pas à aller plus loin.

— Par exemple, ce qu'on a accusé les valets de Duncan d'avoir fait au roi dans *Macbeth* ?

— Ils étaient ivres. Tout ce que je peux te dire, c'est que j'étais terrifié.

— Vous n'avez pas pensé que vous alliez l'étrangler... à cause de ses épaules !

— J'ai décidé que si nous devions retourner dans cette maison sinistre, j'avalerais une double dose d'hydrate de chloral. J'en ai toujours avec moi pour mes nuits blanches. Je voulais être sûr de sombrer dans le néant. Une fois que ces idées se sont emparées de vous, vous n'avez plus qu'à jouer leur jeu. Vous êtes projeté de tous côtés comme un ballon de football.

— Ce sont les nerfs, voilà tout.

— Peut-être. C'est pour ça que l'auberge me plaisait. Elle dégageait une espèce de gaieté rassurante. Je savais que cet écran protecteur n'était pas plus épais que le papier des murs, mais il me sécurisait. Il y avait un grand lit bateau. Une antiquité. En noyer. Puis j'ai regardé la courtepointe en patchwork et je me suis dit : du patchwork ! Ce n'était vraiment pas le décor pour un crime.

— Vous auriez pu vous défiler. Dans la farce traditionnelle, la réponse à ce genre de situation, c'est la fuite du conjoint. Je vous ai parlé de ce minus qui, dans Gogol, se sauve par la fenêtre juste avant le mariage. Et papa a un faible pour cette histoire du peintre postexpressionniste et de la charmante fille qui vivait avec lui. Un jour, elle lui dit : « Il serait temps que nous parlions sérieusement de notre liaison. » Il répond : « D'accord, mais il faut d'abord que j'aille aux chiottes. » Là-dessus, il se faufile par la fenêtre de la salle de bains et galope jusqu'à la station de métro. Et puis il y a le George Dandin de Molière qui aurait *dû* se sauver.

L'oncle Benn n'était pas marié depuis deux mois lorsque nous échangeâmes cette conversation.

— Si ce n'était pas un décor pour un crime, dis-je, qui donc allait en commettre un ? Êtes-vous sûr que ç'aurait été vous ? Elle aurait pu, elle, avoir envie de vous tuer.

— Sois gentil, Kenneth, et ne m'emmerde pas avec ta dialectique rationnelle. Il n'y a rien de plus éprouvant que la rationalité intempestive. Tout cela m'a bouleversé. Je te parle d'un phénomène affectif et toi tu me tiens le langage du bon sens. C'est pire qu'inutile…

Il se trompait, pensai-je. Mais il était trop agité pour qu'on le contredise. Je voulais seulement dire qu'il était difficile de définir qui menaçait qui, et lequel des deux était le plus hostile.

Un couple de psychopathes sous un édredon.

En tout cas, le lit bateau et le papier mural rustique, la vieille suspension à gaz adaptée à l'électricité, le pot à eau et la cuvette fleuris le libérèrent de ses craintes. Il se passa d'hydrate de chloral. Tout dommage causé à Matilda lui aurait coûté la vie et il était opposé par principe au suicide. Il lui suffisait de ne pas regarder ses épaules. Il resta donc couché sur le côté gauche toute la nuit et dormit comme un plomb. Le matin – quel délice ! – le soleil brillait et Benn et Matilda étaient en excellents termes. Elle n'avait pas de brosse à dents, il n'avait pas de rasoir, mais le café était de premier ordre.

À neuf heures et demie, ils comparurent devant le juge de paix, prototype de l'autochtone de la Nouvelle-

Angleterre – l'œil bleu, sec, les pommettes fardées de rouge brique ; mince, les cheveux peignés avec soin. Il était le patron de la quincaillerie et l'audience eut lieu dans son petit bureau. Il accepta l'explication que lui donna Benn à propos des phares. Correct avec les étrangers à l'État.

— Vous feriez bien de faire réparer ces phares.

— Nous allons le faire tout de suite.

— L'homme qui nous a arrêtés était très menaçant, observa Matilda. Il a dit qu'il était armé.

Le juge de paix répondit que M. Davins était conseiller municipal et adjoint du shérif.

— Affaire close. Pas d'amende. Faites réparer les lumières.

— Cet homme était ivre, insista Matilda.

Benn remercia le juge de paix.

— Il m'a demandé ce que je faisais. J'ai dit que j'étais professeur de botanique. Il m'a rendu mon permis.

— Obscène et grossier, poursuivit Matilda. Avait-il un permis de port d'armes ? La loi n'est-elle pas très stricte là-dessus dans cet État ?

— Je me suis demandé s'il n'aurait pas mieux valu pour moi qu'il me boucle, me dit Benn. Il ne répondit pas à Matilda, lui accorda à peine un regard. S'il m'avait retenu, ça ne m'aurait guère affecté. Peut-être aurait-il empêché un crime. Et puis, je l'enviais, cet homme, et j'aurais bien aimé être à sa place. Quel charmant bureau ! Des cloisons en boiserie sous le soleil. Une église blanche avec un clocher. La couleur des érables. Bien sûr, je comprenais. Pas de juge de paix juif dans ce vieux village des Berkshires. Pas plus que je ne pourrais être un rétameur irlandais ou un tsigane de Hongrie. C'est plus facile d'être un cardinal juif à Paris.

— Mais, bon sang, que cherchait donc Matilda, mon oncle ?

— Peux pas te dire. Le grotesque de la scène l'avait peut-être remontée ; un couple dans le vent comme nous, éperdu de reconnaissance pour un plouc de quincaillier qui les remet en circulation ! Mieux valait payer une amende dans un silence dédaigneux. Ou peut-être se montrait-elle virile pour moi, étant donné que j'étais trop ramolli pour me bagarrer.

Il ajouta alors quelques mots sur son apparence : ses immenses yeux lilas dilatés, la vigueur de son épaisse chevelure couronnant son front bas, un front plus étroit que jamais, comme assombri et marqué de sillons. Je me demandai moi-même pourquoi les apparences prenaient une telle importance et conclus que la beauté physique était à la base de tout. Devant le juge de paix, elle s'était muée en furie. Je ne demandais pas si ses dents semblaient acérées, il m'avait déjà parlé des dents de Matilda. Je ne lui posai pas de questions car l'oncle avait plus que jamais la tête à l'envers. Les aveux ne l'avaient pas soulagé. Ils avaient mis l'énormité de l'incident en pleine lumière et j'éprouvais pour lui une profonde pitié. Un autre homme, plus dur, aurait en riant tiré un trait sur cette histoire ; l'oncle, après m'avoir confié son secret, se sentait encore plus perturbé qu'avant. Peut-être vaut-il mieux être complètement fou plutôt que d'avoir une lucidité partielle.

Je comprends bien pourquoi l'oncle avait fini par se marier. Il ne pouvait s'incliner devant un accès d'aberration mentale. Il avait une structure à sauvegarder, une priorité à accorder à la stabilité. L'absurdité devait être mise en échec. D'ailleurs, dans ses aberrations, il avait calomnié Matilda, et il était sensibilisé sur ce point. Se faire passer pour un docteur parmi les patientes de la clinique pendant que le père de Matilda soulevait leurs draps l'avait mis très mal à l'aise. C'était contraire à l'éthique que de regarder leurs tristes sexes dégarnis. Une fois que vous vous initiez à la vie érotique version contemporaine, vous subissez une accélération qui fait se disperser vos particules les plus infimes.

Une chose était claire, pour moi : sa façon de répéter sans cesse « C'est une beauté. Son visage classique. Une prodigieuse beauté », jusqu'à ce que ce discours me sorte par les yeux (la formule française « *ça commence à me sortir par les yeux* » est plus expressive que « ça me sort par les oreilles »), était une manière de justifier son mariage, qui ressemblait de plus en plus à une immolation présidée par le père Layamon et le juge Amador Chetnik. Parce que, voyez-vous, il avait été prévenu. De très haut (encore que Alfred Hitchcock et Tony Perkins eussent servi d'intermédiaires) une voix lui avait dit « Ne l'épouse pas. Ce n'est pas la femme que ton cœur désire ». À présent ses grands yeux bleus, voués à la science pour ainsi dire, étaient hantés (légèrement) par la faute et le châtiment. Je me rendais compte que je ne devais rien faire pour l'irriter. Mes spéculations agissaient tel un irritant ; il valait donc mieux éviter de les lui appliquer. Spéculer à son sujet équivalait à déclarer : « Je vous l'avais bien dit », « Vous l'avez cherché » (c'est, sous la forme la plus brutale, Hamlet expliquant à Horatio pourquoi il se moque qu'on décapite Rosencranz et Guildenstern : « Ma foi, l'ami, ce sont eux qui ont recherché cette commission »). Non, il ne m'était pas possible de faire ça au pauvre Benn. De toute façon, on pouvait être sûr qu'il assumerait pleinement ses propres tourments.

— Croyez-vous que Matilda ait la moindre idée…

— De sa ressemblance avec son père ? Elle a réagi tout à fait comme lui quand elle m'a dit que j'aurais dû flanquer un coup de pied dans les couilles de cet ivrogne.

— Non, non, c'est à ses épaules vues de dos que je faisais allusion.

— J'ai toujours pensé que les femmes ne se faisaient aucune illusion sur elles-mêmes. Leurs atouts les ravissent et leurs points faibles les plongent dans le désespoir – leur désespoir étant en général beaucoup plus profond que leur satisfaction. Matilda doit donc être très lucide sur ce point. On peut être sûr qu'une femme sait prendre la mesure d'elle-même.

— Les hommes aussi n'ignorent pas leur mesure.

— C'est partiellement vrai, dit-il. Seize et demi d'encolure et trente-cinq de manches.

Ce n'était pas exactement ce que j'avais en tête mais je ne bronchai pas.

Et, après tout, si elle n'était pas la femme à laquelle son cœur aspirait, sans doute n'était-il pas non plus l'homme que son cœur à elle désirait. Il y a des gens qui vous conseillent de ne pas mêler le cœur à ces questions. Il ne devrait pas entrer en ligne de compte, on ne peut pas s'y fier. Dans certains cas, le cœur prend une retraite anticipée. Un philosophe, à l'université, m'a surpris un jour en déclarant : « Votre cœur aussi peut être un sophiste. » Cette réflexion m'a intrigué quelque temps, mais je crois maintenant en avoir très bien saisi le sens. Ce n'est pas un critère fiable. Tout le monde feint de l'avoir rencontré, bien sûr, mais tout le monde éprouve davantage l'absence d'amour que sa présence et l'on s'habitue si bien à cette sensation de vide qu'elle en devient « normale ». Les bases du sentiment ne vous manquent que lorsque vous commencez à vous chercher et ne trouvez pas de soutien dans les affects que vous éprouvez à votre égard.

— Ça s'arrangera, mon oncle, dis-je. On ne peut pas attendre d'un homme comme vous qu'il excelle dans tous les domaines. Vous avez été accaparé par la botanique. Ensuite, vous avez subi des attaques terrifiantes dans le domaine de la sexualité. Vous rêviez d'être aimé d'une femme mais sans vous y être préparé. Personne ne reçoit d'éducation dans ce domaine. Vous avez mis dans le mille quand vous avez dit à ce journaliste que si mauvaises que soient certaines radiations, les peines de cœur faisaient plus de morts et, pourtant, personne ne s'organise contre ce fléau. Et vous ne pouvez pas appeler le déboucheur d'éviers à la rescousse. Quoi qu'il en soit, appelez-moi à n'importe quelle heure du jour ou de la nuit. Je ne sais pas trop comment je pourrai vous aider mais je reste à votre disposition.

— Le ciel en soit remercié.

— Vous avez eu du courage de me raconter tout cela. Ça n'était certainement pas facile.

Quand je regagnai mon gîte-dortoir, j'étais d'une humeur qui ne se laissait pas identifier : mystifié par l'oncle, triste pour lui mais aussi – et c'était étrange – remonté à bloc, remonté et irrité à la fois, prêt à agresser tout le monde y compris moi-même. Tout d'abord, en pénétrant dans mon inconfortable sanctuaire, j'eus envie de jeter tous les livres et tous les papiers – les livres mêmes dont je dépendais pour m'éclairer l'esprit, pour me maintenir en prise directe avec le XXe siècle. Après tant de turbulence mentale, tout devenait confus. J'avais compté sur l'oncle pour me donner le ton sur certains problèmes essentiels et c'était lui qui avait besoin de mon aide. Il était accablé, ployant sous le poids des épaules de Matilda Layamon, plus lourdes que du bronze massif.

Enfin, je me retrouvais dans mes deux pièces aux fenêtres pseudo-gothiques qu'éclairait la triste lumière d'une exposition plein nord. Sur les carrés de plastique gris du sol incrustés de vermiculures de poussière, le manque de tapis était criant. J'avais renoncé aux bienfaits du confort sans gagner grand-chose au sacrifice. Je disposais d'une kitchenette et d'un minuscule WC et partageais une douche avec des étudiants de première année. La direction du collège jugeait bénéfique pour les bizuts d'être au contact de leurs doctes aînés ; tout comme j'avais moi-même profité de mon association avec l'oncle, un homme de qualité dont il y avait tant à apprendre.

Je passai un moment à la salle de bains puis, pour me donner un coup de fouet, mangeai une barre de chocolat Hershey avant de m'asseoir pour noter ma conversation avec l'oncle. Au lieu de jeter des feuillets, j'en ajoutai de nouveaux.

Noir sur blanc, les faits semblaient terribles. Personne ne s'était soucié de l'oncle tant qu'il était resté un inoffensif toqué de la morphologie, aussi négligeable qu'un collectionneur de chants d'oiseaux, mais quand il avait avancé ses pions pour pénétrer dans la société à un niveau plus conséquent, il avait éveillé l'intérêt de certaines personnes dont il eût mieux valu ne pas attirer l'attention. Pouvait-il plaider son manque d'expérience du monde ? Non, car il comprenait parfaitement tout ce qu'il était résolu à comprendre. Il préférait simplement éviter cette forme d'initiation. Tout au contraire, il avait choisi d'être le botaniste inoffensif et innocent, marié à une beauté dans le vent, refusant d'identifier Matilda à un emblème fatal jusqu'à ce que son imagination le lui imposât avec malignité. Je ne comprends pas pourquoi ces esprits de qualité doivent justifier le mépris dans lequel les tient le grand public. Pourquoi fallait-il que la femme du père de la cybernétique vérifiât la fermeture à glissière de sa braguette avant qu'il quittât la maison ? Et pourquoi la qualité n'impose-t-elle pas le respect aux minables qui gravitent autour ?

En ce moment, la nuit était tombée sur Parrish Place, l'oncle entrait sans doute dans l'appartement des Layamon, se mettait à la recherche de sa nouvelle épouse et la trouvait en train de s'habiller pour le dîner. Elle pourrait ou non lui dire : « Tiens, bonsoir » ; parfois, elle était absorbée par ses ongles ou se rasait les jambes ou coiffait ses cheveux hyacinthe à la lumière dorée des ampoules du boudoir. Même quand elle était à sa toilette, elle était légèrement nerveuse. Que pensait-elle *véritablement* de son mari ? Répondait-il à son attente ? L'oncle ne pouvait jamais bien savoir comment il s'en tirait. De toute évidence, Matilda trouvait bon de le maintenir dans l'incertitude, et peut-être était-ce cette ambiguïté qui libérait ces sombres forces inconscientes l'assimilant à Tony Perkins. Tout en s'habillant, Matilda allait de miroir en miroir, bavardant à propos des dispositions à prendre pour la tournée de conférences qu'allait faire Benn au Brésil dans l'arrière-pays. Elle serait (lui-même était le premier à le dire) plus belle que jamais. Son front bas – non dénué d'intelligence, barré de fins sillons pensifs – a quelque chose de grisant. Mais il est debout derrière elle et, de nouveau, le voilà face à ces épaules toujours larges et hautes, malédiction, fatalité. Puis-je relever ce défi ? se demande-t-il. Il se heurte intérieurement à cette barrière, évalue intérieurement son pouvoir ; le point sur lequel il se concentre devient sensible. Il le situe à hauteur du diaphragme car il est prodigieusement doué pour l'auto-examen. Le muscle entre deux de ses côtes est douloureux au toucher. Environné de miroirs, il ne lève pas les yeux pour se regarder, craignant de voir ses traits chagrins et renfrognés. « Complètement dingue ! » me dira-t-il plus tard, prenant tout sur lui. Il se rend au bar qui, comme le boudoir de Matilda, n'est qu'un chatoiement de verre illuminé et il se sert un gobelet de gin pour tenir le coup pendant le dîner. Ensuite, durant le repas, il se sent, dit-il, comme le jeu de devinette des gosses dans le supplément du journal du dimanche – qu'est-ce qui cloche dans l'image ?

Et revoici la salade de cœur de palmier, le plat préféré du docteur. Qu'on lui serve ce qui lui plaît n'est que justice, compte tenu du travail qu'il abat. Matilda et sa mère déplorent la médiocrité des desserts fournis par le traiteur. Les caisses seront livrées au Roanoke et entreposées dans l'office où Jo vérifiera leur bon état. Entre les plats, Benn se tient la tête au creux de la paume. Comme on lui demande rarement son avis (la bizarrerie de ses réponses réduit au silence les parents de Matilda ; ils ne savent pas d'où diable sort ce phénomène), l'oncle est libre de ruminer. On peut laisser discourir le docteur qui peut être distrayant quand il s'en prend à ces *yutzes* de la municipalité, que son visage se marque de ces stries de salamandre et qu'il hausse les sourcils d'un air caustique à la Bernard Shaw. Comme d'habitude, la tour électronique se rapproche en dérivant jusqu'à les surplomber de toute sa hauteur, plus énorme que dix *Titanic* assemblés, toutes ses fenêtres illuminées et fonçant sur l'appartement. Écœuré d'une répugnante gratitude pour les Layamon qui l'ont admis parmi eux, s'étranglant sur ses mensonges, s'accusant devant Dieu, clamant : « Qu'ai-je fait ? Pourquoi suis-je ici ? », Benn se fustige. Sa fureur est essentiellement dirigée contre lui-même (le terme clinique serait « intrapunitive ») et il considère d'un œil fixe ses propres faiblesses mais comme son regard revêt toujours une certaine fixité en raison de l'idiomorphisme anatomique de ses yeux, nul ne s'en aperçoit. L'oncle se serait vu, sans déplaisir, laisser broyer par la tour électronique en plein dîner. Que frappe le destin ! Dans cette collision à la Cecil B. DeMille, Matilda ne souffrirait aucun dommage. Il serait seul à être justement puni.

J'étais moi-même sorti dîner. Il n'y avait rien à manger dans ce froid dortoir, sinon le chocolat rangé avec mes chemises. Dita m'avait demandé de venir. Elle n'était pas encore assez bien pour se montrer au restaurant et, par ces soirées d'hiver, elle n'avait d'autre compagnie que moi. Le lundi suivant s'achevait son congé de maladie et elle devait retourner au travail. Mon père m'avait donné une bouteille de gevrey-chambertin venant de sa cave. Quand j'étais gosse, un représentant en vins venait régulièrement rue Bonaparte prendre les commandes de papa. Je suppose qu'on ne trouve plus à Paris de ces gens-là – si *bien élevés**, déférents, pleins de savoir-vivre, portant des manteaux élégants et des souliers luisants, un feutre à bords roulés sur la tête et des gants de chevreau à la main et feignant de considérer mon père comme un grand connaisseur. Les effluves qui s'élevaient du crâne du personnage lorsqu'il se découvrait étaient délicieux.

Mon père m'avait tendu cette bouteille merveilleuse (Côte-d'Or, domaine Roy) en disant : « Voilà un nectar pour une grande occasion. Ramène-la dans ton fichu patelin. Ce n'est pas mauvais non plus pour les coupures et les contusions, mais il faut la réserver à l'usage interne. » Quand je partis m'installer dans le Midwest, mon père s'abonna au journal local et se trouva mieux informé que moi-même. Il faisait périodiquement allusion dans ses lettres à des gens poignardés dans la rue, assommés à mort dans leur lit par des intrus, abattus dans l'autobus. Bien que je vécusse dans une enclave protégée où l'université dépensait trois millions de dollars par an pour renforcer la sécurité, il s'inquiétait pour moi. Je répondais en plaisantant : « Du moins, ce n'est ni Saigon, ni Beyrouth. Des tas de gens vivent encore ici dans le plus grand confort », disais-je. Sans doute faisais-je allusion à la catégorie à laquelle appartenaient les Layamon. Des immeubles résidentiels comme le leur, ou le Roanoke, étaient placés sous haute surveillance. Grâce à mes études, je passais, en imagination, plus de temps dans le Saint-Pétersbourg de 1913 que dans cette métropole métallurgique. Les hommes ont tendance à se retrancher dans les livres et les théories. Si vous êtes astrophysicien, jamais l'idée ne vous viendra de passer une matinée au tribunal des flagrants délits. Si vous êtes économiste, vous comptez sur les mouvements monétaires boursiers pour l'emporter sur les désordres locaux. Quant aux gens comme moi, obscurément motivés par la conviction que l'existence est sans valeur à moins d'en faire un « tournant », nous avons été voués aux humanités, à la poésie, à la philosophie, à la peinture – jeux enfantins de l'humanité qui devaient être délaissés avec les débuts de l'ère scientifique. Les humanités seraient convoquées pour choisir la tenture murale de leur caveau lorsque la fin serait proche. Et s'il n'y a pas de tournant, le temps viendra sans tarder de l'appel « esthétique ». De telles pensées sont presque aussi corrodantes que les problèmes qu'elles suscitent.

Les tam-tams qui battent à l'intérieur de nos têtes et qui nous rendent fous sont les grandes idées !

Je préparais la conversation du dîner pour Dita. Elle aimait cette forme d'échange et comptait sur moi pour le lui fournir. J'avais moi-même un faible pour les propos de table. La compréhension équivaut au néant, si vous n'avez personne à qui la transmettre, et puisque l'oncle n'était plus là pour débattre de ces questions, pour ma vie mentale (ma vie secrète si l'on préfère), Dita avait pris une valeur considérable.

Je mis la bouteille dans un sac de papier marron, espérant ne pas avoir à l'abattre sur le crâne d'un agresseur. Dans ces rues, on ne sait jamais, et j'avais un terrain vague à traverser. J'ouvris la porte donnant sur l'escalier de pierre, d'où montait une odeur médiévale, puis me souvins que je n'avais pas écouté les messages sur mon répondeur téléphonique.

Le premier était de Fishl, mon parent, qui semblait surexcité. À sa voix seule, je pouvais dire qu'il n'était pas rasé. Il était dans un état d'exaltation délirante ; ses lèvres sèches et rapides me disaient : « Mon père arrive de Miami pour affaires. Il ne devrait pas faire ce voyage en hiver. C'est mauvais pour son cœur. » Affaires ? Fishl ignorait que son père devait assister le jour suivant à la réunion de la commission de mise en liberté sous caution. « Benn sait-il qu'il prend l'avion ? Si oui, veille à ce qu'il ne parle pas à Papa jusqu'à ce que je l'aie préparé. » Il était maintenant trop tard, le docteur Layamon avait donné à Benn des coupe-file de presse pour la séance. Je devais le retrouver en ville.

Le second message enregistré était de Tanya Sterling. « L'exposition d'art ménager va fermer et, jusqu'ici, je n'ai pas reçu la réponse courtoise que j'attendais. Je vous avais fait une proposition *bona fide*. J'ai engagé un détective privé de Seattle. Faites-moi signe, je vous prie. »

En fait de proposition *bona fide*, elle ne plaisantait pas. Elle manœuvrait pour m'annexer, tout comme Matilda avait annexé l'oncle. Exactement la même opération qu'avait tentée Caroline Bunge. Pas question – pas d'annexion. Non merci, pas de danger. Je coinçai la bouteille sous mon pardessus, me réjouissant à la perspective de dîner avec Dita. Ma chambre était si misérable, autant être bouclé en cellule isolée. Je pris au pas de course le raccourci qui coupait le terrain vague. En dépit de la neige, quelques chardons séchés de l'automne s'accrochaient à mes vêtements. Ma tactique était de protéger le gevrey-chambertin en cas de chute sur le verglas. Mon père aurait désapprouvé ma précipitation – elle contribuait à agiter le dépôt – mais je ne fus que trop heureux de parvenir sain et sauf à la porte de Dita. Le chambertin avait été le vin préféré du grand Kojève. Mon père lui en avait toujours servi quand il venait dîner.

L'appartement de Dita était très différent de celui de la rue Bonaparte mais la chaleur, les couleurs, les odeurs de cuisine me conquirent. Je n'avais jamais été tellement porté sur le confort domestique, mais ce soir-là le temps était rigoureux et février nous balayait de cinglantes rafales venues du Montana. La propreté du logement était loin de correspondre aux critères de l'oncle en la matière. Enfin, maintenant, il occupait le sommet d'un immeuble et disposait de domestiques. Les diverses affaires personnelles accrochées à la porte de la salle de bains ne me dérangèrent pas lorsque j'allai me laver les mains et me donner un coup de peigne. Une fois ressorti, je débouchai le vin pour le laisser respirer, tout heureux de me trouver là. Le bouchon était vieux mais il vint tout d'une pièce et le vin était aussi bon que me l'avait assuré mon père.

— Pourquoi fait-on tant d'histoires en Europe à propos des bouchons ? demanda Dita.

— Je ne sais pas, dis-je, c'est une espèce de rituel.

Dita n'était pas plus douée pour la cuisine que pour le ménage. C'était une intellectuelle, du genre qui n'a guère l'habitude de bien manger. Les femmes qui vivent seules perdent tout intérêt pour la cuisine. Mais le pilaf était savoureux.

— Tu es en retard, dit-elle. J'ai sorti le pilaf du four parce qu'il commençait à brûler. Je voulais le faire à l'agneau mais ils n'avaient que du mouton. Goûte et dis-moi ce qui manque.

Il ne manquait rien. Ce plat était exactement comme je l'aime, une réussite accidentelle, à la limite du calciné et, par conséquent, garni d'une croûte croquante.

— Et ce chambertin est un cadeau de mon père. C'était le vin favori de l'illustre Kojève.

Dita était ravie :

— Comme c'est agréable de t'avoir ici tous ces derniers soirs.

Par mon intermédiaire, dans cette métropole impressionnante mais barbare, elle se plaisait à nouer des liens avec l'Europe, avec les Parisiens et avec la civilisation russe. Coiffée d'un turban ce soir, elle me paraissait séduisante. (Elle n'aimait pas, je crois, laver ses cheveux. Sa convalescence lui servait d'excuse. Le shampooing irritait sa peau encore sensible.) Le corps épanoui, elle avait des lèvres de femme maure, un nez peut-être un peu plus charnu que ceux auxquels allaient mes préférences et un visage solidement structuré sans rien de masculin dans sa solidité. Quelques défauts négligeables mis à part, elle était terriblement belle. Son épiderme était presque guéri – une patinoire sillonnée de striures de patins, ainsi la voyais-je. Bientôt, les cicatrices disparaîtraient. Quand elle eut apporté les plats et se fut assise, elle posa sur moi un regard rayonnant où s'exprimait tout le plaisir qu'elle éprouvait à recevoir son mentor. Ledit mentor songeait que son oncle implorait la tour électronique de défoncer l'appartement des Layamon et de mettre un terme à sa vie.

— Ce vin merveilleux, avec moi, c'est un vrai gâchis. Dans ma famille, on buvait du mauvais whisky et de la bière par-dessus. Moi, je m'en tiens au Wild Turkey. Tu as le palais – à toi de boire ce vin.

Je ne tentai pas de la contredire et songeai simplement qu'en buvant ce vin de Kojève, je succomberais peut-être à la tentation de parler comme lui et de broder sur le thème de l'homme posthistorique.

— Dis-moi, demanda Dita. Comment va ton oncle ? À mon idée, c'est un homme heureux. Non pas parce qu'il est devenu le mari de cette impératrice de la chaise longue, mais parce que tu l'aimes. Tu as quitté l'Europe pour venir vivre près de lui.

— Il en valait la peine. Je continue de croire que j'ai eu raison.

— Tu n'as pas suivi cette fille, Treckie, à Seattle. Tu ne l'as pas implorée de renoncer à partir. Et tu es resté avec ton oncle.

— Tu crois que de l'implorer aurait changé quelque chose ? J'ai tempêté, supplié. Je me serais jeté devant le car de l'aéroport mais, pour le langage, elle est du type Esalen et, dans ce jargon, les mots manquent pour certaines choses.

— Je ne te vois vraiment pas te jetant par terre devant un bus. Tu peux t'imaginer sous les roues, oui, mais ça n'irait pas plus loin ; tu aurais pu te décarcasser, tu n'en aurais jamais assez fait à son goût. Elle a besoin d'être harponnée, agrippée, brutalisée. Jamais elle ne comprendra les motivations d'un homme comme toi ni n'essaiera même de les comprendre.

C'était un sujet attristant mais il ne m'affecta nullement. Je rassemblai les derniers grains de riz avec ma fourchette, les deux tiers de ce vin sensationnel étaient bus – je n'avais pas besoin d'explications, je connaissais bien Treckie et, bien que Dita fût juge et partie, son opinion n'était ni injuste ni indésirable. Treckie, cette aborigène au visage pâle, était une primitiviste, il lui fallait des échanges sexuels primitifs. Dans dix ou vingt ans, ses goûts changeraient peut-être. Je pourrais, si j'en avais envie, attendre vingt ou trente ans cette réforme.

Dita portait une robe de velours chocolat boutonnée jusqu'au cou, avec des manches bouffantes aux poignets, peu pratiques pour la cuisine. Elle avait des manières de table délicates, tenait sa fourchette avec une grâce prolétarienne quoiqu'elle ouvrît un large four pour avaler la nourriture. C'était une femme belle, forte, équilibrée qui craignait de manquer d'éducation ou de distinction. Ce souci se reconnaissait aussi aux intonations descendantes de ses phrases avec des inflexions ascendantes anglo-irlandaises sur les dernières syllabes. Tout cela était oublié lorsqu'elle riait. Alors, on voyait sa langue et les plombages de ses dents. Son teint était d'une couleur acceptable ; elle devait au moins cela au dermatologue sadique. Ses cheveux noirs, enserrés dans le turban à l'exception de la frange, avaient tendance à se hérisser comme des piquants de porc-épic. Il émanait d'elle une chaleur féminine – j'entends une chaleur intelligente, réfléchie, une sympathie partagée et un tact véritable dans ses rapports avec un homme. C'était ce que j'appelle la base, la somme absolue.

— Et maintenant, ton oncle et sa femme partent pour le Brésil ?

— Dans deux jours, oui. Il reviendra en mai ou juin. Encore une longue absence. Une fois marié, il voyagerait peut-être moins, espérais-je.

— Tu le vois beaucoup avant son départ ?

— Le plus possible. Demain matin, nous avons rendez-vous en ville. J'ai un grand-oncle dans la politique…

— Vilitzer. Tu ne m'apprends rien.

— L'oncle Benn veut lui parler avant de partir. Vilitzer est membre de la commission des mises en liberté sous caution, et cette commission est en train de siéger.

— Oh, ça doit être pour l'affaire Cusper. Je connais, fit Dita. Étant bouclée, j'ai eu le temps de lire tout ce qui s'imprimait là-dessus. C'est passé à la télé aussi. Alors c'est là que tu vas ?

— Ils nous ont donné des coupe-file de presse.

— Seigneur, ils se vendent à prix d'or. C'est la plus grande attraction de la ville. Le gouverneur lui-même dirige les opérations.

— Le père de Matilda a le bras long. Il s'est arrangé pour les coupe-file.

— J'ai du mal à imaginer deux personnages moins faits pour ce genre d'événement. Ce n'est franchement pas dans les cordes de ton oncle.

— Ni dans les miennes ?

— Écoute, tu n'es pas un fana de hockey ou de football. Tu ne suis pas les courses d'Indianapolis ou le programme de thérapie sexuelle du docteur Machin-Chose à la télé. Elle conseille aux femmes en mal d'amour d'aller à l'épicerie et d'y acheter un beau concombre bien ferme. Tu ne regardes même pas l'émission de Johnny Carson pour savoir ce que mijote ton semblable.

— Je ne crois pas être autant hors du coup que l'oncle.

— Tu n'appartiens pas à la grande communauté. Toi et ton oncle, vous vous êtes mutuellement absorbés. Quand je fais des recherches sur Scriabine et Kandinsky, ce genre de détails me passe aussi par-dessus la tête. Sais-tu ce qu'est l'affaire Cusper ? Non, bien sûr. Je vais éclairer ta lanterne. Il y a un jeune homme du nom de Sickle au pénitencier d'État bouclé pour viol. La victime s'appelle Danae Cusper. C'est son témoignage qui a expédié Sickle derrière les barreaux, entre-temps elle s'est amendée grâce à la religion et elle a été touchée par la grâce. Maintenant, elle affirme qu'il ne l'a pas violée du tout, qu'elle a inventé ça de toutes pièces. Son directeur spirituel veut qu'elle dise la vérité. C'est ce qu'exige sa conscience.

— Il y a longtemps qu'il est en prison ?

— Depuis six ou sept ans. On a fait un tel bruit autour de l'innocence du jeune homme qu'il a été libéré sous caution. Le gouverneur Stewart a personnellement dirigé les délibérations de la commission. Le casier judiciaire du jeune Sickle a été publié. Le journal a dû largement graisser la patte de quelqu'un à la police et le document est sensationnel. On y trouve : « Vol à la roulotte » « Recel » « Sursis avec amende ». Et puis le délit majeur : « Kidnapping suivi de viol. Victime enlevée de force par trois hommes et violée sur le siège arrière du véhicule. »

Dita avait ramassé le journal par terre et s'était mise à le lire :

— « Le caleçon du suspect a été confisqué et examiné au cas où y seraient découverts des poils pubiens. Un prélèvement a été opéré sur le système pileux de la victime aux fins d'analyse comparative par les experts légaux. »

— En somme, c'est une sorte de sex-show, dis-je.

— Pourquoi crois-tu que ça fasse un tel tabac à la télévision ? Au premier procès, Danae Cusper, dans sa déposition, a avancé des arguments convaincants. Elle dit maintenant qu'elle a menti parce qu'elle avait eu des relations sexuelles avec un autre type, s'était crue enceinte et avait été terrifiée par la réaction éventuelle de ses parents, des gens très stricts. Maintenant, elle n'aura plus l'âme en paix jusqu'à ce qu'elle ait expié devant Dieu. Elle demande le pardon de la pauvre victime. Ils se rencontrent devant les caméras et se serrent la main. Elle a complètement changé. Mariée à un certain Bold, elle est devenue une matrone et une mère de famille. Ses prières en faveur de la justice ont ému des tas de spectateurs. Elle donne l'impression de mener une vie irréprochable. Son histoire véridique a été vendue au cinéma par son avocat pour une somme non divulguée.

— Et c'est là que nous allons ?

— Oui. Et je me demande comment ton oncle va s'en tirer.

— Lui ? Il a vu pas mal de spectacles plutôt raides en son temps. Échapper à toute cette inquiétante sexualité débridée était devenu un de ses objectifs.

— C'est pour ça qu'il a épousé Miss Layamon ? C'est une amie de Marguerite Duras, paraît-il.

— Ma mère les a présentées l'une à l'autre.

— J'ai lu le roman de cette femme sur cette petite Française à Saigon qui a une histoire salace avec un Chinois. Est-ce qu'elle n'a pas truffé d'érotisme le drame d'Hiroshima ? Et de la Résistance française ? À un moment, il est question d'une coucherie avec un Français collaborateur. Plus ou moins par devoir patriotique. C'est pas merveilleux ? Je me demande ce qui a pu faire croire à ton oncle qu'il débarquait dans un havre de paix en épousant la copine américaine de cette dame.

— Je crois qu'elle a dépassé le stade de cette lascivité littéraire existentialo-politique, dis-je.

— Quand les nouveaux mariés reviendront du Brésil, ils s'installeront au Roanoke. Je suis entrée dans cet immeuble. J'ai aussi visité la résidence royale de François-Joseph quand j'étais à Vienne et je suppose que le Kremlin est pareil.

— Oh, le Kremlin ! Après que cette Fanny lui eut tiré dessus, Lénine appelait la mort à grands cris parce qu'il ne pouvait plus contrôler ses sphincters et qu'il était horriblement humilié.

Dita fit une pause, la bouche gracieusement ouverte, avant de demander :

— Quel est le rapport ?

Diversement stimulé par le gevrey-chambertin, l'agrément du dîner, la chaleur et les couleurs de la pièce, j'étais de façon inhabituelle – c'est-à-dire affectivement – ouvert aux associations. Il était exaltant, sur le plan esthétique, de les activer toutes. En outre, trait caractéristique : c'était moi tel que j'avais envie d'être, expérimentant le fantastique, la bizarrerie de la réalité contemporaine, ne fournissant aucun effort particulier pour lui imposer mes cognitions. Je ne tenais pas spécialement à être cohérent ; je voulais seulement suivre les fluctuations passionnantes de cette réalité.

— Alors, ton oncle va-t-il apprécier l'existence au Roanoke ? demanda-t-elle.

— À peu près autant qu'un œuf apprécie le séjour en chambre froide. Il se garde mais devient insipide.

— Et où en est-il, sur le plan professionnel ?

— Il étudie je ne sais quelle morphologie des lichens de l'Arctique. Je n'ai jamais étudié la botanique. Tout ce que je peux dire, c'est que les lichens sont à la fois des algues et des fongus. À 50° au-dessous de zéro, ils gèlent. Dès que le soleil brille, ils se réveillent, millénaire après millénaire. Ça me fait penser au miniglacier dans les cœurs civilisés. Yermelov, mon premier professeur de russe et aussi mon gourou, était peut-être un pauvre vieux cinglé. Il a imprimé en moi cette image de la glace. Des tas d'exilés russes ont perdu la boule en Occident. Il y avait des boutiques, à Saint-Germain-des-Prés, qui prospéraient avec Mme Blavatsky, Ouspensky, Hermès Trismégiste et la Kabbale. Les Russes sont très forts là-dessus. Mon grand-père Crader aussi parlait du mysticisme juif – l'arbre de la Connaissance et l'arbre de Vie (cet arbre de Vie est enfoui à trois cents mètres sous la tour électronique). L'oncle nie l'influence de l'arbre, mais il a peut-être bien été influencé lui-même. Je crois qu'il travaille comme un contemplatif, se concentrant sans effort, aussi naturellement qu'il respire, sans oscillations du désir ou de la mémoire : comme des eaux calmes, aurait dit Yermelov, et profondes. Elles sont si profondes. Il est comme ça avec les plantes. Mais il faut tenir compte du reste de l'existence et en tenir compte avec sagacité, sinon on risque de le regretter.

— À la hauteur des exigences de la science mais pas de celles des femmes ? demanda Dita.

— Ce n'est pas juste de dire les choses ainsi. Elles aussi sont attirées par lui. Il a une forte individualité et elles le sentent. Si j'ai bien compris, à propos, ces lichens trouvent leurs aliments dans l'atmosphère quand ils en ont besoin, comme les créatures mythiques qui se nourrissent d'air. Les juifs sont parfois tentés de se voir sous cet aspect – en acceptant des épreuves aussi ardues. Autrefois, dans leur vieux pays, ils auraient échoué. Je peux comprendre qu'il ne reste que soixante-dix ou quatre-vingts juifs à Venise, presque aucun à Salonique et dans les communautés grecques où les adeptes des études mystiques étaient pourchassés sous les Ottomans. Tout cela a disparu.

— J'ai l'impression que tu penses que ton oncle s'en serait mieux tiré s'il avait mis entre parenthèses le côté érotique de l'existence.

— J'espère qu'il finira par me raconter ce qui lui est arrivé. Chez lui, ce qui est drôle, c'est qu'il peut vous dire ce qui se passe s'il décide de s'en donner la peine. Tout est là, dans sa tête. Moi, j'en serais incapable.

— Tu essaies de m'expliquer en quoi réside sa séduction.

— Ça, ce n'est pas difficile, en effet. L'oncle est un personnage authentique. Il n'a jamais dévié de sa nature originelle. Il peut être tenté de s'écarter de la voie, de louvoyer un certain temps, mais à la fin il s'en sort toujours les mains nettes. Il se tient à la barre et dit tout. J'admire cette attitude, mais elle me choque aussi et, quelquefois, me paraît absurde. Si vous êtes tout d'une pièce et que les autres vous considèrent comme un obstacle, ils n'hésiteront pas à vous jeter bas.

— Tu n'aimes pas la belle Matilda, hein ?

— Pourquoi un homme ne voudrait-il pas avoir une femme belle ? S'il doit renoncer à toutes les autres, autant choisir une beauté. Seulement, il se trouve que la femme actuelle représente la griserie absolue, qu'elle touche au génie pour la perfection des formes et le raffinement. Regarde les pommes Delicious de l'État de Washington créées par des pomologistes ou une Bugatti grand sport dessinée par des ingénieurs italiens. La beauté sans cœur n'a jamais été si merveilleuse. Mais chez les hommes et les femmes, l'invention se charge de chaleur humaine. Si l'on découvre lumière et chaleur dans les yeux d'une femme, on ne peut être certain de l'authenticité de son regard. Ta beauté aspire-t-elle à l'amour, à un mari, ou bien cherche-t-elle un prête-nom, une devanture adéquate à ses opérations de beauté ?

— Tu ne crois pas vraiment que ce n'est qu'un piège.

— Non, bien sûr, mais il y a trop de variables humaines à prendre en compte. Par exemple, l'oncle a peut-être très bien su qu'il allait être désillusionné et il souhaite cette désillusion autant qu'elle, parce que ça l'excite. Ou alors, il ravalera la beauté en exagérant des défauts mineurs. Il est pris d'un sens critique frénétique et s'en prend à la bien-aimée. Il s'en prend à ses jointures ou à la forme de ses oreilles. Ou alors, elle a une minuscule tache de naissance, comme la beauté par ailleurs sans défaut dans le conte de Hawthorne. Aylmer, le savant fou, la tue en lui enlevant cette tache. Enfin, tu sais ce que dit le grand livre – Dionysos et Hadès ne sont qu'un seul et même personnage, le dieu de la vie et le dieu de la mort ne sont qu'un seul et même dieu, autrement dit, la vie pour l'espèce exige la mort de l'individu.

— Oui, bien sûr, tout ça se trouvait dans le cours de Soloviev que tu m'as enseigné.

Non seulement j'étais son professeur, mais elle avait suivi mon séminaire russe 451 sur le sens de l'amour. Pas étonnant qu'elle eût soumis son visage aux tortures de ce dermatologue diabolique et à ses disques abrasifs. Jamais les mêmes après mon séminaire. Encore une ombre sur ma conscience.

— Dita, je ne peux pas te dire tout ce que m'a appris cette affaire Layamon. Par exemple, le docteur, parlant à l'oncle de l'impuissance (et pourquoi avait-il fait ça ?), lui avait déclaré qu'un homme n'avait pas à s'inquiéter de combler ou non une femme tant qu'il avait un gros orteil, un pouce, un genou, un moignon de bras, un nez. Les femmes sont très accommodantes, de nos jours ; elles ont appris que c'était l'esprit qui comptait et, si elles tiennent à vous, ce problème ne les tracasse pas tellement. D'autre part, le fils de Vilitzer, Fishl, m'a dit que c'était un fantasme féminin très répandu, que de composer un homme idéal. Personne ne réunit toutes les qualités dont elles rêvent, elles assemblent donc des éléments pris ici et là – une grosse bite, une personnalité brillante, des millions de dollars, une intelligence prestigieuse comme Malraux, la séduction masculine de Clark Gable dans *Autant en emporte le vent*, les manières d'un aristocrate français, le cerveau d'un génie de la physique.

Dita explosa d'hilarité et me dit :

— Ne me joue pas des tours pareils. J'ai encore trop mal au visage pour ouvrir la bouche si grand.

— Fabrique ton propre personnage synthétique.

— Différent de l'être authentique qu'est ton oncle d'après toi.

— La plupart sont fabriqués, en général par eux-mêmes.

— Alors, tu fais un assemblage conforme à tes goûts.

— On peut aussi démantibuler les sujets, les démembrer comme font les fétichistes. Ils ne veulent pas un partenaire complet, seulement une mèche de cheveux ou un soulier de femme ou son tablier. Le reste, ils n'en ont pas besoin. Bon à mettre au rancart.

— Voyons, qui se livre à ces jeux-là ? demanda Dita. Pourquoi mets-tu ça sur le tapis ?

Je posai sur elle un long regard silencieux. Je n'allais pas trahir le secret de l'oncle (ces épaules !)

simplement pour satisfaire sa curiosité ou me rendre intéressant aux dépens de Benn. Elle me considéra avec une égale insistance et finit par déclarer :

— Je crois que tes yeux sont placés, dans ta tête, plus haut et plus écartés que ce que la majorité des gens considèrent comme la normale.

— Pour en revenir à ce que je disais, il y a toujours une sorte de dislocation dans les rapports entre hommes et femmes, une griserie transfigurante, un *enivrement** comme dirait M. Kojève. Les miroirs de Circé, leur scintillante magie. Quand l'amour se déclare, adieu la réalité. Kojève aurait tenu ce genre de propos quand le fond de la bouteille était proche...

Je n'aimais pas qu'il m'entende le dénoncer ; je ne suis pas philosophe moi-même et ne suis pas sûr de bien le comprendre. C'est encore à lui que j'attribue mon faible pour les vues d'ensemble.

— Continue, m'encouragea Dita.

— Quand j'allais rue du Dragon pour prendre ma leçon de conversation russe, étant gosse, je me sentais comme une miette cosmique flottant dans les rues de ce qui avait été la capitale du monde. Les Allemands avaient été chassés avant ma naissance. Avec les combats dans les rues, certains immeubles sont encore criblés, aujourd'hui, de balles tirées par des gens qui ne savaient même pas tenir un fusil. Dans les années cinquante il régnait encore une espèce de désordre à la chinoise, dans Paris, mais nous étions bien tranquilles rue Bonaparte et ma mère était une fine cuisinière. On me permettait de venir à table pour le dessert et d'écouter Kojève qui parlait de la fin de l'histoire et des perspectives qu'avait l'homme d'être enfin heureux – peut-être. Il pouvait, s'il en avait envie, se consacrer à l'Amour et à l'Art. Il n'avait plus à nier le donné. Affranchi de la lutte historique, il était libre de devenir le plus privilégié des animaux. Kojève parlait de l'abondance et de la sécurité à l'ère posthistorique et il disait que le projet moderne – culture, science, démocratie – avait trouvé son expression la plus achevée et sa réussite aux États-Unis. L'Amérique avait atteint le but sans passer par une dictature prolétarienne. La Chine et la Russie n'étaient que des attardés. On ne pouvait pas demander à un gamin de comprendre tout ça, mais j'étais très impressionné et il était tout à fait clair pour moi que je devais me rendre en Amérique là où se déroulait l'action. La Russie était une Amérique sous-développée, c'était le rat des champs du matérialisme. Les Américains sont les membres d'une société virtuellement sans classe, en mesure de s'approprier tout ce qui leur plaît sans se surmener : argent, richesses, sports, jouets, confiseries sexuelles, tout est bon à prendre.

— Voilà le sexe revenu, remarqua Dita.

— Pas tout à fait, dis-je. C'était l'épreuve du désir telle que j'avais tenté de la décrire à ma mère sans mentionner Kojève. Seulement, Kojève ne l'aurait pas vue comme notre épreuve mais comme une décadence.

À cet instant, j'éprouvai le besoin de me lever de table et d'aller prendre mon manteau. Une rude journée m'attendait le lendemain, expliquai-je, qui commençait par un petit déjeuner très tôt le matin avec l'oncle, et j'avais beaucoup bu. Dita n'essaya pas de m'inciter à rester ; elle avait trop d'affection pour moi pour créer des problèmes. Elle se permit une simple remarque :

— Tu perdrais ton temps avec une femme qui n'aimerait pas t'entendre parler – une femme qui ne saurait rien des sujets que tu traites ou des objectifs que tu vises. Je me rends compte que je vais être obligée de réviser ma conception de ton attachement pour ton oncle. Je m'étais complètement trompée.

— Prends soin de toi, dis-je.

Au cours de la nuit, je reçus un coup de téléphone extraordinaire de l'oncle Benn. Le cadran lumineux de la pendule indiquait deux heures dix.

— Qu'est-ce qui ne va pas, bon Dieu ?

Il n'avait tout de même pas commis un crime, non ? Ma première pensée.

— Il fallait que je te parle, Kenneth, pour que tu m'aides à retrouver mes esprits.

— Vous êtes à l'appartement Layamon ?

— Je me suis habillé et suis descendu à la lingerie. Je t'appelle d'un téléphone à jetons.

— Donnez-moi le numéro et je vous rappelle, sinon nous allons être coupés.

— 9 6 2 8 4 0 5.

Une fois la communication rétablie, il m'annonça qu'il avait éteint la lumière dans la pièce pour ne pas être vu par le veilleur de nuit.

— Vous ne pouviez pas m'appeler de l'appartement ?

— Je ne voulais pas courir le risque d'être entendu.

— Dans quelle histoire vous êtes-vous fourré ?

— Nous avons tenu une conférence hier soir à propos de Vilitzer. Je ne peux pas commencer à te raconter…

— L'important, c'est ce que dit Matilda.

— Elle dit que Vilitzer doit payer. Nous ne le dépouillons de rien, il ne vivra pas assez longtemps pour dépenser beaucoup de ces millions de la corruption ; il s'agit simplement de la propriété de mes cousins. De toute façon, je ne vois pas à quelles dépenses pourrait servir tout cet argent. Que peut-on acheter de si extraordinaire ? Quand je couche à l'hôtel, je me demande qui a fait quoi dans ces draps et sous ces affreuses couvertures. Elles ont toujours une odeur, les couvertures. Je comprends pourquoi Mme Chiang, Evita Perón ou Imelda Marcos tenaient à avoir leur propre literie – des draps de soie. Mais cela justifie-t-il une dictature ?

— Votre femme ne devrait pas faire pression sur vous. Vilitzer vous a escroqué mais l'argent qu'il restituera – s'il le restitue – ne sera pas placé sous votre contrôle.

— Je peux dire que le docteur a déjà fait ses tractations avec cette buse d'Amador Chetnik. Le juge est bon pour la prison et il rêve d'un arrangement qui abrégerait sa sentence et lui laisserait un peu de liquide à sa sortie de taule.

— Oui, j'ai déjà compris ça. Inutile de le répéter. Avez-vous discuté avec eux ?

— Je ne veux pas qu'Harold ait à souffrir de *mon* fait.

— C'est ce que disait Fishl. En parlant de la santé de l'oncle Harold. Il a le cœur en mauvais état.

— Harold a été infect avec moi dans la transaction sur la tour électronique.

— Ce n'est pas une raison pour lui valoir un infarctus. Dans l'une de nos conversations, mon oncle, l'un de nous a dit qu'une fortune pareille donnait à son possesseur les meilleures chances de se nuire à lui-même. Pourtant, j'ai l'impression que, dans un sens, vous voulez cet argent. *Vous*, pour je ne sais quelle raison, aimeriez mettre la main sur ce magot.

— Ce n'est absolument pas vrai ! s'écria-t-il.

— Peut-être pas simplement pour l'argent en soi. Je ne sais pas. Schopenhauer disait que l'argent était un bonheur abstrait. À moins que ce ne soit Hegel.

— Pour l'amour du ciel, Kenneth. *Pas maintenant*. Mon traitement m'a toujours suffi. Je n'ai jamais touché un sou de l'assurance de Lena. Une partie était placée dans les Homestake Mining. Mon unique investissement. Ses épargnes personnelles sont toujours à son compte en banque.

— Supposons maintenant que vous récupériez cet argent. Les Layamon resserreraient leur étreinte sur vous. Le pouvoir de Matilda sur vous augmenterait. On n'a guère de prise sur un homme qui ne possède rien. Si l'on ne peut rien lui enlever, de quoi peut-on le menacer ? J'imagine, mon oncle, que si cet argent vous tente, c'est surtout parce que vous recherchez une force autonome. Mais ce n'est pas le genre de force nécessaire pour affronter les Layamon. Donc, mieux vaut vous en passer.

— Je ne pouvais pas dormir. Je suis trop agité cette nuit. Je suis sorti du lit…

— Est-ce que ça vous trouble quelquefois d'être couché près d'elle ?

— Je dois bien reconnaître… Ces pièces sont surchauffées, avec ça, et je transpire sous l'édredon. Les femmes ont-elles besoin d'être plus couvertes que les hommes, la nuit ? J'avais peine à respirer.

— Dans les Berkshires, vous aviez peur de retraverser le bois avec elle après avoir vu ce film. C'est à ce genre de trouble que je pensais.

— Oh, ça ! Ça va et ça vient. J'apprends à m'y faire. Je suis sûr que j'y arriverai. Je peux maîtriser ces impulsions. Je ne vais pas me laisser dépasser par un fantasme aussi stupide.

— Donc, la perspective d'affronter l'oncle Harold vous plonge dans une crise d'angoisse.

— Crois-moi. Je n'ai pas peur de l'oncle Vilitzer. Et j'ai l'intention de lui mettre les points sur les « i » gentiment.

— Pour lui dire que vous allez le poursuivre ? Qu'Amador Chetnik avouera qu'il s'agissait d'un coup monté ? Un *aimable* chantage ?

— Je n'ai pas l'intention de laisser les choses se gâter. Écoute, Kenneth, il y avait un film, ce soir, qui m'a perturbé avant que je me mette au lit. Il faut que je te raconte ça. Ces films ne sont que du vent mais n'empêche qu'ils font battre le cœur plus vite. C'était un policier allemand. Le héros est un gros Teuton très correct avec une grosse moustache. Il subit des tests en laboratoire parce qu'on soupçonne l'existence d'une maladie fatale. L'homme n'est pas atteint par cette maladie mais un truand français vient le trouver avec des documents falsifiés de la clinique et lui dit : « Vous allez mourir et vous n'avez rien à laisser à votre femme et à votre petit garçon. Je veux que vous supprimiez un homme pour moi. Il y a une grosse somme à toucher. Je vous fournirai le transport, l'hôtel, l'arme et le plan. Tout ce qu'il vous reste à faire, c'est de le liquider dans le métro. » Alors ce brave Allemand se met en route et va tuer un inconnu à Paris. Ensuite, on l'envoie trucider un autre type dans l'express de Munich. Là, je n'ai pas suivi du tout. Il est censé étrangler sa victime dans les toilettes à l'aide d'une cordelette. Là-dessus, un Américain arrive à la rescousse. Sans rime ni raison. Qui est cet Américain ? Là, il y a un grand moment quand le brave Allemand se trouve coincé dans les toilettes avec le cadavre par le contrôleur qui frappe à la porte en réclamant le billet. L'Allemand n'arrive pas à trouver le sien, mais le cadavre en a un et il le glisse sous la porte. Tout ça n'est justifié par aucun motif, même du domaine du rêve. L'histoire ne tient pas debout mais on a le cœur qui bat et on ressent une sorte de chaleur aux aisselles et même entre les doigts de pied. Pourquoi donc ? Ce n'est pas une catharsis, aucun doute. Simplement un bain d'adrénaline interne. Si les personnages essayaient de s'expliquer, on ne pourrait pas les entendre à cause des effets sonores – locomotives, ronflements d'autoroute, rugissements de jets, halètements, sirènes, détonations et même le petit garçon dont les jouets crépitent pendant que les adultes élaborent leurs machinations. Il n'y a aucune logique, aucune cohérence dans le comportement des gens. Ceux qui se font rectifier, bousiller, méritent apparemment de mourir. Ils appartiennent à la pègre, alors tout le monde s'en fout. Un type embobiné de bandages comme Claude Rains dans *L'Homme invisible* trouve la mort dans une ambulance piégée. Il y a une explosion, suivie d'un incendie. Encore un sale type, alors pourquoi se frapper ?

— Vous avez regardé ça jusqu'à la fin ?

— Oui. Et pour finir, on apprend que ce brave Allemand était bien atteint de la maladie après tout. Le spectateur est affecté physiologiquement, il pompe un supplément d'adrénaline mais son émotion ne dépasse pas le niveau organique. Aucun jugement ne se forme – la respiration, le rythme cardiaque, la pression sanguine ; des picotements de chaleur si on est plus sensible – les effets se bornent à ça.

— Ça vous a secoué.

— Ma foi. Je préférerais ne pas te dire…

— Vous êtes allé voir votre azalée dans le bureau de Jo Layamon ?

— Bien sûr. Je lui ai rendu visite. Comme avec le sapin à notre mariage.

— Peut-être la griserie où vous plongeait la beauté de Matilda s'estompait-elle déjà le jour de votre mariage. Si vous aviez besoin de trouver un réconfort supplémentaire auprès des plantes… Dans les Berkshires, déjà vous commenciez à vous demander si sa beauté n'était pas une illusion. Votre jugement vous disait que c'était une femme merveilleuse, mais votre instinct intervenait pour vous mettre en garde. Ne te fourre pas dans ce guêpier ! Vous étiez prévenu. Alors, maintenant, un simple film vous met sens dessus dessous. On vous montre navet sur navet. Naturellement, vous vous rendez compte que la forme d'art la plus médiocre peut finalement handicaper un homme.

— Un instant, Kenneth. Le veilleur de nuit braque sa lampe dans la pièce… Bon, ça va, il est parti. Je suis de nouveau dans le noir. L'ampoule de la cabine s'allume quand on ferme la porte. C'est vrai que j'étais perturbé au moment de me mettre au lit. En se déshabillant, Matilda parlait de Vilitzer tandis que je me rendais compte que le luxe de son rituel de couchage était tout à fait étranger à mon style de vie. J'avais peur de prendre mon pouls.

— Et alors, qu'est-ce qu'elle disait de Vilitzer ? demandai-je.

— Qu'il ne fallait pas s'inquiéter pour lui parce qu'il avait vécu comme ça. On ne l'avait pas appelé le Caïd pour rien. Il avait écrasé des tas de gens. Il leur serrait la tête dans un étau. Il doit s'attendre à périr par l'épée puisqu'il a régné par l'épée. C'est un réaliste et je ne devrais pas appliquer mes critères à des individus qui ont amassé des millions parce que, de A à Z, ce sont des critères comme les miens qui ont fourni à ces gens toutes les ouvertures qu'ils voulaient. C'est en cela que la politique est particulière. Il en a fait pendant cinquante ans et je devrais laisser les politiciens se charger de lui. Je devrais aussi considérer que, par mon mariage, j'ai acquis une famille qui va enfin protéger mes intérêts.

— Je ne peux pas grand-chose pour vous si vous ne videz pas votre sac, mon oncle, dis-je. Quand vous vous couchez, ou quand vous la regardez se mettre au lit, remarquez-vous toujours ses épaules ? Je veux dire, leur largeur vous impressionne-t-elle toujours autant ?

— Pas toujours. J'apprends à vivre à côté d'elle. Quelquefois, il m'est arrivé d'avoir des réactions de rejet.

— La carrure de cette femme n'est pas tout à fait normale. Maintenant que votre attention s'est fixée dessus, comment pourrais-je l'en détourner ?

— Oh, Kenneth, si seulement elle ressemblait à sa mère, sur ce point, et pas au docteur.

— Mon oncle, en un sens, vous êtes un artiste et les artistes ne voient jamais les choses telles qu'elles sont, c'est contraire à leur nature. La vision que vous en avez fait ressortir les pouvoirs indépendants des phénomènes. Vous ne pouvez pas espérer les contrôler ou les analyser logiquement. Plus est élevé votre niveau de vision, plus votre contrôle est faible. Par exemple, la vision que vous aviez de Caroline vous empêchait totalement de vous défendre d'elle.

— Pourquoi les seins de Matilda sont-ils si écartés ? s'écria l'oncle.

— Le sont-ils tellement ? (Sa réflexion m'avait pris de court.)

— Elle n'est pas seulement large d'épaules, elle l'est aussi devant. Il y a un espace incroyable entre ses deux seins.

— Mais cet espace ne devrait rien changer, mon oncle. Pour certains hommes, ce serait même l'idéal. Vous ne croyez pas ?

— Ça ne devrait pas… Là n'est pas la question. Il se trouve que ça change tout pour moi. Je ne cherche pas une explication sensée. Je te dis *ce qui est*. Cet écart entre les seins a un effet sur moi.

— Vous voudriez donc qu'ils soient plus rapprochés. Excusez-moi, mon oncle, mais ce détail-là vous le connaissiez dès le début. Si votre cœur est passé derrière un nuage, quand vous vous en êtes aperçu, vous étiez encore célibataire. Si c'était inesthétique, si c'était répugnant – enfin, répugnant est un mot très fort.

— D'accord, mais elle était aussi très belle.

— Une erreur a été commise. Vous auriez pu attendre un peu. Étiez-vous si pressé de vous détruire ou quoi ?

— Me détruire ? Qu'est-ce que tu me chantes ? J'ai épousé une femme superbe. Éducation raffinée, grande culture, tous les charmes, une compagne délicieuse, une femme qui me fait honneur. Il est encore possible d'élucider toutes ces réactions irrationnelles. Je ne vais pas leur céder. Écoute-moi, Kenneth. Je ne suis pas complètement naïf. À l'université, j'ai lu tous ces livres sur la psychopathologie sexuelle – Havelock Ellis, Freud, Krafft-Ebing. Je n'ignore pas que les hommes qui épousent des beautés sont souvent soupçonnés d'homosexualité. Ils comptent sur la séduction de ces femmes pour attirer les admirateurs ; mais je n'aime pas voir sur elle les épaules du docteur Layamon. Je ne tiens pas du tout à attirer l'attention des hommes. C'était révoltant de l'assimiler à Tony Perkins. Cela m'a fait *horreur* ! Bien sûr, cette association est née de mon esprit, de mon seul esprit. C'est une de ces intrusions inexplicables du désir-répulsion. D'accord, la beauté ! Mais qu'est-ce donc qui a surgi devant moi et que j'appelle « beauté » ? J'avais envie de faire l'amour avec la *perfection*. Il n'y avait, là-dedans, aucun homo-érotisme.

— Vous alliez faire quelque chose de sublime avec elle, mais il y a un autre aspect à considérer : qu'allait-elle faire avec vous ?

— Je ne visais pas cette perfection-là. Sur le plan du sexe, je n'étais pas à la hauteur.

— Peut-être visait-elle l'admiration, pas l'accouplement. Mais maintenant, vous la démantelez, vous la dénaturez. J'ai dîné avec Dita Schwartz, ce soir, et nous avons parlé du fétichisme. Ces malheureux bancroches sexuels qui peuvent s'amouracher du pied d'une femme. Vous êtes un fétichiste négatif et vous vous désamourachez des épaules de Matilda. Mais c'est encore une fragmentation, une désintégration.

— Tes propos sont un peu plus clairs que d'habitude, Kenneth. J'ai besoin de tes avis. Dis-moi encore. J'ai toujours eu ce don de tomber amoureux. Je l'ai su dès le début.

— Vous aimiez Matilda ?

— Je vais te le dire ; elle avait tout pour être aimée.

— Essayez-vous de me dire qu'après tout ça vous l'aimiez vraiment ?

— Pas dans tous les sens, non. Mais d'une certaine façon, oui. Tape-moi sur la tête avec un marteau et je verrai dix Matilda. Dont une que j'aime passionnément.

Je tins un instant le téléphone écarté et me demandai comment de tels propos pouvaient sortir de l'appareil.

— C'est vraiment une des conversations les plus incroyables que j'aie jamais eues, déclarai-je.

— Ton amour pour Treckie est-il si différent ? Tu aimes cette Treckie, qui couche avec des brutes, l'une après l'autre ?

Le cœur me manqua et je me refusai à poursuivre. Je n'étais pas *marié* à Treckie. Ou, plutôt, elle n'était pas mariée avec moi, peut-être parce qu'elle avait fait sur moi des remarques comparables à celles que l'oncle Benn faisait sur Matilda. Certaines obstructions radicales ou certaines barrières imprévisibles peuvent vous défriser.

Lorsque vous vous réveillez au milieu de la nuit, votre ego le plus bas a le pas sur vous. Votre moi supérieur est plus lent à faire surface. À moins que ce ne soit pure vanité. Votre sommeil a été troublé, vous aurez une mine affreuse demain, des poches sous les yeux, le visage plissé, le regard éteint. L'ego le plus bas est farouchement narcissique. Si vous devez proférer des méchancetés, c'est dans ces circonstances que vous le ferez. Dans le cas présent, je les exprimai en soliloquant, me souvenant qu'après tout Benn m'était cher, qu'il était en pleine crise et qu'il serait impardonnable de le bousculer. Si des commentaires acerbes me venaient à l'esprit, je les garderais pour moi ; comparant Benn au Roanoke à un œuf mis au congélateur, je lui disais en substance qu'il pouvait prévoir une existence totalement négative avec Matilda. Que pouvait-il espérer ? Dix ans de longue conservation ? Et pourquoi un être, quel qu'il soit, se condamnerait-il au congélateur et renoncerait-il à dix ans de sa vie ? En Russie, le gouvernement vous expédiera en Sibérie. Ici, vous vous condamnez vous-même. Voilà un véritable *acte gratuit**. Benn avait une sérieuse avance sur André Gide. Pousser un inconnu hors d'un train n'est rien comparé à ce geste. Alors, que veulent dire ces vedettes de l'émigration russe quand ils déclarent que leur pays est à la torture ? De quoi s'agit-il, d'une rivalité entre super-puissances à propos de la souffrance ? À moins que ce ne soit nous, de notre côté, qui revendiquions tout, le plus haut niveau de vie et aussi de souffrance. Certains Russes déclarent : « Nous, pays supplicié, *nous* avons la culture. Vous autres décadents ramollis et pourris, vous en êtes exclus. » C'est ce que je disais à ma mère (une erreur cuisante !) en Somalie, évoquant les épreuves particulières subies de ce *côté-ci*. Il est vrai que nous ne faisons pas bonne figure, nous ne pouvons guère que planifier nos souffrances, mais c'est que nous n'affrontons pas notre unique épreuve. En tout cas, c'était bien la dernière chose à dire à l'oncle.

Il répéta, du fond de sa lingerie obscure : « Je te demande ton avis, Kenneth. Les scientifiques sont si démunis devant tout ce qui est littéraire. Lena m'a fait lire quelques livres, mais elle n'a pas comme toi bénéficié d'une formation complète. Apporte-moi ton aide psychologique. Recommande-moi quelque chose.

— Je ne vous conseille pas de vous aventurer dans la psychologie, mon oncle. Vous n'avez pas besoin de ça. C'est l'amour qui fait la différence. Ces défauts vous sautent aux yeux parce que l'amour vous punit de l'avoir enrôlé contre son gré. C'est l'un de ces pouvoirs de l'âme qui ne veut pas se laisser mobiliser. L'amour crée la beauté, il crée la force. Quelquefois, à des fins particulières, quand il est vraiment inspiré, il engendre même de nouveaux organes. Sans lui, la conscience critique réduit simplement le tout-venant des hommes à leurs constituants séparés, elle les désintègre. Beaucoup d'entre eux, s'ils n'étaient pas heureux dans le lit de leurs femmes, si leurs seins ou leurs épaules leur déplaisaient, joueraient la comédie, feraient un numéro, trouveraient des compromis hypocrites.

— Je ne sais pas, Kenneth, dit l'oncle, très découragé. Pourquoi irais-je m'en prendre à mon oncle pour obtenir des millions en faveur d'une femme aux seins tellement écartés ? Ça me dépasse. Peut-être pourrais-je dénicher un bon psychanalyste à Rio ?

— Une analyse en portugais pour couronner le tout ! Ne faites pas ça, oncle Benn ; surtout pas de traitement. Freud nous a appris que l'amour était une *surestimation*. C'est-à-dire que si vous voyiez l'objet de votre amour tel qu'il est réellement, vous ne *pourriez* pas l'aimer. C'est la vision clinique des choses, tout droit sortie du service gynécologique. C'est ce qu'a illustré le docteur Layamon en vous montrant tous ces vieux sexes pelés. Chez lui, parce qu'il a une fille ravissante, il parle d'amour, mais là où il exerce son métier et gagne sa vie, à l'hôpital où se déroule l'action réelle, il vous met la vérité sous le nez. Bien sûr, peut-être un homme se ment-il lorsqu'il est amoureux, mais comme le disait parfois Kojève – je crois qu'il avait pris ça dans Nietzsche – en amour il ment bien, ce qui le transfigure, l'enrichit, accroît son pouvoir, sa plénitude, fait de lui un artiste. Sans l'amour, une fraction de lui seulement est vivante et cette fraction ne suffit pas à animer une existence réelle – c'est pourquoi les couples sont devenus si nécessaires.

— Ne pas consulter à Rio ? Je suppose que ça peut attendre notre retour.

— Écoutez, mon oncle. Je vais vous dire des choses que je garde généralement pour moi. Vous êtes un homme imaginatif, ce qui fait votre force. Ne faites pas marche arrière maintenant. La plupart des gens s'attaquent au problème par l'autre bout en essayant de remédier à leurs faiblesses de caractère et en particulier à leurs échecs sexuels. Ils remontent jusqu'au traumatisme natal et au contrôle sphinctérien. Chacun naît faible, malade et assujetti aux forces œdipiennes mais se figure que s'il revit les expériences de la petite enfance et se concentre avec assez de force sur ses couches et sur ses tourments de bébé sans défense, il deviendra un géant de l'intelligence, cet homme à l'âme souveraine dont parlait Aristote. Maintenant, mon oncle, pourquoi joueriez-vous à ce jeu auquel personne n'a jamais gagné ? Vous vous êtes déjà avancé bien au-delà.

— J'ai trouvé la lumière dans la cabine et j'ai pris des notes sur une enveloppe de la compagnie du gaz.

— Ne passez pas toute votre vie à explorer vos faiblesses.

— Tu me dis depuis des années que les démocrates se ravalent eux-mêmes et qu'on leur inculque l'idée de leur insignifiance. Mais renverse cette formule et tu déboucheras sur la mégalomanie dont nous avons des exemples à la pelle. Ce que vous avez en commun, Matilda et toi, c'est que la politique est pour vous à la base de tout. Ah, voilà le veilleur de nuit qui entre dans la lingerie.

— Et alors ? Vous habitez l'immeuble, non ? Vous habitez le dernier étage. Dites-lui que vous avez eu une conférence avec votre agent de change en Californie.

— Merci, Kenneth, de m'avoir écouté.

— Allez vous reposer un peu. Nous nous retrouvons à huit heures et demie.

J'éteignis la lampe de chevet en songeant : maintenant nous avons un problème devant nous comme nous en avons un derrière. Je me sentais démoralisé pour l'oncle et aussi un peu pour moi-même. C'était, à l'état normal, un homme modéré et raisonnable, et plus il s'orientait vers des solutions qu'il croyait sensées, plus il me semblait devenir braque. Et rendez-vous compte : il m'appelle pour me dire qu'il se noie dans ses problèmes et je lui fais la morale – c'est ma façon de l'aider. J'ai toutes ces ficelles autour des doigts et je joue au berceau avec lui : « Tenez, vous prenez ce brin et puis je vous le reprends et Dieu seul sait quelle figure compliquée nous allons obtenir et jusqu'où nous irons. » Et tant que nous parlons de peuples démocratiques, pourquoi ne pas ajouter qu'ils sont aussi pédants et sentencieux. Dix minutes d'action et le reste de l'heure se transforme en séminaire. Non, ces efforts cognitifs ne nous mèneront jamais nulle part. Ce que j'aurais voulu dire à l'oncle c'est qu'il devrait se montrer un peu plus comme – eh bien, comme William Blake, dont la vie était gouvernée par des soucis d'ordre métaphysique et esthétique. Lancez vos forces en avant, puis vos faiblesses vous rattraperont comme elles pourront. Blake était un modèle idéal pour l'oncle. Il aurait pu commencer avec le poème intitulé « La vitrine de cristal ».

> Elle m'a capturé dans la libre nature
> Où je dansais le cœur léger
> Puis elle m'a cloîtré dans sa vitrine
> Qu'elle a fermée d'une clef d'or.
> Cette vitrine est faite d'or
> De cristal aux reflets de perle…

Mais le lendemain matin, au lieu de William Blake, nous avions Charles Addams. Benn, qui avait arraché la page du *Monster Rally*[1] de Jo Layamon, me la tendit avec un sourire ou ce qui, sur son visage, se rapprochait le plus d'un sourire depuis des jours.

— Qu'est-ce que tu penses de ça ?

C'était le dessin représentant le cimetière avec ses dalles et ses ifs, ses inquiétants personnages assis sur un banc et se tenant la main.

« Tu es malheureuse, chérie ?
Oh, oui, *oui !* Totalement. »

— Fais-moi un commentaire là-dessus, me dit l'oncle d'un ton de défi.

— Le dessin parle de lui-même, répondis-je.

— Bien au-delà de Hitchcock. Il est vraiment contemporain.

— J'espère que vous ne l'avez pas montré à Matilda. À mon avis, il n'est pas tellement contemporain. On le trouve déjà dans Shakespeare. Hamlet conseille à Ophélie d'épouser un idiot si elle doit se marier, « car les sages ne savent que trop bien les monstres que vous faites d'eux ».

— Bien sûr que je ne le lui ai pas montré.

— Comprend-elle à quel point vous essayez de lui plaire – combien vous vous décarcassez, au point même

1. *La Galerie des monstres. (N.d.T.)*

de sacrifier votre science ? Et tout ce que vous lui demandez, c'est un peu d'affection en retour.

— C'est vrai. J'attache beaucoup de prix à l'affection, mais elle a toujours l'air de partir. J'entre, elle sort. C'est une sorte de poursuite sans fin. Qu'est-ce que Hamlet entend par « monstre » ?

— Je crois qu'il veut dire un cocu – le monstre cornu.

— Je ne crois pas que ça corresponde à notre cas.

— Vous êtes le monstre qui la déformez dans votre esprit. Voilà comment vous voyez la chose.

Nous échangions une de nos conversations typiques assis à une table de restaurant typique, avec un café médiocre et un espace insuffisant pour quatre coudes, sans compter deux tasses, un cendrier, une bouteille de ketchup, un bol de sachets de sucre et des édulcorants roses à basses calories.

— Sans toi, Kenneth, je ne serais peut-être pas capable d'affronter l'oncle Harold. À la dernière minute, Matilda a proposé de venir avec moi. Elle m'a dit : « Si tu dis à ton neveu de rester chez lui, je t'accompagnerai là-bas. » Je lui ai répondu non.

Il voulait me montrer comme il avait fait preuve de résolution avec elle. Je constatais simplement à quel point il était désorienté. La référence directe aux habitudes sexuelles de Matilda était sans précédent. De même la ressemblance avec Sviatoslav Richter était plus forte que jamais, mais c'était un Richter au teint blême et verdâtre qui avait souffert de l'estomac toute la nuit. Derrière la puissance de son regard, la manette de contact semblait coupée comme s'il guettait une apparition extraordinaire. Silencieux, massif, il dégageait une impression d'angoisse, de mortification. Il se frictionna le visage du bout de ses dix doigts et pressa les articulations de sa mâchoire pour en soulager la tension. Je le connaissais si bien que je pouvais interpréter le moindre de ses gestes. Il voulait assurer la conduite de sa vie d'une main ferme. C'était un cycle bref et aveugle qui devait être, selon lui, parcouru avec esprit. Il jugeait les gens sur ce qu'ils en faisaient. Les circonstances présentes, cependant, ne pouvaient être moins propices, ni plus éloignées du haut niveau de sa philosophie. Nous étions sur le point d'assister aux délibérations de la commission qui devait entendre une déposition concernant un viol et, ensuite, Benn devrait coincer l'oncle Vilitzer assez longtemps pour formuler ses exigences. Des menaces voilées, nullement le style de mon oncle. En plus, il risquait de trahir la mauvaise gestion de sa vie sexuelle. La mise en évidence tacite de faits préjudiciables était une possibilité inquiétante. S'il se dérobait, ou s'il bafouillait, l'astucieux Vilitzer en conclurait qu'il était un mari sexuellement dominé, affligé d'une femme qui le menait à la baguette et l'envoyait faire les courses. En matière de problèmes sexuels, les hommes incriminaient *toujours* le mari.

Tout cela était implicite.

Et puis il y avait le bâtiment où se déroulait l'audience, une nouvelle structure telle une sorte de grossesse de verre démesurée étalée sur la superficie d'un bloc d'immeubles, l'œuvre d'un architecte provocateur et controversé qui tentait de surpasser les excès d'une construction similaire à Chicago. « S'affirmant », comme se plaisait à le dire Caroline Bunge. On croyait à l'éternité devant un gratte-ciel pareil, ne fût-ce que pour le réconfort que vous apportait la pensée de la précarité d'un tel édifice. Il finirait bien par s'effondrer. Mais toute cette convexité scintillante et curvilinéaire était armée d'acier japonais ; elle durerait donc bien un demi-siècle, à moins que des foules enragées ne la démantèlent ou que le vol transpolaire d'un missile soviétique (quinze minutes du lancer à la cible) ne la désintègre. L'intérieur faisait une impression encore plus forte. On comprenait pourquoi les dépassements financiers avaient causé un scandale. Certains des gènes incontrôlés de Breughel le Jeune ou de Jérôme Bosch avaient dû ressurgir chez l'architecte. J'avais fait tout mon possible pour comprendre sa conception. Des milliards de guêpes issues de sa cervelle s'affairant dans le verre bleuté avaient engendré ce gigantesque édifice arrondi ; il était tout en éblouissantes courbes elliptiques inspirées de la sphère céleste et témoignait de ce dont était capable une imagination hardie secondée par les prouesses des ingénieurs et une technologie miraculeuse. *Hénaurme !* disait l'oncle Benn.

L'immeuble ne menaçait pas le ciel comme la tour de Babel mais semblait couler de son sommet pour fondre vers sa base. Une bureaucratie informatisée n'exigeait plus des couloirs rectilignes. Un environnement bizarre ne diminuait ni son efficacité ni son pouvoir d'intimidation. Nous suivîmes les pancartes donnant la direction de la grande salle où avait lieu l'audience. Les caméras de télévision, déjà en place, tournaient et les projecteurs éclairaient la scène. Nos coupe-file de presse nous donnaient droit aux premiers rangs, mais l'oncle préféra se placer en retrait de l'oncle Vilitzer. Vilitzer était assis à la longue table avec le reste des membres de la commission présidée par le gouverneur qui assurait (fait sans précédent) la direction de l'enquête. Les témoins cités venaient se présenter à une petite table en face de la grande. Les membres de la commission n'étaient que rarement, ou pas du tout, appelés à parler.

— Le voilà, dit Benn, indiquant Vilitzer d'un mouvement du menton. Quelle transformation ! Les grands ravages se produisent entre soixante et quatre-vingts ans et il a dépassé les quatre-vingts.

La stature de Vilitzer s'était réduite en cinq ans, mais il avait encore le port impérial des caïds de la politique dans cette région. Il peignait ses cheveux en avant, comme dans la version télévisée de *Moi,*

Claude. (Qu'on me pardonne cette allusion, mais ce qui suit présente peut-être quelque intérêt : Julie, la fille d'Auguste, dépeinte dans le film comme une créature dissolue et luxurieuse, paraît conserver dans ses orgies des visées politiques car elle et ses partenaires se livrent à leurs actes inavouables au pied d'une statue de Marsyas le satyre, lequel Marsyas symbolise l'esprit républicain. Pourquoi un démon sexuel à demi bestial serait-il le gardien de la liberté romaine, je n'en ai pas la moindre idée ; tout ce que je peux dire, c'est que la débauche de Julie constituait un défi politique lancé à son père, le fondateur de l'Empire.) Quoi qu'il en soit, l'oncle Vilitzer avait adopté la coiffure de l'acteur de la BBC qui jouait le rôle de Claudius. Ce style devait avoir la faveur des vieux mafiosi, que l'on voit souvent arborer une frange courte et frisottée. Par ailleurs ils ont invariablement des visages burinés et la mine bronzée : tel était également Vilitzer. Il mâchonnait des cigares sans les fumer. Il en tétait ainsi une vingtaine par jour.

Au milieu d'une telle affluence, il était peu probable que Vilitzer nous repérât, l'oncle et moi. L'événement devait être d'importance pour avoir fait se déplacer le gouverneur Stewart en personne. Les gouverneurs ne peuvent plus se permettre de rester trop à l'écart. Autrefois, me dit Benn, on ne les voyait que rarement. La télévision les avait contraints à sortir de leurs palaces. Ces audiences, largement diffusées dans le public, étaient suivies ce matin par des millions de spectateurs. Parce qu'il se trouvait en vacances durant la grande peur de la salmonellose que l'on avait connue ces dernières semaines, le gouverneur avait été amplement critiqué et cette séance de la commission, à laquelle il faisait une apparition remarquée, venait à point pour lui. (Remontant sa cote électorale.) Jamais je ne l'avais vu en personne. C'était un homme massif et flasque mais une sorte de tension sous-jacente était perceptible sous sa silhouette avachie et je l'aurais volontiers jugé comme un personnage dangereux, un lutteur sans merci. Il avait le visage très large, avec tant de replis et de bourrelets sous le menton que, eût-il été violoniste, il n'aurait, pensais-je, pas su où caser son instrument.

Nous nous étions installés juste derrière les principaux témoins et je reconnus la plupart d'entre eux d'après les journaux que m'avait montrés Dita. Danae Cusper était une jolie femme, blonde et robuste mère de trois enfants. Sickle, le violeur présumé, n'était pas loin, avec son avocat. Ses années de prison ne lui avaient pas donné l'apparence d'un dangereux criminel. Les prisons n'engendrent plus des desperados ou des types *louches** avec le visage de Bill Sykes. En public, un jeune homme comme Sickle tend à ressembler à l'image idéale du jeune homme bien sous tous rapports que se fait une mère. Au premier plan se tenaient les équipes des chaînes de TV les plus importantes. Ce matin-là, on avait supprimé les dessins animés. Pour des millions d'enfants, c'était la séance de la commission des mises en liberté sous caution ou rien. Et peut-être les gamins supporteraient-ils le choc mieux que l'oncle. Ce n'était, par ailleurs, pas à son crédit de rejoindre les rangs des innocents à cette période de sa vie. Il ne pouvait prétendre à l'immunité. Souvenez-vous, cependant, que lorsque enfin la vitrine de cristal explose, le jeune homme qui y était enfermé devient « un enfant sanglotant perdu dans la nature ».

Mais foin de ces considérations abstruses.

Vilitzer ne détournait pas la tête pour observer son ennemi, le gouverneur. Il regardait droit devant lui. Quant au gouverneur, il dirigeait les interrogatoires avec délectation et déployait le talent qu'il avait acquis dans les cours de justice. Devant un grand jury, ce devait être un formidable inquisiteur – il était si gros, onctueux, avec son cou adipeux, si soigné dans sa tenue, lisse comme de la soie devant les caméras mais dur comme l'acier au-dedans.

Son premier témoin fut un jeune militaire, un des anciens amis de Danae. Elle avait déclaré la veille qu'elle avait craint d'être enceinte de lui et que l'accusation de viol était directement liée à cette aventure. Le gouverneur demanda si le témoin avait eu des rapports sexuels avec Danae, l'actuelle Mme Bold, alors Miss Cusper. Oui. Dans quelles circonstances ? Quand ses parents étaient endormis, elle le faisait entrer dans la maison. Comment était-elle habillée ? En chemise de nuit. Et l'acte sexuel ? De deux heures du matin au petit jour. Avec éjaculation ? demanda le gouverneur. Non. Elle avait insisté pour qu'il se retire.

— Pourquoi entre-t-il dans tous ces détails ? chuchota l'oncle.

— Ce doit être légalement nécessaire.

Je ne croyais pas à ma propre réponse.

— Donc, dit le gouverneur, vous affirmez que vous avez eu de fréquents rapports avec Miss Cusper, mais interrompus avant l'orgasme ?

— Oui, monsieur.

Miss Cusper (devenue Mme Bold, avec son mari à côté d'elle) écoutait avec l'attitude d'une personne confite en dévotion. Elle se situait maintenant au-delà de toute sensualité.

— Alors, vous n'avez jamais éjaculé dans son vagin ? dit le gouverneur.

— Autant que je me souvienne, non, monsieur.

Le témoin suivant était un expert médical. Avec lui, le gouverneur tenta d'établir la durée pendant laquelle les spermatozoïdes pouvaient rester vivants dans le vagin. Trois autres experts agréés suivirent, qui firent leurs dépositions sur la culotte de la jeune femme, celle qu'elle portait la nuit de l'agression. Le gouverneur se concentra sur ce point, y revenant avec insistance.

— Tu ne trouves pas qu'il a une conduite étrange ? me dit l'oncle. À ratiociner sur cette culotte ?

Il était très troublé. Moi, pour je ne sais trop quelle raison, je ne l'étais pas du tout. La scène se déroulait comme une pièce de théâtre ou un film, excepté le fait que les preuves devaient être examinées techniquement, ce qui prenait du temps et ralentissait l'action. Chacun des experts avait disserté séparément sur les dessous de Danae, examinant le sang et les spécimens de sérum. L'un d'entre eux affirma qu'après six ans il était encore possible de détecter des spermatozoïdes. La police avait gardé sous clef ces articles de vêtement (je m'imaginais un entrepôt avec des centaines de milliers de réservoirs de stockage). Les filaments des gamètes s'étaient désintégrés, mais les têtes étaient identifiables au microscope.

— Le liquide séminal aurait pu venir de n'importe quel donneur du groupe Gm, déclara l'expert technique.

— Et quel est le groupe de l'accusé ?

— Gm, monsieur.

— Faut-il vraiment supporter tous ces ergotages ? demanda l'oncle d'un ton excédé. Je me faisais l'impression d'un Méphistophélès qui l'aurait obligé à sortir de son cabinet pour affronter la vie en face. Non, pensai-je, cela ne me ressemblait pas. Jamais Méphistophélès n'avait enduré de telles souffrances. J'étais là pour assurer la sauvegarde de l'oncle, l'oncle qui était venu pour se colleter avec Harold Vilitzer, lequel assis sur l'estrade était en train de mâchouiller ses cigares cubains – fournis peut-être par un de ses correspondants à Las Vegas.

— La médecine légale est une science, dis-je.

— Une science *appliquée*, rectifia l'oncle.

Il protégeait la pureté de la recherche théorique.

Ces personnages n'en étaient pas moins des confrères éloignés de l'oncle Benn. Bien sûr, les experts faisaient leur numéro. C'était ce qui justifiait la présence des équipes de télé, mais les allusions perceptibles sous leurs témoignages véhiculaient le type même de notions frelatées intolérables pour le système de pensée de l'oncle. Pas la peine de lui faire un dessin, me disais-je. Il voit les choses telles qu'elles sont. Ce n'est pas du tout un innocent. Puis, je pensai que la distraction de cet être génial était une échappatoire. Il savait exactement ce que savait tout le monde. Il ne voulait pas qu'une interférence quelconque de nature charnelle risquât de brouiller sa science.

C'était une réflexion partiellement inamicale. Sans doute avais-je l'air moi-même inamical – sombre, la face maigre, les cheveux trop longs, les traits séduisants de mon père fâcheusement déformés chez moi. Dans le langage de ma ville natale, j'aurais pu passer pour *sourcilleux**, légèrement hautain ou impatient. Il me fallait cependant m'endurcir pour le bien de mon oncle. Je me flattais d'être un homme sur lequel on pouvait compter. Il m'incombait d'aider Benn à traverser cette crise grave de son existence.

Nous avions maintenant un autre témoin venu d'une autre partie du pays. On prenait grand soin de garantir l'impartialité du témoignage recueilli. L'expert assermenté, trapu, vêtu d'un complet trois pièces, ressemblait à n'importe quel sous-fifre d'une grosse compagnie d'assurances. Une fois assis, il s'accouda à la table, découvrant les manchettes de sa chemise, et lut une déclaration préparée – un laïus technique. Qu'on s'imagine une vie passée en analyses de laboratoires post mortem – peau, salive, débris de cervelle, contenu d'estomac. Je dis à l'oncle : « Je préfère votre type d'anatomie », mais il n'écoutait pas. Son visage paraissait avoir enflé, se colorait d'une sorte de rougeur histaminique, comme si quelque insecte volant des tropiques auquel il échappait toujours dans ses voyages incessants lui avait infligé une piqûre allergène.

Lorsque le témoin eut lu sa déclaration, on baissa les lumières et la photo d'un objet très agrandi apparut sur un écran derrière lui. C'était une forme d'un marron sombre avec des traces violacées et des macules évoquant des ocelles de papillon. De quoi s'agissait-il ? Cela ressemblait pour moi au suaire de Turin. Tout le contraire. Un objet tout à fait différent. C'était une photo de la culotte que portait la jeune personne la nuit où elle avait été agressée. Planté à côté, l'expert, armé d'une baguette de trois mètres de long, en fit la description puis attendit les questions de la commission. Cependant, personne ne prit la parole, hormis le gouverneur. C'était son grand numéro. En le regardant procéder, on comprenait avec quelle efficacité redoutable il avait obtenu les inculpations qui avaient expédié tant d'influents politiciens en prison. Il tirait parti de sa taille – grand et corpulent, la face large et charnue, il s'appesantissait sur les preuves ; ses questions étaient précises. À l'écouter instrumenter, on se rendait clairement compte de sa connaissance illimitée des crimes et des criminels. Et cependant, ses traits conservaient une certaine douceur, et laissaient entendre, de façon paradoxale, que peut-être la corruption ne sévissait pas exclusivement dans le camp des accusés. Et l'on ne pouvait être regardé par des millions de gens comme il l'était sans se donner plus ou moins en spectacle.

— Un article de lingerie intime. Veuillez nous dire ce que c'est.

— C'est une culotte, monsieur, prélevée sur la victime présumée du viol.

— Elle la portait ce soir-là ?

— Elle la portait.

— Et maintenant, les découvertes scientifiques. Veuillez identifier les taches.

L'oncle mit ses lunettes. À quoi bon ? Elles ne lui servaient qu'à lire. Sans doute voulait-il tirer parti de tous les auxiliaires possibles pour contempler ce ténébreux agrandissement, alors même qu'elles ne faisaient que brouiller plus encore sa vue. Toutes ces éclaboussures, ces macules circulaires tels les clichés des lunes d'Uranus pris d'un vaisseau spatial.

Le bout de la baguette allait des taches de sang aux mouchetures séminales. Les questions du gouverneur se succédaient sans fin. Le sang de qui ? Le sperme de qui ? Plus d'un type de sperme ? Souvenez-vous qu'il y avait trois hommes dans la voiture.

— Cette histoire a l'air de beaucoup émoustiller le gouverneur, dis-je.

— Ça doit être très éprouvant pour la fille, remarqua l'oncle.

— On peut penser qu'elle savait ce qui l'attendait quand elle a relancé l'affaire.

— Les pièces à conviction lui font vraiment de l'effet, dit Benn. Et, après tout, il est gouverneur d'un État important.

Communications salaces avec le public, pensai-je.

— Il est difficile, étant donné les circonstances, d'affirmer que M. Sickle est le seul violeur présumé, dit le gouverneur. Il y avait deux autres jeunes gens.

Danae Cusper Bold ne semblait pas troublée. Elle appartenait maintenant à une communauté religieuse. Elle était assurée du pardon ; elle n'avait pas à se faire de souci là-dessus. Ces crimes et ces souffrances appartenaient au passé. C'était une matrone à la poitrine opulente. Jamais l'oncle ne se serait plaint qu'elle eût les seins trop écartés. On voyait clairement qu'ils étaient très proches l'un de l'autre.

Mon pauvre fou d'oncle. Cette séance, dans une période critique pareille, était pour lui une dure épreuve. Il ne pouvait se rapprocher de l'oncle Vilitzer sans subir d'abord ces terribles épreuves.

— Quelqu'un devrait détourner Stewart de cette culotte, sinon il va passer une heure dessus.

Je lui fis une réponse parfaitement oiseuse :

— Il y a eu une telle révolution dans les mœurs sexuelles. Tous ces gens participent aux jeux du cirque.

— Je ne m'étais pas rendu compte que ce serait si féroce, toute cette obscénité, murmura l'oncle.

— Ah, ce sont tous les gens haut placés, ceux qui sont en haut de l'échelle, qui revendiquent leur part des récréations érotiques du pays.

— Je comprends vaguement ça, dit l'oncle, mais c'est tellement brutal.

Un autre cliché apparut sur l'écran. Cette fois, c'était le ventre de Danae Cusper, nu, où s'inscrivait en capitales grossières A M O, comme des graffiti au flanc d'un viaduc mais faits, ceux-ci, avec un éclat de verre. Une femme policière avait pris la photo à l'hôpital. Dans sa rétractation, Danae avait déclaré qu'elle avait gravé ces lettres elle-même avec une bouteille de bière brisée et le gouverneur Stewart lui déclara avec une pesante ironie qu'il fallait qu'une jeune fille, une adolescente, fît preuve de beaucoup de courage, d'énergie et de sang-froid pour se tenir debout devant une glace et se graver dans la peau un faux indice avec une bouteille de Budweiser pour, ensuite, se rendre à l'hôpital et accuser un homme de viol. Avait-elle pu tracer ces lettres à l'envers ? Deux des experts pensaient que c'était faisable. Ces lettres étaient assez faciles à tracer. La photo, manipulée, se mit à osciller tandis que les sillons sanglants sur le ventre, élargi au niveau des hanches, s'animaient telle une carte de la Saint-Valentin fabriquée par des attardés mentaux. Cela relevait de la schizopsychologie qui, selon divers penseurs modernes respectés, s'était emparée de nous tous.

— Le gouverneur vole la vedette à ces jeunes gens.

— Sans parler des autres.

Assis de part et d'autre de Stewart, les membres de la commission, rassemblement de présences silencieuses, paraissaient vidés de toute velléité d'initiative. Le gouverneur seul disposait des pleins pouvoirs. Le gros homme se divertissait avec ces délinquants juvéniles – juvéniles du moins à l'époque, mais, encore aujourd'hui, le garçon et la fille ressemblaient à des enfants, surtout Danae, bien qu'elle fût vêtue et maquillée dans le style d'une respectable matrone. Vilitzer, qui, même en ces circonstances, n'était pas un soliveau, affectait de se désintéresser du numéro officiel (caricatural) du gouverneur. L'énorme cigare non allumé qu'il mâchonnait lui déformait les maxillaires. Je ne le quittais pas des yeux. Je voulais être sûr qu'il ne se défilerait pas, ne se volatiliserait pas sous nos yeux.

Le gouverneur Stewart avait dû réclamer à nouveau la photo du chiffon de nylon souillé car le ventre lacéré disparut. Les autres experts médicaux devaient sans doute confirmer la déposition de leur premier confrère. Je crois que le ventre avec les lettres A M O avait beaucoup plus impressionné l'oncle que la relique tachée du viol.

— Si ce gamin lui a fait ça après coup avec un tesson de bouteille, dit-il, ses acolytes devaient l'immobiliser. Ils l'avaient sans doute bâillonnée.

— C'est probable.

L'oncle avait les yeux rouges. Si vous descendez en ville par une journée très froide quand la circulation est dense et les gaz d'échappement des voitures concentrés (ils se dissipent plus vite en été), vous avez les yeux brûlés ; mais, bien entendu, j'attribuais l'inflammation des siens à d'autres causes. Bien découplé dans ses vêtements, il arborait le complet de tweed sur mesures sorti de l'atelier du tailleur des Layamon. Comme il n'avait pas pris de poids, il devait y avoir d'autres explications au bombement de ses cuisses et à la convexité accrue de son dos sous le tissu. Ce que j'appelais par affection ses élytres d'insecte faisait maintenant penser à l'échine renflée d'un sanglier. L'œdème histaminique de son visage accompagnait le même phénomène de distorsion. Il déformait non seulement ses joues mais altérait ses yeux. J'aurais volontiers juré qu'il se jugeait intérieurement coupable d'une profonde perversion. Et ces lettres AMO étaient d'un cynisme propre à exercer sur lui le pire effet. Je crois vraiment que je comprenais son sentiment, qu'on pouvait sommairement résumer ainsi : le crime, le châtiment, la justice, l'autorité étaient bafoués dans cette audience. Plus la pénitence. Plus la vérité. Si Danae n'avait pas menti au procès, elle mentait dans sa rétractation. Donc, d'une façon comme de l'autre, la vérité était malmenée. Certes, cela arrivait tous les jours et il fallait être un botaniste visionnaire pour ne s'en apercevoir que passé le milieu de sa vie. Mais il y avait aussi un aspect religieux à la situation – ainsi : « Bien que tes péchés aient la couleur du stupre, ils deviendront blancs comme neige. » C'était très dur à avaler pour un homme comme mon oncle. La jeune femme se refaisait une chasteté chrétienne et reconstituait en public sa virginité. Et ce qui rongeait l'oncle maintenant, c'était sa propre complicité. Il était impliqué dans toute l'affaire par les sensations qu'il avait éprouvées en regardant *Psychose*, par les outrages dont s'était rendu coupable son esprit, par la découverte qu'il n'était sans doute pas le mari auquel aspirait Matilda, ni elle l'épouse qu'il eût désirée.

L'éternité elle-même l'avait prévenu, par l'intermédiaire d'Alfred Hitchcock, il ne devait pas se marier, épouser cette femme. Ce qui ne passait pas, là, en cet instant, conclus-je, c'est l'idée que Danae s'était probablement étouffée avec sa propre culotte pendant que les lettres odieuses, A M O, lui étaient découpées sur le ventre par ces adolescents détraqués. Un échantillon de *schizopsychologie* – apparemment le seul observable – et l'oncle Benn, que tout désignait comme un homme estimable, plus encore un homme bon, assistait à la dégradation de l'Amour. L'Amour, l'essence même de l'esprit divin et la source, pour l'humanité, de la ferveur céleste.

Je savais comment fonctionnait son esprit et connaissais même le vocabulaire qu'il avait appris de Lena, sa défunte femme. Bien qu'elle fût spécialiste de Balzac, ses intérêts les plus profonds l'éloignaient autant que son mari du monde contemporain. Quand on se plonge dans la vie contemporaine, on risque de s'en mordre les doigts. Si, d'autre part, on se refuse à s'y plonger, on ne comprendra jamais *rien*. Je ne veux pas dire que l'oncle avait fait des efforts délibérés pour se maintenir au-dessus et au-delà. Non, il avait affronté la crise présente de sa propre initiative, gardé secrète sa décision de se marier, optant pour le luxueux appartement des Layamon, pour les soies et les satins, l'édredon en duvet du lit de Matilda, les tapis plus profonds que les mousses des forêts, le débit d'une puissance fabuleuse des robinets des salles de bains, la baignoire avec ses remous, la vue panoramique des taudis (comme Sodome et Gomorrhe le lendemain). L'oncle l'avait bien voulu. Néanmoins, je ne voulais pas voir sa tête sur le billot du bourreau.

— C'était une séance bigrement instructive.

— Avez-vous voté à la dernière élection ? demandai-je à Benn.

— Oui, je le crains.

— Voyons, un botaniste ne doit-il pas, lui aussi, accomplir son devoir de citoyen ?

— Et je prévois la question suivante. La réponse est oui. J'ai voté pour le gouverneur.

Bien sûr, face à la machine dans l'isoloir, vous ne vous rendez pas compte de la fantasmagorie que vous déclenchez à l'instant où (assimilant le mécanisme à l'ordre) vous tirez le levier.

Mais le moment était mal choisi pour théoriser-discuter : une de mes faiblesses les plus ancrées, plus harcelante pour moi qu'on ne pouvait le penser (une habitude invétérée, sans doute destructrice). Je devais me contraindre à me souvenir des raisons pour lesquelles j'avais quitté Paris pour aller vivre aux États-Unis. C'était là-bas que les choses bougeaient et c'était de mon oncle que j'avais appris ce qu'il était possible de faire dans ce monde posthistorique. Et ce modèle parfait était maintenant au désespoir, voilà pourquoi je devais faire violence à ma mémoire. Cependant, l'oncle avait conservé ces pouvoirs particuliers de vision. Ceux-là n'avaient pas disparu. C'était un individu authentiquement supérieur enclin, certes, à une certaine faiblesse humaine et incapable de gérer ses besoins sexuels ou, pour être plus précis, ses désirs amoureux, mais je pourrais aujourd'hui encore extraire de ma banque personnelle de données ces heures merveilleuses où, sous son influence, non seulement mes poumons mais aussi mon esprit ont pu respirer librement. Certains de ses pouvoirs de vision m'avaient été transmis. Donc, je voyais. Et bon nombre des motifs de mon oncle m'apparaissaient clairement. Il avait lu le livre de l'amiral Byrd et décidé qu'il ne pouvait accepter le point de vue de l'explorateur sur les sinistres rayons X antarctiques de la condition humaine, sur le squelette de l'âme humaine. Ce serait une honte de ne pas s'efforcer de faire fondre ce cœur de glace, de l'abandonner à ces conditions de températures polaires. (Je vous rappelle encore une fois Matthew Arnold déclarant qu'il était aux trois quarts glacé.) Enfin, pour ne pas trop s'attarder sur le sujet, l'oncle avait lutté contre l'humiliation de ne *pas* être amoureux. Voici un homme qui *espérait* – espérait, par exemple, épouser la femme de ses rêves. Autant dégeler deux cœurs pendant qu'on y était. À quoi bon un seul cœur dégelé ?

Entre-temps, il était clair que le gouverneur traitait par le mépris les allégations de la jeune matrone deux fois rachetée par la religion. Elle aurait dû l'être cinq fois pour surpasser ces techniciens, ces experts qui avaient réalisé un siècle de progrès scientifiques depuis l'époque de Sherlock Holmes et de ses déductions élémentaires. Le gouverneur devait prudemment ménager les sentiments religieux du public sans perdre de vue que les remords de Danae, après son faux témoignage, ne pouvaient être exclus. Le public aimait les remords. On ne pouvait les éliminer facilement. Et si le jeune Sickle était en effet un violeur, il avait dû se féliciter de ce retour des choses – sa libération doublée d'une secrète délectation. Quelle habile manœuvrière était devenue cette petite bonne femme. Et le gouverneur n'allait pas renvoyer Sickle en prison. Pas maintenant.

Sickle serait libre. Il savourerait la liberté de la ville comme n'importe qui d'autre – vous ou moi. Comme l'oncle, pourquoi pas, lorsqu'il y prêtait quelque attention. Ce qu'il trouvait rarement le temps de faire.

Encore jeune, l'oncle avait trouvé sa réponse à l'Amérique urbaine, une façon simple d'éviter les lourds fardeaux qu'imposait à l'âme le développement social, là, dans Jefferson Street. Il avait investi les intérêts les plus profonds de sa vie dans la connaissance intrinsèque des plantes. Dans les herbes les plus banales étaient cachés les puissants secrets de l'air, du sol, de la lumière et de la reproduction. Il était donc passé de l'asphalte des trottoirs au chiendent, aux mûriers, aux chardons poussant dans les terrains vagues et les gares de triage. Puis, après quelques années, il avait essayé d'abandonner les racines des tiges et les feuilles pour les affections humaines. Il n'était ni un simple d'esprit, ni un songe-creux. Supposons que nous tenions pour vraie la déclaration de Dostoïevski selon laquelle rien n'est plus fantastique que la réalité elle-même. Il s'ensuit que l'oncle passait honorablement ces tests de réalité-chimère.

Le gouverneur se leva alors pour annoncer devant les caméras de télévision que la commission allait se retirer pour délibérer ; je tendis son manteau à l'oncle en lui disant : « Allons-y avant que Vilitzer ne se défile. »

Mais Vilitzer ne songeait nullement à se défiler. Il semblait, au contraire, nous attendre. Debout derrière la table, penché en avant, pesant sur ses jointures, il malmenait son cigare froid. En nous voyant approcher, il fronça les sourcils. Comme Matilda l'avait dit à Benn – il me l'avait répété au petit déjeuner – c'était lui qui avait été lésé, il ne fallait pas l'oublier et laisser l'initiative à Harold. Je m'attendais à ce que Benn tente de raffermir sa position en adoptant l'attitude recommandée par Matilda. Ce ne fut pas exactement le cas – sans doute ne se sentait-il pas agressif. Il n'avait pas envie de se battre. Étrangement se lisait sur son visage une expression affable, pas tout à fait conciliatrice mais empreinte de douce fermeté, comme s'il avait opté pour la persuasion morale. En vérité, je m'attendais à le voir réagir avec timidité.

— Alors comme ça vous êtes venus me parler, hein ?

Vilitzer tirailla sur sa montre-bracelet en forme d'oignon, un de ces monstrueux articles en or sorti de Las Vegas avec un chapelet d'anneaux flexibles.

— Je peux vous donner un quart d'heure. Ça me suffira pour vous dire ma façon de penser.

Sans autre explication, il se dirigea vers l'ascenseur. Vous savez comment ces nouvelles installations sont rapides et confortables, on ne s'aperçoit pas de leur vitesse.

— Fishl a pris contact avec vous ? dis-je, tandis que l'ascenseur montait.

— J'ai reçu le message, répliqua Vilitzer, regardant droit devant lui. Il n'eut même pas la politesse de m'accorder un regard. Je crois que j'étais encore plus éberlué que l'oncle Benn. Au quinzième étage environ, nous nous arrêtâmes au son d'un ping électronique et émergeâmes dans un décor de transparences. La moitié du plafond de la petite salle de conférences où il nous avait amenés était faite d'un verre bleuâtre qui évoquait plutôt un front humain qu'une serre. Droit devant nous, se dressait la tour électronique avec ses deux mâts jumeaux comme les cornes d'un casque viking ; elle était à peu près aussi grande que l'immeuble de Sears à Chicago.

— Comment allez-vous ? demanda l'oncle à Vilitzer. Vous avez été opéré à cœur ouvert, paraît-il ?

— Je n'ai pas à me plaindre, dit l'oncle Harold.

Cela, je voulais bien le croire. La rage donne des forces quand elle est intacte – je veux dire, dépourvue de ces angoisses fluctuantes dont s'accompagnent en général les colères des faibles.

— Une charmante visite de mon neveu et du fils d'Hilda. C'est bien ça, non ?

— Je suis Kenneth Trachtenberg.

— Oui, je vois, dit-il. Le fils du grand coureur de jupons. C'est un gaillard superbe. Toi, à te regarder, on te prendrait pour un croque-mort.

Je ne me formalisai pas. L'idée que je devais m'incliner devant la supériorité paternelle en ce domaine m'avait été inculquée très tôt. D'ailleurs, l'oncle Vilitzer m'intriguait. Je m'imaginais que l'âge avait réduit sa stature d'un bon tiers. En fait, il bataillait toujours pour ne pas perdre son statut de caïd. Sans le moindre doute, c'était un lutteur. Il avait même le visage d'un ex-boxeur ; les joues aplaties, un nez où il ne restait rien à casser et des yeux enfoncés dans les orbites. Là, debout devant la table, prenant appui sur les jointures, il se tenait comme un barman. Il n'avait aucune intention de s'asseoir. Non seulement sa frange blanche à la *Moi, Claude* s'enroulait sur son front, mais sa lèvre supérieure se retroussait de même en permanence et il découvrait ses dents même en parlant. Son teint coloré de Floride était trompeur car, en vérité, il n'était pas en bonne santé.

— Alors, ils vous ont envoyé pour me forcer la main, dit Vilitzer.

— Ils ?

— Ton nouveau beau-père et le juge Chetnik, son copain.

— Le juge est votre copain aussi, dit l'oncle.

J'admirais sincèrement l'oncle de se montrer si raisonnable. Je n'aurais pas été capable d'en faire autant.

— Amador n'est rien du tout.

— Je comprends. Mais vous en avez tout de même fait un juge, mon oncle. Et il a statué en votre faveur au tribunal.

— C'est bien le moins. Toi et ta sœur vous n'aviez aucune raison de me poursuivre. Vous savez, vous autres, ce que vous avez tiré comme bénéfice de cette opération ? Tes parents ont acheté la baraque trois cents dollars comptant. C'est *moi* qui les ai fait profiter de l'affaire par l'intermédiaire du contrôleur des impôts. Comment ton père aurait-il pu en entendre parler ? Il avait le nez plongé dans ses bouquins. Je t'ai tiré de Jefferson Street où tu étais environné de *schwartzers*. Pour finir, toi et ta sœur en avez tiré trois cent mille dollars. C'était la grande occase, grâce à la crise, et c'est moi qui t'avais tuyauté. Enfin, il paraît qu'aucune bonne action ne reste impunie.

— Je ne dirais pas les choses tout à fait comme ça, rectifia Benn. D'abord, mon père m'a dit qu'il avait payé sept cents dollars. Et puis, il serait plus correct de dire que, dès le départ, vous aviez des vues sur ce terrain. Étant responsable du plan d'urbanisme, vous aviez l'avantage de mieux dominer la situation et vous avez pu décider de quel côté allait s'étendre le nouveau quartier de la basse ville. Vous avez simplement permis aux Crader d'acquérir le terrain pour vous. Ce qui était très gentil. Je ne nie pas votre générosité.

Je suis certain que l'oncle avait donné l'assurance à Matilda et à son père qu'il tiendrait tête à Vilitzer, étant entendu, je le constatais maintenant, qu'il s'y prendrait à sa façon. Franchement, il me surprenait. Compte tenu de l'état dans lequel il se trouvait, sans compter les singularités somatiques du gabarit Layamon, la triple ressemblance de Matilda, du docteur Layamon et de Tony Perkins en grand-mère tueuse, plus son nouveau grief contre l'écart excessif entre les seins de son épouse, avec Dieu sait quelles autres formes de dinguerie susceptibles de lui traverser la tête, je n'aurais jamais prévu une telle stabilité, une telle pondération de sa part devant la rage de Vilitzer. Il ne trahissait aucune hostilité envers son oncle. Et je veux noter également, avant de l'oublier, que les yeux de Benn, si étranges de forme et de couleur, étaient devenus aussi grands que des lunettes d'aviateur du temps des cockpits ouverts et reflétaient une lumière infinie.

— Tu es trop bon pour m'arnaquer, disait Vilitzer. Tu laisses des parents à la noix faire le sale boulot, et puis tu rappliques et tu réclames ton dû. Si ça t'intéressait tellement d'empocher des millions, tu n'avais qu'à venir les réclamer tout seul.

— Vous auriez pu mieux vous conduire avec les enfants de votre propre sœur, dit l'oncle.

— Tu vois ! dit Vilitzer, s'adressant à moi. Il ne comprend même pas le premier principe de base. Quand il s'agit d'argent, le mot clef qui s'impose, c'est *sans merci*. Je te le demande, poursuivit Vilitzer, toujours tourné vers moi : qu'est-ce que ma foutue sœur vient faire là-dedans ?

Je dois avouer que j'éprouvais une certaine satisfaction à me découvrir capable d'assimiler un tel message : la mort est sans merci et, par conséquent, les règles fondamentales de conduite doivent, en retour, être aussi impitoyables. Il s'ensuit donc que la parenté n'est que foutaise. Et l'on voit comment ceci pouvait se répercuter sur mon attachement pour l'oncle et sur le sien pour moi. Contre nous jouait le désaveu, par Vilitzer, de son fils Fishl lorsque sa pratique de l'avortement par l'acupuncture chinoise et ses délires mercantiles sur l'avenir du bétail et autres trafics rendaient nécessaire l'application de cette règle stricte. Les sentiments de Fishl à l'égard de son père étaient une preuve de plus de son inadaptation, de son ignorance des conditions d'existence.

— Alors, ils t'ont envoyé pour me menacer, dit l'oncle Harold. Ce n'est pas ce que tu vas faire qui est important, étant donné que tu n'as aucune idée des mesures à prendre. C'est ce que la famille Layamon va faire, elle, en se servant de toi comme prête-nom.

La lumière du spectre matinal diffusée par la verrière de la salle de conférence entourait cette conversation d'un halo qui rappelait dans sa version moderne l'illumination d'une église. Le soleil même, sans que lui fît obstacle la nature, comme c'est souvent le cas au niveau du sol, nous transmettait directement un message sur nos origines humaines. Les signaux transmis par l'étoile de notre terre nous encerclaient de faisceaux rayonnants. Nous étions libres d'en tenir compte ou non. Personne, bien entendu, ne subit à cet égard de contrainte.

Montrant, par-dessus sa tête, la tour électronique, Harold Vilitzer déclara :

— J'ai accompli une grande chose, en faisant don de cet immeuble à la ville. J'ai accompli un geste pour l'Amérique. Voilà l'un des plus grands gratte-ciel jamais construits. Sans lui, cette ville irait à vau-l'eau comme tout le reste de la zone industrielle. Songez aux milliers d'emplois que j'ai créés. Sans compter que j'ai persuadé une grande multinationale de la stabilité de cette ville. Je mériterais d'être décoré pour ça. Eh bien, merde pour les décorations. Je serais simplement content qu'on me foute la paix. Mais le gouverneur ne l'entend pas de cette oreille.

— Pourquoi le gouverneur ? demandai-je.

— Parce qu'il a décroché son poste par le biais du grand jury, en nous envoyant au trou, nous les politiciens ! Tous ceux de son équipe personnelle, aujourd'hui associés aux plus gros cabinets juridiques de la ville, sont devenus tour à tour attorneys du district. Vous n'avez pas idée des combines qu'ont manigancées ces fumiers pour avoir ma peau.

— C'est ce que m'a dit Fishl, remarquai-je.

— Pour une fois, ce petit con ne s'est pas gouré, s'écria son père. Bon, d'accord, Benno, combien veux-tu ?... Je sais déjà que c'est un nombre de sept chiffres. Tu as envie que je fasse de toi un millionnaire.

— Je n'ai jamais dit ça.

— J'ai été contacté, reprit l'oncle Harold. Comme si ce n'était déjà pas assez dur pour un vieux, tous ces grands jurys, ils veulent me traîner devant une cour fédérale avec Amador Chetnik. Ces types-là vont me dépecer comme un lapin.

Je voyais le tableau. Les nouveaux escrocs entraient en scène, les vieux prenaient leur retraite. En quarante ans, Vilitzer avait amassé des millions. Il avait largement profité du déclin de la ville, l'avait mise à genoux par ses malversations. Il avait préparé son vieil âge. L'île de Bay Harbor devait être sa Capri (je passe maintenant de Claude à Tibère) mais, aujourd'hui, les murs de la prison se resserraient sur l'octogénaire. Et qui voyait-il dans les rangs de l'ennemi sinon son propre neveu Benno – le botaniste timbré ?

— Pourquoi as-tu besoin de deux millions de dollars ? demanda Vilitzer.

Je répondis à cette question à ma façon, me parlant à moi-même avec cette parfaite clarté dont je m'enorgueillis parfois : Benn en a besoin pour payer l'erreur qu'il a commise en s'associant avec les Layamon. Le Roanoke voulait s'octroyer un savant éminent en guise de portier, un prodige pour laver la vaisselle. Qu'un enfant vienne à naître de cette union, et une sommité de la morphologie des plantes lui changerait ses couches. L'oncle était assez vigoureux pour avoir des enfants. Si distraite que fût Caroline Bunge, elle ne l'avait pas été assez pour envisager d'épouser une nullité. Même si elle l'avait croisé sans le reconnaître à l'aéroport quand il s'était avancé, le cœur en joie, à sa rencontre, elle avait tout de même crié : « Oh, toi, mon ange ! » quand ils faisaient l'amour. L'acte sexuel était sans doute son dernier point de contact avec la réalité. Celui-ci perdu, elle s'anéantirait.

— Vous n'allez pas me répondre, oncle Harold, dit Benn, mais combien vous a rapporté la vente de la maison ?

— Tu crois que je vais entrer dans ce genre de détails avec un homme comme *toi* ? rétorqua Vilitzer.

— Pourquoi pas avec moi ?

— Parce que tu n'y connais *rien* !

Furieux comme il l'était, il parlait aussi avec la fierté d'un homme qui s'est voué à la cause supérieure de l'argent, si bien que discuter de propriété ou de calculs compliqués avec Benn avait quelque chose d'humiliant. Benn était-il capable de déchiffrer un bilan financier ? Savait-il comment on s'y prend pour acheter les membres de la commission d'urbanisme ? Il ne fallait pas oublier que l'oncle Harold s'était engagé pendant la Deuxième Guerre mondiale par patriotisme. Oui, et qu'il eût fait un malheur grâce à ses relations avec les responsables du PX et aux opérations commerciales sur les surplus de l'armée n'avait rien de contradictoire étant donné qu'Économie et Amérique étaient synonymes. La question de l'oncle était plus que sotte, elle était virtuellement débile. Comme si Vilitzer allait jamais prononcer un chiffre ! Et même s'il en disait un, il serait inexact à dix millions de dollars près. Une telle ineptie de la part de Benn, considérée isolément des autres faits, apparaîtrait comme le dernier degré de l'aliénation. Et ces autres faits, c'est-à-dire la supériorité de Benn dans le domaine de la nature, ne pouvaient être perçus par un homme comme Vilitzer. Quant à moi, je n'aurais pas compris tout cela si vite, si naturellement, si je n'avais eu moi-même un don pour les affaires. C'était une expérience palpitante, cette rapidité de compréhension. Pourtant, d'un autre côté, elle était aussi déconcertante. Qu'elle me vînt si aisément était une sorte de trahison envers la vie de l'esprit, mais après tout il était impossible de comprendre l'Amérique sans posséder un tel don, et pourquoi vasouiller à propos de la compréhension de l'Amérique si l'on ne possédait pas ce don ? De plus, je tenais beaucoup à rester un homme de mon temps, sinon j'aurais aussi bien pu ruminer sur la grande muraille de Chine.

— De toute façon, je ne marchande pas, dit Vilitzer. Pas avec toi – surtout pas – et pas avec le docteur Layamon, si occupé à magouiller que je ne vois pas comment il trouve le temps de soigner ses malades.

— Je pensais que nous pourrions régler tout ça entre nous, sans drame, dit l'oncle Benn.

— Pas question de négocier *quoi que ce soit* avec toi, dit Vilitzer. Ça ne tiendrait pas debout. Tu n'es pas ton propre patron. Ils se servent de toi pour m'abattre. En ce qui me concerne, il n'y a rien à régler.

— Écoutez, si vous aviez donné à Hilda et à moi un prix décent de ce terrain…

Cette fois, nous commencions vraiment à tourner en rond, pensai-je. Le vieux mourrait plutôt que de lâcher un dollar des quatre-vingts millions qu'il avait mis de côté. En guise de structure éthique, il avait quelques idées sur l'honneur, dérivées en partie de la machine – l'appareil politique du gouverneur local – en partie de la mafia, en partie des westerns. « Je suis encore capable de me bagarrer, dit-il. Des forbans plus coriaces que Layamon et Chetnik ont essayé de m'avoir. Si j'étais facile à impressionner, je serais mort depuis des années. Les autres types – et vous savez qui je veux dire : je veux dire le gouverneur lui-même et ses acolytes, tous jusqu'au plus haut échelon du ministère de la Justice – ont fait placer ma maison sur écoute, il y a des années de ça. Les enquêtes se sont succédé en cascade et mes déclarations d'impôts ont été épluchées dès le début. Toujours de nouvelles menaces, de nouvelles intimidations, de nouvelles maladies même. Kidnapping, otages, rançons, terreur, tout y est passé. Pas la peine d'aller à Beyrouth, on trouve tout ça ici même où des faisans patentés arnaquent de grandes sociétés et des chaînes de télévision en organisant des boycotts et des tas de magouilles. Cela inclut la Maison-Blanche qui traite avec ces fichus Arabes qui enlèvent les citoyens américains sans se gêner. Je vais te dire une chose, Benno : tu sais dans quoi tu t'embringues ? le chantage. »

J'étais impressionné par ce vieux requin. Il ne se contentait pas d'écumer, il analysait, il interprétait.

— Maintenant, je vais vous dire… s'écria Vilitzer. On a bien souvent essayé de me crucifier et j'ai le cul plein d'échardes, mais ils n'ont pas encore réussi à planter les clous.

Là-dessus, il tenta de frapper l'oncle. Il lui décocha un coup de poing. Je m'interposai entre eux et maîtrisai le vieil homme. En le prenant à bras-le-corps, je le sentis aussi léger qu'un carton d'œufs vide. Il n'y restait plus une coquille. Il ne pouvait plus guère avoir d'espérance de vie même si son cœur opéré cognait toujours. Il avait un pacemaker fixé sur la poitrine. J'en avais senti la présence en le serrant contre moi, un laps de temps très bref mais suffisant pour que Fishl, qui franchissait le seuil de la porte, me remarquât. C'était le moment rêvé pour Fishl mais, avant qu'il ait pu demander : « Qu'est-ce qui se passe ? » Vilitzer lui lança à la figure :

— Qui t'a sonné, bon Dieu !

— Mais, papa, je suis venu proposer…

— Va te faire foutre ! cria son père. J'ai une réunion avec le gouverneur.

Sur quoi, il traversa la pièce d'une démarche vacillante, disparut et nous restâmes silencieux. L'oncle était trop désemparé pour prononcer un mot. Il s'était immobilisé, le buste rigide, comme s'il retenait sa respiration. Fishl se taisait parce que ses espoirs avaient été coupés, étouffés dans l'œuf. Il s'était précipité pour venir au secours de son vieux père et se réconcilier enfin avec lui. Et comme je n'étais qu'un comparse, je n'avais de mon côté aucune raison de me manifester. Je ne sais pas laquelle des flèches lancées par le vieux Vilitzer avait blessé le plus gravement l'oncle. Peut-être la question : « Pourquoi as-tu besoin de deux millions de dollars ? » Elle avait dû faire mouche. Vous vous en prenez au vénérable frère de feu votre mère en lui réclamant deux millions de dollars. En quel honneur ? Et ce n'est même pas vous qui les exigez. Vous les revendiquez pour quelqu'un d'autre. En tant qu'infaillible spécialiste des plantes, à quoi peut vous servir une fortune pareille ? Et surtout si vous étudiez des organismes aussi humbles que les lichens qui vivent de rochers nus, de courants d'air et de rayons de soleil intermittents. Et ce n'était que le début du *rendu émotif** – de l'ordalie du désir, de l'épreuve particulière que le destin nous réserve à tous.

Fishl, toujours en proie à ses chimères de créateur d'entreprises, devait absolument recouvrer le sang-froid incombant à son personnage et se donnait encore plus de mal que l'oncle pour maîtriser ses émotions. Rapidement, il se ressaisit et redevint peu à peu lui-même. Je crois avoir dit qu'il avait l'air calme et posé. Son image préférée, qu'il offrait habituellement, était celle d'une sérénité placide. Il avait le front lisse. Et lorsqu'il se plissait, ce n'était pas parce qu'il était étonné mais parce que vous l'étiez, *vous*. Quand on avait demandé à Herbert Spencer comment, après tant d'années de réflexion, il conservait un front sans rides, il avait répondu que jamais aucun problème ne l'avait longtemps mis en échec. Fishl était du même acabit, du genre qui a réponse-à-tout.

— Peux-tu me dire, me demanda-t-il, pourquoi tu avais empoigné mon vieux père ?

— Je ne l'empoignais pas, je le retenais simplement. (Et j'ajoutai, ayant appris qu'en matière de préséance, on reprenait le dessus en posant des questions :) Pourquoi diable l'aurais-je empoigné ? Un octogénaire opéré à cœur ouvert ? J'ai dû l'empêcher d'attaquer Benn.

— Tu veux dire qu'il essayait de le frapper ?

— Il voulait lui cogner dessus, oui.

— Est-ce que je ne vous avais pas averti de ne pas faire ça – de me donner du temps pour le préparer ?

— Ça ne pouvait pas attendre.

— Vous auriez tout de même mieux fait de vous abstenir, dit Fishl sur un ton évoquant les débats parlementaires, si j'en juge par les résultats. Ou alors vous vous figuriez que si je l'épaulais ce serait mauvais pour votre cause ? Je vous avais demandé de ne pas l'asticoter. Un pauvre vieux qui tient à peine debout.

— Oui, d'accord, dis-je, mais il ne supporte toujours pas d'être contré et il était monté contre nous dès le départ.

— Parce que vous êtes liés à ses pires ennemis.

— Toujours est-il qu'il était prêt à cogner sur Benn.

Mes bras conservaient encore le souvenir tactile de la fragilité de Vilitzer. Il n'avait pas même la consistance de l'argile ; il était fait d'osier, de plastique poreux. Seul le pacemaker sous sa chemise avait un peu de poids. Et pourtant, il répugnait autant à lâcher un dollar que Michel-Ange, faible et malade, répugnait à descendre de son échafaudage de la Sixtine.

— Très bien, je vais aller attendre près du bureau pendant que le gouverneur explique à la commission ce qu'elle doit faire. Voilà un type qui sait exactement comment s'y prendre. Maintenant, fichez la paix à mon père, hein ? C'est vous qui l'avez mis dans cet état. C'est dangereux pour lui. Avec, en plus, tous ces gens qui lui tombent dessus… Et je vais vous dire, cousin Benno, j'aurais meilleure opinion de vous si vous l'aviez attaqué de votre propre initiative et pas sur des instructions données par des étrangers.

Benn encaissa cette sortie sans mot dire. Matilda, la beauté spectaculaire de Parrish Place, n'était pas une étrangère et si l'on ne faisait pas tout son possible pour plaire à une femme au cours des premières semaines de mariage, mieux valait rester célibataire.

— Si ton paternel n'était pas encore en train de monter des coups tordus, dis-je, ta position se justifierait mieux. Mais il fricote toujours à tour de bras et ce que Benn a fait, en essayant de lui parler, était raisonnable.

— Si tu peux satisfaire ta conscience comme ça, je te félicite.

Nous avions gâché la grande occasion qui s'offrait à Fishl ; il en était amer et consterné. Il ne supportait pas l'idée que le vieux pût mourir sans qu'ils se soient réconciliés. Sur ce point, je sympathisais avec lui car je pouvais partager sans réserve ce fantasme filial et j'espérais pour lui qu'il se réaliserait.

— Il n'y a que moi, pauvre con de fils prodigue, qui comprenne ce vieux bandit !

Fishl n'en dit pas plus. Il devait s'en aller. Le gouverneur n'allait pas perdre de temps avec la commission. Comment Fishl allait-il procéder avec son père ?

Quand il fut parti, l'oncle ferma les yeux et exhala un long soupir :

— En tout cas, dis-je, vous avez fait de votre mieux.

— Je me demande s'il y avait une seule attitude juste à adopter.

— Une seule possibilité de gagner, vous voulez dire ?

— Personne n'aime se trouver dans la peau d'un imbécile.

— Quelle ligne de conduite pensez-vous adopter à Parrish Place ?

Il haussa les épaules :

— Je ne veux adopter aucune ligne de conduite. Je n'aimerais pas voir Harold poursuivi. Et toi ?

— Cela ne nous concerne guère – ils le poursuivront de toute façon.

— J'aurais dû dire : aimerais-tu être impliqué dans l'affaire ? Donc, comment vais-je m'en tirer à

Parrish Place, m'as-tu demandé ? Il n'y aura plus de discussions avec le docteur. Matilda et moi réglerons ça entre nous. Entre mari et femme, simplement.

— Aimeriez-vous prévoir ce qu'elle dira ?

Non, il n'en avait aucune envie. Il affectait une neutralité insolite de sa part.

— Nous devons partir pour le Brésil après-demain. »

Pensait-il que l'éloignement résoudrait ses problèmes ? Que ferait le docteur Layamon en son nom, lorsqu'il serait parti ? Que déciderait le juge Amador Chetnik ? En impliquant Vilitzer, Chetnik pourrait alléger sa condamnation de dix ans.

— Croyez-vous que Matilda sera capable d'accepter une alternative – de renoncer à ses plans pour le Roanoke ?

— Tu as l'air d'avoir décidé d'avance que Matilda était un être inflexible, dit l'oncle.

Le plus curieux, c'était qu'il ne reprochait rien à Matilda. Ses griefs personnels, sans compter les secrets qu'il avait avoués – d'abord les épaules de Matilda, ensuite ses seins (viendraient ensuite le galbe interne de ses cuisses et, plus embarrassant, une objection directement sexuelle) –, ne se traduisaient pas en défauts de caractère. Elle était toujours *sa beauté*. Là-dessus, il était inébranlable. Il ne critiquait pas non plus sa conduite. Il ne disait pas : « Elle n'aurait pas dû me monter contre l'oncle Harold. »

Je m'imaginais donc que la puissance de ses fantasmes (la peur de coucher avec elle ce soir-là dans les Berkshires, parce qu'il risquait de l'étrangler dans son sommeil) le forçait à s'incliner. Il était aveugle aux offenses des autres, incapable de retenir leurs torts à son égard, tout cela parce qu'il mettait tous ses soins à s'examiner, se surveiller, se cuisiner, se ficher, s'incriminer lui-même. Jamais il n'avait eu un mot agressif pour les Della Bedell, les Rajashwari d'Inde, les Caroline Bunge. Il prenait toujours à son compte les motifs criminels. Il payait donc Matilda parce qu'il l'avait mentalement lésée. Qu'elle garde donc le Roanoke avec ses vingt énormes pièces. Il aurait sans doute besoin d'espace pour sa mauvaise conscience. Si la pensée de l'assassinat ou toute autre fantaisie démentielle lui venait à l'esprit, il pourrait s'en débarrasser en faisant les cent pas sans quitter la maison.

— Mettez-moi au rancart. On ne peut pas me laisser en circulation. Je suis inapte à la liberté.

Je pense maintenant que j'ai été trop dur à son égard. Mais je raconte les choses telles qu'elles sont arrivées.

En rentrant chez moi dans la serre chaude de l'autobus, j'imaginais les deux tentatives séparées : Fishl avec son père et Benn avec Matilda. Il y avait peu de chances pour que Fishl se raccommodât avec Vilitzer et jamais je ne découvris si Harold avait laissé à son fils une chance de faire sa déclaration sentimentale. Ce que je sais, c'est qu'Harold reprit l'avion pour l'île de Bay Harbor (Miami Beach) dès que le gouverneur en eut terminé avec la commission, et que Fishl le suivit. Je suis mieux informé de la conversation qu'eut Benn avec Matilda. Il me téléphona plus tard dans la journée et me mit au courant. Heureusement, le docteur était allé à son club. Quand il faisait trop froid pour jouer au golf, le samedi après-midi, il jouait au rummy. Il avait besoin de compagnie masculine, jouait gros jeu et récoltait des informations politiques précieuses dans la pénombre de la salle de jeu.

— Elle et moi avons déjeuné seuls, dit Benn. Jo avait à faire dans son cabinet – la chambre à l'azalée. Alors, nous avons mangé notre sandwich dans le coin réservé au petit déjeuner.

L'oncle n'était pas un gros mangeur et, ce jour-là, il avait l'estomac noué. L'audience de la commission lui avait fait le même effet que le strip-tease à Kyoto. Porno-hard, pourrait-on dire, excitation abstraite, réalisme affolant quand les filles invitaient le public à contempler leurs plus intimes secrets. Alors, l'oncle s'était réfugié dans la monogamie et la vie domestique. Et maintenant, sa femme lui servait un sandwich au blanc de dinde sur du pain de mie. La mayonnaise qu'il avait réclamée ne rendait pas la viande moins sèche. Parfois, il souffrait de reflux œsophagique – boule hystérique, difficultés à avaler. Quoi, dans une cuisine si belle, avec des casseroles de cuivre rutilantes à leurs crochets, la paillasse briquée, prête à passer haut la main l'inspection d'Annapolis ?... Il y avait aussi la tour électrique qui s'avançait dans la brume hivernale baignée d'un soleil pâle avec ses grands mâts telles les branches d'un diapason. L'oncle pourrait toujours voir l'endroit où il avait passé quelques-unes des meilleures années de sa vie, où avait mûri, en lui, sa vocation de botaniste, où il avait souffert du mal d'amour pour la fille du tailleur – il ne faisait pas grand cas de cette époque, sentimentalement. Je crois que c'est *moi* qui m'en charge pour lui, stimulé par ses allusions à sa gorge sèche et aux difficultés qu'il éprouvait à manger et à avaler. Aucune de ces contraintes ne lui était imposée au temps lointain où les étourneaux se rassemblaient pour manger les mûres blanches dans l'arrière-cour boueuse. Il était alors étudiant et ne possédait rien. Maintenant, il « avait » quelque chose et donc des responsabilités, des obligations. Il avait une femme. Sa femme avait une famille. Ils allaient « s'occuper » de lui. Matilda, pour être tout à fait sincère, devait agir à sa place quand il n'en était pas capable. Comme elle s'en apercevait peut-être, il avait besoin qu'on fît certaines démarches pour lui, ce dont elle se chargeait. Il avait épousé une mondaine élégante et ne pouvait s'attendre à ce qu'elle accepte une existence médiocre. Jamais il n'avait déclaré qu'il ne voulait pas que Vilitzer lui donnât deux ou trois millions de dollars et en fît un homme « solvable » comme on disait dans le quartier des affaires. Sans doute estimait-elle qu'entre elle et Benn passait un réel courant d'affection et qu'il ne l'avait pas épousée uniquement pour sa beauté mais aussi pour ses talents, parmi lesquels celui d'organisatrice. Elle faisait ce qu'elle était censée faire, accomplissait son devoir. Plus tard, elle me confia qu'elle avait très bien compris à quel point l'idée d'affronter Vilitzer perturbait Benn. Elle l'accueillait à la maison vêtue d'une robe rouge qu'il aimait particulièrement, une robe aguichante avec un col droit à la russe. Pas exactement rouge, mais rouge orangé, de la couleur des kakis mûrs, avec des poches en diagonale, et qu'elle portait avec un bracelet et des pendentifs de corail assortis. Elle demandait à sa mère de se déclarer indisponible et de s'éclipser pour le déjeuner.

— Je me coiffais aussi comme il l'aimait. Il pensait qu'une femme devait montrer son cou et n'aimait pas les cheveux tombants dans le style écolière qu'il appelait « l'effet Alice au pays des merveilles ». Ton oncle avait parfois des exigences très spéciales. Tout devait être comme ci ou comme ça. Dans les relations sexuelles aussi.

— Pourriez-vous me donner un exemple ?

— Je ne devrais pas. Si, une chose… il détestait que l'haleine sente le whisky ou la cigarette.

— Il était maniaque ?

— Tu n'as pas idée de toutes les conditions qu'il fallait réunir. Au cas où tu aurais des doutes, je prenais ça avec bonne humeur.

— Les gens parlent librement des choses, aujourd'hui. Dieu merci, la réserve d'autrefois est périmée. Pensez à votre amie Marguerite Duras ou au marquis de Sade, après tout, dis-je.

— Oh, rien d'anormal. Pas ton oncle. Ne te fais pas des idées fausses. Rien de pervers, simplement un côté tatillon. Il adorait les blouses vaporeuses.

Ce que je tenais à savoir, c'était jusqu'à quel point elle prenait l'oncle au sérieux. S'il comptait beaucoup pour elle, si elle croyait vraiment en lui. Et cela, elle refusait de le révéler. J'étais autorisé à penser qu'il l'incitait à porter une blouse vaporeuse quand ils faisaient l'amour. Et aussi qu'il avait une préférence pour le pied du lit et pour un angle du matelas. Je ne m'intéressais guère aux détails de ce genre. Comme j'en ai acquis la certitude, j'ai un faible pour les grands problèmes – la signification de l'amour humain ; le sacrifice de l'égoïsme en faveur du salut de l'individu, comme Soloviev et mes autres Russes préférés ; l'égoïste s'estimant au plus haut prix et s'arrogeant une signification unique est, en un sens, justifié car chaque être humain étant point de convergence de pouvoirs vivants et dépositaire d'une capacité de perfection infinie est capable d'acquérir une valeur et une signification uniques, et nul ne peut avoir une trop haute estime de soi-même. Mais il est injuste et néfaste de refuser cette signification aux autres. Alors, peu m'importe que l'oncle attirât la dame de ses pensées au pied du lit pour en tirer sa jouissance, puisque les relations sexuelles symbolisent l'amour *par excellence** lorsqu'elles sont *authentiquement* fondées. Mais peu importe.

À cette époque, bien après les événements que j'ai relatés, Matilda cherchait à me soustraire des renseignements, et me parlait avec une certaine franchise, afin de m'inciter à être régulier avec elle. Aficionada de la littérature française la plus exigeante, elle n'ignorait rien, du moins par les livres, de tous les raffinements érotiques. Il va sans dire que jamais je n'avais vu mon oncle livré à lui-même dans une chambre à coucher (voilà un spectacle qui eût été passionnant !) mais on peut affirmer, sans grand risque d'erreur, que les pratiques sexuelles étrangères l'auraient désorienté. Je ne pense pas non plus que Matilda s'attendait à de telles expériences dans sa vie de femme mariée, encore que le docteur eût tenu devant Benn des propos provocateurs sur les inventions érotiques de la jeune génération, citant le culte de Manson – drogue, copulation et meurtre –, cauchemar aussi bien pour un père que pour un mari. Le docteur avait traumatisé Benn en lui déclarant qu'un père grimperait au mur si on lui décrivait les excès auxquels s'était livrée sa fille si bien élevée. Mais ce n'était là qu'une manifestation de diabolisme bourgeois et, sur le plan émotionnel, c'était une forme d'ascension sociale, étant donné que Layamon n'était pas César Auguste, ni sa fille Julie, qu'il n'y avait pas d'empire en vue, seulement un portefeuille d'actions et que, pour Matilda, le partage de l'existence avec Benn au Roanoke n'était pas un exil. De toute façon, la sorcellerie psychologique du vieux bonhomme restait sans effet sur Benn. Elle ratait son but, simplement. Benn se voyait sous les traits du voyageur errant et las du poème de Poe. C'était sa pierre d'achoppement. Matilda voulait être une femme à la page dans le monde des agents de change, mais elle voulait aussi être confortablement mariée à un professeur respecté, vivre dans le luxe du Roanoke, où (parlant couramment le français usuel) elle pouvait tenir quelque chose qui ressemblerait à un salon, même dans une ville aussi vulgaire. Ces derniers temps, elle s'adonnait au culte du sommeil profond et, pour cet exercice, le Roanoke était un cadre parfait.

Voilà qui trace l'orbite, définit à nouveau nos limites. Je crains toujours qu'elles ne se dérobent. Benn m'appela à plusieurs reprises pour me parler de leur conversation à la table du petit déjeuner et du sandwich à la dinde. Il avait beau boire autant de bière qu'il pouvait, disait-il, sa gorge restait aussi sèche. Au téléphone, il semblait très perturbé – discours incohérent, tourbillon de mots, allusions inconséquentes à Charles Addams. Il me rappelait, après chaque conversation, parce qu'il avait oublié quelque chose. Et puis, au cours de ce week-end, pour tout arranger, mes propres problèmes avec Treckie refirent surface. Le détective privé de Mme Sterling à Seattle lui avait fourni de nouvelles informations tout à fait inquiétantes. Treckie *allait en effet épouser* le vendeur de snowmobiles. Et ce n'était pas tout. Les snowmobiles ne représentant qu'un marché saisonnier, elle et son futur mari projetaient de se lancer dans le marché aux puces. Ils installeraient leur camp de base sur le Puget Sound et suivraient le circuit itinérant dans un camion, une remorque ou un camping-car. La petite Nancy voyagerait avec eux, bien entendu, mais le choix me serait offert de la prendre avec moi l'été, quand Treckie serait le plus occupée. Mme Sterling, qui téléphonait de l'aéroport, prit un ton mordant. « Vous vouliez tergiverser ! » C'était bien là le mot d'une femme offensée. « Et maintenant, vous auriez bien besoin d'un coup de main. » Donné par une femme, sous-entendait-elle. D'accord, mais à quel prix ? De quelque côté qu'on se tournât, il fallait payer, payer, payer. De nos jours, les greffiers célestes eux-mêmes doivent être comptables diplômés pour comprendre ce qu'ils enregistrent. Épousez la grand-mère de votre petite fille et vos ennuis prendront fin.

— Alors, qu'est-ce que vous comptez faire, en admettant que vous fassiez quelque chose ? dit Tanya avec une certaine ironie appuyée.

— Faire ? Il faudrait que je prenne l'avion pour Seattle. Faire plus de huit mille kilomètres en avion était, en soi, une entreprise, et peut-être le vol constituait-il l'effort principal à fournir. Sur l'efficacité dont je pourrais faire preuve au sol, nul ne pouvait se prononcer. Enfin, je pourrais attraper un des premiers avions du matin et être revenu à minuit. L'oncle et Matilda seraient en train de faire leurs bagages pour le Brésil. Avant une longue absence, l'oncle allait toujours vérifier son testament avec son avocat. Il y avait invariablement des codicilles de dernière minute. Benn serait à coup sûr débordé. D'ailleurs, il ne fallait pas nécessairement prendre l'affolement de Tanya Sterling pour argent comptant. Les gens impérieux vous imposent souvent des horaires, et plus ils sont fous, plus leurs ordres sont péremptoires. Cela dit, ce n'était pas le meilleur jour pour quitter la ville. On avait aussi grand besoin de moi sur place. Il me vint même à l'esprit que des drames terribles pouvaient survenir au Brésil. Une crise persistante, de plus en plus aiguë et, pour Benn, personne à qui parler – comment s'en tirerait-il sans moi ? Je demandai à Tanya Sterling de me donner le nom de son détective privé à Seattle. Elle se montra réticente. Il trouverait cela contraire à l'éthique, me dit-elle. « Ce n'est pas contraire à l'éthique si je le paie. Un contact direct vaudrait mieux. Je reçois des informations de seconde main », expliquai-je. Elle riposta que cette réflexion était désobligeante pour elle, mais pour finir elle me donna le numéro de téléphone du personnage. Je verrais ensuite par moi-même jusqu'à quel point elle avait été honnête avec moi. Elle déclara qu'elle m'avait cru moins méfiant.

Qu'on m'excuse pour ces à-côtés. Je dois raconter l'histoire telle qu'elle s'est passée. Après tout, j'y ai participé. Peut-être suis-je désorienté parce que je dois faire un gros effort pour revenir à Matilda et Benn à leur table du petit déjeuner. Les voilà donc avec la tour électronique en face d'eux. N'allez pas croire que ce fut toujours une vision oppressante. Ces gratte-ciel, nous l'admettons tous, expriment aussi une aspiration à la liberté, une élévation de l'âme. Peut-être abritent-ils quantité d'entreprises détestables mais ils communiquent une idée de transcendance. Peut-être nous égarent-ils ou trahissent-ils nos espoirs par d'absurdes analogies.

Cependant, le couple converse, discutant d'Harold Vilitzer. Matilda s'efforce d'être modérée, tandis que Benn, ému par la vieillesse de l'oncle Vilitzer (et par la désintégration des fonctions humaines que venait d'illustrer l'audience consacrée à l'affaire Cusper), tente d'expliquer à Matilda à quel point tout cela l'a affecté. Bon. Matilda devait être patiente. Il est difficile de prendre en considération de telles situations surtout si cette prévenance exige de vous un effort. Nous apprenons que des gens sont morts par centaines, puis par milliers. Maintenant, comment se mesure notre réaction devant un pareil accroissement ? À quel point est-il plus malaisé d'accepter le chiffre le plus important ? Mille est-il dix fois pire que cent, ou bien, une fois ces victimes abîmées dans le néant, notre émotion s'émousse-t-elle ? On ne peut plus rien faire pour elles. Leur disparition est irréversible. Nous devons nous concentrer sans réserve sur les vivants… Non que nous nous entendions si bien avec eux. Ainsi, à propos du pauvre Vilitzer. Matilda offrait à Benn, au moment opportun, des gages de sympathie. Il fallait en passer par là.

— C'est terrible, bien sûr, mon chou, mais qu'est-ce que tu peux faire ?

— Faut-il vraiment lui extorquer cet argent ?

— S'il le faut ? Mais ta propriété valait quinze millions de dollars et il ne t'en a donné que quelques centaines. C'était injuste. C'est révoltant.

— Oui, mais il a mené une vie d'homme d'argent. Il s'y est consacré entièrement. Moi pas.

— Celui qui règne par l'épée, comme tu dis toi-même… cita Matilda.

— Mais pourquoi périrait-il sous *mon* épée ? Ne pourrions-nous vivre très bien sans tout ce fric ?

— C'est une possibilité théorique, dit Matilda prenant un air songeur.

— On peut se passer du Roanoke. C'est un endroit charmant bien sûr. Mais il vaut un demi-million de dollars, peut-être sept cent mille. Avec une somme pareille, on pourrait vivre ailleurs et dans le luxe.

— Toi qui viens du secteur de la science, tu ne vois pas les choses comme je peux les voir, moi ! C'est *moi* qui serai jugée d'après notre adresse, le goût de la décoration et le style de nos réceptions. Tu seras beaucoup plus heureux si je sais que mes exigences sont satisfaites.

— On pourrait demander un prêt au docteur avec le Roanoke en garantie.

— Ça, c'est un autre front sur lequel je ne voudrais pas perdre la face. J'ai besoin d'être indépendante de papa et maman.

Elle parlait à Benn sur un ton affectueux, assise très droite sur sa chaise, dans une attitude élégante, fumant ses cigarettes, mais assez délicate pour garder son cendrier du côté opposé à son mari, n'ignorant pas, semblait-il, que l'odeur du tabac avait sur lui un effet déprimant.

— À propos de ces discussions sur l'argent, dit Benn, ça réveille les gens de gagner de l'argent. Rien ne les réveille même plus. Et puis, quand ils l'ont, ils le dépensent comme dans un rêve.

— Ha ! fit Matilda. Si on appliquait ce raisonnement au budget national, quand on pense aux milliards gaspillés, il vaut mieux ne pas y penser. Il y a, là-dedans, un côté fantasmagorique, tu ne trouves pas ?

Elle regardait le plafond, prenant plaisir à la discussion, tandis que la fumée s'élevait au-dessus d'elle.

— Qu'est-ce que je pourrais faire d'autre pour l'oncle Vilitzer ?

— Tu as fait tout ce que j'espérais te voir faire. Je ne m'attendais pas à ce qu'il mette bas les armes.

— Et pendant notre absence au Brésil ?

— Le ministère de la Justice va continuer à suivre l'affaire. Ça n'a jamais dépendu de toi ou de moi. Vilitzer aurait pu consolider sa position en évitant de mettre Amador Chetnik dans le bain. Il n'aurait pas dû se bagarrer avec lui ; il aurait mieux fait de l'acheter.

— Je n'arrive pas à comprendre pourquoi il a fallu que ce salaud, avec sa gueule d'empeigne, préside la cérémonie.

— Oh, ça, c'était une combine de papa. Il voulait le juge pour épater la galerie.

— Il se passe des choses derrière mon dos, dit Benn. Ça me hérisse le poil... Et puis, jamais je n'ai abandonné aussi longtemps mon travail.

— Au Brésil, tu vas pouvoir te remettre dans le bain.

— Quoi, en sillonnant tout le pays pour faire des conférences ? Et à notre retour, il y aura le Roanoke à décorer. L'installation va...

— Écoute, dit Matilda d'un ton froid. Tu pourrais te pencher un peu plus sur le présent. C'est comme ça que vivent la plupart des gens, dans l'immédiat, au jour le jour. Je ne dis pas que tu dois leur emboîter le pas – que tu sois différent fait partie de ton charme. Mais la femme que tu as épousée aime mener une vie dispendieuse et si tu as envie de la comprendre… Et si tu l'aimes, tu en as sûrement envie…

Naturellement ! pensa l'oncle (il n'oublia pas de m'en faire part). Si l'on doit se marier avec une beauté, il faut s'attendre à des problèmes. Seuls les braves méritent les belles. Ce problème, appelons-le compréhension ou bien acquiescement aux souhaits exprimés. Maintenant, faisons un rapide tour d'horizon, un résumé. Vous éprouvez des désirs, l'Éros mâle les éveille en vous ; vous empruntez la voie de la sexualité et elle vous mène à la lascivité ; la lascivité débouche sur la déraison ; un monde de folie vous saute à la figure. Un mauvais film vous y plonge corps et âme et vous vous découvrez ensuite aussi grotesque que les autres déments. Soudain, ses épaules vous dominent comme la cordillière des Andes et vous ne pouvez pas tenir ses deux seins dans une main parce qu'ils sont trop écartés. Que vous lui inspiriez ou non de semblables insatisfactions, vous ne le saurez jamais… Ou votre appareil génital lui plaît, ou elle décide de se montrer prudente et de passer sur les inconvénients mineurs de ce genre pour le bien de son mariage. Et, finalement, vous voilà en train de harceler votre vieil oncle octogénaire et malade.

— Quand votre femme les fait de sang-froid, me dit l'oncle, ces plans tirés sur la vie vous foutent un bonhomme en l'air. Tu te rends compte ?

— Bien sûr, je me rends compte. Lui avez-vous dit que vous refusiez d'enfoncer Vilitzer ?

— Naturellement, mais elle m'a répondu : si je voulais que tu l'attaques, c'est que Kolisko, le procureur fédéral, tient son inculpation prête.

— Alors, peut-être qu'Amador Chetnik a déjà témoigné devant le grand jury. Supposons que l'oncle Vilitzer soit au courant.

— Kenneth, je te bénis. Jamais cette idée ne me serait venue.

Qu'il songeât à me bénir pour une réflexion banale me dépassait. Peut-être m'était-il reconnaissant de le soutenir et je sentais sa main serrer la mienne au bout du fil. Voilà comment j'interprétais sa réaction.

Je reçus plusieurs autres coups de fil ce jour-là qui trahissaient la grande nervosité de Benn : le cousin Fishl, qui comptait suivre son père à Miami Beach, se manifesta également :

— Le vieux est malade, me dit-il.

— Tu l'as vu ?

— On ne m'a pas laissé lui parler, mais il y a quelque chose qui ne tourne pas rond. Quel genre de numéro lui avez-vous fait tous les deux ?

— Écoute, Fishl, ne nous prends pas pour des truands. Il ne va vraiment pas bien ?

— Pas du tout. Je ne supporte pas l'idée qu'il puisse y passer ! Ça me ravage.

La plus grande qualité de Fishl, après tout, c'était sa piété filiale. Sa conduite aberrante était causée par son désir de se distinguer de ses frères aux cœurs glacés. C'était une tentative de sa part pour poursuivre la carrière de son père, une offrande sincère. Mais son père ne voulait pas de successeur et les tentatives ou les offrandes le laissaient froid. Il aurait sans doute préféré la respectabilité chez ses enfants. Ils auraient ainsi légitimé sa fortune douteuse.

Fishl me dit qu'il me tiendrait au courant depuis Miami mais que je devrais accepter un appel en PCV tant il était fauché.

— D'accord, lui dis-je, tiens-moi au courant.

Et l'idée me vint que Fishl n'avait personne au monde vers qui se tourner. Pour les problèmes affectifs, j'étais son dernier contact.

Cette nuit-là, je dormis très mal. À trois heures du matin, me résignant à l'insomnie, je sortis du lit. Tous ces problèmes combinés me débordaient. Je me faisais chauffer un peu de lait avec du rhum sur le réchaud électrique quand le téléphone sonna.

— Je te réveille ? dit l'oncle.

— Je ne dormais pas. Qu'est-ce qui se passe ?

— La situation s'aggrave.

— Où êtes-vous ?

— Je suis redescendu à la lingerie. Vers minuit, Fishl m'a appelé pour me dire qu'il ne savait pas pour combien de temps en avait l'oncle Harold. Il est en attente à l'aéroport – il n'a pas de quoi se payer le billet jusqu'en Floride. Il est aux cent coups ! Comme si c'était de ma faute.

— Quelle désolation d'entendre ça, fis-je observer. Ça n'a pas besoin d'être vrai pour vous serrer le cœur.

— Tout est confus, reprit l'oncle. (Il y avait dans sa voix plus d'émotion que ne pouvait, selon moi, en susciter le coup de fil de Fishl.) Je me suis engagé dans une forme d'existence que je n'arrive pas à maîtriser. Rien que de penser ça, je me suis dit que j'avais tort. Je devrais être capable de surnager dans n'importe quel bain. Tu m'as dit que je détruisais ma vie avec ce mariage et je me suis indigné. Je t'ai répondu : qu'est-ce que tu me chantes, c'est une beauté, et avec tant de dons.

— Ensuite, vous avez modifié votre jugement. Vous avez dit que si on vous tapait sur la tête avec un marteau, vous verriez dix Matilda et que, dans le tas, il y en avait une que vous aimiez. La question qui vous vient naturellement, c'est laquelle ?

— Ce n'était qu'une métaphore, dit l'oncle.

Il avait raison de me dire qu'il ne fallait pas demander des comptes à quelqu'un pour une figure de style.

— J'ai reçu au cinéma l'avertissement de ne pas me marier. C'était un péché de désobéir à cet avertissement. Mais un homme comme moi, un scientifique, ne se fonde pas sur des révélations. On ne peut pas être rationnel et croire au péché.

— Oh, mon oncle, c'étaient des histoires. Vous n'avez pas eu le courage de vous sauver. Vous n'êtes pas du tout rationnel.

— Oui, tu me dis ça souvent. Enfin, c'est le milieu de la nuit et nous sommes seuls en tête à tête. Alors, dis-moi…

— Il n'y a rien de rationnel dans votre façon de voir les choses. Les autres n'ont pas la même vision que vous. Vous n'aviez pas à vous défendre contre ce que vous découvriez dans les plantes.

— C'est une sorte d'enfantillage, dit Benn. Quand on est gosse, on vit dans un monde intérieur tapissé de satin…

— Je suppose que, l'âge venant, vous vous êtes senti menacé. Votre satin s'use jusqu'à la trame, il se salit.

— On ne peut pas s'en tirer sans mensonge, c'est une affaire de survie, poursuivit l'oncle. (Il y avait une interrogation dans les inflexions de sa voix.) Tu as un don pour me dire ce que j'ai le plus besoin d'entendre, Kenneth.

Je ne parvenais pas à me faire une idée de ce qu'il voulait dans sa lingerie à trois heures du matin, une heure souvent associée à la nuit la plus noire de l'âme.

Il était, à l'entendre, au-delà de l'agitation qui m'était familière. Il devait s'exhorter à me confier quelque chose d'une importance inhabituelle. Il voulait que je lui rappelle qu'il était un visionnaire des plantes, sujet à des transes inspirées par les végétaux. Et parfois, il m'avait demandé, sur un ton un peu mystérieux, ce qui se passerait s'il possédait le même don à l'égard des humains. Peut-être, d'ailleurs, le possédait-il, mais il avait pris la décision secrète d'y renoncer. Car on ne peut pas contrôler ce qu'on voit quand on constate non seulement le phénomène mais aussi le pouvoir qui sous-tend ce phénomène. On n'a pas besoin de se défendre contre les lichens, après tout.

— Alors, dites-moi, oncle Benn, qu'est-ce qui vous arrive ?

— Je vais te le dire. C'est le but de mon coup de fil. Je suis en état de choc. Sinon, je ne t'aurais pas réveillé. Ma conversation avec Fishl m'a terriblement secoué. Heureusement qu'il n'a pas réveillé la famille, mais je ne pouvais pas me recoucher et je me suis mis à errer dans l'appartement. Quand ça va aussi mal que ça, je trouve souvent un réconfort auprès de l'azalée dans le cabinet de Jo Layamon.

— Dont l'entrée est interdite.

— Je suis allé jusqu'à la porte fermière et j'ai tendu le bras en dedans pour allumer. Cette fois, j'avais réellement besoin d'un contact avec la plante. Je ne vais pas te parler de la nature de mon désir.

Il tient chez moi au fait de me sentir vivant. Mais passons. Cette fois, j'ai poussé le verrou du dedans et je suis entré pour m'approcher de la plante. Plusieurs fois dans le passé, l'idée m'avait traversé l'esprit qu'on ne voyait jamais tomber de fleurs fanées. Je mettais ça sur le compte de la méticulosité de ma belle-mère car elle est le modèle même de la femme d'intérieur. Et puis, j'ai brusquement compris. L'azalée était fausse.

— Attendez, une plante artificielle, vous voulez dire ?

— Faite en soie. Sans doute à Taiwan ou à Hong Kong. Une imitation presque parfaite, mais fausse. Une azalée factice – bidon, chiqué, postiche, du toc ! Pendant des semaines et des semaines, j'ai puisé un réconfort auprès d'un objet manufacturé. Chaque fois que j'avais besoin d'aide, d'assistance, de contact, j'allais la trouver. Moi, Kenneth ! Après toutes ces années où je n'ai cessé de côtoyer les plantes, me faire posséder de cette façon. (Il avait crié ces derniers mots – je le voyais – au milieu des appareils à laver et à sécher.) La seule chose sur laquelle je pouvais toujours compter. Mon travail, mon instinct, mes liens personnels… bafoués.

— Ce n'est pas bon signe, remarquai-je.

Que pouvais-je lui dire d'autre ?

— Un signe ? Tu ne comprends pas ce que ça veut dire ? J'ai perdu la grâce. Des semaines et des semaines de contact imaginaire !

Le trésor unique évanoui ! Non que je ne comprenais pas ce qu'il me disait. En fait, je ne le comprenais que trop bien.

— J'ai été puni, Kenneth. Pour toutes les faussetés que j'ai sur la conscience, un objet faux m'a puni.

— Du calme, mon oncle.

— Je ne sais plus où j'en suis.

— Vous avez encore votre petit monde en satin. J'en suis absolument certain, oncle Benn.

— J'ai cherché une autre espèce de satin.

Peut-être faisait-il allusion au spectacle que nous avions vu à Kyoto et dont nous avions discuté dans les mêmes termes.

— Pas du tout. Vous étiez amoureux.

— L'amour n'aurait pas dû m'amener à ça, répondit-il.

— Ce n'est pas la peine de tourner en rond, dis-je. Vous n'allez pas passer toute la nuit dans la lingerie.

— J'ai préféré être ici que là-haut. Ce foutu appartement est maudit.

— Prenez un chloral et roupillez, lui conseillai-je.

— Pour être dans les vapes toute la journée de demain ? Pas question. Il faut que je garde les idées claires. Quoi qu'il arrive, il est temps que je me ressaisisse.

Une fois recouché et les couvertures remontées dans mon lit de célibataire, je ne parvins pas à imaginer comment il pourrait se ressaisir. Avant de raccrocher, j'avais essayé de le consoler et lui avais dit, comme d'habitude : « Appelez-moi à n'importe quelle heure du jour ou de la nuit. » Cependant, je ne voyais pas comment l'aider. Ce qui lui était arrivé m'affectait aussi. Je sentais l'inquiétude se propager en moi peu à peu, tandis qu'étendu sous les draps je me rendais compte que j'étais devenu tributaire de son âme. Sans son soutien, toute vitalité m'abandonnait, la ville même devenait mortelle d'ennui. L'Amérique aussi, cette formidable entreprise posthistorique, qui portait nos destinées, perdait son élan, s'affaissait, s'effondrait. Alors s'insinua en moi le soupçon que le coût de son dynamisme était beaucoup plus élevé que je ne l'avais cru. On m'avait bien dit de m'en tenir éloigné. Mes parents m'avaient prévenu tous les deux que je commettais une grave erreur. Mon père, en particulier, m'avait déclaré que j'étais trop ambitieux et voulais soumettre mon orgueil caché au test ultime en me mesurant avec l'Amérique elle-même. Je pouvais ajouter moi-même ce que j'avais fait, les détails. Pour votre esprit la voie était déjà toute tracée dans ce pays extraordinaire. On y attrapait des migraines spirituelles que l'on soignait au Tylenol sexuel. Ce n'était pas une vulgaire transaction de comptoir. Le prix à payer était infiniment supérieur à celui que vous incitait à estimer d'emblée une société ouverte. Benn était un artiste ès végétaux auquel manquait le talent d'un artiste en amour. Éros lui avait interdit Matilda. Il avait passé outre à ce veto et l'avait épousée. Il semble qu'il existe une force immense qui progresse, se propulse en avant, et cette propulsion accroît sa puissance, ôtant toute valeur à notre vie personnelle et nous modelant pour nous plier à son colossal objectif. Elle exige l'abolition de notions telles que l'art et l'amour… ou de dons comme ceux de l'oncle, qu'elle peut cependant tolérer par intermittence, s'ils ne font pas obstacle à sa progression.

Bien sûr, ces pensées ont aujourd'hui chez nous remplacé les prières. Nous les jugeons sérieuses et nous enorgueillissons de notre aptitude à réfléchir, à échafauder des idées ; ainsi tournons-nous sans fin en rond dans nos consciences. Cependant, elles ne nous conduisent nulle part : nos spéculations sont comme une bicyclette immobile. Et ceci, également, m'apparaissait avec clarté. Ces pensées proliférantes s'apparentent plus à l'insomnie qu'à l'évolution de l'esprit. Les oscillations de la substance mentale sont ce qu'elles sont, les signes d'une agitation croissante.

Je me demandais ce que l'oncle avait voulu dire en déclarant : « Il est temps que je me ressaisisse. » Quand on a perdu la grâce, comment se ressaisit-on ? Je ruminai cette question jusqu'au petit jour quand je reçus un nouveau coup de fil de Benn.

— J'ai décidé de prendre l'avion pour la Floride, dit-il.

— Et le Brésil ? Vous ne deviez pas partir pour Rio après-demain, Matilda et vous ?

Et qu'entendais-je, moi, par demain et le jour suivant ? Je n'avais pas fermé l'œil de la nuit et j'étais, de toute façon, brouillé avec le calendrier.

— Nous passons par Miami et je peux retrouver Matilda à l'aéroport de Miami juste à temps pour la correspondance. Harold est en piteux état.

— Comment le savez-vous ?

— J'ai téléphoné pour vérifier l'histoire de Fishl et j'ai parlé à son frère Dennis, à Miami Beach. Dennis dit que l'oncle Harold est au plus bas.

— C'est vraiment sérieux ?

— Tu parles. C'est peut-être la fin. Je crois que je dois aller là-bas.

J'étais incapable de comprendre ce qu'il comptait faire à Miami. Mais c'eût été une mauvaise idée de contester ses initiatives. Plus que jamais, il fallait l'encourager à agir de manière indépendante. À recouvrer son équilibre à sa façon.

— Et qu'en pense Matilda ? lui demandai-je.

— Elle trouve ça très bien. Il faut que je parle encore une fois à l'oncle Harold.

L'inciter à signer un codicille ou un amendement de sa main d'agonisant ? Se réconcilier au chevet du mourant ? Qui pouvait savoir ce que Matilda avait en tête.

— Alors nous nous faisons nos adieux ? dis-je.

— Tu pourrais peut-être venir ici en taxi.

— Et vous accompagner à l'aéroport ?

— Voilà. Il ne doit pas y avoir beaucoup de circulation sur la voie express. Les banlieusards rentrent et nous, nous partons.

J'acquiesçai et lui demandai de m'accorder une demi-heure. Puis, pris d'une impulsion, je mis une brosse à dents, un rasoir et une chemise propre dans ma serviette et glissai mes cartes de crédit dans mon portefeuille. Il attendait devant Parrish Place. Le portier l'avait aidé à porter ses bagages – les vêtements légers dont il aurait besoin au Brésil, pensai-je.

— J'ai dû faire ma valise au triple galop, dit-il.

— Matilda ne vous accompagne pas ?

— Pourquoi ? Je l'ai réveillée au milieu de la nuit pour discuter de tout ça avec elle. Une rude journée l'attend. De toute façon, nous nous retrouvons demain à l'aéroport de Miami.

Elle dormait donc, enveloppée de fourreaux de duvet et de soie, dans toute la splendeur de sa beauté parfaite ; les paupières bleutées, les longs cils, le nez exquis – le visage classique, respirant de profil posé sur l'oreiller. Il doit exister un métabolisme à part, un métabolisme de desseins, de plans, d'intentions secrètes, parallèle à l'autre processus physiologique, mais la science n'est pas encore en mesure d'analyser ces sous-produits à partir du souffle d'un dormeur. Nous avons encore beaucoup à apprendre !

Nous montâmes dans le taxi ; les portes furent claquées et le véhicule obliqua pour se diriger vers la voie express. Je me tournai vers lui. Un homme dans sa situation ne pouvait avoir l'air d'être dans son assiette. Il avait *perdu* quelque chose. Bien sûr, cette perte remontait déjà à un certain temps. Et pourquoi n'avais-je pas remarqué la différence si je lui étais tellement attaché ?

— Vilitzer est conscient ? demandai-je.

— Je l'espère. Les gens de la famille ne sont peut-être pas francs du collier avec nous. Manifestement, il y a tout avantage à ce qu'il paraisse aussi mal que possible. On voit souvent des personnes inculpées de crimes graves que l'on amène en fauteuil roulant devant le tribunal, avec un médecin pour les assister.

— Et ils vont vous laisser le voir ?

— Je suis son seul et unique neveu. Peut-être refuseront-ils. On verra.

— Et qu'est-ce que vous allez lui dire ?

— Irais-je achever un mourant pour son argent ? Passer la tête dans sa tente à oxygène pour discuter avec lui ?

— Ça s'est vu. Pour moins d'un millionième de la valeur de la tour électronique.

— Non, non, ce serait grotesque. Il faut qu'il me voie – qu'il voie sa famille. Je veux simplement me montrer à lui.

— Croyez-vous que ses sentiments changeront sur son lit de mort ? J'ai toujours pensé que ça relevait de la mythologie chrétienne. Il n'est jamais trop tard pour se repentir. Bien entendu, si les mourants sont entourés de tendresse et d'amour, il se peut qu'ils ouvrent leur cœur. Je vois très bien Harold vous disant d'aller vous faire foutre.

— Possible, dit l'oncle. Mais il y a eu une réelle affection entre nous, au temps où, dans la cour, il me montrait que les mûres étaient comestibles. Et aussi quand il y a eu une tournée de music-hall et que nous avons vu ensemble Jimmy Savo.

— Il faudrait lui faire entrer un archéologue dans le crâne pour qu'il retrouve un souvenir comme celui-là.

— Sans doute. Mais je me sentirais mieux si je pouvais lui dire que je n'ai pas de rancune contre lui. Les questions de propriété passent à l'arrière-plan. Je ne jurais que par Harold dans ma jeunesse.

— C'était votre façon à vous de voir les choses, mon oncle. Une partie de votre petit monde de satin. Ou la sensibilité d'un esprit sujet aux transes. Les objets que vous regardiez avaient plus de couleurs et de dimensions que ne leur en découvraient les autres.

Sous cet aspect, les sentiments de l'oncle se comprenaient. À cette époque lointaine, cette petite bulle de satin était encore intacte. Il commençait seulement à apprendre que l'être humain (quelle jubilation !) avait en lui-même un miroir dans lequel la nature pouvait se voir, une sorte de théâtre reflétant le monde extérieur. Mais, avec le temps, il s'était trouvé embringué dans les histoires de Vilitzer et, par-dessus le marché, sur le terrain spécifique des êtres du genre de Vilitzer. Finalement, il n'en était pas ressorti, enlisé qu'il était dans des considérations étrangères.

— Il y a plusieurs choses dont je voulais te parler, dit l'oncle.

— L'azalée a été un gros choc, je sais, dis-je.

— L'azalée, on s'en fiche. Ce n'est pas le moment de discuter de ça. Je voulais te demander de reprendre mon vieil appartement. La banque a des instructions pour payer le loyer. J'ai gardé le compte de Lena à son nom. Les charges seront réglées également. Ça ne te coûtera rien et c'est important pour moi.

— Je n'ai jamais compris pourquoi vous attachiez tant d'importance à cet endroit.

— Eh bien, moi, je ne comprends pas pourquoi tu abandonnes ton salaire à Treckie. Elle n'en a aucun besoin et toi tu es toujours fauché. Mais je ne te demande pas de comprendre – simplement de me rendre service.

— Ma foi, si c'est une requête… Si vous me le demandez comme ça.

— Les meubles en cuir doivent être traités avec du Propert's saddle soap.

— C'est ce qu'utilisait Lena ?

— Deux fois par an.

— Vous ne serez pas parti si longtemps.

— En te laissant des instructions, je me sens moins pagailleux.

— Et les plantes ?

— Oh, oui.. les plantes, dit-il. Demande à mon assistant, au bâtiment de la botanique.

— Ne vous inquiétez pas, je veillerai à ce qu'on prenne soin d'elles.

Il y eut entre nous un court silence. Il réduisait ses problèmes, peut-être, ménageant un espace pour les mesures qu'il avait décidé de prendre. À la réflexion, il était comme un élève de classe élémentaire qui ne peut lire la page d'un livre qu'en remuant les lèvres. La vérité, c'est qu'il ne semblait pas en si mauvaise forme. Seul un détail m'inquiétait : l'expression du huit couché de ses yeux, jusque-là si impressionnant, m'apparaissait comme la marque d'une personne déplacée. J'espérais que ce serait passager. Autrement, son visage rasé avec soin était aussi ferme qu'une pomme parfaitement saine – une de ces *pommes Canada* qui figurent au dessert des menus des meilleurs restaurants parisiens. Le seul signe apparent de détresse était l'inflammation de ses yeux – des filaments rouges dénotant un désespoir absolu. Il avait le comportement d'un homme qui a déjà passé l'épreuve du pire et qui n'a d'autre choix que de s'endurcir.

À ce propos, je ne pus m'empêcher de penser à Tante Lena puisque son compte en banque et son savon de sellerie avaient été mentionnés. C'était Lena qui m'avait enseigné l'idée précieuse que les modes de vision étaient une affaire de destinée, que ce qui est projeté par celui qui voit affecte ce qui est vu. Elle aimait me donner l'exemple du peintre Whistler qui, apostrophé par une femme qui lui disait : « Jamais je n'ai vu les arbres comme ça », lui avait répondu : « Non, madame, mais n'en auriez-vous pas envie ? » Ceci pourrait être une variation sur le « Ils ont des yeux et ils ne verront point », une version esthétique de cette proposition. Il est impossible de le vérifier, mais n'est-il pas concevable (la foule des humains étant maintenant si variée) que les gens de constitution grossière ne voient que des masses amorphes quand ils examinent ce qui les entoure, et qu'ils projettent également leurs difformités internes sur la nature, alors qu'une âme comme celle de l'oncle faisait de lui un visionnaire des plantes ? Jamais il n'aurait osé parler d'un tel talent à des confrères ; ils ne l'auraient pas supporté ; leurs méninges auraient explosé. Mais j'ai entendu dire que le naturaliste Werner Vichniak se retirait l'été sur son île personnelle au milieu du Danube et qu'on l'y avait vu nu, couvert de boue, avec des oiseaux posés sur la tête et les épaules ; il est bien connu que les savants peuvent, à titre personnel, passer outre à l'orthodoxie. Je crois que l'oncle avait eu l'intuition que les plantes fonctionnaient comme des organes des sens, collectant des données cosmiques pour la terre même. Ainsi serait-il devenu un communiant au sein d'une Église végétale universelle. Pour poursuivre sur ce sujet, il me faudrait plus d'informations spécifiques qu'il ne m'en a donné.

N'empêche qu'il avait pris l'azalée de Mme Layamon pour une vraie plante.

À cet égard, entre-temps, j'ai songé qu'il s'était mesuré à une autre forme de génie, le génie oriental de l'imitation. De plus, en Extrême-Orient, le plagiat n'a rien d'un péché. Ainsi, une petite bonne femme de Formose, avec ses soieries et ses ciseaux, avait possédé l'oncle. Ce qui ne serait pas arrivé s'il n'avait pas été aussi désemparé. Revenons-en maintenant à notre trajet en taxi jusqu'à l'aéroport. Pendant l'intervalle de silence entre nous, j'avais eu le temps de réfléchir au principe de la pauvre tante Lena, inspiré de Swedenborg ou de Blake. Supposons que l'homme se définisse par ce qu'il voit. Alors, où en était l'oncle maintenant ? Une personne comme Benn ne pouvait pas être compartimentée : visionnaire avec les plantes, balourd avec les femmes. Quiconque possède des talents particuliers doit être prêt à les défendre. Combien de personnes, en ce bas monde (humainement sous-développé), possèdent d'aussi brillantes facultés (un hommage à l'*homo sapiens*) ? Mais voici ce qu'il advient du talent quand un dixième de la personne se livre à des calculs galactiques, tandis que son reliquat humain compte encore sur ses doigts.

Après ses nombreux échecs dans le domaine du sexe, Benn avait conclu qu'il lui fallait une vie rangée auprès d'une beauté. Très bien. Il n'y a rien à redire à la beauté. Elle est non seulement estimable en elle-même mais peut s'harmoniser avec la botanique. Et peut-on reprocher à un homme de préférer la beauté – cette joie éternelle, comme dit Keats ? Un homme peut se perdre en pensées romanesques à propos de sa femme si belle, en son absence ou quand elle le déçoit. Si elle le malmène, il peut toujours se demander comment la beauté a disjoncté du bien. Ainsi, son affliction se maintiendra-t-elle au moins à un niveau élevé. L'imprévu, dans le cas de l'oncle, c'est qu'il attaquait mentalement sa femme avec l'intention de pervertir sa beauté. Et ce faisant, il s'étonnait lui-même. Mais, soit par autodéfense, soit en représailles, il voyait Matilda, de dos, parfois comme le docteur Layamon, parfois en meurtrière de Hitchcock – une distorsion très étrange, une de ces impulsions scolaires qui incitent les élèves à défigurer les madones dans leurs manuels en les affublant de barbes ou de pénis. Ce n'est pas le choix le plus raffiné que puisse faire le talent quand il est appelé à se défendre lui-même. Je ne vous annonce rien que vous ne sachiez déjà.

Maintenant, l'aéroport était proche. Le verre est un merveilleux matériau de construction. Il vous donne à croire que vous pouvez tout voir. En plus, il est assez solide pour résister aux vents les plus forts ou aux remous les plus puissants des jets.

L'oncle avait commencé à me parler de son appartement – ces pièces aux meubles massifs, aux lourds rideaux, encombrées de livres, avec des rampes à ultra-violets pour ses plantes favorites.

— Jamais je n'ai pensé que mon appartement te plairait.

— Peut-être, dis-je, mais je commence à le regarder sous un autre angle.

Et c'était étrangement vrai. Cet appartement ne correspondait nullement à ma conception d'un foyer. Bien sûr, il faisait, pour l'oncle, partie de son système de défense – tout ce qu'il avait réuni pour se protéger des pavages, rails de tramway, gargotes, pompes à essence, hôpitaux, églises, paniers à salade, hélicoptères, et aussi des invisibles émanations humaines, dans la vaste atmosphère urbaine que nous étions contraints de respirer bon gré, mal gré. Mais tous les fauteuils de cuir, livres, casseroles de cuivre, systèmes d'alarme du monde ne pouvaient le protéger des Della Bedell qui venaient tempêter à sa porte. Je me demandai, naturellement, pourquoi les problèmes de logement lui tenaient tant à cœur ce jour-là. Avec le recul, la question est assez claire, mais à l'époque je me tracassais beaucoup à son sujet, tout en étant préoccupé pour moi-même. Au bureau des Delta Airlines, je sortis avec lui. De son manteau ouvert, et même de son visage émanait un fort rayonnement de chaleur. D'un point de vue thermique, c'était un personnage extraordinaire, préférant se vêtir légèrement tant il dégageait de chaleur. Les regards qu'il me lançait étaient étrangement ambigus. Il était à la fois éperdu et très maître de lui et, dans le huit couché de ses yeux, si impressionnant quand il était en possession de tous ses moyens, se lisait une expression d'anxiété que j'avais déjà remarquée. Si j'avais pensé qu'il le supporterait, je l'aurais bien pris dans mes bras.

— Où puis-je vous joindre, ce soir ?

— Tu veux m'appeler ? (Il me donna le nom d'un hôtel du front de mer à Miami Beach.) Face à l'océan, continua-t-il. Le docteur a des intérêts dans l'affaire. Son un pour cent habituel d'une grosse entreprise.

— Il faut absolument que nous restions en contact, lui dis-je. Vous allez être absent pendant des mois. Il y a des tas de problèmes à régler.

Je l'accompagnai jusqu'au portillon du contrôle radar détecteur d'armes cachées. Au bout du couloir, plus Russe que jamais d'aspect, il tira la bretelle de son sac de voyage bleu sur son épaule. Le sac bascula sur la courbure de ses épaules voûtées qui, plus encore que d'habitude, évoquaient des élytres ; puis il se détourna et me salua comme s'il partait pour la Sibérie. Il ployait sous le poids de son bagage. Voyageur d'expérience, il l'emportait tel quel, n'en vérifiant jamais le contenu. Il s'éloigna, ressemblant de dos à une créature résolue à marcher, et cependant capable de voler. Avec ses longs bras, il arborait son air à la Sviatoslav Richter, coiffé d'un informe chapeau de tweed irlandais, le dernier des couvre-chefs appropriés pour Miami ou Rio. Le cœur serré, je le regardai s'éloigner, gâchant sa force, encore considérable… mais combien de temps la conserverait-il ?

Lorsqu'il fut hors de vue, je gagnai le bureau des Northwest Airlines et pris un billet aller-retour pour Seattle. Comme c'était un dimanche matin, l'appareil était aux deux tiers vide. Un avion à destination de la Floride devait être bondé en cette saison. À dix mille mètres en l'air, je me remis à penser à l'oncle : un homme capable de vivre complètement coupé de son temps. N'était-ce pas un merveilleux avantage ? Mais il le perdait en courant après ses contemporains, n'ayant de cesse qu'il n'eût pénétré dans le labyrinthe des intérêts prioritaires. Non pas tant les intérêts publics ou matériels que les intérêts sexuels – s'inclinant devant la prééminence du sexe, le plaçant au cœur de l'existence, se rangeant au consensus général. Et ceci sans le moindre don dans ce domaine. À moi aussi, ce don faisait défaut. Sinon, serais-je parti pour Seattle ? Mais nous étions là-haut l'un et l'autre, à plus de dix kilomètres au-dessus de la Terre, suivant nos routes divergentes à travers cet impalpable alliage de couleurs pures. Pour nos péchés à tous deux.

Dimanche était le jour le plus propice à mon projet. Treckie serait à la maison avec Nancy et, sans doute, le petit ami flemmarderait-il dans les lieux. Ce type, son Ronald, était, supposais-je, un bonhomme solide et trapu comme le sont en général les moniteurs de ski, irrésistible pour ses élèves. Mais, malgré tout, dans ce cadre, au cœur de ce monde azuré et cinq fois plus haut que les montagnes, je me sentais assez résolu pour l'affronter. Peu importait ce qu'il pourrait me faire ; il faudrait qu'il me tue et non qu'il se contente de me tabasser. Dès qu'il ouvrirait la porte, je me jetterais sur lui et lui écraserais la figure contre le mur, je l'empoignerais par les cheveux et lui martèlerais la tête jusqu'à ce qu'il devienne aveugle. Quand il s'écroulerait, je sauterais sur son bras pour le disloquer et je lui bourrerais la tête de coups de pied… Je crois que les avions contribuent quelque peu aux poussées passionnelles de ce genre. Les jets paraissent statiques, votre verre de whisky n'oscille même pas mais vous savez que vous foncez à une vitesse qui serait, au sol, de plus de mille kilomètres à l'heure. J'avais beau être animé d'une résolution farouche, fin prêt à attaquer, je ne crois pas que mon pouls battait plus vite que d'habitude. Mon rythme cardiaque paraissait tout à fait normal.

À Seattle, le temps était idéal pour mon trop plein d'agressivité, ma volonté de piétiner cet homme, une journée de froid parfaite comme elles pouvaient l'être dans le Midwest. En raison du changement de fuseau horaire, il n'était que onze heures à Seattle – une matinée ensoleillée, claire et glaciale. Avec mes longs cheveux, mes épaules étroites et ma démarche d'échalas, le dos rond, je descendis du taxi, comptant la monnaie avec une méticulosité appliquée, à la française, reproduisant des gestes hérités de mon père (encore que Papa ne se serait lancé pour rien au monde dans un pareil voyage et n'aurait jamais été, comme moi, emporté par la violence contre un rival ou contre une femme qui ne voulait plus de lui).

Je sonnai à la porte. Dans l'interphone, Treckie demanda :

— Qu'est-ce que c'est ?

— Un pli express, dis-je.

L'ouverture de la porte se déclencha et je l'entendis dire sur le palier : « Mais il n'y a pas de distribution le dimanche. »

Je m'engouffrai dans l'appartement, devant elle, à la recherche de l'homme que j'étais venu combattre. Je ne vis que ma petite fille, Nancy, assise à la table de la cuisine, tenant un morceau de bacon. Elle ne me reconnut certainement pas comme son père. Pour ma part, je l'identifiai comme ma fille – avec sa longue tête et l'expression christique de son visage. Qu'à l'âge de trois ans elle ne sût pas qui j'étais ne fit qu'augmenter ma fureur.

— Tu as un sacré culot, Kenneth, de nous envahir comme ça.

J'ouvris rapidement plusieurs portes au-delà de la cuisine, espérant surprendre ce Ronald endormi. J'entrai dans la chambre à coucher mais il n'y avait personne dans le lit.

Treckie était pâle mais sa silhouette même restait très droite et elle déclara avec une sorte de sourire triomphant :

— Il est parti pour le Massachusetts. Alors, s'il avait été là, tu voulais te battre avec lui ou quoi ? C'est pour ça que tu as pris l'avion ?

J'empoignai les couvertures sur le lit et les rejetai brutalement ; je saisis les draps et les oreillers et les lançai dans un coin. Puis je me ruai dans la salle de bains et entrepris de la saccager, balançant tout à bas des étagères. Treckie était une grande consommatrice de produits naturels : shampooings, lotions pour la peau, flacons de remèdes à base d'herbes médicinales. Quand elle se mettait au lit, elle sentait en général l'essence de valériane. Je vidai les flacons de comprimés dans la cuvette des cabinets et tirai la chasse. J'arrachai le rideau de la douche et fis tomber la tringle. Je fis gicler sa lotion Weleda pour les pieds sur le miroir, m'essuyai les mains sur le tapis de bain, précipitai par terre le contenu de l'armoire à pharmacie, trouvai la bouteille de valériane et la brisai dans la baignoire.

— Et maintenant ? demanda Treckie, plantée sur le seuil.

Je ne répondis rien.

— Tu as l'intention de démolir tout l'appartement ?

Avais-je cette intention ? Non, mais je me sentais étrangement bien. Et je pensais que l'oncle aurait beaucoup gagné à faire à Parrish Place ce que j'étais en train de faire dans cette petite salle de bains de Seattle.

— Voilà qui devrait te calmer les nerfs.

— T'occupe pas de mes nerfs, dis-je.

J'écumais, dangereusement calme, mais plus que jamais tous les charmes de Treckie la pâle aborigène me captivaient. Même en cet instant, ils agissaient sur moi. Je ne sais trop comment, ils s'insinuaient dans ma fureur. Avec elle, il y avait toujours des vestiges d'indigène, d'Amérindien, des origines précolombiennes. Malgré moi, je ressentais ces influences. Son visage (j'en étais brusquement frappé) semblait issu de la galerie de portraits d'une famille coloniale – de grands yeux marron et les plis aux commissures de lèvres charnues ; elle jouait l'innocence à la perfection et on aurait pu la peindre portant des pantalons festonnés, telle une petite fille innocente jouant au volant ou sautant à la corde.

Mais c'était une créature parfaitement maîtresse d'elle-même. Il fallait plus qu'une salle de bains dévastée pour la démonter. En fait, sa première réflexion – qui prit la forme d'une déclaration – fut :

— Il n'est pas question que j'aie de rancune contre toi. Je m'y refuse. C'est un engagement que j'ai pris vis-à-vis de moi-même.

Pour moi, le plaisir d'être en colère – cette forme d'ivresse, pourrais-je dire – commençait à se diluer et je pris soudain conscience du manque d'aération dans la salle de bains. Il n'y avait pas de fenêtre, simplement une petite grille dans le mur. L'air était frelaté là-dedans. Plus que frelaté. Des relents d'intimité entre un homme et une femme (avec un enfant en supplément) montaient du sol, refluaient vers moi, dégagés par les serviettes, les conduits, la base de la cuvette, des odeurs d'ammoniaque humaine, de sulfures, d'acides organiques. Pour ne pas inhaler ce mélange de sécrétions, il fallait s'abstenir de respirer. J'avais encore mon chapeau et mon manteau et, assis sur le rebord de la baignoire avec les bouteilles fracassées, je m'interrogeais sur la situation. Ces puanteurs, pensai-je, suffoquant un intrus (moi !), créaient des liens plus étroits qu'un certificat de mariage.

Sans aucun signe d'agressivité, Treckie me dit :

— Je crois que tu as vidé ton sac ?

À nouveau, je me tus.

— Tu ne veux rien casser d'autre ?

Je me levai et la suivis jusque dans la cuisine où ma petite fille était encore en train de manger son bacon. Tandis que je relevais le menton de l'enfant pour l'embrasser, je sentis le sang battre dans mes globes oculaires, des pulsations dans la cornée. Son pauvre père biologique tâcherait de faire ce qu'il pouvait pour elle dans les limites imposées par la condition humaine – ou toute autre formule au choix.

Je n'avais jamais eu pour but initial la paternité. Je voulais goûter la compagnie de celle qui deviendrait mère, l'excitation que faisait naître en moi une femme-enfant avec laquelle – étant donné nos tailles respectives – la copulation debout s'était révélée étonnamment difficile. Il me fallait plier les genoux et les raisons pour lesquelles cet exercice m'avait tant excité, pour lesquelles cette gamine montée en graine et hyper avertie m'avait à ce point émoustillé, fournissaient les éléments d'un cas exemplaire. Sans doute ne serais-je jamais capable de le définir – le charme d'une petite amie d'enfance, la séduction d'une lilliputienne. Après tout, Treckie elle-même avait joué de cette corde, empilant des annuaires téléphoniques sur sa chaise à l'heure du dîner et parlant de temps à autre d'elle-même comme d'une naine. J'aurais été malvenu de blâmer chez Edgar Allan Poe des goûts similaires. Je l'avais fait pour taquiner mon oncle et le ramener à la raison quand il m'avait cité : « Hélène, ta beauté est mienne. » Je suppose que Poe avait espéré monter en grade de cette pauvre petite Clemm jusqu'aux déesses classiques. Mais à quoi bon éplucher de telles aberrations ? Il ne fallait pas laisser les problèmes de ce genre devenir des « sujets ». Et il est particulièrement déplacé de le faire devant une table de petit déjeuner de style hippie garnie de pots de fibres végétales tout droit sortis des boutiques diététiques, fleurs de mille-feuilles séchées, poudre de caroube, tisanes et toute la lyre.

Treckie était allée échanger sa robe de chambre contre une jupe et une blouse.

Sans doute mon objectif général avait-il été de l'amadouer peu à peu. Comme elle avait eu un enfant de moi, il me semblait que la prochaine étape consistait à faire d'elle une personne normale. L'idée était qu'elle deviendrait normale en apprenant à apprécier mes qualités et en prenant plaisir à mon intimité. Mais (et quoi de plus choquant !) elle ne voulait pas entendre parler de moi. Je n'avais pas réussi à lui faire le moindre effet.

Voici des données qui méritent de figurer à mon planning de souffrances.

Ou, si l'on préfère, l'homme accompli (éducation française, parfaitement américanisé, chercheur expert en histoire et culture russes), se retrouvait barbotant jusqu'aux genoux dans la fange d'une vie personnelle. L'épreuve de l'Ouest – que je m'étais donné tant de mal (sans succès) à expliquer à ma mère en Somalie !

Mais maintenant, la miniature, mère de mon enfant, était de retour. Aussi respectable d'aspect que peut l'être une femme qui néglige de porter des dessous.

— Tu te sens redevenu à peu près normal ? dit-elle. Quel caractère de cochon tu as !

— Oui, je peux me fâcher.

— Et tu voulais te battre avec Ronald ?

Je l'admis. Je lui aurais encore sauté dessus s'il avait franchi le seuil à ce moment-là, mais je lui dis :

— Je suis venu voir comment allait la gamine et te demander quelles étaient tes intentions.

— Ronald ne revient pas du Massachussetts. Nancy et moi le retrouvons pour le déjeuner chaque dimanche.

— Moi aussi je dois rentrer. J'ai des cours demain. Il faudrait qu'on se mette d'accord, toi et moi, pour la petite.

— Oh, Tanya t'a fait ses rapports. Elle a engagé un détective privé.

— Tu penses vraiment que je ne suis qu'un père accidentel ? Que n'importe quel autre aurait fait l'affaire ?

— Tu te sentirais bien mieux si tu ne te chargeais pas de tant de responsabilités. Ça ne te plaît pas d'appartenir à l'espèce ? Tu te figures que tu vas mourir si tu n'as pas de devoir à accomplir. C'est pour ça que tu as l'esprit encombré de généralisations. Pour le bénéfice que tu en tires…

Je me sentais patraque, j'avais mal à la tête et m'abstins de tout commentaire.

— Laisse-moi mettre Nancy devant la télé avec son bacon et son bout de chiffon, dit Treckie. Avec les dessins animés, elle se tient tranquille.

J'attendis donc – le manteau ouvert, le visage inexpressif. Dans ce décor, il était admissible de garder son chapeau. Sous mon vêtement, je continuais à transpirer, sentant les gouttes couler sur mes côtes, mortifié de la scène de fureur que j'avais faite dans la salle de bains (utilisée par tous les représentants de l'espèce). Pas précisément l'endroit le mieux choisi pour s'y montrer blessé au vif par de sérieux griefs. Je sentais l'ardeur de la colère remonter en moi et la chaleur de la honte refluer de ma tête. Mais à leur point de rencontre, un changement se produisit. Un intervalle de lucidité s'interposa – nourri d'irritation, chargé d'énergie, d'une clarté de jugement impatiente. Tandis que la minuscule Treckie mettait la bouilloire à chauffer pour la tisane, je remarquai que son buste atteignait le niveau du bec du percolateur à côté d'elle. Elle avait la beauté, plus les imperfections et l'on ne pouvait lui reprocher d'en tenir compte dans son interprétation de la vie. Je trouvais toujours émouvante l'enfantine inutilité de ses mains combinée à la maturité de ses formes pleines. C'était étrange de constater à quel point elle était comblée d'avantages physiques. Ils comptaient plus que la discordance entre sa stature et sa sexualité. Un insecte de La Mecque aurait pu faire le pèlerinage et traverser toute l'Asie et le Pacifique pour le seul plaisir de la mordre. J'étais encore très sensible à sa silhouette. Des écoliers lourdauds auraient pu la traiter de « bas-du-cul », mais je ne pouvais m'ôter de la tête que le galbe de ses reins révélait la proximité d'un champ gravitationnel. Il n'y avait pas de raison pour que la planète elle-même ne manifestât pas son magnétisme à l'égard d'êtres qui lui plaisaient. (On pouvait relever des traces de l'influence de l'oncle dans les perceptions ou les associations de ce genre.) Ainsi je comprenais plus clairement la séduction de Treckie. J'avais été intime avec elle à titre de visiteur. Je ne correspondais pas à ce qu'elle recherchait et voulais seulement la persuader qu'elle se trompait, l'attirer à moi par mes pouvoirs, mes arguments et les charmes personnels que je pouvais déployer. Aucun n'avait fonctionné. Était-elle mariée à Ronald ? Cette formalité était sans importance. Le message transmis par les conduits de la salle de bains, les émanations d'organes (il ne faut pas que je laisse ces odeurs intimes tourner chez moi à la fixation) se conjuguaient pour annoncer des liens matrimoniaux. J'avais manifesté ma désapprobation (je crois que cela lui avait plu) et elle pensait que nous pouvions maintenant nous montrer sociables et calmes l'un envers l'autre. C'est très élémentaire. Je vous relate la scène sous une forme condensée.

Ce qui me venait à l'esprit, c'étaient des petits jardins privés fermés de clôtures des villes d'Europe dans lesquels on ne peut pénétrer qu'avec une clef personnelle. Seuls les abonnés avaient des clefs et mon abonnement à moi était expiré.

Tandis que je sirotais ma tisane, Treckie alla répondre au téléphone. Je me rendis au salon et donnai à ma petite fille un baiser sur la tête – un parfum de cheveux auquel se mêlait le fumet du bacon. Comme nous regardions l'écran ensemble, un rouleau compresseur écrasa un bouledogue anglais. En un clin d'œil, le chien reprit sa forme et se mit à courir après son géant de maître. Personne n'était vraiment blessé. Je pressai un bouton de la commande à distance et tombai sur un match de football américain dans l'Est. Treckie entra dans la pièce et remit le dessin animé. Elle et moi avions laissé notre discussion en plan et nous retournâmes à la cuisine – à la table de négociation. Elle avait mis du rouge à lèvres et relevé ses cheveux.

— Alors ma chère mère t'a tenu au courant, dit-elle. J'ai décidé d'être franche avec l'enquêteur qu'elle a engagé. Qu'y a-t-il à cacher ? Nous entretenons des rapports agréables. Tout un tas de ces types-là étaient dans le renseignement militaire ou disent qu'ils y étaient. De toute façon, il est très gentil. Il est de notre race.

Treckie me confirma les propos de Tanya. Elle abandonnait son poste au VA. Elle et Ronald allaient s'associer dans les snowmobiles et le marché aux puces à partir d'une base sur le Puget Sound. La zone d'exploitation des snowmobiles était très à l'intérieur des terres. Il n'y avait pas grand-chose à faire sur le versant du Pacifique où la neige était quasi inexistante.

Et ils vivraient comme des romanichels, des rétameurs, des chemineaux, suivant le circuit des caravanes. Dans les marchés aux puces, les gens s'achetaient leur camelote entre eux. Ça ne rapportait guère, mais elle n'avait pas besoin de grosses rentrées, avec tous les chèques de dividendes qu'elle recevait par le courrier.

— Tu n'apprécies pas tous ces trucs de style californien, je sais, dit-elle. Tu craches sur les expériences comme le zen appliqué ou la psychothérapie de groupe, la scientologie. Tu as choisi un style de vie plus sérieux. Tu t'alignes sur les préférences de ton oncle. C'est ton idole, hein ? Je l'aimais bien, mais je n'étais pas de son bord. Comment se tire-t-il de son mariage, à propos ?

— J'aimerais pouvoir te le dire.

— Pourquoi voulait-il se marier ? Tu prends un ton tellement spécial quand tu parles de lui, dit Treckie. Il s'agit toujours de savoir comment cet homme merveilleux va dénicher la femme merveilleuse dont il a besoin.

— Je te fais cet effet-là ? C'est vrai, je crois que c'est un homme tout à fait à part. Pour un homme comme l'oncle, c'est très difficile de trouver une compagne adéquate. Il a attiré quantité de femmes, mais elles étaient presque toutes de la même espèce.

— Comment vois-tu les relations qu'il entretient avec elles ?

— Comme celles qui unissent les rails aux locomotives.

Souriante, presque apitoyée par la bizarrerie de mon discours, aussi énigmatique pour elle que l'était pour moi sa façon de me regarder – je fais allusion au mélange de chaleur et de flou reflété par ses yeux, à la vigueur de ses boucles sombres, à son ingénuité, et à son insondable duplicité –, elle déclara :

— C'est un homme célèbre dans son domaine, mais il a tout d'un excentrique quand il prend la parole. On l'a cité dans le journal à propos de Tchernobyl. C'est un des savants qu'on a interviewés sur la menace de la radioactivité.

— Oui, j'ai lu ça. Il a dit que l'accroissement de la radioactivité était très grave.

— Mais il l'a minimisée.

— Il ne l'a pas minimisée, Treckie. Ce qu'il a dit, c'est que les peines de cœur faisaient plus de morts que les radiations nucléaires.

— Et alors, ce n'est pas dingue de dire ça ?

— Peut-être pas. Si les gens étaient lucides là-dessus, plus conscients de leurs sentiments, alors on assisterait à une véritable marche sur Washington. La capitale ne pourrait jamais contenir toutes ces détresses.

Elle me rit au nez.

— Tu parles d'une manifestation ? Comme pour le gel nucléaire ou Greenpeace ? Ça vous ressemble bien, à vous deux. Vous vous associez pour cogiter et qu'est-ce que ça donne ?

— Je crois que la politique n'est pas vraiment le fort de l'oncle.

Ni le mien, pensai-je en même temps. Je songeais à mon projet de tournant – à savoir que, véritablement, l'existence consciente ne pouvait être justifiée que si elle était vouée à la quête d'une révélation, d'un renversement massif, d'une mutation universelle inspirée, d'une nouvelle direction, bref d'un tournant dont l'humanité avait désespérément besoin.

— S'il est si calé en botanique, il ferait mieux de se cantonner à ce qu'il sait.

— En botanique, il semble être ce que l'on appelait dans le temps un initié.

— Comme pour une religion ?

— C'est ce que je pense quelquefois quand je le vois absorbé par les plantes. Je ne peux pas te dire ce que les tiges ou les veinures des feuilles signifient pour lui.

— Est-ce qu'il ne faisait pas des recherches sur les lichens de l'Arctique ?

— Il les poursuit. Je ne peux pas te dire grand-chose là-dessus sinon qu'il y a une question importante, fondamentale, sur la vie à la base de ses recherches. Ces lichens d'Arctique sont complètement gelés. Quatre-vingt-quinze pour cent de leur existence se borne à un état de glace pure. Mais au plus infime réchauffement, ils se mettent à revivre et même poussent de façon imperceptible. Et ce processus peut se prolonger pendant des millénaires.

— Tu m'as déjà dit ça. Tu as dit que nous n'avions même pas commencé à imaginer tout ce que nous pourrions apprendre des formes les plus inférieures de la vie. Tu me mettais mal à l'aise. Je n'étais jamais très sûre de ne pas être pour toi une de ces formes inférieures.

— Je ne vois aucune raison à ça. Ce n'est pas comme si nous n'avions pas eu un enfant ensemble ou comme si je ne t'avais pas proposé le mariage une bonne douzaine de fois.

— Pour faire de moi une femme honnête, même si j'avais de mauvaises habitudes ou des besoins personnels inadmissibles que tu considérais avec mépris. N'empêche, ça t'excitait. Inutile de le nier. Ma conduite sexuelle t'émoustillait drôlement. La brutalité des autres. Ne t'y trompe pas.

— Ton opinion me surprend, dis-je. Je te promets d'y réfléchir. Mais pour l'instant, je me demande si nous ne pourrions pas discuter de problèmes plus urgents.

— Je penchai la tête en direction du salon et des effets sonores du dessin animé – explosions, sifflements, bourdonnements, claquements, grincements.

— Tu peux voir la petite autant que tu veux, à *mes* conditions.

— Je n'attendais pas moins de toi.

— Tu n'approuves pas notre genre de vie ici, mais plus l'éducation d'un gosse est variée, mieux ça vaut. Nous vivons dans une société pluraliste après tout. L'acculturation multiple, tout est là. À son stade d'évolution, tu ne peux pas compter sur un partage moitié moitié, comme on dit. Mais tu devrais avoir ton mot à dire, je suis bien d'accord.

— Et comment l'envisages-tu, ce mot à dire ?

— Tu ne manques pas d'un certain style. Même ta façon de remuer les bras et les mains.

Mon Dieu, pensai-je, ce ne sont pas mes gestes, mais ceux de papa – comme un Stokowski dirigeant un orchestre de cent femmes.

— Tu es un type très gentil, au fond, plein de bonnes intentions, mais strictement tourné vers le dedans. Doux, mais sur tes gardes, tendu. Je te vois avec une aura bleu pastel. Bien loin de mes besoins. J'ai un tempérament qui réclame un partenaire avec de l'orange, du pourpre, le genre extraverti qui exige plus d'action. Tout de même, j'étais curieuse de te connaître. On m'a toujours dit que les juifs avaient beaucoup d'égard pour les femmes.

— Ça, je ne le jurerais pas. Il me semble qu'aucun homme ne pourrait remplir toutes les conditions requises.

— Non, à moins que ce ne soit un cas de personnalité multiple, dit Treckie.

— Oui, parce que les pratiques érotiques se sont beaucoup diversifiées. Le sexe, c'était un peu comme la monoculture, le coton ou le blé ; maintenant les gens font pousser des tas de choses. Quant aux juifs, ils ont pendant des siècles combiné l'Antiquité et la modernité. On pourrait presque retrouver l'homme archaïque chez un juif contemporain. Mais l'Amérique a balayé tout ça.

— Tu viens de me donner une parfaite démonstration de ce qui te rend invivable. On dit un mot en passant et tu en fais tout un plat. Tu donnes à une femme l'impression qu'elle est une arriérée mentale.

Oui. C'était vrai. Nul n'accorde de valeur à la pensée de son semblable. Lui y attache une grande importance. Mais il devrait admettre qu'en vérité personne n'a envie de la connaître. Les oscillations de la conscience ne relèvent pas de la pensée de toute façon, mais de la nervosité de l'individu. Avec l'oncle, c'était différent. Il avait un sujet. Il *connaissait* à fond le royaume végétal. Il pratiquait l'examen minutieux de choses secrètes, totalement absorbé par leur structure cachée. Sans doute certaines femmes auraient-elles pu l'aimer pour cette seule raison. Mais où étaient-elles ? Je ne parle pas pour moi. Je crois que je méritais ma condition. Mais Benn était un homme de grande valeur. Jamais il n'aurait dû devenir celui par qui l'un de ses semblables trouvait accès à une existence désirable.

— Maintenant, dans ta nouvelle existence, que vas-tu faire de Nancy ?

— Les gosses aiment le mouvement et il y a beaucoup à apprendre autour des marchés aux puces. Ils attirent des foules de gens. Le marchandage est un très bon entraînement. D'ailleurs, on voit passer tellement d'objets volés qu'il faut drôlement ouvrir l'œil. Toi, par exemple, tu n'as jamais eu à appliquer ta haute intelligence à des problèmes vulgaires. Si Nancy a un peu hérité de ta brillante cervelle, elle pourra s'en servir utilement.

— Tu ne vas pas trafiquer des marchandises volées, tout de même ?

— Le FBI ne s'intéresse pas aux cuissardes, après-ski, bretelles, couteaux de cuisine ou vieux dictionnaires latins, pour te citer un certain nombre d'articles qui passent par nos mains.

— Ce qui m'inquiète le plus, dis-je, c'est qu'elle va vivre la moitié du temps dans une caravane avec toi et son beau-père. Si nous admettons que ton mari a une forte aura rouge sang, ça risque de ne pas être très sain pour elle. Je pourrais prendre la petite avec moi une partie de l'année.

— Vivre dans une espèce de dortoir avec toi et écouter des conversations délirantes ?

— Je quitte mon dortoir, dis-je. J'ai un appartement à ma disposition.

— Sans blague ? Ça, c'est un vrai changement.

— Ma contribution financière devrait être réduite.

Treckie s'était mise à ruminer sérieusement le problème. Elle comprenait très bien que les scènes d'intimité dans une caravane, avec Nancy pour les observer de la couchette du dessus, posaient certains problèmes. Avec tact, j'évitai toute allusion à la marijuana ou aux drogues dures.

— Si tu la prenais avec toi, tu aurais besoin d'une femme pour t'aider, dit Treckie.

— Bien entendu. D'ailleurs, j'ai quelqu'un en vue. Et l'avantage pour toi, dans cet arrangement, c'est que tu aurais l'occasion d'explorer plus librement les ressources de cette nouvelle relation.

Et voici comment Treckie et moi nous nous mîmes d'accord. Elle ajouta :

— Pour la maison de Puget Sound, l'affaire sera conclue dans une quinzaine. Nous allons la remettre en état. Nous en aurons à peu près pour un mois. Ensuite tu pourras prendre Nancy à l'essai.

— Je suis heureux que tu voies la situation sous cet angle.

— Tu ne manques pas de cœur, mais tu me donnes l'impression de le gaspiller à tort et à travers. Tu pourrais sûrement faire pire que d'en consacrer un peu à ta fille. Il n'y a pas de raison pour qu'elle soit affectivement frustrée.

— Tout à fait d'accord.

— Je regrette que tu ne rencontres pas Ronald maintenant.

Je ressentis sur les parties de mon visage qui en eussent souffert le contrecoup du pugilat qui n'avait pas eu lieu – une sorte de picotement. J'avais, semblait-il, vraiment eu envie de me battre avec lui et presque souhaité le trouver dans les lieux. C'était l'unique circonstance où je n'avais pas éprouvé une ombre de peur.

— Tu as dévasté la salle de bains, dit Treckie. C'est parfait. À mon avis, tu avais besoin de piquer une crise pour te défouler.

Les pommettes enflammées, elle levait son visage vers moi tout en parlant. Elle me rendait cette justice.

— Tu ne m'en veux pas ?

— Ce n'est qu'un petit ennui, dit-elle.

Les choses auraient pu être pires. Nous nous contentions d'être quittes. De nous en tenir à ce que l'oncle appelait parfois un pacte mexicain.

Tout cela parce que en fait, elle se fichait éperdument de moi. Pour elle, je n'existais même pas.

Il n'y avait pas de quoi se ronger les sangs, c'était l'une des expériences humaines les plus banales – se foutre de l'autre qui se fout de vous. En pratique, cette forme d'indifférence réciproque allait de soi, mais dans son for intérieur, personne ne l'acceptait tout à fait sans réserves. Il subsistait une trace enfouie de rancœur, fondée dans notre cas sur le fait que nous étions les parents d'un enfant. Le sens qu'avait pris cet enfant était à chercher quelque part entre la zoologie, la biochimie et la grande divinité de l'Homme éternel, mais pour l'instant, ce n'étaient que de vagues notions entrevues ; je ne fis aucune tentative pour m'y attarder. Je m'arrêtai dans le salon et embrassai Nancy une troisième fois. Sous mon menton, elle continuait à regarder le dessin animé, indifférente à ma présence. Pauvre petite, dans quel monde allait-elle grandir ? Peut-être Dita ferait-elle quelque chose pour elle. Dita avait en elle assez de féminité romantique pour ressentir un peu de tendresse même à l'égard de la fille de Treckie.

Après avoir aidé Treckie à faire enfiler à Nancy sa combinaison molletonnée, je repartis pour l'hôtel Meany où j'avais passé la nuit à mon retour du Japon.

Ni poings menaçants ni baisers pour moi. J'avais retrouvé la trace de l'oncle à l'hôtel de Miami Beach et lui avais laissé plusieurs messages. Vers neuf heures, heure du Pacifique, le téléphone sonna. La voix de l'oncle chevrotait et je compris tout de suite que les nouvelles étaient mauvaises. L'un de nous devait donc faire preuve de dureté, de fermeté du moins. En un moment pareil, nous ne pouvions pas nous offrir un échange de larmoiements aux deux extrémités de la ligne. C'était moi le mieux cuirassé depuis que j'avais découvert ce matin-là que, pour Treckie, je n'existais même pas.

— Alors, mon oncle, je vous écoute, lui dis-je.

— Le pire est arrivé, répondit-il en inflexions montantes, lamentables.

— Le vieux est mort ?

— Oui, dit-il.

Il pleura un moment tandis que j'attendais. Il n'y avait rien d'autre à faire.

— Pauvre vieux bonhomme, repris-je. (Quel vieux bonhomme avais-je en tête, ça n'était pas très clair pour moi.) Très bien, oncle Benn, c'est un moment difficile à passer. Mais vraiment, il ne se souciait pas de vous le moins du monde et je ne vois pas pourquoi vous vous désoleriez à propos de ce vieil escroc.

Il haussa le ton, sans doute pour se faire entendre au-dessus de ses larmes.

— La dernière fois que nous l'avons vu, il était dans un fichu état, mais c'était encore un homme, une personne. Maintenant, ça n'est plus qu'un tas de cendres dans une boîte noire.

— Quand est-il mort ?

— Vingt-quatre heures avant mon arrivée ici. C'est l'aorte qui a lâché, Fishl m'a expliqué.

— Fishl était déjà là ? dis-je. Il a dû avoir de la chance avec son avion. Il était bien décidé à se raccommoder avec son père. Il espérait l'impossible, comme tant d'entre nous. Et les autres fils Vilitzer ?

— Ils étaient tous très moroses. Quand je suis descendu du taxi, je ne me doutais de rien. Je me demande si la végétation d'ici y était pour quelque chose. (Sa voix s'était raffermie.) Ça arrive quelquefois quand on passe d'un climat hivernal à la luxuriance tropicale. Jamais je n'avais vu la maison de Harold. C'est une énorme bâtisse blanche dans le style espagnol tarabiscoté, sur un îlot avec un cabin cruiser amarré devant. Des palmiers, des orangers. Il y a un superbe *quercus virginiana*, un des plus beaux chênes que j'aie jamais vus. La porte était ouverte, comme c'est en général le cas dans une maison où il y a un mort. Je voyais des gens y entrer. Donnait-il une réception ? Jusque-là, la possibilité de visites de condoléances ne m'avait pas effleuré. Mais il était trop tôt pour un cocktail. Je ne me doutais toujours de rien. Toujours est-il que je suis entré aussi. Certaines personnes m'étaient relativement familières. C'étaient des fonctionnaires en retraite, des gens de chez moi, des juges par exemple ou des représentants de la municipalité. Je les avais vus dans les journaux un jour ou l'autre ; ou ils étaient candidats à un poste ou ils étaient poursuivis par la justice. Je n'en connaissais aucun vraiment, je croyais seulement les connaître, comme on connaît le président même si on ne l'a jamais vu en chair et en os. La plupart de ces types et de leurs femmes étaient assez âgés. Ils me faisaient penser à des oiseaux avant la migration, quand ils se rassemblent à la fin de l'été. Tu as sans doute déjà assisté à ça.

— Mais ceux-là, si je vous suis bien, sont de vieux oiseaux fatigués et ils sont prêts à migrer hors de leurs corps.

— Exact, dit l'oncle. Les ciels vides au-dessus de la mer les attendent. Mais nos yeux ne verront jamais le phénomène.

À la dérive, me dis-je.

— Je suis allé vers le fond et suis entré dans l'office près de la cuisine où il y avait des bouteilles, de la glace et des verres. Je ne voulais pas boire d'alcool à une heure pareille, mais j'avais besoin d'eau pour prendre mon médicament et il y avait là une femme noire qui pouvait être la femme de ménage de l'oncle – une grosse femme en blouse blanche, à l'air impavide. Les comprimés pour la tachycardie – du gluconate de quinidine –, si je ne les casse pas en quatre, ils me collent au fond de la gorge et depuis quelque temps j'ai du mal à avaler. Mes réflexes ne sont plus exactement ce qu'ils devraient être… Je continue donc… Il faut toujours que je dise comment les choses se sont passées, Kenneth. Je me doutais déjà un peu que l'oncle Harold était mort. J'ai posé la question à la domestique en lui expliquant que j'étais l'unique neveu, celui du nord.

Benn n'avait obtenu de cette dame noire qu'une silencieuse inspection. Les gens n'accordaient pas tous la même importance que l'oncle aux liens de parenté. Les siens en particulier les laissaient indifférents. La réaction de la femme de ménage n'avait guère été favorable. En matière d'esprit de famille, elle n'était pas très différente de Vilitzer lui-même. Elle n'allait pas prendre Benn dans ses bras et le serrer sur son sein. Quand l'oncle réussit enfin à lui arracher une parole, elle lui annonça que Vilitzer était mort quelques minutes après son arrivée. « L'a juste monté les marches et entré dans la cuisine. »

L'oncle se trouvait donc dans la pièce où Vilitzer était mort et peut-être même à l'endroit précis où il avait trépassé. Et où était l'oncle Harold maintenant ? L'avait-on transporté au salon funéraire ? Oui et on l'en avait ramené. Il était dans le salon. Les obsèques avaient donc lieu à la maison. Elle lui répondit qu'à deux heures, il y aurait un service. Elle ne lui donna aucune indication sur l'emplacement du salon et la maison était si grande qu'une indication eût été la bienvenue. Elle lui tourna le dos et se remit à vaquer à ses affaires. Moins elle avait de rapports avec les gens de l'extérieur, mieux cela valait.

Cette villa au bord de mer était magnifique et luxueusement meublée, manifestement la demeure d'un multimillionnaire. L'oncle Benn (affligé, volubile, soulageant apparemment son cœur blessé) me laissa entendre que, sous ce climat, les tapis somptueux et les antiquités venus d'Europe auraient moisi sans le déshumidificateur. On distinguait dans le lointain le bruit de l'appareil. Il y avait là des objets pour la possession desquels, au Roanoke, Matilda aurait donné ses incisives (c'était Benn qui avait dit « incisives » et je me permets de signaler ici que ses sentiments à l'égard des dents de sa femme l'avaient poursuivi jusqu'ici). Ces secrétaires admirables et ces somptueux fauteuils auraient fait honneur à son appartement, ce palais vénitien. Elle aurait dit – observa Benn – que *nous* avions payé ces objets avec les dollars de la tour électronique. Un décorateur inspiré avait dû être appelé, peut-être de Palm Beach. Mais où l'oncle

Harold reposait-il ? Benn (avec le cœur lourd de chagrin) avait exploré la totalité du rez-de-chaussée sans voir de cercueil. Ainsi, dans le hall d'entrée, où il y avait une merveilleuse verrière aux couleurs du spectre, semblable aux panneaux vitrés de l'immeuble dans lequel nous nous étions rencontrés, Benn demanda-t-il à un serveur en veste blanche (lui et sa femme dans la cuisine formaient le couple de domestiques de la maison) où se trouvait M. Vilitzer. « Ici même dans cette pièce », répondit l'homme. Benn avait cherché une bière posée sur des tréteaux et, l'apprenant, l'homme posa sur lui un regard condescendant, comme s'il avait affaire à un arriéré mental puis, sans un mot, il désigna de la main l'endroit vers lequel Benn aurait dû se diriger. Juste au-delà de la vaste porte de style colonial se dressait un très beau vestiaire porte-parapluies ancien. C'était sans doute un objet autrichien, fait de bronze en forme d'andouillers. Chapeaux et parapluies en avaient été enlevés et sur une étagère de marbre rouge ou de porphyre était posée une boîte.

— Une boîte noire, Kenneth, pas plus grande que mon étui à jumelles.

— Les cendres ?

— Il était là-dedans, dit l'oncle. Moi qui me préparais à le regarder pour la dernière fois en ce bas monde.

Cette surprise prit en vérité totalement l'oncle au dépourvu, le frappa au niveau des genoux et le contraignit à s'asseoir. Ses jambes se dérobaient sous lui. Le serveur noir lui apporta une chaise et en apprenant que Benn était le neveu savant – un proche parent – lui offrit un verre de whisky. Les gens avaient la tête froide dans cette maisonnée. Ils jaugeaient Harold chaque jour, estimaient ses chances de survie. Sans doute sa mort était-elle attendue depuis longtemps.

Parlant à Benn de sa réaction, je lui déclarai :

— Vous pouvez aimer un homme sans aimer ce qu'il vous a fait.

L'oncle me remercia pour cette interprétation. Mais ce n'était pas le moment de me laisser aller à mon goût pour les commentaires.

— Pourquoi une incinération aussi précipitée ?

— Harold avait arrangé tout ça lui-même. Il avait donné l'ordre : incinération immédiate, m'a dit Fishl. À l'instant où le certificat de décès était signé. Avant le coucher du soleil, c'était fait et on le ramenait ici pour le poser sur l'étagère. Il ne supportait absolument pas l'idée d'un enterrement, paraît-il. Horrifié à la perspective de se retrouver sous terre. Ça le révoltait.

— Il y a des gens qui ne peuvent pas attendre pour se débarrasser d'eux-mêmes. Alors que d'autres ne supportent pas la pensée de laisser qui que ce soit partir.

— Tu as mis le doigt dessus, dit l'oncle. C'est vrai que je ne supportais pas que l'oncle Harold disparaisse. Avec ma mémoire, c'est pareil. Une fois qu'elle s'est attachée à un phénomène quelconque, elle s'y cramponne. C'est une forme d'obstination qui présente des avantages en morphologie, mais qui est funeste pour les affections. Elle est spécialement résistante en cas de mort. Enfin, j'étais donc assis sur cette chaise à dossier ovale devant la boîte noire quand Fishl est venu me trouver. Fishl et moi étions les seuls en proie à l'émotion. Tu n'imagines pas comme il avait les yeux rouges. Il m'a dévisagé et s'est comporté comme s'il pensait que j'avais abrégé la vie de son père. Je commence à croire que Fishl n'a jamais été un être stable à aucun égard. Cela ne tenait pas seulement à ses chimères. Certes, les entreprises marginales frisent souvent la psychopathologie. On ne peut pas s'empêcher de penser que le but réel de certaines affaires commerciales n'est pas de faire de l'argent mais de puiser dans l'argent une plausibilité qui couvre des projets extravagants.

— Ne parlons pas de ça, oncle Benn. Qu'est-ce qu'il vous a dit ?

— Pour commencer, nous avons eu tort de nous accrocher avec Harold. *Lui*, Fishl, le comprenait mieux et nous aurions dû lui accorder un sursis. Ç'aurait peut-être été plus long, mais cela aurait conservé Harold quelque temps. À quoi bon une telle précipitation ? Je me suis laissé manœuvrer par les Layamon. À propos, Fishl s'est lancé dans une grande diatribe contre le docteur. Il croit que les médecins et les hôpitaux ont quelque chose de diabolique et qu'il n'y a rien de plus sale qu'un grand hôpital ou de plus cynique que les magouilleurs comme Layamon qui y prennent racine. Il a fait une étrange déclaration qui m'est restée dans l'esprit, bouleversé comme je l'étais. Il a dit que les endroits où les sentiments humains s'exprimaient à travers la souffrance attiraient tout un personnel nihiliste qui voit là une occasion de donner libre cours à ses tendances nihilistes. Il a ajouté qu'il ne serait pas étonné d'apprendre que les malades loupés étaient « autorisés » à mourir afin d'éviter des procès pour fautes professionnelles.

— Qu'est-ce que vous en pensez ? demandai-je.

— Je ne suis pas en état de discuter de ce genre de sujets. Fishl m'a traité d'obsédé sexuel.

— Mais non !

— Si. Qu'est-ce qui lui prend, de dire des choses pareilles ? Je me demande quels problèmes il peut avoir, lui, avec la sexualité. N'empêche que ça m'a fait un choc de le voir si bien renseigné sur les femmes qui ont compté pour moi. Quand on vous donne un point de vue extérieur sur votre propre conduite, elle vous paraît horrible. Mais qui est horrible, vous-même ou celui qui vous juge ? Votre tourment ne compte pas. Devant les restes de son père, Fishl a vidé son sac, me disant que j'étais trop vieux pour songer à tirer mon coup, que je devais me donner deux fois plus de mal qu'un type ayant la moitié de mon âge. Qu'une beauté avertie comme Matilda avait pris ma mesure au dixième de millimètre près. Il m'a dit que j'étais peut-être une lumière dans mon domaine, mais qu'au plumard, je n'étais qu'un vieux cochon. Et d'abord qu'est-ce qui m'excitait tellement chez elle ? À son avis, c'était une arnaqueuse, une enjôleuse en toc à quatre-vingt-dix pour cent. Dans l'histoire, je n'étais qu'un fantoche et j'avais volé à l'oncle Harold deux ou trois ans d'une existence dorée. Sans compter que j'avais levé la main sur ce vieillard.

— C'est qu'il est très perturbé, ce type. C'est un cas clinique. Il est dérangé. On peut mettre ça en grande partie sur le compte du choc que lui a fait la mort de Harold. Je ne le croyais pas si fragile. C'est le vieux qui a essayé de vous frapper, *vous*. Bon Dieu, mon oncle, ne prenez pas Fishl au sérieux.

— Mais je ne l'ai pas pris au sérieux. Seulement devant cette boîte de cendres, ç'a été le bouquet. Il m'a même cité Hamlet : « Vous ne pouvez appeler cela de l'amour, car à votre âge, l'ardeur du sang s'apaise. »

— C'est odieux de sa part, oncle Benn, et même répugnant. Il n'admettait pas votre chagrin. Il en voulait le monopole. Je m'en rends compte aussi maintenant. Vous avez dû passer un sale moment. Vous deux, dans cette maison pleine de gens, les seuls touchés par la mort d'Harold et il faut que vous ayez une prise de bec.

— Je n'avais pas du tout le cœur à me disputer.

— Je veux bien le croire. Mais votre faiblesse, c'est de tenir compte de tous les reproches qu'on vous fait. C'est votre côté puéril. Avec Fishl, ce demi-dingue, oubliez ce qu'il vous a dit de blessant. Ses injures d'ordre sexuel.

— Bon conseil, mais est-il de circonstance ? Tu parles de mon côté puéril, comme si j'étais encore en pleine croissance. Mais *Roméo et Juliette* n'a jamais été écrit pour des amants de soixante ans. Je reconnais que ma conduite peut s'expliquer par le désir de réamorcer la pompe. Un effort particulier. Le refus d'accepter les étapes de la vie, comme cela se pratiquait dans l'Antiquité ou au Moyen Âge. (Encore que je ne fasse pas tout à fait confiance aux historiens ; ils jouent quelquefois à intimider leurs contemporains.) Mais il y a quelque chose d'enfoui sous la ténacité que je manifeste vis-à-vis de l'amour. Tout le monde ne possède pas ce don. Sinon nous n'aurions plus qu'à démissionner.

— Ça, c'est grâce à votre degré d'énergie, mon oncle. Vous ne pouvez pas être productif à des niveaux inférieurs. D'ailleurs, d'après la plupart des écrivains religieux, l'âme ne vieillit pas.

— Il me revient en mémoire certains épisodes du passé, Kenneth. Je me souviens de Della Bedell à la porte criant : « Qu'est-ce que je vais faire de ma sexualité ? » Le temps d'aimer était passé pour elle depuis trente ans. Notre unique coucherie, en l'occurrence, ressemblait plutôt à une cérémonie commémorative.

— Mon oncle, mettez-vous bien une chose dans la tête, dis-je. Les fous ont un talent particulier pour vous approcher. Mais *de vous*, ils ne savent rien. Vous ne correspondez pas à l'image qu'ils ont de vous. Vous ne relevez d'aucun modèle connu. La façon dont ils abusent de vous est scandaleuse. Par exemple, les Layamon qui n'ont aucune idée du rôle que vous jouez…

— Le docteur Layamon est aussi dément que le système de Cap Canaveral chargé de suivre les objets dans l'espace. D'ailleurs, quoi que j'aie pu être à leurs yeux, j'ai l'impression que je ne le suis plus.

— Ne croyez pas ça, oncle Benn. Vous avez eu une éclipse, un collapsus, comme disent les astronomes.

— Tu es gentil et je te remercie. Tout le monde peut se tromper. Il n'y a pas de don parfait. Mais quand on s'oppose à ses instincts les plus profonds, on déclenche un enchaînement de causes et d'effets qui se répandent dans toutes les directions. J'ai invoqué cette fichue azalée pendant des semaines avec l'illusion qu'elle me répondait à la longue. Maintenant que tout s'est mis à dérailler, je n'arrive même pas à me croire quand je déclare que je n'ai rien fait pour écourter la vie de Vilitzer.

Je comprenais ce qu'il voulait dire. Au cœur de cet entrelacs de causes et d'effets se trouvaient les épaules de Matilda. L'âme prophétique de Benn lui avait adressé un message très particulier. Évite ces larges épaules. Ensuite, ses seins lui paraissaient trop écartés, ses incisives n'auguraient rien de bon. L'âme prophétique offensée l'avait incité à dénaturer la beauté de Matilda, si bien que cette beauté même le rebutait. Selon le procès qu'il lui intentait, elle dissimulait sous son épiderme un démiurge, et pendant qu'elle dormait sous son édredon de duvet et de soie, couchée comme une brassée de fougères (souvenez-vous aussi de son ravissant profil), des exhalaisons de duplicité montaient des narines de ce nez délicat.

— Il ne faut pas laisser Fishl vous embobiner, dis-je à Benn. Vous n'avez privé Vilitzer de rien du tout. Il était déjà très mal parti. Oubliez ce blabla sur l'âge d'or. Je suis sûr que Vilitzer en méprisait la seule idée. Quand je l'ai pris dans mes bras pour le maîtriser, j'ai eu l'impression qu'il avait les os poreux ; il m'a fait l'effet d'un objet en plastique creux, d'un emballage. L'âge d'or ne ressemble pas à ça.

— Fishl a dit que j'avais contribué à détruire l'oncle. Je me suis ligué avec ses ennemis.

— Ses ennemis ? Il les a laissés sur le sable. Il les a tous roulés dans les grandes largeurs. Avec l'atout maître de la mort, il a raflé toutes les levées. Pas de gouverneur Stewart, pas d'Amador Chetnik, pas de grands jurys.

— J'ai dit quelque chose dans ce genre. Mais d'après Fishl, ça ne m'excusait pas. La vraie victoire, c'est de tromper la mort. De la tenir en respect. Et si je ne voulais pas de mal à Harold, je ne lui en portais pas moins la poisse. Pas même un porte-malheur, mais un être venu d'une autre planète qui n'avait pas à se mêler des transactions humaines normales.

C'était là, je le reconnus instantanément, une virulente accusation – car c'était lorsque l'oncle avait été admis au sein de la famille Layamon, vêtu de tweed sur mesures, avec cet observatoire botanique, sa chevelure façonnée par un styliste, environné de vitrines illuminées remplies de porcelaine Royal Doulton ou Rosenthal, c'était alors qu'il s'était senti un fraudeur, un spoliateur, un intrus, un imposteur, se faisant passer pour un gendre ou un mari. Et il était persuadé de la nécessité de réparer ses torts vis-à-vis des Layamon, comme s'il les avait mis, eux, dans une position fausse.

— Mon oncle, dis-je, écoutez-moi. Qu'est-ce que vous entendez par transactions normales ? Si la planète est dans la merde, ce sont *eux* les responsables. Les gens de cette espèce ne sont que des instruments. Ils sont ce qu'utilisent les gens en place pour atteindre leurs funestes objectifs. Ils ne prennent aucune initiative originale. Ce sont de purs instruments. Alors qu'un homme comme *vous*…

Mais il ne voulait pas m'entendre prononcer ses louanges. Merci non.

— Alors, dit-il, la cérémonie avait commencé et Fishl et moi étions encore en train de nous empoigner, de discuter. Ensuite on est venu le chercher pour le placer au premier rang avec les membres directs de la famille. Resté au fond, j'écoutais le rabbin réformé. Il traduisait toutes les prières en anglais de la Chambre des lords. Je n'étais pas entré dans une synagogue depuis vingt-cinq ans. Mais ton grand-père, *lui*, enseignait l'hébreu, Kenneth – il ne s'est jamais fait à ton nom, il pensait que c'était une erreur, une déformation de Kinnereth –, je n'avais donc pas besoin de traduction. Je n'ai rien oublié, mais quand le rabbin a commencé à chanter *El Malaï Rachamin* à la fin, j'ai craqué et je me suis mis à sangloter, me demandant si le Dieu de miséricorde recevrait jamais les âmes comme celle d'Harold. Ou la mienne après tout. Le domestique noir est arrivé et m'a pris par le coude. Il m'a fait sortir de la villa de l'oncle Harold et m'a lâché dans Bay Harbor Island en me laissant trouver mon chemin pour rentrer à l'hôtel.

— Bon Dieu, mon oncle ! Vous aviez bien besoin de subir une perte pareille ! Jamais vous n'avez eu envie d'aller au Brésil, mais à votre place je le considérerais comme un endroit propice pour vous remettre de tous ces chocs.

— Cette idée m'a traversé l'esprit.

— Là-bas, c'est très différent d'ici.

— Bien sûr, dit-il, comme s'il avait d'autres idées en tête. Ce serait différent sur l'autre continent.

— Et vous devez retrouver Matilda demain matin à l'aéroport ?

— Plus tard. Son avion arrive à trois heures de l'après-midi et le vol pour le Brésil est deux heures plus tard. Ça donne tout le temps d'aller au terminal international et d'avoir la correspondance.

— J'espère que vous pourrez vous détendre à Rio.

C'était une énormité ; un propos aberrant de ma part. Voilà un homme qui avait perdu le privilège de la vision, qui avait basculé dans le système le plus répandu, opposé et brutal et je lui suggérais de se décontracter dans une ville de plaisirs latins. Au lieu de s'irriter, il s'abstint de tout commentaire. Il semblait comprendre que j'étais au loin, désarmé, incapable de l'aider, répétant des formules inutiles : « détendre » ou même pire, « j'espère ». Il était, à coup sûr, au-delà de toute espérance.

— À quoi correspond ce drôle de numéro que tu m'as donné ? demanda-t-il.

— Je suis à Seattle.

— Ah, c'est là que tu es allé. Tu ne voulais pas me perturber. Tu as tes propres ennuis… Treckie te mène la vie dure ?

— Je rentre par l'avion de cinq heures du matin. Promettez-moi de m'appeler du Brésil. Je ne sais même pas où on peut vous joindre là-bas et vous allez être absent pendant des mois.

— Bien sûr. Je vais même faire mieux. Quel est ton programme demain ?

— J'ai mon séminaire Rozanov. Le cours sur les mystiques russes de la sexualité. Il finit à deux heures. Je pourrai attendre votre coup de fil à mon dortoir.

— Mieux que ça. Va donc attendre dans mon appartement. Au cas où j'aurais oublié quelque chose dont j'aurais besoin. D'ailleurs, ce sera plus facile pour le PCV, puisque je serai dans une cabine publique. Et si Matilda t'appelle demain, ne lui dis rien. Rien du tout.

— Je ne vois pas comment elle pourrait trouver le temps de téléphoner ou pourquoi elle voudrait me parler au moment de partir pour le Brésil. De toute façon, je n'ai jamais parlé de vous avec elle.

— Pour Vilitzer, dit l'oncle, je préfère lui annoncer la nouvelle moi-même.

— Il n'y aura pas un avis dans les journaux ?

— Pas encore. La famille, pour je ne sais quelles raisons tactiques compliquées, n'a pas signalé sa mort. C'est Dennis Vilitzer qui m'a appris ça.

— Mais les journalistes vérifient en général tous les rapports des médecins. Je veux dire les certificats de décès.

— Ah, Dennis m'a dit qu'ils avaient pris aussi leurs précautions de ce côté-là. Ils ont passé un communiqué parlant d'une crise cardiaque.

— Qu'est-ce qu'ils peuvent mijoter ? Des trafics de comptes, des retraits de capitaux, je suppose.

— Et donc les journaux annonceront seulement qu'il a été victime d'un infarctus.

— Assez parlé de ça, oncle Benn.

L'appel du service du réveil fut à peine nécessaire, car je dormis très peu cette nuit-là. Une succession de douches brûlantes, sans dénouer les muscles contractés de mon cou, m'avait simplement irrité la peau, contribuant à mon insomnie. Néanmoins, je bus quelques gorgées de cognac au goulot d'une flasque d'argent, cadeau de mon père lors de mon départ, et je me sentis l'esprit alerte, sinon calmement réveillé. La sieste de beauté n'est pas toujours possible à notre époque, définie par une femme intelligente, dans un magazine, comme « post humaine ». Il faut donc affronter les crises nocturnes avec le maximum de sérénité. Pas question de s'inquiéter de mines de papier mâché ou de poches sous les yeux. Il faut songer, lorsque tant de soutiens et de facteurs de stabilité vous quittent, aux avantages qu'il y a peut-être à les quitter soi-même – l'être humain se protégeant sur un mode humain pour trouver une voie qui le conduise à la liberté. Son poids réduit peut défier l'attraction magnétique de l'anarchie et lui permettre de surnager en toute indépendance. Peut-être pourrais-je élever ma petite fille dans cette indépendance et transmettre cet instinct affiné – du moins *quand* je l'aurai affiné –

à l'oncle Benn aussi. J'avais déjà réduit à deux le nombre de mes relations importantes. Pour deux, l'idéal est de se fondre en un. C'est ce qu'est censé réaliser l'amour. Tentant de transposer ses pouvoirs magiques de la botanique à l'amour, mon oncle avait fait l'expérience (à son insu, sans illumination) de cette fusion de deux en un. Je ne devais pas oublier de dire à l'oncle : « C'était une expérience, mon oncle. Vous vous en êtes mal tiré. » J'allumai la lampe de chevet et pris des notes sur le bloc relié au stylo bille par une chaînette. « C'est infaisable avec des être fabriqués », écrivis-je sur le papier à en-tête de l'hôtel Meany. « Associé à des gens fabriqués, vous ne pouvez, en posséderiez-vous, préserver vos dons magiques. » Dons magiques ! Oui, l'oncle en était comblé. Sinon de quoi souffrait-il en cette journée même ? Il avait joué. Et perdu. Que pouvait-il sauver maintenant, ou récupérer ?

J'éteignis la lumière et me remis à boire à la flasque dans l'obscurité. Mon père m'aurait blâmé d'avoir rempli d'une bibine de second choix un cadeau, lui, de premier choix. Mais l'alcool médiocre ne m'en aidait pas moins à faire le point. Je revins à mon sujet. Benn avait connu le privilège de la vision. S'était lancé dans une expérience audacieuse – non, hasardeuse. Était tombé dans un monde opposé, avili. Jusque-là, il avait pu s'envoler pour aller herboriser (prétexte, jusqu'à un certain point) dans les forêts indiennes, les montagnes de Chine, aux sources du Nil. Mais maintenant, les zones les plus reculées, inviolées de la planète n'étaient plus que le tiers-monde, sordide, opprimé par la kleptocratie militaire, les scènes de famine, la malpropreté, le sida, les meurtres collectifs. Et voyez – Vilitzer même dans sa mort s'était réduit par la crémation aux quatre-vingt-dix *cents* de résidus chimiques dont nous entendons si souvent parler. Voilà les faits dans leur nudité brutale – bien que je meure en laissant des millions, les éléments dont je suis composé ne valent même pas un dollar.

Le secret de notre être demande encore à être dévoilé. Nous comprenons seulement maintenant qu'il est inutile de nous creuser la tête et d'ergoter à ce sujet.

La première étape consiste à arrêter ces oscillations de la conscience qui me tiennent éveillé. Seulement, avant de suspendre les oscillations, avant de pouvoir s'endormir, il faut adopter une position qui favorise l'accès à un recours métaphysique.

Avec les vents dominants derrière nous, nous fîmes le voyage en un temps record. Je me retrouvai avec une heure de battement avant le cours et mangeai un peu de brie du Wisconsin et des biscuits salés puis passai deux heures à la table du séminaire, expliquant ce que je ne comprenais pas moi-même des théories sexuelles de ce coquin (quoique séduisant) de Rozanov – ce chrétien mystique qui avait envié aux juifs leur culte de la fertilité (tel qu'il le concevait) et croyait que leur bain rituel était une source de puissance sexuelle. Les étudiants prirent docilement tout en note. Ce qu'ils pouvaient bien en tirer reste pour moi un mystère.

J'achetai ensuite des plats préparés chez le traiteur et me rendis à l'appartement de l'oncle avec mes paquets pour attendre son appel. Je me changeai ensuite les idées en jetant un coup d'œil aux exposés et aux tirés à part posés sur sa table à café – des considérations d'ordre botanique qui n'avaient guère de sens pour un spécialiste des lettres russes. Cela me suffisait que ces sujets eussent retenu son attention. La plupart des textes avaient rapport aux lichens et chercher le sens des termes techniques eût été une corvée. Je m'attardai en revanche à examiner les livres de tante Lena, encore rangés sur une étagère séparée – toutes ces œuvres – de Balzac, Swedenborg et E. T. A. Hoffmann. Dans l'un des volumes d'Hoffmann se trouvait une marque qui n'avait pas bougé depuis qu'elle l'y avait placée. J'ouvris le livre à la page indiquée et lus : « Ludwig fit un bond et, avec un profond soupir, saisit la main de son ami et la pressa sur son cœur. “Oh, Ferdinand, mon très cher, mon ami bien-aimé ! s'exclama-t-il. Que vont devenir les arts en ces temps de violence et de confusion ? Ne vont-ils pas se flétrir comme ces plantes délicates qui tournent en vain leurs têtes fragiles vers les nuages fuligineux derrière lesquels le soleil a disparu ?... Les enfants de la nature se vautrent dans la paresse et l'oisiveté et les dons les plus précieux qu'elle leur a faits, ils les piétinent dans leur stupide malignité..." » Eh bien, ceci m'apparut comme une communication de ma tante morte. Je ne l'aurais pas avoué au cours d'un interrogatoire policier ou dans une déposition sous serment, mais je l'avoue librement à quiconque s'est donné la peine de lire mon récit. J'affirme l'avoir entendu de la voix même de Lena.

Je bavardai quelques instants au téléphone avec Dita et lui annonçai que Treckie avait décidé de me laisser Nancy une partie de l'année.

— Comme elle s'embarque dans le mariage, elle n'a pas envie d'avoir la petite dans les pattes, dis-je.

— Cette interprétation me paraît sensée. C'est agréable d'avoir un enfant auprès de soi. (Dita m'offrait son assistance. Je n'allais pas la refuser. Cette chère femme !) Es-tu libre pour dîner ? Tu veux aller au restaurant ? J'ai acheté du bœuf en gelée et des cornichons, dis-je. Je ne peux te dire l'heure parce que j'attends un coup de fil important de mon oncle. Il devrait appeler d'une minute à l'autre. Et je crois qu'il faut que je raccroche. Il part pour le Brésil, tu comprends.

Mais le téléphone resta silencieux bien au-delà de l'heure prévue. À six heures, je commençai à m'agiter et réglai la sonnerie au maximum de façon à l'entendre de la salle de bains où l'eau coulait. Il était sept heures à Miami. Sans doute le vol avait-il été retardé. J'essayai d'imaginer ce que Benn et Matilda pouvaient bien se dire dans la salle d'attente des Brazilian Airlines. Pourquoi ne voulait-il pas divulguer la nouvelle de la mort de Vilitzer ? Quel tour tentait-il de jouer à Matilda ? Quand elle et le docteur Layamon apprendraient la mort de Harold, déclencheraient-ils un plan B préparé ? Attaquer la succession ? Sur quelles preuves ? Pourquoi Amador Chetnik témoignerait-il maintenant qu'il avait été suborné – ou si ça n'était pas le mot exact, qu'il avait commis une impropriété ? (Quel terme insolite pour une faute aussi commune.) Je me demandai quel réconfort Matilda était susceptible d'apporter à l'oncle. Rien ne pouvait lui remonter le moral, sinon recouvrer les pouvoirs qu'il avait perdus. Il y aura des azalées partout au Brésil, pensai-je. Sera-t-il jamais capable de les affronter ?

Ce fut à cet instant que le téléphone sonna.

— Mon oncle ! dis-je, qu'est-ce qui s'est passé ? L'avion a été retardé ?

— Oh non, répondit-il d'une voix (non vocalement mais moralement) lointaine.

— Voyons, dites-moi ce qui se passe, je vous en prie. Et pourquoi vous ne vouliez pas que Matilda apprenne la mort de Vilitzer.

— C'était pour la convaincre que je ne pouvais pas quitter Miami tout de suite, dit l'oncle Benn.

Assez simple. Harold était encore vivant, très faible mais conscient. Voilà ce que j'ai dit. Qu'il avait changé d'avis. Une petite chance pour nous de le garder. En tout cas, je ne pouvais pas partir pendant que le frère de ma mère agonisait.

— Ne me dites pas qu'elle a avalé ça. Jamais je ne l'aurais cru !

— Si, et je me suis assuré que ses bagages étaient bien enregistrés pour Rio. Après lui avoir dit que les miens l'étaient.

— Et ils ne le sont pas ?

— Tu m'as vu les porter.

— Alors vous l'avez poussée à partir. Elle est dans l'avion pour le Brésil ?

— Je crois qu'elle devrait arriver à Rio demain matin.

— Elle ne vous a pas demandé les tickets de consigne pour prendre vos bagages ?

— J'ai préparé une enveloppe avec deux bouts de carton et nous l'avons mise avec ses tickets à elle et son billet.

— Je n'arrive pas à le croire, dis-je.

— La simple vérité – et c'est la raison essentielle de l'opération – c'est que je ne pouvais pas supporter l'idée d'aller au Brésil. Une tournée de conférences à travers tout le pays dans des facs de ploucs. En échange de quoi Matilda tentait encore d'obtenir un passe-droit diplomatique pour envoyer par bateau des cargaisons d'objets destinés à meubler le Roanoke sans frais de douane.

— Vadrouiller dans cet énorme pays vous aurait vidé de ce qui restait de vos forces.

— C'était impossible, Kenneth. J'en serais mort. Tu le comprendras sans peine. Tu es presque un fils pour moi... plutôt mon propre enfant que mon neveu.

— Alors vous revenez ici ?

— Pour l'instant, je suis dans une autre partie de l'aéroport et je viens de prendre un billet pour une autre destination.

— Encore un tour de passe-passe ? Vous ne rentrez pas chez vous ?

— Matilda n'avait pas envie de prendre l'avion sans moi. Elle voulait rester. Elle m'a dit que c'était dément de me cramponner à Vilitzer, que je n'en tirerais rien – jamais. Que c'était de ma part pur fétichisme affectif et familial. Mais j'ai répondu que si je partais, cette tache me marquerait pour le restant de mes jours, que je ne pourrais jamais l'effacer. Dieu me pardonne, je lui ai même dit que Fishl croyait bien l'oncle Harold prêt à signer un codicille de dernière minute.

— Jamais je ne vous aurais cru capable d'une telle duplicité, dis-je.

— Ma foi, ils se sont donné tant de mal pour me retourner que j'ai fini par y arriver. En fin de compte, moi aussi je suis entré dans le jeu. Dis-toi bien que j'ai beaucoup réfléchi avant de manigancer tout ça. Pas de quoi pavoiser, d'ailleurs. Leur méthode est d'un rudimentaire proche de zéro. Ce que j'ai fait une fois, jamais je ne le referai. Mais que je te dise ce que j'ai combiné. Quand elle atterrira au Brésil, je serai déjà loin en route pour le pôle Nord. Tu comprends, ils ont réuni une équipe internationale de savants pour opérer des recherches spéciales. J'ai donné mon accord de participation il y a trois jours pour étudier les lichens des deux pôles, élaborer une étude comparative et essayer de débrouiller certaines énigmes morphologiques. Pas des énigmes pointues. Des problèmes d'intérêt particulier. Nous allons être basés au nord de la Scandinavie, à la frontière de la Finlande. Et ensuite au-delà.

— Avec deux ou trois heures de lumière par jour ? Je ne vous vois pas du tout dans cette ambiance.

— Ça, c'est mon affaire, dit l'oncle, et pour le moment, la double présence de la nuit et de la glace me convient très bien. La nuit pour ne pas me voir moi-même. La glace comme correctif. La glace pour la rigueur. Et aussi parce qu'il n'y a aucune plante à regarder, les lichens exceptés. Parce que s'il n'y a plus de liens affectifs, si les liens sont morts, je préfère de beaucoup un cadre dénué de végétaux. Ce choix, j'y suis conduit par le sentiment plutôt que par la réflexion. C'est une mesure de survie. Je m'applique un traitement à base de masses glacières et d'obscurité hyperboréenne. Dieu merci, l'avion à réaction rend ce remède accessible, autrement je n'aurais qu'à aller me noyer ici même, devant Miami Beach.

— Dans ce cas, mon oncle, même si tout cela me mystifie, je donne ma bénédiction à votre expédition.

— Eh bien, voilà. Dans une heure je serai parti. J'ai laissé une enveloppe pour toi avec des renseignements détaillés. Tu la trouveras dans le tiroir en haut à gauche de mon bureau. Je ne suis pas tout à fait certain de mon adresse finlandaise. Que, bien entendu...

— Je ne la donnerai pas à Matilda. Vous allez être absent combien de temps ?

— C'est impossible à prévoir. Mais j'ai l'impression que je ne reviendrai pas de si tôt. Matilda demandera peut-être une annulation, ce qu'elle devrait obtenir sans peine, mais c'est un problème légal et je ne suis pas doué pour ce genre de questions. Je ne veux plus rien à voir avec eux, avec aucun d'entre eux.

— Voulez-vous que je prenne un avocat pour vous représenter... au cas où ce serait nécessaire.

— Ce ne sera jamais nécessaire.

— Vous n'avez pas l'intention de vous défendre ?

— Kenneth ! Que veux-tu que je défende ? Est-ce ma sœur ou toi qui as dit que j'étais un phénix acoquiné avec des incendiaires ? Eh bien, voyons ce qu'il est possible de faire, si je peux renaître de ces cendres. Pour l'instant, cette résurrection est aussi improbable que celle de l'oncle Vilitzer à partir des cendres que l'entreprise de pompes funèbres a envoyées chez lui. Maintenant, il faut que je raccroche. Si j'en trouve l'énergie, je t'écrirai une lettre. Je pense être extrêmement occupé pendant les premiers mois. L'académie soviétique des sciences est censée nous faire savoir quand elle se joindra à notre expédition. Il n'y a aucun moyen d'obtenir de ces gens-là une réponse claire.

— M'en avez-vous dit plus dans la note que vous avez laissée ? demandai-je.

— Simplement le minimum de renseignements indispensables. Je n'avais pas le cœur à entrer dans les détails. Eh bien, au revoir, mon petit. Toi seul vas me manquer.

L'enveloppe contenait, de son écriture précise et nette de savant, le nom insolite du groupe de recherches et les adresses d'un professeur finlandais à Helsinki (domicile et bureau), plus le numéro de boîte postale d'un lieu au nom indéchiffrable au pays des rennes, loin vers le nord en pleine toundra. Sans doute près de Novaya Zemlya. Et même cet endroit perdu n'était pas assez lointain.

Pavillons Poche

Titres parus

Peter Ackroyd
Un puritain au paradis

Woody Allen
Destins tordus

Niccolò Ammaniti
Et je t'emmène

Sherwood Anderson
Le Triomphe de l'œuf

Margaret Atwood
Faire surface
La Femme comestible
Mort en lisière
Œil-de-chat
La Servante écarlate
La Vie avant l'homme

Dorothy Baker
Cassandra au mariage

Nicholson Baker
À servir chambré
La Mezzanine

Ulrich Becher
La Chasse à la marmotte

Saul Bellow
La Bellarosa connection
Le Cœur à bout de souffle
Un larcin

Robert Benchley
Le Supplice des week-ends

Adolfo Bioy Casares
Journal de la guerre au cochon
Le Héros des femmes
Un champion fragile
Nouvelles fantastiques

William Peter Blatty
L'Exorciste

Jorge Luis Borges, Adolfo Bioy Casares
Chroniques de Bustos Domecq
Nouveaux Contes de Bustos Domecq
Six problèmes pour Don Isidro Parodi

Mikhaïl Boulgakov
Le Maître et Marguerite
Le Roman théâtral
La Garde blanche

Vitaliano Brancati
Le Bel Antonio

Emily Brontë
Les Hauts de Hurle-Vent

Anthony Burgess
L'Orange mécanique
Le Testament de l'orange
Les Puissances des ténèbres

Dino Buzzati
Bestiaire magique
Le régiment part à l'aube
Nous sommes au regret de…
Un amour
En ce moment précis
Bàrnabo des montagnes
Panique à la Scala
Chroniques terrestres

Lewis Carroll
Les Aventures d'Alice sous terre

Michael Chabon
Les Mystères de Pittsburgh
Les Loups-garous dans leur jeunesse
La Solution finale

Upamanyu Chatterjee
Les Après-midi d'un fonctionnaire très déjanté

Susanna Clarke
Les Dames de Grâce Adieu

Collectif
Rome, escapades littéraires
Saint-Pétersbourg, escapades littéraires
Berlin, escapades littéraires
New York, escapades littéraires

Londres, escapades littéraires
Moscou, escapades littéraires
Paris, escapades littéraires
Naples, escapades littéraires
Madrid, escapades littéraires
Séville, escapades littéraires

John Collier
Le Mari de la guenon

Sir Arthur Conan Doyle
Sherlock Holmes : son dernier coup d'archet

William Corlett
Deux garçons bien sous tous rapports

Avery Corman
Kramer contre Kramer

Helen DeWitt
Le Dernier Samouraï

Joan Didion
Maria avec et sans rien
Un livre de raison
Démocratie

E. L. Doctorow
Ragtime

Roddy Doyle
La Femme qui se cognait dans les portes
The Commitments
The Snapper
The Van
Paula Spencer

Andre Dubus III
La Maison des sables et des brumes

Lawrence Durrell
Affaires urgentes

F. Scott Fitzgerald
Un diamant gros comme le Ritz

Zelda Fitzgerald
Accordez-moi cette valse

E. M. Forster
Avec vue sur l'Arno
Arctic Summer

Carlo Fruttero
Des femmes bien informées

Carlo Fruttero et Franco Lucentini
L'Amant sans domicile fixe

Graham Greene
Les Comédiens
La Saison des pluies
Le Capitaine et l'Ennemi
Rocher de Brighton
Dr Fischer de Genève
Tueur à gages
Monsignor Quichotte
Mr Lever court sa chance, nouvelles complètes 1
L'Homme qui vola la tour Eiffel, nouvelles complètes 2
Un Américain bien tranquille
La Fin d'une liaison
Voyages avec ma tante
Le Fond du problème

Kent Haruf
Colorado Blues
Le Chant des plaines
Les Gens de Holt County
Nos âmes la nuit

Jerry Hopkins et Daniel Sugerman
Personne ne sortira d'ici vivant

Bohumil Hrabal
Une trop bruyante solitude
Moi qui ai servi le roi d'Angleterre
Rencontres et visites

Henry James
Voyage en France
La Coupe d'or

Erica Jong
Le Complexe d'Icare

Thomas Keneally
La Liste de Schindler

Janusz Korczak
Journal du ghetto

Jaan Kross
Le Fou du tzar

Jhumpa Lahiri
Longues distances

D. H. Lawrence
Le Serpent à plumes

John Lennon
En flagrant délire

Siegfried Lenz
La Leçon d'allemand
Le Dernier Bateau
Une minute de silence
Le Bureau des objets trouvés

Ira Levin
Le Fils de Rosemary
Rosemary's Baby

Tessa de Loo
Les Jumelles

Norman Mailer
Le Chant du bourreau
Bivouac sur la Lune
Les vrais durs ne dansent pas
Mémoires imaginaires de Marilyn
Morceaux de bravoure
Prisonnier du sexe

Dacia Maraini
La Vie silencieuse de Marianna Ucrìa

Guillermo Martínez
Mathématique du crime
La Mort lente de Luciana B
La Vérité sur Gustavo Roderer

Tomás Eloy Martínez
Santa Evita
Le Roman de Perón

Richard Mason
17 Kingsley Gardens

Somerset Maugham
Les Trois Grosses Dames d'Antibes
Madame la Colonelle

Mr Ashenden, agent secret
Les Quatre Hollandais

James A. Michener
La Source

Arthur Miller
Ils étaient tous mes fils
Les Sorcières de Salem
Mort d'un commis voyageur
Les Misfits
Focus
Enchanté de vous connaître
Une fille quelconque
Vu du pont *suivi de* Je me souviens de deux lundis

Pamela Moore
Chocolates for breakfast

Daniel Moyano
Le Livre des navires et bourrasques

Vítězslav Nezval
Valérie ou la Semaine des merveilles

Geoff Nicholson
Comment j'ai raté mes vacances

Joseph O'Connor
À l'irlandaise

Pa Kin
Le Jardin du repos

Katherine Anne Porter
L'Arbre de Judée

Mario Puzo
Le Parrain
La Famille Corleone *(avec Ed Falco)*

Mario Rigoni Stern
Les Saisons de Giacomo

Saki
Le Cheval impossible
L'Insupportable Bassington

J. D. Salinger
Dressez haut la poutre maîtresse, charpentiers,
suivi de Seymour, une introduction
Franny et Zooey

L'Attrape-cœurs
Nouvelles
L'Attrape-cœurs *(bilingue)*

Roberto Saviano
Le Contraire de la mort *(bilingue)*

William Shakespeare
Roméo et Juliette *(bilingue)*

Sam Shepard
Balades au paradis
À mi-chemin

Robert Silverberg
Les Monades urbaines
Le Château de Lord Valentin
Chroniques de Majipoor
Valentin de Majipoor
Les Montagnes de Majipoor

Johannes Mario Simmel
On n'a pas toujours du caviar

Alexandre Soljenitsyne
Le Premier Cercle
Zacharie l'Escarcelle
La Maison de Matriona
Une journée d'Ivan Denissovitch
Le Pavillon des cancéreux

Robert Louis Stevenson
L'Étrange cas du Dr Jekyll et de Mr Hyde

Quentin Tarantino
Inglourious Basterds

Edith Templeton
Gordon

James Thurber
La Vie secrète de Walter Mitty

John Kennedy Toole
La Bible de néon

John Updike
Jour de fête à l'hospice

Alice Walker
La Couleur pourpre

Evelyn Waugh
Retour à Brideshead
Grandeur et décadence
Le Cher Disparu
Scoop
Une poignée de cendres
Ces corps vils
Hommes en armes
Officiers et gentlemen
La Capitulation

Tennessee Williams
Le Boxeur manchot
Sucre d'orge
Le Poulet tueur et la folle honteuse
Un tramway nommé Désir

Tom Wolfe
Embuscade à Fort Bragg

Virginia Woolf
Lectures intimes

Richard Yates
La Fenêtre panoramique
Onze histoires de solitude
Easter Parade
Un été à Cold Spring
Menteurs amoureux
Un dernier moment de folie
Un destin d'exception

Stefan Zweig
Lettre d'une inconnue *suivi de* Trois nouvelles de jeunesse
La Peur
Le Joueur d'échecs

Titres à paraître

Dino Buzzati
Nouvelles inquiètes
Nouvelles oubliées

Collectif
Rencontres avec le diable

Achevé d'imprimer en France par EPAC Technologies

N° d'édition: 4550414323618

Dépôt légal: septembre 2018

Composition et mise en pages
Nord Compo à Villeneuve-d'Ascq